Otto Busdorf

Wilddieberei und Förstermorde

Band III

Wilddieberei

und

Förstermorde

Von

Otto Busdorf

Kriminalkommissar am Polizeipräsidium Berlin

Ungekürzte Originalfassung 1928–1931

Band III

NEUMANN-NEUDAMM
seit 1872

Band III
ISBN 978-3-7888-1252-2

Schwalbenweg 1, 34212 Melsungen
Tel. 05661-9262-0, Fax 05661-9262-19
www.neumann-neudamm.de
info@neumann-neudamm.de

Printed in the European Community
Herausgeber: Erich Hobusch, Berlin
Satz/Layout: J. Neumann-Neudamm AG, Melsungen
Druck und Verarbeitung: Himmer AG, Augsburg

Inhaltsverzeichnis Band III.

Geleitwort von Freiherr Reinhart Bachofen von Echt 3
Vorwort von Otto Busdorf 5
Förster und Wilderer erschossen 7
Sachgemäße Spurenwertung 14
Bei der Verfolgung in den Hinterhalt geraten 19
Beim Abtransport überfallen und ermordet 26
Inmitten seiner Familie meuchlings erschossen 30
Ein Kampf mit Messern 36
Ein Jägermord in der Tschechoslowakischen Republik 41
Geständnis und Widerruf nach acht Jahren 44
Lebendig vergraben? 48
Der Komplice als Alibizeuge 58
Die am Tatort verlorene gerichtliche Vorladung 62
Vier Fangschüsse 66
Die harmlosen Spaziergänger 72
Unstet und flüchtig 74
Trotz vieler Tatzeugen nicht ermittelt 82
Wilderer finden einen erschossenen Förster 85
Die verräterische Fußspur 91
Unter schwerem Verdacht 94
Sorglosigkeit bei der Festnahme 98
Meuchlings erschossen und ins Wasser geworfen 102
Das Erinnerungsvermögen durch Schußverletzung verloren . . . 110
Letzte Aufzeichnungen Ermordeter und ihre Bewertung 116
Aus Jagdzeitschriften und Zeitungen 132
Schwerer Kampf von Gendarmerie- und Forstbeamten
gegen Wilderer 146

Gefahren des Försterberufs 156
Wilderer aus der Schweiz 167
Zwei Förstermorde in Thüringen 172
Lehrer und Gutsverwalter als Förstermörder 181
Wilddieb auf der Jagdkanzel 190
Im Kampf mit Wilderern erschossene Gendarmerie- und Polizeibeamte 192
Auf Wildererstreife 203
Aus der Schorfheide 215
Die „Fingerspur" am Tatort 221
Förstermord im Rheingau 224
Im Dachsteingebiet 228
Das mißlungene Alibi 231
Wildschützen in der Steiermark 236
Wilderertypen 243
Unter falschem Verdacht 252
Gefährliche Passion und Sachkenntnis 256
Drei Förstermorde bei Willebadessen (Westfalen) 263
Ein verwegener Hochgebirgswilderer 268
Weidefrevler und Felddiebe 273
Unaufgeklärter Meuchelmord 277
Wilddieberei und Doppelmord bei Staßfurt 280
Jagdpächter als gefährlicher Schlingensteller und Förstermörder 285
Lynchjustiz 287
Lehren, die sich aus den hier geschilderten Mordfällen ergeben 290
Die neue Walther-Pistole 292
Namensregister 294
Ortsregister 299

Geleitwort

Tragische und schauerliche Bilder enthüllen die Seiten dieses Buches: die Stille der Bergwälder, die Einsamkeit des felsigen Kars, die allem Menschengetrieb ferne Jagdhütte entweiht und besudelt mit dem Blute von Männern, deren tiefster und treuester Glaube der an Pflichterfüllung – und führe sich auch zum letzten – war. Eine große Anzahl der hier berichteten Jägerdramen hat die Alpenländer – Österreich und Bayern – zum Schauplatz, und man wundert sich fast, daß die gleiche reine Bergluft, die gleichen Lebens- und Erziehungsverhältnisse zwei solche Gegensätze hervorzubringen vermögen, wie Jäger und Wilderer sie darstellen.

Hier strengste Pflichterfüllung, absolutes Hintansetzen eigener Jagdlust, weidmännisches Schonen und Hegen des Wildes, Pflichttreue und Halten am geschworenen Eid bis in den Tod. Das Gegenspiel: unbeherrschte Leidenschaft, die sich über Recht und Gesetz ebenso hinwegsetzt, wie über Schonung des Wildes, die der beschlagenen Geiß ebenso die Kugel anträgt, wie dem starken oder dem Spießbock, und auch vor dem Gemeinsten, dem Schlingenstellen, nicht zurückschreckt, die dann schließlich auch Letztes und Schwerstes begeht: den Mord am Mitmenschen, oft genug aus feigem Hinterhalt, eines Mitmenschen, der nichts anderes verbrochen hat, als das, was Ehre und Pflicht ihm zu tun gebieten, wenn er den Raub am Wild zu hindern trachtet.

Produkte gleichen Stammes sind diese Extreme, oft genug entflammen sie gleichen Tälern, gleichen Ortschaften. Im Krieg waren gerade die Söhne der Alpen die besten und tapfersten Soldaten, zu Tausenden haben sie mit Blut und Leben den drohenden Feind von den Heimatsbergen ferngehalten und haben ihren Fahneneid mit dem Tode besiegelt.

Manchen Wilderer treibt wirkliche und wahre Leidenschaft auf diese Wege, ein solcher wird, bietet sich ihm die Möglichkeit, meist ein guter und treuer Jäger.

Die zweite, minderwertige Klasse, die an Zahl überwiegt, sind jene, bei denen Arbeitsscheu nach leichtem und dabei unterhaltsamen Verdienst sucht, gerade diese sind es, die auch vor einem feigen Meuchelmord nicht zurückschrecken werden, bietet sich die Gelegenheit, den verhaßten Jäger aus dem Weg zu räumen.

Und den schneidigen Jäger besingt und verherrlicht das Alpenvolk ebenso wie den „Geschwärzten“, feinen Gegenspieler.

Viel zu milde urteilen Gesetze und Gerichte, viel zu gering sind die Strafen auch für jene Hehler, die dem Wilderer seinen Raub abkaufen und – geradezu ungerecht ist die Beurteilung des Jägers und seiner Notwehr.

Aufklärung bietet dieses Buch der Jägerei durch seine traurigen Beispiele und Richtlinien für einwandfreies, auch vor Gericht bestehendes Handeln und Vorgehen. Weiteste Verbreitung möge ihm beschieden sein, nicht nur der Jägerei, sondern auch den Gesetzgebern und den Ausführern der Gesetze möge es die Augen öffnen. Gerade diesen vermag es die großen Lücken zu zeigen, welche unsere Gesetze und – ihre Auslegung in Bezug auf Wilddiebstahl und auf die sich aus ihm entwickelnden schweren Verbrechen noch immer aufzuweisen.

In diesem Sinne möge es zum Wohle des Weidwerkes wirken und so möge sein Weg von „Weidmannsheil" begleitet sein.

Freiherr Reinhart Bachofen von Echt.

Schloß Murstaetten.

Vorwort

Berlin-Uhlenhorst, im Mai 1931.

Als ich im Herbst 1927 auf Einladung der „Freien Vereinigung zum Schutze des Weidwerks“ und der Polizeidirektion in Wien den dortigen Jägern, Forst-, Polizei- und Gendarmeriebeamten einen Vortrag über Wilddiebsbekämpfung hielt, entstand die Anregung, einen dritten Band „Wilddieberei und Förstermorde“ zu schreiben, der auch alle in Österreich bekannten, an dortigen Forstbeamten begangenen Schwerverbrechen behandeln sollte.

Da die als Unterlage dienenden Strafakten unter Erledigung mancherlei Formalitäten aus dem „Auslande Österreich“ angefordert und von dort versandt werden mußten, und unaufgeklärte Fälle nach österreichischem Gesetz von der Besprechung auszuschalten waren, mußte manche Schwierigkeit überwunden werden. Der unermüdlichen Tätigkeit des Sekretärs der „Freien Vereinigung zum Schutze des Weidwerks“, Herrn Viktor Schmidt, Brunn a. Geb., und dem liebenswürdigen Entgegenkommen des Herrn Ministerialrats Dr. Suchomel, Bundesministerium für Justiz in Wien, und der zuständigen Staatsanwaltschaften ist es zu verdanken, daß mir alle Akten dieser lehrreichen Fälle zur Einsichtnahme zugeleitet werden konnten. Ich sage den Herren auch an dieser Stelle meinen Weidmannsdank!

Busdorf, Kriminal-Kommissar.

Förster und Wilderer erschossen

Im Sommer 1917, als alle waffenfähigen Männer im heißen Ringen des Weltkrieges unter den Fahnen standen, fehlte es allenthalben an Forst- und Jagdaufsichtsbeamten. Besonders bemerkbar machte sich dieser Mangel in den ohnehin schwer zu beaufsichtigenden Jagdgebieten des Hochgebirges. Hier konnten nicht, wie im Flachlande, ältere, nicht mehr kriegsdienstfähige Beamte zur Vertretung herangezogen werden, dieser Dienst erfordert einen kerngesunden, trainierten Körper und eiserne Nerven. Die wenigen, vom Kriegsdienst reklamierten Beamten hatten mehrere Reviere zu beaufsichtigen und schwer gegen das sich immer mehr ausbreitende Wildererunwesen zu kämpfen.

Im Jagdrevier des Großgrundbesitzers Ritter von Daubeck im Alpengebiet Gaisstein der Bergarzkaralpe hatten die Jäger am 7. Januar 1917 die Spuren zweier Wilderer verfolgt und festgestellt, daß ein Hirsch von ihnen erlegt und fortgeschafft worden war. Mit Hilfe ihrer Hunde fanden sie schließlich unter Gras und Steinen versteckt den halben Hirsch, der, nicht aus der Decke geschlagen, mit dem Beil in zwei Teile zerlegt worden war. Die Wilderer hatten offenbar Wind davon erhalten, daß sie von den Jägern und Gendarmen mit offenen Armen erwartet wurden. Die Beamten hatten Verdacht auf einen Bauer und seinen Sohn, der sich später bestätigen sollte.

Der zuständige Revierbeamte, der Jäger Rupert Pfandl aus Forstau (Salzburg), ein äußerst tüchtiger und pflichtgetreuer Beamter, der schon 15 Jahre das Revier beaufsichtigte, war durch das in letzter Zeit beobachtete Treiben der Wilderer in seinem Revier aufs höchste empört. Am Peter- und Paultage war er einem verdächtigen Schuß nachgegangen und hatte dann den Aufbruch einer gewilderten Gemse gefunden. Am darauffolgenden Sonntag fielen wieder Schüsse in seinem Revier, die nur von Wilderern herrühren konnten. Bei den Nachforschungen fand der Beamte reichliche Schweißspuren, konnte aber auch in diesem Falle weitere Spuren nicht finden, die zur Ermittlung der Täter beigetragen hätten.

Am 3. Juli 1917 hatte sich Jäger Pfandl auf einen ausgedehnten Dienstgang in sein Revier begeben. Welch schwierige Dienstverhältnisse dort herrschten, und welche hohen Anforderungen an die Jagdschutzbeamten gestellt wurden, geht daraus hervor, daß der Jäger oft acht Tage unterwegs im Revier verblieb, das Essen für die ganze Woche mit sich führte und in den Jagdhütten unterwegs abkochte.

Welch ein gewaltiger Unterschied zwischen dem Dienst eines Jägers des Hochgebirges und dem des Flachlandes! Nicht auszudenken für manche Förstersfrau, die schon mit einem ehelichen Donnerwetter zur Hand ist, wenn einmal in dienstlichem Interesse mittags die Kartoffeln kalt geworden sind.

Nach seiner zurückgelassenen Diensteinteilung wollte er sich zunächst nach Forstauwinkel begeben, dort vom 3. zum 4. Juli in der Jagdhütte übernachten und dann seinen Reviergang gegen Leiteralpe und Bergkarzkaralpe fortsetzen. Als seine Tochter ihn verabredungsgemäß am 5. Juli und sein Sohn ihn am Sonntag, den 8. Juli, in der Jagdhütte aufsuchen wollten, trafen sie ihn nicht an; sie ersahen auch, daß der Vater dort überhaupt noch nicht übernachtet hatte. Der Sohn traf unterwegs zwei „Steierer", die nach einem ebenfalls vermißten Besitzersohn Johann Trinker suchten, der nach ihrer Angabe seit dem 4. Juli abgängig war.

Als der Bichlhäuslbauer Habersatter am 9. Juli nach einem entlaufenen Ochsen suchte, fand er auf der Bergkarzkaralpe, 3½ Stunden südlich von Radstadt, in einer für Weidevieh bestimmten Unterstandshütte die Leiche des vermißten Trinker.

Das in Kenntnis gesetzte Bezirksgericht Radstadt ordnete sofort einen Lokaltermin an, und am 10. Juli begab sich der Bezirksrichter Hendler mit einem Aufgebot von Gendarmerie- und Forstbeamten an die Fundstelle. Da der 28jährige Trinker, genannt „Lanzenhans", den Beamten als Wilderer bekannt war, brachte man sofort das Verschwinden des Jägers Pfandl mit dem Leichenfunde in Verbindung. Die zum Teil zerfallene Hütte hatte als Nebengebäude eine Heustallung. In der Hütte, zwei Schritte von der Tür entfernt, lag ein gewildertes, schon teilweise verludertes Rehkitz, daneben eine in eine Wollsocke gewickelte Flasche. Unmittelbar vor der Tür zum Nebenraum lag die Leiche des Wilderers Trinker aus Rohrmoos. Der Tote lag auf dem Rücken, der Hut war ihm über das Gesicht gerutscht, der Rock offen, das Hemd auf der Brust blutdurchtränkt. Neben ihm lagen ein zur Vermummung benutzter grauer Schleier, auf dem Kochherd Mantel und Rucksack. Ein Gewehr war nicht vorhanden.

Als man die nähere Umgebung der Hütte absuchte, fand man zwanzig Schritte südwestlich nach einer Talmulde zu auch die Leiche des vermißten Jägers Pfandl. Der Erschossene lag mit dem Gesicht nach oben, den Hut hatte er auf dem Kopfe, das Fernglas umgehängt. Zwei Schritte von ihm entfernt lag seine Büchsflinte, Kugel- und Schrotlauf waren abgeschossen, die leeren Patronenhülsen befanden sich noch in den Läufen. Das Notizbuch mit einer darin aufbewahrten Hundertkronennote fehlte.

Man schaffte die Leichen zu Tal und ärztlich wurde festgestellt, daß eine Kugel dem Jäger die Wirbelsäule zertrümmert und die Lunge zerrissen hatte. Von hinten war sie durch den zusammengerollten Mantel in den Rücken gedrungen, hatte offenbar augenblicklich tödlich gewirkt und war unter der Haut vorn in der Brust steckengeblieben. Der erschossene Wilderer hatte die Kugel aus der Büchsflinte des Jägers seitlich in die Leber und den Schrotschuß aus großer Nähe von vorn in Brust und Halsansatz erhalten.

Aus der ganzen Situation, besonders aber aus dem Umstand, daß das Gewehr des Wilderers nicht vorhanden war, schloß man sofort, daß ein Komplice des erschossenen Wilderers den Jäger erschossen, ihn beraubt, und auch das Gewehr seines erschossenen Genossen an sich genommen habe.

Die Nachforschungen des Gendarmeriepostens Schladming ergaben, daß die Sennerin der Erblehnalpe am 4. Juli, mittags gegen 12 Uhr, als sie bei offener Tür in der Küche hantierte, drei Schüsse in kurzen Abständen gehört hatte, die in Richtung des Fundortes der Leichen gefallen waren. Die Sennerinnen der steirischen Alpen wollten von Schüssen nichts gehört haben.

Als vermutlichen Komplicen nahm die Gendarmerie am 18. Juli 1917 einen Freund des Erschossenen, den den Beamten als gefährlicher Wilderer bekannten 18jährigen Besitzersohn Friedrich G. aus Rohrmoos fest. G. gab an, daß er am 4. Juli, vormittags 6½ Uhr, das väterliche Gehöft verlassen habe, um Pech zu sammeln. Obwohl der Wald bei Eintingberg, in dem er sich aufgehalten haben wollte, in unmittelbarer Nähe der elterlichen Besitzung lag, konnte er keine plausible Erklärung geben, weshalb er nicht zum Mittagessen, sondern erst nach 16 Uhr vom „Pechsammeln“ zurückgekehrt war. Die Durchsuchung des elterlichen Hauses förderte acht Gewehre, viel Munition, Rehgehörne und Gemskrickeln zutage. „Steckfuß-Friedl“, wie G. genannt wurde, gab zwar zu, mit dem Erschossenen befreundet gewesen zu ein, bestritt aber energisch, allein oder mit Trinker gewildert zu haben. Das väterliche Gehöft des G. lag vollständig isoliert im Hochgebirge, er hatte noch 7 Geschwister, die Eltern bewirtschafteten mit den Kindern allein das Gut ohne fremde Hilfe, und es war daher nicht möglich, das Alibi des Verdächtigen nachzuprüfen. Nur der Erschossene hatte auf dem Gehöft verkehrt. Weitere Nachforschungen ergaben, daß der Verdächtige einige Zeit vor dem Ereignis vier Gemsdecken zum Gerber gebracht hatte, über deren Herkunft er unglaubwürdige Angaben machte.

Trotz eifrigster Nachforschungen der Gendarmerie gelang es nicht, den verdächtigen G. des Mordes an dem Jäger Pfandl zu überführen. Viele der jüngeren, tatkräftigen Beamten waren zum Heeresdienst eingezogen, die großen Ereignisse des Weltkrieges ließen den Jägermord in der Bergkarzkaralpe in Vergessenheit geraten.

Doch diese Ruhepause in der Nachforschungstätigkeit war nur eine vorübergehende gewesen. Im August 1927, also 10 Jahre nach Ermordung Pfandls, wurde der Verdacht erneut auf G. gelenkt, der inzwischen Besitzer in Pichl-Preuegg, verheiratet und Vater von fünf Kindern war. An den weiteren Nachforschungen hatten sich nicht nur die Gendarmerie-, sondern auch die Forstbeamten beteiligt, die an der Aufklärung des an ihrem Kollegen begangenen Mordes größtes Interesse hatten. Der Jäger Peter Zeisenberger, Jagdhaus Steinkarl, hatte von der Sennerin der Ampfkaralpe erfahren, daß G. am Mordtage einem Bekannten die Tat eingestanden habe. Dieser Bekannte hatte auf seiner Eigenjagd ein plötzliches Zusammentreffen mit G. gehabt, als sich dieser auf der Flucht vom Tatort nach dem Elternhause befand. Überraschend war er auf einen Wilderer mit verrußtem Gesicht und schußbereiter Büchse gestoßen, der sich jedoch sofort als G. zu erkennen gegeben hatte. In großer Aufregung hatte G. von seinem Zusammenstoß mit dem Jäger Pfandl und der Erschießung seines Freundes Trinker erzählt. Schließlich hatte er auch eingestanden, daß er den Jäger erschossen habe und sich augenblicklich auf der Flucht befinde. Er fand bei seinem Bekannten sofort volles Verständnis für seine bedrängte Lage, und dieser machte ihn darauf aufmerksam, daß die Gendarmerie jedenfalls Polizeihunde auf seine Fährte setzen werde. Um die Spur zu verwischen sei es erforderlich, eine Strecke durch einen Bach zu waten. Er erbot sich auch, den flüchtigen Mörder zu unterstützen, nahm ihn auf den Rücken, trug ihn erst im Bach ein Stück talwärts und setzte ihn dann am anderen Ufer ab. Wenn es gegen die verhaßten Jäger gilt, geht hier der bäuerliche Jagdbesitzer Hand in Hand mit dem Wilderer. So kam es, daß tatsächlich die Hunde an dieser Stelle die Fährte verloren hatten.

Am 20. August 1927 wurde G. vom Gendarmerieposten Schladming erneut festgenommen. Und nun legte G., der bei seiner ersten Festnahme so beharrlich geleugnet hatte, dem Untersuchungsrichter am Bezirksgericht Schladming ein Geständnis ab!

Es mag dem Laien sonderbar erscheinen, dem erfahrenen Juristen und Kriminalisten ist es kein Novum. Ich selbst brachte den Vater- und Raubmörder Müller, Gommern, nach 6 Jahren zum Geständnis, und bei den in diesem Buche beschriebenen Fällen wird sich das mehrmals wiederholen.

Nach der Darstellung des Mörders hat sich der Fall so zugetragen:

Am 4. Juli 1917, in den frühesten Morgenstunden, waren G. und der erschossene Trinker in die Forstau wildern gegangen. In der Bergkarzkaralpe schoß Trinker eine „Rehgeiß". Sie schleppten das erlegte Stück Wild in die Bergkarzkarhütte und setzten sich dort nieder, um zu „jausen". Dann will G., hinter der offenen Tür auf der Bank sitzend, eingeschlafen sein. Durch einen energischen Zuruf sei er erwacht. Er sah durch den Spalt zwischen Tür und Pfosten den Jäger Pf. mit schußbereitem Gewehr stehen, der den mitten in der Hütte, an der Durchgangstür zum Nebenraum mit dem Gewehr in der Hand stehenden Trinker aufforderte, das Gewehr niederzulegen und herauszukommen. Dabei habe Trinker eine Bewegung gemacht, die der Jäger wohl dahin gedeutet habe, daß er seine Waffe in Anschlag bringen wolle. Mit zwei Schüssen habe darauf der Jäger den Wilderer niedergeschossen. Dann habe er sich umgedreht, sei talabwärts gegangen und habe im Gehen seine Büchsflinte von neuem geladen. Aus Furcht, der Jäger könne auch ihn hinter der Tür bemerkt haben und könne zurückkehren, um auch ihn zu erschießen, sei er schnell vor die Tür gesprungen und habe von hinten auf den Jäger geschossen, der sofort zusammengestürzt sei. G. bestritt, an den Erschossenen herangegangen zu sein, insbesondere, ihn beraubt zu haben. Er habe dann die Flucht ergriffen und unterwegs den Bekannten getroffen, der ihm in der beschriebenen Weise bei der Flucht half. Er habe bei dem Vorgang seinen Kugelstutzen geführt. Mit diesem Gewehr hatte ihn schon 1918 der Gendarm Waltl beim Wildern in flagranti festgenommen. Leider war dem gefährlichen Burschen das Gewehr später wieder ausgehändigt worden. Diese, allen Forstbeamten bekannte, schwerbegreifliche Maßnahme, die sich früher immer wieder wiederholt, hatte hier zur Folge, daß mit demselben Gewehr ein pflichtgetreuer Beamter erschossen wurde.

Das Gewehr versteckte der Mörder unter einem Felsen und kam zur „Jausenzeit“ nach Hause, wo er, als wäre nichts geschehen, an der Mahlzeit am Familientische teilnahm.

Förstermord Pfandl; Tatort.

G. fand mit seinem „Geständnis“ nicht in allen Punkten Glauben. Es lag nahe, daß beide Wilderer im letzten Augenblick mit geübten Ohren das Kommen des Jägers bemerkt hatten. G. hatte offenbar noch Zeit gefunden, hinter die offenstehende Eingangstür zu springen, während Trinker mit dem schußbereiten Gewehr durch die Zwischentür in den Nebenraum zurückweichen wollte, als Jäger Pf. in der Tür erschien und ihn aufforderte, sein Gewehr niederzulegen. Als dieser darauf in Anschlag ging, hatte ihn der Jäger in berechtigter Notwehr niedergeschossen. Von der Gegenwart eines zweiten Wilderers hatte er nichts bemerkt, sonst wäre er nicht, ohne Deckung zu nehmen, in der offenen Tür stehengeblieben und hätte nicht sein Gewehr dabei in die Hütte hineingehalten. Denn gerade das sollte ihm zum Verderb werden. Als G. seinen Genossen niederstürzen sah, hatte der offenbar dem Jäger, der seine beiden Patronen aus der Büchsflinte verschossen hatte, das Gewehr entrissen, dessen Läufe auf Griffweite zur Tür hineinragten. Der überraschte und nun wehrlose Jäger hatte nun Deckung gesucht, denn jedenfalls hatte er in der Hand des Wilderers, der ihn überfallen hatte, dessen schußbereite Büchse gesehen. Den Berg hinabspringend, hatte ihn die Kugel in den Rücken getroffen und sofort getötet. G. hatte dann das entrissene Gewehr neben den Toten gelegt und ihn jedenfalls auch ausgeraubt. Beweise hierfür ließen sich allerdings nicht erbringen.

Beim Lokaltermin, der am 20.09.1927 an der inzwischen schon teilweise verfallenen Almhütte stattfand, konnte die Behauptung des G., er habe in der Hütte stehend zur Tür hinaus, aus Furcht vor einem Angriff des Jägers, auf diesen geschossen, vollkommen widerlegt werden. Der Erschossene hatte sich, als er den tödlichen Schuß erhielt, schon 1½ Manneshöhe unter dem Hüttenniveau und 20 Meter von der Hütte entfernt befunden. Der Schütze mußte ihm ein Stück gefolgt sein, mindestens 5 Meter seitwärts der Nordwestecke der Hütte mußte er beim Abfeuern des Schusses gestanden haben. Notwehr konnte nach dieser Feststellung nicht in Frage kommen, von dem ohne Waffe den Berg hinabspringenden Beamten konnte sich G. nicht bedroht gefühlt haben. Selbst wenn der Jäger, so wie es G. darstellte, noch seine abgeschossene Büchsflinte in der Hand gehabt hätte, hätte er hinreichend Zeit gehabt, sich nach der anderen Bergseite zu in Sicherheit zu bringen, denn von der Stelle, wo er als Leiche gefunden wurde, konnte der Jäger überhaupt nicht auf G. schießen, wenn dieser, was nahegelegen hätte, die andere Seite der Hüttenhöhe hinabgeeilt wäre. Die beigefügte, beim Lokaltermin aufgenommene Lichtbildaufnahme des Tatortes beweist diese Annahme des Gerichtes klar und deutlich. Die Person rechts der Hütte befindet sich auf der Stelle, an der man die Leiche des Jägers Pfandl fand, die davoneilende Person links der Hütte zeigt die bequeme Fluchtmöglichkeit des G.

In die Frohnfeste Radstadt überführt, entwich er dort im Oktober. Er nahm eine Flucht durch die Wälder, wo er als alter Wilderer Wege und Schleichstege genau kannte. Als er vorsichtshalber erst seinen Schwager aufsuchte, erfuhr er von diesem, daß sein Haus von Gendarmen bereits von den umliegenden Höhen beobachtet würde. Er sandte den Gendarmen einen Zettel zu, in dem er ankündigte, daß er sich anderen Tages in Radstadt selbst stellen werde. Trotz der Bewachung fand der gewandte Wilderer Gelegenheit, nachts seine Frau aufzusuchen. Am anderen Tage stellte er sich dann tatsächlich in Radstadt. Die Sehnsucht nach Frau und Kindern hatte ihn zur Flucht veranlaßt.

Gegen G. wurde Anklage wegen Mordes und Wilddieberei erhoben. Die Hauptverhandlung fand am 16. und 17. Februar 1928, also fast 11 Jahre nach der Tat, vor dem Schwurgericht Salzburg statt. Alle Zeugen, zum größten Teil dem Milieu des Angeklagten angehörend, bekundeten, daß der ermordete Jäger Pfandl „hübsch scharf" auf Wilderer gewesen sei. Wiederholt hatte man ihm Aufbrüche und Wildläufe auf seinen Weg gelegt und beobachtet, daß er dann „hübsch aufgeregt" gewesen sei. In diesen Kreisen, in denen das Leben eines Jägers nichts gilt, empfand niemand Mitleid mit dem Ermordeten und seiner Familie. Alle Sympathie galt dem Täter, den noch nach so langer Zeit die strafende Gerechtigkeit erreicht hatte.

Die Vorgesetzten und Kollegen stellten dem Ermordeten das beste Zeugnis aus, er war einer der schneidigsten Hochgebirgsjäger gewesen, den alle betrauerten. Allgemein wurde in Jägerkreisen die Ansicht vertreten, daß noch ein dritter Wilderer beteiligt gewesen sein müßte, dessen auffallend große Fußspur man gefunden hatte. Vor G. allein hätte dieser Draufgänger bestimmt nicht ohne schärfste Gegenwehr Deckung gesucht, selbst wenn ihm das Gewehr überraschend entrissen worden wäre. Das Schwurgericht mußte sich bei der Strafbemessung nach dem Wahrspruch der Geschworenen richten. Es ahndete die Tat, die nur als Überschreitung der Notwehr, nicht als Meuchelmord bewertet wurde, mit sechs Monaten strengen Arrest! …

Sachgemäße Spurenwertung

Nach einer telephonischen Meldung des Gendarmeriepostens Turnau an das Bezirksgericht Aflenz wurde am 14. Januar 1920 der Forstwart des Stiftes St. Lambrecht, der 37jährige Leo Wallner aus Turnau, von Wilderern angeschossen. An den Folgen des erhaltenen Schrotschusses war er dann um 19½ Uhr verstorben.

Nach der alsbald folgenden schriftlichen, ausführlichen Meldung hatte sich der Vorfall folgendermaßen abgespielt:

Am 14. Januar, um 14½ Uhr, begab sich Forstwart Wallner in den 400 Meter von seinem Jägerhaus Hinterhof gelegenen „Mooswald", um seine Fuchseisen zu revidieren. Dabei hörte er in Richtung des „Scheiklkogels" einen Schuß fallen. Er suchte zunächst vergeblich nach dem Schützen und begab sich dann nach Hause, um sich genügend mit Munition und einem Imbiß zu versehen, denn seine Absicht war, an geeigneter Stelle Vorpaß zu halten, um dem Wilderer den Rückwechsel zu verlegen. Zur Unterstützung nahm er, da kein Beamter zu erreichen war, den 17jährigen Forstarbeitersohn Markus Schrittwieser mit. Als sich beide an einer am Mooswaldwege gelegenen Brücke in Deckung aufgestellt hatten, setzte ein heftiger Schneesturm ein. Die Dunkelheit brach schnell herein und Wallner wollte mit seinem Begleiter den Heimweg antreten, in der Annahme, daß der Schütze einen anderen Weg eingeschlagen habe. Es war 17½ Uhr, als sie aufbrachen. Beim Verlassen ihres Verstecks bemerkten sie plötzlich aus der Dunkelheit auftauchend zwei Männer, die, am Zaun des dortigen Pflanzschulgartens entlang schleichend, auf die Brücke zu kamen. Da der junge Schrittwieser nur einen Stock trug, mußte er in Deckung stehen bleiben, während der Forstwart die beiden verdächtigen Personen anbirschte. Schrittwieser beobachtete nun, wie der Forstwart die beiden Männer mit „Halt" anrief, aber sofort von einem auf ihn abgefeuerten Schusse getroffen zusammenbrach. Als Schrittwieser furchtlos hinzusprang, krachte ein zweiter Schuß, und auch der am Boden liegende Beamte feuerte auf die nach dem zweiten Schuß fliehenden Wilderer. Der Tatzeuge konnte die beiden der Dunkelheit wegen nicht erkennen, er sah nur, daß beide lange Wettermäntel trugen. Er bemühte sich um den anscheinend schwerverletzten Forstbeamten und schaffte ihn unter großen Anstrengungen in das Forsthaus. Wallner klagte über sehr große Schmerzen und fiel mehrmals in

Ohnmacht. Er starb noch vor Ankunft des Arztes, der feststellte, daß der Forstwart einen Schrotschuß aus naher Entfernung in den Leib erhalten hatte. Rings um den Nabel konnte er 22 Schroteinschläge zählen, die die Unterleibesorgane offenbar total zerrissen hatten.

Der zunächst benachrichtigte Oberjäger Anton Lechner nahm trotz Dunkelheit und Schneesturms sofort die Verfolgung der Täter auf. Trotz der Schneeverwehungen fand er in der Finsternis die Fußspuren der beiden und verfolgte sie unter großen Mühen bis nach Stübning. Auf Grund dieser vorzüglichen Spurenarbeit setzten alsbald die Nachforschungen der Gendarmeriebeamten ein. Am anderen Morgen verfolgten die Gendarmen Tschernegg, Jakob und Müller sowie der Oberjäger Lechner und der Jäger Fladl die Fußspuren vom Tatort rückwärts über die Scheiklalpe bis zur Rotsolalpe und wieder zurück zum Rauschbachgraben. Hierbei gelang es, in der Nähe der Scheikl-Alpenhütte, an einer Stelle, an der einer der Wilderer seine Notdurft verrichtet hatte, ein Stück braunes Zigarettenumhüllungspapier zu finden. Weiter fand man im Rauschbachgraben, wo die beiden Wilderer ihre Jause zu sich genommen hatten, ein Sonntagsbeilagenblatt der „Wiener Volkszeitung" vom 1. Januar 1919, nebst einem Schweineknochen. Nach nochmaliger intensiver Suche am Tatort entdeckte man schließlich den Einschlag des zweiten, von den Wilderern auf den Forstwart abgefeuerten Schusses, im Schnee. Es gelang sogar, nach langem, mühseligem Suchen im Schnee die Kugel zu finden. Nachdem man diese wichtigen Beweismittel sorgfältig sichergestellt hatte, gelang es den genannten Beamten weiter, die Fußspuren wieder nach Turnau hinein und bis vor das Haus Nr. 46 zu verfolgen, in dem der schon seit längerer Zeit als Wilderer bekannte 39jährige Holzarbeiter Johann Sch. wohnte, der sofort festgenommen und dem Bezirksgericht Aflenz vorgeführt wurde. Der Revier-Inspektor Salomon, Turnau, nahm mit seinen Beamten sofort eine eingehende Durchsuchung des Hauses des Sch. vor. Er fand eine große Anzahl Nummern, der „Wiener Volkszeitung", die bei der Spurenverfolgung gefundene Nummer aber fehlte. Auch eine Büchsflinte mit dem Kugellauf Kaliber 11,15 Millimeter, sowie die zum Kugelgießen benutzte Kugelzange wurde vorgefunden. Die am Tatort gefundene Kugel war gleichen Kalibers, sie wies auch die besonderen Merkmale auf, die die gefundene Kugelzange beim Gießen an der Riffelung und am Geschoßboden hinterließ.

Unter der Wucht des vorgefundenen und ihm vorgehaltenen Beweismaterials legte Sch. alsbald ein Geständnis ab. Allerdings gab er nur zu, den Schrotschuß auf den Beamten verfeuert zu haben, das Schießen mit der Kugel bestritt er. Nur die Möglichkeit gab er zu, daß sich Schrot- und Kugellauf zugleich entladen haben könnten, ohne daß er das gemerkt hätte. Er nahm wohl an, daß beide Schüsse den Forstbeamten getroffen hätten, und daß der Schrotschuß ihn nur verletzt, der Kugelschuß ihn aber getötet habe.

Gegen seine Behauptung sprach aber nicht nur die einwandfreie Aussage des Tatzeugen, der zwei Schüsse in Abständen gesehen und gehört hatte, sondern auch die im Schnee zweifelsfrei festzustellenden beiden Schußrichtungen zeigten, daß die Schüsse von zwei verschiedenen Standorten des Schützen, also nacheinander verfeuert worden waren. Sch. gab ferner an, daß der Forstbeamte zuerst auf ihn und seinen Komplicen geschossen habe. Auch diese unwahre Behauptung konnte durch die Zeugenaussage widerlegt werden. Außerdem hatte ja auch der Erschossene vor seinem Tode den Vorfall noch eingehend schildern können. Seine Angaben hatten sich mit denen des jungen Schrittwieser gedeckt.

Schon einen Tag vor der Festnahme des Sch. hatte der Vorgesetzte des Erschossenen, Forstmeister Scholiesnig, dem Bezirksgericht Aflenz mitgeteilt, daß der der Wilddieberei verdächtigte 23jährige Arbeiter De V., ein geborener Italiener, seine Beschäftigung bei der „Alpenländischen Holzverwertungsgesellschaft" plötzlich aufgegeben habe und spurlos verschwunden sei. Auf Vorhalt gestand Sch. daraufhin auch ein, daß dieser De V. sein Tatgenosse gewesen sei. Da dessen Eltern in Salla wohnten, wurde die zuständige Gendarmerie in Kenntnis gesetzt. De V. stellte sich aber schon am anderen Tage selbst dem Bezirksgericht Aflenz.

Die Nachforschungen der Gendarmerie ergaben, daß der ermordete Forstwart Wallner den Sch. und den De V. seit längerer Zeit der Wilddieberei verdächtigt hatte. Seinem Vorgesetzten und Kollegen gegenüber hatte er sich wiederholt in diesem Sinne geäußert.

Der festgenommene Sch. wiederholte sein der Gendarmerie abgelegtes Geständnis vor dem Bezirksgericht Aflenz. Sein Komplice hatte schon in der Nacht vom 13. zum 14. Januar in seiner Wohnung übernachtet. Des Morgens gegen ½6 Uhr waren beide zum Wildern in den „Hinterhofgraben" gegangen. Sch. führte seine Büchsflinte, während der angeblich unbewaffnete De V. zunächst das Wild zudrückte, aber auch mit dem Gewehr seines Genossen auf Wild schoß. So hatten sie die Schicklalm und das Rauschbachtal abgetrieben, angeblich ohne etwas zu erlegen. Die Angabe des Sch., daß sein Komplice unbewaffnet gewesen sei, erschien von vornherein unglaubwürdig, er mußte dann auch zugeben, daß dieser einen Militärstutzen geführt habe. Beim Zusammenstoß mit dem Forstwart hatte Sch. diesen sofort an der Stimme erkannt. Er blieb weiter bei seiner Behauptung, daß der Beamte zuerst auf ihn geschossen habe. Aus Furcht, Wallner könnte nochmals auf ihn schießen, habe er das Feuer erwidert, aber nur nach den Beinen gezielt.

Der V. erweitert das Geständnis allerdings ganz erheblich. Der Forstbeamte hatte nicht zuerst auf ihn und Sch. geschossen, sondern beide nur überraschend angerufen. Auf den Anruf hin war Sch. sofort in Anschlag gegangen. Als er seine Büchsflinte auf Wallner angeschlagen hatte und abdrücken wollte, schlug ihm De V. das Gewehr beiseite und suchte ihn vom Schießen abzuhalten. Trotzdem hatte Sch. geschossen und De V. hatte die Flucht ergriffen. Als ihm Sch. folgte, nachdem er nochmals auf Wallner geschossen hatte, machte ihm De V. heftige Vorwürfe, Sch. erwiderte jedoch, daß er sich grundsätzlich nicht beim Wildern festnehmen lasse.

Unbegreiflicherweise waren auch diese beiden Arbeiter, die, wie bemerkt, schon seit längerer Zeit im Verdacht des Wilderns standen, im Besitz von Waffenpässen und Jagdkarten. Tragen in solchen Fällen nicht diejenigen Amtspersonen, die versäumt haben, den Ruf solcher Waffenpaß- und Jagdkarteninhaber zu prüfen, die die Bedürfnisfrage befürwortet und die Bescheinigungen ausgestellt haben, einen großen Teil der Schuld an solchen Bluttaten? Viel öfter müßten diese Fragen geprüft und die Schuldigen zur Verantwortung gezogen werden.

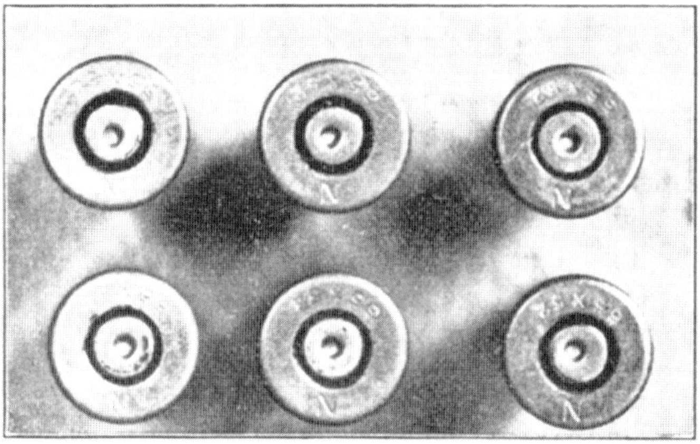

Kugelpatronenhülsen Kal. 6^{5}x52, abgeschossen mit einer Tellbüchse. Gewehr und Patronen waren fabrikneu. Die Abbildung zeigt, daß sich der Schlagbolzeneinschlag, auch wenn dieselbe Waffe benutzt wird, auf verschiedenen Stellen auf dem Zündhütchen befinden kann. Früher galt der Schlagbolzeneinschlag als wichtiges Indiz.

Am 17. Februar 1920 hatten sich die beiden Wilderer vor dem Schwurgericht Loeben zu verantworten. Sch. war wegen Wilddiebstahls und Totschlags angeklagt und wurde zu 3½ Jahren schweren Kerkers verurteilt, verschärft durch ein hartes Lager an einem Tage im Vierteljahr. De V. erhielt wegen Wilddiebstahls 6 Wochen Kerker zudiktiert.

Schon nach einem Jahre wurde Sch. auf Probe entlassen! Als er in seine Heimatgemeinde Turnau zurückkehrte, wurde er auf Gemeinderatsbeschluß hin ausgewiesen. In der Begründung des Ausweisbeschlusses hieß es: Die bedingte Entlassung müsse auf einen großen Teil der Bevölkerung beunruhigend, auf die schwergeprüfte Familie des erschossenen, pflichtgetreuen Forstbeamten aber niederdrückend wirken!

Das kann nur ganz verstehen, der selbst schon bei Wind und Wetter, bei schwierigsten Geländeverhältnissen und ständiger Lebensgefahr Wilderern nachgespürt hat, wer selbst schon einen erschossenen, erschlagenen oder aufgehängten, nachträglich noch beraubten Förster oder dessen klägliche Überreste gesehen hat, wer selbst schon mit den klagenden Angehörigen und trauernden Kollegen am Sarge gestanden und wochenlang inmitten der hinterlassenen Familie gewohnt hat, wie ich das selbst schon so oft erlebt habe.

Mit größter Anerkennung ist hier das tadellose Zusammenarbeiten von Forst- und Gendarmeriebeamten zu erwähnen. Ebenso die vorzügliche Spurenarbeit am Tatort und in der weiteren Umgebung, unter den schwierigsten Wetter- und sonstigen Verhältnissen. Solche Kenntnisse und Fähigkeiten sind nicht auf der Schulbank und durch Literatur zu erwerben. Nur das Jägerauge vermag solche latenten Spuren zu entdecken und der Polizeibeamte sie richtig auszuwerten, der, wie diese Gendarmeriebeamten, mit Wald und Bergen vertraut und mit der Natur eng verwachsen ist. Freilich krönt nicht immer der Enderfolg und beim Erfolg die Anerkennung die Arbeit im gebührenden Maße! …

Bei der Verfolgung in den Hinterhalt geraten

Die Gräflich Lambergsche Forstverwaltung in Donnersbachwald teilte dem Gendarmerieposten in Irdning am 7. Dezember 1918 telephonisch mit, daß einer ihrer Beamten, der 50jährige Revierjäger Georg Waß seit 24 Stunden abgängig sei. Der Forstbeamte hatte am 6. Dezember, vormittags 5 Uhr, seine Wohnung in Hinterwald mit der Angabe verlassen, daß er einen Reviergang nach der 3½ Stunden nördlich gelegenen „Feuergrube“ unternehmen wolle. Man hatte ihn auf dem Wege nach dort, in der eine Stunde von seiner Wohnung entfernten Ortschaft Donnersbachwald, gesehen. Es gibt drei Aufstiegsmöglichkeiten, um in die „Feuergrube“ zu gelangen, den Weg über Donnersbachwald pflegte Waß sonst nicht zu benutzen.

Gendarmerie- und Forstbeamte unternahmen alsbald, unter Hinzuziehung einer Anzahl Waldarbeiter, eine Nahsuche in der genannten Richtung und fanden den Revierjäger erschossen auf der Spitze des Berges „Tatermann“, eine Wegstunde bergaufwärts der „Feuergrube“. Die Spitze dieses Berges ist ein 1½ Meter hoher und 2 Meter breiter Felsblock. Die Leiche lag an der Seite dieses Felsblocks, ½ Meter davon entfernt. Der Tote hatte einen Kopfschuß erhalten, er lag auf der rechten Seite, der rechte Arm war lang ausgestreckt, der linke lag auf der Brust, quer über dem Körper lag das geladene Gewehr. Beim Auffinden der Leiche konnte man an den im Schnee sichtbaren Fußspuren noch feststellen, daß der Beamte beim Aufstieg auf den „Tatermann“ auf die Spuren zweier Wilderer gestoßen war, diese bis zur Bergspitze verfolgt hatte und dann von ihnen erschossen wurde, als er über den Felsblock hinweglugte. Weiter verriet der Schnee, daß die beiden Wilderer hinter dem Felsblock längere Zeit gestanden und den ihnen folgenden Forstbeamten erwartet hatten. Der Schnee war zusammengestampft, es war der Abdruck eines Militär- und eines Zivilstiefels zu erkennen; neben diesem Standort lag ein leeres Militärpatronenmagazin. Diese Stelle befand sich 2 Meter von der Leiche entfernt, der Beamte war demnach auf kurze Entfernung erschossen worden. Die sofort tödlich wirkende Kugel war über dem rechten Auge eingeschlagen und hatte dann die linke Kopfseite vollkommen zertrümmert und teilweise weggerissen. Die Wilderer, die zweifellos ein Dum-Dum-Geschoß benutzt hatten, hatten dem Revierjäger also heimtückisch aufgelauert, mit der Absicht, ihn zu töten. Das bewies die Schußrichtung und die

Wirkung des Geschosses. Die Fußabdrücke zeigten auch, daß der eine nach dem Schuß um den Felsblock herum an die Leiche herangegangen war, jedenfalls, um sich von der Wirkung seines Schusses zu überzeugen. Dann hatten beide die Flucht ergriffen, wobei immer einer sorgfältig in die Fußtapfen des anderen getreten war, um die Spuren möglichst unkenntlich zu machen und zu verwischen. Sie waren über den Bergrücken in das „Grünwaldskar“ hinabgestiegen.

In dem geladenen und gesicherten Gewehr des Toten befanden sich 5 Patronen. Der Tote war nicht beraubt, alle mitgeführten Gegenstände, Geld und Nahrungsmittel, befanden sich in den Taschen und im Rucksack. Da Waß noch nicht von seinen Nahrungsmitteln genossen hatte, mußte er schon in den Morgenstunden des 6. Dezember erschossen worden sein.

Weil neuer Schneefall drohte, entschloß man sich, die Leiche sofort talwärts zu schaffen, ohne das Eintreffen der Gerichtskommission abzuwarten. Unter großen Schwierigkeiten brachte man sie hinunter in die Totenkammer des Ortsfriedhofs zu Donnersbachwald und stellte sie bis zum Eintreffen der Gerichtskommission unter Bewachung. Inzwischen verfolgten der Jäger Unterberger und der Assistenz-Gendarm Pötsch die Fußspuren der Täter von der „Grünwaldskar“ den Bergweg entlang gegen die Schabhütte in den „Geißgraben“ und bis in der „Brantlgraben“. Hier ging die Spur, nach dreistündiger Verfolgung unter den schwierigsten Umständen, verloren, weil hier kein Schnee mehr lag. Es schien, als hätten die Täter absichtlich den Weg auf Donnersbach zu genommen. Sie hatten als erfahrene Bergbewohner und fährtenkundige Wilderer natürlich mit Entdeckung und Verfolgung ihrer hinterlassenen Spuren gerechnet und waren offenbar bestrebt gewesen, den Anschein zu erwecken, als wollten sie nach Donnersbach heimkehren. Die Verfolger konnten aber feststellen, daß sie später entgegengesetzt nach Donnersbachwald zu gegangen waren, als sie glaubten, daß ihre Spuren auf dem steinigen Boden nicht mehr zu finden sein würden. Beim Abstieg hatten sie eine Weile ausgeruht und sich in den Schnee gesetzt. Die beiden Beamten konnten an dem sehr umfangreichen Eindruck des Gesäßes und einer Hand, sowie an der Schrittlänge feststellen, daß ein sehr großer und starker Mann beteiligt sein mußte.

Die Spuren des Anmarsches verfolgten die Jäger Göschl und Wöhper über den „Bergkopflechen“ in die „Feuergrube“ und die „Thörlkoppen“ hinein, wo man beobachten konnte, wie sich die von der Seite her kommenden Fußspuren des erschossenen Revierjägers mit denen der Wilderer vereinigten. Hier hatte also der Beamte die Spuren der Wilderer entdeckt und sie, da sie ganz frisch waren, verfolgt.

Die Ermittlungen des Gendarmeriepostens Irdning ergab, daß ein Zeuge beobachtet hatte wie am 6. Dezember, vormittags 9 Uhr, der 28jährige Knecht des Ilsingerischen Lehens, Engelbert M., das Gehöft mit einem Gewehr verlassen hatte und nach 4 Stunden zurückgekehrt war. Das Gewehr sei kein Militärgewehr gewesen. M. bestritt, daß er das Gut des Vormittags verlassen habe und seine beiden Mitarbeiter bestätigten das bei ihren Vernehmungen. Da aber der Zeuge mit aller

Bestimmtheit seine Angabe wiederholte, wurde M. festgenommen und am 9. Dezember dem Bezirksgericht Irdning eingeliefert. Als M. merkte, daß die Gendarmen sich durch seine Angaben und die seiner „Alibizeugen" nicht irremachen ließen, stellte er sich schleunigst um und gestand dem Gendarmerievizewachtmeister Meixner während des Transportes ein, daß er sich jetzt entsinne, tatsächlich das Lehen um 9 Uhr verlassen zu haben. Ein Gewehr habe er aber nicht mit sich geführt, er habe nur auf „dem Brandlgrat nach Gemsen Umschau gehalten", einen Begleiter habe er dabei nicht gehabt. Dabei habe er aber eine wichtige Beobachtung gemacht: Er habe in Richtung des Fundorts der Leiche in großer Entfernung zwei Männer mit Gewehren und geschwärzten Gesichtern beobachtet, die ihm unbekannt gewesen seien. Also die bekannten „großen Unbekannten", die bei Verbrechen oft eine große Rolle spielen!

Bei der Durchsuchung der Stube des Knechtes M. fand man eine Hirschdecke, Gewehrmunition und einen schweißigen Rucksack. Bezeichnend war, daß man keine ärarischen Schuhe fand, obwohl um diese Zeit jeder aus dem Kriege zurückgekehrte Soldat solche besaß und mehrere Zeugen bekundeten, daß auch M. solche Schuhe bis vor kurzem getragen habe, was M. entschieden in Abrede stellte.

Als man sich die beiden „Alibizeugen" näher ansah, stellte es sich heraus, daß der ermordete Revierjäger Waß den einen, den Knecht Julius H., am 2. November 1918 unweit der „Feuergruben" beim Wildern abgefaßt, aber sich darauf beschränkt hatte, ihm das Gewehr abzunehmen, ohne Strafanzeige zu erstatten, weil H. noch nichts geschossen hatte. Der andere war der Bruder Alois H., den der Erschossene ebenfalls im Herbst 1918 beim Wildern in flagranti erwischt hatte. Es war also erklärlich, daß diese beiden den M. durch ihre Aussagen zu decken versuchten. Nicht nur sie haßten den Beamten, sondern alle Wilderer der Umgegend. Der pflichttreue, diensteifrige und dabei furchtlose Forstbeamte war ihnen im Wege. Zwei Tage vor seinem Tode hatte er einem Kollegen erzählt, daß ihn ein Bekannter mit den Worten begrüßt habe: „Was, Du lebst noch: Man hat doch erzählt, daß man Dich mit einem Kopfschuß aufgefunden habe." Es schien, als habe man in diesen Kreisen seinen Tod beschlossen und ihn in einen Hinterhalt gelockt, um ihn mit sicherem Kopfschuß zu erledigen.

Ein wichtiger Zeuge meldete sich noch. Der Forstpraktikant Dürr, der sich zur Zeit des Mordes in einem anderen Revierteile befunden und gegen 9 Uhr 4 Schüsse in kurzen Abständen hatte fallen hören. Gegen Abend, als das Verschwinden des Revierjägers Waß noch nicht bekannt war, beobachtete er dann aus großer Entfernung mit seinem Fernglas, daß die „Ilsinger" Knechte vom Bradlehen kamen. Jeder von ihnen trug etwas, was er nicht ausmachen konnte; er vermutete aber sofort, daß es zerwirktes Wild sei. In diesem Sinne hatte er auch seinem Vater Meldung gemacht.

Bemerkenswert war die Angabe der beiden Hilfsgendarmen, die mit den beiden Jägern und den Holzknechten die Leiche gefunden und zu Tal gebracht hatten. Sie hatten zum Aufstieg volle 3 Stunden benötigt, während die berggewöhnten Jäger und Holzknechte nur 1½ Stunden gebraucht hatten. In ihrer Anzeige von der Auffindung des Toten bemerkten sie: „Die gehen nicht beim Bergsteigen, sondern sie laufen!" Bei der späteren Nachprüfung des Alibis der Angeschuldigten, bei der die Zeitangabe eine große Rolle spielte, war diese Bemerkung von Bedeutung.

Gerichtsärztlich wurde festgestellt, daß ein Schuß in die linke Schläfe den Tod veranlaßt habe. Der Schädel war, wie bemerkt, vollkommen zertrümmert. Die Feststellungen waren mithin schwierig. Die Beamten hatten bereits darauf aufmerksam gemacht, daß beim Auffinden des Toten an der rechten Schläfe eine rauchgeschwärzte Stelle beobachtet worden sei, die doch jedenfalls nicht von dem auf 2 Meter Entfernung abgefeuerten Schuß herrühren könne. Sie hatten die Ansicht vertreten, daß zwei Schüsse auf den Kopf des Beamten abgefeuert sein müßten; einer aus 2 Meter Entfernung, der andere aus unmittelbarer Nähe als Fangschuß. Dafür sprach auch die bereits erwähnte Beobachtung der Fußspuren, die um den Felsblock herum an die Leiche geführt hatten. Nach ihrer Ansicht mußte ein Geschoß zwischen rechtes Auge und rechte Schläfe eingedrungen sein; diesen Schuß sprachen sie als den „Fangschuß" an. Ein Obergutachten vertrat dann die Ansicht, daß tatsächlich 2 Schüsse nachweisbar wären. Einer sei in die linke Wange eingedrungen und ein Dum-Dum-Geschoß gewesen, denn Teile des zerrissenen Geschoßmantels waren in den Fleischteilen der rechten Wange zu finden. Der zweite, in die rechte Kopfseite abgefeuerte Schuß, sei aus unmittelbarer Nähe, jedenfalls als „Fangschuß" abgegeben worden.

Von den Fußspuren des Täters, der um den Felsblock herum nochmals an den niedergeschossenen Jäger herangetreten war und ihm den „Fangschuß" gegeben hatte, hatte man Abgüsse genommen. Die Beamten erkannten, daß es sich um ärarische Stiefel handelte, deren Sohlenränder mit „Schranken" versehen und mit viereckigen Stiften benagelt waren, von denen einige fehlten. Das Spurenbild am Tatort ließ ferner erkennen, daß die Tötung des Jägers mit Vorsatz und Überlegung geschehen sein mußte. Die Wilderer hatten sich Zweige einer Zirbenkiefer abgeschnitten und sich im kniehohen Schnee daraufgestellt, um über den Felsblock hinweg besser den Weg beobachten zu könne, auf dem der Jäger ihren Fußspuren folgte. Bei den vielen Krümmungen, die der Felspfad machte, mußten sie ihn schon seit längerer Zeit bemerkt und beobachtet haben. Ein Anstand auf dem Wildwechsel kam hier nicht in Frage. Zeit zur Flucht war ihnen genügend geblieben, sie hatten dem Jäger aber in ihrem Versteck aufgelauert und ihn heimtückisch niedergeschossen, nicht nur in der Absicht, ihn zu verwunden und von ihrer Verfolgung abzuhalten, sondern um ihn zu töten, wie beide Kopfschüsse bewiesen.

Drei Tage nach seiner Festnahme wurde der „Inquisit" Engelbert M. aus der Haft entlassen!

Die Gendarmerie- und Forstbeamten wollten aber an seine Unschuld nicht glauben und setzten ihre Nachforschungen fort. M. war ein Verehrer des weiblichen

Geschlechts. Um sich bei den Donnersbacher Mädchen den Ruf eines verwegenen Wildschützen zu sichern, hatte er mit der Erschießung des Jägers geprahlt. Zwar nicht mit offenen Worten, sondern in einer Weise, die zur Verbreitung in diesen Kreisen viel geeigneter gewesen war: Er hatte mehreren von ihnen sein Geheimnis unter dem Siegel strengster Verschwiegenheit anvertraut. Eine Sennerin, der er den Mord mit allen Einzelheiten geschildert hatte, wurde unter dem Druck der ihr aufgebürdeten Mitwisserschaft religiös-wahnsinnig! Einer anderen gegenüber hatte er am Sonntag, dem 8. Dezember, zwei Tage nach dem Morde, an der Donnersbachwalder Kirche geäußert: „Freitag um diese Zeit war der Waß schon hin!" Anschließend hatte er ihr dann einen Liebesantrag gemacht, sich aber einen Korb geholt. Der Ray.-Inspektor Weingartsberger und seine Beamten vom Gendarmerieposten Donnersbach ermittelten weiter einen Zeugen, der gesehen hatte, wie M. und der bereits im Verdacht der Mittäterschaft stehende 39järig Besitzersohn Julius H. am 6. Dezember mit Gewehren ausgerüstet den „Brandlgrad" bestiegen hatten. Die Beamten nahmen darauf M. und H. am 21. Oktober 1920, also 1¾ Jahre nach dem Mord, erneut fest und führten sie dem Bezirksgericht Irdning vor. Kriminalpsychologisch interessant ist, daß M. nunmehr dem Untersuchungsrichter sofort ein Geständnis ablegte! Er bekannte sich schuldig, den Jäger Waß erschossen zu haben. Freilich vergaß er nicht, die bei den dortigen Wilderern übliche Ausrede zu gebrauchen, die so manchem von ihnen geringe Bestrafung oder Freispruch gesichert hat: Er wollte in der Notwehr gehandelt haben. Er sei auch allein, nicht in Begleitung eines Komplicen, insbesondere des mitverhafteten H., gewesen. Am 6. Dezember 1918, vormittags 6½ Uhr, sei er, um zu wildern, von dem Ilsinger Lehen aus über die Geißwand, an der Schabhütte vorüber, ins Grünwaldkar gestiegen. In der Nähe der Spitze am Brandlgrad sei er vom Jäger Waß überrascht worden, der sofort seine Verfolgung aufgenommen und fünfmal auf ihn geschossen habe, ohne ihn zu treffen. So sei er auf der Flucht bis zur Stelle gelangt, an der der Jäger dann erschossen aufgefunden worden war. Der Beamte sei nur noch 5 Schritte von ihm entfernt gewesen. So in die Enge getrieben, ohne Aussicht zu entkommen, habe der fürchten müssen, von dem Jäger erschossen zu werden und habe deshalb in der Notwehr von einer Schußwaffe Gebrauch gemacht. Er habe zweimal auf Waß geschossen; als er ihn zusammenstürzen sah, habe er sofort die Flucht ergriffen, ohne an ihn heranzutreten. Zu Hause habe er dann dem H. den Vorgang erzählt.

Seinen Darstellungen widersprach die genaue Beobachtung der Tatortspuren, die Zeugen hatten auch nur zwei Schüsse, nicht aber die angeblich vom Jäger Waß vorher abgefeuerten fünf Schüsse gehört. Außerdem war die Büchse des Erschossenen, wie bemerkt, mit 5 Patronen geladen und gesichert gefunden worden. Auf Vorhalt war M. sofort mit einer Erklärung zur Hand: Er wolle nunmehr zugeben, daß er doch an die Leiche herantreten sei, er habe die Büchse des Erschossenen aufgenommen und sie gesichert. Warum er das getan habe, könne er nicht erklären. Er gab zu, schon vor dem Kriege viel gewildert zu haben. Auch habe ein früherer

Komplice von ihm, der Holzknecht R., einen Jäger erschossen. Als er auf dem Rückwege von einem Wilderergang die Grünwaldkarbrücke passiert habe, sei der Jäger Hechel überraschend auf ihn zugesprungen und habe dem R. das Gewehr von der Schulter gerissen. Im Ringen wären beide in den Bach gestürzt, wo R. dann den Jäger mit dem Bergstock erschlagen und dessen Hund erstochen habe. Mit diesen Angaben über den bisher noch unaufgeklärten Jägermord wollte M. offenbar das Interesse von seiner eigenen Tat ablenken und sich milde Richter sichern. Die Angaben betätigten sich aber später.

Trotzdem M. behauptete, er sei bei der Tat allein gewesen, versprach sich M. im Verlauf seiner Vernehmungen wiederholt: „Da haben wir uns niedergesetzt …, da sind wir weitergegangen …". Einem Mädchen hatte er erzählt, daß ein ihm bekannter Bartbinder Franz H. sein Komplice gewesen sei. Am 7. November 1920 wurde dieser H. aus Dachenberg, der gewerbsmäßig Gamsbart zu Hutschmuck verarbeitete und sich daher „Bartbinder" nannte, festgenommen. M. hatte der Zeugin erzählt, daß H. zuerst auf den Jäger geschossen, aber schlecht getroffen habe. Er selbst habe dann den Jäger vollends erschossen. Er hatte die Befürchtung ausgesprochen, daß man den H. an den hinterlassenen Fußspuren erkennen werde, denn H. habe die kleinsten Füße in der ganzen Gegend. Tatsächlich war den Beamten aufgefallen, daß der eine der Wilderer eine auffallend kleine Fußspur hinterlassen hatte. Trotz Vorhalts aller dieser wichtigen Indizien war M. nicht zu veranlassen, sein Geständnis zu erweitern. Er behauptete, alle ihm gegenübergestellten Zeugen hätten es lediglich auf die ausgesetzte Belohnung von 10000 Kr. abgesehen und gab nur zu, daß ihm seine ärarischen Schuhe nicht gestohlen seien, wie er bisher behauptet hatte, er habe sie vielmehr im Heuschober versteckt. Man hatte dort bereits vergeblich nach den Schuhen gesucht, nach Angaben des M. fand man sie dann.

M. war so recht der Typ des „freien Wildschützen", wie er in Hintertreppenromanen eine Rolle spielt: Er war zwar nur Bauernknecht, besaß aber die vorschriftsmäßige „unbezähmbare Jagdleidenschaft", die ihn dazu verführte, herumzufaulenzen statt zu arbeiten. Selbstverständlich verfügte er über unermeßliche Schlauheit und Gerissenheit, die bekanntlich allen Wilddieben und anderen Spitzbuben im Roman und Film eigen ist. Daß er weder schreiben noch lesen konnte, war nicht verwunderlich, mit solchen Nebensächlichkeiten gibt sich ein verwegener Wilderer nicht ab. Daß er als solcher auch eine Rolle beim weiblichen Geschlecht spielen wollte, liegt nahe und gehört zum Bilde, das sich der Spießer und Bewunderer solcher Helden nun einmal von einem Wilderer macht, der mit geschwärztem Gesicht kühn den Gemsen nachsteigt. Seine Tonart, die er im Verkehr mit dem zarten Geschlecht anzuschlagen beliebte, war seinem Wesen durchaus angespaßt. Als er einer Zeugin den Vorfall schilderte, gebrauchte er folgende Redewendung: „Dann hab ich ihm's auf den Schädel hing g'hazt, und dann war's Luder hin!" Im Kampf Mann gegen Mann dem Jäger gegenüberzutreten, hatte dem kühnen Wildschützen der Mut gefehlt, er hatte dem Beamten, wohlgedeckt hinter dem Felsen, aufgelauert und ihn heimtückisch über den Haufen geknallt. Daß viele Forstbeamte in den österreichischen Alpen in ähnlicher Weise hinterlistig gemeuchelt worden sind, ist aus den anderen hier dargestellten Fällen ersichtlich. Faulheit, Feigheit, Hinterlist und Mordlust sind allerdings Eigenschaften, die man diesen Romanhelden nicht gut andichten kann.

Als M. sich am 11. Januar 1921 vor dem Schwurgericht des Kreisgerichtes Loeben zu verantworten hatte, versuchte er sich weiter mit der Ausrede zu verteidigen: Er habe in der Notwehr gehandelt! Er war wegen Mordes angeklagt, die Geschworenen erkannten nur auf Totschlag. Das Urteil lautete daher nur auf 7 Jahre schweren Kerker. Sein Tatgenosse wurde nur wegen Wilddiebstahls zu 3 Monate strengen Arrest verurteilt. Trotzdem auch vor Gericht der angeklagte M. mehrmals die Redewendung brauchte: „Wir sind weitergegangen …“, konnte dem H. Mittäterschaft bei dem Förstermord nicht nachgewiesen werden.

Sowohl der verurteilte M., wie auch die Staatsanwaltschaft legten wegen Höhe der Strafabmessung Berufung ein. Das Oberlandesgericht Graz hob darauf das erstinstanzliche Urteil auf und erkannte auf vierzehn Jahre schweren Kerker, mit der Begründung, daß eine Strafe von nur 7 Jahren schweren Kerker keineswegs als eine Sühne für eine so schwere Tat, wie es der vorliegende Mord sei, anzusehen wäre!

Nach Verbüßung der Hälfte dieser Strafe wurde M. auf Probe entlassen …

Beim Abtransport überfallen und ermordet

Überfälle beim Abtransport seitens festgenommener Wilderer auf Forstbeamte wiederholen sich immer wieder bei Förstermordfällen. Entweder fehlte dem überfallenen Beamten Schulung und Erfahrung, oder er handelte direkt leichtsinnig und war selbst Schuld an seinem Tode. In dem nachstehend geschilderten Falle aber soll der Beamte dem von ihm festgenommenen Wilderer sogar die Waffe in die Hand gegeben haben, mit der er dann niedergeschlagen wurde. Allerdings ist auch hier zu berücksichtigen, daß die Angaben von dem einzigen überlebenden Zeugen, nämlich vom Täter selbst stammen. Sie sind also dementsprechend zu bewerten.

Dem Bezirksgericht Tamsweg (Salzburg) wurde am 6. März 1924 vom zuständigen Gendarmerieposten telephonisch gemeldet, daß der Gräflich Fürstensteinsche Jäger Matthias Zitz aus Lessach im Walde am Lessachtal ermordet aufgefunden worden sei. Der 53jährige Beamte war seit dem 3. März abgängig, die angestellten Nachforschungen waren bisher erfolglos gewesen.

Die Gerichtskommission, unter Führung des Landgerichtsrats Haaß begab sich alsbald an den ¾ Stunden vom Forsthaus Hinterlessach, im sogenannten „Althausgraben" befindlichen Fundort der Leiche. An einem engen, steilen, mit Lawinenschnee gefüllten Graben lag am Fuße einer einzelnen, mächtigen Lärche der tote Jäger Zitz. Schon die oberflächliche Besichtigung ergab, daß er erschlagen und erstochen worden war. Eine genaue Besichtigung des Fundortes und der Leiche war zunächst nicht möglich, weil beim Eintreffen der Gerichtskommission die Dunkelheit einbrach. Die Leiche verblieb unter Bewachung am Fundort. Die Tatbestandsaufnahme wurde am anderen Morgen fortgesetzt und ergab folgendes:

Von der Höhe herab führten, im Schnee deutlich sichtbar, zwei Männerspuren, teils nebeneinander, teils hintereinander. Im Schnee der Lawinenrinne lag ein offenbar von einer Lawine niedergerissener Stamm einer jungen Eberesche, der an seiner stärksten Stelle einen Durchmesser von 5 Zentimeter hatte und jedenfalls behelfsmäßig als Bergstock benutzt worden war. Starke Blutspuren am unteren Drittel wiesen darauf hin, daß der Jäger mit diesem Knüppel niedergeschlagen worden war. Blutspuren und andere Anzeichen im Schnee ließen erkennen, daß dann der Jäger von hier aus im Kampf mit seinem Gegner den Berg hinabgekollert war. Zehn Meter unterhalb des Knüppels lag der graugrüne, verwitterte Filzhut des Ermordeten, 4 Meter weiter war der Schnee im Umkreis von einigen Metern total zerstampft und mit Blut bespritzt. Man mußte diese Stelle, an der man auch einige dunkle Menschenhaare fand, als eigentlichen Kampfplatz ansprechen. Von hier aus hatte sich dann der schwerverletzte Jäger Zitz, wie weitere Spuren bewiesen, 15 Schritte weiter talwärts an die erwähnte große Lärche geschleppt und sich dort niedergesetzt. Der Schnee war zusammengedrückt und blutgefärbt, sterbend hatte der Jäger den blutüberströmten Kopf und Rücken an den alten, verschneiten Baumstamm gelehnt. Dann mußte er, vom Blutverlust geschwächt, vornüber in den Schnee gefallen sein. In dieser Lage hatte ihn sein Gegner nochmals mit dem Messer bearbeitet und vollends getötet.

Fundort der Leiche des Jägers Zitz.

Im Genick des Toten war ein tiefer Messerstich festzustellen, der Mörder hatte dann das Messer durchgezogen und die Wirbelsäule durchtrennt! Dieser Schnitt mußte augenblicklich tödlich gewirkt haben. Auf dem Rücken trug der Tote noch den Rucksack mit daraufgeschnallten Schneereifen. Als man die vollkommen steifgefrorene Leiche herumdrehte, sah man, daß der Rock an mehreren Stellen zerrissen war. Auf einen erbitterten Kampf wiesen auch klaffende Stich- und Schnittwunden im Gesicht und am Halse hin. Ein tiefer Schnitt hatte sogar die Luftröhre durchtrennt.

Neben dem toten Jäger lag sein Bergstock, der 20 Zentimeter oberhalb der Eisenspitze eingebrochen war. In der Bruchstelle konnte man Blutspuren feststellen. Seitwärts vom Fundort des Ermordeten steckte bis zum hölzernen Griff im Schnee sein griffestes, blutbesudeltes Messer, dessen Spitze umgebogen war. Der Mörder hatte es ihm jedenfalls im Kampf entrissen und derartig wuchtig auf ihn eingestochen, daß die starke Klinge verbogen worden war. Neben dem Messer fand man blutige Schneeklumpen, der Mörder hatte sich mit zusammengeballtem Schnee die Hände vom Blut gereinigt.

Der Landgerichtsrat verfolgte mit den Gendarmerie- und Forstbeamten die schon teilweise schneeverwehten Fußspuren des Täters, die in der Richtung nach Lessach im Walde entlang, dann aus dem Wald hinaus auf die sogenannte Urban-Reitwiese führten. Zuerst waren sie am Waldzaun entlang sichtbar, dann liefen sie wieder ein Stück zurück. Man konnte beobachten, wie dann der Mörder an einer Stelle des Zaunes verhofft hatte und hin und her getrampelt war. Bei näherer Untersuchung dieser Stelle entdeckte der Gend.-Bez.-Inspektor Hedrich unter dem Zaun, mit Zaunlatten zugedeckt und mit Schnee sorgfältig verblendet, ein Gewehr. Es war ein alter, einläufiger Vorderlader, mit einer grünen Zeichnung und der Jahreszahl 1901 am Kolben. Die Fußspuren, die auf der freien Wiese vom Sturm fast verwischt waren, führten vom Fundort des Gewehres über die Wiese hinweg auf einen vielbefahrenen und -begangenen öffentlichen Weg, wo sie verlorengingen. Der Täter hatte große, gleichmäßig breite Schuhe getragen. Der bei der Suche anwesende, ortsansässige Zeuge, der die Leiche gefunden hatte, bezeichnete diese Schuhe als „hausgemachte Bauernschuhe“. Auch bezüglich des aufgefundenen Gewehres konnte er einen sehr wichtigen Fingerzeig geben. Der ihm als Wilderer bekannte Ziehsohn des B. = Bauern in L., der 19jährige Johann S., habe einen derartigen Vorderlader im Besitz gehabt.

In den Taschen des ermordeten Jägers hatte man ein Pulverhorn und drei in Papier gewickelte Bleikugeln gefunden, die er offenbar dem von ihm festgenommenen Wilderer abgenommen hatte, bevor ihn dieser niederstach. Dieser Fund war schon ein Hinweis gewesen, daß der Täter einen Vorderlader geführt hatte. Für Hinterlader ist nur fertige Munition verwendbar. Sofort vorgenommene Vergleiche ergaben, daß die Bleikugeln zu dem aufgefundenen Vorderlader paßten.

Die Gendarmen nahmen auf Anordnung des Landgerichtsrats den verdächtigen S. fest. Bei der sofort vorgenommenen Vernehmung gab S. nach anfänglichem Leugnen zu, einmal Besitzer des aufgefundenen Vorderladers gewesen zu ein. Er habe das Gewehr aber vor einiger Zeit an einen Unbekannten verkauft, nähere Anhaltspunkte über den Käufer konnte er nicht geben. An seiner Kleidung konnte man Blutspritzer feststellen, besonders an dem inneren Rand seiner Rockärmel. S. hatte zwar den Versuch gemacht, die Blutspuren zu beseitigen, es war ihm das aber nur zum Teil gelungen. Über die Herkunft des Blutes, das vom Chemiker als

Menschblut erkannt wurde, machte er Angaben, die sich fortgesetzt widersprachen. Ganz energisch aber stellte er in Abrede, den Jäger Zitz ermordet zu haben, obwohl auch seine Schuhe, die die bereits beschriebene charakteristische Form aufwiesen, genau mit den gesicherten Spuren übereinstimmten.

Dem Untersuchungsrichter gelang es jedoch, den S. schließlich zum Geständnis zu bringen. Natürlich stellte er den Hergang in einem für ihn günstigen Lichte dar. Der Jäger selbst sei schuld daran, daß er von ihm überfallen worden sei. Er habe in letzter Zeit wiederholt gewildert, am 3. März sei er von dem Jäger Zitz dabei überrascht worden. Auf Zuruf des Beamten habe er sein Gewehr weggeworfen, worauf dieser ihm die Taschen revidiert und das Pulverhorn und die Geschosse abgenommen habe. Dann habe ihn der Jäger aufgefordert, ihm zu folgen. Weil er den steilen Abstieg durch den „Althausgraben" befahl, S. aber nicht im Besitz eines Bergstockes war, ohne den ein Abstieg nicht möglich war, habe ihm der Jäger selbst den am Tatort aufgefundenen langen Knüppel in die Hand gegeben. Beim Abstieg sei der Beamte zuerst hinter ihm, nach einiger Zeit, als der Abstieg schwieriger wurde, vor ihm hergegangen. Er habe sich nun Gedanken gemacht wegen der ihm bevorstehenden Strafe, und wiederholt den Beamten gebeten, von einer Anzeige Abstand zu nehmen. Als dieser das, ohne sich umzusehen, ablehnte, habe ihn schließlich die Wut gepackt, und er habe den Jäger mit dem Knüppel niedergeschlagen. Zitz habe sich aber wieder emporgerafft und habe ihn gepackt. Im Ringen seien sie dann beide die Schneerinne hinabgekollert. Unten habe der Jäger sein feststehendes Messer gezogen; da er aber schon durch den Schlag mit dem schweren Knüppel sehr geschwächt war, sei es S. nicht schwer gefallen, ihm das Messer zu entreißen. So habe er wütend auf den Jäger eingestochen, bis dieser zusammenstürzte, sich dann aber wieder emporraffte und todwund zu der alten Lärche schleppte. Nachdem er sich kurze Zeit dort niedergesetzt habe, sei er blutüberströmt vornüber in den Schnee gefallen. Aus Angst, daß der Jäger sich doch wieder erholen könne und aus Furcht vor Entdeckung, habe er dann den Schwerverletzten durch tiefe Schnitte durch Genick und Hals vollends getötet. Nachdem er sich mit Schnee vom Blute bereinigt habe, sei er nach Hause gegangen und habe unterwegs sein Gewehr versteckt, wo es dann von den Gendarmen gefunden worden war.

S. zeigte über seine rohe Tat wenig Reue, er versuchte, bei seinen Vernehmungen die Schuld immer wieder auf den von ihm Ermordeten zu schieben. Das Schwurgericht Salzburg verurteilte ihn am 31. März 1924 wegen Totschlags zu zwölf Jahren schweren Kerker …

Inmitten seiner Familie meuchlings erschossen

Wenn in Volksliedern, besonders von der Bevölkerung des Hochgebirges der „herrliche, lustige Jägerberuf" in allen Tonarten gepriesen wird, erscheint es verwunderlich, daß gerade von diesen, angeblich so biederen und braven „Söhnen der Berge" das Leben eines derartig beneidenswerten Hochgebirgsjägers nur den Bruchteil eines anderen Menschenlebens bewertet wird. Vor Gericht sucht dann der „kühne Wildschütz", wenn ihm seine Schuld zweifelsfrei erwiesen ist, unter Zuhilfenahme eines schon bereitgehaltenen „Krokodiltränenergusses" auf die Geschworenen einzuwirken. In den meisten Fällen erzielt er auch damit den gewünschten Erfolg. Liegt der Fall besonders schwer, hat er seinem gemeuchelten Opfer, wie der objektive Tatbestand ergeben hat, noch den Fangschuß gegeben, liegt also Tötung mit Vorsatz und Überlegung vor, so wird auf den längst verstorbenen Großvater zurückgegriffen, der nach dem Zeugnis der lieben Nachbarn „närrisch" gewesen sei und diese Eigenschaft auf den vor Gericht stehenden Enkel vererbt habe. So wird dem alten Herrn, der sein Lebtag nur ein Trottel war, und von Kindern und Verwandtschaft hin und her gestoßen wurde, noch nach seinem Tode Gelegenheit gegeben, sich nützlich zu machen. Gelehrte Herren, Psychiater und Advokaten, bemühen sich mit vereinten Kräften, daß der Mörder mit möglichst geringer Strafe davonkommt. Der ist oft selbst erstaunt, welche Loblieder auf ihn gesungen werden, und merkt erst jetzt, welch braver Kerl und Unschuldslamm er ist. Und auch der leicht beeinflußbare Zuhörer ist schließlich überzeugt, daß eigentlich nicht der Angeklagte, sonder sein Opfer auf die Anklagebank gehörte, wenn das noch möglich wäre.

Ein besonders gemeiner, hinterlistiger Mord wurde am 28. Oktober 1925 an dem 44jährigen Jäger Thomas Haas in Hinterheißenegg, Gemeinde Waldstein (Kärnten) verübt. Haas war Aufsichtsjäger bei dem Jagdbesitzer Hockhofer in Wolfsberg, sein Jägerhaus lag neben der Jagdvilla, die nur zur Jagdzeit vom Besitzer bewohnt wurde, einsam im Walde. Am genannten Tage, um 18¼ Uhr, saß der Jäger bei brennender Tischlampe am Küchentisch. Er las seinen Kindern, die um ihn herumsaßen, aus einem Buche vor, während die Frau am Küchenherd hantierte. Der Jäger saß so, daß er den Rücken dem unverhängten, in der Hinterseite des Hauses befindlichen Küchenfenster zugedreht hatte. Plötzlich krachte ein Schuß, und der Vater fiel inmitten seiner Familie, ohne einen Laut von sich zu geben, tot zu Boden. Auch das 3jährige Töchterchen Johanna, die dicht neben, nicht hinter dem Vater gesessen hatte, fiel blutüberströmt vom Stuhl. Wie sich später ergab, war der Jäger mit einem abgefeilten Militärgewehrgeschoß erschossen worden. Beim Durchschlagen der Fensterscheibe hatte sich der Stahlmantel vom Geschoß gelöst und war dem Kinde in den Kopf gedrungen, der Bleikern hatte den Vater getötet.

Am 29. Oktober meldete der Gendarmerieposten Preitenegg dem Landesgericht Klagenfurt den Vorfall, und die Gerichtskommission stellte am Tatort folgendes fest: Die tödliche Kugel hatte das 70 Zentimeter über dem Erdboden befindliche Doppelfenster der Küche und dann Rückgrat und linke Lunge des Jägers durchschlagen. Dann hatte sie den Weg durch die offene Stubentür und das Vorderfenster genommen. In beiden Fenstern befanden sich in den Scheiben runde Durchschlaglöcher, ohne daß die Scheiben selbst zertrümmert waren. Da das Haus an einer Berglehne erbaut war, befand sich das Vorderfenster 2½ Meter über dem Erdboden. Schon daraus war zu schließen, daß der Schütze am Küchenfenster gestanden haben mußte, von dem er die Küche bequem übersehen und durch das er in Anschlaghöhe schießen konnte. Außerdem war an den Durchschlaglöchern zu sehen, daß diese nach der Rückseite zu glatte, nach der Vorderseite muschelartig ausgebrochene Ränder aufwiesen. Diese Merkmale sind beachtenswert, nicht immer gelingt es den den Tatort besichtigenden Beamten, Ein- und Ausschlag in ähnlichen Fällen festzustellen. In diesem Falle hatte der vom zersprengten Mantel losgelöste Bleikern des Dum-Dum-Geschosses allein den Körper des Ermordeten und die Scheibe im Vorderzimmer durchschlagen.

Der im Hof an der Kette liegende Hund hatte erst nach dem Schuß angeschlagen. Die Fußspuren des Täters waren vor dem Küchenfenster nur schwach sichtbar und wurden, soweit dies noch möglich war, durch Abdruck sichergestellt.

Die Frau des ermordeten Jägers bekundete, daß ihr Mann sich von zwei bekannten Wilderern, dem 24jährigen Holzknecht Philipp N. und dem 23 Jahre alten Holzknecht Franz P. bedroht gefühlt habe. Einige Zeit vor seinem Tode hatte er gesagt: „Wenn mir mal was passiert, kommen diese Burschen in Frage!“ Mehrmals hatte der Jäger diese beiden beim Wildern abgefaßt und zur Anzeige gebracht. Erst kurze Zeit vor Ermordung des Haas hatten sie dieserhalb eine Strafe von je 2 Monaten Kerker verbüßt. Mitte Juni 1925 hatte Haas mehrere Schlingen im Revier gefunden. Als Schlingensteller kamen höchstwahrscheinlich ebenfalls die bekannten beiden Wilderer N. und P. in Frage, die um diese Zeit in der Nähe Holz fällten, sich Hütten aus Baumrinde errichtet hatten und darin wochenlang hausten. Als kurze Zeit darauf der Beamte mit den beiden Burschen im Wirtshaus saß, wurde er von diesen vom Nebentisch her mit Sticheleien belästigt. Als er sich dies verbat, wurde er von N., einem sehr gewalttätigen Menschen, mit dem Stilett bedroht.

N. und P. wurden am 30. Oktober 1925 unter dem Verdacht des Meuchelmordes festgenommen. Sie arbeiteten zur Zeit des Mordes im Renneiswalde. Ihre Festnahme erfolgte, als sie des Morgens zur Arbeit gehen wollten. Die Gendarmeriebeamten suchten dann auf der Arbeitsstelle nach den Gewehren der beiden Wilderer, konnten sie aber dort nicht finden. Die weiteren Nachforschungen ergaben, daß N. sein Gewehr bei einem Bekannten aufzubewahren pflegte; P. wollte das seine vor 3 Wochen an den „großen Unbekannten" verkauft haben. Über ihren Aufenthalt zur Zeit des Mordes befragt, machten sie folgende Angaben: Um 17 Uhr hätten sie ihre Arbeit im Holzschlag im Renneiswalde eingestellt und sich dann in ihre gemeinsame Wohnung begeben. Die beiden Wilderer hatten ein idyllisches Unterkommen gefunden. N. war der Geliebte der Bäuerin V., die verwitwet war, aber noch, „im besten Mannesalter" stand und zu gleicher Zeit ihre Gunst ihrem Wirtschafter schenkte. Beide Liebhaber waren sich natürlich todfeind, einer kontrollierte den anderen beim Kommen und Gehen, und es war wiederholt vorgekommen, daß N. von seinem Rivalen unsanft aus dem Bau der liebenswürdigen Witwe hinausgeworfen worden war. Sein Freund P. war unbestrittener Liebhaber der Magd dieses Bauernhofes, hatte es dabei bereits zum Vater gebracht und hatte begründete Aussicht, das, ebenso wie sein Spezie N., demnächst wieder zu werden. Die recherchierenden Gendarmen hatten es unter diesen Umständen nicht leicht, das Alibi der beiden Verdächtigen nachzuprüfen. Die beiden Geliebten waren gewiß nicht als klassische Zeugen anzusprechen, sie suchten natürlich ihre Kavaliere und Väter ihrer Kinder zu schützen. Anderseits war damit zu rechnen, daß der Wirtschafter aus oben erklärten Gründen seine Aussagen nicht zugunsten seines Rivalen machen werde. Er bekundete, daß N. an diesem Abend nicht am Abendessen teilgenommen habe, er habe sich sonderbarerweise am Abend des 28. Oktober überhaupt nicht sehen lassen. Dafür wußten jedoch die beiden Verdächtigen und ihre beiden Helferinnen eine Erklärung zu geben. N. sei, wie er das mit Rücksicht auf seinen Rivalen schon vorher des öfteren getan habe, heimlich in die Kammer der Magd gegangen und habe sich dort aufgehalten, um dann später zur Bäuerin hinüberzuwechseln, wenn der Wirtschafter nicht mehr zu fürchten war. Auch an diesem Abend habe N. angekleidet auf der Truhe geschlafen, als die R. mit ihrem Kinde schlafen ging. Ihr Geliebter bestätigte das und fügte hinzu, er habe nach seiner „Sackuhr" gesehen, es sei ½22 Uhr gewesen, als sein Komplice die Kammer verlassen habe und zur Bäuerin gegangen sei. Mit den genauen Zeitbestimmungen war das auf diesem Bauernhofe eine zweifelhafte Sache. Die Gendarmen stellten fest, daß dort oft tagelang keine Uhr ging. Diesen Glücklichen schlug eben keine Stunde! Wenn dann mal wieder die Sonne schien, paßte es die Bäuerin ab, bis die Strahlen auf eine bestimmte Stelle auf den Tisch fielen, sie wußte dann: Jetzt ist es 12 Uhr, und stellte die Zimmeruhr danach. Sie war eine praktische Frau und in jeder Hinsicht darauf bedacht, daß niemand zu kurz kam.

Dem Untersuchungsrichter gegenüber behauptete N., daß er nach seiner letzten Strafe nicht mehr gewildert habe. P. hatte dies allerdings schon zugeben müssen, auch N. gestand es dann ein, wollte aber nur im Besitz einer Schrotflinte gewesen sein. Ein Zeuge wurde gefunden, der N. 2 Tage vor dem Morde beobachtet hatte, wie er in der Richtung nach dem Jägerhaus schlich. So in die Enge getrieben, machte N. dann Angaben, die einen anderen Wilderer, den Holzknecht Philipp G., schwer belasteten. Nach seiner Haftentlassung sei G. zu ihm gekommen und habe ihm geraten, den Jäger abends durch das Fenster zu erschießen. Philipp G., der den Beamten ebenfalls als gefährlicher Wilderer bekannt war, wurde daraufhin ebenfalls festgenommen und gab zu, diese Äußerung getan zu haben. Er bestritt dem Untersuchungsrichter gegenüber jedoch energisch, den Jäger erschossen zu haben. Bei Durchsuchung seiner Wohnung wurde eine ganze Waffensammlung beschlagnahmt. Man fand 4 Militärgewehre, 2 Schrotflinten, 2 Revolver und sehr viel Munition. Die Gendarmen ermittelten, daß die bekannten Wilderer, alles „alte gute intime Spezle", am Klementitage (23.11.), dem Holzknechtfeiertage, zusammen im Dorfkruge gesessen und verabredet hatten, der Bäuerin und ihrer Magd zu sagen, daß die „recht fest bleiben", also bei ihren Aussagen verharren sollten. Die Mutter des festgenommenen G. suchte ebenfalls eine Zeugin zu beeinflussen. Sie wollte eine Sennerin überreden auszusagen, daß ihr Sohn am Abend des 28. Oktober bei ihr „gefensterlt" habe. Die Sennerin weigerte sich aber, eine falsche Aussage zu machen.

Um weitere Verdunkelungsgefahr zu verhüten, erließ der Untersuchungsrichter Haftbefehl auch gegen die Bäuerin und ihre Magd. Am 4. Juni 1926 fand der Jäger Johann Kienzl, der Nachfolger des Erschossenen, 450 Meter nordwestlich der Försterei in der Viehweide, als er dort mit Streumachen beschäftigt war, einen „überhauten, ärarischen, abschraubbaren Militärstutzen". Das Gewehr lag gut versteckt unter einem halbgroßen, unten buschigen Fichtenbäumchen. Sein Zustand zeigte, daß es schon längere Zeit dort gelegen hatte. Es lag nahe, daß man den Fund mit dem Morde an dem Jäger Haas in Verbindung brachte. Auf der Flucht vom Tatort hatte es der Mörder dort offenbar versteckt. Der Grund, weshalb er das Gewehr dort später nicht wieder abgeholt hatte, sondern es im Freien unbrauchbar werden ließ, ließ sich ebenfalls bald erklären: Der Eigentümer war höchstwahrscheinlich unter den drei festgenommenen Wilderern zu suchen, die wegen Mordverdachts nun schon ¾ Jahre in Untersuchungshaft saßen. Einen ähnlichen Fall habe ich im II. Band dieser Bücher geschildert. Der Preuß. Staatl. Hegemeister Bartholomae war am 29. Mai 1919 meuchlings auf seinem Hochsitz erschossen worden. Im Februar 1921 fand der Haumeister im Walde unter Laub versteckt einen Karabiner, ein Jahr später wurde von einem Waldarbeiter unweit der ersten Fundstelle ein zweiter Karabiner gefunden. Als mutmaßliche Täter hatten s. Z. zwei Brüder längere Zeit in Untersuchungshaft gesessen, auf dem Weg vom Tatort in das elterliche Haus hatten sie diese Stellen passieren müssen. Beide Waffen waren vollkommen unbrauchbar geworden, weil sie lange Zeit, nur mit Zweigen und Moos bedeckt, im Walde gelegen hatten, Die Frage, warum die Eigentümer ihre Gewehre nicht abgeholt hatten, wurde damals in gleicher Weise erklärt. Man hatte vergeblich nach den Militärgewehren der beiden Verdächtigen gesucht, und diese waren durch lange Untersuchungshaft jedenfalls verhindert gewesen, ihre Gewehre abzuholen.

Die Beamten des Gendarmeriepostens Preitenegg der Landesgendarmerie für Kärnten zeigten im Juli 1926 an, daß sie in der früheren Wohnung des N. und des P., beim Besitzer Massasimon, nochmals eine genaue Durchsuchung vorgenommen hätten. Der Heustadel sei jetzt geräumt, der bisher mit Heu gefüllt gewesen war. Dabei habe man noch einen überhauten, ärarischen, abschraubbaren Militärkarabiner, ein Werndlgewehr, eine Schrotflinte, sehr viel Munition, Schlingendraht und einen Rehruf gefunden, nachdem man schon bei einer früheren Durchsuchung in der Wohnung ebensoviel Gewehre gefunden hatte. Der Untersuchungsrichter konnte durch fortgesetzte Zeugenvernehmungen feststellen, daß dort eine ganze Anzahl gefährlicher Wilderer gehaust hatte, deren Anführer der festgenommene N. gewesen war. Sie hatten ungestört ihr Wilddieberei von hier aus und anschließend einen lebhaften Handel mit Wildbret betrieben.

Der festgenommene 25jährige Voltibauersohn Philipp G. versuchte bei seinen Vernehmungen vor dem Untersuchungsrichter sein Alibi nachzuweisen. Er sei bis 19 Uhr zu Hause gewesen. Dann habe er bei der Magd des K.-Bauern „angefensterlt“. Da seine Bemühungen aber erfolglos blieben, habe er bei einer ihm bekannten Bauerstochter dasselbe versucht, dort aber ebenfalls eine Abfuhr erfahren. Er könne sich der Vorgänge am Mordtage genau erinnern, da es der „Simon- und Judätag“ war, an dem er vormittags in der Stadt gewesen sei. Die benannten jungen Damen konnten eine bestimmte Auskunft nicht geben, ob G. an ihren Fenstern gewesen sei, es würde soviel „gebrentelt“, daß man bei dem starken Anlauf nicht mehr angeben könne, wer der Kavalier gewesen sei, zumal beide ihr Fenster nicht geöffnet hatten.

Eines Morgens fand der Kerkermeister den Philipp G. erhängt in seiner Zelle vor. Er hatte Streifen von seiner Decke abgerissen, zusammengeknüpft und sich damit am Fenstergitter erhängt. In die Zellenwand hatte er eingekratzt: „Unschuldig geschmachtet und wer weiß, wie lange noch. Gottes Auge das sieht überall hin, es hat auch gesehen, daß ich es nicht gewesen bin.“

Es war kaum anzunehmen, daß G. seinem Leben ein Ende gemacht hätte, wenn er wirklich an dem Meuchelmord gänzlich unschuldig gewesen wäre. Er hatte ja selbst zugeben müssen, daß er dem N. geraten hatte, den Jäger durch das Fenster zu erschießen. Wenn er den tödlichen Schuß nicht selbst abgefeuert hatte, war er zum mindesten der Anstifter, wahrscheinlich aber auch der Mittäter gewesen, indem er bei der Tat Aufpasserdienste geleistet hatte.

Trotz der vorzüglichen Aufklärungsarbeit des Gendarmerie-Rayon-Inspektors Schratter und seiner Beamten vom Gendarmerieposten Preitenegg und der fortgesetzten Zeugenvernehmungen durch den Untersuchungsrichter, die mehrere Aktenbände füllten, blieb der gemeine Meuchelmord an den Jäger Haas unaufgeklärt. Im August 1926 mußten N. und P. aus der Untersuchungshaft entlassen werden, weil die Indizien zur Erhebung der Anklage nicht genügten.

Kaum ein Jahr später, am 19. Juli1927, wurde N. in demselben Revier von dem Jäger Kienzl, dem Nachfolger des ermordeten Haas, abermals beim Wildern abgefaßt. Das zeigte wohl zur Genüge, daß diesem unverbesserlichen Wilddieb alles zuzutrauen war …

Ein Kampf mit Messern

Die Festnahme bewaffneter Wilderer ist für den Jäger immer mit Lebensgefahr verbunden. Wenn der Beamte die nötige Erfahrung besitzt und mit Vorsicht, Kaltblütigkeit und Energie vorgeht, läßt sich Widerstand und Angriff meist vermeiden. Allein gegen mehrere Wilderer vorzugehen, habe ich stets abgeraten. Oft fühlt sich der Jäger den Wilderern ohne weiteres überlegen, wenn er in Begleitung eines Kollegen ist, es verleitet ihn wohl auch, die sonst geübte Vorsicht außer acht zu lassen. Aber nicht immer ist der Begleiter zuverlässig, ich habe selbst in dieser Hinsicht üble Erfahrungen machen müssen. Ist der Begleiter im Moment höchster Gefahr zaghaft und versagen ihm die Nerven, kann das für den anderen den Tod bedeuten. In die gleiche Gefahr kann aber auch der allzu schneidige, draufgängerisch Veranlagte seinen Begleiter bringen, wenn er blind drauflosgeht und den Kollegen so mit ins Unglück hineinreißt, der ihm in Not und Tod die Treue hält. Lehrreich in dieser Hinsicht ist der folgende Fall:

Am 27. August 1922, gegen 9 Uhr, befanden sich der 26jährige Jäger Johann Scheiger und der erst 16½ Jahre alte Jagdpraktikant Anton Hechel, Beamte der Gräflich Lambergschen Forstverwaltung in Donnersbach (Steiermark), auf einer Streife auf der Schwarzalpe. Unterhalb der Alkerspitze bemerkten sie drei Männer, die sich als Wilderer verdächtig machten. Es gelang den beiden Jägern, sich unbemerkt heranzubirschen und mit den Ferngläsern festzustellen, daß die Verdächtigen mit Gewehren bewaffnet waren. Die Jäger kamen, gut gedeckt, bis auf 15 Meter heran und riefen die Wilderer an: „Halt, Hände hoch, Gewehre ablegen!“ Sofort flüchtete einer der Überraschten in großen Sprüngen talwärts, blieb dann stehen und ging auf Jäger Schweiger in Anschlag. Dieser kam ihm aber zuvor und schoß, fehlte aber. Einen zweiten Schuß wartete der Wilderer nicht ab, er verschwand in den Felsen.

Inzwischen hatte der jugendliche Praktikant seinen Hirschfänger gezogen und war auf einen der beiden anderen Wilderer losgegangen, um ihm die Waffe abzunehmen. Nicht mit seiner Büchse ging er dem widerspenstigen Kerl, der trotz Aufforderung noch immer sein Gewehr schußbereit in Händen hielt, zu Leibe, sondern mit der in diesem Fall ganz ungeeigneten Stichwaffe! Es kam natürlich sofort zum Handgemenge zwischen den beiden. Dem Jäger Schweiger blieb unter diesen Umständen nichts übrig, als sich schleunigst auf den dritten Wilderer zu stürzen, der seinem Komplicen zu Hilfe eilen wollte. Kaum fühlte sich der von Schweiger gepackt, als er mit seinem Stoßmesser sich zur Wehr setzte. Auch der Jäger zog seinen Hirschfänger und es kam zwischen den vier Männern, hart am Abgrund, zum Kampf auf Leben und Tod. Da rief der Wilderer, der mit Schweiger rang, seinem Genossen zu: „Bertl hilf!“ Sofort krachte ein Schuß, und Hechel stürzte mit einem Aufschrei zusammen. Dann kam „Bertl“ mit schußbereiter Waffe auf die mit ihren Stoßmessern Kämpfenden zu, um seinem arg bedrängten Komplicen zu helfen. Er packte Schweiger von hinten mit den Worten: „Du mußt auch noch hin!“ In höchster Lebensgefahr erwehrte sich der Jäger beider Angreifer und schleuderte sie zu Boden, obwohl er schon einen tiefen Messerstich in das linke Handgelenk erhalten hatte. Dann sprang er, da beide zu ihren entfallenen Gewehren griffen, mit einem gewaltigen Satz eine 4 Meter hohe Felswand hinab. Jetzt warfen die Wilderer große Steine auf den Flüchtenden hinab und verletzten ihn schwer an Fußgelenk und Oberschenkel. Trotzdem gelang es ihm unter Aufbietung seiner letzten Kräfte, Deckung hinter einem Felsvorsprung zu nehmen. Der von ihm gestellte Wilderer schoß jetzt mehrmals auf ihn, ohne ihn aber in seiner Deckung zu treffen. Unter großen Schmerzen gelang dem Jäger, immer eines neuen Angriffs gewärtig, der Abstieg. Er erstattete von dem Vorfall natürlich sofort seinem Vorgesetzten Anzeige. Die von dem Gendarmerieposten Donnersbach in Kenntnis gesetzte Gerichtskommission stieg mit Gendarmerie- und Forstbeamten alsbald zum Tatort hinauf, um den Tatbestand festzustellen und die Leiche zu Tal schaffen zu lassen. Man fand den erschossenen Jagdpraktikanten Hechel, halbangelehnt an einen Felsen, an der von Schweiger beschriebenen Stelle. Sein Rock war durch Messerstiche und einen Nahschuß an der rechten Seite zerfetzt, ebenso die Krawatte und das Hemd, das Verbrennungsspuren aufwies. Der Arzt stellte fest, daß sich der Einschuß auf der rechten Brust, in Höhe der dritten Rippe befand. Auf dem Rücken, in der Gegend des rechten Schulterblattes, fand er den Ausschuß. Die Leiche wurde unter großen Schwierigkeiten abgeseilt. Die Obduktion ergab, daß der Tod durch Zerreißen der Hauptschlagader fast augenblicklich eingetreten sein mußte.

Die Gerichtskommission bezeichnete es in ihrem Protokoll als ein Wunder, daß sich der Jäger Schweiger beim Absprung über die 4 Meter hohe Felsplatte nicht zu Tode gestürzt hatte. Die Nachforschungen des Gendarmeriepostens Donnersbach, auf Grund der Angaben des Jägers Schweiger, daß der eine Täter als „Bertel“ bezeichnet worden war, ergaben, daß ein in Eselsberg, Gemeinde Winklern, bediensteter 23jähriger Knecht Engelbert G. in seinen Bekanntenkreisen den Namen „Bertel“ führte. Der telephonisch in Kenntnis gesetzte Gendarmerie-Rayon-Inspektor Hofer in Oberwölz nahm den Verdächtigen am 31. August fest. Der Beamte stellte fest, daß sich G. am 27. August tatsächlich im Gebiete der Eselsbergalpe, die an die Schwarzalpe angrenzt, aufgehalten hatte.

G. gab zunächst zu, mit Erlaubnis im Revier seines Dienstherrn auf der Eselsbergalpe (Knollialm) gejagt zu haben. Von einem Zusammenstoß mit den beiden Jägern an der Alkerspitze wollte er nichts wissen. In seinem Besitz wurde ein Mannlicher-Karabiner gefunden. An seinen Händen stellte man frische Hautabschürfungen fest, die er sich beim Arbeiten zugezogen haben wollte. Noch während der Vernehmung des Verdächtigen traf der Jäger Schweiger ein, der G. sofort als einen der Täter erkannte. Er hatte ihn schon 1912 und jetzt im Juni, also kurze Zeit vor dem Morde, beim Wildern im Gräflich Lamberg'schen Revier gefaßt. Seine Person war ihm aus diesem Grunde besonders gut bekannt. Trotz seiner Vorstrafen wegen Wilderns war der Verdächtige im Besitz eines Jagscheines und eines Waffenpasses!

G. versuchte, trotzdem ihn der Jäger mit Bestimmtheit als einen der Täter bezeichnete, zu leugnen. Schließlich legte er aber doch ein Geständnis ab. Er war am frühen Morgen des 27. August mit dem 36 Jahre alten Knecht Franz B. aus Eselsberg und dem 46jährigen Holzarbeiter Urban P. aus Meinhardsdorf von der bei Eselsberg gelegenen Funklischen Alpenhütte aus in die Schloieralpe gestiegen, um im Revier des Dienstherrn des G. zu jagen. Hierzu hatten die drei „Jäger" die Erlaubnis erhalten. Wenn ein Jagdbesitzer derartigen „Jägern" Gelegenheit gibt, allein in seinem Revier zu jagen, müßte er ebenfalls bestraft werden, wenn seine Jagdgäste wildernd über die Jagdgrenze gehen. Wiederholt war G. von hier aus in das Gräflich Lamberg'sche Revier hinübergewechselt und, wie bemerkt, schon zweimal dort vom Jäger Schweiger beim Wildern abgefaßt worden. Auch an diesem Tage waren G. und seine beiden Begleiter in das Gräfliche Revier gewechselt. G. fügte diesem Geständnis zu, daß sie nur hinübergegangen wären, um „auf der Lakerspitze zu jausen und dabei die schöne Aussicht ins Ennstal zu genießen". (Jedenfalls hatten sie dabei ihre Gewehre nur mitgenommen, um sich dort stehender angriffslustiger Gemsen zu erwehren!)

Während die drei braven Spezls noch friedlich ins Gelände schauten, wurden sie überraschend von den beiden Jägern angerufen. B. war sofort aufgesprungen, hatte mit dem Gewehr in der Hand die Flucht ergriffen und war von Schweiger beschossen worden, als er auf diesen in Anschlag ging. Dann war ein Jäger auf G., der andere auf P. zugesprungen, um sie zu entwaffnen, weil sie trotz Zurufes noch immer ihre Karabiner in Händen hielten. So war es bei der Entwaffnung zum Handgemenge gekommen. Dabei hatte P., der mit dem Jäger Schweiger rang, seinem Genossen zugerufen: „Bertl hilf!" Auf diesen Ruf habe sich der Jäger Hechel, der mit „Bertl" beschäftigt war, umgedreht. Das habe G. (Bertl) benutzt und seinen Mannlicher Karabiner, den Hechel gepackt hatte, umgedreht, so daß die Mündung auf des Jägers Brust gerichtet war. Er habe den Karabiner abgedrückt, und der Jäger sei sofort tot niedergestürzt. Dann sei er hinzugelaufen, um seinem Komplicen zu helfen. Jäger Schweiger und P. kämpften beide mit ihren Stoßmessern, der Jäger habe sich zunächst der Angriffe seiner beiden Gegner erwehrt, sei dann aber schließlich den Felsen hinabgesprungen. P. habe dann schwere Steine hinterher geworfen und auf den Jäger geschossen. G. gab noch an, daß er nach der Tat sein Gewehr zunächst beim Sennen auf der Funkalm versteckt habe.

Nach dem Geständnis des G. begaben sich der Rayon-Inspektor Hofer und der Jäger Lorenz Sommer nach Kohlboden und Pachern, wo der vielfach vorbestrafte P. als Köhler beschäftigt war. Durch seine Festnahme überrascht, legte P. alsbald ein Geständnis ab, nachdem man ihm die Aussagen seines Komplicen G. vorgehalten hatte. Er hatte sich schon am Abend vor dem Mord auf die Eselsbergalpe begeben und dort in der Hütte der Sennerin übernachtet, weil er dort ein Schaf kaufen wollte. So habe er, natürlich ganz „zufällig", seine beiden Freunde getroffen, die ihn „überredeten", beim Wildern auf Gemsen als Treiber zu dienen. Vieler Überredungskunst hatte es bei Herrn P. nicht bedurft, für alle Fälle hatte er auch gleich seinen Stutzen mitgenommen, um für die Rückwechsel gewappnet zu sein. Der Karabiner war auch schnell zur Hand gewesen, denn er hing ständig in der Sennhütte. Den Hergang schilderte er genau wie G. es getan hatte, er wollte sich allerdings nicht mehr entsinnen, ob er auf den Jäger noch geschossen habe, nachdem er auf ihn Steine geschleudert hatte. Nach dem Vorfall habe man sich wieder getroffen und den Heimweg angetreten.

Der dritte Täter, der Knecht B., wurde nun ebenfalls festgenommen. Auch er befand sich im Besitz von Waffenpaß und Jagdschein. Er legte ebenfalls ein Geständnis ab und fühlte sich am wenigsten schuldig, denn er habe sofort nach dem Anruf die Flucht ergriffen. Auf den Jäger habe er nicht angeschlagen, er könne sich nicht erklären, warum dieser auf ihn geschossen habe. Über die Jagdgrenze sei man nur „aus Neugierde" gegangen, nur um zu sehen, wie weit man von der Alkerspitze ins Ennstal hineinschauen könne. Seine Büchsflinte hing ebenfalls ständig in der Funklalpenhütte, um immer gleich zur Hand zu sein.

Die drei Wilderer wurden dem Bezirksgericht Oberwölz eingeliefert.

Bei seiner Vernehmung durch den Untersuchungsrichter gab der Mörder des Jägers Hechel, der Knecht G., an: „Wir standen nach dem Anruf der Jäger ganz verzagt, dann sprangen diese wie die Wölfe, mit den Hirschfängern in der Hand, auf uns zu. Wir gaben aber die Gewehre nicht heraus." Man begreift, daß diese armen, verzagten, von den Wölfen angegriffenen Unschuldslämmer sich dann schließlich zur Wehr setzten.

Unbegreiflich erscheint, daß der Jäger Hechel, als er den G. entwaffnen wollte, sein Gewehr wegwarf und nur mit dem Hirschfänger bewaffnet dem mit schußfertiger Büchse dastehenden Wilderer zuleibe ging. Derartige Bravourstücke rächen sich fast immer. Wenn der bewaffnete Wilderer nach Aufforderung das Gewehr nicht ablegt, ist der Jäger berechtigt zu schießen, ohne erst einen Angriff abzuwarten. Bemerkenswert ist auch, daß beide Jäger Hunde an der Koppel mit sich führten. Da die Tiere nicht abgerichtet waren, halfen sie ihren Herren beim Kampf nicht, sie waren nur im Wege. Das bestätigt wieder meine Ansicht, daß ein Hund auf Wildererstreife im allgemeinen nicht nur überflüssig ist, sondern für seinen Herrn sogar gefährlich werden kann, wenn er sich nicht lautlos ablegen läßt oder sich beim Nahkampf in der Leine verfängt und seinen Herrn dadurch behindert oder gar zu Boden reißt. Ein gut dressierter, auf den Angreifer oder Fliehenden abgerichteter scharfer Hund ist allerdings ein zuverlässiger Begleiter auf der Wildererstreife. Welche wertvollen Dienste hätten im vorliegenden Falle gut dressierte Hunde leisten können! Zuerst hätten sie den Fliehenden stellen, dann in den mit Messern ausgefochtenen Nahkampf sehr wirksam eingreifen können.

Besonders tragisch erscheint der Tod des jungen Hechel. Er fand zwei Jahre vorher seinen Vater, der Jäger in derselben Verwaltung war, erstochen und erschlagen in einem Waldbach. Nun war er selbst dem Mordgesindel zum Opfer gefallen!

Die Gendarmerie ermittelte noch zwei Hirten, die aus großer Entfernung Zeugen des Vorfalls gewesen waren. Mit ihren Ferngläsern hatten sie alle Einzelheiten des Nahkampfes hoch oben auf der Alkerspitze beobachtet, nach ihren Angaben war es „schiach" hergegangen. Sie sahen auch, wie der Jäger Schweiger über die Felswand absprang, und hatten angenommen, daß er von seinem Gegner hinuntergeschleudert worden sei und sich zu Tode gestürzt hätte.

Der Tod des jungen Hechel blieb nicht ungerächt. Das Schwurgericht in Loeben verurteilte seinen Mörder zu 8 Monate (245 Tage) schweren Kerker, verschärft durch ein hartes Lager jeden zweiten Monat. Es wurde anerkannt, daß der arme „verzagte" G. in Furcht und Schrecken gehandelt habe. Er habe geschossen, um einen rechtswidrigen Angriff auf sein Leben abzuwehren! Der Komplice P. hatte zwar, wie durch die Aussage des Tatzeugen Schweiger bewiesen wurde, gerufen: „Jetzt bringen wir den auch noch um!", er hatte auch schwere Steine auf den Jäger geschleudert und mehrmals nach ihm geschossen, die Geschworenen sprachen ihn aber von der Anklage des versuchten Mordes frei. Wegen Übertretung des § 36 des Waffenpatentes erhielt er aber 3 Tage Arrest aufgebrummt. Der dritte Angeklagte kam noch besser weg, er wurde gänzlich freigesprochen.

Ein Jägermord in der Tschechoslowakischen Republik

Am 30. April 1926, kurz nach 17 Uhr, begaben sich der Forstadjunkt Bretislav Vauck und der Heger Peter Cotek, beide Angestellte der Thonetschen Herrschaft Vsetin, auf einen Beobachtungsgang in das Revier „Jatenky“ bei Vsetin, wo seit ei-

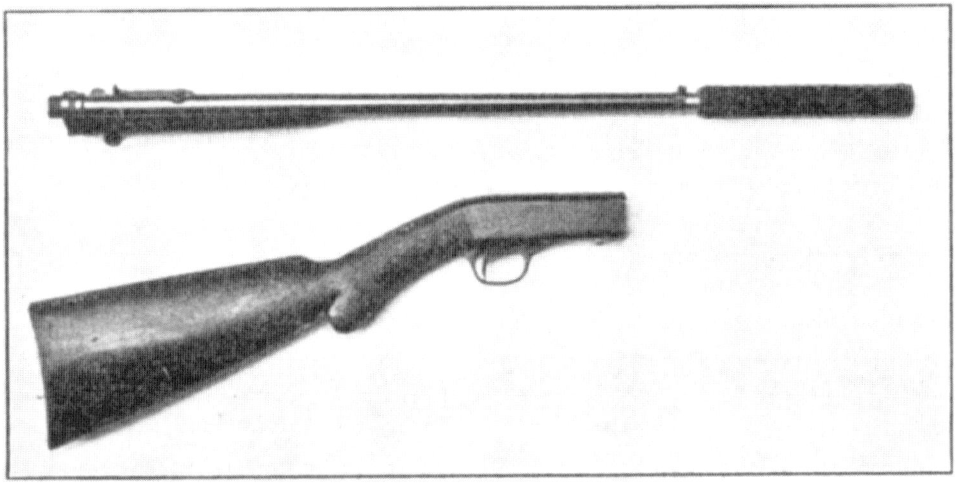

Zerlegbares Wilddiebsgewehr mit aufgesteckten Schalldämpfer.

niger Zeit Raubschützen viel Schaden am Wildstand verursachten. Der Forstadjunkt führte auf diesem gefährlichen Gang sonderbarerweise kein Gewehr mit, sondern nur eine Repetierpistole. Um ¼19 Uhr erblickten sie aus einer Entfernung von 250 Meter in einem Unterwuchs einen Mann, der ihnen verdächtig schien. Forstadjunkt Vauck beauftragte den Heger, den verdächtigen Mann weiter zu beobachten, für den Fall aber, daß er weitergehen sollte, ihm zu folgen und ihm den Weg nach der nahegelegenen Ortschaft Jatenky zu verlegen. Er selbst entfernte sich in der Absicht, den Mann zunächst zu umgehen und sich dann an ihn heranzubirschen. Kurz nachdem sich der Adjunkt entfernt hatte, wurde der Mann unruhig, er hatte jedenfalls den Adjunkten wahrgenommen und ging in der Richtung nach dem Heger zu. Dieser hatte offenbar nicht genügend Deckung genommen, denn der Mann mußte auch ihn entdeckt haben, da er hinter einen Baum in Deckung sprang. Dann flüchtete er in der Richtung nach dem Wäldchen „Horka" zu, und der Heger, der ihn verfolgte, sah, daß er ein Gewehr, ähnlich einem Militärgewehr, in der Hand trug. Als der Heger 300 Meter hinter dem Unbekannten gelaufen und dieser in dem Wäldchen verschwunden war, hörte er einen Knall, dem er aber keine besondere Bedeutung beimaß. Nach einer Weile erblickte der Heger den von ihm verfolgten Wilderer wieder, wie er mit dem Gewehr in der Hand aus dem Wäldchen, „Horka" heraus in südlicher Richtung zum Vsetiner Walde hin lief. Der Heger war durch das schnelle Laufen vollkommen erschöpft und mußte die Verfolgung einstellen. Er nahm auch an, daß der Forstadjunkt den Mann erwischen werde, der ihm nach des Hegers Ansicht näher sein mußte. Er erwartete zunächst die Rückkehr des Adjunkten an der Stellte, an der sich dieser von ihm getrennt hatte. Von Personen, die vorüberkamen, erfuhr er dann, daß am Wäldchen „Horka" ein Mann liege. Als er hinzueilte, erkannte er den Forstadjunkten, der erschossen worden war.

Der Heger erstattete sofort Anzeige, und die Gerichtskommission traf alsbald am Tatort ein. Die Leiche lag 26 Meter vom Wäldchen „Horka" entfernt auf einem Feldwege. Der Tote lag auf dem Bauche, etwas auf die linke Seite gedreht. Zwanzig Zentimeter von der rechten Hand entfernt, lag die geladene Pistole. Auf der linken Wange, 4½ Zentimeter vom linken Mundwinkel entfernt, sah man eine ungleichmäßig abgerundete Wunde im Durchmesser von 10 Millimeter; hinten im Genick, an der Wirbelsäule, entdeckte man eine 4 Zentimeter lange, in der Richtung von oben nach unten verlaufende Wunde. Weitere Verletzungen waren an der Leiche nicht wahrzunehmen. Bei der Obduktion stellten die Ärzte fest, daß die Wunde auf der Wange der Einschuß einer Kugel, die hintere der Ausschuß war. Das Geschoß hatte die Wange, die Mundhöhle und den ersten Halswirbel (Atlas) durchbohrt. Durch die zerstörende Wirkung des Projektils waren die Schädelgrundknochen, das verlängerte Rückmark, der erste Halswirbel und teilweise auch das Kleinhirn zertrümmert. Der Tod war sofort eingetreten. Die Ärzte nahmen an, daß die Kugel ein an der Spitze abgefeiltes Militärgeschoß gewesen sein mußte, das nach dem Einschlag im Kopfe deformiert war. Selbstmord war vollkommen ausgeschlossen, Tötung durch fremde Hand gewiß.

Der Verdacht, den Forstadjunkten erschossen zu haben, fiel auf einen 23jährigen Fabrikarbeiter Jaroslav Z. aus Jasenka. Er wurde von der Gendarmerie noch in der Nacht zum 1. Mai in der Wohnung seiner Geliebten, der Franziska M. in Vsetin, verhaftet. Z. bestritt die Täterschaft und versuchte sein Alibi für die kritische Zeit nachzuweisen. Am 30. April sei er um 17 Uhr von der Arbeit gekommen. Da das Nachtmahl noch nicht fertig war, sei er barfuß bis zum Wäldchen „Horka" gegangen, wo er sich gegenüber dem Kostkagebäude niedergesetzt habe. Dort habe er sich aber nur 5 Minuten aufgehalten, nach einer knappen Stunde sei er wieder zu Hause gewesen. Da das Nachtmahl aber immer noch nicht zugerichtet war, sei er nochmals ausgegangen, bis zum Walde „Javoriny", um dort mit Burschen einen Maibaum zu holen. Er habe geholfen, den Maibaum in das Dorf zu schaffen. Unterwegs habe er erfahren, daß auf der Höh' ein Mensch erschossen worden sei. Nachdem er genachtmahlt, sei er nach Vsetin gegangen. Am Tatort oder in der Nähe sei er an diesem Tage nicht gewesen, ein Gewehr besitze er nicht und gewildert habe er noch niemals.

Der Zeuge Kostka, der 280 Meter vom Wäldchen „Horka“ wohnte, hatte genau um ¾19 Uhr einen Schuß von dort her gehört, es war ein ungewöhnlich kurzer, scharfer Knall gewesen, seiner Meinung nach ein Schuß aus einem Militärgewehr. Als er nach der Schußrichtung sah, bemerkte er in dem Birkengesträuch, südlich vom Wäldchen, einen Mann, der nach dem Schuß bis auf 15 Meter zum Wäldchen, zu jener Stelle, an der nachher die Leiche gefunden wurde, ging und dann in südlicher Richtung nach Vsetin zu lief, wobei er ein Gewehr ohne Riemen in der Hand hielt. Dabei sah er sich wiederholt nach dem Kostkahause zu um, wurde aber von dem Zeugen nicht erkannt. Die von dem Verdächtigen benannten Burschen bestätigten, daß sie um diese Zeit einen Maibaum geholt hatten, auf dem Nachhausewege habe sich Z. zu ihnen gesellt. Durch Nachprüfung stellte die Gendarmerie fest, daß Z. sehr wohl den Weg von der Wohnung zum Tatort und zum Treffpunkt mit den Burschen in den angegebenen Zeiten hatte zurücklegen können, zumal er als ein flinker Bursche und guter Läufer bekannt war. Am 5. Mai fand man beim Absuchen der weiteren Umgebung des Tatortes im Waldteil „Jadily“ unter Reisig verborgen ein umgearbeitetes Militärgewehr, das an Stelle des Gewehrriemens einen Spagat hatte. Neben der Waffe lagen zwei Rahmen dazugehöriger Kugelpatronen. Der Fundort lag ¼ Stunde vom Tatort entfernt. Der Schwager des Verdächtigen betätigte bei seiner Vernehmung, daß dieser ein solches Gewehr besessen habe. Ein anderer Zeuge hatte dieses Gewehr ebenfalls im Besitz des Z. gesehen. Dieser war ihm als leidenschaftlicher Wilderer bekannt, der schon als Junge dem Wilde mit einer Pistole nachgestellte habe. Nach Gegenüberstellung mit diesem Zeugen mußte Z. zugeben, Eigentümer des gefundenen Gewehres zu sein, er habe es im Walde versteckt gehalten, dort sei es ihm von einem Unbekannten gestohlen worden.

Z. versuchte mit Hilfe eines zur Entlassung kommenden Mitgefangenen einen Kassiber an seine Angehörigen zu schmuggeln. Er gab seinen Eltern und Geschwistern genaue Anweisung über ihre zu machenden Aussagen. Auch einen anderen Zeugen sollte sie bestimmen, über ihn günstige Aussagen zu machen, die sich mit seinen bisherigen Angaben deckten. Auf Grund der Ermittlungen und des indirekten Eingeständnisses der Tat durch diesen Kassiber wurde gegen Z. die Anklage erhoben.

Das Schwurgericht des Kreisgerichtes Novy Jicin verurteilte den Angeklagten am 27. Oktober 1926 wegen gemeinen Mordes zum Tode. Später wurde die Todesstrafe in lebenslängliche schwere Kerkerstrafe umgewandelt, verschärft durch einen Fasttag in Einzelhaft an jedem 30. April. Ein Geständnis legte der Mörder auch nach dem Urteil und Antritt seiner Strafe nicht ab …

Geständnis und Widerruf nach acht Jahren

Ein Förstermord, der, wie der vorstehend geschilderte, in den Österreich benachbarten Wäldern verübt wurde, soll hier Erwähnung finden. Er erinnert an den in diesem Buche erörterten Fall Pfandl, auch er wurde nach vielen Jahren aufgeklärt und bietet sowohl auf dem Gebiete des Forst- und Jagdschutzes, wie auch in kriminalpsychologischer Hinsicht viel Lehrreiches.

Der 40 Jahre alte Fürstlich Hohenlohe-Langenbergsche Forstwart Friedrich Hauck verließ am Sonntag, dem 8. August 1920, vormittags gegen ½5 Uhr, seine Jagdschloß Tiergarten bei Steinkirchen, Oberamt Künzelsau, gelegene Dienstwohnung. Es waren in der letzten Zeit wiederholt verdächtige Schüsse gemeldet worden, und andere Beobachtungen deuteten darauf hin, daß Wilderer besonders im Waldteil Holzhausen – genannt „Tiergarten" – ihr Unwesen trieben. Zu ihrer Überraschung erschien dem Forstbeamten erfahrungsgemäß besonders der frühe Sonntagmorgen geeignet. Um ½8 Uhr wollte er wieder zurück sein. Seine Frau erwartete ihn vergeblich bis zur Mittagsstunde und meldete dann, durch sein unerklärliches Fernbleiben schwer geängstigt, der Forstverwaltung sein Verschwinden. Sofort eingeleitete, den ganzen Sonntag währende Nachsuchen verliefen ergebnislos. Die Suche wurde unter Hinzuziehung einer großen Anzahl von Forst- und Gendarmeriebeamten sowie Waldarbeitern in der Frühe des folgenden Tages fortgesetzt und führte gegen ½7 Uhr zur Auffindung des Vermißten. Der Jäger lag erschossen im genannten Waldteil, 2 Kilometer von Steinkirchen entfernt, auf einem Waldpfad, der auf einem Bergrükken, der sogenannten „Lausenklinge", an einem Drahtzaun entlang führt. Der Tote hatte selbst Bekannten gegenüber einige Zeit vorher geäußert, diese Stelle sei die gefährlichste in seinem Revier, er betrete sie jedes Mal mit Herzklopfen. Waren es Todesahnungen gewesen, die ihm diese Stelle gefahrdrohend erscheinen ließen? Der Bekannte erinnerte sich dieser Äußerung, als er vom Verschwinden des Jägers hörte. Er machte das Suchkommando auf diese Stelle im Revier aufmerksam, und man fand den Vermißten auch dort. Der Tote lag auf dem Bauch, mit dem Gesicht in dem nach vorn gerutschten Hut. Eine volle Schrotladung hatte ihn in die rechte Wange getroffen, der Ausschuß befand sich auf der linken Gesichtseite. Aus der geringen Streuung der Schrote und der Feststellung der Ärzte, daß fast alle Projektile den Kopf durchschlagen hatten, war zu schließen, daß der tödliche Schuß aus nächster Nähe, etwa aus 2 bis 4 Meter Entfernung, abgefeuert worden war. Das Gesicht des Erschossenen bot einen fürchterlichen Anblick, der Tod war offensichtlich augenblicklich eingetreten; der Ermordete hatte wohl nicht den Knall des tödlichen Schusses gehört. Seine umgehängte Doppelflinte lag unter ihm, sie war ungespannt und beide Läufe geladen. Die Frau Hauck hatte ½ Stunde nach dem Weggang ihres Mannes aus der Richtung des Tatortes erst zwei, etwas später noch einen Schuß fallen hören. Es war daraus zu entnehmen, daß der Jäger den beiden zuerst gefallenen Schüssen nachgegangen war und dabei aus dem Hinterhalt von Wilderern erschossen wurde. Schwer erklärlich war, warum er bei dieser gefährlichen Suche nicht sein Gewehr schußbereit getragen, und warum er auf seiner Wildererstreife nur die Schrotflinte, nicht ein Gewehr mit Kugellauf geführt hatte.

Beim Absuchen des Tatortes und der Umgebung fand man ein schwerkrankes, mit Schrot angeschossenes Reh im Wundbett. In seinem Körper fand man später Schrote gleicher Art, wie sie von den Ärzten in geringer Anzahl im Kopfe des ermoderten Jägers gefunden wurden.

Zur Aufklärung des Mordfalles wurde von der Polizeidirektion Stuttgart der bekannte Polizeirat Weizenegger nach Steinkirchen entsandt. Seine eingehenden Ermittlungen ergaben starke Verdachtsmomente gegen den 36 Jahre alten Maurer und Gastwirt D. Ihn und die drei Gebrüder F. hatte der Erschossene wiederholt als des Wilderns verdächtig bezeichnet; den Ersteren hatte er als besonders gefährlich, roh und brutal geschildert. Der Polizeirat ließ das bei ihm beschlagnahmte Gewehr vom Untersuchungsamt prüfen. Es wurde festgestellt, daß aus dem rechten Lauf vor kurzem geschossen worden war. D., der bei seiner mündlichen Vernehmung zuerst angegeben hatte, daß sein Gewehr seit längerer Zeit nicht benutzt worden sei, gab nun auf Vorhalt zu, daß er am Tage vor dem Morde, am 7. August, gewildert habe. Die beschossenen Läufe habe er aber sofort gereinigt und eingeölt, der rechte Lauf sei jedenfalls „nachbeschlagen". Das Gutachten des Dr. Jesser vom Untersuchungsamt betonte aber ausdrücklich, daß dies nicht der Fall sei, denn im rechten Lauf befand sich unzweifelhaft Pulverschleim, auch war der Lauf nachträglich weder gereinigt, noch eingeölt. Der Polizeirat ermittelte Zeugen, die gehört hatten, wie der verdächtige D. einige Zeit vor Erschießung des Jägers im Wirtshause laut ausgerufen hatte: „Jetzt kann man wildern, jetzt herrscht die Freiheit!" D. war offenbar eine von den Persönlichkeiten, die da glaubten, die Revolution habe Recht und Gesetz aufgehoben, und die nicht nur das arg verfolgte Wild, sondern auch den Jagdschutzbeamten zum Freiwild erklärten. Der am Nebentisch sitzende Forstwart Hauck, für den die Bemerkung gemünzt war, hatte dem D. geantwortet: „Halt einmal, wir sind auch noch da!" Darauf hatte D. kalt lächelnd erwidert: „Was fragt man heute noch nach Euch, wenn einer von Euch kommt, schießt man ihn auf den Kopf!" Auf die Entgegnung des Beamten: „Dann habt Ihr doch einen Menschen auf dem Gewissen," hatte D. gehöhnt: „Jetzt schwätzt der noch von Gewissen!" Auch nach dem Tode des Forstwarts hatte D. wiederholt rohe Bemerkungen über den Ermordeten fallen lassen. Den auf ihm ruhenden Verdacht beseitigte er mit Hilfe von Alibizeugen, die sich fanden. Er wurde darauf zunächst außer Verfolgung gesetzt, denn seine Alibizeugen bestätigten seine Angaben so, daß er als Täter unmöglich in Frage kommen konnte.

Der Verdacht der Täterschaft richtete sich nun im verstärkten Maße gegen die drei als Wilderer bekannten Brüder F., von denen der eine beobachtet worden war, wie er am frühen Morgen des Mordtages mit dem Gewehr ausgerüstet in das Revier seines Vaters gegangen war, das an das Fürstliche Revier angrenzte. F. stellte das ganz entschieden in Abrede, obwohl die Zeugen bei einer Gegenüberstellung ihre Angaben aufrechthielten. Gegen F. wurde die Anklage wegen Mordes erhoben, das Verfahren aber 1921 wegen Mangels an Beweisen eingestellt.

Sechs Jahre später nahm der Polizeirat Weizenegger die Ermittlungen in dieser Mordsache wieder auf. Sie führten am 4. Oktober 1927 zur Festnahme des verdächtigen D. Das Gerücht, daß er der Mörder des Forstwarts Hauck sei, war nicht verstummt. Der Beamte konnte jetzt Zeugen ermitteln, die weniger günstig für D. aussagten. Man hatte beobachtet, wie er sich am Vormittag des 8. August 1920 zweimal übergeben hatte. D. erklärte, er habe damals auf nüchternen Magen Pflaumenkuchen gegessen und ihm sei davon schlecht geworden. Jetzt noch, nach 7 Jahren, konnte ihm bewiesen werden, daß dies nicht der Fall gewesen war. Das Übelsein war eine Folge der seelischen und körperlichen Aufregung infolge des Mordes und der sehr eiligen Flucht über den steilen Berghang gewesen. Den Kriminal-Kommissar Wirth, der den D. fortgesetzt eingehend zur Sache vernahm, fragte er schließlich vertrauensvoll: „Angenommen, ich wäre es gewesen, müßte ich dann die Frau Hauck aushalten und die Gerichtskosten bezahlen?“ Also nicht die Folgen des Mordes für seine Person machten ihm irgendwelche Bedenken, sondern nur der seinem Geldbeutel drohende Schaden!

Am anderen Morgen vernahmen die beiden Beamten den D. von neuem, und es gelang ihnen, den hartgesottenen Verbrecher zum Geständnis zu bringen. Der Situation sich anpassend, hatte er auch gleich die üblichen Krokodilstränen zur Hand, mit denen er Reue über seine rohe Tat vorzutäuschen suchte. Nach seinen Darstellungen hatte er am 8. August 1920, früh 3 Uhr, sein Haus verlassen, um im Waldteil Holzhausen zu wildern, wie er das schon früher oft getan hatte. Dort angekommen, stieg er über den Drahtzaun und sah unweit einen Bock und eine Ricke äsen. Als er sich anbirschen wollte, wurden die beiden Tiere flüchtig, trotzdem schoß er den rechten Schrotlauf auf den Bock ab, der krankgeschossen weiterflüchtete. Er lud schnell sein Gewehr wieder und schlich zurück zum Zaun. Dort stieß er überraschend auf den Forstwart Hauck, der sein Gewehr übergehängt hatte und beim Auftauchen des bewaffneten, dicht vor ihm stehenden Wilderers, ebenfalls überrascht war. Ehe er noch sein Gewehr herunterreißen konnte, schoß ihm D. die Ladung des rechten Schrotlaufes ins Gesicht. Dann kletterte er wieder über den

Zaun, flüchtete in größter Eile über den Berghang hinunter und legte sich ins Bett. Durch die große Aufregung war ihm dann übel geworden, und er mußte sich zweimal erbrechen, was von Zeugen beobachtet worden war. D., der Vater von 8 Kindern war, beteuerte, daß ihm die Tat aufrichtig leid tue, er sei froh, daß er nun durch das Geständnis sein Gewissen erleichtert habe. An den Tatort geführt, demonstrierte er den Hergang genau, zeigte die Stelle, an der er auf die beiden Rehe geschossen hatte und wo der aus der Richtung Zottishofen kommende Forstwart plötzlich vor ihm aufgetaucht war. Er nahm dabei genau seine damalige Körperstellung ein und ahmte die des von ihm Ermordeten nach.

Das alles hinderte ihn aber nicht, am anderen Tage das so anschaulich abgelegte Geständnis zu widerrufen! Auch in einem an seine Frau gerichteten Briefe beteuerte er erneut seine Unschuld und behauptete, das Geständnis nur unbewußt und wahrheitswidrig abgelegt zu haben.

Nach Hall überführt, wiederholte er auch dort sein Geständnis dem Untersuchungsrichter gegenüber und heuchelte auch hier Reue. In der Untersuchungshaft stellte er sich aber nochmals um, ließ sich vorführen und nahm sein Geständnis abermals zurück. Er versuchte dabei den Verdacht der Täterschaft auf seinen früheren Komplicen F. zu lenken und machte dabei Angaben, die seine Behauptung beweisen sollten. Diese Taktik versuchte er auch in der Hauptverhandlung vor dem Schwurgericht in Hall (Württemberg) am 25. und 26. Juli 1928. Er bestritt jede Schuld, erschien dem Gericht jedoch durch die eingehenden Ermittlungen der Stuttgarter Kriminalbeamten und durch sein eigenes wiederholtes Geständnis vollkommen überführt. Acht Jahre nach der Tat wurde er wegen Totschlags zu 6½ Jahren Zuchthaus verurteilt …

Lebendig begraben?

Auch der nachstehend geschilderte Förstermord in Bayern gewinnt dadurch besonderes Interesse, daß er ebenfalls längere Zeit nach der Tat vollkommen aufgeklärt werden konnte.

Am 16. Dezember 1920 zeigte die Gendarmeriestation Weidenberg der Staatsanwaltschaft Bayreuth an, daß der 42jährige Waldwärter Friedrich Popp aus Untersteinach am Mittwoch, dem 8. Dezember, gegen 13 Uhr in sein Revier im Forstamt Goldkronach gegangen und seit dieser Zeit abgängig sei. Alle bisher angestellten Nachforschungen durch ausgedehnte Streifen waren erfolglos verlaufen. Man hatte ihn zuletzt gesehen, wie er den Weg nach der „Einöde Wolgada“ eingeschlagen hatte. Die Gendarmerie ermittelte auch einen Zeugen, der gegen 15½ Uhr einen Schuß im Staatswalde hatte fallen hören, der nach Angaben der Forstbeamten nur von dem Vermißten oder von Wilderern herrühren konnte. Der vermißte Waldwärter war als sehr pflichteifriger Beamter bei seiner Behörde geschätzt, aus gleichem Grund aber bei Holz- und Wilddieben sehr verhaßt. In den Ausläufern des Fichtelgebirges wurde in dieser Zeit viel gewildert, Popp hatte schon im Frühjahr einen schweren Zusammenstoß mit Wilderern in der „Königshaide“ gehabt. Es lag unter diesen Umständen nahe, daß er von Wilderern erschossen und seine Leiche beiseitegeschafft worden war.

Wie das in ähnlichen Fällen immer wieder beobachtet werden kann, wurden in der Bevölkerung allerhand Gerüchte verbreitet, die das Verschwinden Popps erklären und die Behörden von der Weiterverfolgung der Sache ablenken sollten. Der wenig erfahrene Polizeibeamte läßt sich durch diesen bekannten Trick leicht täuschen und das Publikum ist geneigt, solchen Gerüchten Glauben zu schenken. Wiederholt wurde behauptet, daß er von Zeugen weit ab von seinem Revier in irgendeiner Ortschaft in einem Zustande gesehen worden sei, der daraus schließen lassen mußte, daß er geisteskrank dort umherirre. Als die Gendarmerie durch sofortige Nachforschungen feststellte, daß das nicht der Fall war, war auch der Urheber des Gerüchts nicht zu ermitteln. Dann wieder hieß es allgemein, Popp habe mit seiner Familie in Unfrieden gelebt, er habe aus diesem Grunde Selbstmord verübt. Die Ermittlungen ergaben auch die Haltlosigkeit dieser Behauptung. Die Nachforschungen beschränkten sich nicht nur auf die engere Umgebung von Untersteinach, die Staatsanwaltschaft ließ sogar das Lichtbild des Vermißten im „Bayerischen Polizeiblatt" veröffentlichen. Doch obwohl alle Behörden um Mitwirkung ersucht und die Nachforschungen fortgesetzt wurden, war keine Spur von Popp zu finden.

Da machten am 16. Juli 1921 Beeren suchende Frauen eine eigenartige Entdekkung. Sie sahen etwas aus dem Waldboden ragen, das sie bei näherer Betrachtung als eine mumifizierte Menschenhand erkannten. Beim Nachgraben fand man hier in der „Waldung im Brand" bei Görschnitz, versteckt unter Waldstreu und Heidekraut, dicht neben einer überhängenden kleinen Fichte, die Leiche des verschwundenen Waldwärters. Die sofort benachrichtigte Gerichtskommission von Goßenreuth ließ die Leiche freilegen und machte folgende Feststellungen: Der Tote lag in halb liegender, halb hockender Stellung in einer Erdsenkung von 1,20 Meter Länge und 85 Zentimeter Breite. Die Leiche war fast verwest, an den noch kenntlichen Uniformstücken, sowie an der Eingravierung des Eheringes, ließ sich die Identität zweifelsfrei feststellen. Es fehlten der Hut, der Stock, die Büchsflinte und die Taschenuhr des ermordeten Waldwärters. Die „freien Wildschützen" hatten also auch in diesem Falle ihr Opfer beraubt! Ich habe in meinen Büchern über Förstermorde Dutzende solcher Fälle erwähnt, warum findet sich nicht auch einmal ein Literat, der diese Situation im Roman, oder ein Maler, der sie im Bilde „verherrlicht"?

Die Leiche war mit großer Gewalt in die Grube hineingepreßt worden, es sprach vieles dafür, daß man Popp lebendig vergraben hatte. Von der aus dem Grabe herausragenden Hand waren die Fingernägel abgebrochen. Der durch einen Brustschuß schwerverletzte Beamte hatte offenbar zuerst die Besinnung verloren, war dann verscharrt worden und später in seinem Grabe wieder erwacht. Bei dem Versuch, die ihn bedeckende Erde und Waldstreu zu entfernen, hatte er sich die Handverletzungen zugezogen. Seine Kräfte hatten nicht mehr ausgereicht, sich aus seiner furchtbaren Lage zu befreien.

Die Leichenöffnung ergab, daß ein 11-Millimeter-Bleigeschoß von hinten in die Brust gedrungen, das Herz verletzt und das Brustbein beim Ausschuß zertrümmert hatte. Abgesprengte Geschoßteile wurden von den Ärzten im Körper vorgefunden.

Die Ermittlungen ergaben, daß der Ermordete in letzter Zeit viel geklagt hatte über überhandnehmende Holzdiebstähle und Wilddieberei. Sein Revier zog sich oberhalb Hetzlach und Goßenreuth von Untersteinach nach Rügersberg. Man rechnete zunächst damit, daß der Waldwärter ein Fuhrwerk mit gestohlenem Holz angehalten hätte und von den Holzdieben erschossen worden wäre. Dicht an der Fundstelle der Leiche führte nämlich der Fahrweg von Königsheide nach Weidenberg vorüber, und mit Holzdieben aus diesen Ortschaften hatte der Beamte mehrmals Zusammenstöße gehabt. Verdächtige Wagen- und Fußspuren hatte man bei der Nachsuche nach dem Verschwinden des Popp nicht feststellen können. Der Wald war am 8. Dezember 1920 bis Nachmittag schneefrei gewesen, erst gegen 17 Uhr war eine „Neue" gefallen und hatte damit alle vorhandenen Spuren verdeckt. Gegen

Abend setzte Schneegestöber ein, und anderen Tages lag bereits 5 Zentimeter hoher Schnee. Daraus erklärt sich, daß die Nachsuche erfolglos verlaufen war, man hätte sonst wohl bestimmt Spuren des Mordes und der Beiseiteschaffung der Leiche gefunden. Die Frau des Vermißten hatte sich in ihrer Not s. Z. an einen „Hellseher" gewandt, der ihr schriftlich erklärt hatte, ihr Mann sei auf Eis geraten, eingebrochen und ertrunken, die Leiche läge in einem tiefen Wasser. Mit seinem Verschwinden hatte sich auch die sehr abergläubische Bevölkerung auf andere Weise beschäftigt. Durch „Tischrücken" hatte man die Geister befragt und zur Antwort erhalten, daß die Leiche im Juli unter Waldstreu vergraben aufgefunden werden würde. Die Klopfgeister hatten also in diesem Falle den überirdischen Berichterstattern des Hellsehers erfolgreich Konkurrenz gemacht und waren der Sache ziemlich nahegekommen. Wie sich allerdings später herausstellte, waren über die näheren Umstände des Verschwindens des Popp mehrere Personen informiert. Die Möglichkeit war also nicht von der Hand zu weisen, daß einer dieser Mitwisser den Klopfgeistern hilfreich unter die Arme gegriffen hatte.

Beim Absuchen der Umgebung der Fundstelle der Leiche hatte man eine Hutfeder gefunden, die nachweislich nicht vom Hute des Popp stammte, wie der Augenschein bewies, aber seit der Zeit seines Verschwindens dort gelegen haben mußte. Die

Skelettierte Leiche des lebendig vergrabenen Waldwärters Popp nach der Ausgrabung.

Staatsanwaltschaft Bayreuth ließ durch die zuständige Gendarmerie in Weidenberg die Nachforschungen nach dem Mörder in verstärktem Maße fortsetzen. Der Verdacht der unermüdlich tätigen Beamten lenkte sich schließlich gegen zwei Jagdpächter, den 30jährigen Tagelöhner Johann G. und den 35 Jahre alten Arbeiter Johann H. Als dritter kam der 26jährige Arbeiter Christian M. in Frage, der ebenfalls soviel Zeit übrig hatte, mit seinen beiden Arbeitskollegen die Jagd auszuüben. Es fehlte zunächst an einer Handhabe, gegen die Verdächtigen vorzugehen. Die Art, wie diese eigenartigen Jagdpächter sich aber jagdlich betätigten, ist daraus zu ersehen, daß G. und H. 2½ Jahre später im Staatswald beim Wildern abgefaßt wurden, in dem der Waldwärter Popp ermordet worden war. Es war ihnen bekannt, daß sie im Verdacht standen, Popp ermordet zu haben. Wenn sie nun trotzdem wieder wildernd über ihre Jagdgrenze in den Staatswald hinüberwechselten, durfte man sie wohl mit Recht als gewerbsmäßige Wilderer bezeichnen, die ihre Jagd nur gepachtet hatten, um unauffälliger ihren verbrecherischen Neigungen nachgehen zu können. Die Gendarmerie- und Forstbeamten nahmen eine Durchsuchung bei G. und H. vor. Aus Ärger darüber, daß seine Behausung polizeilich durchsucht wurde, äußerte der Vater des H., der mit seinem Sohn in Feindschaft lebte, daß an allem Unglück nur der Jagdgenosse seines Sohnes, der einäugige Arbeiter Christian M. Schuld sei, der seinen Sohn zum Wildern verleitet und auch den Waldwärter Popp erschossen habe. Die Beamten spitzten natürlich die Ohren, M. stand ja bereits im Verdacht und der alte H. wußte doch jedenfalls näheres über den Mord und den Täter zu sagen. Aber alles Zureden half nicht, er war immerhin der Vater des ebenfalls im Verdacht stehenden H. und wollte diesen und den Freund M. nicht verraten. Allen weiteren Versuchen, mehr aus dem Alten herauszuholen, setzte er in stoischer Ruhe die stereotype Redensart entgegen: „Was mich nicht beißt, brauch ich nicht zu kratzen!" Der alte Herr hatte offenbar reichliche Erfahrungen auf diesem Gebiet der Abwehr und Verteidigung.

Ganz unabhängig von dieser immerhin bemerkenswerten Äußerung des alten H. und den Nachforschungen der Polizei hatte der Vorgesetzte des Ermordeten, der Forstmeister Glaser in Weidenberg, auf eigene Faust Ermittlungen angestellt. Er kannte in der ganzen Umgegend jeden genau, hielt Fühlung mit der Bevölkerung und wußte bei zuverlässigen Waldarbeitern durch unauffälliges und geschicktes Befragen manches Wissenswerte in Erfahrung zu bringen, was mit der Ermordung seines Waldwärters in Verbindung zu bringen war. Popp hatte die Gewohnheit gehabt, Gewehr und Rucksack abzulegen, bevor er an überraschte Holzdiebe heranging. Das hatte er vorsichtshalber getan, damit ihm das geladene Gewehr bei einem plötzlichen Überfall nicht entrissen werden konnte, der Rucksack ihm dabei im Abwehrkampf nicht hinderlich sein sollte. Er verließ sich auf seine bedeutenden Körperkräfte und sein griffbereites Stoßmesser. Allerdings konnte ihm diese Gewohnheit trotzdem zum Verhängnis geworden sein. Ein Komplice des Überraschten, den er vielleicht noch gar nicht bemerkt hatte, konnte sich an das Gewehr herangeschlichen und damit den

Waldwärter erschossen haben. Anderseits sprach vieles dafür, daß die bereits verdächtigten Jagdpächter und ihr Freund als Täter in Frage kamen. In dieser Richtung hatte der Forstmeister ganz besonders seine Nachforschungen angestellt und das, was er in Erfahrung gebracht hatte, verstärkte diesen Verdacht ganz erheblich.

Am 16. Mai 1923 wurden G. und H. in Bayreuth wegen Wilderns und Diebstahls verurteilt. Nach dem Termin stieß G. Drohungen gegen den diesmal nicht beteiligten Freund M. aus, den er wohl im Verdacht hatte, daß er seine beiden Genossen verraten habe. Die Nachforschungen der Gendarmerie in der Mordsache Popp setzten nun erneut ein. Man stellte aus den Lohnbüchern fest, daß H. zur Zeit des Mordes in den Staatswaldungen bei Weidenberg beim Wegebau gearbeitet, am 8. und 9. Dezember 1920 aber ohne Entschuldigung gefehlt hatte. M. litt zu dieser Zeit an tuberkulösem Lungenbluten und arbeitete überhaupt nicht. Man brachte weiter in Erfahrung, daß die Frau des H. nach dessen Verurteilung gedroht hatte, daß sie jetzt über den Tod des Waldwärters Popp reden werde. Es hatte den Anschein, daß sie und die Frauen der beiden anderen Verdächtigen genau über den Mord informiert waren. Sie zankten sich andauernd und ließen dabei gegenseitige Drohungen fallen. Die Sache trat dadurch in ein für die Polizei günstiges Stadium. „So hat die Sonn' eine Zunge nun, der Frauen Zungen ja nimmer ruhn'!“ Frau H. erzählte, daß G. und M. sich im betrunkenen Zustande lustig gemacht hatten über den Ermordeten, damals noch nicht aufgefundenen Waldwärter. Im Hinblick darauf, daß man Zweige über sein Grab geworfen hatte, hatten die beiden gehöhnt: „Der war nicht mehr wert, ein Büschlein haben sie im aufs Grab gelegt, Kränze nicht, weil keine Wiesenblumen dort wachsen!“ Die beiden Freunde mußten also schon damals die Grabstelle gekannt haben.

Trotzdem gelang es dem eigentlich Schuldigen, den Verdacht wieder auf einen anderen abzulenken. Auf direkte Beschuldigung hin wurde 1926 ein als Wilderer bekannter Sch. festgenommen, der sich dann im Gefängnis erhängte. Das hätte den Verdacht gegen ihn bestärken können, die Nachforschungen ergaben aber, daß er Selbstmord aus anderen Gründen verübt hatte.

Am Fundort der Leiche hatte man zur Erinnerung an die Bluttat drei Eichenbäumchen gepflanzt. Diese Bäume fand man eines Tages abgeschnitten und fortgeschafft. Haß über das Grab hinaus hatte die Mörder bestimmt, den Mord durch diese gemeine Tat zu krönen!

Der Sicherheitskommissar Bauer von der Gendarmeriestation Weidenberg setzte, Hand in Hand mit dem Forstmeister Glaser, die Nachforschungen unentwegt fort. Die Gerüchte, daß H. und M. als Täter in Frage kamen, wollten nicht verstummen. Im November 1926 berichtete der Stationskommandant Meichsner in Warmensteinach, daß die Gerüchte immer bestimmtere Formen annähmen, es gäbe unter den Einwohnern von Sophiental wenige, die über den Mord nicht genau unterrichtet seien. Der Zank und Streit unter den drei Frauen gehe weiter. Auch die Tochter des H. habe erzählt, der Vater habe noch mehr Gewehre, als bei der Durchsuchung bei ihm gefunden worden wären. Während die Männer ihre Strafen wegen Wilderns verbüßt hatten, hatten die drei Freunde sich gegenseitig unterstützt und der jeweilig in Freiheit befindliche die Frauen der anderen „getröstet". Erst hatte man das ganz in der Ordnung gefunden, jetzt trat bei den Frauen die Eifersucht zutage. Sie lagen sich aus diesem Grunde andauernd in den Haaren, und die liebe Nachbarschaft war Zeuge der gegenseitigen Beschuldigungen, die immer den Mord an Popp zum Gegenstand hatten.

Auf diesen Bericht hin wurden dann im Januar 1927 auf Antrag der Staatsanwaltschaft Bayreuth von der Polizeidirektion Nürnberg der Kriminalkommissar Mayr und der Kriminalsekretär Hamm mit den weiteren Nachforschungen in der Mordsache Popp betraut. Schon am 30. Januar 1927 schritten die Beamten zur Festnahme der drei Verdächtigen, H., G. und M. Sehr eingehend wurden dann die Festgenommenen und die Zeugen vernommen. Der Zeuge Waldwärter Hain, Nachfolger des Ermordeten, „blattete" eines Abends, kurze Zeit nach Auffindung der Leiche. Plötzlich knackte es vor ihm in den Büschen und ein Wilderer mit geschwärztem Gesicht stand vor ihm, der bei Anblick des Waldwärters sofort in Anschlag ging. Gleichzeitig knackte es rechts und links von ihm im Unterholz, was auf die Anwesenheit von zwei Komplicen schließen ließ. Die drei Wilderer waren also den Locktönen nachgegangen und waren so dem Waldwärter „aufs Blatt gesprungen". Von drei Seiten bedroht, mußte sich der Überraschte zurückziehen. Später lernte Hain den H. kennen und erkannte ihn sofort als den Wilderer mit dem geschwärzten Gesicht wieder. Auf Vorhalt des Untersuchungsrichters und diesbezügliche Frage, was er zu dieser Anschuldigung erwidern wolle, antwortete H. gleichmütig: „Nichts!" Die drei gaben zu, stets gemeinsam gejagt zu haben, aber nur auf ihrer Pachtjagd, nie im Staatswalde. Wie bereits erwähnt, waren aber H. und G. am 9. März 1923 dort beim Wildern in flagranti abgefaßt worden, es konnte demnach kaum einen Zweifel unterliegen, daß sie die Unverschämtheit besessen hatten, kurz nach dem Auffinden des Ermordeten, ganz in der Nähe der Fundstelle, zu wildern und den Nachfolger des Ermordeten zu bedrohen. Weitere Zeugenvernehmungen ergaben, daß H. von seinem alten Vater und M. von seinem Neffen öffentlich als Mörder des Waldwärters Popp bezeichnet worden waren. Auch der eigene Bruder des M. hatte diese Beschuldigung unter Zeugen wiederholt und den H. als den Tatgenossen seines Bruders genannt. Sehr belastend waren auch die fortgesetzten gegenseitigen Beschuldigungen und Zänkereien der treuen Ehefrauen, die nun von den Kriminalbeamten sachgemäß ausgewertet wurden.

Zunächst bestritten die drei Festgenommenen jede Beteiligung an der Ermordung des Popp, trotz Vorhalts der Zeugenaussagen. Schließlich ließ sich G. am 30. Januar 1927 vorführen und legte dem Amtsgerichtsrat Zimmermann folgendes Geständnis ab: Am Donnerstag, dem 9. Dezember 1920, am Tage nach dem Verschwinden des Waldwärters Popp, sei seine Mutter in Bayreuth gewesen und habe bei ihrer Rückkehr nach Untersteinach erzählt, man suche den Waldwärter Popp, der seit dem Tage vorher abgängig sei. Ihm sei sofort der Gedanke gekommen: Er wird doch nicht mit H. einen Zusammenstoß gehabt haben? Am anderen Tage trafen sich beide zum gemeinsamen Gang zur Arbeit vor der Haustür des H. in Sophiental. Nachdem sie eine Weile zusammen gewandert waren, habe er seinen Freund H. leise flüsternd gefragt: „Hanni, Du bist mit dem Förster zusammengekommen.“ H. habe ihm zunächst keine Antwort gegeben, worauf er ihm zugeredet habe: „Hanni, sag mir's ich verrat nichts.“ Darauf habe ihm H. ein Geständnis abgelegt. Er habe im Staatswald gewildert, geschossen habe er nichts. Das zerlegbare Militärgewehr habe er schon wieder auseinandergenommen unter dem Mantel getragen und sich auf dem Heimweg in der Richtung über Ruhstatt befunden, als er, über eine freie Fläche gehend, von Popp angerufen wurde, der mit schußbereitem Gewehr aus dem Altholz trat. Er habe bei der körperlichen Durchsuchung das Gewehr gefunden und beschlagnahmt, habe es aber versäumt, ihm die Taschen zu revidieren, in denen er eine Armeepistole 08 verborgen getragen habe. Zunächst seien sie nebeneinander, dann auf einem sehr schmalen Steig hintereinander gegangen, und zwar so, daß der Waldwärter vor ihm gegangen sei. Da habe er seine Pistole gezogen und Popp in den Rücken geschossen. Dieser sei aber nicht zusammengestürzt, sondern habe ihn gepackt. Während des Ringens habe sich das Gewehr Popps entladen, dann sei der Beamte in sich zusammengesunken. Er habe darauf das Gewehr Popp's ergriffen und diesen in die Brust geschossen. Dann habe er sich niedergehockt, sich den anscheinend Toten auf den Rücken geladen und ihn so seitwärts in den Wald geschleift, wo er ihn „verräumt“, d. h. eingescharrt habe. Die beiden Gewehre, den Hut und die Uhr des Ermordeten habe er zunächst unweit des Tatortes vergraben, sich die mit Blut besudelten Kleidungstücke ausgewaschen und nach Hause begeben.

Nach diesem ihm abgelegten Geständnis habe ihn H. gebeten, mit an den Tatort zu kommen. Das habe er auch getan, Uhr und Hut des Toten habe der Mörder mit nach Hause genommen, mit der Absicht, den Hut zu verbrennen, die Uhr aber seinem Sohne zu Weihnachten zu schenken. Die beiden Gewehre habe man zunächst im Walde gelassen, um sie zum Wildern bei der Hand zu haben, später habe sie H. mit in seine Wohnung genommen, dann aber wieder in den Wald getragen. Wiederholt wurde dann das Gewehr des Ermordeten zum Wildern im Staatswalde benutzt, dann 1925 zerbrochen. Die Gewehrteile wurden im Walde vergraben.

Soweit das Geständnis des Mitwissers des Mordes an Popp. Es zeigt nicht nur, wie wichtig eine Durchsuchung der Wohnung und der Person von Verdächtigen ist, es legt auch Zeugnis ab von der ungeheuren Frechheit dieser Wilderer, die sich nicht scheuten, mit dem Gewehr des ermordeten Forstbeamten in dessen Revier weiterzuwildern, selbst auf die Gefahr hin, dabei abgefaßt und an Hand des in ihrem Besitz gefundenen Gewehres als Mörder erkannt zu werden. Daß solche Leute auf alles gefaßt sind und sich niemals freiwillig festnehmen lassen, liegt auf der Hand.

Am Tage nach dem Geständnis wurde H. dem Richter vorgeführt und ihm die Aussage seines Freundes G. vorgehalten. Trotzdem leugnete er weiter und erklärte die Angaben des G. für unwahr. Als er dann ins Gefängnis abgeführt wurde, redete der Gendarmerie-Kommissar Stöhr, Bayreuth, nochmals eindringlich auf ihn ein, worauf er diesem ein Geständnis ablegte. Sofort wieder dem Richter zugeführt, wiederholte er – 7 Jahre nach dem Morde – seine Angaben und stellte den Hergang der Tat folgendermaßen dar:

Als er, mit bereits auseinandergenommenem und verstecktem Gewehr gegen 16 Uhr in der Nähe der Weißenbachhütte durch den Wald schlich, hörte er die Tür der Hütte zuschlagen und gleich darauf den Anruf des Waldwärters. Er habe auch auf den Zuruf hin die Hände hochgenommen und Popp habe ihm das Gewehr abgenommen, auch die Kleidung oberflächlich abgetastet, die Pistole aber nicht gefunden, die er unter dem Mantel in der rechten Außentasche seines Militärrockes trug. Unterwegs habe er den Forstbeamten wiederholt gebeten, ihn nicht anzuzeigen. Popp habe ihn aber mit dem Gewehr vorwärtsgestoßen, als er stehenblieb und bat, ihn laufen zu lassen. Darauf habe er, aufs höchste erregt, die Pistole gezogen und auf Popp geschossen. Dieser habe ihn nun gepackt, beim Ringen sei es ihm aber gelungen, das Gewehr des Beamten abzudrücken. Die Pistole habe ihm der Beamte aus der Hand geschlagen. Während des Ringens merkte H., daß den Beamten die Kräfte verließen; er sank infolge des erhaltenen Pistolenschusses ohnmächtig zusammen. Nachdem H. Popp erst seitwärts geschleift hatte, richtete er ihn empor, hockte sich nieder, schlug sich beide Arme des anscheinend Toten über die Schultern und trug ihn an die Stelle, wo er ihn dann verscharrte. Er wollte nichts davon gemerkt haben, daß Popp nur bewußtlos gewesen und daß er ihn lebend vergraben habe.

Auf Vorhalt, daß der Pistolenschuß den Beamten von hinten getroffen habe und daß die Leiche auch einen Gewehrschuß aufweise, verblieb er doch bei seinen Angaben. Er sei dann an den Kampfplatz zurückgegangen und habe den Hut und die Uhr des Popp, die diesem beim Kampf entfallen seien, an sich genommen. Sein Gewehr und die Pistole, sowie den Hut und die Uhr des Popp habe er mit nach Hause genommen, das Gewehr erst im Walde versteckt, dann aber ebenfalls mit in seine Wohnung genommen. Uhr und Kette habe er zuerst selbst getragen, auf die Warnung seines Freundes G. dann aber ins Wasser geworfen. Als er den Toten beiseite schleifte, habe er dazu einen langen Hunderiemen benutzt, diesen aber am Tatort liegen lassen. Er habe deshalb G. gebeten, ihm zu helfen, den Riemen zu suchen, denn allein wollte er nicht an den Tatort zurückkehren. Man fand auch den Riemen und H. wies auf das Grab des Forstbeamten mit den Worten: „Da liegt der Popp!“

Um sich ein richtiges Bild von dem Hergang bei Beseitigung der Leiche zu machen, vergegenwärtige man sich: H. schlingt dem Sterbenden die Hundeleine um und zerrt ihn hinter sich her in die Dickung. Hier fleddert er ihm erst einmal die Uhr, wie das bei einem richtiggehenden Wilderer selbstverständlich ist. Dann richtet er den sterbenden, blutüberströmten Waldwärter in Sitzstellung auf, hockt sich nieder, schlägt sich dessen beide Arme über die Schultern und schleift ihn so zur Stelle, wo er ihn dann verscharrt. Dabei ist noch zu berücksichtigen, daß Waldwärter

Popp ein sehr großer, starker Mann, der Mörder aber nur von kleiner, schmächtiger Statur war, so daß von einem Tragen nicht die Rede sein konnte. Dann mußte er den immer noch lebenden Popp in der viel zu kleinen Grube unterbringen. Um das allein zu erreichen, muß er ihn mit großer Gewalt hineingepreßt und bestimmt darauf herumgetrampelt haben! Und dieser Mann war, obwohl als Wilderer allgemein bekannt und deshalb auch bestraft, jahrelang Jagdpächter! Ist von einem derartigen „Jäger" weidmännisches Jagen, Hege und Pflege des Wildes zu erwarten? Ist von den verantwortlichen Stellen die moralische Qualität dieses Jagdpächters geprüft worden, bevor man ihm das Recht verlieh, jederzeit die Schußwaffen zu führen, und ihm dadurch Gelegenheit bot, bestialisch Menschen und Tiere niederzuknallen?

Das erste ärztliche Gutachten hatte besagt, daß Popp aus seinem eigenen Gewehr einen Brustschuß von hinten nach vorn erhalten habe. Aus diesem Gutachten und aus Äußerungen der Bekannten des Mörders hatte man die Vermutung hergeleitet, daß Popp entweder meuchlings von hinten oder aber gelegentlich der Feststellung von Holzdieben erschossen worden sei, als er sein Gewehr abgelegt hatte. Das „Institut für gerichtliche Medizin" der Universität Erlangen stellte dann am Skelett fest, daß Popp einen Kugelschuß von hinten und einen zweiten vorn in die linke Brust erhalten hatte. Das entsprach zwar nicht den Darstellungen des Mörders, wohl aber der des G., dem er das erste Geständnis abgelegt hatte. Im Laufe der Vernehmungen gab G. dann noch Einzelheiten über den Hergang der feigen Tat an, zu deren Kenntnis er im Verlauf des langjährigen intimen Verkehrs mit dem Mörder gekommen war: Als Popp den H. anhielt, gab dieser auf Befragen zunächst einen falschen Namen an. H. setzte bei seiner Erzählung hinzu: „Der Popp muß mich für einen „Doldi" gehalten haben, weil ich mich „tab" (dumm) stellte, er hat nicht damit gerechnet, daß ich eine Pistole bei mir hätte". Popp ließ den H. erst vorweg gehen und dieser dachte dabei zuerst an Flucht. Er ging dann aber langsamer und suchte damit den Beamten neben oder vor sich zu bekommen. Tatsächlich sei Popp beim Abstieg auf dem schmalen Steg „so schön vorhin getappt". Schnell habe er seine Militärpistole hervorgezogen, die er schon schußbereit in der Tasche gehalten habe, und dann „aufs richtige Eckela" unter dem linken Schulterblatt gehalten. Er habe dann geglaubt, der Waldwärter würde nach dem Schuß sofort „hinrumpeln", er habe sich aber mit einem Fluch umgedreht, ihm die Pistole aus der Hand geschlagen und ihn gepackt. Schon habe er sich verlorengegeben, denn Popp war ihm an Kräften weit überlegen. Er habe seine Arme umklammert, damit er nicht von seinem Gewehr Gebrauch machen konnte. Da habe der gemerkt, wie dem Schwerverwundeten die Kräfte verließen und wie er in seinen Armen ohnmächtig zusammensank. Er ließ ihn rücklings zu Boden gleiten, faßte das Gewehr Popp's und setzte es ihm auf die linke Brust. Als er abdrückte, gab es nur einen dumpfen Knall und Popp habe nur noch einen „Rucker" gemacht. Nachdem er ihn beiseite geschleift, habe er ihm nicht nur die Uhr mit Kette, sondern auch den ganzen Inhalt der Taschen gefleddert. Der Geldbeutel habe 2 Silbermark enthalten, auch das Taschenmesser habe er an sich genommen und längere Zeit im Besitz gehabt. Bei Wegschaffen der Leiche habe sich H. von oben bis unten mit Blut besudelt, denn „der Popp habe saumäßig geschweißt“. Den Anzug habe er zu Hause sofort in ein Schaff Wasser stecken müssen.

Der Richter merkte, daß G. noch etwas zu verschweigen habe, schließlich rückte er auch damit heraus: Er habe sich bisher geschämt, es zu sagen, H. habe dem Waldwärter Popp die Hundeleine nicht um die Brust geschlungen, als er ihn hinter sich her in die Dickung schleifte, sondern um den Hals!

G. gab dann noch zu, daß er vor und nach dem Tode Popp's fortgesetzt mit H. im Staatswalde gewildert habe. Dabei ging stets H. mit dem Militärgewehr vorweg, G. mit schußbereiter Armeepistole hinterher in einem Abstand, daß er von dem Förster nicht bemerkt werden konnte, der H. anhalten wollte. H. hatte ihm Anweisung gegeben, den Beamten dann mit der Pistole von hinten niederzuschießen, wenn dieser ihn anhalten und das Gewehr abfordern sollte. Das zeigt der Genüge, welch gefährliche Burschen die beiden Komplicen H. und G. waren, es zeigt aber auch, wessen sich der Forstbeamte bei der Festnahme von Wilderern zu gewärtigen hat!

G. und M. wurden aus der Untersuchungshaft entlassen und später wegen gewerbsmäßigen Wilderns bestraft. G. führte die Beamten noch an die Stelle, an der das Gewehr Popp's vergraben war. Nachdem man den hohen Schnee weggeräumt hatte, fand man die Waffe an der bezeichneten Stelle.

Das Schwurgericht Bayreuth verhandelte am 17., 18. und 19. April 1928 gegen H. wegen Mordes. Es verurteilte ihn wegen erschwerten Totschlags zu 14 Jahren Zuchthaus und 10 Jahren Ehrverlust …

Der Komplice als Alibizeuge

Der Gendarmerieposten Kraubath, Abteilung Loeben (Steiermark), lieferte am 16. Januar 1922 den 21jährigen Knecht Franz B. dem zuständigen Bezirksgericht unter dem dringenden Verdacht ein, Mittäter oder Mitwisser eines an dem Revierjäger Matthias Erlbacher verübten Mordes zu sein.

Der Forstbeamte hatte sich am Sonntag, dem 30. Mai 1920, gegen ½19 Uhr, von seiner Försterei St. Stefan in sein Revier am Lichtensteinerberg bei Hinterlobming begeben und war seit dieser Zeit abgängig. Man hatte zuerst an einen Unfall gedacht, weil im Revier des Jägers Wilderer nicht gespürt worden waren. Eine Nachsuche nach dem Vermißten blieb zunächst erfolglos, obwohl das Revier fortgesetzt nach allen Richtungen durchstreift wurde. Da fand am 2. Juni der Bauer Max R. im Gebüsch am Kapellgraben, zwischen seiner Wiese und dem Walde, die blutüberströmte Leiche eines Erschlagenen, die dann als die des Vermißten erkannt wurde. Unter dem Toten lag der Bergstock, daneben das Gewehr, dessen Schaft abgebrochen war. Die Gerichtskommission stellte weiter fest, daß ein Schuß das rechte Knie zerschmettert und starke Hiebe die Schädeldecke zertrümmert hatten. Die Gendarmerie fand unweit des Fundortes der Leiche eine Blutlache und auf einer nahen Anhöhe die Fußspuren von zwei Personen. Da es 36 Stunden ununterbrochen geregnet hatte, waren die Spuren vollkommen verwaschen und eigneten sich nicht mehr zum Abgießen mit Gips.

Es gerieten mehrere Personen in Verdacht, den Jäger Erlbacher ermordet zu haben. Zunächst der 25 Jahre alte Holzknecht Anton G. aus Hinterlobming der gerichtlich vernommen, aber wieder entlassen wurde, weil der eingangs erwähnte Franz B. sein Alibi in allen Punkten bestätigte. Dann saß sein Bruder eine Zeitlang in Untersuchungshaft, mußte aber ebenfalls wieder entlassen werden. Schließlich fiel der Verdacht auf den Bauer R., der die Leiche gefunden hatte. Auch er wurde in Untersuchungshaft genommen, nach einiger Zeit aber ebenfalls wieder entlassen.

Die Nachforschungen wurden dann allmählich eingestellt, die Sache „ruhte“. Allerdings nur für die Öffentlichkeit, im geheimen wurden die Ermittlungen um so eifriger fortgesetzt. Dafür sorgte schon der Vorgesetzte des Ermordeten, der Förster Hurka, der eifrig, Hand in Hand mit den Gendarmeriebeamten, an der Aufklärung des Verbrechens arbeitete. Der Verdacht der Beamten lenkte sich immer wieder auf den zuerst festgenommenen und wieder entlassenen Holzknecht Anton G. und seinen Freund, den Knecht Franz B. Das im stillen gesammelte Belastungsmaterial hatte sich schließlich derartig angehäuft, daß der Gendarmerie-Revierinspektor Paar und der Patrouillenleiter Buchwalder sich entschlossen, den Knecht B. von neuem zu vernehmen und ihn zu diesem Zwecke, um Verdunkelungsgefahr zu verhüten, vorläufig festzunehmen. Von einer plötzlichen Festnahme, fast zwei Jahre nach dem Morde, vollkommen überrascht, gestand B. nach mehrstündiger Vernehmung den Beamten ein, Mitwisser des Mordes zu sein. Wie sich im weiteren Verlauf der Vernehmung herausstellte, war B. über den Hergang genau informiert. Revierjäger Erlbacher war von dem Holzknecht Anton G., der seit langem im Verdacht stand, ermordet worden. Der Vorgang hatte sich, nach Darstellung des B., folgendermaßen abgespielt:

Am Tage des Mordes hatte G. den B. aufgesucht und ihn aufgefordert, mit ihm zu wildern. Sie holten sich aus der Wohnung des G. Gewehre, G. eine Büchse, B. ein Flobertgewehr. Durch den Wald am Lichtensteinerberg birschend ging G. voraus, B. folge ihm in kurzer Entfernung. Als sie an den Rain der R.'schen Wiese angelangt waren, wurde G. plötzlich von dem Revierjäger Erlbacher angerufen. Den noch im Hintergrunde befindlichen B. hatte der Beamte noch nicht bemerkt. B. beobachtete, wie der Jäger mit schußbereitem Gewehr an G. herantrat und wie dieser sich weigerte, sein Gewehr herauszugeben. Er berief sich darauf, daß er nicht gewildert, sondern die Büchse nur mit hinaus genommen habe, um auf die Scheibe zu schießen. Der Jäger schenkte dieser Ausrede natürlich keinen Glauben und versuchte, dem G. das Gewehr zu entreißen. Da sprang dieser zurück und schoß auf Erlbacher, der sofort zusammenstürzte. Als G. nun auf seinen Freund B. zulief, warf ihm dieser das Flobertgewehr vor die Füße und ergriff die Flucht. Nachts klopfte G. dann an das Fenster des B., der bei seinem Bruder wohnte, und forderte ihn auf herauszukommen. Als B. herauskam und den G. fragte, was nun werden sollte, wenn der Jäger wieder aufgestanden und nach Hause gegangen sei, antwortete G.: „Da bist' sicher, i hab ihm mit' Gewehr auffihaut an Schädel und dann an die Grässing zogen!" Weiter erklärte G., daß der Jäger tot sei, sein Gewehr sei zerbrochen.

B. bewahrte das ihm anvertraute Geheimnis, beide versprachen sich genau, was sie bei einer eventuellen Vernehmung aussagen wollten. G. legte sich von vornherein sein „Alibi" zurecht und instruierte B., wie er es durch seine Zeugenaussagen bestätigen solle. So kam es, daß G. auf Grund der falschen Zeugenaussagen seines Freundes B. nach seiner ersten Festnahme wieder auf freien Fuß gesetzt wurde. Als dann der Bauer R. festgenommen wurde und unschuldig in Untersuchungshaft sitzen mußte, redete B. auf G. ein, den R. doch nicht unschuldig leiden zu lassen. Der fühlte aber nicht die geringsten Gewissensbisse und entgegnete: „Die müssen ihn doch wieder laufen lassen!" Als er von seiner ersten richterlichen Vernehmung aus Lobming zurückkehrte, sage er zu B.: „Du siehst, wenn ich mich hätte schrecken lassen, säße ich heute schon fest!“

Auf die Angaben des B. hin wurde nun G. festgenommen und dem Richter vorgeführt. Er bestritt jede Schuld und bezeichnete die Angaben seines Freundes als unwahr. Erst als man seinen Kopf untersuchte und eine Narbe als von der Gegenwehr des Jägers herrührend bezeichnete, legte auch er ein Geständnis ab. Er wollte den Vorgang aber so darstellen, als ob der Jäger auf ihn eingeschlagen hätte und daß sich dadurch, ohne seine Absicht, sein Gewehr entladen und Erlbacher ins Knie getroffen habe. Von den weiteren Vorgängen sei ihm nichts mehr erinnerlich, denn er sei nach dem Schuß „ganz von Sinnen gewesen“. Also das ihn schwer Belastende, das er nicht auch noch einem unglücklichen Zufall zuschreiben konnte, wollte er unbewußt getan haben.

Das ärztliche Gutachten besagte, daß das rechte Knie des Jägers, sowie Teile des Oberschenkels durch eine Bleikugel zerschmettert waren, deren Teile in der Wunde vorgefunden wurden. Der Schädel war durch wuchtige Schläge mit einem stumpfen Werkzeug zertrümmert. Es lag nahe, daß der Mörder dazu sowohl das Gewehr des Försters benutzt hatte, das mit abgebrochenem Schaft neben der Leiche lag, als auch sein eigenes, das ebenfalls zerbrochen, unweit seines Hauses verscharrt aufgefunden wurde. In bestialischer Weise hatte er so den verwundeten Forstbeamten erschlagen.

Daß der Mörder auch nach der Tat durchaus planmäßig gehandelt hatte, ging daraus hervor, daß er die Leiche versteckt, sein eigenes Gewehr vergraben und sich am Bach sorgfältig von allen Blutspuren gereinigt hatte. G. war, wie durch Nachforschungen festgestellt wurde, schon als Schuljunge als roh, renitent und gewalttätig bekannt gewesen. Es ist schwer begreiflich, daß auch dieser Bursche im Besitz eines behördlich ausgestellten Waffenpasses und einer Jagdkarte war.

Sein Freund B., der durch seine falschen Aussagen den Mörder gedeckt und die Nachforschungen ungemein erschwert hatte, wurde aus der Untersuchungshaft entlassen. Es ist anzunehmen, daß er schon bei seiner ersten richterlichen Vernehmung mit der Wahrheit herausgerückt wäre, wenn er unter Eid auszusagen gezwungen worden wäre. Dem Untersuchungsrichter sind aber durch das Gesetz Einschränkungen auferlegt, darüber zu entscheiden, ob er den Zeugen eidlich oder nichteidlich vernehmen soll. Durch die Zwangslage, in die ein dem Angeschuldigten Nahestehender oder der Mittäterschaft Verdächtiger gebracht wird, wenn er gezwungen wird, seine Aussage schon in der Voruntersuchung zu beschwören, wird er der Gefahr ausgesetzt, einen Meineid zu leisten. Dem Polizeibeamten ist trotzdem zu raten, solche Zeugen möglichst bald dem Richter zur Vernehmung vorzuführen. Auch wenn er vom Richter nicht eidlich vernommen wird, bewirkt oft schon die in Aussicht gestellte Möglichkeit, die gemachten Angaben eidlich erhärten zu müssen, die Herbeiführung einer wahrheitsgemäßen Aussage. Der Zeuge kann auch nicht später mit der bekannten Ausrede kommen, man habe ihn bei der polizeilichen

Vernehmung, die immer vorauszugehen hat, falsch verstanden oder die Polizei habe einen Zwang auf ihn ausgeübt, um die Aussage zu erlangen.

Gegen G. verhandelte das Schwurgericht des Kreisgerichtes Loeben am 4. Januar 1922 wegen Mordes. Die Geschworenen erkannten ihn jedoch nur des Totschlags schuldig, das Urteil lautete auf vier Jahre schweren Kerker, verschärft durch ein hartes Lager am 30. Mai jeden Jahres.

Die Beamten hatten die Genugtuung, daß ihre rastlose Arbeit von Erfolg gekrönt war. Ob sie mit dem Endresultat zufrieden waren, darf bezweifelt werden. Der Fall zeigt wieder, daß eine der Tat dringend verdächtige Person, die dem Richter vorgeführt, wegen Mangel an Beweisen aber wieder entlassen worden ist, durch diese Entlassung noch lange nicht vom Verdacht gereinigt zu sein braucht. In meinen Büchern habe ich eine ganze Anzahl von Fällen angeführt – von denen ich einige selbst bearbeitet habe –, wo es gelang, noch nach vielen Jahren den Mörder zu ermitteln und zum Geständnis zu bringen …

Die am Tatort verlorene gerichtliche Vorladung

Der Mörder des Jagdaufsehers Ellermann hatte, wie ich im II. Band dieser Bücher erwähnt habe, bei seiner Flucht eine Zeitung verloren, auf der sein Name mit Bleistift geschrieben stand. Der so ermittelte Täter wurde zum Tode verurteilt und hingerichtet. Ein Förstermord in der früheren deutschen Provinz Posen konnte in gleicher Weise aufgeklärt werden:

Der Kgl. Förster Kiau, Försterei Pfaffenhof bei Chojno in der Nähe von Wronke, wurde am 1. November 1906, am Allerseelentage, auf einem zu seiner Försterei führenden Holzwege meuchlings erschossen. Der Beamte hatte diesen Weg, der an einer Schonung entlang führte, mit dem Rade passiert. Man hatte ihm dort aufgelauert und ihn vom Fahrrade heruntergeschossen. Einer seiner Waldarbeiter befand sich zur Zeit der Tat ganz in der Nähe der Mordstelle, es war vormittags gegen 8 Uhr. Plötzlich fielen kurz hintereinander 3 sehr laute Schüsse, und Pfiffe ertönten im Walde von zwei Stellen her. Nach einer kurzen Pause wurde noch zweimal geschossen, immer auf derselben Stelle. Der Waldarbeiter wußte sofort, daß die Schüsse, die in solcher Anzahl und so schnell hintereinander in der Nähe der Försterei fielen, weder von Jägern noch von Wilderern herrühren konnten, ihm wurde unheimlich zumute. Er vermutete sofort ein Verbrechen, und in frommer Einfalt zog er seinen Hut und sprach ein Gebet. Dann ging er vorsichtig den Schüssen nach und fand seinen Vorgesetzten, den Förster Kiau, erschossen neben seinem Fahrrade liegen. Er benachrichtigte sofort den Kollegen des Erschossenen, den Kgl. Förster Liese, der an den Tatort eilte, für strengste Absperrung sorgte und die Gendarmerie und das zuständige Amtsgericht von dem Verbrechen in Kenntnis setzte. Die Gerichtskommission stellte fest, daß der Beamte einen Schrotschuß in den linken Arm, einen zweiten in den Hals und einen Kugelschuß in den Rücken erhalten hatte. Wie die Ärzte später bei der Obduktion erkannten, hatte der erste Schrotschuß den linken Ellenbogen und die Gelenkknochen zerschmettert, der Kugelschuß von hinten die Leber zerrissen und der dritte Schuß, jedenfalls als „Fangschuß“ aus großer Nähe auf den Hals abgefeuert, den sofortigen Tod herbeigeführt. Es waren im Hals 18 Schroteinschläge zu erkennen. Das in der Brusttasche befindliche Notizbuch wies eine Anzahl Schroteinschläge auf. Wie die Blutspuren erkennen ließen, war der Beamte, nachdem er getroffen vom Rad gestürzt war, noch 16 Meter weitergegangen. Er hatte sein Taschentuch hervorgezogen und versucht, den Bluterguß zu stillen.

Förster Liese, der die Umgebung des Tatortes genau absuchte, fand die Fußspuren der Täter, die an den Sohlenrändern Nägeleindrücke aufwiesen. Durch die 12jährige Kiefernschonung hindurch waren die Zweige in Brusthöhe abgebrochen und eingeknickt, bis zu einer 20 Meter entfernten Stelle, wo im Heidekraut zu erkennen war, daß Personen dort gelagert hatten. Offenbar hatten die Täter, nachdem sie die Schußbahn ausgebrochen hatten, hier auf der Lauer gelegen. Da der Förster in den Vormittagsstunden täglich hier vorüberfuhr, mußten sie mit seinen Gewohnheiten genau vertraut gewesen sein. Wie der Erschossene einem Kollegen mitgeteilt hatte, war er 3 Wochen vorher mit Wilderern zusammengestoßen und hatte auf diese geschossen. Es lag nahe, daß er der Rache dieser Wilderer zum Opfer gefallen war.

Im Verdacht der Wilddieberei standen zwei Brüder, Söhne des Gastwirtes aus Chojno. Da der ermordete Förster ebenfalls diese beiden im Verdacht hatte, mit den Wilderern identisch zu sein, mit denen er einen Schußwechsel gehabt hatte, nahm man die beiden Verdächtigen, den wegen Wilderns und Körperverletzung vorbestraften 25jährigen Schmied Franz K. und den 30 Jahre alten Fischer Johann K. fest. Die unmittelbare Veranlassung zu ihrer Festnahme gab ein wichtiger Fund, den die Gendarmerie- und Forstbeamten in der Nähe des im Heidekraut entdeckten Lagers am Ausgang der „Schußbahn" gemacht hatten. Man fand dort eine an den Vater der beiden K. gerichtete gerichtliche Vorladung, die, wie der Poststempel zeigte, am Tage vor dem Morde dem Adressaten zugestellt war. Sofortige Ermittlungen ergaben, daß diese Vorladung in Abwesenheit des Vaters dem Sohne Franz übergeben worden war, und daß der Vater noch keine Kenntnis von dieser Vorladung erhalten hatte, weil sie Franz in der Tasche behalten und jedenfalls in der Schonung unweit des Tatortes verloren hatte. Am Tatort fand man ferner ein Schrotpatronenverschlußplättchen, das den Aufdruck einer Munitionsfabrik und der Größenverhältnisse der Schrote aufwies, wie solche Patronen im Besitz der beiden Brüder gefunden wurden. Auch eine in einer Telegraphenstange an der Mordstelle gefundene 8-Millimeter-Kugel paßte zum Drilling des Franz K. Seine an den Sohlenrändern benagelten Schuhe paßten genau zu der am Tatort gefundenen und gesicherten Fußspur.

Zuerst leugneten beide Brüder, den Förster ermordet zu haben. Dann legte Franz K. unter dem Druck des Beweismaterials ein Geständnis ab. Er machte folgende Angaben: Er sei am Allerseelentage, früh ½5 Uhr, aufgestanden und habe auf nüchternen Magen eine Anzahl Schnäpse getrunken. Dann habe er sich den Drilling übergehängt und sei zum Kuwoer See gegangen, der Eigentum des Vaters war, um dort zu fischen. Unterwegs hielt ihn Förster Kiau an und fragte, wohin er mit dem Gewehr gehen wolle. Auf die Angabe, daß er auf dem väterlichen See fischen und Taucher schießen wolle, warnte ihn der Beamte, die Staatsforst zu betreten. Er habe Beweise dafür, daß K. dort wildere. Über diesen Vorwurf des Försters habe er sich ganz außerordentlich geärgert, weil er sich unschuldig fühlte. Es seien ihm

Rachegedanken aufgestiegen, die er, da er betrunken und seiner Sinne nicht mächtig gewesen sei, sofort auszuführen beschloß. Nachdem er erst zum See gegangen, habe er sich in die Kiefernschonung unweit des Radfahrerweges begeben, den der Beamte auf dem Rückweg zu seiner Försterei passieren mußte. Dort habe er dem Förster aufgelauert und ihn vom Rade geschossen. Nachdem er einen Schrot- und einen Kugelschuß auf Kiau abgefeuert hatte, sei er an den Schwerverwundeten herangetreten. Er habe gesehen, wie sich Kiau ein Stück fortgeschleppt hatte und unter großen Schmerzen laut stöhnend zusammengebrochen war. Er habe „Mitleid" empfunden und um seine Qualen abzukürzen, habe er ihm den Fangschuß auf den Hals gegeben! Also nicht gemeinen Rachdurst und Mordbegierde, sondern eines der edelsten menschlichen Gefühle, das Mitleid, wollte dieser Meuchelmörder als Motiv vorschützen. Derartige Heuchler verstehen es erfahrungsgemäß, sich auch im Gefängnis und Zuchthaus sofort bei dem geeignetsten Fürsprecher, dem Gefängnisgeistlichen, in ein günstiges Licht zu setzen. Sie wissen, es winkt ihnen dann vorzeitige Entlassung oder andere Vergünstigungen, die ihnen Gelegenheit gibt, ihre Freiheit wiederzuerlangen und Leben und Eigentum ihrer Mitmenschen von neuem zu bedrohen.

Franz K. bestritt auf Vorhalt, daß sein Bruder Johann an der Tat beteiligt gewesen sei. Natürlich stellte auch dieser jede Teilnahme in Abrede. Der Verteidigungsplan der beiden sauberen Brüder war schon lange genau festgelegt. Es wurde aber ein Zeuge ermittelt, der beide Brüder aus dem Wald kommen sah und beide trugen Gewehre. Nach der Tat äußerte Franz K. mit Bezug auf den Förstermord zu diesem Zeugen: „Das ist ein famoser Kerl, der das gemacht hat!" Der Vater besaß bis kurz vor dem Morde über 1000 Morgen Land und 2 Seen, davon hatte er vor kurzem 942 Morgen für 46000 Mark verkauft, so daß er jetzt auf dem restlichen Teil nicht mehr Eigenjagd besaß. Die beiden Brüder, die bisher Tag und Nacht auf ihrem Revier herumgeknallt und dabei selbstverständlich die Grenzen des Staatswaldes nicht respektiert hatten, hatten sie dem Zeugen erklärt: „Wir gehen doch weiter jagen!" Der Zeuge hörte auch Nacht für Nacht im Staatswalde Schüsse fallen, bis zum Tage, an dem der Förster ermordet und die beiden K. festgenommen wurden. Festgestellt wurde, daß die beiden K. einen umfangeichen Handel mit Wild nach Berlin getrieben hatten. Es kam ihnen eben zustatten, daß sie früher Eigenjagd hatten und daß die Wildbrethändler ihnen das Wild in diesem Glauben weiter abnahmen. Förster Kiau war ihnen bei ihrem Treiben im Wege gewesen, er hatte sie, wie sie dem Zeugen erzählt hatten, schon ein Jahr vorher überrascht, als sie einen erlegten Hirsch aufbrechen wollten. Es war ihnen aber gelungen, unerkannt zu entkommen. Später hatten sie dann den bereits erwähnten Zusammenstoß bei dem sie mit dem Beamten Schüsse wechselten, aber ebenfalls wieder heil davonkamen. Förster Kiau hatte seinem Bruder, der ebenfalls Staatsförster war, von diesen Zusammenstößen und der fortgesetzten Wilddieberei erzählt. Noch einen Tag vor seinem Tode äußerte er zum Bruder: „Wenn ich einmal erschossen werden sollte, sind es die K. gewesen!"

Der als Sachverständiger vernommene Staatliche Oberförster Wurmb in Wronke wies nach, daß zwei Personen auf Kiau aus verschiedenen Richtungen geschossen hatten, dafür sprachen die Schroteinschläge in den Kiefernbäumchen und der Kugeleinschlag in der Telegraphenstange. Zwei Schüsse waren fehlgegangen. Der Oberförster bekundete bei seiner Vernehmung als Zeuge, daß der Erschossene „ein Riese an Körperkraft, ein Kind an Gemüt“ gewesen sei, er nannte ihn „eine Zierde des preußischen Försterstandes!“ Und ein solcher Mann mußte diesem feigen Mordgesindel zum Opfer fallen!

Nach dem Gutachten des Oberförsters und den weiteren Ermittlungen der Gendarmerie fühlte sich auch Johann K. überführt. Er legte ebenfalls ein Geständnis ab. Seine Beteiligung wurde vom Gericht als Anstiftung zum Mord gewertet. Franz K. gestand noch bei seinen weiteren Vernehmungen, daß er als guter Schütze auf 120 Meter Entfernung genau auf das Herz des Beamten gezielt habe. Nach der Tat habe er sich eine Zigarre angezündet und dabei die gerichtliche Vorladung aus der Tasche gerissen, die ihm dann zum Verräter wurde. Er hatte dann dem toten Förster noch das Gewehr und das Fernglas geraubt.

Das Schwurgericht in Posen verurteilte Johann K. zu 8 Jahren Zuchthaus, den Haupttäter Franz K. wegen Mordes zum Tode. Er wurde am 3. Oktober 1907 in Posen mit dem Handbeil hingerichtet …

Vier Fangschüsse

In unmenschlicher Weise wurde auch der österreichische Ärarische Förster Paul Brunner am 5. November 1906 bei Gnadenwald (Tirol) von Wilderern ermordet. Die Staatsanwaltschaft des Bezirksgerichts Hall erhielt am 9. November telephonisch den Bescheid, daß der seit dem 5. November abgängige 38 Jahre alte Beamte im Halltale als Leiche unter Laub verdeckt gefunden worden sei. Der Obersteiger des Salzbergwerkes St. Magdalena hatte mit einem Bergarbeiter die Stelle zufällig passiert; ihm war bekannt, daß man den vermißten Förster suchte. Als er zwischen Steinblöcken einen ihm verdächtig scheinenden länglichen Laubhaufen wahrnahm, trat er mit seinem Begleiter hinzu und entdeckte die Leiche.

Die Gerichtskommission begab sich anderen Morgens an den Fundort der Leiche und stellte fest, daß dem Toten Hut, Gewehr und 800 Kr. fehlten, die er bei sich geführt hatte. Die Leiche lag im sogenannten Eibental, in dem in etwa ¼ Stunde über den „Bettelwürfbrünnel" zu erreichenden Graben, der von den „Zunterköpfen" abfällt. Über die Leiche waren Laub und mehrere Zweige gebreitet, außerdem war inzwischen 5 Zentimeter hoher Schnee gefallen. Nach Entfernung des Deckmaterials wurde zuerst die Rückseite der Lodenjoppe des Försters sichtbar, deren Rückgurt frisch zerrissen war. Aus der rechten hinteren Gesäßtasche ragte das Heft des grifffesten Messers heraus. Die Leiche lag auf der linken Seite, das Gesicht halb nach oben gedreht. Über Kopf, Brust und Teile des Unterkörpers war die Joppe gebreitet. Die nähere Besichtigung der Joppe ergab, daß die Innenseite blutdurchtränkt, der rechte umgelegte Zipfel des Rockkragens von einem Geschoß durchtrennt war. Die äußere Besichtigung der Leiche zeigte, daß der Kopf mehrere Schußwunden, die Brust einen großen Einschuß aufwies, durch den man in das Innere der Brust sehen konnte.

Die Leiche wurde zu Tal geschafft, die Obduktion ergab, daß sie folgende Verletzungen aufwies: Eine Kugel hatte den obersten Hirschhornknopf an der Joppe zertrümmert, die Kugel als Querschläger und Teile des zersprungenen Knopfes hatten den großen Einschuß auf der Mitte der Handhabe des Brustbeines erzeugt, hatten die Halsschlagader und die Schlüsselbeinschlagader geöffnet und waren hinter der linken Schulter ausgetreten. Drei 7-Millimeter-Bleispitzkugeln mit ausgehöhltem

Geschoßboden waren von hinten in Kopf und Hals gedrungen, sie wurden dort pilzartig zusammengestaucht vorgefunden. Da die Haare an den Einschußlöchern verbrannt waren, mußten die Schüsse aus unmittelbarer Nähe abgegeben worden sein. Eine vierte Kugel gleicher Art war auf die rechte Schläfe verfeuert, dort aber nicht eingedrungen. Sie hatte nur die rechte Wange aufgerissen. Da in der Wange Pulvereinsprengungen festzustellen waren, mußte auch diese Kugel unmittelbar auf die Schläfe abgeschossen worden sein. Ein Sachverständiger stellte fest, daß es sich um Revolverkugeln Kaliber 7 Millimeter handelte, die sämtlich als Fangschüsse auf den durch den Brustschuß verwundeten Förster verfeuert worden waren! Beide Vorderarmknochen waren gebrochen, die Armmuskeln zerwühlt, sogar kleine Steinchen eingesprengt, so daß daraus zu schließen war, daß die Arme durch schwere Schläge oder Fußtritte verletzt worden waren, als der Förster an der Erde lag. Anzeichen von Gegenwehr, wie Kratzspuren, waren an der Leiche nicht erkennbar.

Die Ermittlungen der Gendarmerie ergaben, daß der Förster am 5. November, morgens 7 Uhr, die Försterei verlassen hatte. Es war Markt in Hall, und der Beamte hatte beim Weggehen zu seiner Frau geäußert: „Die Wilderer könnten heute glauben, sie seien allein im Revier.“ Er hatte also damit gerechnet, daß die Wilderer den Markttag ausnutzen würden, in der Annahme, daß die Forstbeamten aus diesem Anlaß nach Hall gefahren seien.

Die Gendarmerie nahm auf Grund ihrer Ermittlungen am 14. November drei bekannte Wilderer, Franz F., Michael K. und N. aus Absam Aichat (Tirol) fest. Bei den sofort vorgenommenen Durchsuchungen ihrer Wohnungen wurden eine Anzahl Schußwaffen und viel Munition gefunden. Den verdächtigen F. hatte ein Zeuge auf der Salzbergstraße bei Hacklhof heruntergehen sehen. Die Angaben, die er über seinen Aufenthalt zur Zeit der Tat machte, stimmten nicht. Versuche ergaben, daß er mit seinen Schuhen dieselben Spuren hinterließ, wie sie am Tatort gesichert worden waren.

Förster Schwarz fand am 13. November bei nochmaligem Absuchen der weiteren Umgebung des Tatortes, von diesem 240 Schritte entfernt, unter Zunderstauden Büchsflinte und Stock des Ermordeten. Der Kugellauf war abgeschossen, der Schrotlauf noch geladen. Einige Tage später wurde auch der Hut oberhalb des Fundortes der Leiche im Gebüsch gefunden.

Der vom K. K. Landesgericht Innsbruck nach Hall entsandte Untersuchungsrichter Dr. Raitmayr prüfte durch eingehende Zeugenvernehmungen das Vorleben der drei Angeschuldigten nach. Besondere Recherchen ließ er anstellen, um zu ermitteln, wer im Besitz eines Revolvers, Kaliber 7 Millimeter, gewesen war.

F., der besonders belastet erschien, war Eisenbahnbeamter. Er bestritt zunächst jede Schuld. Durch das durch die Zeugenvernehmungen herbeigeschaffte Belastungsmaterial und die bei seinen fortgesetzten Vernehmungen festgestellten Widersprüche verstärkte sich gegen ihn der Verdacht der Täterschaft jedoch immer mehr. Am 28. November legte er dann dem Richter ein Teilgeständnis ab. Er gab zu, seinen Dienst in der Nacht vom 4. zum 5. November geschwänzt zu haben. Zum Zwecke des Wilderns habe er sich nachts ins „Thauer Geschaffl“ begeben, unter Mitführung eines alten Wenzelgewehres, das er draußen im Walde versteckt hatte. Von abends 22 Uhr bis morgens 9 Uhr habe er, ohne einen Begleiter, auf Gemsen gebirscht, ohne zum Schuß zu kommen. Er gestand weiter ein, in diesem Revier schon oft gewildert zu haben, entschieden bestritt er aber, am 5. November im Halltal, also in der Nähe des Tatortes gewesen zu sein. Auf dem Rückweg habe er sein auseinandergenommenes Gewehr im „Ochsengassl“ versteckt. Die Gendarmen fanden nach seinen Angaben das Gewehr auch dort vergraben, es war aber vollkommen zerlegt und die einzelnen Teile an verschiedenen Stellen verborgen. Das hätte F. wohl kaum getan, wenn er in absehbarer Zeit weiter wildern wollte.

Eine Halbschwester des F. namens Sch. war die Wirtschafterin des ebenfalls festgenommenen K. und wohnte bei ihm. Man hatte auch sie wegen Verdachts der Mitwisserschaft festgenommen. Zuerst bestritt sie, von dem Mord irgendwelche Kenntnis zu haben, dem Untersuchungsrichter gelang es aber, auch sie zum Geständnis zu bringen. Sie machte folgende Angaben: Am 9. November, früh 4 Uhr, hatte jemand an ihr Fenster geklopft. Als sie hinaussah, erkannte sie ihren Halbbruder F., der nach K. fragte. Sie ließ ihn in die Wohnung. F. und K. verhandelten einige Zeit abseits und verließen dann das Haus. Noch eine weitere, sehr wichtige Angabe machte die Sch. dem Richter: Sie hatte kurz vor dem Morde bei F. einen Revolver gesehen. Dieser hatte bisher in Abrede gestellt, je im Besitz eines Revolvers gewesen zu sein.

F. wurde nach dieser wichtigen Feststellung am 10. Dezember noch einmal vom Richter vernommen. Als ihm das Ergebnis der bisherigen Ermittlungen nochmals vorgehalten wurde, brach er in Tränen aus und erweiterte sein Geständnis. Er hatte schon eine Woche vor dem Markt in Hall mit K. vereinbart, an diesem Tage im Halltale zu wildern. Der ermordete Forstbeamte hatte also mit seiner Vermutung recht gehabt, daß Wilderer diesen Tag ausnutzen würden, wie das an Ruh- und Feiertagen bekanntlich die Regel ist. F. führte das Wenzelgewehr und einen Revolver, K. ein Werndlgewehr. Nachdem sie in den frühen Morgenstunden resultatlos den Wald abgestreift hatten, kamen sie gen ½10 Uhr in das Eibental und setzten sich in der Nähe eines Steiges nieder, um zu frühstücken. Sie hatten sich kaum niedergelassen, als K. rief: „Jetzt kommt der Förster!“ Gleichzeitig sei K. hochgesprungen, habe sein neben ihm liegendes Gewehr ergriffen und auf den Beamten geschossen, der ebenfalls schoß. Als der Förster zusammenbrach, habe auch er, F., seinen Revolver gezogen und auf den Beamten geschossen. K. habe ihm darauf den Revolver aus der Hand genommen mit den Worten: „Gib mir den Revolver!“ Darauf habe er in Furcht und Schrecken die Flucht ergriffen und im Davonlaufen noch mehrere Revolverschüsse knallen hören. Gewehr und Munition habe er dann im „Ochsengassl“ versteckt. Am anderen Abend habe er seinen Freund K. in der Wohnung aufgesucht, der schon im Bett lag. Er habe ihn gefragt, ob er „ihn“ ganz umgebracht habe, worauf K. erwidert habe: „Ja, er ist ganz hin!“ Beide tranken dann Schnaps und besprachen sich, bei einer etwaigen Festnahme auf keinen Fall etwas einzugestehen, dann müsse man sie auch wieder freilassen.

Der „Schwager“ K., dem die belastenden Angaben des F. vorgehalten wurden, erwiderte gleichmütig: „Er muß es ja wissen.“ Er vermied es, sich irgendwie zu verteidigen und wiederholte auf alle Fragen immer wieder diese Worte.

Auf die Frage des Untersuchungsrichters an F., warum er überhaupt einen Revolver mitgenommen habe, doch nur, um damit auf Forstbeamte zu schießen, gab er die eigenartige Antwort, er habe ihn auf der Gemsjagd benutzen wollen, um schneller schießen zu können, wenn ihnen ein ganzes Rudel Gemsen nahe kommen sollte. Wo K. den Revolver versteckt habe, wisse er nicht. K. verfolgte weiter seine Verteidigungstaktik und erwiderte auf die Frage nach dem Verbleib der Waffe: „Ich habe nichts mit der Sache zu tun, ich bin ein Naturmensch und mache so etwas nicht.“

Die Sch. gab im Verlauf weiterer Vernehmungen an, daß der Förster an die beiden an der Erde sitzenden Wilderer herangetreten sei und den Mantel weggezogen habe, unter dem sie ihre beiden Gewehre liegen hatten. Sofort sei F. aufgesprungen, habe sein Gewehr ergriffen und auf den Beamten geschossen. K. hingegen sei ohne Gegenwehr davongelaufen. Diese Darstellung hatten beide gleichlautend gegeben, F. hatte später, als er mit der Sch. allein war, erzählt, daß er erst mehrmals mit dem Revolver, dann einmal mit dem Gewehr auf Förster Brunner geschossen habe. Die Leiche habe er dann seitwärts getragen und versteckt, ebenso das Gewehr des Toten. Nach diesen Angaben gewann der Richter die Überzeugung, daß F. der alleinige Täter sei und K. durch Verweigerung seiner Aussage ihn nur decken wolle.

Der Untersuchungsrichter hielt dem K. nun vor, daß sein bisheriges Verhalten nur seine Haft verlängern, dem Komplicen F. aber nicht nützen könne, da dieser durch die letzten Aussagen seiner Halbschwester nahezu überführt sei. Darauf legte auch K. ein Geständnis ab, das sofort den Stempel der Wahrheit trug:

Der Förster sei arglos an die Beiden herangetreten, sein Gewehr trug er waagerecht am Riemen, mit dem Lauf nach vorn. Er lächelte und sagte: „Das ist ja der K.!“ dabei schob er mit dem Stock den Mantel hinweg, unter dem das Gewehr des F. versteckt lag. Sofort sei K. hochgesprungen, habe seinen neben ihm liegenden Stock ergriffen und habe mit den Worten: „Da tu i gehen“, die Flucht ergriffen. Der „Stock“ war in Wirklichkeit eine Attrappe, in ihm war der Lauf seines Werndlgewehres versteckt, dessen Schaft er noch unter der Joppe verborgen trug. Als er etwa 50 Meter talwärts gelaufen war, hörte er einen Schuß fallen, weitere Schüsse habe er nicht gehört. Spät abends kam dann F. zu K. und erzählte ihm, daß er den Förster erschossen habe, er habe dazu das Gewehr des Ermordeten und seinen Revolver benutzt. Die Leiche habe er seitwärts in die Büsche gezogen. Am anderen Tage traf K. den F. in Innsbruck, man besprach nochmals eingehend den Fall, und K. riet dem F., er solle die Leiche mit Laub und Sträuchern zudecken, um die Auffindung zu erschweren. Das tat F. dann auch, er begab sich nochmals an den Tatort und deckte sie zu.

Dieser Vorgang hat sich bei mehreren in meinen Büchern angeführten Förstermorden wiederholt. Wenn der Beamte schon vermißt und mit einem Aufgebot von Beamten und Waldarbeitern gesucht wurde, hatte sich der Mörder dessen ungeachtet nochmals an den Tatort begeben und die Leiche beiseite geschafft. Das hat wohl mit der alten Sage, daß der Mörder immer an den Tatort zurückkehren müsse, wenig zu tun. Hier ist nur die außerordentliche Frechheit beachtenswert, die dazu gehört, nochmals an den Tatort zurückzukehren zu einer Zeit, wo der Wald nach allen Seiten abgestreift wird. Der Vorteil, die Leiche versteckt zu haben, steht in gar keinem Verhältnis zur Gefahr, dabei ergriffen oder doch in der Nähe des Tatortes gesehen zu werden. Ist das auch in der Psyche des Wilderers begründet, der sich ja unzweifelhaft jedes Mal in Lebensgefahr begibt, wenn er mit der Waffe in der Hand fremdes Revier bestritt? Auch hier stehen die eventuellen Folgen in keinem Verhältnis zum „Ertrag", den dieses Wagnis bietet. Reizt ihn die Gefahr, die mit seinem Unternehmen verbunden ist, oder macht ihn seine Leidenschaft allmählich gleichgültig gegen Gefahr?

F. wurde nun abermals dem Untersuchungsrichter vorgeführt und jetzt legte auch er ein wahrheitgemäßes Geständnis ab: Als der Förster hinzutrat und fragte, was die beiden, die ihm wohl verdächtig schienen, hier vorhätten, antwortete F.: „Eine Bergpartie!" Jetzt schob Brunner mit dem Stock den Mantel weg und sah das Gewehr liegen. Mit den Worten: „Also so erwischt man Euch!", trat er zurück, riß sein Gewehr von der Schulter und spannte die Hähne, weil beide sofort aufgesprungen waren. Während nun K. die Flucht ergriff, schlug F. das Gewehr des Försters beiseite, wobei sich ein Schuß entlud. Zugleich hatte er seinen Revolver gezogen und feuerte einen Revolverschuß nach dem Kopf des Beamten. Er hatte nicht getroffen, und Förster Brunner drehte sich seitwärts, um sein Gewehr in Anschlag zu bringen. F. schoß zum zweiten Male, worauf der Förster niederstürzte, sich aber wieder erhob. F. ergriff schnell das dem Beamten entfallene Gewehr und schoß ihn in die Brust, so daß er abermals zusammenstürzte. Jetzt feuerte er vier Fangschüsse auf den Kopf des auf dem Gesicht liegenden schwerverwundeten Förster, um ihn vollends zu töten, und ergriff dann unter Mitnahme seines Mantels und Gewehres die Flucht. Er besann sich aber sofort, daß der Tote auf dem Waldsteg sehr bald gefunden werden würde, kehrte zurück, zog den Toten beiseite und warf Hut, Stock und Gewehr in die Büsche. Auch die Blutlache verblendete er, und auf der Flucht warf er den Revolver mit der dazugehörigen Munition in den Bach. Bezüglich der an der Leiche festgestellten Armverletzungen war von F. keine Erklärung zu erhalten. Er stellte entschieden in Abrede, dem Förster die Arme zerschlagen oder zertrampelt zu haben. Die schweren Verletzungen seien vielleicht durch den Fall entstanden. Das erklärten jedoch die Ärzte für ganz unmöglich.

Der ermordete Förster Brunner war ein sehr gutmütiger, immer gleichmäßig ruhiger Mensch gewesen, der absolut nicht zum Jähzorn neigte. Der Mörder hingegen wurde von allen seinen Bekannten und Kollegen als tückisch, roh und verschlagen geschildert. In der Schwurgerichtsverhandlung am 17. Juni 1907 in Innsbruck versuchte er sich mit der bekannten Ausrede zu verteidigen, er habe in der Notwehr gehandelt, weil er befürchtet habe, vom Förster erschossen zu erden. Das Gericht schenkte dieser immer wiederkehrenden Ausrede keinen Glauben und verurteilte ihn wegen Mordes zu 14 Jahren schweren Kerker, verschärft durch Fasten und Dunkelheit am 5. November jeden Jahres.

Schon im August des folgenden Jahres, bei der 60jährigen Regierungsfeier des Kaisers von Österreich, unternahmen es die Eltern dieses Mörders, „anläßlich des heurigen Jubeljahres ein Gesuch um Entlassung aus der Kerkerhaft an die Stufen des Allerhöchsten Thrones niederzulegen".

Das Gesuch wurde abschlägig beschieden, der Mörder verstarb später in der Strafanstalt Suben …

Die harmlosen Spaziergänger

Die Gefahr beim Zusammentreffen mit Wilderern unterschätzte auch ein Jagdaufseher in der Nähe von Halle (Saale). Nur dem Zufall hatte er es zu verdanken, daß er mit dem Leben davonkam. Der „Hallesche Anzeiger“ vom 2. März 1913 berichtete über diesen gefährlichen Zusammenstoß wie folgt:

Am Sonntag, dem 23. Februar 1913, gegen 16 Uhr, traf der Jagdaufseher Beyer aus Beuchlitz in Begleitung seines bei ihm zu Besuch weilenden Schwagers, Kaufmann Ritterhaus aus Leipzig, anläßlich eines Dienstganges in der Flur Beuchlitz an der am sogenannten Plantagenweg befindlichen Feldscheune drei ihm unbekannte, verdächtige Männer, welche später als die Bergarbeiter August T. sen. Willy T. jun. und Otto H., sämtlich aus Teutschental, festgestellt wurden.

Da die drei Männer keinen Weg benutzten, sondern unbefugt querfeldein in nordwestlicher Richtung von Holleben nach Teutschental gingen und die Hasen in der Feldflur infolge des Erscheinens der drei Männer aufgescheucht und flüchtig wurden, vermutete der Jagdaufseher Beyer, Wilddiebe vor sich zu haben. Der nunmehr erfolgten Aufforderung Beyers an die drei Männer, den Acker sofort zu verlassen, leisteten sie anscheinend Folge, und Beyer glaubte nun wohl, harmlose Spaziergänger vor sich zu haben. Aus diesem Grunde hängte Beyer sein schon vorher schußbereit gehaltenes Gewehr wieder über die Schulter und ging langsam neben den nach Teutschental zu gehenden Männern her. Der unmittelbar neben Beyer gehende Bergarbeiter August T. klopfte dem nichts ahnenden Jagdaufseher auf die Schulter, packte dabei aber sein Gewehr und umklammerte ihn von hinten. Zu gleicher Zeit stürzte sich auch sein Sohn auf den Jagdaufseher und schlug ihn zu Boden. Dann entrissen beide dem an der Erde liegenden Beyer das geladene Gewehr. Der zuerst in den Besitz des Gewehres gelangte T. sen. versuchte jetzt, den Jagdaufseher, der von T. jun. festgehalten wurde, zu erschießen. Er war aber mit dem Mechanismus des geladenen Gewehres nicht vertraut und konnte daher einen Schuß auf den Jagdaufseher nicht abgeben. Nun entriß ihm sein Sohn Willy das Gewehr mit den Worten: „Gib her, ich verstehe es!“ Trotz verschiedener Versuche gelang es jedoch auch ihm nicht, das Gewehr auf den immer noch am Boden liegenden Beyer abzuschießen.

Über das Versagen des Gewehres aufs höchste erregt, drehte er es um und schlug mit dem Kolben auf den von seinem Vater festgehaltenen Jagdaufseher ein, bis der Kolben des Gewehres in Stücke sprang. Während dieses Vorganges war es dem Jagdaufseher gelungen, sich etwas freizumachen, seinen Revolver zu ziehen und auf den auf ihn einschlagenden T. abzufeuern. T. erhielt das Geschoß in die linke Hand und warf die Gewehrläufe weg, mit denen er weiter auf Beyer einschlagen wollte. Doch nun ergriff der alte T. die Läufe und schlug damit in unmenschlicher Weise weiter auf den bereits Schwerverwundeten ein. Trotzdem gelang es diesem, einen Schuß auch auf den alten T. abzufeuern. Mitten in die Brust getroffen wankte er einige Schritte seitwärts und brach dann tot zusammen.

Infolge eingetretener Kampfunfähigkeit seiner Gegner konnte sich der verletzte Jagdaufseher wieder emporrichten und auf einen in der Nähe befindlichen großen Stein niedersetzen.

Als der Bergarbeiter H., welcher inzwischen mit dem Schwager des Jagdaufsehers in ein Handgemenge geraten war und diesem das Gebiß eingeschlagen und ihm mit dem Stiefelabsatz ins Genick getreten hatte, die Kampfunfähigkeit des Jagdaufsehers erkannte, versuchte er ihm Sand in die Augen zu werfen und rief seinem Stiefbruder Willy T. zu: „Komm Willy, jetzt schlagen wir den Hund ganz tot!"

Der Jagdaufseher hatte aber noch die Kraft, dem H. seinen Revolver entgegenzuhalten und zu rufen: „Zurück oder ich schieße!" Trotz dieses Zurufes drang H. von neuem auf ihn ein. Nun gab Beyer einen Revolverschuß auf H. ab und verletzte ihn ebenfalls am linken Arm. Hierauf zogen sich T. und H. zurück, ohne sich um den Toten zu kümmern. Sie begaben sich in die Gastwirtschaft in Beuchlitz und wurden dort später verhaftet. Die Staatsanwaltschaft hat Anklage wegen Mordversuchs gegen T. und H. erhoben. Der schwerverletzte Jagdaufseher Beyer wurde in die Universitätsklinik Halle (Saale) überführt. … Über den weitern Ausgang dieser Sache konnte nichts in Erfahrung gebracht werden, weil die Akten nicht mehr vorhanden sind. Jagdaufseher Beyer hat sich zwar tapfer gegen seine in der Mehrzahl befindlichen Gegner gewehrt, er hat aber von seiner Faustfeuerwaffe viel zu spät und auch zu wenig Gebrauch gemacht. Wer die dortigen Bergarbeiter kennt, weiß, daß viele von ihnen zur Roheit und Gewalttätigkeit neigen. Wenn der Jagdaufseher nicht im Besitze einer Faustfeuerwaffe gewesen wäre oder die Waffe versagt hätte, wären er und sein Schwager kaum mit dem Leben davongekommen …

Unstet und flüchtig

Der nachstehend geschilderte Fall zeigt wieder, wie wichtig die genaueste Absuchung des Tatortes und seiner Umgebung ist. Wenn sofort für strengste Absperrung und Sicherung aller vorhandenen sichtbaren und latenten Spuren Sorge getragen wird, werden sich in vielen Fällen Beweismittel auffinden lassen, die bei sachgemäßer Auswertung für die Ermittlung und Überführung des Täters beitragen können. Interessant ist dieser Fall auch insofern, als es dem festgenommenen und überführten Täter gelang, die Flucht zu ergreifen, und wie seine erneute Festnahme erst nach vielen Jahren möglich war.

Ein Jagdbeamter des Barons von Lerchenfeld, der Revierjäger Kaspar Willi aus Ittensberg bei Egg (Österreich), hatte am Sonntag, dem 6. Juli 1902, morgens 3 Uhr, einen Reviergang angetreten. Er hatte am Abend vorher erklärt, daß er zum Gottesdienst zurück sein werde. Als er sich den ganzen Sonntag über bei seinen Bekannten nicht sehen ließ, meldete man seinen Kollegen und der Gendarmeriestation Egg sein Verschwinden und stellte am Montag Nachforschungen an. Ein Hilfsjäger und ein Bruder des Vermißten fanden Willi dann tot am Klaretzberge. Die in Kenntnis gesetzte Gerichtskommission des Bezirksgerichts Bezau erschien alsbald am Fundort der Leiche und machte folgende Feststellungen:

Der Tote lag 10 Minuten oberhalb Ittersberg auf einer Wiese, mit dem Gesicht nach unten. Der Schädel war durch einen Schuß zerschmettert, Gehirn und Knochensplitter lagen daneben. Hinter ihm fand man die abgeschossene Büchsflinte, etwas bergaufwärts die beiden abgeschossenen Patronenhülsen, noch höher, 19 Meter von der Leiche entfernt, seinen durchschossenen Hut und den Bergstock. Der Arzt stellte an den nackten Waden, zwischen den kurzen Lederhosen und den Wadenstutzen Fußtritte mit schwerbenagelten Bergschuhen fest, an der linken Wade waren 16, an der rechten 8 und ein halber Sohlennagel-Eindruck deutlich erkennbar. Diese Quetschwunden ließen auf einen Nahkampf schließen. Willi hatte ständig seinen Hund an einem Riemen mit sich geführt, der am Rucksack befestigt war. Auch auf seinem letzten Reviergang hatte ihn das Tier begleitet. Es war Sonntagabends in völlig erschöpftem Zustande vor seiner Wohnung erschienen. Man stellte an der Leiche fest, daß der Hund den Riemen durchbissen hatte. Fußspuren, die am Tatort gefunden wurden, sicherte man nicht durch Abgießen mit Gips, sondern durch Abzeichnen.

Ich habe bereits im 1. Band dieser Bücher darauf hingewiesen, daß das Abzeichnen oder Photographieren von Fußspuren keinen praktischen Wert hat. Eine Überführung verdächtiger Personen an Hand dieser Reproduktionen ist ausgeschlossen.

Die gerichtsärztliche Leichenschau ergab das vollständige Fehlen der Schädeldecke, des Gehirns und von Teilen der Kopfhaut. Die explosivartige Wirkung war jedenfalls durch ein von vorn eingedrungenes Expansionsgeschoß hervorgerufen. Als man nach Bergung der Leiche die Wiese abmähen ließ, um in dem hohen Grase nach weiteren Beweismitteln zu forschen, fand man außer einer weiteren Anzahl von Schädelknochensplittern ein Taschenmesser mit Metallgriff, das nicht Eigentum des Toten war. Nach Lage der Sache konnte man mit Bestimmtheit annehmen, daß es der Täter hier verloren hatte.

Der als Zeuge vernommene Revierjäger Teufel bekundete, daß er bei seinen gemeinsamen Reviergängen mit Willi in der letzten Zeit wiederholt Spuren von Wilderern gefunden habe. Beide Beamte hatten einen Kaspar M. aus Hirtobel-Lingenau im Verdacht, für seine Überführung aber noch nicht genügend Beweise gehabt. Ein in der Nähe des Tatortes wohnender Bauer hatte Sonntag früh 5 Uhr auf dem Klaretzberge zwei Schüsse fallen hören. Er wunderte sich darüber, sah zum Kreuzstock seines Hauses hinaus und beobachtete zwischen der Stelle, wo dann die Leiche im Grase gefunden wurde, und dem rechts liegenden Walde einen Mann in Hemdsärmeln, der nach diesem Walde zu lief. Er glaubte den Jäger Willi zu erkennen, der ein erlegtes Stück Wild holen wollte. Eine Beschreibung des Mannes konnte er nicht geben, die Entfernung war zu weit.

Auf Grund der Aussagen des Revierjägers Teufel und der angestellten Ermittlungen nahm die Gendarmerie in Egg am 9. Juli den wegen Wilderns vorbestraften 53jährigen Holzarbeiter Kaspar M. und seinen Sohn, den 21 Jahre alten Zimmermann Josef M. aus Hirtobel-Lingenau fest. Die „Speciesfacti des Gendarmeriepostens Egg" besagt, daß die von dem Titulär-Postenführer Greil und Probe-Gendarm Schennach vorgenommene strenge Invigilierung ergab, daß nur diese beiden bekannten Wilderer als Täter in Frage kommen konnten. Der Ermordete hatte sich seinem Kollegen Teufel und anderen Bekannten gegenüber wiederholt dahin geäußert, daß er diesen gefürchteten, verwegenen Wilderern auf der Spur sei und daß ihm hinterbracht worden sei, daß sie ihm Rache geschworen hätten. Revierjäger Willi war überall beliebt, nur diese beiden M. waren ihm feind, nur ihnen war die Tat zuzutrauen.

Der junge M. hatte Kratzwunden an der linken Schläfe und am linken Unterarm, die er sich beim Holztragen zugezogen haben wollte. Die ärztliche Untersuchung des alten M. ergab, daß er an den Unterarmen Hautabschürfungen und einen dickgeschwollenen linken Unterschenkel hatte. Es war ihm vor 14 Tagen ein Baumstamm beim Fällen auf das Bein gefallen. Der Arzt bestätigte, daß sich M. seit dieser Zeit wegen dieses Unfalles in Behandlung befunden hatte.

Bei der Durchsuchung wurden in der M.'schen Behausung ein Werndlstutzen und zwei Doppelflinten gefunden, doch ergab sich, daß diese beiden gefürchteten Wilderer in Lingenau jagdberechtigt waren. Mit welchem Eifer sie die Jagd ausübten, zeigte, daß nach Zeugenaussagen der alte M. vom Fenster seines Hauses vor einigen Tagen ein Reh geschossen und sein Sohn es geholt hatte.

Sie bestritten natürlich jede Schuld, der alte M. wollte am 6. Juli bis 7 Uhr, der junge M. bis 6 Uhr geschlafen haben. Obwohl der alte M. wegen seines kranken Fußes die Wohnung nicht verlassen wollte, wurde festgestellt, daß er an den beiden Tagen vor und nach dem Morde gearbeitet hatte. Trotzdem blieb er dabei, daß er den ganzen Sonntag auf dem Kanapee gelegen und die Stube nicht verlassen habe.

Die Ermittlungen der Gendarmerie erstreckten sich im besonderen darauf, wer im Besitz eines Gewehres sei, aus dem ein Expansionsgeschoß verfeuert werden konnte. Bekanntlich hat dieses Bleihohlgeschoß fast immer das Kaliber 11,15 oder 11,05 Millimeter. Die Untersuchung der bei M. beschlagnahmten Gewehre ergab, daß die Werndlbüchse eine Kaliber von 11 Millimeter, die Lancasterbüchsflinte ein solches von 14½ Millimeter aufwies. Weiter war es von größter Wichtigkeit festzustellen, wer im Besitz des am Tatort erfundenen Messers gewesen war. Die Gendarmen ermittelten durch ausgedehnte Nachfragen in allen einschlägigen Geschäften, daß Josef M. ein solches Messer vor 3 Wochen bei einem Kaufmann gekauft hatte. Noch wichtiger aber war die Feststellung, daß er am Mordtage in demselben Geschäfte ein gleiches Messer verlangt und auch erhalten hatte! Es lag nahe, daß er den Verlust seines Messers sofort bemerkt und sich Ersatz beschafft hatte, weil er damit rechnete, in den Verdacht des Mordes zu geraten und nach seinem Messer gefragt zu werden.

Noch raffinierter waren zwei Mörder, ebenfalls Vater und Sohn, vorgegangen, die einen Förster ermordet hatten und am Tatort eine Tabakspfeife verloren hatten. Als ich sie festnahm, fand ich bei beiden Tabakspfeifen genau derselben Art, wie die am Tatort gefundene. Ich hatte bereits den Kaufmann ermittelt, der diese Pfeifen feilhielt, er hatte nur eine Auswahlsendung von 6 Stück solcher Pfeifen gehabt, die letzte war ihm zur Zeit des Mordes auf unerklärliche Weise verschwunden. Es gelang mir schließlich festzustellen, daß die beiden Festgenommenen die Mörder des Försters waren. Sie hatten die Tabakspfeife verloren, den Verlust auch auf der Flucht schon bemerkt. Der Sohn wollte schnell umkehren und die Pfeife holen, der Alte aber riet davon ab, weil die Gefahr zu groß sei, dabei gesehen zu werden. Der Vater, ein alter Zuchthäusler, der mit allen Wassern gewaschen war, legte sich schnell einen Plan zurecht, der auch nach Wunsch gelang. Sie gingen beide in das Geschäft, in dem die verlorene Pfeife gekauft worden war, ließen sich eine Auswahl Shagpfeifen vorlegen und hatten bald die richtige bemerkt. Diese Pfeife kauften sie aber schlauerweise nicht, sondern eine andere, von ganz anderem Aussehen. Vorher lenkte der Alte den Geschäftsinhaber durch Kauf eines anderen Gegenstandes ab, so daß der Sohn allein bei den vorgelegten Pfeifen stand und so Gelegenheit hatte, die zum Alibi benötigte Pfeife zu stehlen. Als sie mir viel später ein Geständnis ablegten, gaben sie auch lächelnd den damals ausgeführten, wohldurchdachten Plan zum besten.

Auf Befragen hatte der junge M. dem Untersuchungsrichter K. K. Adjunkten Troy angegeben, daß er seit längerer Zeit im Besitz des bei ihm vorgefundenen Taschenmessers sei, insbesondere bestritt er, am Tage des Mordes ein zweites Messer gekauft zu haben. Dann mußte ihm wohl der Gedanke gekommen sein, daß er mit diesem Leugnen eine große Dummheit begangen habe. Er ließ sich dem Richter vorführen und gab zu, sich ein zweites Messer gekauft zu haben, er habe nur die Frage des Richters nicht recht verstanden. Bei seiner Verhaftung habe der das zuerst gekaufte Messer heimlich der Mutter zugesteckt, die Gendarmen hätten das nicht bemerkt. Die alte Dame fühlte mit feinem Instinkt wohin der Richter mit seinen vorsichtigen Fragen nach dem Messer hinaus wollte, sie sprang ihrem Filius sofort bei, ohne daß beide Gelegenheit gehabt hätten, sich zu verständigen. Selbstverständlich habe sie das Messer in Empfang genommen! Als aber der Richter neugierig sich nach dem Verbleib des Corpus delicti erkundigte, gab sie schnell an, sie habe es ihrem jüngsten Sohn zugesteckt. Zu ihrem großen Leidwesen wurde nun Mutter M. nicht entlassen, wie sie es so gern wünschte, sondern sie mußte so lange warten, bis Gendarmen ihre Angaben nachgeprüft hatten. Des Richters Vermutung wurde alsbald bestätigt, der noch schulpflichtige und in die Mysterien seiner Ahnen noch nicht genügend eingeweihte junge Bonifatius M. tat ganz erstaunt, als ihn die Gendarmen bezüglich des ihm zugesteckten Taschenmessers fragten, denn ihm war davon nichts bekannt. Abermals war er erstaunt, als seine liebe Mutter nach ihrer Rückkehr vom Gericht ihm ganz unerwartet den „mütterlichen Segen“ erteilte! Er hatte durch seine wahrheitsgetreue Aussage die ganze „Tour vermasselt“.

Aber Josef M. gab seine Sache noch nicht verloren, er hatte noch einen treuen Freund, dem er manchen Hasen und manche Rehkeule „dediziert“ hatte. Seinen Schneidermeister gab er als Alibizeugen an, bei ihm habe er sich kurz nach 6 Uhr die Hosen aufbügeln lassen. Auf Befragen bestätigte dieser Zeuge, der offenbar schon vorher „gestempelt“ worden war, die Angaben seines „Spezis“. Es schien zwar sonderbar, daß Josef M. schon zu so früher Morgenstunde das Bedürfnis nach frischgebügelten Hosenfalten gespürt haben sollte, aber der Ritter von Zwirn und Schere erbot sich, den Gendarmen sein „großes Spezialehrenwort“ zu geben, es sei richtig, daß M. um diese Zeit bei ihm gewesen sei.

Trotz alledem gelang es dem Untersuchungsrichter, auch diesen hartnäckig leugnenden M. zum Geständnis zu bewegen. Er hatte am Sonntagmorgen auf dem Karetzberge gewildert, und zwar allein, sein Vater war mit Rücksicht auf sein krankes Bein diesmal nicht dabei gewesen. Gegen 5 Uhr hatte ihn der Revierjäger Willi überrascht. Auf Zuruf hatte er, angesichts des schußbereiten Gewehres des Beamten, seinen Werndlstutzen weggeworfen. Der Revierjäger nahm den Stutzen an sich und forderte den M. auf, vor ihm her den Karetzberg hinunter nach Illensberg zu marschieren. M. ging erst ein Stück willig mit, dann bat er, einen anderen Weg einzuschlagen, der nicht am Hause der Eltern vorüberführte. Der Revierjäger beharrte aber auf seine Anordnung und beging nun die oft gerügte Unvorsichtigkeit, zu nahe an den stehengebliebenen gefährlichen Burschen heranzugehen, der diese Ausrede offenbar nur in der Absicht benutzte, um den Jäger zu dieser Unvorsichtigkeit zu verleiten. Kaum war Willi nähergetreten, saß ihm der Wilderer am Hals. Es kam zu einem wütenden Ringen, wobei sich ein Lauf des Gewehrs des Beamten entlud und der Revierjäger hinstürzte. Er kam aber wieder hoch und nun versuchte der Wilderer dem Beamten sein Gewehr zu entreißen. Durch „Zufall" sei er dabei an den zweiten Abzug gekommen und der Jäger sei, in den Kopf getroffen, tot zusammengestürzt. Die Quetschwunden auf seinen Waden seien dadurch entstanden, daß er während des Ringens den Jäger „niedergesprungen" habe. Er habe dann das Gewehr des Erschossenen fortgeworfen, sei dann im schnellsten Lauf nach Hause geeilt, habe sich schleunigst umgezogen und sei dann zum Schneider gegangen. Während des Ringens habe er sein Messer gezogen und habe damit, ohne es zu öffnen, auf den Jäger eingeschlagen, wobei es ihm entfallen sei. Bei dem Zusammenstoß war der Hund am Rucksack des Jägers befestigt, er machte überhaupt nicht den Versuch, seinem Herrn zu helfen, sondern war, wie immer in solchen Fällen, beim Nahkampf nur hinderlich.

Beim Lokaltermin war der Mörder nicht imstande, vorzuzeigen, wie er das Gewehr des Jägers beim Ringen gefaßt, so daß es sich durch Zufall entladen habe. Um die Angaben des Täters bezüglich der Schußrichtung nachzuprüfen, sah sich das Gericht veranlaßt, die Leiche am 28. August exhumieren zu lassen. Die nochmalige Schädeluntersuchung ergab, daß dieser in ungefähr 50 Teile zersprungen war. Der Einschuß befand sich am rechten Stirnhocker, der Ausschuß in genau waagerechter Richtung im Hinterkopf, so daß keine Rede davon sein konnte, daß der Schuß von schräg unten beim Ringen abgefeuert sein konnte. Vor allem lag auf keinen Fall ein Nahschuß vor und der Schuß konnte auch dem Kaliber nach nicht aus dem Gewehr des Ermordeten abgefeuert worden sein. Ein Schießsachverständiger bestätigte diese Feststellungen, nach seinem Gutachten konnte das Gewehr des Jägers und die dazugehörige Munition für die Verwundung überhaupt nicht in Frage kommen. Aber auch nicht der Werndlstutzen, Kaliber 11 Millimeter, den der Mörder an diesem Tage geführt haben wollte, sondern zweifellos die Büchsflinte des alten M., ein Lancestergewehr mit einem Kugellauf, Kaliber 14½ Millimeter, und einem Schrotlauf, Kaliber 14 Millimeter. Trotz dieser schwer belastenden Sachverständigenaussagen verblieb M. weiter bei seiner Darstellung des Vorgangs.

Der Mörder wurde wieder in das Untersuchungsgefängnis überführt. Man hatte hier besondere Sicherheitsmaßnahmen getroffen, weil M. schon einen Fluchtversuch unternommen hatte. Am 12. Dezember, abends 18 Uhr, betrat der Wärter mit brennender Kerze die Zelle des Mörders, um den Stuhl hinauszutragen, mit dessen Hilfe er schon einmal entflohen war. M. stand am Ofen, seine Gedanken beschäftigten sich nur mit dem einen Problem: Wie erlangst Du Deine Freiheit wieder! Derselbe Vorgang, der sich da vor ihm, nur einen Schritt entfernt, abspielte, wiederholte sich jeden Abend mit pünktlicher Regelmäßigkeit. Er hatte mit der Verschlagenheit des Wilderers längst alle Chancen erwogen, die sich ihm dabei zur Flucht boten. Die Sorglosigkeit seines Wärters konnte nicht mehr überboten werden. Verwunden oder töten wollte er ihn bei seinem erneuten Fluchtversuch nicht, ein einfacher Tausch der

Revierjäger Willi, erschossen am 6. Juli 1902 in Ittersberg (Österreich).

beiderseitigen Rollen genügte wohl und konnte dem harmlosen Gefängnisbeamten keineswegs schaden. Er schlug dem Wärter die brennende Kerze aus der Hand, sprang hinaus und schloß seinen Schlummervater mit dem draußen in der Zellentür steckenden Schlüssel ein! Unter Mitnahme aller Schlüssel ergriff er dann die Flucht. Auf Klopfen und Rufen des seiner Freiheit so plötzlich beraubten Gefängnisbeamten erschien endlich seine Frau, sie konnte ihn jedoch nicht befreien, weil sie keine Schlüssel hatte. Herbeigerufene Gendarmen und ein Schlosser öffneten mit vieler Mühe die Mörderzelle und ließen den ausgetauschten Insassen heraus. Dann machte man sich an die Verfolgung des flüchtigen Mörders, der im Hof die Schlüssel nach Öffnung des Außentores weggeworfen hatte. Alle Behörden des In- und Auslandes wurden in Kenntnis gesetzt, eine große Anzahl von Gendarmerie- und Forstbeamten streiften unablässig die Wälder ab, wobei man, mit Rücksicht auf die winterliche Kälte und den hohen Schnee, besonders die Alpenhütten durchsuchte. Doch alles Fahnden und Streifen blieb resultatlos, der Wilderer, der alle Wege und Stege im Alpengebiet kannte, blieb verschwunden.

Die Ermittlungen ergaben, daß die Mutter und Schwester des Mörders zur Zeit der Flucht in Zürich bei Verwandten sich aufgehalten hatten und sich noch immer dort aufhielten. Die Vermutung lag nahe, daß die Reise der alten Dame mit der Flucht in Verbindung zu bringen sei. Bei Unterbringung von Schwerverbrechern in kleinen Gefängnissen besteht immer die Gefahr, daß Außenstehende durch Zurufen und Zeichengeben, besonders zur Nachtzeit, sich in Verbindung mit dem Gefangenen setzen, ihm wichtige Nachrichten über zu machende Aussagen, Warnungen oder Ratschläge zukommen lassen, die sich auf seine Flucht beziehen. Daß die alte M. alles aufbieten würde, ihren Sprößling zu befreien, hatte sie schon durch ihre schlagfertige Aussage bewiesen.

Die erste Nachricht über den gesuchten Mörder kam aus Kirchdorf bei Aibling, wo er in einem Fremdenlogis in der Nach vom 22. zum 23. Dezember geschlafen hatte. Er war bereits im Besitz falscher Papiere gewesen und hatte einem Schlafgenossen im Vertrauen erzählt, daß er der gesuchte Mörder sei. Der alte erfahrene Tippelbruder hatte die „Fleben" mit kritischen Augen geprüft und den Mörder darauf hingewiesen, daß des Morgens oft die Gendarmen zur Kontrolle sich einfänden, die die gefälschten Legitimationen gewiß sofort erkennen würden. Darauf hatte M. unter Zurücklassung dieser Papiere noch des Nachts die Flucht ergriffen.

Man hatte leider auch versäumt, den Mörder photographieren zu lassen, was mit Rücksicht darauf, daß er vollkommen überführt und fluchtverdächtig war, längst hätte geschehen müssen. Diese Maßnahme, die bei größeren Polizeibehörden grundsätzlich angewandt wird, sollte in solchen Fällen auch bei kleinen Behörden geschehen. Die Nachforschungen nach M. wurden durch das Fehlen eines Lichtbildes außerordentlich erschwert, zumal damit zu rechnen war, daß er sich sofort wieder falsche Papiere besorgt habe und versuchen werde, die Landesgrenze zu überschreiten. Alle Versuche, des flüchtigen Mörders wieder habhaft zu werden, waren erfolglos, und allmählich geriet er in Vergessenheit.

Da erhielt nach neun Jahren die K. K. Staatsanwaltschaft Feldkirch die vertrauliche Mitteilung, daß der gesuchte Mörder unter dem Namen Eberle bei einem Gipsermeister in Zürich arbeite! Die sofort in Kenntnis gesetzte dortige Polizei nahm den bezeichneten Eberle am 22. Februar 1911 fest. Nach anfänglichem Leugnen gab er seine Identität mit dem gesuchten M. zu und wurde auf diplomatischem Wege ausgeliefert.

Über seine Flucht und Irrfahrten machte er interessante Angaben: Den ganzen Winter über, vom Dezember 1902 bis April 1903 hauste er in einer Höhle im einsamen Gebirgswald. Seinen Unterhalt, Decken und Heizung trug er sich aus

Alpenhütten zusammen und erwarb sie durch Einbrüche. Im Frühjahr arbeitete er dann an verschiedenen Stellen und unter fortgesetzt wechselnden Namen als Holzknecht. Er gab stets an, daß ihm die fehlenden Legitimationspapiere auf der letzten Stelle aus irgendwelchen Gründen einbehalten worden wären, aber demnächst nachgesandt würden. Wenn dann nach einiger Zeit die Papiere dringend verlangt wurden, verschwand er von seiner Arbeitsstelle. In derselben Weise arbeitete er dann als Handlanger auf Bauten bis Mai 1904 in Engelberg. Schließlich wurde er Pflasterer, dann Malergehilfe und endlich Gipser, nachdem er sich auf den Namen Eberle Legitimationspapiere auf nicht aufgeklärte Weise besorgt hatte. Er war in diesem Beruf bis 1907 in Solothurn, Adelboden und Bern tätig und wandte sich schließlich nach Zürich, wo er unter dem angenommenen Namen Eberle bei seiner Schwester, einer Frau B., wohnte!

Dieser Fall zeigt, wie wichtig es ist, bei derartigen Ermittlungen auch nach Jahren bei allen Verwandten Nachforschungen anstellen oder heimlich Kontrollen und Nachfragen halten zu lassen. Ein derartiger Flüchtling wird früher oder später immer versuchen, mit seinen nächsten Verwandten in Verbindung zu treten, sei es schriftlich, durch Mittelspersonen oder, wie in diesem Falle, persönlich.

Die Nachprüfungen seiner Angaben ergab deren Richtigkeit. Er wurde überall als fleißiger Arbeiter, aber renitenter Bursche geschildert. An allen Orten war er sofort den Schützenvereinen beigetreten und immer einer der besten Schützen gewesen. Kein Mensch hatte eine Ahnung gehabt, daß der ehrsame Gipsergeselle Eberle der flüchtige Förstermörder M. war, von dem ab und zu immer wieder Zeitungen berichtet hatten. Er hatte die Absicht gehabt, sich demnächst selbständig zu machen, und wer weiß, zu welchen Ehren und Würden es der Gipsermeister Eberle noch in Zürich gebracht hätte, wenn ihn nicht Verrat ans Messer geliefert hätte.

Ganz so schlimm fiel die Sache für M. allerdings nicht aus. Er stand zwar am 2. und 3. Juni 1911 unter der Anklage des Mordes vor dem Schwurgericht Feldkirch, die Geschworenen erkannten aber nur auf Totschlag. Das Urteil lautete auf 5 Jahre schweren Kerker, verschärft durch Fasten und Dunkelzelle an jedem 6. Juli …

Trotz vieler Tatzeugen nicht ermittelt

In Gegenwart seines Sohnes meuchlings niedergeschossen wurde am 15. August 1919 der 48 Jahre alte Jagdaufseher Adolf Bauer aus Schneidenbach bei Reichenbach (Vogtland). In dieser üblen Zeit wurde allenthalben, in der Nähe von Industriestädten aber besonders viel gewildert. Auch Bauer hatte in der letzten Zeit Wilddiebe in seinem Revier verspürt, konnte ihrer aber nicht habhaft werden. Am genannten Tage hatte er in Begleitung seines 16jährign Sohnes den Revierteil bei Rotschau aufgesucht, um in dem dort gelegenen Schieferbruch Kaninchen zu schießen. In der Nähe dieses Steinbruchs stießen sie um 20¼ Uhr auf zwei im Gebüsch stehende Männer. Auf die Frage des Jagdaufsehers: „Was macht Ihr hier?“ antwortete der ältere von ihnen im barschen Tone: „Nichts!“, dann ergriffen beide die Flucht durch eine Schonung und über eine Wiese in der Richtung nach Schneidenbach zu. Während der junge Bauer am Schieferbruch stehenblieb, folgte der Vater den beiden flüchtenden Männern, die er berechtigterweise für Wilderer hielt, unter fortgesetzten Haltrufen. Als der Sohn hörte, daß der Vater einen Schuß hinter die Fliehenden her feuerte, lief er hinzu erfuhr vom Vater, daß der eine der Wilderer eine große Pistole unter dem Rock hervorgezogen habe, mit der er sich zur Wehr setzen wollte. Auf den Schreckschuß des Jagdaufsehers hatten beide dann die Flucht fortgesetzt. Bauer und sein Sohn suchten noch eine Weile die umliegenden Büsche ab und kehrten dann nach dem Steinbruch zurück. Der Sohn nahm dann das Gewehr des Vaters und schoß bald darauf ein Kaninchen, während der Vater danebenstand. Als der junge Bauer hinlief und das erlegte Kaninchen holen wollte, fiel aus den nahen Büschen heraus plötzlich ein Schuß, und der Jagdaufseher stürzte mit einem Aufschrei nieder. Er rief dem Sohne zu, er solle ihn die Böschung hinunter in Deckung ziehen, was dieser auch tat. Da er einen weiteren Angriff fürchtete, ergriff er das Gewehr des Vaters wieder und legte sich schußbereit an den Abhang, er konnte jedoch niemand sehen und führte den laut stöhnenden Vater, der sich auf seine Schultern stützte, heimwärts. Nach etwa 300 Metern stürzte aber der Schwerverwundete, der einen Kugelschuß in den Rücken erhalten hatte, von neuem zusammen. Der Sohn bettete ihn am Wegesrande und eilte dann, Hilfe herbeizuholen. Man brachte den Jagdaufseher in das Kreiskrankenhaus Zwickau, wo man feststellte, daß die Kugel hinten neben der Wirbelsäule eingeschlagen war. Vorn in der Bauchwand befand sich der Ausschuß. Am anderen Tage verstarb Bauer unter großen Schmerzen.

Von den beiden Wilddieben konnten er und sein Sohn nur eine ungenügende Personenbeschreibung geben. Der eine sollte erst 16 Jahre alt gewesen sein, er sollte dunkle Kleidung und eine Mütze getragen haben. Der ältere, etwa 25 Jahre alte Mann war 1,65 Meter groß, hatte dunkle Hose und einen feldgrauen Rock getragen.

Eine halbe Stunde nach dem geschilderten Vorfall fand, 10 Minuten vom ersten Tatort entfernt, ein zweiter Zusammenstoß statt. Der 16jährige Sohn eines Sattelmeisters aus Reichbach, der ebenfalls den Namen Bauer führte, hatte von seinem Vater den Auftrag erhalten, auf dem Getreidefeld Wache zu halten, wo Ähren von den aufgestellten Getreidegarben abgeschnitten wurden. Der junge Mann bemerkte in der Dämmerung zwei Männer, die sich an den Garben zu schaffen machten und schlich sich unbemerkt näher. Als er bis auf 3 Schritte heran war, ergriffen die beiden die Flucht, Bauer lief ihnen nach und hörte dabei, wie der jüngere von ihnen zum älteren im flehenden Tone sagt: „Walter, schieß nicht!" Trotzdem blieb dieser plötzlich stehen und schoß mehrmals mit einer großen Pistole auf den jungen Mann, der, in das Bein getroffen zusammenstürzte. Durch die Schüsse aufmerksam gemacht, lief ein in der Nähe befindlicher Arbeiter hinzu und verfolgte die Fliehenden, trotzdem er nicht im Besitz einer Schußwaffe war, ein ganzes Stück in der Richtung nach Mühlwand zu. Wegen der inzwischen eingetretenen Dunkelheit mußte er die Verfolgung aufgeben, er wäre sonst wohl ebenfalls noch diesen Meuchelmördern zum Opfer gefallen.

Es meldeten sich 3 Arbeiter, die im Walde gearbeitet hatten, als der Schuß auf den Jagdaufseher Bauer gefallen war und seine Schmerzensrufe ertönten. Sie gingen auf die Stelle zu und bemerkten einen etwa 40jährigen Mann mit blondem Schnurrbart und einen 12 Jahre alten Jungen, die beide eiligen Schrittes von der Gegend herkamen, wo der letzte Schuß gefallen war und noch immer die Schmerzenslaute zu hören waren. Der eine Arbeiter sagte zu seinen Kollegen: „Hier dürfen wir uns nicht feig zeigen, denn dieser Mann hat sicher jemand erschossen!" Er stieg schnell über einen dazwischenliegenden Drahtzaun und ging den Beiden entgegen mit den Worten: „Halt, stehen bleiben!" Sofort zog der ältere eine große Armeepistole unter dem Rock hervor mit den Worten: „Zurück oder ich schieße!" Mit einem Angstschrei faßte der Junge den Mann an den Arm und rief ihm zu: „Vater, Vater!" Darauf ließ dieser die Waffe sinken. Die Arbeiter hatten keine Schußwaffen bei sich, sie konnten es nicht wagen, die Beiden so anzuhalten, sicher hätte der Mann von seiner Schußwaffe Gebrauch gemacht. Die Verdächtigen entfernten sich darauf in der Richtung nach Mühlwand zu.

Es gelang nicht, die Beiden zu ermitteln. Es wurde bei den Nachsuchungen viel zu viel Wert auf die Bekundungen der beiden jungen Zeugen, des Sohnes des erschossenen Jagdaufsehers und des angeschossenen Sattlersohnes gelegt. Beide hatten sich begreiflicherweise in großer Aufregung befunden, die Personenbeschreibung, die sie gaben, war offenbar falsch. Auch die Angabe, daß einer den anderen „Walter“ genannt hatte, führte dazu, daß man wochenlang diesen „Walter“ suchte und es unterließ, mehr Wert auf die Aussagen der drei Arbeiter zu legen, die die Beiden in der Nähe und mit ruhigeren Augen betrachtet hatten. Der Vorgang hatte sich doch zweimal in gleicher Weise abgespielt: Der Junge faßte den Alten an den Arm und hielt ihn davon ab zu schießen. An der Identität der Personen konnte doch kein Zweifel bestehen und es handelte sich hier bestimmt um Vater und Sohn. Hätte man sofort mit Hilfe der Schulen das Alibi aller nur irgendwie in Frage kommender Jungen in dem ungefähren Alter von 12 bis 14 Jahren in der Umgegend geprüft, mußte der Mord aufgeklärt werden. Es fehlte hier offenbar eine einheitliche, energische Leitung der angestellten Nachforschungen. Die örtlichen Polizeiorgane, und wären sie noch so tüchtig, sind in solchen Fällen nicht zuständig. Ihre Tätigkeit ist örtlich begrenzt, sie bedürfen erst aller möglichen Genehmigungen, bevor sie ihren Dienstkreis überschreiten dürfen. Wenn sie dann endlich die Genehmigung nach „reiflichen Erwägungen“ erhalten haben, fehlt ihnen wieder das Geld, um großzügig zu arbeiten. Der Täter findet unterdessen genügend Zeit, sich zu verdrücken und seine Spuren zu verwischen.

Trotz der ausgesetzten Belohnung von 500 RM. blieben diese Fälle unaufgeklärt …

Wilderer finden einen erschossenen Förster

In meinen Büchern habe ich bereits einen Fall beschrieben, in welchem Wilddiebe die Leiche eines erschossenen Försters fanden. Dieser Fall steht nicht vereinzelt da. Am 4. Dezember 1919 fanden Wilderer am „Brandbergerkar" 3 Stunden oberhalb Mayrhofen bei Innsbruck, die Leiche des 49 Jahre alten Jägers Johann Duregger. Der in Kenntnis gesetzte Gendarmerieposten Mayrhofen, Gendarmerieabteilung Innsbruck, gab die Meldung sofort weiter an das zuständige Bezirksgericht Zell am Ziller und stellte folgendes fest:

Jäger Duregger hatte sich am 3. Dezember, früh 7 Uhr, in sein Revier begeben, um in den „Rinnen" am „Kastenwald" seine Marderfallen zu revidieren. Da er von diesem Reviergang nicht zurückkehrte, machte sich der Sohn mit einigen Leuten auf, den Vater zu suchen. Die am 3. Dezember erfolglos verlaufene Suche wurde anderen Tages fortgesetzt, verstärkt durch ein zweites Suchkommando unter Führung des Gemeindevorstehers. Noch während der Suche wurde dann der Vermißte von den Wilderern gefunden. Der hereingerufene Förster Herz ließ den Fundort absperren und die Leiche bewachen. Während der Beamte die Gendarmerie benachrichtigte, erschien auch der Gemeindevorsteher mit seinen Leuten an der Fundstelle. Da inzwischen starker Schneesturm eingesetzt hatte, ordnete er an, daß die Leiche zu Tal geschafft werde, da mit dem Eintreffen der Gerichtskommission an diesem Tage doch nicht mehr zu rechnen war und die Gefahr bestand, daß anderen Tages ein Abtransport nicht mehr möglich war. Was unter anderen Umständen ein großer Fehler gewesen wäre, war unter diesen besonderen Bedingungen eine Selbstverständlichkeit. Als die Gerichtskommission am anderen Tag unter großen Schwierigkeiten im Schneesturm am Tatort anlangte, waren alle Spuren fast verweht. Trotzdem konnten Forst- und Gendarmeriebeamte feststellen, daß Jäger Duregger auf seinem Reviergang in den „Rinnen" auf die Fußspuren von Wilderern aufmerksam geworden und ihnen gefolgt war, denn seine Schneereifen, die er an den Schuhen getragen hatte, deckten später immer die verdächtigen Spuren. Dann war er plötzlich seitlich abgeschwenkt, offenbar in der Absicht, den hohen „Speik Bühel" zu ersteigen, von dem aus er sein ganzes Revier übersehen konnte. Er war nur noch 70 Meter von dieser Bergspitze entfernt gewesen, als er den tödlichen

Schuß erhalten hatte, vermutlich vom „Speik Bühel" aus. Duregger hatte sich nah dem Schuß noch 8 Meter südwestlich geschleppt, wie die Blutspuren bewiesen und war dann zusammengebrochen. 7 Schritt seitwärts lag seine geladene noch mit Mündungsdeckel versehene Büchsflinte. Es war daraus zu schließen, daß der Jäger meuchlings erschossen worden war. Seinen Bergstock hatte er neben sich in den Schnee gesteckt, damit seine Leiche gefunden würde, wenn ihn der bereits heraufziehende Schneesturm verschütten sollte. Sein Gewehrriemen war durchschossen, es war zu sehen, daß er die Büchsflinte übergehängt getragen hatte, denn so deckten sich Durchschuß durch den Riemen und Einschlag der Kugel durch die linke Hosentasche in die linksseitigen Weichteile. Wie durch gerichtärztliche Obduktion festgestellt wurde, war der Schaft des rechten Oberschenkelknochens durch einen Kugelschuß, der unter dem linken oberen Darmbeinstachel eingedrungen war, zerschmettert worden. Das deformierte Geschoß saß oberhalb der rechten queren Oberschenkelfalte unter der Haut. Es hatte den Anschein, daß der schwerverletzte Jäger seine entsetzliche Lage, in der er sich mit dieser schweren Verwundung hoch oben im Felsgebirge, weit ab von jeder menschlichen Hilfe, befand, erkannt hatte. Er hatte sterbend eine apere Stelle gesucht, um Schutz vor der grimmigen Kälte und dem beginnenden Schneesturm zu finden. Dann hatte er sich den Rucksack mit den Schneereifen unter den Kopf gelegt, die Thermosflasche geleert, das Essen aber nicht angerührt, das er im Rucksack mit sich führte. So hatte er den Tod in der fürchterlichen Einsamkeit erwartet und durch Erfrieren gefunden.

Wie eingangs erwähnt, hatten Wilderer den ermordeten Jäger gefunden. Die drei „Jäger" befanden sich am 3. und 4. Dezember zunächst auf einem Jagdgebiet auf der Schönberger Alpe, wo sie zu jagen berechtigt waren. Sie kamen am 4. Dezember, vormittags 9 Uhr, an die Jagdgrenze und sahen jenseits auf „feindlichem" Reviere am „Brandberger Kolm" 3 Gemsen stehen. Der eine dieser „Jäger", Ferdinand H., ging – selbstverständlich – hinüber, um die Gemsen zu „beobachten". Um die Gemsen besser sehen zu können, nahm er ... seine Büchsflinte mit. Als er auf einem Bergrücken anlangte und in die „Gruber Kehle" hinunterschaute, sah er in 120 Meter Entfernung einen toten Mann liegen. Er lief schleunigst zu seinen Genossen zurück und berichtete ihnen von seiner eigenartigen Beobachtung. Man beschloß, um nicht selbst in Verdacht zu geraten, vier Männer, die 1200 Meter weiter mit Heuwegschaffen beschäftigt waren, in Kenntnis zu setzen und mit ihnen an die Fundstelle zu gehen. So fand man den Jäger Duregger in der beschriebenen Weise und benachrichtigte die Gendarmerie.

Die Gendarmerie nahm die 3 Finder der Leiche trotzdem fest, beschlagnahmte ihre Gewehre und unterzog sie einem eingehenden Verhör. Sie gaben an, am 3. Dezember zwischen 13 und 14 Uhr 16 oder 17 Schüsse auf ein Rudel Gemsen abgegeben zu haben, wobei sie zwei der gehetzten Tiere erlegten. Während dieses „Sperrfeuers" erblickten sie auf 100 Meter Entfernung eine andere Gruppe von Wilderern in Stärke von 4 Mann. Als sie die Konkurrenten anriefen, ergriffen diese die

Flucht, wohl in der Annahme, daß die anderen Jagdberechtigte wären. Ferdinand H. und seine beiden Genossen übernachteten dann in der Schönbergkar-Hütte, wobei sie die Feststellung machten, daß die andere Wilderergruppe die Nacht vorher dort verbracht haben mußte.

Auf diese Aussagen hin stellten Jäger und Gendarmen tatsächlich an den im Schnee kaum noch sichtbaren Fußspuren fest, daß 4 Männer vom „Torhelm“ über die „Brandsteinkar“ in das Schönbergergebiet gekommen waren. Die Fußspuren führten dann am Tatort ins Zillertal hinunter.

Um näheren Anhalt dafür zu bekommen, woher die Wilderergruppe gekommen war, wurde Ferdinand H. noch einmal vom Untersuchungsrichter eingehend vernommen. Als er gegen ½14 Uhr in den „Schönbergmahdern“ in Höhe der Karhütte kam, sah er zuerst 2 Wilderer auf 500 Schritte Entfernung auf die Karhütte zugehen. Nach einer Viertelstunde sah er dann noch zwei Wilderer, die zwischen „Torhelm“ und den „Geisköpfl“ herüberkamen. Diese 4 Männer vereinigten sich dann, und H. und seine Komplicen sahen später, daß die Spuren, die im Schnee ganz frisch erschienen, zum „Speik Bühel“ hinaufführten. Als H. dann am anderen Tage seinen Genossen 3 Gemsen zudrücken wollte, flüchteten diese von der Rückfallskuppe am Abhange der Schönbergschneide gegen die Mulde der Brandbergkar ins Zillertal hinunter. Bei ihrer Verfolgung sah H. dann, daß der Jäger den Wilderern gefolgt war, seine an den Schneereifen kenntliche Spur deckte sich mit der der Wilderer. Als er dann in diesen Spuren den Toten liegen sah, hielt er ihn zuerst für einen der vier Wilderer, später erkannte er dann Duregger.

Nach diesen Bekundungen des H. konnte kein Zweifel mehr bestehen, daß die von ihm beobachteten 4 Wilderer als Täter in Frage kommen mußten. Die Gendarmerie- und Forstbeamten konnten schließlich unter außerordentlichen Schwierigkeiten die Fußspuren im Zillertal entlang bis Heinzenberg verfolgen, wo sie dann den 25jährigen Bauersohn Johann R. festnahmen. Den mit großem Geschick vorgehenden Beamten gelang es auch, den R. alsbald zum Geständnis zu bringen:

Seine Komplicen waren ein Metzgersohn Karl E. und ein Bäckersohn Anton A. aus Stumme (Tirol), und der Bauersohn Ferdinand H. aus Gerlosberg. Sie wurden sämtlich dem Bezirksgericht Fügen eingeliefert. Der zuerst festgenommene R. gab bei seiner ersten Vernehmung an, daß sie zusammen in der Nacht zum 2. Dezember in der „Gerlossteinhütte“ übernachtet hätten. Am anderen Tag schon mußte er wegen seiner rheumatischen Krankheit wieder umkehren, während die 3 Komplicen weiterzogen und erst am 3. Dezember zurückkehrten. Der Vater des E. war auf der Gerolsteinalpe jagdberechtigt. Johann R. gab weiter zu, daß sie – selbstverständlich bei dieser Sorte Jägern – schon am 2. Dezember vormittags die Jagdgrenze überschritten und den ganzen Tag im großen Kar der Schönbergalpe gewildert hätten. Beim Rückmarsch habe ihn dann sein Rheumatismus, den er sich in italienischer Kriegsgefangenschaft zugezogen habe, gezwungen zurückzubleiben. Während die anderen wildernd weiterzogen, habe er sich in der Heinzerbergwiese in einen

Heustadel gelegt und sei dort eingeschlafen. Erst nachts gegen 22 Uhr sei er nach Hause gekommen. Die Komplicen hätten, wie sie später erzählten, in der Karhütte auf der Schönbergalpe übernachtet. Am 3. Dezember (Mittwoch) kehrten sie dann über die Gerolsteinalpe zurück nach Heinzerberg, besuchten ihren kranken Genossen und betranken sich in seiner Wohnung. Bei Schnaps und Bier feierten also die edlen „Spezls" ihre feige Mordtat und berieten zweifellos, wie sie ihre Aussagen im Falle der Festnahme einrichten wollten. Daher war es nicht verwunderlich, daß die drei Komplicen dieselben Aussagen machten, wie ihr Freund Johann R.

Die gleichlautenden Aussagen standen aber im Widerspruch mit denen der Konkurrenz-Wildererkolonne Ferdinand H. und Genossen. Diese Zeugen hatten, wie sie übereinstimmend aussagten noch am 3. Dezember vier Wilderer gesehen. Die Angaben des Johann R., daß er schon am 2. Dezember nach Heinzerberg zurückgekehrt sei, konnte mithin nicht der Wahrheit entsprechen, mit seinem italienischen Rheumatismus war das solch eine Sache!

Der Untersuchungsrichter erließ gegen die vier Kumpanen Haftbefehl. Als sie dem Zeugen Ferdinand H. gegenübergestellt wurden, gab er an, daß diese vier Männer den Gestalten nach höchstwahrscheinlich mit den vier beobachteten Wilderern identisch seien. Bei Bewertung seiner Aussage zog der Untersuchungsrichter Dr. Köllensperger, Innsbruck, aber auch in Erwägung, daß H. diese belastenden Aussagen in der Absicht mache, seine Komplicen und sich selbst zu entlasten. Durch fortgesetzte, eingehende Vernehmungen der Verdächtigen und der von ihnen benannten Zeugen gewann der Richter aber die Überzeugung, daß unter den vier Wilderern aus dem Zillertal bestimmt der Mörder des Jägers Duregger zu suchen sei. Er entschloß sich schließlich, einen eigenartigen Schritt zu unternehmen, um den Täter zu ermitteln: Nachdem er im Einzelverhör jedem vorgehalten und eindringlich klargemacht hatte, daß doch nur einer von ihnen den tödlichen Schuß abgefeuert haben könnte und daß die anderen durch seine Schuld unschuldig in Untersuchungshaft sitzen müßten, fragte er wiederum jeden einzeln, ob er eine gemeinsame Beratung mit seinen Komplicen ohne Anwesenheit des Richters wünsche.

Alle vier erklärten sich damit einverstanden, und der Richter ließ sie allein. Nach Rückkehr des Richters erklärten die vier Kumpane, nunmehr die Wahrheit sagen zu wollen! Sie bezeichneten den „rheumatischen" Johann für den Mörder des Jägers Duregger. Dieser trat vor und bekannte sich schuldig. Auf die weitere Frage, wer von ihnen bei der Tat zugegen gewesen sei, trat A. vor die Front und bekannte, daß er der Begleiter des R. gewesen sei, die beiden anderen hätten erst bei der Wiedervereinigung von dem Vorfall Kenntnis erhalten. Man hatte, wie schon bemerkt, in der Nacht vom 1. zum 2. und 2. zum 3. Dezember in der Karhütte übernachtet. Am 3. Dezember hatten sie sich in zwei Gruppen geteilt, um sich die Gemsen gegenseitig zuzudrücken. Als R. und A. im Brandbergkar Gemsen anbirschten, flüchteten diese ins Zillertal hinunter. Als sie den Tieren nachschauten, sahen sie unter sich den Jäger Duregger. Er hatte die Wilderer offenbar ebenfalls schon bemerkt, denn er setzte sich nieder, um sie zu erwarten, weil sie beim Abstieg an ihm vorüber mußten. Sie suchten ihm nun auszuweichen, indem sie durch eine Talmulde im Bogen ihn umgehen wollten. Als der Jäger das sah, stand er auf und wollte ihnen den Weg abschneiden. Die beiden Wilderer wären ihm als geübte Bergsteiger trotzdem entkommen, R. blieb aber etwas zurück. Außerdem trug der Jäger Schneereifen an den Schuhen, was ihm ein schnelleres Vorwärtskommen ermöglichte. Die Wilderer waren nicht mit Schneereifen versehen und sahen den Jäger näher kommen. Als er sie so ¼ Stunde lang verfolgt hatte, war A. seinem Genossen R. 50 Meter voraus. Auf einmal hört er den Ruf des Beamten: „Halt, Gewehr weg"! A. drehte sich um und sah den Jäger, der angeblich noch immer sein Gewehr übergehängt trug, 15 oder 20 Schritt hinter seinem Genossen R. Dieser hatte sich auf den Anruf ebenfalls umgedreht und schoß auf den Jäger Duregger, der mit ausgebreiteten Armen zusammenstürzte. A. ergriff darauf von neuem die Flucht und erwartete dann den R., der langsam nachkam. Er machte ihm sofort Vorwürfe, R. jedoch nahm die Sache nicht so tragisch, er hielt den Jäger nur für verwundet, nicht für tot. Später stießen sie dann auf ihre beiden Komplicen und erzählten ihnen von ihrem Erlebnis. Mit ihren Ferngläsern sahen sie dann aus großer Entfernung den Jäger liegen, kümmerten sich aber nicht weiter um ihn und setzten ihren Weg nach Heinzerberg fort, wo sie sich einen genauen Verteidigungsplan zurechtlegten. Der Zusammenstoß mit dem Jäger hatte mittags ½12 Uhr stattgefunden, um ½16 Uhr waren sie zu Hause.

Es war kaum zu glauben, daß Jäger Duregger, der sehr scharf hinter den Wilderern her war und doch gewiß Erfahrung auf diesem Gebiete hatte, die Wilderer auf solch kurze Entfernung angerufen haben sollte, ohne sein Gewehr in Anschlag zu nehmen. R. mußte dann auch zugeben, daß der Jäger sein Gewehr nicht übergehängt, sondern in der Hand getragen habe. Allerdings sei er beim Anruf nicht in Anschlag gegangen. R. gab noch nähere Einzelheiten über den Zusammenstoß an. Nachdem er den Schuß mit abgefeilter österreichischer Militärmunition auf Duregger abgegeben hatte, ließ dieser das in der rechten Hand getragene Gewehr fallen, schaute vor sich hin in den Schnee und rief: „Meine lieben Leute!" Er war sich also sofort der Schwere seiner Verwundung bewußt und dachte an seine Frau und Kinder. Dann stürzte er, mit den Händen in die Luft schlagend, rücklings in den Schnee.

Auf Vorhalt erklärte R. dem Richter, daß er sich nur seiner Festnahme habe entziehen wollen. Er sei nervenleidend, weil er 43 Monate ununterbrochen bei der Gebirgsartillerie in vorderster Front gekämpft und dann in italienischer Gefangenschaft viel gelitten hätte. Sein angebliches Nervenleiden hatte ihn aber nicht gehindert, eine Stunde nach dem Zusammenstoß mit dem Jäger, während dieser sterbend im Schneesturm lag, nochmals auf Gemsen zu schießen, also weiter zu wildern. Er habe zwar am Schießen „kein Freud' mehr gehabt", aber die Jagdpassion sei mit ihm durchgegangen, und er mochte die Gemsen nicht unbeschossen lassen.

Dem toten Jäger fehlte das Notizbuch, nur der abgebrochene Bleistift lag neben ihm. Jedenfalls hatte er Eintragungen in das Buch gemacht, die sich auf seinen

Mörder bezogen. Das hatte dieser offenbar mit seinem Fernglase beobachtet und hatte das Buch geholt, denn man erkannte im Schnee Fußspuren, die an die Leiche heranführten.

Die Ermittlung des Mörders war in erster Linie dem Gendarmerie-Postenleiter Neururer und dem Gendarmen Lorenz Schack vom Posten Zell, sowie dem Postenleiter Gröbl vom Posten Mayrhofen zu verdanken. Der Untersuchungsrichter erwähnte in einem Schreiben an das Landesgendarmeriekommando Innsbruck ausdrücklich die vorzügliche kriminalistische Arbeit dieser Beamten. Jeder Polizeibeamte weiß, daß solche Anerkennungen für unsere Tätigkeit äußerst selten sind, sie beweisen, daß der Richter selbst ein tüchtiger Kriminalist gewesen sein muß, der die schwierige nervenzermürbende Arbeit in solchen Sachen richtig einzuschätzen wußte! Die drei Komplicen wurden aus der Haft entlassen. Der Mörder R. versuchte schon beizeiten den „wilden Mann" zu spielen, er sagte sich, „der kluge Mann beugt vor". Sein Zellengenosse meldete, daß der „Inquisit" fortgesetzt phantasiere und sich unter Tisch und Bett verstecke, weil er den ermordeten Jäger vor sich sehe, der mit dem Gewehr auf ihn ziele. Die irrenärztliche Untersuchung ergab, daß Simulation vorlag. Daraufhin stellte R. seine Komödie ein und erklärte dem Zellengenossen auf einen Vorwurf, daß er doch in frivoler Weise der Familie den Ernährer, den Kindern den Vater genommen habe, kaltlächelnd, das sei nun mal „Jägerlos".

Am 10. März 1920 wurde gegen R. vor dem Schwurgericht Innsbruck wegen Totschlags und Wilddiebstahls verhandelt. Das Urteil lautete auf 15 Monate schweren Kerker verschärft durch einen Tag Einzelhaft in jedem Vierteljahr!

Auf die Berufung der Staatsanwaltschaft wurde R. in der II. Instanz vom Oberlandesgericht für Tirol am Vorarlberg am 12. Mai 1920 zu 2½ Jahren schweren Kerker verurteilt, verschärft durch vierteljährliche Einzelhaft. Die Komplicen wurden wegen versuchten Wilddiebstahls zu je 6 Wochen Kerker verurteilt.

Schon bald nach seiner Verurteilung wurden Gnadengesuche für R. eingereicht, die von allen Seiten aus der Bevölkerung befürwortet wurden. Daraufhin wurde R. schon am 4. August 1921 bedingt begnadigt. Von dem ihm zustehenden Rechte, gegen diesen Beschluß Beschwerde einzulegen, machte er keinen Gebrauch. Er war eben ein sonderbarer Herr, dieser R.! …

Die verräterische Fußspur

Wie im Mordfalle Duregger konnte auch in der nachstehend geschilderten Sache der Täter durch sachgemäße Auswertung einer am Tatort beobachteten Fußspur im Schnee ermittelt und überführt werden.

Der Pächter der Landgemeindejagd in St. Michael (Salzburg), der 49jährige Bacherbauer Alois Schiefer hatte sich am 4. Dezember 1924, gegen 16 Uhr, in sein Revier begeben, um einen Hasen zu schießen. Als er bis 21 Uhr nicht zurückgekehrt war, begab sich seine Ehefrau, nachdem sie bei Freunden und Nachbarn Nachfrage gehalten hatte, mit dem Haushunde auf die Suche. In der sogenannten „Kohlhald" am Hollerberg fand das Tier seinen Herrn am Wege liegend, machte laut bellend darauf aufmerksam und führte die Frau in der starken Dunkelheit an die Fundstelle. Frau Sch. hielt ihren Mann für ohnmächtig, da sie noch Körperwärme verspürte. Sie versuchte, ihn nach Hause zu tragen, mußte aber davon Abstand nehmen, weil ihre Körperkräfte nicht ausreichten. Zur Hilfe herangerufene Nachbarn erkannten, daß Schiefer tot sei,

Der stumme Tatzeuge. („Indizien", II. Band dieser Bücher.)

und daß er an der linken Bauchseite eine Schußwunde hatte. Sie ließen die Leiche unter Bewachung liegen und benachrichtigten Gendarmerie und Bezirksgericht.

Die örtliche Besichtigung ergab, daß Tötung von fremder Hand mit Bestimmtheit anzunehmen sei. Die Beamten des Gendarmeriepostens St. Michael entdeckten im Schnee eine fremde Fußspur, die 9 Schritt vor der ursprünglichen Lage der Leiche, die an Blutspuren zu erkennen war, nach rechts abbog und halbkreisartig 600 Meter weit um die Leiche herum wieder auf den Weg führte, auf dem die Leiche lag. 200 Meter unterhalb der Fundstelle der Leiche ging die verdächtige Fußspur auf einem viel begangenen Wege verloren. Die Fußspuren, die vorher eine fast auffallend kurze Schrittlänge zeigten, ließen von der Leiche ab erkennen, daß der verdächtige Mann im Laufschritt sich entfernt haben mußte, denn die Schrittlänge maß 140 Zentimeter. Das Gewehr des Erschossenen, ein alter doppelläufiger Vorderlader, lag 4 Schritte nach der Richtung zu, woher die Fußspur kam, quer über dem Weg. Zwei Zeugen wurden ermittelt, die gegen 17 Uhr einen Schuß von der Fundstelle der Leiche her fallen hörten. Die Fußspuren des vermutlichen Täters und der Abdruck seines Gewehrkolbens im Schnee wurden durch Abzeichnen gesichert.

Ich mache auch hier noch einmal darauf aufmerksam, daß diese Art, Fußspuren zu sichern, veraltet und ohne jede Beweiskraft ist. Nur sachgemäßes Ausgießen kann unter günstigen Umständen den Nachweis erbringen, daß die am Tatort gefundene Spur mit der eines Verdächtigen identisch ist.

In vorbildlicher Weise wurde aber in diesem Falle von den Gendarmeriebeamten die Spur „ausgearbeitet". Die Beamten verfolgten die Fußspuren unter schwierigsten Bedingungen rückwärts bis zu einem Holzlagerplatz oberhalb des „Königsgutes". Hier nahmen sie schon am 6. Dezember den 21jährigen Bauernknecht Sebastian Pf. aus St. Martinsberg fest. Kurz danach auch den Knecht Johann S. wegen Verdachts der Mitwisserschaft.

Die Fußspuren führten vom Holzlagerplatz auf einem Holzziehwege aufwärts in den Wald, dann in großem Bogen wieder talwärts zur Stelle, an der die Leiche Schiefers gefunden worden war. Vom Beginn der Fußspuren bis zum Tatort mußte man eine Stunde gehen.

Pf. bestritt, an dem Tode des Bacherbauern schuld zu sein, er wollte am 4. Dezember, nachmittags einen Mann mit Gewehr im Walde oberhalb des Königsgutes gesehen haben, konnte aber keine Beschreibung von dem Unbekannten geben, den er für einen Wilderer gehalten hatte. In seiner Kammer fand man ein Werndlgewehr, dessen Kaliber aber nicht zum Tatgeschoß paßte. Die Ärzte hatten in der Leiche eine stark abgeplattete, aus einer Büchsflinte verfeuerte Bleikugel, Kaliber 11 Millimeter, gefunden, die 10 Zentimeter links vom Nabel in die Bauchwand eingedrungen und am obersten Ende der Afterfurche unter der Haut steckengeblieben war.

Es wurde dann auch der Vater des bereits in Haft befindlichen Johann S. festgenommen, der seines Zeichens Viehkastrierergehilfe war und neben dieser kitzligen Tätigkeit noch Zeit fand, die Jagd verbotenerweise auf einer Nachbarjagd des Ermordeten auszuüben. Der Jagdpächter und sein Sohn befanden sich kurze Zeit vor dem Morde in ihrem Revier auf Anstand. Da kam gegen 14 Uhr der Herr Viehkastrierergehilfe mit einem schußbereiten Gewehr den Waldweg hinuntergebirscht. Als er arglos bis auf 5 Schritt an das Versteck der beiden herangekommen war, machte der Jagdpächter „einen Huster", worauf der Kurzwildbretdoktor einen gewaltigen Hopser machte und entsetzt die Flucht ergriff. Nachdem er sich nach seiner Festnahme erst aufs Leugnen gelegt hatte, gab er zu, mit einem ärarischen Karabiner im Walde gewesen zu sein. Er war mit dem beobachteten Wilderer identisch. Allerdings schränkte er sein Geständnis sofort ein. Er habe seinen Karabiner nur mit Erbsen geladen gehabt, um die Ziegen zu scheuchen, damit sie nicht zu hoch auf die Alm kletterten. Herr S. verstand es also, zart mit dem weiblichen Geschlecht umzugehen, im Gegensatz zum männlichen, dem er mit seinem Messer zu Leibe ging. Er gab das Versteck der Waffe an, es konnte nicht mehr festgestellt werden, ob S. mit dicken Erbsen oder blauen Bohnen geschossen hatte.

Durch die Recherchen der Gendarmen wurde dann ein sehr wichtiger Zeuge ermittelt. Er hatte im November zwei Gewehre im Besitz des verdächtigen Pf. gesehen. Das eine war das bereits beschlagnahmte, das andere eine Büchsflinte mit „Elferbleikugeln" gewesen.

Als dem der Tat dringend verdächtigen Pf. diese Aussage vorgehalten wurde, erkannte er, daß weiteres Leugnen zwecklos sei. Am 13. Dezember legte er dem Untersuchungsrichter ein Geständnis ab:

Am 4 Dezember, gegen ½16 Uhr, habe er sich mit seiner Büchsflinte in den Wald begeben, um eine schon vorher gespürte starke Hirschfährte zu verfolgen. So sei er hinunter in die Wiese gekommen, wo er in der starken Dämmerung überraschend angerufen worden sei mit den Worten: „Halt, oder sonst tuschts!" Vor Schreck zusammenfahrend sei er wohl an den Abzug geraten, und das Gewehr habe sich entladen, Die ihn anrufende Person habe er überhaupt nicht gesehen, er habe sich nach dem Schuß sofort umgedreht und die Flucht ergriffen.

Das „Geständnis" klang nicht besonders glaubhaft, Pf. widerrief es auch am folgenden Tage, allerdings nur, um seinen Arbeitgeber als Täter zu verdächtigen. Bei der Gegenüberstellung mit dem von ihm Beschuldigten nahm er sodann seine Anschuldigungen wieder zurück und wiederholte sein Geständnis in der Form, daß er den Bacherbauer aus Versehen erschossen habe.

Vor dem Schwurgericht Salzburg, am 6. Mai 1925, kam er dann mit einer neuen Darstellung des Vorgangs. Der Erschossene habe ihn überraschend angerufen und sei dabei in Anschlag gegangen. Aus Angst, er könnte erschossen werden, sei er dem Bacherbauer zuvorgekommen und habe auf ihn geschossen. Eine bei diesen „kühnen Wildschützen" übliche Ausrede sollte auch hier herhalten: Er habe sich bei diesem bedauerlichen Vorfall in der Notwehr befunden!

Das Urteil lautete auf 4 Jahre schweren Kerker, wegen Totschlags und Wilddiebstahls. Nach Verbüßung von ¾ seiner Strafe wurde Pf. auf Probe entlassen …

Unter schwerem Verdacht

Eine feige Bluttat, begangen an einem greisen Forstbeamten, erregte im Winter 1923 in der Gegend von Hanau großes Aufsehen. Der seit 50 Jahren im Dienst des Grafen Ysenburg-Meerholz stehende 75 Jahre alte Oberförster Heinrich Nies aus Gettenbach befand sich am 14. Februar 1923, gegen 14 Uhr, auf einem Dienstweg zwischen Breitenborn und Haingründau. Der Beamte kam vom Waldstück Eichelkopf–Sutterkopf und wollte sich nach dem „Franzosenhau" begeben. Er sah schon von weitem am Eingang des Haues einen Mann stehen, der beim Näherkommen des Oberförsters in den hohen Bestand südlich des Haues zurückwich. Er trug dunkle oder blaue Kleidung und erschien dem Oberförster durch sein eigenartiges Benehmen verdächtig. Als der Oberförster auf dem Franzosenhauweg entlanging und sich in der Mitte zwischen Sutterkopf und Breitenborner Weg befand, sah er auf 150 Schritt wieder einen Mann, der eine helle Mütze trug. Gleichzeitig fiel ein Schuß aus dieser Richtung und eine Kugel pfiff dem Oberförster am Kopfe vorüber. Er sprang sofort hinter den nächsten Baum, der ihm allerdings nicht genügend Deckung bot, weil er mit seinem Körper zu beiden Seiten hervorragte. Er war kaum hinter den Baum gesprungen, als ein zweiter Schuß fiel, und der Oberförster, in die rechte Seite getroffen, zusammenstürzte. Nach einer Weile konnte er sich wieder mühsam erheben und sich mit dem Aufgebot seiner letzten Kräfte nach Hause schleppen. Hut und Stock, die ihm beim Niederstürzen entfallen waren, ließ er zurück, sein Gewehr trug er bei diesem Vorfall auf dem Rücken.

Die Kugel, ein abgefeiltes S.-Geschoß der 98er Militärpatrone, hatte die Leber schwerverletzt. Trotz dieser schweren und schmerzhaften Verwundung konnte der Oberförster den Gendarmeriebeamten und dem Amtsgerichtsrat noch genaue Angaben über den Vorgang machen. Da er aber schon etwas kurzsichtig war, vermochte er eine genaue Personenbeschreibung der beobachteten Personen nicht zu geben. Es lag sogar die Möglichkeit vor, daß es sich nur um eine Person gehandelt hatte, weil die Entfernung zu groß gewesen war, um die Kleidung genau zu erkennen. Der Oberförster wollte erkannt haben, daß der zuerst von ihm beobachtete Mann einen dunkelbraunen Überzieher und blaue Mütze, der später gesehene Mann eine helle Mütze und einen dunklen Überzieher getragen habe. Der zuletzt beschriebene

Mann sollte mittelgroß und anfangs der 20er Jahre gewesen sein. Daß es sich um Wilderer gehandelt haben sollte, war ebenfalls zweifelhaft. Einmal hätten diese genügend Zeit gehabt, sich zurückzuziehen, und dann würde der eine beim Wildern kaum eine auffallend helle Mütze getragen haben. Am Standort des mutmaßlichen Schützen hatte man bei einer sofort vorgenommenen Nachsuche weder Fußspuren noch leere Patronenhülsen gefunden.

Oberförster Nies verstarb am 16. Februar, für Ermittlung des Täters setzte Graf Ysenburg-Meerholz eine dem Werte des damaligen Inflationsgeldes entsprechende Belohnung von 300000 Mk. aus.

Der zur Bearbeitung des Mordfalles entsandte Kriminal-Kommissar Roedel aus Hanau lieferte am 18. Februar den Holzhändler W. aus G. dem Landgericht Hanau unter dem dringenden Verdacht der Täterschaft ein. Es sollte zwischen dem Holzhändler und dem Oberförster ein gespanntes Verhältnis bestanden haben. Es war beobachtet worden, daß der Holzhändler beim Erscheinen des bei jedermann beliebten alten Oberförsters im Schlag absichtlich fortgesehen und ihn nicht gegrüßt hatte. Auch dem Oberförster war das Benehmen des W. am Vormittage desselben Tages aufgefallen. Hinzu kam, daß der Verdächtige einen blauen Überzieher und eine blaue Mütze an diesem Tage getragen hatte. Der Vater war in seiner Begleitung gewesen und wurde unter dem Verdacht der Mittäterschaft ebenfalls festgenommen. W. gab als Zeugen einen Fuhrmann an, der bekunden solle, daß er um 14 Uhr, also zur Zeit der Tat, in seiner Wohnung gewesen sei. Das bestritt der Zeuge; einen Tag später gab er aber an, daß er sich geirrt habe, W. sei tatsächlich gegen 14 Uhr in seiner vom Tatort weit entfernten Wohnung gewesen, was auch seine Frau bestätigen könne. Da W. damit sein Alibi nachgewiesen hatte und sonstige dringende Verdachtsmomente gegen ihn und den Vater nicht vorlagen, wurden beide am 27.Februar wieder entlassen.

Von gewisser Seite wurde auch ein Forstbeamter verdächtigt, den Oberförster erschossen zu haben. Die auch in dieser Richtung eingeleiteten Ermittlungen bestätigten diesen Verdacht in keiner Weise.

Nunmehr lenkte sich der Verdacht auf zwei bekannte Wilderer, den 58 Jahre alten Landwirt Johannes W. und seinen Sohn, den 23jährigen Maurer Johannes W., beide aus Heingründau. Bei der Durchsuchung ihrer Behausung wurden 2 Karabiner, 1 Infanteriegewehr, Modell 98, 1 Schrotflinte und viel Munition gefunden. Die Geschosse waren an den Spitzen abgefeilt, der eine Karabiner frisch beschossen worden. Kurz vor dem Eintreffen der Beamten warf der alte W., der von dem bevorstehenden „Besuch" irgendwie Kenntnis erhalten hatte, die Waffen und die Munition über den Zaun in den Nachbargarten, was aber beobachtet worden war. Der Alte beteuerte, keine Kenntnis vom Umgang mit Gewehren zu haben. Jedermann wußte aber, daß er schon als Soldat ein ganz vorzüglicher Schütze gewesen war. Zeugen bekundeten, daß er in letzter Zeit wiederholt mit seinem Sohne gewildert hatte. Über sein Alibi befragt, gab W. sen. an, daß er mittags 12 Uhr sein Haus verlassen habe, um auf der

„Hardt“ Besenreiser zu schneiden. Gegen 16 Uhr sei er wieder in seiner Wohnung gewesen. Über den Aufenthalt seines Sohnes zur Zeit der Tat gab er an, daß dieser krank zu Hause gelegen habe. Er besann sich dann und verbesserte sich dahin, daß er nicht mehr genau wisse, ob der Sohn um diese Zeit in der Wohnung gewesen sei. Wie er selbst angab, hatte er am 14. Februar einen braunen Russenmantel und eine helle Mütze getragen. Man hatte wiederholt beobachtet, daß er einen Karabiner unter dem Mantel getragen hatte. Am Karfreitag 1921 hatte man ihn mit schußbereitem Gewehr im Walde hinter einem Baum stehen sehen.

Einem Mitgefangenen erzählte der alte W., daß er mit seinem Sohne viel gewildert habe. Er habe sich mit seinem Schicksal abgefunden, wenn nur sein Sohn wieder aus dem Gefängnis käme. Er fragte dann noch, ob es wohl dem Gerichtschemiker möglich wäre festzustellen, ob das bei ihm gefundene Hirschgeweih frisch geschossen oder schon älter wäre, und ob er ermitteln könne, wann zuletzt aus seinem Karabiner geschossen worden sei. Später vertraute er sich dem Mitgefangenen noch mehr an und erklärte ihm, daß er auf eine Strafe von 10 Jahren Zuchthaus rechne. Er wollte dann den Mitgefangenen dazu verleiten, anonyme Briefe nach seiner Entlassung an die Staatsanwaltschaft zu schreiben und sich darin der Täterschaft zu bezichtigen, damit er und sein Sohn aus der Untersuchungshaft entlassen würden. Als er von seinen Wilderergängen erzählte, bemerkte er, daß er dabei oft einen Kopfschützer trage, um sich unkenntlich zu machen.

Man erinnerte sich bei dieser Erzählung, daß einige Zeit vor dem Morde ein Rechtsanwalt in seinem Revier auf zwei Wilderer gestoßen war, die 8- bis 10mal auf ihn geschossen hatten. Einer von ihnen hatte anscheinend den Kopf verbunden gehabt, er war wahrscheinlich identisch mit dem alten W., der auch an diesem Tage seinen Kopfschützer getragen hatte.

Es trat dann noch ein Ereignis ein, das den Verdacht gegen den alten W. noch mehr zu verstärken geeignet war: Am Morgen des 28. Februar wachte der Zellengenosse durch ein starkes Röcheln auf. Er sprang aus seinem Bett und fand das Bett des W. leer. Als er im Dunkeln zur Tür lief, stieß er gegen W., der in halbsitzender Stellung mit dem Kopfe in einem Riemen hing, den er an der Heizungsanlage befestigt hatte. Er befreite den schon Bewußtlosen und klingelte nach dem Wärter. Erst nach mehrstündigen Wiederbelebungsversuchen erlangte W. das Bewußtsein wieder. Er machte später seinem Lebensretter heftige Vorwürfe, er hätte ihn hängen lassen sollen, es sei ein sanfter Tod gewesen.

Nachdem sich der alte W. von seinem Ausflug ins Jenseits wieder erholt hatte, gestand er dem Untersuchungsrichter, Landgerichtsrat Seidenstücker, ein, daß er am Mordtage seinen Karabiner unter dem Mantel verborgen mitgehabt habe, als er Besenreiser schnitt. Er hatte sich in die linke Tasche ein Loch geschnitten, durch das er hindurchgriff und so das Gewehr unter dem Mantel festhielt. So habe er fortgesetzt gewildert und am Karfreitag 1921, als ihn ein Zeuge beobachtete, habe er einen starken Hirsch erlegt. Am Mordtage habe er mit seinem Karabiner einen

Fuchs verfolgt, er habe auch mit dieser Waffe in den Bach geschossen, um so das verrostete Laufinnere zu einigen. Bei einer Nachsuche fand man dann einen mit der Kugel erlegten Fuchs, der vollkommen verludert und jedenfalls am 14. Februar von W. angeschossen worden war. Der alte W. war also vollkommen überführt, am Tage des Mordes in der Nähe des Tatortes gewildert zu haben, er erklärte auch, die beiden Schüsse gehört zu haben, die auf Oberförster Nies abgefeuert wurden, bestritt aber weiter, der Mörder zu sein oder sonst mit der Tat zu tun zu haben.

Frau Oberförster Nies gab bei ihrer Vernehmung noch an, daß ihr Gatte auf dem Sterbebett erklärt habe, daß von zwei Seiten auf ihn geschossen worden sei. Es war anzunehmen, daß Vater und Sohn die Täter gewesen waren.

Das Schwurgericht in Hanau verhandelte vom 18. bis 20. Juni 1923 gegen den alten W., der wegen Mordes angeklagt war. W. wurde von der Anklage des Mordes freigesprochen. Wegen Wilderns und Verstoßes gegen die Verordnung über Waffenbesitz wurde er zu 10 Monaten Gefängnis verurteilt …

Sorglosigkeit bei der Festnahme

Ein typischer Fall, der zeigt, wie mancher Forst- und Jagdschutzbeamte durch eigene Unvorsichtigkeit bei der Festnahme und beim Abtransport festgenommener Wilderer Schuld an seinem Unglück trägt, ist der nachstehend geschilderte Mordfall Strolz.

Der 29 Jahre alte Jagdaufseher Edmund Strolz aus St. Jakob, Bezirk Landeck, verließ am Sonnabend, dem 17. Juli 1920, sein Elternhaus, um im Revierteil „Maroi-Tal", Gemeinde Strengen, einen Dienstgang zu unternehmen. Er hatte in der letzten Zeit wiederholt Wilderer dort gespürt, und sich deshalb für einen Tag Verpflegung mitgenommen, in der Absicht, nachts in der Jagdhütte zu verbleiben, um in den frühen Sonntagsstunden auf Posten zu sein. Sonntagabends gedachte er nach St. Jakob zurückzukehren.

Strolz kehrte von seinem Dienstgang nicht zurück. Suchkommandos, die den ganzen Montag und Dienstag das Hochgebirge abstreiften, kehrten unverrichteter Sache zurück. Hirten hatten den Suchenden angegeben, daß sie Sonntagmorgens den Jäger noch gesehen hätten.

Aber noch eine andere wichtige Bekundung machten Sennen und Sennerinnen: Sie hatten zur selben Zeit zwei Wilderer beobachtet und erkannt. Es waren zwei Eisenbahnbeamte gewesen. Der Gendarmerie-Rev.-Inspektor Flunger und Postenleiter Breiter vom Gendarmerieposten St. Anton nahmen am 21. Juli zunächst den 34jährigen Eisenbahnbremser Josef Sch. aus St. Anton fest. Der Güterzug, auf dem er als Bremser mitfuhr, sollte, als seine Festnahme angeordnet wurde, zur selben Zeit von der Station Landeck abfahren. Daher gab die Gendarmeriestation dem Stationsvorsteher telephonisch Bescheid, den Sch. bis zum Eintreffen der Gendarmen festzusetzen. Davon erfuhr natürlich auch der Vorgesetzte, der Zugführer des Güterzuges, der 48 Jahre alte Jakob G. aus Zams. Dieser Zugführer hatte aber nicht nur ein dienstliches Interesse an der Festnahme seines Bremsers, ihm fuhr bei dieser Nachricht auch aus anderen Gründen der Schreck in die Hinterläufe: Er war der Komplice seines Bremsers Sch.! Er verließ seinen zur Abfahrt bereiten Zug, begab sich zum Gendarmerieposten Zams und legte dort ein Geständnis ab, das er dem Untersuchungsrichter beim Landesgericht Innsbruck nach seiner Vorführung wiederholte:

Beide hatten verabredet, am 17. Juli auf der Arlbergjagd zu jagen, wo der wegen Wilderns vorbestrafte Sch. jagdberechtigt war. Frühmorgens gegen ½2 Uhr waren sie aufgebrochen, G. führte einen Mannlich-Schönauer Karabiner, Kaliber 6,5 Millimeter, Sch. einen ärarischen Mannlicher Karabiner, Kaliber 8 Millimeter. Da sie zu einer Höhe von 2200 Meter aufsteigen mußten, gehörte zu ihrer Ausrüstung auch, trotzdem es im Juli war, der Eispickel. Auf dem Berge „Wirt" schoß G. einen Hirsch. Nachdem sie ihre Beute im Schneeloch einer Lawine versteckt hatten, setzten sie ihre Jagd fort und birschten bis zum „Bänschelkopf", wo sie sich schließlich ermüdet niederlegten und bis 15 Uhr schliefen. Dann setzten sie ihren Birschgang fort und überschritten … selbstverständlich … die Jagdgrenze. Sie wechselten hinüber ins „Maroi-Tal", um dort Hirsche und Gemsen zu wildern. G. äußerte zuerst Bedenken, die aber Sch. mit dem Hinweis zerstreute, daß er dort schon oft gewildert habe, ohne dabei ertappt zu werden. Die braven Beamten schossen mehrmals auf Gemsen, die Schüsse gingen aber fehl. Da es inzwischen zu dämmern begann, übernachteten sie, unbekümmert auf fremdem Revier, in der Kaltenberghütte, um dann Sonntags in den frühesten Morgenstunden im Geschröff oberhalb der Hütte Gemsen anzubirschen, die dort ihren Standort hatten. Nachmittags gegen 15 Uhr wurden sie dann im Maroi-Tal, südlich vom Alberg-Sattel, von dem hinter einem Felsen stehenden Jäger Strolz angerufen mit den Worten: „Halt, keinen Schritt mehr!" Dann forderte der Jäger die beiden Wilderer auf, die Gewehre niederzulegen. G. wollte dieser Aufforderung auch nachkommen, doch Sch. rief trotzig: „Die Gewehre geben wir nicht her!" Jetzt beging der Jäger schon die erste große Unvorsichtigkeit: Er kam mit schußbereitem Gewehr aus seiner sicheren Deckung hervor und ging auf die dicht nebeneinanderstehenden Wilderer zu, die ihre schußbereiten Karabiner noch in der Hand hielten. Er trat mit den Worten heran: „So Sch., jetzt hab ich dich einmal!"

Nachdem er dem Sch. vorgehalten hatte, daß er schon oft in seinem Revier gewildert habe, forderte Jäger Strolz die beiden Wilderer auf, vor ihm herzugehen, er wolle sie bis an die Jagdgrenze begleiten. Vorher wiederholte er nicht etwa seine Aufforderung, die Waffen abzuliefern, sondern er beließ den beiden ihre schußbereiten Karabiner und die Munition.

Will man dem Geständnis des G., das später von Sch. wiederholt wurde, vollen Glauben schenken, muß man noch mehr erstaunt sein über das was folgte: Jäger Strolz ging den beiden bewaffneten Wilderern auf dem Wege zum „Peischlkopf" voraus! Strolz, ein 1,93 Meter großer, sehr kräftiger junger Mann, verließ sich offenbar auf seine bedeutenden Körperkräfte, außerdem waren ihm die beiden Wilderer persönlich bekannt, so daß er wohl nicht mit einem Angriff rechnete. Hat er aber wirklich so unvorsichtig gehandelt, dann hat er einen Angriff geradezu provoziert! Weiter soll der Jäger die beiden überraschten Wilderer beim Abtransport fortgesetzt „gefrotzelt" haben mit Bezug darauf, daß er den Sch. nun endlich einmal gefaßt habe. Auch das wäre ein schwerer Fehler gewesen. Ähnliche Fälle habe ich wiederholt erwähnt und stets gewarnt, sich mit dem Festgenommenen in irgendein

Gespräch einzulassen, auch geraten, alle Fragen unbeantwortet zu lassen, da sie zu Rede und Gegenrede führen.

Nach halbstündiger Wanderung kam man an einen schwierigen Felsabstieg. Der Jäger und Sch. stiegen zuerst ab und waren schon unten, als ihnen G., mit dem Gesicht dem Felsen zugewandt, folgte. Da fiel unten plötzlich ein Schuß. Als G. unten anlangte, lag der Jäger lang am Boden und Sch. stand mit abgeschossenem Karabiner daneben. Mit den Worten: „Hergott noch mal, Sch.,“ trat G. hinzu, worauf dieser erwiderte: „Jetzt ist er einmal hin, jetzt sind wir frei und können gehen, wo wir wollen!“ Als Jäger Strolz noch einmal langsam den Kopf hob, ergriff der bestialische Mörder seinen Eispickel und schlug dem Sterbenden mit dem spitzen Ende über den Kopf. Dabei brach die starke Spitze ab! Jetzt drehte Sch. den Eispickel um und schlug noch fünfmal mit der Breitseite auf Strolz ein.

Schon während dieses entsetzlichen Vorgangs hatte G. die Flucht ergriffen, Sch. folgte ihm, und beide übernachteten dann im Wirtshaus in St. Christoff am Arlberge. Sch. erzählt dort dem G., daß er den Jäger von hinten erschossen habe. Die Wirtin bekundete später, daß Sch. an diesem Abend humorvoll wie immer gewesen sei und am anderen Morgen befriedigt ausrief: „Herrgott, habe ich gut geschlafen!“ Sein eigner Komplice sagte später aus, daß Sch. ein selten roher und kaltblütiger Mensch sei. Beim Übertritt über die Jagdgrenze hatte er gesagt: „Erwischen lassen wir uns nicht!“, was genug besagt, daß er zum Widerstand in jedem Falle entschlossen sei. Einige Zeit vor dem Morde hatte er dem Jäger im Wirthaus höhnisch zugerufen, daß er ihn doch nicht beim Wildern fassen werde. Dem Jäger war schon seit einiger Zeit hinterbracht worden, daß Sch. und ein anderer Eisenbahner in seinem Revier wildere. Als er dem Förster davon Mitteilung macht, hatte ihn dieser vor dem gewalttätigen Sch. gewarnt und geraten, sich Unterstützung auf seinen Wildererstreifen mitzunehmen. Strolz hatte aber abgelehnt und geantwortet, er werde allein mit Sch. und seinem Genossen fertig werden.

Am Montag, dem Tage nach dem Morde, als der Jäger schon vermißt und gesucht wurde, waren die beiden noch einmal ins Revier gegangen und hatten den erlegten Hirsch nach Hause geschafft.

Auf das Geständnis des Zugführers G. hin hatte man die Leiche an der von ihm bezeichneten Stelle gefunden. Als die Gerichtskommission am 22. Juli nach sechsstündigem Marsch zur Fundstelle in 2200 Meter Höhe gelangte, hatte man die Leiche, in der Annahme, daß die Kommission nicht mehr kommen werde, zu Tal geschafft. Der Abtransport des großen starken Mannes war mit besonderen Schwierigkeiten verknüpft, man mußte sich daher so einrichten, daß man noch vor Anbruch der Dunkelheit unten war.

Der Förster hatte mit seinen Leuten den Toten auf dem „Kaltenberg“ mit dem Gesicht nach unten liegend gefunden, seine Büchse lehnte an einem Felsen. Die Untersuchung des Gewehres ergab, daß sich im Lauf eine abgeschossene, im Magazin noch drei geladene Patronen befanden.

Es ist hier vorerst zu bemerken, daß in solchen Fällen das Gewehr des Erschossenen nicht angefaßt werden soll. Wenn, wie in diesem Falle, mit Bestimmtheit damit gerechnet werden muß, daß der Täter das Gewehr in Händen gehabt hat, sind mit hoher Wahrscheinlichkeit seine Fingerabdrücke am Gewehr, besonders aber an dem glatten, fast immer öligen Lauf zu finden. Diese Abdrücke, die für den Laien oft nicht sichtbar sind, werden von Polizeibeamten in geeigneter Weise sichergestellt und sind die besten Beweismittel zur Ermittlung und Überführung des Täters.

Um festzustellen, wann die beiden Patronen abgeschossen worden waren, wurde zunächst G. diesbezüglich noch einmal eingehend vernommen. Er gab an, daß der Jäger während des Abtransportes mit der Kugel auf ein Schneehuhn geschossen habe, dann habe er wieder repetiert. Dieselbe Angabe machte der Genosse Sch. Schon mit Rücksicht darauf, daß Schonzeit für Schneehühner war, schien diese Angabe unglaubwürdig, ganz abgesehen davon, daß Strolz wohl kaum in dieser Situation auf Wild, besonders aber nicht auf solches geschossen haben würde, das der Schonzeit unterlag. G. gestand auf Vorhalt dem Untersuchungsrichter dann auch ein, daß diese Angabe erdichtet sei. Sch. gestand ferner ein, daß er das Gewehr des Jägers entladen, dann auch die nächste Patrone entfernt und an ihrer Stelle eine leere Hülse in den Lauf gesteckt habe, die er in der Tasche des Toten gefunden hatte. Man hatte ursprünglich die Absicht gehabt, auszusagen, daß der Jäger zuerst einmal geschossen habe, in der „Notwehr“ habe man dann auch geschossen und den Jäger getötet, der sich in diesem Augenblick umdrehte. Dieses Märchen sollte auch hier wieder herhalten, bei Gericht hat es leider schon oft Glauben gefunden.

Die ärztliche Untersuchung der Leiche ergab, daß die Kugel von hinten eingedrungen war und die linke Lunge und das Herz durchschlagen hatte. Hinter dem linken Ohr fand sich der Einschlag mit der Spitze des Eispickels, weitere Schläge mit der stumpfen Seite hatten den Schädel zertrümmert. Da einige Rippen gebrochen waren, war zu vermuten, daß auch einige wuchtige Schläge die Rippen getroffen hatten.

Den Eispickel wollte der Mörder in eine tiefe Felsspalte geworfen haben, man fand ihn aber mit abgebrochener Spitze bei nochmaliger Durchsuchung seiner Wohnung.

Am 29. März 1921 standen Sch. unter der Anklage des Mordes, beide unter der Anklage des versuchten Wilddiebstahls vor dem Schwurgericht des Landesgerichts Innsbruck. Die Geschworenen verneinten die Schuldfrage auf Mord und erkannten Sch. nur des Totschlags schuldig. Er wurde darauf zu 3 Jahren schweren Kerker, G. zu 1 Monat strengen Arrest verurteilt.

Nach knapp einem Jahre, am 6. Februar 1922, wurde Sch. auf Probe entlassen …

Meuchlings erschossen und ins Wasser geworfen

Aus gemeiner Rachsucht ermordet wurde am Sonntag, dem 6. Juni 1915, der Aufsichtsjäger Gerhard Scheyer in Ardetzenberg (Vorarlberg).

Eine halbe Stunde von der Stadt Feldkirch entfernt liegt, rings von herrlichen Waldungen umgeben, die Gemeinde Göfis mit ihren Hauptortschaften Hofen, Rungels, Tufers, Pfitz und Kirchdorf. In einem bewaldeten Bergrücken ist der Länge nach ein kleines enges Tal, die „Langewiese" eingebettet. Ein Bach fließt von dort hinab nach Schildried zur Ill. Diese Örtlichkeit macht einen verlassenen, düsteren Eindruck, sie ist nur dem Jäger bekannt. Das ganze Waldgebiet um Göfis ist wildreich, es wird aber auch dort viel gewildert. Das Gelände ist für Wilderer äußerst günstig gelegen, weil man mit wenigen Schritten im dichten Wald und wieder zurück in der Ortschaft ist.

Einige Jahre vor dem Weltkrieg hatte der Rechtsanwalt Dr. Reich, Feldkirch, die Jagd der Gemeinde Göfis gepachtet für einen Jahrespachtzins von 1100 Kr. Seine schärfsten Konkurrenten bei der Verpachtung dieser Jagd waren die Brüder Kaspar und Franz Gr., beide in der Gegend ansässige Bauern, gewesen.

Als Aufsichtsjäger für diese Jagd hatte der Rechtsanwalt den Jäger Scheyer, einen älteren, energischen und furchtlosen Mann, angestellt. Weil seit Jahren dort viel gewildert wurde, hatte der Beamte eine schwere und gefahrvolle Aufgabe zu erfüllen. In der ganzen Gegend waren als schlaue und gefährliche, zu jeder Gewalttat fähige Wilderer die beiden erwähnten Bauern bekannt. Kaspar G. hatte in Tufers, Franz G. in Hofen seine Besitzung. Beide waren schon wiederholt wegen Wilddieberei angeklagt, aber nur selten bestraft worden, weil sie es stets verstanden hatten, sich durch eigene Gerissenheit und mit Hilfe günstiger Zeugenaussagen der drohenden Bestrafung zu entziehen. Jäger Scheyer hatte sich alsbald durch scharfes Vorgehen den Wilderern gegenüber verhaßt gemacht, zumal er auch den vierbeinigen Wilderern scharf zu Leibe ging und mehrere Hunde erschoß. Jedem Jäger ist es ja bekannt, daß man sich gerade damit den Haß der Landbevölkerung im besonderen Maße zuziehen kann. Stets soll es der Jäger vermeiden, wildernde Hunde und Katzen in Gegenwart von Fremden zu erledigen und immer darauf bedacht sein, dies der Jagd so gefährliche Raubgesindel nach dem Schuß sofort zu verscharren. Franz G. hatte öffentlich schwere Drohungen gegen den Jäger ausgestoßen und ihm sagen lassen, er solle sich hüten, zu oft in den Wald hinaufzukommen.

Schon an anderer Stelle habe ich darauf aufmerksam gemacht, daß man derartige Drohungen nicht zu leicht nehmen soll. Immer aber soll man zum mindesten einem Kollegen, nicht der eigenen Familie, davon Mitteilung machen oder sie kurz zu Papier bringen, um sie sicher aufzubewahren oder seinem Vorgesetzten zu den Akten zu übergeben. Wenn dann sich später wirklich etwas ereignet, können diese Mitteilungen oder Aufzeichnungen für die Nachforschungen wichtigen Anhalt geben.

Scheyer hatte von den Drohungen erfahren, er war sich der Gefahr auch bewußt, in der er schwebte, weil er den Charakter der dortigen Wilderer zu Genüge kannte. Seinen Bekannten gegenüber hatte er die beiden G. als seine gefährlichsten Gegner bezeichnet und auf seinen besonderen Reviergängen hatte er zu seiner eigenen Sicherheit wiederholt seinen Freund Franz Winzierl mitgenommen. Anfang des Jahres 1915 war Winzierl dann als Standesschütze in den Krieg gegen Italien gezogen. Beim Abschied hatte Scheyer in schlimmer Ahnung erklärt, daß er für die Zukunft fürchte. Er rechne damit, daß er jetzt auf seinen einsamen, gefährlichen Reviergängen erschossen werde.

Bald nach seines Freundes Abschied hatte der Jäger mehrere starke Hirsche auf der „Langwiese" gespürt, aber auch erfahren, daß das den Wilderern in Göfis ebenfalls schon bekannt sei. Am Sonntag, dem 6. Juni, morgens 3 Uhr, hatte eine Nachbarin des Franz G. beobachtet, daß dieser im Walde verschwand. Gegen ½4 Uhr hatte auch Jäger Scheyer eine Wildererstreife angetreten. Seine Wirtschafterin, die von den gegen den Beamten ausgestoßenen Drohungen Kenntnis hatte, versuchte vergeblich, ihn zurückzuhalten. Scheyer ging allein ins Revier und stellte seine Rückkehr für die Zeit zwischen 8 und 9 Uhr in Aussicht.

Gegen ¾5 Uhr hörten Leute in Schildried und auf Posten stehende Soldaten der Eisenbahnbrücken-Sicherung der Ill in Richtung der „Langwiese" zwei Schüsse in kurzen Abständen fallen. Kurz nach 5 Uhr beobachtete der Bauer Josef Nägele einen Mann, der im Laufschritt von der „Langwiese" herunterkam und in Richtung Rungels-Hofen dem Salzbach zu lief. Gegen ¾6 Uhr beobachtete eine andere Zeugin, wie der Bauer Franz G. vom Walde herkam und in seinem Hause verschwand, wobei er offensichtlich bestrebt war, nicht beobachtet zu werden. Gleich drauf betrat er aber wieder die Dorfstraße in Hemdsärmeln, trat zu einer Nachbarin und unterhielt sich mit ihr längere Zeit. Das Benehmen des G. war der Zeugin sehr sonderbar erschienen, sie brachte es sofort mit außergewöhnlichen Ereignissen in Verbindung. G. ging dann nach Kirchdorf hinunter zur Messe, die um 7 Uhr begann. Kaum hatte er sein Haus verlassen, erschien ein Mann, der sich einige Zeit mit der Tochter des Franz G., Josefine G., unterhielt. Andere Zeugen beobachteten dann, wie Kaspar G., trotzdem es Sonntag war, zwischen 7 und 8 Uhr hinter seinem Hause eifrig mähte. Später stellte es sich dann heraus, daß er der Mann gewesen war, der mit Josefine G., seiner Nichte, sich unterhalten hatte. Gegen Abend kam dann Kaspar zum Bruder zu Besuch und blieb bei ihm bis spät in die Nacht hinein sitzen. Dieser Besuch fiel allgemein auf, denn die Brüder besuchten sich sonst nicht.

Jäger Scheyer kehrte von seinem Reviergang nicht zurück, seine Wirtschafterin hatte ihn bis zum Nachmittag vergeblich erwartet und dann sein Verschwinden gemeldet. Unter Führung von Gendarmerie- und Forstbeamten begann Montag früh die Suche nach dem Jäger. Man suchte zuerst in der Umgegend der „Langwiese" und fand im

Jäger Gerhard Scheyer, wurde am 6. Juni 1915 erschossen und ins Wasser geworfen

Gebüsch Patronen, Hut, Taschenuhr und das Geld des Vermißten. Weitere Spuren führten am Bächlein entlang hinunter zur Ill, mehrere Patronen und das Taschentuch fand man hier bei der Suche. Alles deutete darauf hin, daß man den Jäger tot oder verwundet hintergeschafft hatte. Da mit hoher Wahrscheinlichkeit damit zu rechnen war, daß man ihn in die hochgeschwollene Ill geworfen hatte, wurde der Fluß mit langen Flößhaken abgesucht. Endlich fand man eine Spur des Vermißten: Man zog den mit 30 Kilogramm Steinen beschwerten Rucksack des Jägers aus der Ill, von der Leiche selbst fand man keine Spur. Es stellte sich später heraus, daß man dem Toten, den man völlig nackt ausgezogen hatte, den Rucksack auf den Rücken gehängt hatte.

Beim Hochziehen des beschwerten Rucksackes hatte sich die Leiche losgelöst und war von dem Hochwasser mitgerissen worden. Der Drilling und das Fernglas des Jägers wurden nicht gefunden; Blutspuren konnten auf der Wiese und in den Gebüschen nicht festgestellt werden. Starker Regen hatte etwa vorhandene Blutspuren beseitigt. Erst am 13. Juni wurde unterhalb Feldkirch die Leiche Scheyers angetrieben, die, wie bemerkt, bis auf die Schuhe völlig entkleidet war, um ein Erkennen der Person zu erschweren.

Bei der Obduktion stellten die Ärzte zwei Kugeleinschußwunden fest, beide auf der rechten Körperseite. Ein Geschoß war in den Unterleib gedrungen, hatte die Gedärme zerrissen und wurde im zerschmetterten Darmbein gefunden. Die andere Kugel war 12 Zentimeter höher in die Brust gedrungen, hatte das Brustbein von rechts nach links zertrümmert, das Herz zerrissen und war in der linken Körperseite im Unterhautzellengewebe steckengeblieben. Es handelte sich in beiden Fällen um selbstgegossene 8-Millimeter-Bleigeschosse, die am rückwärtigen Ende mit einer Zange abgezwickt worden waren.

Alle Umstände sprachen dafür, daß nur Wilderer die Täter sein konnten. Der Kreis, in dem der Täter zu suchen war, war nicht groß, denn es waren um diese Zeit fast alle waffenfähigen Männer zum Kriegsdienst eingezogen. Daß die beiden Brüder G. als „unabkömmlich" zuhause geblieben waren, erscheint dem nicht verwunderlich, der diese Zeit miterlebt hat. Personen, die ihrer schweren Vorstrafen wegen unwürdig erschienen, für ihr Vaterland zu sterben, trösteten sich auf ihre Weise, indem sie Lebensmittel und andere rationierte Bedarfsartikel verschoben, und dabei schwerreiche Leute wurden. Ihre Lieferanten waren Schwarzschlächter und Wilddiebe, die es in geeigneter Weise verstanden, sich „dauernd unabkömmlich" zu machen. Zu dieser Sorte von Unabkömmlichen gehörten auch die Brüder G. Als der an der Front befindliche Freund des Ermordeten von dessen Tod erfuhr, fragte er sofort an, ob die beiden G. sich noch dort befänden. Jedermann hatte sofort diese beiden Brüder, und nur sie im Verdacht.

Trotzdem schritt man erst am 15. Juni zur Festnahme der beiden des Mordes dringend Verdächtigen. Inzwischen hatten sie natürlich genügend Zeit gefunden, Zeugen zu beeinflussen und verdächtige Beweismittel beiseite zu schaffen. Bei der nun vorgenommenen Durchsuchung wurden bei Franz G. eine Kugelgießzange, einige selbstgegossene Geschosse und ein schweißiger Rucksack gefunden. Die Durchsuchung bei Kaspar G. führte zur Auffindung von 3 Kugelzangen, mehreren Geschossen, einem frischgewaschenen Rucksack, einer blutbesudelten Weste und einer Büchsflinte mit größerem Kaliber, als die zur Tat gebrauchte haben muß. Auffallenderweise wurde bei Franz G. überhaupt kein Gewehr gefunden, er bestritt auch, in letzter Zeit ein solches besessen zu haben. Leider versäumte man, entgegen dem Rat des Gendarmeriewachtmeisters Knoll, auch eine Durchsuchung bei dem Schwager des Franz G., dem Bauern M. in T. vorzunehmen.

Franz G. stellte entschieden in Abrede, am 6. Juni, morgens 3 Uhr, in den Wald gegangen und um ½5 Uhr zurückgekehrt zu sein. Er wollte erst um 5 Uhr, sein Bruder Kaspar erst um ½7 Uhr aufgestanden sein. Beide behaupteten übereinstimmend, bis nachts ½1 Uhr über Ackertausch sich unterhalten zu haben. Kaspar bestritt auch, Sonntagmorgens vor dem Hause seines Bruders mit dessen Tochter sich unterhalten zu haben. Josefine G. bestätigte natürlich die Angabe ihres lieben Onkels, die Frau des Kaspar bekundete übereinstimmend mit ihrem festgenommenen Mann, daß er 4 bis 5 Uhr im Bett gelegen habe. Die Angehörigen waren sämtlich aufs Genaueste instruiert, was sie bei den in Aussicht stehenden Aussagen anzugeben hatten. Schon im August wurden die beiden Brüder G. aus der Untersuchungshaft entlassen und das Verfahren gegen sie eingestellt.

Es scheint, daß man in diesem Falle davon Abstand genommen hat, einen geeigneten Sachverständigen heranzuziehen. Wenn, wie hier, mit selbstgegossenen Kugeln geschossen und eine Kugelzange bei einer der Tat dringend verdächtigen Person gefunden worden ist, muß alles versucht werden, nachzuprüfen, ob die Tatgeschosse mit dieser Zange angefertigt worden sind. Fast jede Kugelzange wird beim Gießen irgendein Merkmal an der Kugel hinterlassen, das sich mit Hilfe der Lupe oder durch Probeabgüsse mit Wachs nachweisen läßt. Desgleichen ließe sich im vorliegenden Falle nachweisen, ob die Geschosse mit einer der beschlagnahmten Zangen abgezwickt worden sind. Immer werden sich an den Grifflächen der Kneifzangen Scharten oder andere Unebenheiten befinden, die dann am Blei Schartenspuren hinterlassen. Der bekannte Sachverständige Direktor Dr. Mezger, Städtisches Untersuchungsamt Stuttgart, hat im 2. Band dieser Bücher mit Hilfe von Lichtbildern beschrieben, wie am Holz Schartenspuren nachgewiesen werden können, die von der Schneide einer Axt verursacht worden sind. Wie der Nachweis an einer beschlagnahmten Kugelzange gelang, habe ich im Falle Förstermord Weniger, Petersdorf (Riesengebirge), im 1. Band beschrieben.

Der Verdacht gegen die Brüder G. blieb bestehen, niemals geriet im Verlauf der weiteren Nachforschungen ein anderer in Verdacht. Als der Freund des Ermordeten, namens Sprenger, aus dem Kriege zurückkehrte, bezeichnete er sie wiederholt öffentlich als die Mörder des Jägers Scheyer, ohne daß diese ihn deshalb zur Rechenschaft zogen. Es hatte sich, einige Zeit nach ihrer Entlassung, ein weiterer Zeuge gefunden, der Kaspar G. am Morgen des 6. Juni beobachtet hatte, wie er nach der „Langwiese“ zu durch die Büsche schlich. Leider fiel dieser wichtige Zeuge kurz nach seiner Vernehmung im Kriege.

Die Nachforschungen der Gendarmerie gingen weiter. Sachverständige schlossen aus dem Umstand, daß beide Schüsse kurz hintereinander von einer Seite verfeuert worden waren, daß der Jäger Scheyer aus dem Hinterhalt erschossen sein mußte. Wäre er im Kampf mit Wilderern gefallen, hätte er die Schüsse wohl von vorn oder von zwei verschiedenen Seiten erhalten. Ein fremder Wilderer hätte keinen Anlaß gehabt, den Jäger heimtückisch zu erschießen, nur Bekannte konnten in Frage kommen und in erster Linie solche aus Göfis. Die meisten von ihnen waren zum Kriegsdienst eingezogen, andere hatten bereits ihr Alibi nachgewiesen. Immer wieder blieb der Verdacht auf den beiden G.'s haften. Nach allgemeiner Überzeugung vereinigte sich in diesen Brüdern die Leidenschaft des Wilderns und die Fähigkeit zur Tat mit besonderer Feindschaft gegen den Ermordeten, der seine besondere Aufmerksamkeit auf sie gerichtet und ihnen den Hund erschossen hatte. Aus dem objektiven Tatbestand schloß die Staatsanwaltschaft, daß unbedingt zwei Personen an der Tat beteiligt sein mußten und daß zur Begehung eines derartigen Mordes nicht nur Übereinstimmung der Gefühle und der Interessen, sondern auch ein ganz besonderes gegenseitiges Vertrauen notwendig gewesen sein mußte. Ein solches Vertrauensverhältnis war aber unter den bekannten Wilderern nur bei den Brüdern G., und hier zweifellos vorhanden.

Den Umständen nach war anzunehmen, daß die Leiche nicht sofort nach der Tat, sondern erst in der Nacht vom Sonntag zum Montag hinunter in die Ill geschafft worden war. Mit Rücksicht auf die schwere der Leiche und auf die Entfernung waren dazu mindestens zwei Männer erforderlich gewesen. Die beiden G. waren gerade in dieser Nacht zusammen, was sonst nie der Fall gewesen war. Ihre nächsten Angehörigen widersprachen sich in ihren Angaben darüber, was die G. in der Nacht gemacht haben sollten.

Kaspar hatte bei seinen Vernehmungen 1915 hartnäckig bestritten, je ein zerlegbares Gewehr, Kaliber 8 Millimeter, besessen zu haben. Jetzt wurde durch Zeugen festgestellt, daß er zweifellos im Besitz einer solchen Waffe gewesen war.

Als Krieg und Revolution vorüber waren und allmählich wieder geordnete Zustände zurückkehrten, fand auch die Gendarmerie mehr Zeit, sich den Nachforschungen in der noch immer unaufgeklärten Förstermordsache Scheyer zu widmen. Jetzt gingen auch die Zeugen mehr aus sich heraus. Viele wußten Näheres über den feigen Meuchelmord; in den Wildererkreisen von Göfis nannte man offen die Täter: Gebrüder G.!

Im Juni 1926 wurde die Wiederaufnahme der Sache verfügt, am 23. August, über 11 Jahre nach dem Morde wurden die beiden Brüder erneut festgenommen. Ein Zeuge aus A. bekundete nun, daß der ermordete Jäger wiederholt geklagt hatte: „Es ist schrecklich, wie die beiden G. im Revier hausen. Ich kriege sie aber noch, und sollte ich dabei erschossen werden." Er war in der letzten Zeit ständig um 3 und 4 Uhr morgens ins Revier gegangen, mit der Absicht, den G.'s ihr unsauberes Handwerk zu legen. Einige Zeit vor dem Morde hatte Scheyer dem Zeugen auch erzählt, das er einen wildernden Hund des Franz G. erschossen habe. Darauf habe ihm dieser zugerufen: „So wie Du mir den Hund erschossen hast, so mache ich es mit Dir, wenn ich Dich einmal im Walde erwische!"

Auch seinen Freunden gegenüber hatte Franz G. geäußert: „Wer mir den Hund erschossen hat, erschießt mir keinen Hund mehr!" Als der Jäger dann vor seinem Tode die Hirsche auf der „Langwiese" gespürt hatte, äußerte er besorgt zu Bekannten: „Dort an der Waldwiese kann es mir leicht passieren, daß ich nicht zurückkehre."

Der Zeuge N., der 1915 als Zeuge ausgesagt hatte, er habe den Mann nicht gekannt, der am Mordtage im Laufschritt von der „Langwiese" nach Hofen zu gelaufen war, war jetzt der Freund der G.'s und konnte überführt werden, daß er Zeugen hatte beeinflussen wollen, die damals dieselbe Beobachtung gemacht, sich aber nicht gemeldet hatten. Als ihre Mitwisserschaft zur Kenntnis der Gendarmerie kam und ihre Vernehmung in Aussicht stand, ging N. zu ihnen und versuchte sie zu bestimmen, zugunsten der beiden G. auszusagen. Darauf erfolgte seine Festnahme. Das wirkte sich alsbald günstig auf sein Gedächtnis aus: Er gestand jetzt ein, daß der von ihm damals beobachtete Mann Franz G. gewesen war! Auch Kaspar G. hatte man um diese Zeit aus derselben Richtung kommen sehen. Bei nochmaliger eingehender Durchsuchung seines Besitztums wurde ein Fernglas gefunden. Es wurde mehreren Freunden und der damaligen Wirtschafterin des ermordeten Jäger vorgelegt und alle erkannten es als das Fernglas Scheyers wieder. Also auch in diesem Fall hatten die Förstermörder, diesmal wohlhabende Bauern, den ermordeten Beamten ausgeraubt! Kaspar G. mußte nun auch zugeben, daß er damals im Besitz einer zerlegbaren Büchse, Kaliber 8 Millimeter, gewesen war. Er wollte sie später an einen unbekannten Fellhändler verkauft haben.

Auch ein anderer wichtiger Umstand wurde nun bekannt: Der Bauer Johann M., der Schwager des Kaspar G., hatte einige Tage nach der Haussuchung bei den G.'s zu einem Freunde gesagt: „Wenn man bei mir durchsucht hätte, wäre es mir schlecht ergangen. Ich habe alles im Keller gehabt." M. gab jetzt bei seiner Vernehmung auch zu, daß am Tage nach dem Morde ein anderer Schwager des Kaspar G. einen Sack mit Gewehren und anderen Sachen zu ihm gebracht habe. Später habe Kaspar alles wieder abgeholt.

Diese Feststellung zeigt wieder, daß es empfehlenswert ist, einer erfolglosen Haussuchung nach einiger Zeit überraschend eine zweite folgen zu lassen. Ferner soll stets in Erwägung gezogen werden, auch bei Freunden und nahen Verwandten, Durchsuchungen vorzunehmen, wenn bei dem Verdächtigen nichts gefunden wird, aber begründeter Verdacht besteht, daß er die Beweismittel anderweit untergebracht hat.

Die Nachprüfung ergab, daß dem Gericht erst am 14. Juni bekannt geworden war, daß Jäger Scheyer mit Kugeln, Kaliber 8 Millimeter, erschossen worden war. Man hatte, wie bereits erwähnt, den Toten erst 7 Tage nach dem Morde gefunden, ihn aber auch nicht sofort erkannt, weil die Leiche schon sehr verwest und völlig nackt war. Am Trauring, der die Buchstaben R. S. eingraviert trug, und an einem anderen Ringe, einem Erinnerungsgeschenk der „Feldkircher Liedertafel", konnte man dann die Identität ermitteln. Aber schon vor der Feststellung habe Kaspar seine Büchse, Kaliber 8 Millimeter, beiseite geschafft, seine Büchsflinte mit größerem Kaliber aber in der Wohnung belassen. Ihm mußte also schon bekannt gewesen sein, daß Scheyer mit Kugeln, Kaliber 8 Millimeter, erschossen worden war, deshalb versteckte er diese Waffe.

Weiter wurde jetzt bekannt, daß die Tochter des Franz G. schon während der Untersuchungshaft ihres Vaters im Jahre 1915 erzählt hatte, daß man das „kleine Gewehrle" nicht finden werde, der Vater habe es, zusammen mit der Schwester, im Stall des Nachbarn vergraben! Ein Bahnangestellter gab jetzt an, daß ihm bekannt gewesen sei, daß beide G.'s im Besitz von Büchsen, Kaliber 8 Millimeter, gewesen seien. Aus Angst vor den als sehr gewalttätig bekannten Brüdern habe er aber bisher geschwiegen.

Der Sachverständige auf dem Gebiete des Jagdwesens und der Schießtechnik, Hofrat und Landesforstinspektor Henrich begründete in einem umfangreichen, von großer Sachkenntnis zeugenden Gutachten die Annahme, daß nur die beiden Brüder G. als Täter in Frage kommen konnten und daß sie zur Ausführung der Tat ihre 8-Millimeter-Büchsen benutzt haben mußten, die sie zwar beide beiseitegeschafft hatten, von denen aber noch die dazugehörigen Geschosse und die zu ihrer Selbstanfertigung benötigten Kugelzangen vorhanden waren.

Der Erste Staatsanwalt am Landesgericht Feldkirch, Dr. Bitschnau, begründete in einer scharfdurchdachten, 23 Seiten umfassenden Anklageschrift die Anklage wegen Meuchelmordes gegen die beiden Brüder G. Beide waren inzwischen alte Leute geworden, Kaspar zählte 60 Jahre, sein Bruder Franz 65 Jahre.

Vor dem Schwurgericht in Feldkirch wurde am 17. März 1927 acht Tage lang gegen die beiden Angeklagten verhandelt. Da sie nach wie vor jede Schuld in Abrede stellten, mußte eine sehr große Anzahl Zeugen vernommen werden. Die beiden G.'s besaßen eine sehr ausgedehnte und einflußreiche Verwandtschaft. So war es auch zu erklären, daß ihre Täterschaft, von der doch soviel Leute Kenntnis hatten, erst nach so langer Zeit bewiesen werden konnte. Wie groß die Rachsucht dieser Verwandtschaft war, geht daraus hervor, daß einige Zeit nach dem Termin die Gendarmerie für Vorarlberg berichtete: Seitdem der Pfarrer von Göfis in der Schwurgerichtsverhandlung als Zeuge aufgetreten sei, besuche niemand die Kirche mehr, man habe auch eine Versetzung beantragt. Die anderen Zeugen würden nicht mehr gegrüßt, man verachte und beschimpfe sie und verweigere ihnen die Abgabe von Milch für die kleinen Kinder.

Die beiden Meuchelmörder wurden zu je 12 Jahren schweren Kerker verurteilt. Nur mit Rücksicht auf ihr hohes Alter hatte das Gericht davon Abstand genommen, sie zu lebenslänglicher schwerer Kerkerstrafe zu verurteilen. Verschärft wurde die Strafe durch Dunkelzelle am 6. Juni jeden Jahres.

Franz G. verstarb kurze Zeit nach seiner Verurteilung.

Die Aufklärung dieses gemeinen Meuchelmordes nach 12 Jahren war eine glänzende Leistung der österreichischen Justiz und Landesgendarmerie, die überall berechtigtes Aufsehen erregte. Der Fall bestätigt auch die bekannte Tatsache, daß es oft besser gelingt, einen Mord nach Jahren aufzuklären, als kurze Zeit nach der Tat. Besonders auf dem Lande stehen die Zeugen oft so unter dem Einfluß des Täters und seines Anhanges, daß glaubhafte Zeugenaussagen vorerst überhaupt nicht zu erlangen sind. Erst allmählich entziehen sich dann einige Zeugen diesem Einfluß, und wenn dann erst einer die Wahrheit bekannt hat, und der Täter sich in Untersuchungshaft befindet, gelingt es einem geschickten Beamten verhältnismäßig leicht, alle Zeugen zu ermitteln und sie zu einer wahrheitsgemäßen Aussage zu bewegen ...

Das Erinnerungsvermögen durch Schußverletzung verloren

Beim Beschreiben des Förstermordes Bauer, Grambin, im 1. Bande meiner Bücher, habe ich erwähnt, daß der schwerverletzte Beamte wohl den Namen des vermutlichen Täters nannte, daß aber diese Aussage später vom Gericht nicht als vollwertig angesehen wurde, obwohl Bauer nach Angabe seiner Umgebung und des herbeigerufenen Arztes noch zwei Stunden nach seiner Verwundung bei vollem Bewußtsein gewesen war. Solche Angaben sind immer mit Vorsicht aufzunehmen, weil die Grenze zwischen vollem Bewußtsein und beginnender Agonie schwer festzustellen ist. Wie aber selbst eine nicht zum Tode führende Verletzung das Bewußtsein trüben und die Erinnerung bezüglich des Zusammenstoßes gänzlich auslöschen kann, zeigt folgender, interessanter Fall:

Der 49 Jahre alte bayerische Staatsförster Franz Oberhauser aus Solnhausen bei Eichstätt, Forstamtsbezirk Pappenheim, hatte sich am Sonntag, dem 27. Juni 1920, vormittags gegen 3 Uhr auf einen Dienstgang in sein Revier begeben. Er wollte sich im Waldteil „Tittinger Forst" ansetzen. Gewohnheitsmäßig kehrte er von derartigen Sonntags-Frühgängen gegen 9 Uhr zurück. Der zu Besuch im Forsthaus weilende Sohn Hans, Postaspirant in Treuchtlingen, erwartete den Vater vergeblich bis nach 13 Uhr und begab sich dann mit seiner Braut auf die Suche. Das lange Ausbleiben hatte die Angehörigen in schwere Sorge versetzt. In der Waldabteilung „Titting" wurden seine Rufe nach dem Vater beantwortet. Er ging dem Rufe nach und traf den Vater, kurz nach 14 Uhr, auf einem Waldweg zwischen zwei Dickungen. Mit Schrotschußverletzungen im Gesicht und in der Vorderseite des Oberkörpers kam der Förster, blutüberströmt und im völlig gebrochenen und erschöpften Zustande, dahergetaumelt. Er war im Besitz seiner Jagdausrüstung und seiner sonstigen Sachen, machte aber den Eindruck eines Geisteskranken, der schon stundenlang in diesem Zustande im Walde umhergeirrt war. Auf Befragen gab er nur an, daß aus der Dickung heraus auf ihn geschossen worden sei. Nähere Angaben machte er auch während seines Transportes mit einem herbeigeholten Fuhrwerk und zu Hause nicht. Die herbeigerufene Gendarmerie versuchte ihn zu vernehmen, der Schwerverletzte ließ aber alle an ihn gerichteten Fragen, die sich auf seine Verwundung bezogen, unbeantwortet. Der Arzt fand Schrotschußverletzungen auf der ganzen Vorderseite des Oberkörpers, oberhalb des rechten Auges eine starke bläuliche Geschwulst und Bluterguß im unteren Augenlid und in der Bindehaut des rechten Auges. Die äußere Besichtigung ließ vermuten, daß an der geschwollenen Stelle ein Schrotkorn in das Gehirn eingedrungen sei, das Störungen des Bewußtseins hervorrief. Der Verwundete versuchte dann, die an ihn gerichteten Fragen zu beantworten, seine Angaben waren aber ganz verworren und widersprachen sich fortgesetzt. Einmal gab er an, die Schußverletzung hätte er schon längere Zeit, dann wollte er sich dieselbe selbst beigebracht haben. Beides war nach Lage der Sache vollkommen ausgeschlossen. Dann wieder sprach er von zwei unbekannten Männern mit schwarzen Bärten, einem größeren und einem kleineren, die in der Waldabteilung „Titting", nach späteren Angaben in der Waldabteilung „Sulz", auf ihn geschossen hätten. Schließlich gab er an, er habe auf ein Reh und gleich darauf auf einen Wilderer geschossen. Dem widersprach wieder die Feststellung, daß nur ein Schrotlauf seines Drillings abgeschossen, aber wieder geladen worden war. Die große Streuung des auf ihn abgeschossenen Schrotschusses ließ auf einen Schuß aus größerer Entfernung schließen. Förster Oberhauser nannte auch zwei Namen, die wie „M ..." und „B ..." klangen.

Mit Rücksicht auf seinen lebensgefährlichen Zustand untersagte schließlich der Arzt jede weitere Vernehmungen, die diesen Zustand sichtlich verschlimmerten. Zwecks operativer Behandlung ließ er den Förster in das städtische Krankenhaus in Weißenburg bringen, wo festgestellt wurde, daß ein Schrotkorn am inneren Augenwinkel ins Gehirn eingedrungen war.

Zweifellos hatte der Verletzte einen Zusammenstoß mit Wilderern gehabt, die ihm die Schußverletzung beigebracht hatten. Als Tatort war die Waldabteilung „Titting" anzusprechen, die eine Stunde südwestlich von Solnhofen, zwischen Waldschloß und Rögling liegt. Ein Absuchen des vermutlichen Tatortes verlief resultatlos.

Die Ermittlungen der Gendarmerie ergaben, daß am Tage vor der Tat der Waldarbeiter Matthias Zinsmeister in dem in der Nähe des mutmaßlichen Tatortes befindlichen Jägerunterkunftshäuschen ein Blatt Papier, in der Größe eines Notizbuchblattes, vorgefunden hatte, auf dem geschrieben stand: „Am 6. Juni wurde in der „Titting" ein Bock früh 5 Uhr geschossen. Am 20. Juni wurde frühe halbe sechs ein Reh geschossen. Kam allemal nach Rögling, aber erst Nachts. Passen Sie am obern Steg, es kommen 2 Männer. X. M."

Diesen anonymen Zettel hatte der Rottmeister dem Förster am selben Tage übergeben. Auf Grund dieser von unbekannter Hand geschriebenen Anzeige hatte jedenfalls dann der Förster Vorpaß an der bezeichneten Stelle gehalten und war von den beiden Wilderern, die er dort überrascht hatte, angeschossen worden.

Zwei Männer, die die von dem Förster genannten Namen führten, wohnten in einer nicht allzu weit entfernten Ortschaft. Gegen sie richtete sich natürlich der Verdacht in erster Linie. M. war, wie bekannt, im Besitz eines Jagdgewehres, das bei einer bei ihm vorgenommenen Durchsuchung nicht gefunden wurde. Auf Befragen gab er an, daß er es an seinen Bruder schon ein Jahr vorher verkauft habe. Dieser bestätigte diese Angabe, er habe es bereits weiter an einen Schlosser verkauft. Der Schlosser hatte es noch im Besitz, er gab aber an, daß M. noch im Besitz eines Militärgewehres, Modell 98, sei. Ein Pächter der benachbarten Jagd hatte Pfingsten 1919 zwei Männer im Revier beobachtet, die er für Wilderer gehalten hatte. Einen erkannte er als den bezeichneten B., der andere war kleiner in der Statur gewesen und konnte mit M. identisch gewesen sein.

Die beiden Verdächtigen stellten entschieden in Abrede, allein oder gemeinsam am Pfingsttage 1919 oder am 27. Juni 1920 gewildert zu haben. Der Pächter einer anderen, an die Staatswaldungen angrenzenden Gemeindejagd, gab an, daß er am 27. Juni auf der Jagd gewesen sei und in der Zeit zwischen 5 und 5½ Uhr im Staatswald drei Schüsse habe fallen hören. Erst fiel ein Schuß, dann, fast zugleich, die beiden anderen.

Bei der bereits erwähnten Durchsuchung des M.'schen Hauses fand man 5 Infanteriegewehre und eine Armeepistole 08, mit Anschlagkolben. M. sowohl, als auch sein Freund B. wollten in der Nacht vom 26. zum 27. Juni ihre Wohnung nicht verlassen haben. Die Angehörigen bestätigten das natürlich, obwohl ein 12jähriges Mädchen beobachtet haben wollte, wie M. schon gegen ½6 Uhr die Straße hinunter kam. Sie hatte ihre Mutter noch darauf aufmerksam gemacht. Ein Zeuge wollte aus großer Entfernung zwei Männer beobachtet haben, die nach den Schüssen vom Waldteil „Titting" her kamen, und von denen einer ein Gewehr getragen habe. Die Gendarmerie gewann die Überzeugung, daß noch mehr Personen wertvolle Angaben machen konnten, es hatte aber ein jeder Angst vor der Rache der beiden Verdächtigen, die als roh und gewalttätig allgemein bekannt waren. Der Waldvorarbeiter fand schließlich die Stelle im Walde, an der Förster Oberhauser nach seiner Verwundung längere Zeit auf einem umgebogenen Fichtenbäumchen am Rande einer Dickung gesessen oder gelegen hatte. Ein daneben stehendes Bäumchen war durch Abschneiden einiger Zweige gezeichnet, an der Stelle lag auch der Taschenspiegel des Försters, den ein Arbeiter an sich nahm, dann aber wieder verlor.

Vier Woche nach seiner Verwundung war Förster Oberhauser noch immer nicht vernehmungsfähig. Eine Entfernung des Schrotkornes aus dem Gehirn war nicht möglich gewesen. Als ihn sein Bruder, der Förster Alois Oberhauser aus Unterammergau, besuchte, wurde er von ihm nicht erkannt. Auf Befragen erklärte er, ein Bruder von ihm sei der Besuchende schon, aber nicht der Alois. Dabei hatte Oberhauser nur diesen einen Bruder. Erst nachdem sich der Bruder mit dem Kranken längere Zeit unterhalten und die elterlichen Verhältnisse und gemeinsamen Jugenderlebnisse besprochen hatte, erkannte ihn der Kranke als seinen Bruder Alois. Um den geistigen Zustand seines Bruders zu prüfen, legte ihm Alois mehrere Rechenaufgaben vor, die der Verletzte überraschend schnell und richtig löste. Der Bruder stellte fest, daß dem Kranken die Erinnerung für die letzten drei

Jahre vollkommen verlorengegangen war, der vorherigen Erlebnisse vermochte er sich jedoch, bis zurück in die Kindheit, sehr wohl zu erinnern. Nach längerer Behandlung in der Chirurgischen Klinik in München konnte Förster Oberhauser wieder allein ausgehen. Er unterhielt sich auch mit Bekannten, sein Gedächtnis war aber immer noch nicht zurückgekehrt, es versagte vollständig, soweit es die Vorgänge bei seiner Verwundung betraf.

Die Staatsanwaltschaft Eichstätt setzte die Nachforschungen nach dem Täter unermüdlich fort, unterstützt von der eifrigen Tätigkeit der zuständigen Gendarmerie. Am 1. Januar 1921 war Förster Oberhauser soweit hergestellt, daß er seinen Dienst wieder übernehmen konnte, nachdem ihn die Staatsforstverwaltung zum Forstverwalter ernannt hatte. Auf Befragen gab er den Gendarmeriebeamten jetzt an, daß er sich nunmehr erinnere, am 27. Juni 1920, kurz bevor er angeschossen wurde, im Waldteil „Oberholz" auf einem Wege zwei Männer gesehen zu haben, von welchen einer 1,80 Meter, der andere nur etwa 1,50 Meter groß gewesen sei. In dem größeren habe er den bereits im Verdacht stehenden M. an seinen auffallend langen Beinen erkannt, während ihm der kleinere unbekannt gewesen war. Über den Vorfall selbst vermochte Oberhauser aber auch jetzt nichts zu bekunden. Er konnte die Stelle, wo der Zusammenstoß stattgefunden hatte, nicht bezeichnen, obwohl er doch sein Revier ganz genau kannte. Er konnte nicht angeben, wie oft die beiden auf ihn geschossen hatten, auch nicht, ob er selbst geschossen habe.

Am 12. März 1921 wurde Forstverwalter Oberhauser vom Ersten Staatsanwalt beim Landgericht Eichstätt noch einmal persönlich vernommen. Er gab an, daß er sich erinnere, an einem Sonntag im Juni 1920 bei einer Frühbirsch in der von ihm gepachteten Jagd, Abteilung „Titting", dem M. und dem B. begegnet zu sein. Dann hätten zwei Männer, die er nicht gekannt habe, aus einer Dickung auf ihn geschossen. Wie das Zusammentreffen mit M. und B. war, ob beim Wildern oder bei harmloser Beschäftigung, wußte er so wenig, wie, auf welche Weise er verwundet worden war. Er konnte nicht angeben, ob er auf seinem Birschgang vor der Verwundung schon geschossen und welchen Weg er auf dieser Birsch zurückgelegt hatte.

Da von den Ärzten durch Röntgendurchleuchtung der Schußkanal des in das Gehirn eingedrungenen Schrotkorns als von unten nach oben verlaufend ermittelt worden war, mußte angenommen werden, daß der 1,80 Meter große Oberhauser den Schuß von einem erheblich kleineren Schützen, oder aus liegender oder hockender Stellung erhalten hatte. Möglicherweise war auch das Schrotkorn an einen Zweig angeschlagen und so aus seiner ursprünglichen Flugbahn gelenkt worden.

Oberhauser bekannte bei seiner Vernehmung, daß sein Gedächtnis immer schlechter werde.

Der als Sachverständiger und behandelnder Arzt vernommene Hofrat Dr. Dörfler in Weißenburg bekundete auf diesbezügliche Frage, daß ein durch Unglücksfall verursachter Nahschuß aus eigener Waffe vollkommen ausgeschlossen sei. Er wies auf die große Gefahr hin, die darin bestände, den Angaben des Verletzten eine

Bedeutung zuzumessen, die ihnen nicht zukomme. Darauf wurde das Verfahren gegen M., der schon nach seinen ersten Vernehmungen 1920 aus der Haft entlassen worden war, eingestellt.

Zwei Jahre ruhte dieser mysteriöse Fall, obwohl die Gendarmerie ihre Nachforschungen im stillen fortsetzte. Da reichte der inzwischen als Oberforstverwalter nach Trieb in Oberfranken versetzte Oberhauser am 28. April 1923 einen eigenhändig geschriebenen Antrag auf Wiederaufnahme des Falles an die Staatsanwaltschaft Eichstätt ein. Seine Anklage richtete sich erneut gegen den Holzarbeiter M. und den Steinbrucharbeiter B. Er habe sich auf einem Birschgang im Waldteil „Titting" befunden und sei plötzlich, zwischen 4 und 5 Uhr, aus einer Dickung heraus angeschossen worden. Einen Augenblick vorher habe er zwei Männer in dieser Dickung beobachtet, in denen er bestimmt den M. und den B. erkannt habe. Er habe genau gesehen, daß der lange M. zweimal auf ihn geschossen habe.

Auf Antrag der Staatsanwaltschaft Eichstätt erstattete nunmehr das Medizinalkomitee bei der Universität Erlangen ein Obergutachten über den Wert der jetzigen Angaben des Oberforstverwalters Oberhauser. Nach längerer Ausführung kam es zu dem Schluß, daß seinen Angaben Glauben zu schenken sei. Es sei nicht nur möglich, sondern sehr wahrscheinlich, daß seine Erinnerung an den Vorfall bei der Verwundung, die zunächst erloschen war, wiedergekehrt sei, so daß die jetzigen Bekundungen Bedeutung hätten.

Auf Grund dieses wissenschaftlichen Gutachtens wurde das Verfahren wieder aufgenommen und gegen die beiden Verdächtigen Haftbefehl wegen Totschlagsversuch erlassen. Am 8. August 1923 wurden beide festgenommen und in das Landgerichtsgefängnis Eichstätt eingeliefert.

Am 23. August fand ein Lokaltermin im Waldteil „Titting" statt. Oberhauser führte die Kommission denselben Weg, den er am Morgen des 27. Juni 1920 gegangen war. Zunächst ging es zur Diensthütte im Waldteil „Titting", dann in östlicher Richtung auf verschiedenen Waldpfaden entlang. Schließlich erklärte der Beamte aber, daß er nicht mehr an die Stelle finde, an der er den Zusammenstoß mit den beiden Wilderern gehabt hatte, da sich das Bild der Kulturen in den 3 Jahren derartig verändert habe, daß er sie nicht wiedererkenne. Er gab an, daß M., den er bestimmt erkannt habe, einmal von vorn und dann von hinten auf ihn geschossen habe. Der zweite Mann, den er nicht mit Bestimmtheit als den B. erkannt habe, habe dabeigestanden, aber nicht geschossen. Während dieser Erklärung des Beamten nahm er an einer Stelle im Walde, die nach seiner Erinnerung möglicherweise der Tatort sein konnte, die Stellung ein, in der er die Schüsse erhalten haben wollte. Auch die beiden Verdächtigen mußten sich in einer Entfernung von 25 m so aufstellen, wie sie nach Angabe des Oberforstverwalters gestanden haben sollten. Oberhauser erklärte sich bereit, seine jetzigen Aussagen zu beschwören. Nach dem Lokaltermin wurden aber M. und B. aus der Haft entlassen, weil das Gericht nicht die Überzeugung erlangt hatte, daß Oberhauser die Erinnerung im vollen Umfang zurückerlangt habe und seinen Angaben so viel Glauben beizumessen sei, daß das Schicksal zweier Menschen davon abhängig gemacht werden könne.

Von dem Ergebnis des Lokaltermins erhielt das Medizinalkomitee der Universität Erlangen Kenntnis, mit dem Ersuchen, erneut den Geisteszustand des Oberforstverwalters zu begutachten, weil auf Grund seiner Angaben eventuell Anklage gegen M. erhoben, das Verfahren gegen B. eingestellt werden sollte. Das Medizinalkomitee vertrat wieder die Ansicht, daß, mit gewissen Einschränkungen, den Aussagen des Beamten Bedeutung beizumessen sei. Die nochmals vernommene Frau des Oberforstverwalters erklärte, daß ihr Mann bisher noch nie eine zusammenhängende Darstellung des Vorgangs gegeben habe. Seit etwa einem Jahre behaupte er steif und fest, daß M. der Schütze gewesen sei. Seit dieser Zeit behaupte er auch, einen zweiten Schuß, von hinten, erhalten zu haben, trotzdem entsprechende Verletzungen des Körpers oder Beschädigung seiner Kleidungsstücke nicht festgestellt worden waren.

Am 3. Januar 1924 verhandelte das „Volksgericht für den Landgerichtsbezirk Eichstätt“ gegen M. wegen Widerstands gegen die Staatsgewalt in Tateinheit mit dem Verbrechen des versuchten Totschlags. Laut Beschluß wurde die Sache an das Schwurgericht am Landgericht Augsburg als dem zuständigen und ordentlichen Gericht verwiesen.

Um selbst ein klares Bild zu gewinnen, wollte der Untersuchungsrichter den Angeschuldigten in Gegenwart des Geschädigten nochmals am vermutlichen Tatort vernehmen. Oberhauser litt aber derartig an nervösen Kopfschmerzen und zeitweiligen Aufregungen, daß es ihm z. Z. und auch fernerhin unmöglich war die Reise dorthin zu unternehmen.

Laut Beschluß wurde am 26. Juni das Verfahren auch gegen M. eingestellt, weil das vorliegende Belastungsmaterial zur Überführung nicht genügte …

Letzte Aufzeichnungen Ermordeter und ihre Bewertung

Mündliche Angaben Schwerverletzter sind immer mit Vorsicht zu bewerten, psychische und physische Depressionen wirken sich in diesem Zustande unzweifelhaft auf die Aussagen aus. Viel zu viel Wert wird auf „die letzten Worte“ Sterbender gelegt, soweit das vom Standpunkt des Kriminalisten, nicht vom Standpunkt der Pietät, zu beurteilen ist. Im gleichen Maße sind Aufzeichnungen Schwerverletzter und Sterbender vorsichtig zu bewerten. Wie gefährlich eine derartige Aufzeichnung einem an der Tat gänzlich Unbeteiligten hätte werden können, zeigt der nachstehende Fall:

Am 15. Dezember 1927 wurde der 24jährige Gräflich-Bardeauische Jäger Leonhard Walcher aus Walchen, Gemeinde Oeblarn, in der Steiermark, abgängig. Nach einer Meldung des Gendarmeriepostens Donnersbach hatte der Förster Adolf Fritz in Donnersbachwald am 15. Dezember, um 9 Uhr, vier Büchsenschüsse hintereinander fallen hören, denen nach einigen Minuten ein fünfter folgte. Der Förster befand sich auf der Gemsjagd auf der „Messerspitze“. Seiner Schätzung nach waren die verdächtigen Schüsse im „Weidhof“ oder dessen nächster Umgebung, etwa im „Gstatt-Webritzen“, gefallen. Dieselben Schüsse hatte auch der Revierjäger Anton Häußler gehört, der sich zur selben Zeit auf dem „Stallinger Brand“ befand. Es war aus diesen Bekundungen zu schließen, daß sich um diese Zeit im Hochgebirge ein Kampf zwischen dem Jäger und Wilderern abgespielt hatte, dem der Jäger zum Opfer gefallen war.

Die Gendarmerie ermittelte dann noch mehr Zeugen, die durch ihre Beobachtungen diese Annahme bestätigten. Nicht mit Sicherheit war aber der Tatort festzustellen, denn ein Jagdpächter aus Donnersbach, der sich in seinem Revier in Seebach, gegenüber der „Moseralpenhütte“, ½ Stunde unterhalb der „Schöberlhütte“, befand und die Schüsse ebenfalls gehört hatte, war der Ansicht, daß sie in der Gegend der „Totenkar“ gefallen seien. Am 5. Januar 1928 fanden der Förster Johann Kerschbaumer und der Jäger Ignaz Fuchs vom Forstamt Gstatt auf einem Reviergang im Schroffen, auf der Ramertalseite, 400 Schritt unter der Wasserscheide ein verendetes Gemskitz, das vom Raubzeug schon zernagt war, so daß weitere Feststellungen an dem verluderten Stück nicht mehr zu machen waren. Nur Schweißspuren waren 200 Schritt von der Fundstelle entfernt zu finden.

Der Verdacht der Gendarmerie fiel alsbald auf zwei bekannte Wilderer, den 18jährigen Johann S. und den 24 Jahre alten Konrad E. aus Kienach. Es war den Gendarmerie- und Forstbeamten seit längerer Zeit bekannt, daß beide im „Weidhof“, in der „Totenkar“ und in der Gegend der „Moseralpe“ wilderten. Der am meisten verdächtige E. war beim Emsdurchstich bei Pruggern beschäftigt, die Nachprüfung der Lohnbücher ergab, daß er öfters Samstags oder Montags der Arbeit ferngeblieben war, offenbar hatte er dann die zwei aufeinanderfolgenden Tage zum Wildern benutzt.

Der vermißte Jäger Walcher hatte mit seinem Kollegen Viktor Guganigg, von der Herrschaft Lamberg in Donnersbach vereinbart, daß, wenn einer von ihnen Wilderer verfolge, dies auch in das Nachbarrevier hinein tun dürfe. Jedenfalls hatte also Walcher Wilderer in das Revier seines Kollegen hinüber verfolgt und war dabei erschossen worden. Die Ermittlungen ergaben, daß Walcher eine neue Greener-Büchsflinte mit Zielfernrohr geführt hatte. Ferner war er im Besitz eines Prismen-Zielfernglases und einer neuen Taschenweckeruhr gewesen. In seiner Begleitung hatte sich sein auffallend magerer, rotbrauner Gebirgsschweißhund befunden, der ebenfalls verschwunden war.

Auf Grund der angestellten Ermittlungen durch die Gendarmerie-Rayon-Inspektoren Weingartsberger und Sonnleitner, sowie den Patrouillenleiter Pauritsch vom Posten Irdning wurde der der Tat verdächtige Konrad E. am 14. Februar 1928 festgenommen. Bei der Vernehmung durch die vorgenannten Beamten bestritt der als sehr verlogen und verstockt bekannte E. im Besitz eines Gewehres zu sein, obwohl die Ermittlungen bereits ergeben hatten, daß er ein umgearbeitetes Militärgewehr noch bis zum Verschwinden des Jägers besessen hatte. Am 14. Dezember, als der vermißte Walcher seinen Reviergang angetreten hatte, hatte sich E. ein Brot gekauft und war bis Donnerstag, den 16. Dezember verschwunden gewesen. Dann war er, wie Zeugen bekundeten, ganz verstört und „marod“ zurückgekehrt.

E. wurde dem Bezirksgericht Irdning eingeliefert und dort von dem Bezirksrichter Dr. Kmetitsch vernommen. Er stellte seine Abwesenheit vom 14. bis 16. Dezember in Abrede, in dieser Zeit wollte er sich zu Hause aufgehalten haben. Es war allgemein bekannt, daß er schoß, was vor die Büchse kam. Wiederholt hatte er in der Nachbarschaft Wild, auch Gemskitzen, gegen Schweinefleisch umgetauscht. Einmal hatte er drei Rehgehörne für 3 Schilling verhandelt. Ein Zeuge bekundete, daß E. zwei Gewehre im Besitz gehabt hatte, die bei der Durchsuchung aber nicht bei ihm gefunden wurden. Er hatte mehrere Rehe und Hirsche bei den Wirtsleuten des Wilderers gesehen, es gab dort ständig Wildbret, roh gehackt und gesotten. Meist war E. am Samstag mit dem Gewehr verschwunden und erst Montags in der Dunkelheit, zurückgekehrt. Am Tage nach seiner Rückkehr (Freitag) wollten seine Wirtsleute „maschinern“ (dreschen), und E. sollte ihnen dabei helfen. Er war aber so müde und matt gewesen, das er dazu nicht imstande war. Seiner Braut hatte er Ohrringe aus Hirschgrandeln zum Geschenk gemacht, auch seinem Firmpaten hatte

Der Mörder des Revierjägers Walcher.

E. Rehgehörne geschenkt, der sich dann Knöpfe für seinen Steiererrock davon anfertigen ließ. Die Gendarmen fanden bei der Durchsuchung viele Rehhaare im Rucksack des E., ebenso an seinen Wadenstrümpfen. Auch eine Schachtel „Schwärze", wie sie von Wilderern zur Unkenntlichkeit des Gesichts benutzt wird, wurde in seinem Besitz gefunden. Ein Besitzer, bei dem E. früher als Knecht diente, bekundete, daß bei der Rückkehr von seinen Streifzügen stets Spuren vom Schwärzen des Gesichts zu erkennen waren.

Am 16. Februar wurde auch der vermutliche Tatgenosse des E., der Knecht Johann S. festgenommen. Er war im Besitz eines zerlegbaren Gewehrs, verkehrte viel mit E. und verblieb meist mit diesem vom Samstag bis Montagabend im Hochgebirge. Bei dieser Feststellung fragt man sich unwillkürlich: Was sind das für eigenartige Gutsbesitzer, die ihren Pferdeknechten Zeit und Gelegenheit geben, drei Tage hintereinander der Arbeit fernzubleiben. Jedermann im Orte weiß, daß sie diese Zeit zum Wildern benutzen, nur die Arbeitgeber stellen sich unwissend. Stets sollte in solchen Fällen auch gegen diese Mitwisser und Hehler strafrechtlich vorgegangen werden. Im Anschluß daran muß die Frage geprüft werden, ob Aussicht besteht, auf dem Wege der Privatklage Schadenersatz von den Wilderern und ihren oft wohlhabenden Hehlern zu erlangen. Nach der gültigen Rechtsprechung erstreckt sich dieser Schadenersatz nicht auf den Geldwert des Wildbrets, sondern der Beklagte wird verurteilt, lebendes Wild im gleichen Alter und gleicher Stärke auszusetzen. Die Aussicht auf diese empfindliche Strafe am Geldbeutel schreckt besonders den bäuerlichen Übeltäter mehr als jede Gefängnisstrafe!

Am 20. Februar legte E. dem Untersuchungsrichter ein Teilgeständnis ab: Er habe in der Hirschbrunft, Ende September, in der Moseralm, unweit des sogenannten Labofen, vormittags 10 Uhr einen Spießerhirsch geschossen und unten am Bach aufgebrochen und aus der Decke geschlagen. Die Decke habe er gleich mitgenommen, das Wildbret und Grandeln wurden, weil minderwertig, fortgeworfen. E. war, was Trophäen anbelangte, verwöhnt! Kurze Zeit danach habe er bei den Schneegruben am „Grimming" oberhalb der Ortschaft Niederstuttern, einen 2jährigen Gemsbock erlegt. Beide Decken wurden verkauft, das Wildbret teils im Haushalt seines Arbeitgebers verbracht, teils an Nachbarn verkauft. Im November habe er mehrere Rehe und einen 2jährigen Gemsbock gewildert. Die aufgespannte Gemsdecke hätten Katzen zerrissen, die Krucken habe er vergraben. Sein Freund S. habe sich an dieser Wilddieberei nicht beteiligt, immer sei er allein gewesen. Sein ärarischer Stutzen ohne Fernrohr liege unter der Brücke des Schweigergrabens verborgen. Eine Nachprüfung ergab, daß dies nicht der Fall war, ebenso unglaubwürdig erschienen seine Angaben bezüglich der vergrabenen Krucken und der Unschuld des mitfestgenommenen S. Daß E. auch jede Schuld am Verschwinden des Revierjägers Walcher in Abrede stellte, war bei seiner Charakterveranlagung nicht verwunderlich.

Die Gendarmeriebeamten waren unermüdlich tätig, den Fall weiter aufzuklären. Bei einer nochmaligen Durchsuchung beim Besitzer Sch., der den unehelich geborenen E. aufgezogen hatte, fand man den in einen Sack verpackten Stutzen des Wilderers in der Streu des Schafstalls vergraben. Den Stutzen seines Freundes S. fanden die Beamten unter einer Truhe im Anwesen seines Arbeitgebers.

Nunmehr legte auch S. dem Untersuchungsrichter ein Geständnis ab: Er habe Weihnachten 1926 und auch nachher oft mit E. gewildert. Auch noch andere Burschen hätten sich daran beteiligt, deren Namen nun die beiden Wilderer preisgaben. Mit Wildbret, Decken und Trophäen hatten diese „kühnen Helden der Berge" einen regelrechten Handel getrieben. E. gab noch zu, im Juni innerhalb von 6 Tagen zwei starke Hirsche im Bleibergrevier gewildert zu haben.

Der Unersuchungsrichter Dr. Kmetitsch prüfte nun eingehend das Alibi des verdächtigen E. bezüglich des vermutlichen Mordtages, des 15. Dezember 1927, nach. Nach seinen Angaben hatte E. an diesem Tage gewildert. Gegen 7 Uhr, nach dem Frühstück, war er allein mit Rucksack und verborgenem Gewehr den Hohlweg hinauf zum „Farmstock", bis zur Kreuzung mit dem „Roanharteralmweg" gestiegen. Er schlich dann rechts an der „Lasserhütte" vorbei durch das Holz zum „Hahnbrunn", dann unterhalb der Höhe gegen den „Bleiberger Riesen“. Von dort ging er an der „Buchmannhütte“ vorüber, durch die „Weppermannhalt“ nach Hause, wo er um 14 Uhr ankam. Geschossen habe er an diesem Tage nichts.

Dieses Geständnis erschien dem Untersuchungsrichter unglaubwürdig, er war fest überzeugt, daß E. auf diesem Wilderergang mit dem Revierjäger Walcher zusammengestoßen war, und daß er diesen erschossen habe. Selbst Hochgebirgsjäger und sehr erfahren im Umgang mit Wilderern, wußte er den rechten Weg einzuschlagen, um von diesem verstockten Menschen ein glaubwürdigeres und erschöpfendes Geständnis zu erlangen. E. gestand ein, den Jäger Walcher erschossen zu haben! Sein Geständnis will ich, fast wörtlich, hier folgen lassen, weil es für den Polizei- und Forstbeamten in vieler Beziehung lehrreich ist:

Ich bin am 15. Dezember 1927, nachts 3 Uhr (ich hatte den Wecker auf ¾3 Uhr gestellt), allein mit Rucksack und Gewehr weggegangen. Da es sehr dunkel war, habe ich im Walde stellenweise meine elektrische Taschenlampe benutzt. So gelangte ich durch das „ Roanharterg'suach“ hinein in die Moseralm. Gegen 6 Uhr morgens kam ich an die „Grösfingeralmhütte“ und habe mich dort in den „Trempel“ gesetzt und gejausnet. Kurz nach ½8 Uhr, als es hell wurde, stieg ich über den „Weidhofstiegel“ in die „Weidhofalpe“ und sah dort auf eine Entfernung von 300 Schritt sechs Stücken Rotwild stehen. Das Wild war schon unruhig geworden, und ich schoß deshalb schnell dreimal. Als ich beim dritten Schuß merkte, daß ich einen Hirsch getroffen hatte, habe ich noch ein viertes Mal auf diesen Hirsch geschossen. Der Hirsch zog schwerkrank in die Latschen, und ich folgte ihm vorsichtig. Ich fand dort wohl Schweißspuren, nicht aber den Hirsch. Von der Nachsuche ermüdet, setzte ich mich, gedeckt durch ein Gebüsch nieder. Nach einer Stunde wollte ich aufbrechen, um über den „Weidhofstiegel“ wieder in die Moseralm zu gelangen. Plötzlich sah ich einen Jäger frei auf der Schneid stehen! Noch durch die Büsche gedeckt, betrachtete ich ihn mit meinem Fernglas und wollte mich dann durch die Latschen hindurch zurückziehen. Da bemerkte ich, daß der Jäger, der wohl meinen Schüssen nachgegangen war, mich aber nicht entdeckt hatte, über die Schneid zurück nach der Moseralm zu verschwunden war. In dieser Annahme stieg ich nach einer Weile gegen den Übergang in die Moseralm frei hinauf. Ungefähr 100 Schritt unterhalb des „Weidhofstiegels“, sprang mir plötzlich der Jäger, vorweg sein roter Schweißhund, entgegen! In der einen Hand hatte der Jäger seine Büchse, in der anderen seinen Bergstock. Beim Anblick des Jägers drehte ich mich um und ergriff die Flucht. Einige 100 Schritte talwärts geriet ich in eine Talmulde, so daß ich auf der anderen Seite nicht ungedeckt wieder hinausgelangen konnte, weil das Gelände ganz frei war. Seitwärts befand sich eine steile Wand, die ich zur Flucht nicht benutzen konnte, weil sie vollständig vereist war.

Als ich mich umdrehte, sah ich den Hund schon auf 7 Schritt heranspringen. Ich warf mich schnell hinter einen Latschen, legte auf und schoß den Hund mit meinem ärarischen Karabiner tot. Währen der Hund stürzte, und ich, mit dem linken Bein im

Schnee kniend, den Kopf geduckt, repetierte, schrie ich dem Jäger zu: „Abziehen, sonst kracht's!" Zugleich hielt ich dem Jäger, der 15 Schritte vor mir ohne Deckung stand, den schußbereiten Stutzen entgegen. Der Jäger schrie: „Das werden wir sehen, wer abzieht!" Dann erhielt ich einen Schrotschuß, der mich an die linke Kopfseite traf. Ich sank auf den Schuß ziemlich „dumm" zusammen, habe mich aber wieder aufgerafft und den Stutzen, auf den Latschen aufgelegt, auf den Jäger abgefeuert. Als ich anschlug, hatte der Jäger, frei auf einem Schneerücken stehend, sein Gewehr am Stiegelstecken (Bergstock) angestrichen und zielte auf mich. Er schrie: „Du Luder, jetzt hab ich Dich einmal!" Als ich schoß, sank der Jäger mit dem Rufe: „Au weh, jetzt hat's mich!", rückwärts in den Schnee.

Ich hatte sofort nach dem Schuß meinen Stutzen repetiert und richtete mich neuerlich zum Schuß hinter dem Latschen auf, da ich fürchtete, daß der Jäger noch einmal herabschießen würde. Der Jäger war hinter den Schneerücken gefallen, ich sah ihn nicht liegen. Nach ungefähr 10 Minuten rief er: „Au weh, hilf mir!" Ich blieb aber in meiner Deckung liegen und sah, als der Jäger noch einmal rief, daß er über den Schneerücken hinweg sah und sein Gewehr schußbereit hielt. So lag ich ¾ Stunden in Deckung, als der Jäger nochmals rief: „Au weh, hilf mir!" Als ich nun aufsprang und den Hang hinaufflüchtete, fiel ein Schuß, und die Kugel schlug dicht neben mir in die Steine. Ohne mich umzusehen flüchtete ich weiter. Als bald darauf ein zweier Schuß fiel, war ich schon 400 bis 500 m vom Jäger entfernt. Der Jäger konnte mich beim zweiten Schuß nicht mehr sehen, ich war ihm gegenüber schon „überriegelt". Ich bin dann über die apernen Hänge geflüchtet und kam durch die Moseralm, den „Roanhartalweg" hinunter, heim. Bereits beim Übergang in die Moseralm begann es heftig zu stürmen und zu schneien, es dürfte um 14 Uhr gewesen sein. Beim Einbruch der Dunkelheit traf ich bei G. ein, klopfte ans Fenster, und als er herauskam, sagte ich: „Heut hat's was gegeben!" Oben in der Kammer erzählte ich ihm dann den ganzen Hergang. Ich wusch mir die Schwärze vom Gesicht und G. schnitt mir mit dem Rasiermesser die Schrote aus dem Genick! Nachdem ich den blutigen Rock ausgezogen hatte, ging ich in die Küche essen. Um 20 Uhr ging ich schlafen und schlief ruhig die ganze Nacht. Am anderen Tage erzählte ich auch dem jungen Sch. den ganzen Vorfall. Dem alten Sch. erzählte ich nur, daß ich den Jäger mit dem Bergstecken niedergeschlagen hätte. Sch. erwiderte nur: „Gut, daß 'f g' schnieben hat!" (Geschneit hat.)

Nach diesem Vorfall habe ich weiter gewildert und Weihnachten im „Goschgraben" einen Rehbock geschossen. Ich kann jederzeit die Gerichtskommission an Ort und Stelle führen, da ich den Platz genau kenne, wo der Jäger zusammengefallen ist."

Der Mörder, der dem Untersuchungsrichter sein Geständnis ohne besondere Aufregung ablegte, hatte also, nachdem ihn schon die Gendarmerie verhört und Haussuchung bei ihm vorgenommen hatte, weitergewildert. Die Familie Sch., bei der er erzogen worden war, wußte über den Hergang mit allen Einzelheiten Bescheid, trotzdem hielten alle treu zu dem Mörder!

Am 28. Februar 1928 trat die Gerichtskommission in Begleitung der Beamten der Gendarmerieposten Irdning und Donnersbach und des zuständigen Forstpersonals in alpiner Ausrüstung mit Skis, Schneereifen und Steigeisen den Aufstieg an. Der Abmarsch fand von Donnersbach aus statt, um 17 Uhr wurde die „Zachenschöberlalmhütte“ erreicht und dort übernachtet. Am anderen Morgen wurde bereits um 5.30 Uhr aufgebrochen, und es begann der beschwerliche Aufstieg nach der 1725 m hohen „Zachenschöberlspitze“. Von dort ging es weiter, längs der Schneid zur „Karlspitze“ und hinüber zur 1832 m hohen „Totenkarspitze“, wo die Kommission mit der aus der Starzenalm, von Oeblarn her aufgestiegenen zweiten Hälfte der Bergungsexpedition zusammentraf. Dann führte der Aufstieg weiter den Höhenrükken entlang, zwischen Weidhofalm und Moseralm gegen den „Weidhofstiegl“, wo man den bereits linksseitig aus der Moseralm ansteigenden Gefangenentransport erwartete. Der Mörder E. befand sich in Begleitung der beiden Gendarmeriebeamten Ritzinger und Sonnleitner, sowie des Gräfl. Lambergschen Jägers Guganegg, des Freundes des Ermordeten. Es war ein sonnenheller, klarer Wintertag, die Almenhänge waren tiefverschneit und verweht, auf den Höhenzügen glänzten die vom Sturm abgefegten, vereisten Rücken.

Unter der „Weidhofalmhütt“, dort wo der Rosensteinergraben einsetzt und in den Donnersbachwaldergraben abfällt, zeigte der Beschuldigte seinen Stand und dann auch den Stand des Jägers Walcher, als er den tödlichen Schuß erhielt. Um dort hinzugelangen, bedurfte es einer gefährlichen Klettertour über Felswände und Schneehänge.

An Ort und Stelle angelangt, bezeichnete E. aufs genaueste die Stelle, an der der Jäger Walcher hingestürzt war, obwohl tiefer Schnee rings die Felsen gleichmäßig bedeckte.

Die Gräftlich-Bardauschen Jäger und Gendarmeriebeamten schlugen bis über 2 m tief durch die vereiste Schneedecke und stießen schließlich auf schweißdurchtränkten Schnee. Nach Erweiterung dieser Stelle fand man 3 m seitwärts die Leiche des Jägers Walcher! Sie lag auf dem Rücken, beide Beine gespreizt, an beiden Händen Winterhandschuhe. Rechts neben dem Toten lag die fast neue Büchsflinte, Kaliber 8/16 mm. Beide Hähne waren in Ruhrast, die Patronen abgeschossen. Am Riemen umgehängt trug er das Zeißfernglas, im Rucksack das Fernrohr der Büchsflinte. Im eisigen Hochgebirgsschnee war die Leiche und die gesamte Ausrüstung vollkommen erhalten geblieben. Als man das Notizbuch des ermordeten Jägers hervorzog, fand man seine letzten Eintragungen. Der schwerverletzte Beamte war sich seiner entsetzlichen Lage voll bewußt gewesen. Der Unterleibschuß machte es ihm unmöglich, sich zu erheben, jede Bewegung verursachte ihm fürchterliche Schmerzen. In eisiger Höhe sah er den Schneesturm näher und näher über die Bergwipfel heranbrausen. In hoffnungsloser Verlassenheit sah er mit ihm seinen Tod herankommen. „Jägerlos“ sagte in einem ähnlichen, hier geschilderten Falle der Mörder, als man ihm vorhielt, daß sein Opfer fast in gleicher Weise umgekommen war! Angesichts des sicheren Todes hatte Jäger Walcher, nachdem er seine Lage in erschütternder Weise geschildert hatte, die Notizbucheintragungen geschlossen mit den Worten: „Und wenn ich sterben sollte, war es glaublich der Walter P. Grauer Hut und Rock. Am 15.12. um die Mittagszeit.“

Der Schwerverletzte hatte sich also getäuscht, er hatte einen anderen als seinen Mörder bezeichnet! Hier war ja der Mord schon vollkommen aufgeklärt durch das Geständnis des richtigen Täters, der die Kommission an den Tatort geführt hatte, den nur er kannte. Wie aber wäre die Sache verlaufen, wenn man den Erschossenen gefunden hätte, als man nach ihm suchte. Wie wäre es dem irrtümlich als Mörder bezeichneten Walter P. ergangen, wenn er sein Alibi nicht zweifelsfrei hätte nachweisen können! Vielleicht hätten ihm alle Unschuldsbeteuerungen nicht geholfen, und er wäre auf Grund der Notizbucheintragungen verurteilt worden. Der Fall ist gewiß geeignet, den Juristen und Kriminalisten nachdenklich zu stimmen!

Angesichts der Leiche des ermordeten Jägers änderte der Mörder sein Geständnis, das ohnehin wenig glaubhaft geklungen hatte, soweit es die Angabe betraf, daß Jäger Walcher, ohne Deckung zu nehmen, frei vor dem in sicherer Deckung liegenden Gegner gestanden und seine Büchsflinte an den Bergstecken angestrichen hätte. E. wußte, daß die ärztliche Untersuchung der Leiche seinen Angaben sicher Lügen strafen würde. Er konnte jetzt nicht mehr angeben, wie der Jäger gestanden hatte, als er den tödlichen Schuß erhielt, und ob er dabei auf ihn gezielt habe. Schon die äußere Besichtigung der Leiche am Fundort zeigte, warum den Mörder plötzlich die Erinnerung verlassen hatte: Vorn konnte man keinen Einschuß im Körper und in der Kleidung entdecken. Als man die Leiche aber herumdrehte, fand sich vier Finger breit unter dem Hosenbund der blutige Kugeleinschlag! Wie bei vielen Förstermorden im österreichischen Hochgebirge, war auch hier festzustellen, daß der Beamte von hinten meuchlings erschossen worden war.

E. gab an, daß er mit einem Bleispitzgeschoß (Dreiviertelstahlmantel) geschossen habe. Den Hund konnte man trotz weiterer Nachgrabungen nicht finden. E. bekundete, daß er, als er den Schuß erhalten hatte, unter Schmerzensgeheul sich seitwärts geschleppt habe.

Die vorgeschrittene Tageszeit mahnte schließlich zum Abstieg. Man packte die Leiche in einen mitgebrachten Strohsack, umwickelte sie mit Zeltbahnen und schnürte sie auf eine Tragbahre, die auf zwei Paar Skis befestigt wurde. So fuhr man die Leiche auf dem vereisten Bergrücken entlang und seilte sie die steilen Felswände ab. In völliger Dunkelheit, um 19 Uhr, gelangte der traurige Zug auf dem Ortsfriedhof Oeblarn an. Die Obduktion, die am anderen Tage vorgenommen wurde, ergab innere Verblutung aus der linken Nieren-Arterie und den kleinen Blutgefäßen des Magens. Das vollkommen deformierte Geschoß, das im Körper gefunden wurde, hatte außerdem den linken Lungenunterlappen zerrissen. Der Schwerverletzte war bei großen Schmerzen zweifellos noch längere Zeit bei vollem Bewußtsein gewesen. Der Schneesturm hatte ihn dann lebend verschüttet.

Der bereits erwähnte Sch. wurde ebenfalls festgenommen. Er gestand nunmehr ein, daß E. ihm nach der Rückkehr gestanden habe: „Heut is haß abergangen, ich hab ah an Schuß und hab an Jager geschossen. Ihn wird's mehr getan habn!"

Am 18.April 1928 stand E. vor dem Schwurgericht des Kreisgerichtes Leoben unter der Anklage des Mordes und des gewerbsmäßigen Wilddiebstahls. Doch auch in diesem Falle erkannten die Geschworenen nur auf Totschlag, so daß das Urteil nur auf 7 Jahre schweren Kerker lautete.

Gerichtskommission und das aus Gendarmen und Förstern bestehende Bergungskommando mit der Leiche des Jägers Walcher.

Im Mai fand der Gräflich Lamberg'sche Revierjäger Guganegg bei erneuter Nachgrabung den treuen Begleiter des ermordeten Jägers, den roten Schweißhund. Etwa 14 Meter vom Standort des Schützen und 13 Meter von der Leiche seines Herrn entfernt, lag er mit einem Kugelschuß in der Brust im Schnee verschüttet …

Aus der Fülle des Materials heben sich einige Fälle heraus, die Lehren enthalten, die sich jeder Jurist, jeder Polizei- und Forstbeamte einprägen sollte. Der vorstehend geschilderte Fall Walcher zeigt wieder, wie wertvoll für spätere Nachforschungen Mitteilungen sind, die der Ermordete über gegen ihn ausgestoßene Drohungen Bekannten gegenüber gemacht hat. Von diesen Drohungen soll nie der Familie Kenntnis gegeben werden, um diese nicht zu ängstigen, wohl aber dem Kollegen oder Vorgesetzten in mündlicher oder schriftlicher Form.

In dieser Hinsicht noch lehrreicher ist der nachstehend beschriebene Fall Perwein. Die kurz vor dem Tode gemachten und erst sehr viel später aufgefundenen Notizen führten zur Ermittlung und Überführung der Täter.

Der seit 19 Jahren im Dienst des Fürsten Pleß stehende 45jährige Josef Perwein trat am Sonntag dem 13. Oktober 1912, einen längeren Reviergang an. Als er morgens 5 Uhr sein Forsthaus Scheffau (Salzburg) verließ, sagte er seiner Frau, daß er voraussichtlich erst Montag Nachmittag zurückkehren werde. Perwein erschien im Verlauf des Montag nicht im Forsthaus, die Besorgnis seiner Familie stieg aufs höchste, als er auch bis Dienstagvormittag nicht eintraf. Seine Frau dachte nicht an einen Absturz im schroffen Hochgebirge, sie wußte, daß ihr Mann ein sehr gewandter und vorsichtiger Bergsteiger war. Sie befürchtete aber einen Zusammenstoß mit Wilderern und beeilte sich nun, dem Kollegen ihres Mannes, dem Jäger Pius Geschwandtner, Mitteilung vom Verschwinden ihres Mannes zu machen. Auf dienstliche Meldung des Beamten hin ordnete die Forstverwaltung sofort ausgedehnte Streifen an, an denen sich auch die Gendarmerie beteiligte. Perwein hatte seiner Frau beim Weggehen gesagt, daß er sich ins „Tännengebirge" begeben und eine Streife auf den „Kuchlberg" unternehmen wolle. Die Beamten fanden weder im Revier noch in der dortigen Jagdhütte Spuren von dem Vermißten. Die übliche Eintragung in dem in der Hütte ausliegenden Kontrollbuch fehlte, dem Beamten mußte also schon auf dem Wege dorthin etwas zugestoßen sein. Alle unter Leitung des Fürstlichen Oberjägers Johann Obermoser, Stegenwald, mit einem großen Aufgebot von Jägern und Waldarbeitern ausgeführten Streifen in den sehr schwierigen und gefährlichen Hochgebirgsrevieren verliefen zunächst resultatlos. Sie hatten am 23. Oktober schließlich den Erfolg, daß der an der Suche beteiligte „Bäckerfranzl" aus Scheffau 200 Schritt vom „Einserstand" (Jagdstand I) entfernt in den Klippen den Bergstock des vermißten Jägers fand.

Die Gendarmerie hatte inzwischen auch Zeugen ermittelt, die Sonntag früh 8 Uhr drei Büchsenschüsse aus dieser Richtung her gehört hatten. Weitere Anhaltspunkte über den Verbleib des Jägers ergaben sich jedoch nicht, obwohl die weiteren Nachforschungen mit einer gewissen Berechtigung auf die nähere Umgebung dieser Fundstelle zu beschränken waren.

Wie schwierig derartige Nachforschungen sind, mußte ich selbst erfahren, als ich mit einem großen Aufgebot von Reichswehrsoldaten, Landjägerei- und Forstbeamten 1929 in den großen Waldungen um Rheinsberg nach einem vermißten Landgerichtsdirektor und einige Zeit später in der Umgegend von Düsseldorf nach einem ermordeten jungen Mädchen suchte. Obwohl im letzten Falle der Täter, der in Düsseldorf mehrere Frauen und Kinder in bestialischer Weise ermordet hatte, in einer der Kriminalpolizei gesandten Zeichnung den Ort selbst ziemlich genau bezeichnet hatte, an dem er die von ihm Ermordete in einer Tiefe von 1,30 Meter vergraben hatte, konnte ich mit 16 Arbeitern erst am dritten Tage der Nachgrabungen die Leiche finden. Der Landgerichtsdirektor B. konnte erst nach 12 Tagen erschossen aufgefunden werden.

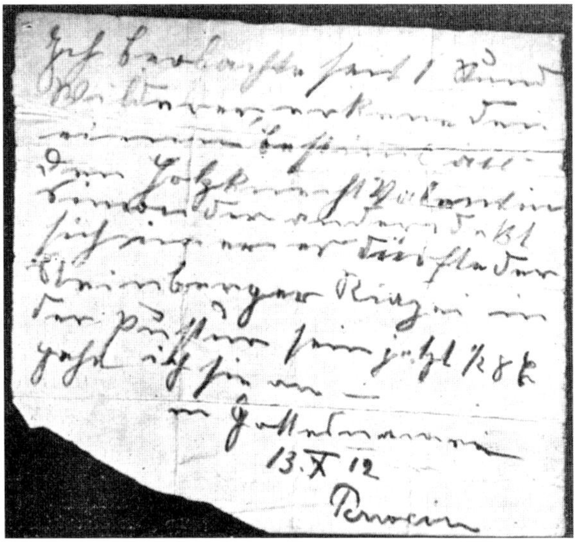

Letzte Nachricht des ermordeten Försters Perwein.

Die Gendarmerie setzte im Falle Perwein ihre Nachforschungen ohne Unterbrechung fort und ermittelte schließlich einen Zeugen, dem der Vermißte gelegentlich einer Unterhaltung mitgeteilt hatte, daß er die beiden Holzknechte Rupert St. und Valentin S. im Verdacht des Wilderns habe. Den ersteren hatte er auch schon einmal in flagranti abgefaßt. Doch alle in dieser Richtung angestellten Erhebungen vermochten keine Aufklärung über das Verschwinden des Jägers zu schaffen.

Im Juni 1913 zeigte dann die Gendarmerie in Golling dem dortigen Bezirksgericht an, daß Frau Perwein erfahren habe, daß der bereits im Verdacht stehende Valentin S. im betrunkenen Zustande beim „Brunnenwirt“ in Obergau erzählt habe: „Ich wüßte schon, wo der Perwein liegt.“

Es wurden nun erneute Nachsuchen angeordnet. Eine solche fand auch am 23. Juli 1913 mit dem Aufgebot einer Anzahl von Waldarbeitern unter Leitung von Jägern statt. Da fiel es dem Jäger Wimmer aus Imlau auf, daß 500 Schritte oberhalb der Quelle, am Fuße eines hohen Felsens am „Kuchlberg“ ein trockener Ast quer an zwei starke Tannen gelehnt war, dessen Rinde mit dem Messer teilweise entfernt war. Hier, wo kaum ein Tourist vorüberkam, wie sich die Natur dem Auge in ihrer Ursprünglichkeit bot, mußte dieses Zeichen etwas Besonderes bedeuten. Nicht jedem wäre dies Zeichen aufgefallen, nur dem wirklichen Jäger, der draußen im Walde groß geworden ist, der jeden Baum, jede Pflanze kennt, dessen Auge unwillkürlich auf alles im Walde fällt, was dort „nicht hingehört“, mußte dieser angeplätzte Ast „Halt“ gebieten. Der Jäger trat hinzu und bemerkte nun in Übermannshöhe einen zusammengefalteten Zettel, der mit einem kleinen zugespitzten Holzpflöckchen in der rauhen Rinde einer der beiden Tannen befestigt war. Nachdem er seine Kollegen herbeigerufen hatte, nahm er den Zettel herunter. Ein Teil der grünen Einbanddecke des „Jagdschutzvereinsheftes“ war in Größe einer Eisenbahnfahrkarte zusammengefaltet. In dieser stark verwitterten Schutzhülle fanden die Beamten ein zusammengefaltetes Notizbuchblatt, das folgende Aufschrift enthielt:

„Ich beobachte seit 1 Stund Wilderer, erkenne den einen bestimmt als den Holzknecht Valentin Simon, der andere deckt sich immer, er dürfte der Steinberger Riapei in der Pustur sein, jetzt ½8 Uhr gehe ich sie an –

in Gottesnamen 13.10.1912

Perwein.“

Ich habe das Original dieser letzten Meldung eines pflichtgetreuen, sehr religiös veranlagten Beamten in Händen gehabt und füge das Lichtbild bei. Wie ein „Gruß aus der Ewigkeit“ wirkte dieser vergilbte Zettel, der ¾ Jahr allen Stürmen des Hochgebirges getrotzt hatte und den Nachsuchenden Kenntnis gab von den letzten Beobachtungen des Vermißten, der seiner Pflichttreue zum Opfer gefallen war. Hatte er sein Ende vorausgeahnt und damit gerechnet, daß diese letzten Zeilen dazu beitragen würden, seinen Tod zu rächen? Nur wer, getreu seiner Beamtenpflicht, in ähnlicher Situation die Offensive ergriffen hat, kann die Gedanken erraten, die dem Jäger Perwein diese letzten Worte diktierten.

Das Bezirksgericht ordnete sofort eine Durchsuchung bei den beiden Verdächtigten und anschließend ihre Festnahme an. Der 31jährige Holzknecht Riapei (Rupert) St. wollte am Tage des Verschwindens des Jägers krank im Bett gelegen haben, sein mitbeschuldigter Genosse suchte eine ähnliche Entschuldigung hervor, er habe an diesem Sonntag bis 9 Uhr geschlafen, das könne seine Braut, die „Jungfrau“ Apollonia X., bezeugen!

Sechs Wochen saßen die beiden Verdächtigen in Untersuchungshaft, es war fraglich, ob auf Grund des gegen sie gesammelten Beweismaterials Anklage erhoben werden konnte. Da gelang es dem Untersuchungsrichter bei einer neuerlichen Vernehmung, den Rupert St. zum Geständnis zu bringen. Er und S. waren nicht die Täter, nur die Mitwisser. Am Tage des Verschwindens des Jägers Perwein habe er zusammen mit S., Matthias H. und Michael F., gewildert. Jedenfalls habe der Jäger ihn und den S. während ihres Aufstiegs beobachtet, als sie den beiden anderen Gemsen zudrücken wollten. Sie hörten kurze Zeit nach dem Aufstieg einige Schüsse fallen, glaubten aber, daß diese von ihren beiden Komplicen herrührten, denen sie das Wild zugedrückt hatten. Eine halbe Stunde später erschien dann Michael F. in großer Aufregung, mit blutigem Gesicht und blutender Hand. Er habe einen Zusammenstoß mit dem Jäger Perwein gehabt und diesen dabei erschossen.

St. geleitete den verwundeten F. nach Hause. Unterwegs erzählte er ihm, daß er nach dem Aufstieg von Palfegg her verabredungsgemäß zu seinen Komplicen stoßen wollte. Als es hinter ihm raschelte, habe er angenommen, es sei sein Genosse H., mit dem er sich an dieser Stelle treffen wollte. Da habe ihn aber auch schon der Jäger Perwein angerufen, und er sei darauf mit dem Gewehr in der Hand hinter einen starken Baum in Deckung gesprungen. Der Jäger habe dabei auf ihn geschossen und ihn durch Schrotschuß an der Hand, an der Brust und im Gesicht verwundet. Perwein habe

Die am Baum befestigte, nach ¾ Jahren gefundene letzte Nachricht des ermordeten Försters Perwein.

ebenfalls hinter einem Baum Deckung genommen. Als er nach einer Weile aus seiner Deckung hervorsah, schoß F. auf ihn und traf ihn in den Kopf, so daß er tot zusammenstürzte. Dabei entlud sich sein Gewehr, das er schußbereit in der Hand gehalten hatte.

Nachdem sich F. zu Hause vom Blut gereinigt und seine beiden Komplicen Valentin S. und Rupert St. ihn verbunden hatten, begaben sich die drei Wilderer an den Tatort. Sie fanden den Jäger mit vollkommen zertrümmertem Kopf, nahmen ihn auf und trugen ihn in das Wurzelloch eines vom Sturm gestürzten Baumes, wo sie die Leiche eingruben und mit großen Steinen bedeckten. Obwohl nun die Witwe des Ermordeten einige Zeit vor der Festnahme des St. der Gendarmerie angezeigt hatte, daß dieser bei einer Begegnung im Dorfe vor ihr ausgespuckt und sie beschimpft habe, wollte der rohe Mensch jetzt dem Richter glauben machen, er habe bei dem Anblick des erschossenen Jägers vor Rührung geweint!

Die weiteren Feststellungen ergaben, daß der Erschossene die beiden von ihm erkannten Wilderer von der Stelle aus, wo er den Zettel am Baum befestigt hatte, beobachtet hatte, wie sie den Jagdstieg nach Gschwarn emporstiegen. Als er ihnen dann den Weg abschneiden wollte, war er mit F. zusammengestoßen, der über den „Leiterkopf" nach Palfegg zu birschte. Jäger Perwein hatte einige Zeit vorher den Holzknecht Rupert St. beim Wildern in flagranti gefaßt und ihn zur Anzeige gebracht. Als dieser zu 4 Monaten schweren Kerker verurteilt worden war, hatte er schwere Drohungen gegen den Beamten ausgestoßen. Der Jäger hatte mit der Rache des St. und seiner Komplicen gerechnet, wiederholt hatte er sich in diesem Sinne seinen Kollegen gegenüber geäußert. Der Frau hatte er auch gesagt, daß er seine Beobachtungen stets auf einen Zettel schreiben werde, bevor er Wilderer anbirsche. Diesen Zettel werde er dann in seine Bergschuhe, in die Uhrtasche oder in seinen Gürtel stecken. Wenn ihm das nicht sicher genug erscheine, werde er den Zettel in geeigneter Weise an einem Baum befestigen. Frau Perwein hatte leider nicht mehr daran gedacht. Allen Forst- und Polizeibeamten aber ist es zu raten, sich in ähnlichen Situationen des Jägers Perwein zu erinnern, der in dieser originellen Weise zur Ermittlung seines Mörders und seiner Komplicen beitrug!

In der Nähe des Fundortes der Leiche hatten die Jäger s. Z. die Fußspuren zweier Männer gefunden, von denen der eine „Goiserer-Schuhe" getragen hatte. Derartige Schuhe fand man bei der Festnahme des Valentin S., der auch im Besitz des Bergstockes des Ermordeten war. Während also die Beamten monatelang den vermißten Jäger suchten und jedermann über dieses Thema sprach, bewahrte S. seelenruhig den Bergstock des Ermordeten zu Hause auf, obwohl er doch als Wilderer bekannt war und jederzeit mit einer Durchsuchung seiner Behausung rechnen mußte. Auch dieser Hinweis mag daran erinnern, daß es in solchen Fällen ratsam ist, sofort bei allen als Wilderer bekannten Personen eine gründliche Haussuchung vorzunehmen. Ich habe den Fall bereits beschrieben, wo der Mörder Uhr und Gewehr des ermordeten und vergrabenen Försters monatelang aufbewahrte und im Gebrauch hatte!

Nach dem Geständnis des St. wurde der Mörder festgenommen. Der wegen Wilderns ebenfalls Vorbestrafte bestritt zuerst energisch jede Schuld, legte aber dann nach Gegenüberstellung mit dem St. ebenfalls ein Geständnis ab. Am 9. September 1913, fast ein Jahr nach der Tat, fand unter Leitung des Untersuchungsrichters, Landgerichtsrats Dr. Fernau, in Gegenwart der Staatsanwaltschaft, der Gendarmerie- und Forstbeamten und des Mörders ein Lokaltermin am Tatort statt. Der Täter führte die Beamten an die Stelle, wo man unter dem Wurzelwerk einer umgestürzten Lärche die Leiche des ermordeten Jägers fand. Die Grube war 1 Meter tief, Wurzelballen, 18 handlich faßbare Findlingssteine und armstarke, dürre Äste hatte man über den Toten gehäuft. Diese Decke gestattete der Luft, dem Regen und den Insekten Zutritt, so daß die bekleidete, mit dem Wettermantel bedeckte Leiche vollkommen skelettiert war. Büchsflinte, Stilettmesser, Rucksack und Hut lagen daneben, in den Taschen wurden Notizbuch, Fernrohr, Uhr mit Kette und Patronen vorgefunden.

Die ärztliche Untersuchung bestätigte die Identität des vermißten Jägers. Durch die hydraulische Wirkung der abgefeilten Kugel war der Schädel in 39 Teile zersprengt.

Am Körper des Mörders stellten die Ärzte 8 Schroteinschläge fest, zwei Schrote waren in den vernarbten Wunden noch enthalten.

Bemerkenswert ist noch, daß der Mörder, als der Jäger Perwein vermißt wurde, zum Revierjäger Lainer kam und fragte, ob er die Stelle des verschwundenen Jägers erhalten könne! Das zur Tat benutzte Gewehr, einen Tiroler Bergstutzen, Kaliber 9,3 Millimeter, wollte er nach der Tat fortgeworfen haben.

Am 24. und 25. November 1913 verhandelte das K. u. K. Schwurgericht Salzburg gegen die Angeklagten wegen Mordes bzw. Vorschubleistung, versuchten Wilddiebstahls und Übertretung des Waffenpatentes. Wurde zu 6 Monaten Kerker, St. zu derselben Strafe, der mitbeteiligte Fa. zu 2 Monaten Arrest verurteilt. Das Urteil gegen den Mörder des Jägers Perwein lautete wegen Totschlags auf 6 Jahre schweren Kerker, verschärft durch einen Fasttag vierteljährlich und Dunkelhaft am 13. Oktober jedes Jahres.

Er wurde bereits im Januar 1919 entlassen …

Ein dritter Fall möge hier Erwähnung finden, wo ein tödlich verwundeter Beamter in letzter Pflichterfüllung durch Notizbucheintragung zur Ermittlung des Täters beizutragen versuchte.

Im August 1928 wurden in der Gegend von Cranz (Ostsee), Königsberg (Pr.) und Tapiau mehrere Privatpersonen, Zoll-, Post- und Eisenbahnbeamte durch einen jüngeren Mann überfallen, beraubt und, wenn sie sich zur Wehr setzten, angeschossen bzw. erschossen.

Als ich vom Ministerium des Innern nach dort kommandiert, die Leitung der Nachforschungen übernahm, war zwei Tage vorher, in der Nacht vom 27. zu 28. August 1928, der Oberlandjäger Kusserow aus Gutenfeld erschossen worden. Der Beamte hatte erfahren, daß zwei verdächtige Männer sich in der Gegend aufhalten sollten, von denen der eine, der Personenbeschreibung nach, höchstwahrscheinlich mit dem gesuchten Mörder identisch war. Der sehr diensteifrige Beamte wollte sich nachts an einer Straßenkreuzung der Chaussee Tapiau-Königsberg aufstellen, weil auf diese Straße Autos durch aufgestellte Hindernisse angehalten und die Insassen von dem erwähnten Räuber ihrer Wertsachen beraubt worden waren. Der Amtsvorsteher, bei dem er vorher noch dienstlich zu tun hatte, hatte dem Beamten geraten, recht vorsichtig zu sein und die Dienstpistole schußbereit in die äußere Uniformtasche zu stecken.

Am anderen Morgen fand man den Oberlandjäger erschossen im Seitengraben der Chaussee, unweit des Dorfes Craussen. Neben ihm lag sein Fahrrad; der Säbel, auf den er gefallen war, war stark verbogen. Mit dem Gesicht lag der Tote auf dem aufgeschlagenen Notizbuch, das folgende letzte Eintragung enthielt:

„Bin vom Mörder angesch …“

Man hatte den ebenfalls Ermordeten beraubt, es fehlte die Dienstpistole und die Taschenuhr. Letztere fand man einige Zeit später unweit des Fundortes der Leiche, der Täter hatte sie weggeworfen, weil sie ihm nicht wertvoll genug erschienen war. Ferner vermißte man das Gehalt, das der Oberlandjäger in Höhe von über 300 RM. abgehoben und bei sich getragen hatte. Als man bei der Obduktion den Toten entkleidete, fand man das Geld zwischen Hose und Unterhose. Der Beamte hatte, als er zusammenstürzt, das Geld schnell dort versteckt, weil er wohl damit rechnete, daß ihn sein Mörder berauben würde. Er wollte diese 300 RM. seiner Familie retten.

Unter der Leiche fand man eine selbstgefertigte lederne Pistolentasche für eine Faustfeuerwaffe kleinen Formats, die nicht Eigentum des Oberlandjägers gewesen war. Bei der Leichenöffnung fanden die Ärzte eine Pistolenkugel, Kal. 7,65 Millimeter, die von oben in die Brust gedrungen und im Becken steckengeblieben war. Ob sie aus der dem Beamten entrissenen Dienstpistole stammte, war nicht festzustellen. Es war auch damit zu rechnen, daß das Projektil aus einer fremden Waffe verfeuert worden war und daß man dem Toten dann die Pistole abgenommen hatte.

Der Vorgang hatte sich vielleicht folgendermaßen abgespielt: Der Oberlandjäger hatte den mit dem Fahrrade die Chaussee passierenden Mann, der ihm verdächtig

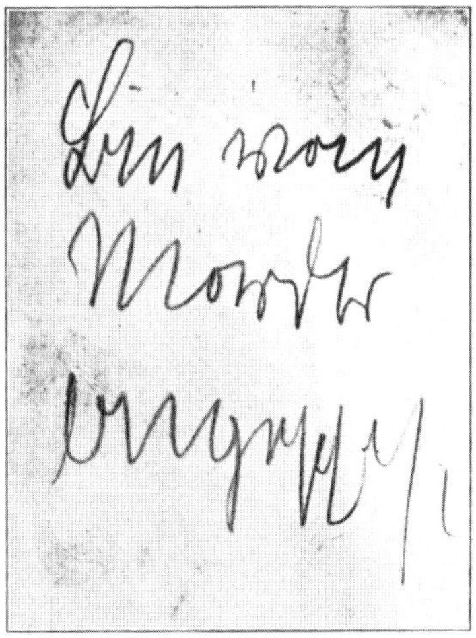

Letzte Aufzeichnung des ermordeten Oberlandjägers Kusserow.

erschienen war, angehalten. Entweder hatte dieser dann vom Rade herab auf den Beamten geschossen, oder er war abgestiegen, hatte auf Zuruf die Hände hochgenommen, im Dunklen unbemerkt aber seine Pistole in der Hand verborgen gehalten. Als dann der Oberlandjäger mit der Pistole in der Hand herantreten wollte, hatte ihn der Unbekannte von oben her in die Brust geschossen. Er war dann seitwärts über den Chausseegraben in das Getreidefeld gesprungen und hatte dabei seine Pistolentasche verloren, auf die der Beamte sterbend fiel, als er dem Mörder folgen wollte. Möglich war auch, daß der Mann zu Fuß gekommen war und als er den hinter einem Baum hervortretenden Oberlandjäger erblickte, die Flucht ergriffen hatte. Als ihm der Beamte dann folgte, hatte er sich herumgedreht und auf seinen Verfolger angeschlagen. So hatte Oberlandjäger Kusserow, als er sich schnell bückte, das Geschoß in dieser Stellung erhalten. Es konnte auch ein zweiter Mann beteiligt gewesen sein, der dem Beamten die Pistole entrissen und ihn damit erschossen hatte, als er den zuerst Angehaltenen festnehmen wollte. Jedenfalls ist dieser Vorfall niemals restlos aufgeklärt worden, später wurde auch behauptet, Kusserow sei vom Auto aus erschossen worden.

Jedenfalls hatte der Beamte aber sofort gemerkt, daß der Schuß, den er erhalten hatte, lebensgefährlich war. Als er sich nicht mehr zu erheben vermochte, hatte er sein Notizbuch gezogen und sterbend die erwähnte Eintragung gemacht. Mit der Bezeichnung „Mörder“ hatte er den von uns gesuchten „Tapiauer Mörder“ gemeint. Weil der Beamte in völliger Dunkelheit schreiben mußte, hatte er die ganze Seite einnehmende Eintragung mit sehr großen Schriftzügen vorgenommen, die verrieten, wie ihn allmählich die Kräfte verlassen hatten. Er hätte sonst wohl noch nähere Angaben gemacht, mitten im Schreiben hatte ihm aber der Tod den Stift aus der Hand genommen.

Beamter bis zum letzten Atemzug, so war Oberlandjäger Kusserow gestorben …

Aus Jagdzeitschriften und Zeitungen

Der Förster Brosius hatte im Harleshäuser Forstbezirk einen Wilddieb überrascht und festgenommen. Der Wilddieb ergab sich anscheinen in sein Schicksal, nachdem ihn der Beamte entwaffnet hatte. Beim Abtransport ließ der Förster unvorsichtigerweise den Festgenommenen zu nahe an sich herankommen. Er erhielt plötzlich einen furchtbaren Fausthieb in die Magengegend und brach zusammen. Dann wurde der am Boden Liegende mit Fausthieben und Fußtritten so lange bearbeitet, bis er ohnmächtig war. Der Wilddieb nahm darauf beide Gewehre und ergriff die Flucht. Der Beamte wurde später von einem Kollegen in schwerverletztem Zustande aufgenommen und ins Krankenhaus geschafft. Durch die Mißhandlungen hatte der Förster fast das Augenlicht verloren. Den Wilddieb hatte er nicht erkannt, die Nachforschungen führten nicht zu seiner Festnahme ...

Am 23. Oktober 1901 stieß Förster Hilling in Sinz (Obermosel) im Revier des Herrn de Maring auf einen Wilderer. Beim Anblick des Forstbeamten ergriff dieser die Flucht. Da er mit schußbereitem Gewehr auf eine Dickung zulief und trotz wiederholten Zurufs nicht stehen blieb, gab Hilling Feuer. Trotz des ersten als Schreckschuß abgefeuerten Schusses setzte der Wilddieb seine Flucht fort, ein zweiter Schuß traf ihn unterhalb des rechten Schulterblattes. Die Kugel durchschlug den Körper und verletzte den Wilddieb lebensgefährlich. Man erkannte in ihm den Pächter einer benachbarten bäuerlichen Jagd.

Am Sonntag, dem 29. Oktober 1901, beobachtete der Kgl. Förster Hemmerling, Forsthaus Scheidt (Saarbrücken), im Jagen Vogelgesang zwei verdächtige Männer, die die Blößen und Kulturen abbirschten. Über eine Stunde folgte der Beamte den Beiden. Im genannten Distrikt setzte der eine ein bis dahin verborgen getragenes Gewehr zusammen und schoß ein auf der Lichtung äsendes Reh. Wegen des lichten Bestandes war es zunächst schwer, an die beiden Wilderer heranzukommen. Dem Schusse war aber ein zweiter Beamter, der Forstaufseher Bojung, nachgegangen. Als er sich vorsichtig heranbirschte, machte sich Förster Hemmerling bemerkbar und beschloß, den beiden Wilddieben den Rückweg abzuschneiden, was auch gelang. Beim Anruf warf der bewaffnete Wilddieb sein Gewehr weg, versuchte aber dann zu fliehen, was jedoch vereitelt wurde. Es handelte sich um die wegen Wilderns bereits vorbestraften Bergleute K. und Sch. aus Quierschied. In einem mitgeführten Koffer trugen sie den gewilderten Kitzbock. Außerdem wurde ihnen das Gewehr, ein Jagdmesser und Munition abgenommen. Weitere Munition und einen Gewehrlauf fand man bei einer anschließend vorgenommenen Durchsuchung ihrer Wohnungen. Man konnte ihnen nachweisen, daß sie in der letzten Zeit wiederholt in den Revieren der Oberförstereien Fischbach und Saarbrücken gewildert hatten ...

Der Förster Michalik, Försterei Elendzin-Pempow, unternahm am 5. Februar 1905 in den Abendstunden einen Reviergang, auf dem ihn sein 13jähriger Sohn begleitete. Auf der Flur Guminietz beobachteten sie einen ansitzenden Wilddieb, und es gelang ihnen, sich unbemerkt anzubirschen. Der Beamte rief ihn auf kurze Entfernung an, ohne aber dabei sein Gewehr in Anschlag zu nehmen. Der überraschte Wilddieb drehte sich um und schoß dem Förster sofort eine volle Schrotladung in den Leib. Nun schoß auch Förster Michalik und verwundete seinen Angreifer ebenfalls. Ein zweiter Schuß des Wilddiebs zerschmetterte dem Förster den rechten Oberarm. Der Beamte wollte trotz seiner Verwundungen den Schuß erwidern, hatte aber einen Versager. Er sprang nun auf den Wilddieb zu und entriß ihm mit seinem gesunden Arm das Gewehr. Dabei erkannte er in dem vermummten Wilderer den Gastwirt Z. aus Guminietz.

Auf seinen Sohn gestützt wollte dann der Schwerverwundete den Heimweg antreten, er brach jedoch, durch starken Blutverlust geschwächt, zusammen. Der Sohn eilte nach Hause und holte Hilfe herbei. Kollegen und Waldarbeiter fanden Förster Michalik noch lebend, als sie ihn nach dem Krankenhaus fahren wollten, starb er auf dem Transport. Der als Täter erkannte Z. wurde von der Gendarmerie in seiner Wohnung festgenommen. Der Arzt stellte fest, daß seine Verwundung ebenfalls eine lebensgefährliche war ...

Das Schwurgericht zu Koblenz verhandelte am 5. März 1901 gegen den wegen Wilddieberei, versuchten Mords, Widerstandsleistung, tätlichen Angriffs und Mißhandlung, begangen mit Waffen im Walde gegen einen Forstbeamten, angeklagten Schlosser Ignaz E. aus Johannesberg. Sein Schwager, der Wirt Jakob Sch., am Kuhberg bei Kreuznach wohnhaft, war der Hehlerei des von E. erlegten Wildes angeklagt.

E., ein bekannter, bereits mehrmals vorbestrafter Wilderer, wurde von Wiesbaden aus schon seit einigen Jahren wegen Mordversuchs steckbrieflich gesucht. Trotz des gegen ihn erlassenen Steckbriefs hielt er sich unangefochten in Sprendlingen, Rheinhessen, auf, und ließ sich sogar in Kreuznach trauen. Dann zog er mit seiner Frau nach Uerdingen, verschaffte sich Legitimation auf den Namen Karl Schneider aus Bremerhaven, meldete sich unter diesem Namen polizeilich an und arbeitete in einer dortigen Waggonfabrik.

Im Oktober 1900 verschaffte er sich 8 Tage Urlaub und traf am 14. Oktober mit seiner Frau in Kreuznach ein. Während seine Frau sich dort bei einer erkrankten Schwester aufhielt, ging E. täglich wildern. Am 18. Oktober hatte er sich schon vor beginnendem Büchsenlicht am Waldrande an dem nach Rheingrafenstein führenden

Wege angesetzt. Der auf einem Dienstgang befindliche Privatförster Hoos bemerkte ihn trotz der Dunkelheit und birschte sich bis auf zwei Schritt heran. Er mußte damit rechnen, daß er einen vom Jagdherrn, ohne seine Kenntnis eingeladenen Jäger vor sich hatte. Aus diesem Grund trat er nahe heran, um sich in der Dunkelheit zu vergewissern. Plötzlich drehte sich der „Jäger“ nach dem Förster um und legte sofort auf ihn an. Dieser schlug das Gewehr beiseite, so daß der Schuß an ihm vorbeiging. Dann packte der bereits 60 Jahre alte Forstbeamte den 34jährigen E. und warf ihn zu Boden. Im Kampf mit dem gefährlichen Burschen ward dem Beamten die Pelerine sehr hinderlich. Die Kämpfenden rollten schließlich einen Abhang hinunter und der Wilderer kam obenauf zu liegen. Er riß dem Beamten die Pelerine über den Kopf und versetzte ihm mit einem Nicker drei Stiche. Förster Hoos hatte aber den rechten Arm seines Gegners fest gepackt, so daß die nach dem Kopf geführten Messerstiche nur die Schulter und den Arm trafen. Nun sprang E. auf, ergriff sein Gewehr und das des Försters und ergriff damit die Flucht. Eine Verfolgung in dem dunklen Walde erschien aussichtslos und sehr gefährlich. Der Beamte fand aber die seinem Gegner entfallene Mütze. Erkannt hatte er ihn nicht, er hatte aber bemerkt, daß er einen falschen Bart trug. Forst- und Gendarmeriebeamte verfolgten die leidlich sichtbaren Fußspuren des Geflüchteten bis zum Haus der Schwägerin des E. Bei einer alsbald vorgenommenen Durchsuchung fand man dort ein noch nicht zerwirktes Reh, außerdem Rehwildbret und eine Rehdecke. Der angebliche „Schneider“ wurde dem Richter vorgeführt, nach seiner Vernehmung jedoch ohne Nachprüfung der Angaben wieder freigelassen.

Die Kriminalpolizei setzte trotzdem ihre Ermittlungen fort und Kriminalwachtmeister Kreiselmeiser stellte fest, daß Sch. am Tage der Haussuchung eine Kiste zur Bahn geschafft und an „Karl Schneider in Uerdingen“ geschickt hatte. Der Beamte fuhr nach U. und ermittelte dort, daß die als „Obst“ deklarierte Sendung ein Reh und das sehr wertvolle Gewehr des Försters enthalten hatte. Der Adressat „Schneider“ alias E. aber war aus U. verschwunden und schrieb der Polizei einen Brief aus dem Auslande, indem er seinen Schwager Sch. entlastete und alle Schuld auf sich nahm. Tatsächlich hatte E. auf einem nach Triest führenden Schiffe Dienst genommen, er kehrte aber über Graz, Wien, Breslau, Berlin nach Wiesbaden zurück. Diese Frechheit führte alsbald zu seiner Festnahme. Als ihn ein Schutzmann auf Grund des gegen ihn erlassenen Steckbriefes festnehmen wollte, setzte er sich heftig zur Wehr und verwundete dabei mit dem Messer den Beamten, aber auch sich selbst.

Bei der Gerichtsverhandlung versuchte er, das in seinem Schreiben abgelegte Geständnis nach Möglichkeit abzuschwächen. Eine Tötung des Försters wollte er nicht beabsichtigt, ihn auch nicht angegriffen haben, lediglich in der Notwehr wollte er gehandelt haben. Das Gewehr des Försters hatte er auf seiner Reise mitgenommen, nach seiner Festnahme wurde es noch in seinem Besitz vorgefunden.

E. gab die Wilddieberei zu, sein Schwager Sch. Hingegen stellte jede Schuld in Abrede, er wollte vielmehr alles versucht haben, den E. vom Wildern abzuhalten.

Das Schwurgericht verurteilte den E. zu einer Zuchthausstrafe von 5 Jahren und 1 Monat; Sch. erhielt wegen Hehlerei 8 Wochen Gefängnis.

Gegen E. sollte am 7. März 1901 vor dem Schwurgericht Wiesbaden erneut verhandelt werden. Der gefährliche Bursche war wegen Mordversuchs, begangen an einem Waldarbeiter, angeklagt. Er entzog sich der irdischen Gerechtigkeit durch Selbstmord; am Abend vor der Verhandlung erhängte er sich im Gefängnis …

Am 7. November 1901 verhandelte das Schwurgericht in Brieg (Schlesien) gegen den Schmied R. aus Brieg, der des gewerbsmäßigen unberechtigten Jagens und des Mordversuchs angeklagt war. Der Anklage lag folgender Vorgang zugrunde:

Der Kgl. Förster Spaethe in Scheidelwitz, Kreis Brieg, hatte schon im Frühjahr 1901 Wilderer in seinem Schutzbezirk gespürt, ohne daß es gelingen wollte, sie in flagranti abzufassen. Als er am 18. Juni an die in unmittelbarer Nähe des fiskalischen Oderwaldes befindliche Lindener Fähre kam, machte ihm der Forstlehrling Sentert aufgeregt die Meldung, daß im Limburger Forst gewildert würde. Förster Spaethe ließ sofort zur Unterstützung den Kgl. Forstaufseher Vollack aus Forsthaus Lindener Fähre herbeiholen, dann begaben sich die drei in den bedrohten Revierteil. Die Suche blieb zunächst erfolglos, deshalb blieben der Forstaufseher und der Lehrling zur weiteren Beobachtung dort zurück, während Förster Spaethe sich auf das Dominium Liednitz begab, um sich weitere Unterstützung zu holen und ein regelrechtes Treiben nach den Wilddieben zu veranstalten, die sich irgendwo untergeschoben haben mußten. Der Besitzer des genannten Rittergutes, Herr Rittmeister Jahr, stellte dem Beamten bereitwillig sofort mehrere Leute zur Verfügung, mit deren Hilfe einige an den Wald angrenzende größere Getreideschläge, in welchen man die Wilddiebe versteckt glaubte, abgesucht wurden. Zunächst blieb auch diese Suche erfolglos, Förster Spaethe entschloß sich aber, mit den Leuten nochmal durchzugehen. Der dem Beamten einige Schritte vorausgehende Dominialkutscher näherte sich eben einem unweit der abgesuchten Getreidefelder gelegenen, reichlich mannstiefen, leeren verrasten Graben, als er plötzlich beobachtete, daß ein Flintenlauf sich aus einem auf dem Grabenrande stehenden Erlenstrauch in die Höhe schob. Unmittelbar darauf, noch bevor der Kutscher den 18 bis 20 Schritt hinter ihm gehenden Förster warnen konnte, fiel ein Schuß und Förster Spaethe brach mit einem Schmerzensruf zusammen. Ihm war sofort bewußt, daß er schwer verwundet sei und die Besinnung drohte ihm zu schwinden. Doch mit Aufbietung aller Energie raffte er sich in Sitzstellung auf und sandte aus seiner Doppelflinte zwei Schrotschüsse (Nr. 3) dem gebückt im Graben flüchtenden Wilddieb auf etwa 40 Schritte Entfernung nach. Der erste Schuß traf den Burschen in die rechte Seite und in das rechte Auge. Er stürzte auf dem Grabenrande zusammen, erhob sich aber alsbald wieder und verschwand im nahen Walde. Förster Spaethe, der schnell wieder geladen hatte, schoß dabei noch einmal, ebenso der Sohn des Rittergutsbesitzers, der sich an der Suche beteiligte und auf die Schüsse herbeigelaufen kam. Beide Schüsse gingen aber wegen der großen Entfernung fehl.

Förster Spaethe wurde sofort in das städtische Krankenhaus in Brieg gebracht. Die Ladung – grobe Schrote und Rehposten – war, aus derartig kurzer Entfernung abgefeuert, ziemlich tief in den Körper gedrungen. Wie stark die Pulverladung des Schusses gewesen war, ist daraus zu ersehen, daß zwei Posten den rechten Lauf der Doppelflinte des Försters oberhalb des Patronenlagers glatt durchschlagen hatten. Es war als ein Wunder anzusehen, daß das so beschädigte Gewehr bei Abgabe des Schusses nicht geplatzt war und dem Förster die Hände zerrissen hatte. Die Ärzte stellten fest, daß der Beamte von 5 Rehposten getroffen worden war. Einer hatte die Herzspitze gestreift, einer die linke Lunge durchschlagen, einer den Hals und zwei die Wange getroffen. Die beiden letzteren konnten entfernt werden, die anderen mußten im Körper des Verwundeten verbleiben. Nur seiner außerordentlichen Körperkonstitution hatte es der Beamte zu verdanken, daß er mit dem Leben davonkam und nach langem Krankenlager geheilt entlassen werden konnte.

Der Wilddieb R. hatte den Verlust des rechten Auges zu beklagen, sonst hatte er nur geringfügige Verletzungen davon getragen. Er hätte diese wohl selbst ausgeheilt, doch zwang ihn der Schuß ins Auge, das Krankenhaus ebenfalls aufzusuchen, wodurch seine Ermittlung alsbald gelang. Dem Antrage des Staatsanwalts gemäß verurteilte ihn das Schwurgericht zu 15 Jahren Zuchthaus, Verlust der bürgerlichen Ehrenrechte und Zulässigkeit der Polizeiaufsicht …

Wie gefährlich es ist, bewaffnete Wilderer auf der Flucht zu verfolgen, zeigt auch wieder der nachfolgend angeführte Fall:

Am 20. Februar 1901 stieß der Oberförster Heinisch aus Laski (Posen) in dem Herrn von Lösch gehörigen Smardzer Wald auf einen Wilderer. Der äußerst gewandte Bursche suchte sofort Deckung hinter einem mannsstarken Baum; dasselbe tat auch zu seiner eignen Sicherheit der Oberförster. Beide standen nur 15 Schritt auseinander. Der Oberförster forderte den Wilderer auf, das Gewehr fortzuwerfen. Der dachte jedoch nicht daran, sondern begann zu verhandeln: Der Beamte solle ihn doch lieber laufen lassen, als sein eigenes Leben aufs Spiel zu setzen! So unterhielten die beiden sich ¾ Stunden, wobei jeder darauf wartete, daß der andere sich eine Blöße gäbe, um einen Schuß anzubringen. Da hörte man Waldarbeiter kommen und der Wilddieb ergriff die Flucht. Statt nun auf den bewaffneten, auf eine neue Deckung zulaufenden Wilderer zu schießen, verfolgte ihn der Oberförster. Es kam, was in solchen Fällen die Regel ist: Der Wilderer sprang schnell in Deckung und schoß auf den auf ihn zulaufenden Beamten. Der erste Schuß ging fehl, der zweite traf den Oberförster so schwer, daß er sofort zusammenbrach. Auf seiner weiteren Flucht stieß der Wilderer auf den Forsteleven Hamann, der von den Vorgängen keine Ahnung hatte und den Wilderer auch noch nicht bemerkt hatte. Der Wilderer schlich sich an ihn heran, hielt ihm mit unglaublicher Frechheit die zum Abdrücken bereite Büchse vors Gesicht und forderte ihn auf, sein Gewehr ihm auszuhändigen! In seiner Bedrängnis übergab ihm Hamann Gewehr und Munition, mit denen der Pole das Weite suchte.

Die Staatsanwaltschaft des Landgerichts Ostrowo setzte auf Ergreifung des gefährlichen Burschen eine Belohnung von 500 Mark aus, was seine Wirkung nicht verfehlte. Nach sechs Tagen konnte man seiner habhaft werden. Es handelte sich um den Wirtssohn Felix Ciolka aus Mrozen, einen der Wilddieberei seit längerer Zeit verdächtigen Burschen.

Der schwerverletzte Oberförster genas nach langem Krankenlager.

Der Wilderer stand am 3. November 1901 vor dem Schwurgericht Ostrowo, angeklagt wegen Mordversuchs, Bedrohung, Erpressung und Jagdvergehens. Er hatte bei seiner Festnahme zuerst jede Schuld bestritten, mußte aber sein Leugnen aufgeben, nachdem ihn der Oberförster und der Forsteleve bei einer Gegenüberstellung mit aller Bestimmtheit wiedererkannt hatten. Er wurde zu 5 Jahren und 3 Monaten Zuchthaus und den üblichen Nebenstrafen verurteilt …

Einen überraschenden Erfolg hatte im Januar 1900 der Forstaufseher Löbenberg zu Lauterberg (Harz), als er sich gegen 20 Uhr, bei einer guten Neuen und hellem Mondenschein ansetzte, um mit der Hasenquäke Füchse anzureizen. An einer größeren Aufforstungsfläche im Forstort Bischoffshals, dicht hinter den Gärten Lauterbergs, ließ er seine jammernden Klagetöne erschallen. Doch anstatt des roten Räubers tauchten plötzlich zwei dunkle Gestalten auf, die nach der Stelle hinäugten und andächtig den verheißungsvollen Tönen lauschten. Der Beamte schwieg und beobachtete, wie die beiden an den Lücken der Zäune hantierten; er war sich sofort klar darüber, daß er Schlingensteller vor sich hatte, die hier ihre Schlingen fängisch stellten. Gegen ½22 Uhr schienen alle Lücken mit Schlingen bestellt zu sein, denn die Burschen wechselten zurück nach Lauterberg. Löbenberg vergewisserte sich schnell, daß tatsächlich überall Rehschlingen gestellt worden waren und benachrichtigte dann schleunigst den Forstreferendar Dilcher und den Forstaufseher Pampuck in Lauterberg. Nachts 2 Uhr bezogen die drei Forstleute ihre Posten. Gegen 4 Uhr erschien dann einer der Schlingensteller und kontrollierte alle Lücken. Er wurde in seiner Beschäftigung sehr unsanft gestört, als ihn der Forstaufseher Löbenberg plötzlich an die Brust packte. Es war der als Schlingensteller bereits bekannte Arbeiter A. aus Lauterberg. In seinen Schlingen hatte sich zwar nichts gefangen, die sofort vorgenommene Durchsuchung seiner Wohnung förderte aber genügend Belastungsmaterial zutage, das den Beweis dafür erbrachte, daß er schon seit längerer Zeit seiner unsauberen Beschäftigung mit Erfolg nachgegangen war …

Es sei hier eines gemeinen Tricks gedacht, den ein Schlingensteller vor kurzem angewandt hatte. Er hatte zwischen den doppelsträhnigen Draht seiner Rehschlingen spitze, haarscharfe Messerklingen an genau abgemessenen Stellen so eingeflochten, daß diese beim Zusammenziehen der Schlinge von vier Seiten in den Hals des Tieres eindrangen. Schlagadern und Luftröhre wurden durchschnitten, so daß das Opfer schnell und lautlos verendete …

In der Nacht vom 20. zum 21. Januar 1900 befand sich der zum Forstschutz kommandierte Feldwebel vom Garde-Jäger-Bataillon Neuendorff in den Forsten Schlenzig bei Schivelbein (Pommern) auf einer Streife. Er hatte schon seit längerer Zeit einen Wilderer gespürt, konnte ihn aber nicht fassen. Gegen Mitternacht sah Neuendorff, der in einer Schonung versteckt stand, einen Menschen auf sich zukommen. Er ließ denselben bis auf 10 Schritt an sich herankommen und rief ihm dann ein energisches „Halt“ zu. In demselben Augenblick krachte ein Schuß und ging dicht am Kopf des Feldwebels vorüber. Doch bevor der Wilderer zum zweiten Schuß kam, warf ihn die Kugel aus dem Militärgewehr des Feldwebels nieder. Trotz seiner schweren Verwundung versuchte der Wilderer im Liegen nochmals zu schießen, ein Kolbenstoß hinderte ihn daran. Wie sich später ergab, handelte es sich um den Rentengutsbesitzer D. aus Petershagen, dem die Kugel beide Beine zerschossen hatte …

Am 12. Februar 1900 wurde der Arbeiter Martin B. in Wilsbach bei Kolmar (Pr.) von dem Kgl. Forstaufseher Klein erschossen. Der Beamte wollte bei B., den er wegen Forstdiebstahls bis in seine Wohnung verfolgt hatte, eine Haussuchung vornehmen. B. ergriff ein Beil und drang damit auf Klein ein. Dieser riß sein Gewehr von der Schulter und gab in höchster Bedrängnis in dem engen Hausflur einen Schuß auf seinen Angreifer ab, der diesen auf der Stelle tötete.

In den von Sydow'schen Jagden zu Westhusen bei Dortmund, besonders aber in dem Forstort „Große Kamp“ wurde im Winter 1899/1900 viel gewildert. Die Wilddiebe schossen hauptsächlich nachts Fasanen von den Schlafbäumen, und es war ihnen nicht anzukommen. In der Nacht zum 2. Januar hörten der Förster Müller und der Forstaufseher Hacke wieder in dem bedrohten Revier Schüsse fallen, und es gelang ihnen diesmal, sich bis auf 20 Schritte an zwei Männer heranzubirschen, die unzweifelhaft mit den gesuchten Wilddieben identisch waren. Auf den Anruf: „Halt, Gewehr weg!“, ergriffen beide mit den Waffen in der Hand die Flucht auf eine Dickung zu. Ein Schuß des Försters warf den einen Wilddieb zu Boden. Inzwischen sprang eine auf den Mann dressierte große Dogge auf den Forstaufseher zu, der sich nur mit großer Mühe ihrer erwehren konnte, ohne daß es ihm dabei gelingen wollte, zum Schuß zu kommen. Als der Förster auf den Verwundeten zu lief, nahm die Dogge ihn an, doch ein Schrotschuß des Beamten, aus nächster Nähe abgefeuert, warf sie tot neben den Herrn. Die Beamten fanden neben dem Verwundeten eine in ein Taschentuch gebundene Fasanenhenne und ein Zentralfeuergewehr, Kaliber 20. Die schon früher von den Forstbeamten gefundenen Patronenhülsen gleichen Kalibers waren unzweifelhaft mit diesem Gewehr verfeuert, denn ein kleiner Fehler am Verschluß ließ stets ein besonderes Merkmal an der Patronenhülse zurück.

Während sich Förster Müller um den Verwundeten bemühte, der sich Bergmann H. aus Huckarde nannte, hatte Forstaufseher Hacke den zweiten Wilddieb eingeholt und brachte ihn zurück. Es war der Bergmann Wilhelm H., ebenfalls aus Huckarde, der nach einigem Zögern zugab, mit H. gewildert zu haben. Es sei allerdings „das erste Mal" gewesen. H. wurde in das Krankenhaus nach Mengede gebracht, wo selbst er an seiner Verwundung starb. Eine Haussuchung in der Wohnung des erschossenen H. förderte einen Hasen zutage, bei H. fand man im Schrank einen in Papier eingewickelten Fasanen, obwohl Frau und Tochter vorher Stein und Bein geschworen hatten, niemals Wild in ihrem Hause gehabt zu haben.

Das Schöffengericht in Castrop verurteilte den H. wegen unberechtigten Jagens in zwei Fällen zu 4 Monaten Gefängnis …

Die „Münchener Neusten Nachrichten" berichteten am 2. Juli 1900 über den Zusammenstoß eines Jagdgastes mit einem Wilderer:

Der Kgl. Landgerichtsrat Maximilian Riedl hatte sich nach Neufahrn bei Hohenschäftlarn zur Jagd begeben und war am anderen Morgen (Sonntags) frühzeitig zur Rehbirsche in den zwischen Neufahrn und dem Starnberger See gelegenen ausgedehnten Waldungen aufgebrochen. Es mochte etwa morgens 4½ Uhr sein, als Rat Riedl beim Betreten einer Lichtung auf zwei verdächtige Burschen stieß, die schleunigst hinter einer dicken Tanne Deckung nahmen. Als der Landgerichtsrat ebenfalls in Deckung sprang und nach Anruf von seiner Schußwaffe Gebrauch machen wollte, zogen sich die Wilderer zurück.

Landgerichtsrat Riedl birschte nun weiter und kam so nach Verlauf einer Stunde auf eine Kahlfläche im Walde. Hier stieß er abermals auf die beiden Wilderer, von denen einer einen gefüllten Rucksack, der andere ein Gewehr trug. Der letztere stellte sich sofort, als er des Jägers ansichtig wurde, schußbereit ihm entgegen. Der Landgerichtsrat rief ihm zu: „Halt, Gewehr ab!" Statt dieser Aufforderung Folge zu leisten, ging der Wilderer in Anschlag, wurde jedoch im selben Moment von der Kugel des Jägers zusammengerissen. Der Komplice hatte in dieser Zeit bereits die Flucht ergriffen.

Der Landgerichtsrat stellte den Tod des Wilderers fest und erstattete alsbald Anzeige bei der Gendarmeriestation Hohenschäftlarn. Es stellte sich heraus, daß die Kugel beim Handgelenk des in Anschlagstellung vorgestreckten linken Armes eingedrungen und im Arm entlang bis zur Achselhöhle gegangen war, wodurch Zerreißung großer Blutgefäße und alsbaldiger Tod hervorgerufen worden war …

Zwischen dem Förster des Freiherrn von Geyr-Schweppenburg, Wilhelm Korsten und einem Wilderer kam es am 29. September 1900 zu einem blutigen Zusammenstoß.

Taschentuch mit eingenähter großer Bleikugel, das ein festgenommener Berliner Wilddieb als Waffe bei sich trug.

Das Gelände längs des Niers, wo die Besitzungen des Freiherrn, Haus Caen, Eyll und Vlaßrath liegen, bot damals einen ausgezeichneten Wildstand, besonders an Fasanen. Als der Forstbeamte sich morgens gegen 6 Uhr auf einem Dienstgang befand, überraschte er einen Wilddieb, dem er das Gewehr entriß und es sofort abfeuerte, um es so unschädlich zu machen. In diesem Augenblick zog der Ertappte ein Messer und stieß es dem Förster in den Hals. Nun entstand ein Zweikampf auf Leben und Tod! Als der Wilddieb zum zweiten, tödlichen Stich ausholte, parierte der Beamte den Messerstich und entriß dem Wütenden das Messer, verletzte sich aber dabei schwer an der Hand. Bei dem nun folgenden Ringen um das Messer biß sich der Wilddieb in der Hand des Försters fest, so daß dieser von der Stichwaffe keinen Gebrauch machen konnte. Der Kampf wäre wohl zweifellos zu ungunsten des Forstbeamten entschieden worden, der durch den Blutverlust schon sehr geschwächt war. Da kam zufällig ein Mann in der Nähe vorüber, der auf Zuruf des Beamten herbeieilte. Jetzt riß sich der Wilddieb los und ergriff die Flucht. Wegen seiner Handverletzung war es dem Förster nicht mehr möglich, sein Gewehr zu ergreifen, um damit die Verfolgung seines Gegners aufzunehmen. Außerdem erforderte es sein Zustand, sich sofort in ärztliche Behandlung zu begeben. Es gelang, den Täter später zu ermitteln.

Dieser Fall lehrt wieder, daß dringend davon abzuraten ist, dem überraschten Wilderer zu Leibe zu gehen, um ihm das Gewehr zu entreißen. Das sind Bravourstücke, die manchmal gelingen, in den meisten Fällen aber für den „schneidigen" Beamten sehr unangenehme Folgen haben! …

Bei der Suche nach dem vielfachen, berüchtigten Förstermörder Franz Kleinschmidt, über dessen Taten und blutiges Ende ich im 1. Band d. B. ausführlich berichtet habe, stieß ich im Frühjahr 1918 auf einer Wildererstreife in den Waldungen der Kgl. Oberförsterei Königsruh (Westpreußen) eines Tages überraschend auf einen Gedenkstein. Er stand in einem abgelegenen Revierteil im dichten Unterwuchs des Kiefernaltholzes, halb umgebrochen, von Brombeersträuchern überwuchert, die Inschrift durch mutwillige Hände beschädigt und kaum zu entziffern. Auf meine Frage wurde mir von den Frauen der im Kriege befindlichen Forstbeamten mitgeteilt, daß an dieser Stelle der Kgl. Forstaufseher Franz Erler von Wilderern erschossen worden sei. Der Mörder sei nach Amerika geflüchtet.

Da unsere „Tuchler Heide“, in der sich dieser Förstermord abgespielt hat, zu Polen gefallen ist, war es mir nicht möglich, die Akten zu bekommen, ich greife daher auf einen Bericht des Kgl. Försters Mohr zurück, den unsere bekannte Jagdzeitschrift „Wild und Hund“, die gern ihre Spalten solchen Berichten öffnet, am 2. November 1900 brachte und den ich hier wörtlich folgen lasse:

„Der Ermordete, welcher erst im 30. Lebensjahre stand, entstammte einer alten, angesehenen Försterfamilie. Sein Vater war der im besten Mannesalter verstorbene Kgl. Revierförster Erler in Strasburg (Westpr.). Sein älterer Bruder starb als Forstmann im Dienst Sr. Kgl. Hoheit des Prinzen Heinrich, seine beiden verheirateten Schwestern wirken als tüchtige Försterfrauen im deutschen Walde, wie ihre Mutter, wie ihre Großmutter es auch getan hat. Ein Onkel des Ermordeten hat sein Leben in gleicher Weise seinem Berufe zum Opfer gebracht; er wurde ebenfalls von Wilderern erschossen im Walde gefunden. Ist es da ein Wunder, wenn Franz Erler sich sträubte, einen anderen Beruf zu ergreifen, wenn es ihn festhielt und zurückzog zum Walde, wo seine Wiege stand, wo seine Lebenskraft wurzelte? Dort im grünen Walde hat er, leider zu früh, sein Ende gefunden; mit seinem Herzblut hat er, wie es sein Onkel einst getan, seinen Diensteid besiegelt.

Als Erler vom Garde-Jägerbataillon – wo auch sein Vater und sein Bruder gestanden hatten – abging, fand er vorläufig Beschäftigung im Kommunaldienst der Stadt Menden im Regierungsbezirk Arnsberg. Hier entwickelte er eine derartige Tüchtigkeit in der Verfolgung von Wilddieben, daß der dortige Regierungspräsident sich veranlaßt sah, ihm eine öffentliche Belobigung in den dortigen amtlichen Organen zuteil werden zu lassen, welche natürlich auch in den Blättern der grünen Gilde Widerhall fand. Daß er vom „Deutschen Jagdschutzverein“ damals und auch später im königlichen Dienst öfter prämiert wurde, ist selbstverständlich. Aber nicht nur wo es galt, dem heimtückischen Wilderer in der Dämmerung des Waldes entgegenzutreten, war der Tapfere auf dem Plan, sondern er war auch ebenso unermüdlich in der Verfolgung des vierläufigen Raubgesindels. Noch kurz vor seinem Tode erhielt Erler eine Prämie von der Kgl. Regierung in Marienwerder für Vertilgung von Raubzeug. Erwähnen will ich noch, daß der Ermordete im vorigen Jahre seine Försterprüfung „sehr gut“ bestand.

Das sind die „Personalien“ des Mannes, dessen für den deutschen Wald und das deutsche Weidwerk so ersprießliche Tätigkeit durch Wildererschuß ein jähes Ende fand.

Nun die species facti: Am Freitag, dem 28. September 1900 fand Erler eine von Wilddieben zu Holz geschossene Ricke. Von nun ab war natürlich sein ganzes Streben auf die Ergreifung der Wilddiebe gerichtet. Am Sonnabend blieb alles ruhig im Walde. Am Sonntag früh um ½4 Uhr verließ Erler die Försterei des Försters Süßmann, auf der er bereits vier Jahre wohnte. Als er spät vormittags noch nicht zurück war, begab sich Förster S. auf die Suche nach dem jungen Kollegen, und als alles erfolglos blieb, benachrichtigte er seinen Vorgesetzten, den Forstmeister von Gromadzinski, von dem Ausbleiben des Forstaufsehers Erler. Nun wurden auf Anordnung des Forstmeisters über 50 Waldarbeiter mit Laternen aufgeboten und der Wald bis 23 Uhr, leider vergeblich, abgesucht. Am nächsten Morgen bei Tagesgrauen wurde die traurige Arbeit des Suchens wieder aufgenommen, bis um 11 Uhr der Hund des Forstmeisters an einer, mit Wacholder dicht bestandenen Stelle „Standlaut“ gab. Es war das erste Totengeläut, welches der treue Hund dem gefallenen Jäger widmete.

Auf der Stelle angekommen, fand der Forstmeister seinen pflichttreuen Beamten als Leiche, lang ausgestreckt, mit dem Gesicht auf dem blutgetränkten Waldboden liegend. Das Gewehr, von dem ein Lauf frisch abgeschossen, der andere gespannt war, sowie das Birschglas und der Hut des Ermordeten, lagen drei Schritte abseits. Der Wilderer hatte hinter einer starken, durch Wacholder gedeckten Kiefer das Herannahen, des Beamten erwartet und ihn auf 15 Meter Entfernung mit einem Schrotschuß Nr. 0 niedergestreckt. Herz, Lunge, Leber und Nieren waren durchschossen, wie die spätere ärztliche Untersuchung ergab. Beim Absuchen des Tatortes fand man die Überreste des Patronenpfropfens, den abgerissenen Teil einer polnischen Zeitung. An einer vom Tatort entfernten Anhöhe, an einem jungen Eichenhorste, wurde der Jagdstuhl des Erschossenen gefunden. Wahrscheinlich hatte sich Erler im Dunkeln an diese Stelle begeben, um zu beobachten; von hier aus hatte er die Wilddiebe wahrgenommen und unter Zurücklassung des Jagdstuhls die Verfolgung aufgenommen. Sein Gewehr hatte er wahrscheinlich im Zusammenbrechen abgedrückt, vielleicht hatte er auch noch die Kraft gehabt, auf seinen Mörder zu schießen. Die Zeugen des feigen Meuchelmordes, die Bäume des Waldes, schütteln traurig ihr Haupt, doch sie verraten nichts.

Jeder, der dem stattlichen jungen Forstmann näherstand, weint ihm eine stille Träne nach. Jedoch: „Nur eine Mutter kennt die Liebe, nur eine Mutter kennt den Schmerz!“ Möge dieser schwergeprüften Frau, die ihren einzigen Stolz, ihre letzte Hoffnung mit ihm zu Grabe getragen hat, das Bewußtsein zum Troste gereichen, daß ihr Sohn für Berufsehre und Pflicht gefallen ist! Ehre seinem Andenken …

Diese Worte echter Kollegialität des mir persönlich bekannten Försters Mohr rufen die Erinnerung wach an das einsame, verfallene Denkmal inzwischen dichter Wacholderbüsche in der „Tuchler Heide“. Immer wieder muß ich dieses vergessenen Gedenksteines gedenken, in dessen Nähe ich im Feuerkampfe mit dem berüchtigten Förstermörder Kleinschmidt nur durch ein gütiges Geschick dem Schicksal Erlers entging. Vielleicht wird diese Stelle einmal wieder Deutscher Boden, vielleicht erfüllen deutsche Forst- und Polizeibeamte einmal wieder dort ihre Pflicht im gleichen Sportgeist, aus eigener Initiative, wie es damals bei uns Brauch war! …

Vor dem Schwurgericht in Bochum stand am 10. Januar 1899 der 41 Jahre alte Bergmann Johann Pr. aus Hochla, angeklagt wegen Jagdvergehens, Widerstands gegen die Staatsgewalt und Körperverletzung. Am 5. August bemerkte der Forstgehilfe Kaimer, der sich in Begleitung des Polizeikommissars von Herten und des Tierarztes Meier befand, einen Mann in gebückter Stellung am Spahnenkamp stehen. Da ihm der Mann verdächtig vorkam, schlich er auf ihn zu, während seine beiden Begleiter ihren Weg fortsetzten. Als der Forstgehilfe näherkam, bemerkte er, daß er es mit einem Wilddieb zu tun hatte, der sein Gewehr schußbereit hielt. In höchst unvorsichiger Weise trat er auf ihn zu, statt ihn auf angemessene Entfernung mit Gewehr im Anschlag anzurufen. Es kam auch hier, was kommen mußte: Der dem Beamten an Körperkräften überlegene Wilddieb entriß diesem das Gewehr und bei dem folgenden Ringen warf er den Forstgehilfen nieder. Er drückte ihm den Hals zu und versuchte gleichzeitig sein Taschenmesser zu ziehen mit den Worten: „Jetzt habe ich Dich endlich." Dem Überfallenen gelang es in höchster Lebensgefahr, nochmals Luft zu bekommen und einen Hilferuf auszustoßen. Das hörten seine beiden Begleiter, eilten hinzu und befreiten ihn. Es ergab sich, daß der gefährliche Bursche bereits mehrmals wegen Jagdvergehens und Körperverletzung vorbestraft war.

Der Staatsanwalt beantragte eine Zuchthausstrafe von 8 Jahren, das Gericht erkannte auf 3 Jahre 1 Monat Zuchthaus. Beide, Förster und Wilddieb, können in diesem Falle von Glück reden. Der Beamte, weil er nur mit Not dem Tode entronnen ist, der Angreifer, weil er daran gehindert wurde, einen Mord zu begehen, und er mit verhältnismäßig geringer Strafe davonkam. Es ist anzunehmen, daß beide ihre Lehren aus diesem Vorfall gezogen haben ...

In der Nacht vom zweiten zum dritten Pfingstfeiertag 1899 fand in der Jagdgemarkung Witzenhausen ein blutiger Kampf zwischen Forstbeamten und Wilderern statt. Förster Fest, Kleinalmerode, und Forstsekretär Kreß, Witzenhausen, stießen bei einem gemeinsam unternommenen Patrouillengange auf mehrere mit Gewehren bewaffnete Männer. Auf den Anruf gab der eine der überraschten Wilddiebe sofort Feuer auf die Beamten. Eine Kugel durchbohrte dem Forstsekretär den Fuß. Doch gleichzeitig hatten auch beide Forstbeamte auf den Angreifer geschossen. Die beiden Schrotladungen trafen ihn, verletzten ihn aber nur leicht, so daß er seinen fliehenden Genossen folgen konnte. Förster Fest mußte von einer Verfolgung absehen, weil sein verwundeter Kollege seiner bedurfte. Es gelang aber anderen Tages, den Blut- und Fußspuren zu folgen und so als Täter einige angesehene Bürger aus Rostbach zu ermitteln ...

Mit zwei Wilderern stieß der Förster Karl Gangele, Beamter, des Reichsrats von Maffei in Staltach (Bayern), am Abend des 5. September 1898 zusammen. Schon zwei Tage vorher hatte ein Gutsbesitzersohn zwei verdächtige Burschen beobachtet, die, von Kirnberg kommend, gegen die Ponholzer Waldung zugingen, worauf alsbald aus der Richtung von Eurach her einige Schüsse fielen. Der Förster hatte davon Kenntnis erhalten und sich am genannten Tage in den bedrohten Revierteil begeben, um nach diesen Wilderern zu fahnden. Kurz nach 19 Uhr stieß er auf die beiden, von denen einer kniend auf ein Reh anlegte. Ehe er zum Schuß kam, rief ihn der Beamte an. Erschrocken sprang der Wilderer auf und ergriff die Flucht. Dabei geriet er in einen Torfgraben und blieb dort stecken. Förster Gangele kam heran und forderte den Burschen auf, heraufzukommen, wobei er sein Gewehr halb im Anschlag hielt. Unvorsichtigerweise hatte er bei der Verfolgung nicht achtgegeben auf den Verbleib des zweiten Wilderers, der seitwärts in die Büsche gesprungen war. Während nun der im Graben befindliche Wilderer heraufstieg, krachte von der Seite her ein Schuß. Die Kugel riß dem Beamten einen Finger weg, blieb aber dann im Gewehrschaft stecken, welchem Umstand der Förster sein Leben zu verdanken hatte. Trotz der ihm drohenden schweren Gefahr sprang der Förster nicht in Deckung, sondern versuchte den festgenommenen Wilddieb abzutransportieren! Da kracht ein zweiter Schuß und die Kugel ging dem Förster haarscharf am Kopf vorüber. Gleichzeitig rief der Schütze seinem festgenommenen Komplicen zu: „Stefl, schieß ihn tot!“ Der Festgenommene folgte aber willig, ohne Widerstand zu leisten. Er wurde später als der Bergmann Stefan L. aus Kirnberg festgestellt, der Genosse entkam unerkannt.

Wenn Förster Gangele mit dem Leben davonkam, hatte er es gewiß höherer Vorsehung, nicht eigener Vorsicht zu verdanken …

Am 9. Juli 1899, in den ersten Morgenstunden, hörte der Fortaufseher Wittmann in Perlach bei München im Revier einen Schuß fallen und entdeckte in 150 Meter Entfernung einen Mann, der ein Reh trug und es in einem Getreidefelde versteckte. Wittmann begab sich, nachdem der Wilddieb sich entfernt hatte, dorthin und legte das Reh an eine andere Stelle. Dann erstattete er der Gendarmerie Anzeige, und die Gendarmen Thein und Pohler begleiteten ihn, ebenfalls mit Gewehren bewaffnet, an das Versteck des Wildes. Nachdem die drei Beamten mehrere Stunden auf der Lauer gelegen hatten, erschien bei anbrechender Dunkelheit ein Mann, der einen Rucksack trug und ein Gewehr und forderten den Wilddieb auf, sein Gewehr wegzuwerfen. Dieser riß jedoch blitzschnell seine Waffe hoch und schoß auf den Beamten, der durch den Schrotschuß an der linken Hand und an der Brust erheblich verletzt wurde. Leider versäumten es die beiden anderen Beamten, den Schuß sofort zu erwidern, sie verfolgten aber den fliehenden Wilddieb, der sein Gewehr fortgeworfen hatte, und nahmen ihn schließlich fest.

Der Wilddieb wurde als der 23jährige Maurer Josef R. aus München erkannt. Bei der sofort vorgenommenen Haussuchung wurden mehrere Schußwaffen und

Drahtschlingen vorgefunden. Er wurde zu einer Gefängnisstrafe von sechs Jahren verurteilt …

Am 25. August 1899, gegen 21 Uhr, traf der Fürstl. Salm-Horstmarsche Förster Spechtmeyer, Forsthaus Sirksfeld bei Cösfeld i. W., in seinem Revier einen Wilddieb an, der mit schußfertigem Gewehr birschte. Auf Zuruf: „Halt, Gewehr weg!“, ging der Überraschte sofort in Anschlag, erhielt aber von dem Förster, der ihm zuvorkam, einen Schuß in den Unterleib.

Der Beamte erkannte nun den Landwirtssohn H., genannt P., aus Höven, der bereits im Verdacht stand, gemeinsam mit vier weiteren Komplicen seit längerer Zeit im Fürstlichen Revier zu wildern. Er starb am anderen Morgen an den Folgen des Schusses.

Schwerer Kampf von Gendarmerie- und Forstbeamten gegen Wilderer.

Der Oberjäger Stocker in Gradenbach (Steiermark) erstattete dem Gendarmerieposten Haus am 2. Februar 1926 die Anzeige, daß er um 7 Uhr von seiner am „Starn“ gelegenen Jagdhütte aus, nördlich von dieser, verdächtige Skispuren wahrgenommen habe. Als er diesen Spuren nachging, bemerkte er gegen 8 Uhr auf eine Entfernung von ungefähr 3000 Schritten am Gipfel des „Aichsteines“ drei Wilderer, die mit Gewehren, Skis und Skistöcken ausgerüstet waren. Oberjäger Stocker begab sich darauf zu seinem Hilfsjäger Steiner in Rössing, um mit dessen Unterstützung den Wilderern den vermutlichen Rückweg nach Ramsau abzuschneiden. Unterwegs erfuhr er von einem Besitzer, daß dessen Hofhunde nachts 3 Uhr angeschlagen hatten, was ihn veranlaßt hatte, am nächsten Morgen in der Nähe des Hauses Umschau zu halten. Dabei hatte er festgestellt, daß frische Spuren von drei Männern an der Besitzung vorüber nach Hirzeggerwald zu bzw. ins Starngebiet hineinführten.

Der Anzeigende ersuchte die Gendarmeriebeamten, alsbald Vorpaß zu halten. Er selbst begab sich mit dem Hilfsjäger Steiner zum „Lembichl“ im Hirzeggerwald, und beide Beamte stellten sich dort an geeigneter Stelle versteckt auf. Sie hatten kaum zehn Minuten gestanden – es mochte 17 Uhr sein –, als die drei Wilderer auf ihren Skis den Berg hinabgefahren kamen. Sie hatten ihre Gewehre übergehängt und die Gesichter geschwärzt, so daß sie von den Jägern nicht erkannt wurden. Einer fuhr den beiden anderen weit voraus. Trotz Anrufs der beiden Jäger, die mit schußbereiter Büchse hervorgetreten waren und ihm den Weg verlegen wollten, setzte der Wilderer seine Fahrt ungehemmt fort. Er stürzte aber alsbald und wurde von den Jägern ergriffen. Doch schon waren auch die beiden anderen heran, ließen sich auf die Knie nieder und gingen mit ihren Gewehren in Anschlag mit dem Zuruf: „Laßt ihn sofort aus, sonst schießen wir!“ Angesichts der auf sie gerichteten Schußwaffen ließen die beiden Jäger den Wilderer los. Leider versäumten die Beamten, nunmehr sofort in Deckung zu springen. Als die beiden anderen Wilderer zu ihrem Genossen traten, forderten die Jäger die drei auf, ihre Waffen niederzulegen. Doch diese fühlten sich den beiden Beamten gegenüber überlegen und antworteten, indem sie ihre Büchsen erhoben: „Was, wir sollen uns ergeben? – das tun wir nicht – davon ist keine Rede!“ Gleichzeitig versuchte der eine, eine nahe Deckung zu gewinnen.

Der Oberjäger erkannte jetzt die drohende Gefahr, sprang ihm nach und schlug ihm mit der Büchse über den Kopf, als er auf Widerstand stieß. Dabei stürzte aber auch der Oberjäger in ein im hohen Schnee nicht sichtbares Loch. Sofort stürzte sich sein aus einer Kopfwunde blutender Gegner auf ihn, um ihn zu erwürgen. Der Hilfsjäger eilte seinem Vorgesetzten zu Hilfe, und es gelang ihm, den Wilderer wegzureißen. Doch inzwischen hatten die beiden anderen Deckung gefunden, und es wäre den beiden Jägern jedenfalls übel ergangen, wären in diesem Moment höchster Gefahr nicht der Gendarmerie-Ray.-Inspektor Veitschegger und der Bruder des Hilfsjägers Steiner auf 100 Meter Entfernung aufgetaucht. Die beiden hatten an einer anderen Stelle Vorpaß gehalten, hatten die streitenden Stimmen gehört und waren im Laufschritt herbeigeeilt. Beim Anblick des Gendarmen ergriffen die drei Wilderer die Flucht. Dabei gelang es dem Oberjäger, den einen noch zu erwischen und niederzuwerfen. Sofort hielten die beiden Komplicen in ihrer Flucht inne, und der durch den Kolbenhieb Verletzte ging in Anschlag mit dem Zuruf: „Laß ihn sofort aus – jetzt wird's mir schon zu dumm – jetzt versteh' ich keinen Spaß mehr!" Der Oberjäger begriff, daß sein Gegner zum Spaßmachen nicht aufgelegt war – er ließ den Festgenommenen los. Die drei Wilderer entkamen dann im Walde, da die inzwischen eingetretene Dunkelheit eine weitere Verfolgung verhinderte.

Die beiden Jäger haben sich in diesem Fall nicht besonders geschickt benommen. Wenn der eine mit schußbereiter Büchse in Deckung geblieben wäre, als der andere den zuerst gestürzten Wilderer festnehmen wollte, hätte er die Situation erfolgreich beherrscht. Er konnte die beiden nachkommenden Wilderer, die doch ihre Gewehre erst vom Rücken nehmen mußten in Schach halten und mußte von seiner Waffe Gebrauch machen, wenn diese trotz Zurufs ihre Waffen schußfertig machen wollten. Hier lag zweifellos Notwehr vor, ein Angriff brauchte nicht abgewartet zu werden. Auch wenn die beiden trotz Zurufs mit ihren Gewehren die Flucht ergriffen hätten, war er zum Schießen berechtigt, weil sie im gebirgigen Gelände zweifellos nach wenigen Fluchten Deckung gefunden hätten. Den Hilfsjäger trifft hier zweifellos die Schuld, daß der Oberjäger und auch er selbst mehrmals in Lebensgefahr gerieten, und daß die Wilderer schließlich die Flucht ergreifen konnten. Viel mehr Bravour zeigten in diesem Falle die drei Wilderer, die fest zusammenhielten und durch diese Taktik unerkannt entkommen konnten.

Der hinzugekommene Bruder des Hilfsjägers hatte aber an der Gestalt und der Stimme einen bekannten Wilderer, den 23jährigen Besitzersohn Matthias E. aus Leiten, Gemeinde Ramsau, erkannt. E. wurde anderen Tages von den Gendarmen im Gasthause verhaftet. Er bestritt, gewildert zu haben und an dem Zusammenstoß mit den Jägern beteiligt zu sein. Der Oberjäger erkannte ihn jedoch bei der Gegenüberstellung mit aller Bestimmtheit wieder.

Die von der Gendarmerie angestellten Nachforschungen nach den beiden Komplicen führte zunächst zur Festnahme des 23 Jahre alten Besitzersohnes Wilhelm W. aus Ramsau, der zuerst ebenfalls leugnete, dann aber ein Geständnis ablegte. Er hatte sich am 1. Februar mit dem bereits festgenommenen Matthias E. und dem gleich alten Besitzersohn Hermann K., ebenfalls aus Ramsau, verabredet, am anderen Tage am Aichstein zu wildern. Sie hatten sich mit Gewehren und Skiern ausgerüstet und die Gesichter geschwärzt, um bei Überraschung unerkannt zu bleiben. Als sie nach ihrem Wildererzug vom Aichstein herabfuhren, stießen sie mit den beiden Jägern zusammen. K. war vorausgefahren und in der beschriebenen Weise mit dem Oberjäger zusammengeraten. Darauf hatte er, W., den Beamten mit Gewehr im Anschlag und durch Zuruf gezwungen, den K. loszulassen. W. wurde dann vom Oberjäger über den Kopf geschlagen, als er mit seiner Waffe in Deckung springen wollte.

Der nunmehr ebenfalls festgenommene K. bestritt energisch jede Beteiligung, trotzdem ihm die Aussagen seiner beiden Komplicen vorgehalten wurden und der Oberjäger ihn mit aller Bestimmtheit wiedererkannte. Als ihn die Gendarmerie dem Bezirksgericht Schladming einlieferte, legte er dem Landgerichtsrat Dr. Grill ein Geständnis ab, das sich mit denen seiner Komplicen deckte. Im Laufe der Untersuchung kam es noch zur Sprache, daß W. seinen Bruder, der den ganzen Sommer in der väterlichen Almhütte auf der Sattentaleralm, zusammen mit einem Hirtenjungen und einer Sennerin hauste, des öfteren besucht und dabei gewildert habe. Als man dann im Spätherbst zu Tal zog, führte W. ein Ochsengespann, der Bruder ein Pferdefuhrwerk. Das Ochsengespann stürzte auf den schwierigen Hängen um, und der Wageninhalt, Kleidungsstücke der Sennerin und des Hirten, lebende Hühner, Käse und Preiselbeermarmelade, kollerten durcheinander den Hang hinab, dabei sollte auch Wildbret zum Vorschein gekommen sein. W. hätte zu Freunden geäußert, es hätte eine schöne Überraschung gegeben, wenn in diesem Augenblick Jäger oder Gendarmen vorübergekommen wären. Der Vorfall hatte sich, wie die Sennerin und der Hirt, der die Kühe vor dem Wagen her trieb, bekundeten, unweit der Lettmaierhütte abgespielt. W. bestritt, daß Wildbret zum Inhalt der Ladung gehört habe, auch der Hirt und die Sennerin hatten davon nichts bemerkt.

In der Hauptverhandlung vor dem Kreisgericht Leoben am 1. Juli 1926 erklärten sich die drei Wilderer für nicht schuldig. Ihre Absicht sei nur gewesen, Ski zu fahren. Die abschraubbaren Gewehre hätten sie nur mitgenommen, „weil es ihnen gerade so eingefallen wäre“. Wenn gerade ein Fuchs oder ein Geier gesichtet oder ein schöner Bartgams ihnen bei ihrer harmlosen Skifahrt hindernd in den Weg getreten wäre, hätten sie vielleicht auch geschossen; derartige Zwischenfälle wären aber nicht eingetreten. Nur die Jäger hätten ihre schöne Skitour schnöde unterbrochen. Der Verteidiger sprach sich in ähnlicher Art zugunsten seiner – natürlich unschuldigen – Mandanten aus. Angeklagt war auch ein Freund der drei Wilderer, der sich bemüht hatte, sie mit seiner Aussage aus der unangenehmen Lage „herauszuhauen“. Ihm war der zur Jagd ausgerüstete K. mit geschwärztem Gesicht begegnet. Er habe eine Waffe nicht bemerkt und das Gesicht nicht genau gesehen, aber geglaubt, an der Gestalt seinen Spezl K. zu erkennen. Deshalb habe er ihm so nebenbei zugerufen: „Servus, Hermann, wo willst du hin?“ Darauf habe er die passenden Antwort erhalten: „Schlafen!“ Obwohl nun der geschwärzte Spezl Hermann nicht gerade zum Schlafengehen gerüstet schien, habe der seinem Freunde doch aufs Wort geglaubt. Für seine Harmlosigkeit war er nun angeklagt. Das Gericht konnte ihm den guten Glauben nicht recht widerlegen und sprach ihn frei.

Hingegen wurden die drei Wilderer wegen Verbrechens des Diebstahls und der öffentlichen Gewalttätigkeit, sowie wegen Übertretung des Waffenpatents verurteilt. K. erhielt fünf, die beiden anderen jeder sechs Monate schweren Kerker, verschärft durch monatlich einmal Fasten und einmal hartes Lager.

Als Matthias E. im Dezember 1926 zum Strafantritt aufgefordert wurde, bat er um Aufschub, weil er für die Winterarbeit im väterlichen Gehöft unentbehrlich sei. Außerdem habe er sich eine Fußverletzung zugezogen, er stehe deshalb in ärztlicher Behandlung. Sein Gesuch wurde vom Herrn Bürgermeister „wärmstens befürwortet“. Das Kreisgericht Loeben traute aber dem guten Matthias nicht recht, man ließ Nachforschungen anstellen, trotz des bürgermeisterlichen Zeugnisses. Die von der bösen Gendarmerie gepflogenen Erhebungen ergaben dann leider auch ein ganz anderes Bild von der Fußverletzung des Herrn Matthias E. Er war inzwischen wieder Ski gefahren, diesmal im Dachsteingebiet, und dabei hatte ihn der Jäger Josef Binder beim Wildern überrascht. Als er mit der Waffe in der Hand in Deckung sprang, hatte ihn der Jäger dann in die Haxen geschossen. So war E. tatsächlich vorläufig nicht haftfähig und beschäftigte sich weiter damit, Gnadengesuche einzureichen.

Auch sein Freund W. hatte inzwischen den Finger nicht gerade halten können. Man hatte auch ihn beim Wildern ertappt. Seinem Strafantritt entzog er sich durch die Flucht. Er stellte sich dann aber freiwillig.

K. versuchte, wie sein Freund E., durch Gnadengesuche den Behörden klarzumachen, daß die Allgemeinheit schwer darunter leiden würde, wenn man ihn in den Kerker setzen würde. Alle Gesuche halfen den beiden Kumpanen aber vorläufig nichts, sie mußten ihre Strafe antreten. Weitere „warm befürwortete Gnadengesuche“ hatten aber später eine vorzeitige Entlassung zur Folge.

Wie sich dann der unverbesserliche Wilderer Matthias E. der ihm erwiesenen Gnade würdig erwies, zeigte sich in der Folge in sehr lehrreicher Weise:

Am 15. November 1928 fand ein erbitterter Kampf von Gendarmerie- und Forstbeamten gegen zwei Wilderer statt, in dessen Verlauf ein Gendarmeriebeamter erschossen und ein anderer verwundet wurde. Auch einer der Wilderer mußte sein Leben lassen. Es war der vielfach wegen Wilderei vorbestrafte 22 Jahre alte Franz H. aus Ramsau. Der andere aber entpuppte sich als der begnadigte Mattias E.! Der unverbesserliche Spitzbube war diesmal in einer ganz besonders gefährlichen Gesellschaft; die Vorgänge bei der Festnahme zeigen, mit welchen Elementen die dortigen Gendarmerie- und Forstbeamten zu tun haben.

Den sehr anschaulichen Bericht des Postenkommandanten des Gendarmeriepostens Trieben, Bezirk Liezen, Steiermark, Rev.-Inspektor Kraus, lasse ich hier fast wörtlich folgen:

„Gelegentlich einer Streifung nach Wilderern wurde der Postenkommandant des Postens St. Johann a. T., der 39 Jahre alte Rev.-Inspektor Heinrich Riegerbauer, um beiläufig 23 Uhr des 15.11.1928 im Stadel der Griesmaierhube in Triebental, Gemeinde Hohentauern, durch einen Gewehrschuß des Wilderers H. in den Kopf getötet. Der mit ihm im Dienst befindliche prov. Gendarm Moser des gleichen Postens erhielt dabei, anscheinend durch einen zweiten Schuß des Wilderers H., einen Durchschuß des rechten Schenkels. Die bei der Streifung mitwirkenden vier Jagdaufsichtsorgane waren durch die Schüsse ebenfalls stark gefährdet. Der Wilderer H. erlitt bei der Festnahe hernach bzw. bei der zur Überwältigung entstandenen Schießerei des prov. Gendarmen Moser und der Jäger zwei Schüsse in die Beine.

Matthias E. befand sich in seiner Gesellschaft und trug ebenfalls bei der Ergreifung ein mit fünf abgefeilten Mannlicherpatronen geladenes Abschraubgewehr bei sich. Ob derselbe ebenfalls gegen die Gendarmen und Jäger geschossen hat, ließ sich nicht feststellen.

H. und E. hatten im Laufe des 15. November in Triebental, in der sogenannten Rauchaufalm, je eine Gemse geschossen und trugen bei der Ergreifung jeder eine Gemsgeisdecke samt Krickel im Rucksack. Das Fleisch wollten sie im Gebirge versteckt haben, es wird nach demselben geforscht.

Der schwerverwundete H. gab zu, auch am 11. und 12. November mit dem Holzarbeiter S. gewildert zu haben. Sie hatten eine Bartgemse und einen Hirsch geschossen, die Gemse und die Hirschdecke mitgenommen, das Wildbret versteckt. Es wurde von zwei Jägern an der angegebenen Stelle auch gefunden.

Der blutige Zusammenstoß zwischen den beiden berüchtigten Wilderern und den Gendarmen und Jägern hat sich folgendermaßen abgespielt:

Der Gendarmerieposten Trieben wurde in der Nacht vom 15. zum 16. November 1928, um 1 Uhr, durch den Jäger Knefz aus Triebental von den Vorgängen in Kenntnis gesetzt, worauf Rev.-Inspektor Josef Kraus und die Patrouillenleiter Josef Weyermayr und Karl Schoiswohl mit dem zur Bergung des verwundeten prov. Gendarmen Moser und des Wilderers H. telephonisch angeforderten Rottenmanner Rettungsauto zum Tatort abfuhren. Um ½3 Uhr früh langten dieselben dort an, wo sie den verwundeten Gendarmen Moser in der Königsbachhube, 300 Schritt vom Tatort entfernt, liegend antrafen. Derselbe begab sich trotz seiner Verletzung mit an den Tatort. Hier wurde Rev.-Inspektor Heinrich Riegerbauer auf der Tennbrücke liegend mit offener Schädeldecke – das Gehirn lag etwa 30 Schritte unterhalb des Kopfes – tot aufgefunden.

Von den Jägern, unter Führung des Jagdleiters des Erbprinzen zu Fürstenberg, Hans Riemelmoser, bewacht, lagen die Wilderer H. und E. im Heu des Stadels an der gleichen Stelle, von wo aus die Schüsse gegen die Gendarmen und Jäger abgefeuert worden waren. H. machte bei der Einvernahme einen schwerleidenden Eindruck und gab auf die an ihn gerichteten Fragen nur schwer, anscheinend unwillig, Antwort.

Der Jagdleiter Hans Riemelmoser machte über den Zusammenstoß folgende Angaben: Am 15. November, um ½13 Uhr, hörte unser Jäger Franz Rieger auf der Rauchaufalpe zwei Schüsse und erstattete mir davon Meldung. Ich veranlaßte, daß unser Jäger Johann Knefz hinausgehe, um den Rückzug der Wilderer zu beobachten, und daß unser Jäger Franz Rieger und das hintere Triebental in der Richtung, wo die Schüsse gefallen waren, zwecks Beobachtung abging. Ich selbst beobachtete den nördlichen Abhang des Griessteines. Gegen ½15 Uhr sollen wieder einige Schüsse in der Richtung Rauchaufalm gefallen sein, wie mir von Holzknechten und dem Forstwart Karl Sedlacek mitgeteilt wurde. Ich ersuchte den Forstwart Natter, mir einen Boten zur Übersendung einer diesbezüglichen Anzeige an die Gendarmerie in Trieben zu stellen, was dieser auch tat. (Dem hiesigen Posten wurde diese schriftliche Mitteilung durch den Holzmeister Horn um ½18 Uhr überbracht. Horn gab bei der Überbringung an, daß er bei vlg. Braun in Trieben den Rev.-Inspektor Riegerbauer und den prov. Gendarm Moser getroffen und von dem Fallen der Schüsse bzw. der dem Posten Trieben zu überbringenden Nachricht Mitteilung gemacht habe. Riegerbauer habe angegeben, daß er mit dem prov. Gendarm Moser sofort zu Riemelmoser gehe, um die Verfolgung der Wilderer aufzunehmen. Im Sinne der Zuschrift des Jagdleiters Riemelmoser hatte daher der hiesige Posten den Posten Gaishorn wegen Vorpaßhaltung am nächsten Morgen verständigt, bzw. selbst wegen des zu erwartenden Abstiegs der Wilderer nach Trieben Vorpaß gehalten.)

Riemelmoser brichtete weiter: Die Jäger Knefz und Rieger hatten mittlerweile beim Holzlagerplatz Vorpaß gehalten und den beiden Gendarmen ihre gemachten Wahrnehmungen mitgeteilt. Riegerbauer und Moser kamen in meine Wohnung, von wo wir dann gemeinsam gegen ¾22 Uhr abgingen, um die Wilderer, von denen wir annahmen, daß sie in einer Hütte die Nacht verbringen würden, aufzusuchen und festzunehmen. Außer den beiden Gendarmen beteiligten sich an dieser Streifung die Jäger Knefz und Rieger, sowie mein Neffe Josef Riemelmoser. Wir teilten uns in mehrere Trupps. Rieger suchte über die Bergwiese hinweg zwei Heuschuppen ergebnislos nach den Wilderern ab. In seiner Begleitung befand sich ein Holzknecht. Knefz und Josef Riemelmoser gingen den Gemeindeweg entlang, während die beiden Gendarmen und ich rechts des Gemeindewegs gingen und so mit den anderen eine Linie bildeten. Beim Stift'schen Pflanzgarten kamen die beiden Gendarmen, Knefz, Josef Riemelmoser und ich zusammen und durchsuchten eine Köhlerhütte. Dann teilten wir uns wieder und trafen uns schließlich alle zusammen bei der Berghube. Hier besprachen wir das Vorgehen bei der Durchsuchung dieser Hube, wobei mich Riemelmoser ersuchte, ich möchte mit Rücksicht auf meine Lokalkenntnis die Führung übernehmen. Wir durchsuchten diese Hube dann ohne Erfolg. Dann gingen wir über die Bergwiesen, stiegen über den Zaun der vgl. Griesmaierhube und beschlossen, hier ebenfalls den Stadel zu durchsuchen, trotzdem wir uns dachten, daß sich hier die Wilderer wohl kaum aufhalten dürften, da ja die Hube von einer Sennerin bewohnt war. Wir teilten uns, wobei die beiden Gendarmen und Josef Riemelmoser die Aufgabe hatten, um den Stadel herum von der Nordostseite durch die Seitentür einzudringen, während Rieger bei der Seitentür Vorpaß zu halten hatte. Ich und Knefz hatten uns beim verschlossenen Tenntore, gegenüber der Seitentür, aufgestellt. Als die beiden Gendarmen die Tenne betreten hatten, hörten wir den Ruf: „Da sind sie!“ Als ich darauf die Tenne betrat, krachte ein Schuß und jemand fiel, wie im Sprung vor mir beim Tor hinaus. Ich leuchtete hin und sah, daß es ein Gendarm war, erkannte jedoch erst später, daß es Riegerbauer war. Nach dem Schuß schossen wir alle in der Richtung der Wilderer, weil wir in der dunklen Tenne das Mündungsfeuer ihrer Schüsse wahrnehmen konnten. Gleichzeitig schrien wir: „Ergebt Euch!“ Die Wilderer gaben jedoch kein Zeichen einer beabsichtigten Ergebung, sondern schossen weiter. Ich schoß ungefähr zwanzigmal, teils von meinem Standorte am Tenntore aus, teils von außen durch die Südwestwand bzw. durch das Dach in den Stadel in der Richtung, wie wir die Wilderer vermuteten. Wir hatten noch mehrmals gerufen: „Ergebt Euch, wer Ihr seid, kommt heraus!“ Es kam jedoch keine Antwort. Nach einiger Zeit riefen sie dann: „Ihr kennt uns eh, wir sind junge Buam.“ Die Schießerei begann von neuem. Plötzlich schrie einer der beiden: „Auweh, wir tun eh nix mehr!“ Wir stellten sofort das Schießen ein und drangen alle gegen sie vor. Gendarm Moser sagte dabei zu mir, er sei angeschossen, ging jedoch trotzdem mit uns vor. Wir schrieen: „Hände hoch!“ Beide Wilderer hielten jeder eine Hand in die Höhe, ihre Gewehre lagen jedoch schußbereit neben der anderen Hand. H. wehrte sich auch bei der Überwältigung noch energisch mit beiden Händen. Knapp neben ihm an der Südwestseite des Stadels lagen die beiden Rucksäcke nebeneinander. Durch das Abwehren H.'s entstand eine Balgerei, bis schließlich Moser die beiden mit einer Schließkette zusammenschloß. Ob Riegerbauer einen Schuß abgegeben hat, weiß ich nicht“ … Soweit der Bericht über den Hergang des blutigen Zusammenstoßes.

Nach der Festnahme der Wilderer wurde durch die Gendarmen festgestellt, daß das Gewehr des H. mit einem Magazin, enthaltend drei scharfe Militärpatronen, das des E. mit einem Magazin mit fünf Patronen geladen war. Sämtliche Patronen waren an der Spitze kreuzförmig angefeilt. An beiden Gewehren befand sich am Aufsatz ein leeres Magazin hinaufgeschoben. Auf Befragen gab E. an, daß dies das blendende Sonnenlicht beim Schießen abhalten solle. Im Rucksack des H. befand sich eine Gemsdecke samt Krickel, einige Stücke Schweizerkäse, eine Selchwurst, ein braunes Emaillehäferl mit Honig samt Waben, mehrere Äpfel und eine schwarze Zipfelhaube. Außerdem wurde eine Anzahl angefeilte Militärpatronen vorgefunden.

Der Rucksack des E. enthielt ebenfalls eine Gemsdecke samt Krickeln, einen braunen Segelleinensack mit Schnur, Gamaschen und einen Mantelumhang, einige Selchwürste, ein Brot und Äpfel, sowie ebenfalls Munition. Beide Wilderer waren also für einen mehrtägigen Wilderergang ausgerüstet.

Der verwundete Gendarm Moser und der verwundete Wilderer H. sollten mit dem Rettungsauto in das Stephaniespital in Leoben überführt werden. Auf dem Wege dorthin, knapp vor Leoben, verstarb der Wilderer H. im Auto.

Bei seiner Vernehmung machte der überlebende Wilderer Matthias E. über die Vorgänge ausführliche Angaben: Er war der Sohn eines bäuerlichen Besitzers und wegen Wilderns mehrmals vorbestraft. Das Wildern könne er trotz guter Vorsätze und der erlittenen Strafen nicht lassen. Mit dem erschossenen H. war er seit 4 Jahren bekannt. Als er im Oktober das Schindeldach der väterlichen Almhütte ausbesserte, besuchte ihn H. der, wie E. wußte, aus dem Gefängnis entsprungen war. H. erzählte jedoch dem E., daß er begnadigt und jetzt Jäger sei. H. trug auch Jägeruniform, so daß E. anfänglich der Erzählung Glauben schenkte, später aber mißtrauisch wurde. Trotzdem ließ er sich aber überreden, mit H. zu „jagen". Sie trafen sich einige Tage später abends am Bahnhof Trieben und begaben sich, jeder mit einem abschraubbaren Mannlicher Karabiner ausgerüstet, in den Wald. Um die Morgendämmerung abzuwarten, legten sie sich zunächst einige Stunden nieder und stiegen dann auf. Nach zweistündigem Aufstieg erspähten sie die ersten Gemsen, es gelang ihnen jedoch nicht, sich anzubirschen. Der Wilderergang blieb den ganzen Tag über erfolglos, erst am anderen Morgen kamen sie zum Schuß. H. feuerte auf eine Gemse, schoß aber fehl, darauf schoß E. die Gemse krank und H. erlegte das Tier durch einen zweiten Schuß. Beide brachen das erlegte Stück Wild auf und schlugen es aus der Decke. Das Wildbret versteckten sie, um es beim Abstieg mitzunehmen, Decke und Krickeln nahmen sie mit. Nach einer Stunde bemerkten sie wieder eine Gemse. Unter großen Schwierigkeiten gelang es ihnen, das Tier von beiden Seiten bis auf Schußnähe anzubirschen. Mit mehreren Schüssen konnten sie auch diese Gemse erlegen. Sie mußten aber auch hier wieder, wie im ersten Falle, feststellen, daß sie eine Gemsgais erlegt hatten, nicht eine Bartgams, wie es ihre Absicht gewesen war. Nachdem sie das Wildbret versteckt hatten, bargen sie Krickeln und Decke im Rucksack und beschlossen, in einer Hütte zu übernachten, um anderen Tages weiter auf eine Bartgams zu birschen. Gegen 19 Uhr kamen sie beim Stadel an, überzeugten sich, daß er unverschlossen war, und nahmen zunächst eine Jause ein. Dann machten sie sich jeder ein Loch im Heu und krochen hinein. Die geladenen Karabiner legten sie schußbereit neben sich.

Nachts weckte H. den E. durch einen Stoß und flüsterte ihm zu, ihm käme es vor, als ob ein Lichtschein durch die Bretterritzen gefallen sei. Als dann ein Lichtschein auf der Tenne erschien, richtete sich H. empor und schaute hinab. Zu gleicher Zeit erfolgte die Aufforderung, hervorzukommen. Auf diese Aufforderung hin schoß H. sofort, und es entwickelte sich dann die bereits beschriebene ununterbrochene Schießerei zwischen den beiden Wilderern und den Beamten, in deren Verlauf H. zweimal aufschrie.

Die weiteren Ermittlungen der Gendarmerie ergaben, daß der erschossene H. am 25. Oktober 1928 einen Mordversuch an dem Besitzer Moosbrugger in Rössing verübt hatte. H., der damals aus dem Gefängnis entwichen war, hielt sich in der Nähe der Besitzung des M. verborgen. Da schon mehrmals Gendarmen das Versteck des Flüchtigen erfolglos durchsucht hatten, hatte H. wohl angenommen, daß Moosbrugger den Beamten einen Wink gegeben habe. Aus diesem Grunde hatte sich der gefährliche Bursche an dem Besitzer rächen wollen. Als dieser nachts gegen 21 Uhr zufällig noch einmal vor sein Haus trat, bemerkte er einen unbekannten Mann, der sein Anwesen umschlich. Auf Anruf ergriff dieser die Flucht, riß aber sofort einen Zaunstecken ab, als M. sich anschickte, ihn zu verfolgen.

Als der Besitzer nach einiger Zeit dann wieder, diesmal in Begleitung eines Knechtes, zur Tür hinaustrat, erblickte er wieder diesen Burschen. Als beide auf den Verdächtigen zuliefen, erhob dieser ein Gewehr und schoß auf 20 Schritte Entfernung auf Moosbrugger. Zum Glück verfehlte die Kugel in der Dunkelheit ihr Ziel, und der Täter entkam unerkannt. Alles sprach aber dafür, daß er mit dem gesuchten H. identisch gewesen war.

Das Kreisgericht Leoben verurteilte den Wilderer E. am 7. Februar 1929 wegen Wilddiebstahls und unberechtigten Waffentragens zu vier Monaten schweren Kerkers, verschärft durch einen Fasttag monatlich. Das Oberlandesgericht Graz erhöhte später die Strafe auf sechs Monate schweren Kerker, mit gleicher Verschärfung. Wegen Mordes an dem Rev.-Inspektor Riegerbauer war R. nicht angeklagt worden, weil nach Lage der Sache angenommen worden war, daß der erschossene Komplice H. als Mörder des Gendarmeriebeamten anzusprechen sei.

Wie im ersten Fall wurden die zuständigen Behörden alsbald mit Gnadengesuchen bombardiert. Die heimatlichen Ortsbehörden unterstützten das Gesuch der Eltern mit der Versicherung, daß Matthias E., trotz seiner Vorstrafen und trotz des letzten Vorgangs, ein braver Bursche sei, dem die auferlegte Strafe erlassen werden müsse. Er sei ein „sonst tadelloser, sittlich reiner Mensch, frei von jugendlichem Übermut und Lastern, der keineswegs aus Gewinnsucht wildern gegangen sei, sondern aus einer Jagdlust, wie sie im freien Sohn der Berge natürlicherweise schlummere". Bei der Einstellung der dortigen Bevölkerung darf mit Recht angenommenen werden, daß mit gleicher oder ähnlicher Begründung ein Gnadengesuch befürwortet worden wäre, wenn der erschossene Mörder H. mit dem Leben davongekommen und verurteilt worden wäre. Das Leben eines Gendarmen und Jägers gilt dort nicht viel, es ist daher doppelt anzuerkennen, daß diese Beamten unter den schwierigsten Verhältnissen ihren anstrengenden und gefährlichen Dienst versehen und, getreu ihrer Pflicht, furchtlos ihr Leben aufs Spiel setzen.

Aus dieser Erwägung heraus lehnten auch alle Instanzen eine Begnadigung ab, die gewiß unter der Beamtenschaft böses Blut erregt hätte …

Der Gendarmeriebeamte, der auf seinen Dienstgängen überraschend auf Wilderer stößt, gerät dadurch immer in schwere Gefahr. Seine Bewaffnung beschränkt sich in solchen Fällen fast stets auf Säbel und Dienstpistole, während ihm der Wilddieb mit dem weittragenden Gewehr gegenübersteht.

Der 45jährige Oberlandjäger Bargenda aus Zeckritz, Bez. Torgau, hatte sich am 17. Januar 1927, gegen 14 Uhr, auf Wald- und Feldstreife durch die Fluren Zschackau, Zeckritz, Zwetkau und Falkenstruth begeben. Gegen 17 Uhr hörte er unweit der Bahnwärterbude 94 der Eisenbahnstrecke Torgau-Falkenberg einen Schuß fallen. Er versteckte sein Fahrrad und birschte im dichten Unterholz nach der Schußrichtung zu. Am Waldrande kam hinter einer Wasserlache ein großer Mann auf ihn zu, der ein Gewehr und ein erlegtes Reh trug. Auf den Anruf des Beamten warf er das Reh ins Wasser und ergriff die Flucht. Obwohl der Oberlandjäger nur mit seiner Dienstpistole, Kal. 7,65 Millimeter, ausgerüstet war, folgte er unvorsichtigerweise dem fliehenden Wilderer. Plötzlich drehte sich dieser um und schoß seinen Verfolger nieder. Der Beamte erhielt einen Schrotschuß aus 15 Schritt Entfernung in den rechten Oberarm und die rechte Brustseite. Er vermochte sich noch 200 Meter weit nach der Wärterbude zuzuschleppen, brach dann aber zusammen. Ein die Bahnstrecke abpatrouillierender Streckenwärter hörte gegen 18 Uhr die Zurufe des Schwerverletzten und veranlaßte, gemeinsam mit den telephonisch benachrichtigten Landjägereibeamten seine Überführung in das Krankenhaus Torgau.

Am Tatort fanden die Landjäger das Verschlußplättchen der Schrotpatrone, Kal. 16, Reste des Filzpatronenpfropfens und Fußspuren des Täters, die durch Gipsabguß sichergestellt wurden.

Oberlandjäger Bargenda, der 34 Schrote in den rechten Oberarm und 16 in die rechte Brustseite erhalten hatte, verstarb am 4. Februar 1927 an den Folgen der schweren Schußverletzung. Er hatte seinen Kollegen genaue Angaben über den Vorgang gemacht und als mutmaßlichen Täter den aus der Strafanstalt Naumburg entsprungenen 24jährigen Ernst P. bezeichnet, der sich seit dem Herbst 1926 in den Forsten um Lönnewitz, Elsterberg, Rehfeld und Falkenstruth wildernd umhertrieb.

Am 24. Januar 1927 gelang es dem Gendarmerie-Oberwachtmeister Berger, den gefährlichen Verbrecher in Hechelheim bei Weimar festzunehmen. P. bestritt zuerst, den Oberlandjäger erschossen zu haben, legte dann aber ein Geständnis ab.

Nachdem P. einen Ausbruchversuch unternommen und, als der Versuch mißlang, die gesamte Einrichtung seiner Zelle zertrümmert hatte, wurde er am 30. Juni 1927 vom Schwurgericht Torgau wegen unbefugten Waffenbesitzes, gewerbsmäßigen Wilderns und schweren Totschlags zu 15 Jahren Zuchthaus und 10 Jahren Ehrverlust verurteilt.

Trotzdem P. als gefährlicher Ausbrecher bekannt war und strengste Beaufsichtigung am Platz gewesen wäre, gelang es ihm schon am 29. November 1927 aus der Strafanstalt Lichtenburg erneut auszubrechen. Sonderbarerweise war von diesem Schwerverbrecher auch kein Lichtbild vorhanden. Trotzdem gelang es, ihn am 13. Juni 1928 in Farnstädt, Kreis Querfurt, wieder festzunehmen und ihn des Einbruchs und der Brandstiftung zu überführen …

Gefahren des Försterberufs.

Wenn ich bei der Schilderung von Förstermorden immer von dem Gedanken ausgehe, daß fast jeder Fall eine andere Lehre für den Leser aus Förster- und Jägerkreisen enthält, die ihm in dieser Weise übermittelt werden soll, damit er gegebenenfalls die Nutzanwendung ziehen kann, will ich nicht vergessen, auch einiger Fälle zu gedenken, die Polizei und Justiz weniger beschäftigt haben. Sie künden stilles Heldentum, wenn viele der geschilderten Förstermordfälle zeigen, wie man es nicht machen soll, sollen die folgenden Fälle zeigen, wie Umsicht, Energie und Vorsicht bei aller Bravour auch dem gefährlichsten Burschen gegenüber Erfolg verbürgen, wenn es zum Zusammenstoß und zum Kampf auf Leben und Tod kommt.

Der liebenswürdigen Unterstützung der beiden Herren Vorsitzenden des „Deutschen Försterbundes", der Staatsförster Pfalzgraf und Meyer verdanke ich die Kenntnis dieser interessanten und lehrreichen Fälle.

Der jetzige Leiter der Forstschule Miltenburg, der Oberförster Graml, versah im Jahre 1919 den Forstschutz in der Fürstlichen Revierförsterei Mooshof bei Regensburg in Bayern. Die Wilddieberei hatte damals einen Umfang angenommen, der das schlimmste für den Wildstand befürchten ließ und energische Maßregeln erforderte. Mehrmals gelang es dem Beamten, Wilderer in flagranti zu fassen. Nur seiner Umsicht und Erfahrung hatte er es zu verdanken, daß alles glatt verlief, doch waren die milden Bestrafungen der ergriffenen Wildfrevler nicht angetan, dem Unwesen zu steuern. Nur vorsichtiger war man geworden, man fürchtete den energischen Beamten. Der Schutzbezirk Mooshof geriet in den Kreisen der Wilderer in Verruf, sie verlegten ihre Tätigkeit in den benachbarten Schutzbezirk Allkofen. Im benachbarten M. hatten sie einen regelrechten „Wildschützenbund" gegründet, dem über 30 Mitglieder angehörten. Der unbestrittene Anführer und Häuptling war ein gewisser S., der seine Würde dem zweifelhaften Ruf verdankte, bisher das meiste Wild erlegt zu haben, ohne dabei „verschütt zu gehen" (erwischt zu werden). Er war als ein äußerst gefährlicher, gewalttätiger Bursche bekannt, der vor nichts zurückschreckte. In seiner Begleitung befand sich ständig ein gewisser St. aus M. der den Krieg als Unteroffizier mitgemacht hatte und wegen hervorragender Tapferkeit mit dem Eisernen Kreuz I. Klasse ausgezeichnet worden war. Jeder hatte bei den Wildererstreifen seine Rolle; während S. einen Drilling führte und das Wild anbirschte und erlegte, spielte St. den Aufpasser und hatte den Auftrag, jeden näherkommenden Menschen, sei es Jäger oder Nichtjäger, mit dem mitgeführten Militärgewehr in respektvoller Entfernung zu halten. Den Forstbeamten war das bekannt, im Jahre 1919 war das keine außergewöhnliche Erscheinung. Man war sich beiderseitig darüber im klaren, daß es bei einem Zusammenstoß hart auf hart hergehen würde und stellte sich von vornherein darauf ein.

Eines Tages befand sich der Beamte auf Anstand im Schutzbezirk des Forstwarts H., als in einiger Entfernung vor ihm ein Schuß fiel. In der Annahme, daß der ebenfalls ansitzende Forstwart geschossen habe, und das ein weiteres Ansitzen ihm zwecklos erschien, hängte er sich sein Gewehr über und ging arglos auf die Stelle zu, wo der Schuß gefallen war und von der er annahm, daß dort der Forstwart sich befand. Es war ein trüber, nebeliger Wintertag mit sehr schlechter Sicht.

Eben hatte der Forstbeamte eine Straße überquert und wollte über einen gepflügten Acker dem Walde zuschreiten, als dicht vor ihm ein zweiter Schuß fiel. Ein ihm aus dem Kriege sehr bekanntes Zischen verriet ihm, daß eine Kugel ihren Weg dicht an seinem Kopf vorüber genommen hatte. Instinktiv hatte er den Drilling heruntergerissen und sich niedergeworfen, die in solchen Situationen beste Dekkung nehmend. Als er nach der Richtung hinspähte, aus der der gefährliche Gruß gekommen war, erblickte er zwei Männer, die mit Gewehren in der Hand gebückt in einem Graben entlangliefen. Als er ihnen eine Kugel antragen wollte, hatte er den in solchen Fällen üblichen Versager. Die Patrone war eine selbstgefertigte, die man in solchen Zeiten und auf Wildererstreife überhaupt niemals führen soll! Ein hinterher geworfener Schrotschuß hatte zur Folge, daß der eine der flüchtenden Wilderer verhoffte und nochmals schoß. Die Kugel schlug dicht neben G. in die Erde. Da die Flüchtenden inzwischen eine Dickung erreicht hatten, erschien eine weitere Verfolgung zwecklos und gefährlich. Der Beamte begnügte sich damit, den Nachbarförster telephonisch in Kenntnis zu setzen, in dessen Revier die beiden geflüchtet waren. Der sah sie auch noch aus großer Entfernung, es war ihm aber nicht möglich, ihnen den Weg abzuschneiden.

Bald darauf fiel Schnee, die Wilderer waren dadurch zwar etwas vorsichtiger geworden, trieben aber nach wie vor ihr Unwesen. Eines Tages stieß der Forstwart H. nachmittags gegen 14 Uhr auf die beiden, die die Gewehre übergehängt trugen und arglos durch raumes Stangenholz streiften. Vorsichtigerweise rief er sie nicht an, sondern verlegte ihnen den Weg an einer für ihn günstigen Stelle. Er stellte sich gedeckt im hohen Holz auf, wo er eine Fichtendickung im Rücken hatte. So ließ er die beiden gefährlichen Burschen bis auf 25 Schritt auflaufen und rief sie dann mit schußfertigem Drilling an. Als beide auf den Anruf ihre Waffen herunterreißen wollten, schoß er auf den einen mit Schrot, auf den anderen, der hinter einen Baum in Deckung sprang, mit der Kugel. Trotzdem gelang es den beiden Wilderern zu entkommen. Eine Besichtigung der „Anschußstelle" am anderen Tage zeigte, daß der zuerst

Beschossene im Streukegel des Schrotschusses gestanden hatte. Seine Fußspuren und Schroteneinschläge im Schnee ließen das deutlich erkennen. Die Bleikugel aus dem Drilling des Forstwarts fand man im Baum, den er als Deckung genommen hatte. Das Geschoß hätte den Baum durchschlagen und wohl tödlich gewirkt, wenn es sich um eine Vollmantelkugel des Militärgewehres, Modell 88, gehandelt hätte. So war der beschossene mit dem Schreck davongekommen. Nach kurzer Flucht eröffnete er mit seinem Militärgewehr ein Schnellfeuer auf den Forstwart, der seine Kugelmunition bald verschossen hatte und sich zurückziehen mußte. So gelang es dem St., seinen durch den Schrotschuß verwundeten Genossen in Sicherheit zu bringen.

Die Forstbeamten waren sich bewußt, daß sie es mit Gegnern zu tun hatten, denen alles zuzutrauen war; sie mußten nun auch die Rache dieser gefährlichen Burschen fürchten. Die Wildererstreifen wurden mit Rücksicht darauf jetzt nur noch gemeinsam ausgeführt, verliefen aber resultatlos.

Am 6. Mai 1919 saßen der Forstassessor Graml und Forstwart H. am Rande einer Fichtendickung an. Nach etwa 2 Stunden, gegen 6 Uhr, fielen in der Nähe kurz hintereinander zwei Schüsse, eine Stunde später ertönte vor den Beamten im Unterholz ein Verständigungspfiff.

Unbeweglich, unter Anspannung aller Sinne starrt man in solchen Situationen auf die Stelle, an der jeden Augenblick der Gegner erscheinen kann. Wird er auf Zuruf freiwillig seine Waffe niederlegen oder wird es zum Zusammenstoß kommen. Werden Gewehr oder Munition versagen, werden mehrere bewaffnete Gegner hervortreten? — — Das alles sind Fragen, die blitzschnell auftauchen, die Ruhe und Kaltblütigkeit des Beamten aber nicht beeinträchtigen dürfen.

Nach einigen Minuten teilten sich die Büsche und ein verwegen aussehender Bursche trat, vorsichtig nach allen Seiten sichernd, mit schußfertiger Büchse hervor. Sein geübtes Auge hatte sofort die beiden Forstbeamten trotz der vorhandenen Deckung erspäht. Trotzdem er zwei Forstbeamte mit schußfertigen Gewehren vor sich sah, ließ er sich blitzschnell auf die Knie nieder und ging in Anschlag! Da warf ihn schon ein Schrotschuß aus dem Drilling des Forstassessors nieder, sein Gewehr flog, ebenfalls getroffen, 2 Meter seitwärts. Als beide Beamte auf den verwundeten Wilderer zusprangen, hatte sich dieser schon im Liegen um sich selbst gedreht und wollte sein Gewehr ergreifen. Der Forstwart aber war schneller und konnte das Gewehr an sich bringen. Blutüberströmt erhob sich der Wilderer. Sofort sprang der Forstassessor erneut in Deckung, den Angriff des in der Nähe weilenden Komplicen erwartend, der den Schuß und den Schmerzensschrei seines Genossen gehört haben mußte und wahrscheinlich ihm zu Hilfe eilen würde. Auf die Frage des Forstwarts: „Sind sie der S.?“, antwortete der Verwundete: „Ich heiße Niedermüller und bin aus Moosheim. Ich meine, ich muß sterben.“ Dann brach er zusammen. Die Beamten bemerkten dabei am Halse des Verletzten eine alte, 10 Zentimeter lange, tiefe Narbe. Sie sagten ihm, daß sie Hilfe aus dem nahen Schwaighof herbeiholen würden und entfernten sich unter allen Vorsichtsmaßregeln. Als sie nach einiger Zeit mit einem Fuhrwerk zurückkehrten, war der Verletzte verschwunden, die Nachsuche nach ihm blieb erfolglos!

Die von dem Vorfall durch Anzeige in Kenntnis gesetzten Gendarmeriebeamten erkannten an der von dem Verletzten gegebenen Beschreibung, besonders aber an der tiefen Halsnarbe den berüchtigten S. Sie begaben sich sofort in seine Wohnung und fanden ihn dort als Leiche vor! Die weiteren Nachforschungen ergaben, daß der Komplice St. den Schwerverletzten 3 Kilometer weit geschleppt hatte, dann hatten ihn die Kräfte verlassen. Er hatte nun seine Freunde herbeigeholt und mit deren Hilfe den Sterbenden nach Hause geschafft.

Fast der gesamte Schrotschuß (Nr. 7 aus Kl. 20) hatte den Kopf getroffen, ein Schrotkorn aber war in den Kehlkopf gedrungen und hatte den Erstickungstod des Verletzten zur Folge gehabt. Mehrere Schrote waren an seinem Gewehrlauf entlanggefahren und hatten tiefe Rillen am Schaft hinterlassen. Es war daraus unzweifelhaft zu ersehen, daß der Erschossene den Schuß erhalten hatte, als er mit seinem Gewehr im Anschlag sich befand. Trotzdem wurde gegen den Forstassessor das Verfahren wegen Körperverletzung mit Todeserfolg eingeleitet, weil damals in Bayern für die Forstbeamten das erweiterte Waffengebrauchsrecht noch nicht bestand. Der objektive Tatbestand ergab aber, daß in diesem Falle unzweifelhaft Notwehr vorgelegen hatte. Das Verfahren wurde aus diesem Grunde alsbald eingestellt.

Die Rache der Komplicen des Erschossenen blieb nicht aus. Vierzehn Tage nach dem Zusammenstoß umstellten sie das Forsthaus des Forstwarts und unterhielten von 24 bis 1 Uhr nachts ein ununterbrochenes Schützenfeuer auf die Försterei. Der Beamte konnte sich mit seiner Familie rechtzeitig in sichere Deckung bringen, so daß nur ein ganz erheblicher Sachschaden am Gebäude entstand. An der Beerdigung des erschossenen S. nahm der „Wildschützenbund“ in corpore teil und legte einen großen Kranz mit entsprechender Widmung ab Grabe nieder. Einige Jahre später wurde ihm ein Gedenkstein im Walde errichtet, den man mit folgender Inschrift versah: „Johann S., gestorben durch Unglücksfall am 6. Mai 1919.“

Oberförster Graml erhielt vom „Allg. Deutschen Jagdschutzverein“ die Medaille mit gekreuzten Hirschfängern! ...

Am 23. September 1929 stieß der Hilfsförster Hofmann aus Leschinen während eines Revierganges bei einbrechender Dunkelheit mit Wilddieben zusammen. Der Beamte befand sich auf einem Birschsteig, als er plötzlich zwei Männer mit Gewehren auf 20 bis 30 Schritt Entfernung vor sich sah. Beim Anruf des Försters suchte einer von den Männern Deckung in einer Schonung während der andere Hofmann im Laufen zu umgehen versuchte, um ihn von hinten anzugreifen. Darauf machte der Beamte in berechtigter Notwehr von der Schußwaffe Gebrauch und traf einen der Wilderer, einen gewissen G. aus Ganthen, tödlich ...

Ein unerwartetes Zusammentreffen mit einem von ihm angeschossenen Wilddieb hatte der von Treskow'sche Förster Köhn in Friedrichsfeld bei Berlin.

Der Beamte hörte am 22. November 1907 (Totensonntag) in der Dämmerung von seinem Forsthause aus in der Karlshorster Forst Schüsse fallen. Es waren in der letzten Zeit zwischen Friedrichsfelde und Karlshorst wiederholt verdächtige Schüsse wahrgenommen worden, Wilddiebe und auch Vogelsteller aus der Großstadt trieben dort ihr Unwesen, ohne daß es bisher gelungen wäre, ihrer habhaft zu werden.

Als sich Förster Köhn ins Revier begab, stieß er auf zwei Männer, die Gewehre und schwerbepackte Rucksäcke trugen. Auf seinen Anruf sprang einer überraschend schnell hinter einen Baum und schoß dem Forstbeamten eine volle Schrotladung in den Leib und in die Brust. Zusammenbrechend schoß der Schwerverwundete noch hinter den Fliehenden her und verlor dann die Besinnung. Nach einiger Zeit gelangte er wieder zum Bewußtsein und schleppte sich in der Dunkelheit unter Aufgebot seiner letzten Kräfte zum nächsten Hause. Ein herbeigerufener Arzt legte ihm Notverband an und ordnete seine sofortige Überführung in das „Augustahospital" an. Da der Förster angab, nach seinem Schuß einen Aufschrei gehört zu haben, suchten Gendarmerie- und Forstbeamte den dunklen Wald und die Umgebung ab, ohne jedoch etwas zu entdecken.

Die Ärzte entfernten sofort die größte Anzahl der zum Teil tief eingedrungenen Schrotkörner. Als der Förster aus der Narkose erwacht war und sich einigermaßen erholt hatte, schilderte er den Ärzten und Krankenschwestern den Hergang, wobei er nochmals betonte, daß der Wilddieb, der auf ihn geschossen habe, bestimmt durch den auf ihn abgefeuerten Schuß verwundet sein müsse. Da machte man ihn darauf aufmerksam, daß im benachbarten Bett ein soeben eingelieferter Mann läge, dem ein Finger der rechten Hand abgeschossen sei. Zur allgemeinen Überraschung erkannte der schwerverletzte Förster in seinem Bettnachbarn den Wilderer, der ihn angeschossen hatte, und der, wie er dann selbst eingestand, einen Kugelschuß vom Förster erhalten hatte, der ihm den Finger abriß!

Der verwundete Wilddieb war der Straßenbahnschaffner August R., sein Komplice, der alsbald ermittelt wurde, der Büchsenmacher August K., beide in Berlin wohnhaft. Der schwerverletzte Forstbeamte konnte nach langem Schmerzenslager wieder hergestellt werden …

Vor dem Schwurgericht Colmar (Elsaß-Lothringen) standen am 15. und 16. November 1901 der 24jährige Bäckergeselle Karl Sch. und der 21 Jahre alte Steinhauer Alois L., beide aus Lichtenberg i. E. Sch. unter der Anklage des unberechtigten Jagens und der Tötung des Forsthilfsaufsehers Emil Lejeune, in der Absicht, sich bei Begehung einer strafbaren Handlung der Ergreifung auf frischer Tat zu entziehen. L. war der Beihilfe angeklagt.

Kriminalistischer Lehrgang für die Staatsforstbeamten in Rominten 1927.

Der Ort Lichtenberg, bekannt durch die sagenumwobene und 1870 von den deutschen Kriegern eingenommene Burg, war seit langen Jahren beim Forstpersonal dafür bekannt, der Sitz einer großen Anzahl gewerbsmäßiger Wilderer zu sein. Oberförster Müller, Ingweiler, hatte schon mehrmals die Regierung darum ersucht, Lichtenberg mit einem Gendarmerieposten zu belegen, ohne daß seiner Bitte entsprochen wurde. Infolge der immer mehr um sich greifenden Wilddieberei wurde im Hochsommer 1901 das Forstschutzpersonal der Oberförsterei Ingweiler erheblich verstärkt. Einer dieser zur Verstärkung kommandierten Beamten war der getötete L., der erst am 1. August seine Lehrzeit beendet hatte. Die Beamten wurden mit genügender Munition ausgerüstet und unternahmen nun regelrecht Patroulliengänge.

Am 9. Oktober, nachmittags, hatten der Getötete und der Jagdaufseher Knoch eine Streife unternommen und sich gegen Abend in der Nähe der Neumühle getrennt. Lejeune bemerkte beim Abschied noch zu seinem Kameraden: „Jetzt komm ich doch noch früher nach Hause als du." Es sollte anders kommen. Auf dem Wege nach Reipertsweiler, seinem Wohnort, ereilte ihn der Tod durch Mörderhand!

Er hatte jedenfalls Schüsse gehört, die Sch. auf ein Reh abgegeben hatte und war diesen Schüssen nachgegangen, die ihm verdächtig vorgekommen waren. Die angestellten Ermittlungen ergaben, daß der Angeklagte L. an diesem Tage seinen

Freund Sch. in dessen Elternhause aufgesucht und ihm erzählt hatte, daß jeden Abend hinter seinem Hause Rehe ständen. Dieser hatte sich sofort bereit erklärt, auf diese Rehe zu birschen. Da aber am Austrittsort des Wildes an diesem Abend ein Mann mähte, schlug Sch. vor, ins „Ludwigstal“ zu gehen. L. riet jedoch davon ab, weil er beobachtet hatte, daß der Förster Spitzenberg sich dorthin begeben hatte. Man wurde sich dann einig, in der Nähe der Neumühle zu wildern, weil man dort am wenigsten mit Störung durch Forstschutzbeamte zu rechnen hatte. Sch. führte als Waffe eine Doppelflinte mit, mit der er ein an der Neumühle äsendes Reh mit zwei Schüssen erlegte. Die beiden Wilddiebe schleppten das Reh in den Wald und begannen es an einem lichten Hang, unter einer großen Buche, zu zerwirken. Um jeder Überraschung mit der Waffe zu begegnen, hatte Sch. sein mit zwei Postenpatronen frischgeladenes Gewehr schußbereit neben sich gelegt. Plötzlich erblickte L. auf der Höhe einen Forstbeamten, der in gebückter Haltung mit schußbereit getragener Waffe direkt auf die beiden Wilddiebe zukam. Als er seinen Komplicen auf den Forstbeamten aufmerksam machte, ergriff dieser sofort sein Gewehr und legte sich an die Böschung, die der Hang gegen den Weg bildete und der mit Buchengestrüpp so stark bewachsen war, daß man ihn unmöglich vom Standort des Forstbeamten sehen konnte. L., der unbewaffnet war, versteckte sich hinter der Buche, so das Lejeune annehmen mußte, beide Wilddiebe hätten bei seinem Nahen die Flucht ergriffen. Als er näher kam, erhielt er von Sch. den ersten Postenschuß. Er soll dabei einen Ruf ausgestoßen haben, der wie „Knoch“ (Name seines Kollegen) geklungen habe. Sch. gab bei seiner Vernehmung an, daß der zweite Schuß sich unabsichtlich entladen habe, als er das Gewehr nach dem ersten Schuß aus den Büschen zog. Ob der Beamte geschossen hatte, war nicht festzustellen, da er vorher auf eine Katze geschossen hatte, als Knoch noch in seiner Begleitung war.

Der Forstbeamte Lejeune wurde am anderen Tage vermißt. Es wurden ausgedehnte Streifen unternommen, die erst am 12. Oktober zur Auffindung seiner Leiche führten. Der Tote lag am Tatort, augenscheinlich unberührt, auf der linken Seite. Sein quer über der rechten Hüfte liegendes Gewehr, eine Büchsflinte, war gesichert, die Klappe des leeren, im Kolben befindlichen Patronenmagazins stand offen. Der Schrotlauf war mit einer Patrone Nr. 3 geladen, im Kugellauf befand sich eine abgeschossene Patrone, offenbar die von dem Schuß auf die Katze herrührende.

Der Verdacht der Täterschaft fiel sofort auf Sch.; bei der vorgenommenen Haussuchung wurden die Doppelflinte, eine große Menge Patronen und ein Paar Schuhe gefunden, die genau zur Fußspur paßten, die am Tatort gefunden worden war. Sch. und sein Freund L., der am Tage des Mordes mit Sch. zusammen gesehen worden war, wurden festgenommen. Beide leugneten zunächst, bis L. am 15. Oktober ein Geständnis ablegte, das auch Sch. zum Reden brachte.

Der Angeklagte Sch., der wegen Diebstahls, Sachbeschädigung und Beleidigung von Forstbeamten vorbestraft war, galt unter dem Forstspersonal als der gefährlichste

Wilderer der Umgegend, doch war es bisher noch nicht gelungen, ihn in flagranti festzunehmen. L. war der Sohn braver Eltern, der von Sch. verführt worden war.

Die Leichenöffnung ergab, daß Lejeune von 17 Schroten getroffen worden war, von denen eins ins Gehirn, ein anderes ins Herz gedrungen war, was seinen sofortigen Tod zur Folge gehabt haben mußte.

L. wurde freigesprochen, Sch. zu 14 Jahren und 2 Monaten Zuchthaus und Verlust der bürgerlichen Ehrenrechte auf die Dauer von 10 Jahren verurteilt …

Im Walde zwischen Gr.-Königsdorf bei Köln a. Rh. und Ichendorf hatte der Kgl. Förster Schumacher am 5. Februar 1901 einen Zusammenstoß mit einem des Wilderns verdächtigen Mann, der später als der pensionierte Postsekretär K. aus Köln festgestellt wurde. Der verdächtige Mann widersetzte sich seiner Festname und versuchte, einen Revolver aus der Tasche zu ziehen. Der Beamte machte in der Notwehr von seiner Dienstwaffe Gebrauch und schoß K. in den rechten Oberschenkel, wobei auch der Revolver zertrümmert wurde …

Mit derartigen überraschenden Angriffen hat der Beamte bei Festnahmen immer zu rechnen. Als ich 1915 den Muttermörder Vogel aus Dresden vor dem Wartesaal des Bahnhofs Friedrichstraße in Berlin festnahm, zog er einen geladenen Revolver aus der Tasche. Ich konnte ihn umklammern und zu Boden werfen, worauf Bahnbeamte ihm die Waffe entrissen. Ein Jahr später nahm ich an derselben Stelle einen falschen Fliegeroffizier fest. Auch er zog eine Pistole aus der Tasche und legte auf mich an. Als ich hinter einen Pfeiler in Deckung sprang und meine Dienstpistole auf den „Offizier" anschlug, schoß sich dieser eine Kugel in die Schläfe, so daß er tot vor mir niederstürzte. Der zunächst unbekannte, mit hohen Kriegsorden geschmückte angebliche Offizier wurde 14 Tage später im Leichenschauhaus als der fahnenflüchtige Pionier K. erkannt.

Es wird hier nochmals darauf hingewiesen, daß auch damit zu rechnen ist, daß der Angreifer durch die Tasche schießt, ohne die Schußwaffe herauszuziehen …

Der Herzoglich Anhaltische Förster Bernhard in Groß-Jägersdorf bei Norkitten (Ostpreußen) hatte aus verschiedenen Anzeichen entnommen, daß in seinem Revier in letzter Zeit gewildert wurde. Die allabendlichen Streifengänge führten zu keinem Erfolge. Am 7. Februar 1901 stellte er vormittags fest, daß in der Nacht zwei Wilderer von Roser nach dem Groß-Jägersdorfer Wald zu gebirscht waren. Er setzte sofort seinen Kollegen Karl Kropp in Kenntnis und bat um seine Unterstützung für die folgende Nacht. Als beide Beamte gegen Mitternacht ihre Streife antreten wollten, meldete ihnen der Kutscher, daß soeben im Roser Wald ein Schuß gefallen sei. Schnell wurde angespannt und in schnellster Gangart der Schußrichtung entgegengefahren. Während der Fahrt fiel ein zweiter Schuß, der den Förstern den genauen Standort des Schützen verriet. Kaum hatten die Beamten den Wald betreten und sich vorsichtig nach dem Waldrande zu gebirscht, tauchten vor ihnen zwei Männer auf, die ihre Gewehre schußbereit trugen. Auf Anruf gingen die Wilderer sofort in Anschlag. Obwohl die beiden Förster ihre Gewehre schon beim Anruf auf die Wilddiebe angelegt hatten, wäre Förster Kropp doch erschossen worden, weil er ohne Deckung stand. Sein Kollege kam dem Angreifer einem Besitzerssohn S., aber zuvor und schoß ihn nieder. Der Tatgenosse ein Müller P. aus Groß-Jägersdorf, ergriff darauf die Flucht. Förster K. verfolgte ihn sofort und rief ihm wiederholt zu, stehen zu bleiben. Trotzdem setzte P. die Flucht fort, drehte sich plötzlich um und legte auf seinen Verfolger an. Jetzt gab der Förster Feuer, und auch P. stürzte zunächst zu dem schwerverwundeten S. zurück, bei dem sein Kollege stehengeblieben war. Beide Beamte brachten den S. sofort zum Arzt nah Norkitten, wo der Verwundete starb. Als man den P. ebenfalls abholen wollte, war dieser inzwischen allein nach seiner zwei Kilometer entfernten Wohnung gegangen. Von seiner Festnahme mußte seiner Verwundung wegen Abstand genommen werden. Bei seiner Vernehmung gestand er ein, gemeinsam mit seinem erschossenen Komplicen ein Reh geschossen und im Walde versteckt zu haben. Bei der Nachsuche nach einem zweiten krankgeschossenen Reh war der Zusammenstoß mit den Forstbeamten erfolgt. Er war bereits wegen Wilderns wiederholt vorbestraft und hatte noch eine neunmonatige Gefängnisstrafe wegen gewerbsmäßigen Wilderns und Widerstandes gegen die Staatsgewalt zu verbüßen. Förster Bernhard, der den gefährlichen P. schon zum zweiten Male in flagranti abgefaßt hatte, erhielt von seiner vorgesetzten Behörde eine besondere Anerkennung und eine namhafte Gratifikation; der „Allgemeine Deutsche Jagdschutzverein" schloß sich mit einem wertvollen Ehrengeschenk an …

Am Abend des dritten Pfingstfeiertages 1901 hatte der Forstaufseher Kopitz, Brodsull bei Ruß, Oberförsterei Ibenhorst, einen Zusammenstoß mit einem Wilddieb. Er hatte sich hinter einen Weidenstrauch auf die Lauer gelegt, weil er bemerkt hatte, daß in letzter Zeit in seinem Schutzbezirk gewildert wurde. Er beobachtete einen unbekannten Mann, der mit zugeknöpftem Rock herankam, dann ein verborgenes Gewehr hervorzog und zusammensetzte. Nach Anruf und Aufforderung, die Waffe niederzulegen, ergriff der Wilddieb mit der Waffe in der Hand die Flucht. Als er sich von dem Beamten verfolgt sah, drehte er sich plötzlich um und legte auf seinen Verfolger an. Als dieser sein Gewehr ebenfalls hochreißen wollte, kam er im Weidengestrüpp zu Fall. Das benutzte der Wilddieb, um seine Flucht fortzusetzen. Nun ging die Hetzjagd weiter, und der Forstaufseher war von neuem auf wenige Schritte an den Wilddieb heran, als niedergedrücktes Weidengesträuch, das das dortige Hoch- oder Elchmoor umgrenzt, den Beamten abermals zu Fall brachte. Nun gelang es dem Wilddieb, in der inzwischen eingetretenen Dämmerung zu entkommen. In der Annahme, daß der Wilddieb mit einem Kahn gekommen sein mußte, suchte der Beamte nun die Wasserläufe des Ruß- und Skirwithstromes ab. Er hatte dabei mehr Weidmannsheil, denn er fand nicht nur den Kahn, sondern auch darin die Ruder, die

Mütze und das wertvolle, mit Silber ausgelegte Gewehr des Wilddiebs, der offenbar soeben den Kahn erreicht, beim Nahen des Forstaufsehers aber die Flucht ergriffen hatte. Der Forstbeamte bestieg den Kahn und fuhr damit nach Ruß. Hier stellte er am anderen Morgen mit Hilfe eines Kahnbauers fest, daß der Kahn Eigentum des Kätners J. aus der Kolonie Bismarck war. J. war als Wilderer bereits vorbestraft; nachdem auch das Gewehr und die Mütze als sein Eigentum erkannt worden waren, wurde Strafanzeige bei der Staatsanwaltschaft Memel gegen ihn erstattet, wobei besonders darauf Bezug genommen wurde, daß dieser gefährliche Bursche es bei seinen Wilderergängen auf das dort stehende Elchwild abgesehen hatte, dem er mit der Schrotspritze zuleibe gehen wollte …

Ein scherzhafter Wildererstreich gelangte in einer Verhandlung vor dem Landgericht Koblenz durch die Aussage eines Zeugen zur Kenntnis der Öffentlichkeit.

Ein wegen Wilddieberei angeklagter Steinhauer aus D. stand schon seit längerer Zeit im Verdacht des gewerbsmäßigen Wilderns. Auf Grund einer gegen ihn erstatteten Anzeige wurde Haussuchung bei ihm vorgenommen. Als er die Beamten auf sein Haus zukommen sah, ahnte er ihre Absicht und suchte schleunigst nach einem Versteck für den soeben nach Hause gebrachten gewilderten Bock. Kurz entschlossen räumte er die Wiege aus, legte den Bock hinein, darauf den Strohsack und obenauf seinen hoffnungsvollen Sprößling. Kaum war er damit fertig, so traten auch schon Polizei- und Forstbeamte ein und forderten ihn auf, sie in alle Räume, auch auf den Boden und in den Keller zu begleiten. Das Kind war durch den schnellen Stellungswechsel und einen herzhaften Kniff in den Allerwertesten aus seinem friedlichen Schlummer erwacht und schrie zum Erbarmen. Der Wilddieb erklärte sich mit harmloser Miene dazu bereit, die Beamten im Hause herumzuführen, bat aber den mitanwesenden Flurschützen, währenddessen das Kind zu wiegen, damit das arme, unschuldige Wurm sich beruhige. Der Flurschütz, selbst mehrfacher Familienvater, begriff den Schmerz des bedrängten Vaterherzens und setzte sich an die Wiege. Während nun die anderen Beamten keinen Winkel des Hauses undurchsucht ließen, zwischen die Dachsparren stiegen, in den Schornstein leuchteten und die Kohlen umschaufelten, wiegte der brave Flurschütz das Kind und den gewilderten Bock, indem er gewohnheitsmäßig mit seinem rostigen Bierbaß ein rührendes Wiegenlied dazu sang. Als die Beamten unverrichteter Sache wieder aufbrachen, bedankte sich der schlaue Wilddieb noch besonders bei dem gefälligen, kinderlieben Flurschütz.

Diese Zeugenaussage rief begreiflicherweise im Gerichtssaal allgemeine Heiterkeit hervor, sogar die düpierten Beamten beteiligten sich mit einem nassen und einem trockenen Auge daran …

Der Kriminalpolizei Magdeburg wurde am 1. August 1919, abends durch den Fabrikbesitzer von Arnim-Wagenführ, Tangerhütte, telephonisch mitgeteilt, daß der Staatliche Hilfsjäger Hermann Kruse, Försterei Schernebeck, Oberförsterei Burgstall, im Jagen 323 erschossen aufgefunden worden sei. Der Beamte hatte sich nachts 2 Uhr auf Wildererstreife begeben, um 5¼ Uhr hatte der Waldwärter Grimm erst einen, dann mehrere Schüsse in kurzen Abständen fallen hören. Als Kruse von seinem Dienstgang nicht zurückkehrte, hatte Forstmeister Freiherr von Rechenberg eine Nachsuche angeordnet, die um ½16 Uhr zur Auffindung des Erschossenen führte. Er lag auf einer Blöße, dicht an einer Tannenschonung, ein als Dum-Dum-Geschoß hergerichtete Infanteriegewehrkugel hatte ihn halb von hinten linksseitig in Nabelhöhe in den Unterleib getroffen. Der Schwerverletzte hatte auf dem Waldwege in den Sand seinen Namen geschrieben, um den Suchenden einen Anhalt zu geben; dann hatte er sich 25 Meter weitergeschleppt und war hier verstorben. Rucksack, Fernglas und Karabiner, dessen Schloß offen stand, lagen verstreut hinter ihm.

Schon am 4. August nahmen die Landjäger den 20jährigen Dienstknecht Otto Ni., seinen Bruder Hermann Ni. und den Arbeiter Ne. aus Burgstall als die mutmaßlichen Täter fest. Nach anfänglichem Leugnen legte Otto Ni. das Geständnis ab, daß er den Forstbeamten erschossen habe. Nach seiner Darstellung waren die drei wildernd das T-Gestell von Dolle heruntergekommen, als Hermann Ni. und Ne. den in der Kultur des Jagens 323b stehenden Forstbeamten bemerkten. Als beide die Flucht ergriffen, habe der Beamte zweimal hinter ihnen hergeschossen. Darauf habe Otto Ni., der sich, vom Förster unbemerkt, an die Erde geworfen hatte, den Beamten niedergeschossen.

Diese Darstellung entsprach nicht den tatsächlichen Feststellungen. Die Obduktion hatte ergeben, daß der Schußkanal waagerecht verlief; der Schütze konnte also nicht am Boden gelegen haben, er mußte stehend geschossen haben. Auch die Tatortbesichtigung ergab, daß die Angaben des Täters nicht der Wahrheit entsprachen. Offenbar hatte Ni. den Forstbeamten aus dem Hinterhalt niedergeschossen, als dieser sich anschickte, die fliehenden Komplicen zu verfolgen.

Für diese Annahme sprachen noch andere Vorgänge. Schon am 22. Juni 1919 waren der Förster Jäncke, der Förster Steinbeck, der Hilfsjäger Templin und der ermordete Kruse von mehreren Wilddieben aus dem Hinterhalt beschossen worden, als sie sich auf einer Wildererstreife befanden. Es gelang den Beamten, einen der Wilddiebe, den Flugzeugmatrosen P., festzunehmen. Dessen Komplicen waren, wie nunmehr ermittelt werden konnte, die jetzt Festgenommenen gewesen. Ne. gestand auch ein, daß die beiden Brüder Ni. sechs Gewehre im Walde versteckt und in der letzten Zeit ungefähr 30 Hirsche gewildert hatten.

Das Schwurgericht Magdeburg verurteilte den Otto Ni. am 5. Februar 1920 wegen gewerbsmäßigen Wilderns und Totschlags zu 9 Jahren Zuchthaus und 10 Jahren Ehrverlust. Der Bruder Hermann Ni. erhielt wegen gewerbsmäßigen Wilderns 2 Jahre, Ne. wegen Jagdvergehens 4 Monate Gefängnis. Am 20. Juli 1927 gelang es dem Otto Ni., aus dem Zuchthaus Brandenburg auszubrechen; er wurde jedoch 14 Tage später wieder festgenommen.

Der Förster Schadow, Burgstall, der sich um die Ermittlung der Täter besonders verdient gemacht hatte, erhielt auf Antrag seines Forstmeisters Freiherrn von Rechenberg von der Regierung eine Belohnung von 500 RM …

Wilderer aus der Schweiz.

Ein Hochgebirgstourist teilte am 27. September 1913 österreichischen Finanzwachtmännern mit, daß er morgens 7 Uhr unterhalb der Alpe Fanül einen schwerverwundeten Forstbeamten gefunden habe, der dringend der Hilfe bedürfe. Die sofort in Kenntnis gesetzten Gendarmerie- und Forstbeamten begaben sich unverzüglich mit geeigneten Transportmitteln nach der im Vorarlberggebiet, in der Nähe des Salaruel-Jochs gelegenen Stelle und fanden unter einer Föhre, im Schutz eines Felsens, den durch Schußwunde schwerverletzten 52 Jahre alten Jagdaufseher Felix Schneeberger aus Nensing. Der Beamte, der die ganze Nacht hier verbracht hatte, wurde geborgen, und die Gendarmerie meldete dem Bezirksbericht Bludenz (Österreich), daß nach Angabe des Schneeberger der in seiner Begleitung gewesenen 29jährige Jagdaufseher Josef Heimgärtner, ebenfalls aus Nensing, von Wilderern erschossen, er selbst von denselben Tätern verwundet worden sei. Die Wilderer wären unerkannt entkommen. Der Zusammenstoß zwischen den Jagdschutzbeamten und den Wilderern habe bereits am 26. September, nachmittags, im genannten Schutzgebiet stattgefunden.

Von Finanzwachtbeamten geführt, begab sich die Gerichtskommission sofort, nach schwierigem Aufstieg, an die Stelle, an der man den völlig erschöpften Jagdaufseher Schneeberger aufgefunden hatte. Man folgte von dort der hier herführenden, von Sch. herrührenden Blutspur und gelangte so an den Tatort, einer steil abfallenden, mit Schnee bedeckten Steinhalde, in deren Mitte die Leiche des erschossenen Heimgärtner lag. Der Tote war nach vornüber gestürzt und lag mit dem Gesicht auf dem rechten Oberarm. In den Taschen wurden Geld und Tabakpfeife, im Rucksack die Jagdkarte, Brot und ein „Landjäger" (harte Wurst) vorgefunden, etwas oberhalb des Erschossenen lag sein geladenes Gewehr. An der oberen, nach Süden gerichteten Kante eines Felsvorsprungs bemerkte man eine frisch abgesprengte, kreisrunde Stelle, die offenbar einen Kugeleinschlag darstellte. Zwischen dieser Stelle und der Leiche befand sich eine Blutlache; der Schütze hatte jedenfalls den tödlichen Schuß von der 20 Meter hohen Felswand aus abgefeuert, denn die Schußverletzung verlief von oben nach unten. Fußspuren waren in dem nur von wenig Schnee bedeckten Geröll nur schwach sichtbar, zum Gipsabguß nicht brauchbar.

Die nach Überwindung großer Schwierigkeiten zu Tal transportierte Leiche wurde obduziert. Die Ärzte fanden ein Bleigeschoß, das von hinten links am Schulterblatt eingedrungen war und vorn rechts in der Brust, zwischen der siebenten und achten Rippe, unter der Haut vorgefunden wurde. Die inneren Verletzungen zeigten, daß der Tod sofort eingetreten war.

Der Verdacht der Täterschaft richtete sich alsbald gegen Wilderer, die, wie den Jagdschutz- und Gendarmeriebeamten bekannt war, oft von Graubünden her über die schweizerische Grenze wechselten.

Der lebende Tatzeuge, der schwerverletzte Jagdaufseher Schneeberger, vermochte über den Hergang des Zusammenstoßes mit den Wilderern folgende Angaben zu machen: Er hatte sich am Freitag, dem 26. September, früh ½6 Uhr, mit seinem Kollegen Heimgärtner auf Wildererstreife in das Jagdrevier Gamperdonatal begeben. Gegen ½10 Uhr hatten sie einen sehr hohen Aussichtspunkt erstiegen, der ihnen über die Alpenhöhen einen vorzüglichen Rundblick ermöglichte. Als Heimgärtner mit seinem Zeißglas Umschau hielt, machte er zwei Männer aus, die in 2000 Meter Entfernung von der Schweiz her über das Joch in die Panüel-Alpe stiegen und, wie in der klaren Hochgebirgsluft zu erkennen war, Gewehre trugen. Beide Jäger stiegen sofort weitere 1000 Meter auf und beobachteten nun, vorsichtig hinter Felsvorsprüngen gedeckt, die beiden Wilderer, wie sie, auf einem Felskopf sitzend, mit Ferngläsern Umschau hielten. Oben auf der höchsten Spitze der Panüel-Alpe standen Gemsen, die die beiden Wilderer nach einiger Zeit anzubirschen suchten. Während der eine, der einen Vollbart trug, sich an einem Zwangswechsel ansetzte, versuchte der zweite, die Gemsen zu umgehen und seinem Komplicen zuzudrücken. Der Wind stand ihm aber nicht günstig, die Tiere wurden vorzeitig unruhig, das aufmerksame, als Posten ausgestellte Leittier gab das Warnungssignal, und die Tiere gingen rechtzeitig nach der entgegen gesetzten Seite flüchtig ab. Der Wilderer stieg darauf wieder zu seinem Genossen empor. Nach kurzer Rast überstiegen beide den Grat und verschwanden den Blicken der sie beobachtenden Jäger. Schnell folgten diese und es gelang ihnen, ungesehen heranzukommen. Es war gegen 15 Uhr, als die Jäger die beiden Wilderer auf 40 Meter Entfernung stellten. Nach Anruf flüchteten die beiden sofort den Grat hinauf, um nach der entgegengesetzten Seite zu entkommen. Die Jäger, die wußten, daß dort eine senkrecht abfallende, mehrere hundert Meter hohe Felswand jedes Entkommen vereitelte, riefen den Wilderern zu, dort gäbe es kein Ausreißen, sie möchten vernünftig sein, ihre Stutzen ablegen und herunterkommen. Der ältere Wilderer mit rotbraunem Vollbart, der später als der 50 Jahre alte Jakob Ehret aus Valzeina, Kanton Graubünden, festgestellt wurde, rief seinem Komplicen, dem 28jährigen Johann Hartmann, zu: „Lieber erfallen (hinabstürzen), als ergeben!“ Gleichzeitig versuchte er, mit dem Stutzen in der Hand, mit großen Sätzen auf einem sehr steilen Zuge zwischen den beiden unten stehenden Jägern hindurchzukommen. Der Jäger Schneeberger packte ihn jedoch, und beide stürzten, kollerten und rutschten, sich umklammert haltend, die sehr steile Halde hinab. Schließlich blieben sie im Geröll hängen. Während der

Jäger sein Gewehr noch immer umklammert hielt, war dem Wilderer der Stutzen entfallen und lag fünf Schritt von ihm entfernt. Sofort versuchte er dem Jäger das Gewehr zu entreißen. Als ihm das nicht gelang, verlegte er sich aufs Bitten. Er sei ein armer Familienvater und habe nur auf Murmeltiere schießen wollen. Während nun die beiden unten verhandelten, hatte Jäger Heimgärtner den oben hinter dem Grat mit angeschlagener Büchse liegenden zweiten Wilderer wiederholt aufgefordert, ohne Stutzen herabzukommen. Als dieser diese Aufforderung unbeachtet ließ, beging der Jäger die unbegreifliche Unvorsichtigkeit, hinunter zu seinem Kollegen zu springen, um ihm Hilfe zu leisten, statt den oben im Anschlag liegenden Wilderer in Schach zu halten oder ihn kurzerhand durch einen Schuß unschädlich zu machen.

Bei seinem Kollegen angekommen, teilte Heimgärtner dem Schneeberger mit, daß sich der Wilderer oben nicht ergeben wolle. Mit gleicher Sorglosigkeit entgegnete dieser: „Dann müssen wir uns eben mit einem begnügen!“ Beide Jäger nahmen nun Stutzen und Patronen des festgenommenen Wilderers an sich und schickten sich an, ihn abzutransportieren, ohne sich weiter um die ihnen drohende Gefahr zu kümmern. Doch Ehret leistete weiter Widerstand und blickte hinauf zu seinem

Der Wilderer Hartmann, der den Jäger Heimgärtner erschoß.

Der Wilderer Ehret, Komplice des Hartmann, beide aus Balzeina .

Komplicen, der über den Grat hinweg den Jägern zurief, sie sollten den E. laufen lassen, sonst gäbe es ein Unglück. Gleich danach gab er einen Warnungsschuß ab. Während Schneeberger hinter den festgenommenen Wilderer in Deckung trat, diesen dabei festhaltend, versucht Heimgärtner, hinter einen Feldsblock zu springen, um das Feuer zu erwidern. Doch da krachte der zweite Schuß, und Heimgärtner stürzte mit dem Ruf: „O wehe!" zusammen, kollerte den steilen Hang hinunter und blieb dort regungslos liegen. Jäger Schneeberger rief dem Schützen zu, er solle ihn nun auch noch erschießen! Dann bat er den vor ihm stehenden Ehret, ihm zu helfen, den schwerverwundeten Heimgärtner zu bergen. Da krachte von oben der dritte Schuß, und auch Jäger Sch. kollerte, schwergetroffen, den Hang hinunter. Er sah noch, wie Ehret seinen Stutzen ergriff und zu seinem Komplicen emporkletterte. Als beide sich entfernen wollten, rief er ihnen nach: „Laßt mich hier nicht liegen, schießt mich ganz tot!" Mit lautem Hohngelächter verschwanden die beiden Wilderer, und der Schwerverwundete verlor die Besinnung. Als er wieder zu sich kam, war es dunkel, und ein eisiger Schneesturm raste über das Hochgebirge. In dieser traurigen Lage, wenige Schritte von seinem toten Kollegen entfernt, mußte der Schwerverwundete die ganze Nacht verbringen. Jede Bewegung konnte ihm den sicheren Tod durch Absturz, jede Stunde den Tod durch Erfrieren bringen. Als es dann hell wurde, schleppte er sich mit dem Aufgebot seiner letzten Kräfte an den Bergpfad, den dann zufällig ein Tourist passierte, der seine Rettung veranlaßte.

Die von der österreichischen Gendarmerie von dem Vorfall in Kenntnis gesetzte Schweizer Polizei in Chur erkannte nach der ihr übermittelten Personalbeschreibung alsbald die beiden ihnen als gefährliche Wilderer bekannten Ehret und Hartmann in Valzeina und nahm beide fest. Das Kreisgericht Feldkirch (Österreich) stellte darauf auf diplomatischem Wege den Antrag auf Strafverfolgung durch Schweizer Gerichte.

Schon einige Tage später teilte das „Verhöramt Graubünden" dem Kreisgericht mit, daß die beiden Wilderer ein Geständnis abgelegt hätten. Ehret war der bereits Festgenommene, Hartmann derjenige gewesen, der die drei Schüsse abgefeuert und den Jäger Heimgärtner getötet hatte. Aus dem „Inquisitenprotokoll" des Verhöramtes war zu ersehen, daß

> „der Inquisit Hartmann zunächst ermahnet worden war, frisch und frank mit der Wahrheit herauszurücken, indem man andeutet, daß dann die Untersuchung dieser unglückseligen Geschichte sich einfacher zu gestalten scheine" …

Der also ins Gewissen geredete Hartmann „staunte zunächst traurig vor sich hin", dann antwortete er: „Ich will es Euch sagen, wie es ist." Dann packte Inquisit Hartmann aus, indem er den Vorfall in möglichst harmlosem Lichte folgendermaßen darzustellen versuchte:

Er und sein Genosse Ehret hatten die Grenze überschritten, um Gemsen zu „jagen". Als Waffe hatte er das bei ihm beschlagnahmte Martinigewehr, Kaliber 10,4 Millimeter, geführt, dessen Geschoß mit dem Aufdruck 42 im Körper des Toten gefunden worden war. Hartmann gab zu, die Schüsse abgefeuert zu haben, allerdings „ohne zu zielen“ und nur, um die Jäger zu erschrecken und sie davon abzuhalten, den Ehret festzunehmen. Das „Hohngelächter“ sei nur ein Zuruf an einen dritten Wilderer Namens Luzi Flury gewesen, der aus 1500 Meter Entfernung dem Zusammenstoß mit seinem Fernglase zugesehen habe. Man habe diesen auch gebeten, nichts zu verraten und dafür zu sorgen, daß die beiden Jäger abtransportiert würden. Er solle hinüber zur Scesaplana-Hütte gehen und von dort Hilfe herbeiholen.

Nachdem er sich von seinem Komplicen Ehret getrennt hatte, sei er allein nach Fassons gegangen und habe dort übernachtet. Am anderen Morgen sei er dann durch das „Schafloch“ zum „Alpstein“ hinaufgestiegen, doch nicht etwa, um zu wildern, sondern nur, „um den Herrgott um Vergebung zu bitten“. Herr Hartmann hatte also wirklich ein kindliches Gemüt, er stieg nur nochmals in Wolkenhöhe, um seine Gebete wirksamer zu gestalten und dem Himmel näher zu sein. Er gab allerdings zögernd zu, daß er anschließend doch wieder auf Gemsen geschossen habe. Offenbar aber nur deshalb, weil ihn diese in seiner Andacht gestört hatten!

Auf dem Heimweg über Bersana wurde Hartmann oberhalb des Dorfes Seewis von zwei Schweizer Beamten, die ihn dort erwartet hatten, dem Gendarmerie-Corporal Sprecher und dem Jäger Davaz festgenommen. Sein Komplice Ehret befand sich bereits in sicherem Gewahrsam. Im Gefängnis versuchte H. zuerst den „wilden Mann“ zu spielen. Er hatte jedoch damit wenig Erfolg, der Untersuchungsrichter und der Vehörungsamtsweibel gaben ihr Gutachten dahin, daß H. nur simuliere.

Während Ehret, der durch sein Verhalten den traurigen Ausgang des Zusammenstoßes provoziert hatte, außer Verfolgung gesetzt werden mußte, wurde gegen Hartmann vor dem Kantonsgericht Graubünden am 13. und 14. Februar 1914 verhandelt. Während der Verhandlung ergab sich, daß er nach einigen ergebnislosen „Jagdtagen“ auf der Alpe Fassons übernachtet und dabei vier andere „Jäger“ getroffen hatte. Mit Ehret, einem dieser Vier, war er dann gegen die „kleine Furka“ angestiegen. Beide schossen eine Gemse krank und folgten ihr in österreichisches Gebiet hinein, wo dann der beschriebene Zusammenstoß mit den beiden Jägern stattfand.

Das ärztliche Gutachten besagte, daß Hartmann erblich belastet sei, „bei längerer Freiheitsstrafe sei mit einer Haftpsychose zu rechnen“. (Dieser Gefahr dürfte man den frommen Hartmann natürlich nicht aussetzen!)

Weiter hieß es in der Urteilsbegründung: „Er sei zwar dem Wildfrevel seit längerer Zeit nachgegangen, das habe aber bei den „Jägern“ des Scesaplanagebietes nichts Ehrenrühriges an sich.“

Hartmann wurde wegen Körperverletzung mit tödlichem Ausgang gegen den Jäger Heimgärtner und mittelschwerer Körperverletzung, begangen an dem Jäger Schneeberger, zu sechs Jahren Gefängnis verurteilt. Die verbüßten drei Monate Untersuchungshaft wurden ihm auf diese Strafe angerechnet. Bemerkenswert ist, daß die Wilderer amtlich als „Jäger“ bezeichnet wurden, was uns vielleicht nicht recht verständlich erscheinen mag.

Zwei Förstermorde in Thüringen.

Am Sonntag, dem 28. November 1920, gegen 11 Uhr, wurde der Staatliche Hegemeister Rudolph aus Oberbösa (Th.) von zwei Wilderern im Distrikt 99 des Oberbösaer Forstes durch Lungenschuß schwer verletzt. Die Wilderer ließen den Beamten im hilflosen Zustande im Walde liegen, wo er später von Passanten gefunden und auf einem Wagen zur Försterei geschafft wurde. Er starb zwei Tage später an den Folgen dieser Verletzung.

Über den Zusammenstoß mit den beiden Wilddieben konnte der Schwerverletzte vor seinem Tode noch einige Angaben machen: Er habe auf seinem Reviergange zwei ortsfremde Männer angetroffen, die er nach ihrem Auftreten für Wilderer gehalten hatte. Der eine sei jünger und größer, der andere bedeutend älter und kleiner gewesen. Der jüngere hätte eine Infanteriemütze und feldgrauen Anzug, der andere Zivilkleidung getragen. Die beiden Täter hätten bei seinem Erscheinen zuerst die Flucht ergriffen, als er ihnen folgte aber hinter Bäumen Deckung genommen und auf ihn geschossen. Beide Wilderer hätten nacheinander gefeuert; während der erste Schuß dicht an seinem Kopf vorübergegangen sei, habe ihn der zweite in die Brust getroffen. Er habe zwar ebenfalls hinter einem Baume Deckung genommen, der Baum sei aber zu schwach gewesen, um ihm hinreichenden Schutz zu gewähren. Beide Personen müßten gute Schützen gewesen sein, denn die Entfernung sei eine ziemlich große gewesen.

Nach den Bekundungen des Hegemeisters war der tödliche Schuß von dem jüngeren Mann mit einer zerlegbaren Waffe abgegeben worden, die dieser erst unmittelbar vor dem Schuß zusammengesetzt habe. Vor dem Zusammenstoß sei ein Schuß im Walde gefallen, dem er nachgegangen sei.

Man hatte Fußspuren der vermeintlichen Täter durch den Distrikt 100 bis dicht vor Hachelbich verfolgt. Bis dahin hatte auch ein hinzugezogener Polizeihund diese Spuren verwiesen, dann hatte auch seine Fähigkeit versagt. Eine dieser Fußspuren hatte eine Länge von 29 Zentimeter, die andere von 28 Zentimeter. Die mit Eisen beschlagenen Absätze hatten eine Größe von 7x8½ Zentimeter beziehungsweise 7x6½ Zentimeter. Die Schuhformen ließen darauf schließen, daß die Täter unter den Schachtarbeitern der Gegend Hachelbich-Göllingen zu suchen sein würden.

Der Regierungspräsident in Erfurt setzte auf Ermittlung der Täter eine Belohnung von 3000 Mk. aus, die, der fortschreitenden Entwertung des Geldes entsprechend, später auf 5000 Mk. erhöht wurde. Die Ermittlungen der örtlichen Polizei blieben zunächst erfolglos, trotz der ausgesetzten Belohnung bot sich kein Anhalt, der zur Aufklärung des Förstermordes führte. Eine Landeskriminalpolizei gab es damals noch nicht.

Auf Antrag der Staatsanwaltschaft Erfurt entsandte dann Mitte Januar 1921 der Leiter der Erfurter Kriminalpolizei, Kriminalrat Merkel, den Kriminal-Kommissar Faulhaber zur Weiterbearbeitung des Falles nach Oberbösa. Um diese Zeit befanden sich im Gerichtsgefängnis in Sondershausen der Schachtarbeiter Hermann K. und sein Sohn, der Zimmermann Paul K., beide in I. bei Sondershausen wohnhaft. Sie waren des verbotenen Waffenbesitzes und des Verstoßes gegen das Sprengstoffgesetz angeschuldigt und standen im Verdacht der Wilddieberei. Beide waren auch auf Grund dieses Verdachtes in der Mordsache Rudolph vernommen worden, mit Hilfe eines wohlvorbereiteten „Familien-Alibis" hatten sie es jedoch verstanden, diesen Verdacht zu zerstreuen. Sie wollten beide zur fraglichen Zeit zu Hause Holz gehackt haben, was – selbstverständlich – von ihren Angehörigen bestätigt worden war.

Dem Beamten erschien es merkwürdig, daß die ganze Familie K. sich durch ein derartig gutes Gedächtnis ausgezeichnet hatte, denn die Angeschuldigten waren erst sieben Wochen nach dem Mord in dieser Sache vernommen worden, als der Verdacht auch auf sie gefallen war. Und nach dieser langen Zeit wußten sowohl die beiden Inhaftierten, als auch alle Familienmitglieder, von der alten Oma bis zur jüngsten Schulpflichtigen übereinstimmend anzugeben, wo sich die beiden zur fraglichen Stunde aufgehalten hatten! Etwas Aufklärung brachte allerdings die Feststellung, daß Paul K. versucht hatte, einen Kassiber durchzuschmuggeln, in dem er versuchte, das Gedächtnis seiner Frau nochmals in dieser Richtung hin aufzufrischen. Wenn auch in Anbetracht der großen Entfernung von I., dem Wohnort der beiden K., bis zu dem Tatort bei Oberbösa noch nicht an eine positive Täterschaft gedacht worden war, zumal sich auch die Tatbestandsaufnahme und bisherigen Ermittlungen mit einem solchen Verdacht nicht deckten, so mußte doch zum mindesten angenommen werden, daß die K.s. von der Tat wußten.

Dem Kriminal-Kommissar Faulhaber gelang es in verhältnismäßig kurzer Zeit den Beweis zu bringen, daß Paul K. der Mörder des Hegemeisters Rudolph war. Der Vater war an der Sache nicht beteiligt gewesen, der Komplice war ein anderes Mitglied der ehrenwerten Familie K., der Onkel des Paul K., der 52jährige Bergmann Karl Sch. aus I. Nach längerem Leugnen legten Beide ein umfassendes Geständnis ab:

Der 52 Jahre alte Sch. und der 23jährige K. hatten die Wilddieberei seit längerer Zeit betrieben. Sie hatten sich auch am 28. November 1920 bei Tagesanbruch in die I.'er Forst begeben, ohne jedoch hier Wild anzutreffen. K. führte ein auseinandernehmbares Gewehr, sein Onkel eine Armeepistole mit Anschlagkolben. Sie birschten den ganzen Vormittag und gelangten in den Mittagsstunden in das Oberbösaer Revier, wo es ihnen gelang, einen Rehbock zu erlegen. Sie waren mit dem Ergebnis ihrer Wildererfahrt aber noch nicht zufrieden gewesen. Nachdem sie den Bock versteckt hatten, birschten sie weiter und stießen so mit dem Hegemeister zusammen. Zuerst hatten sie die Flucht ergriffen, aus dem Zuruf des Beamten glaubten sie jedoch entnehmen zu müssen, daß sie von mehreren Forstbeamten umstellt seien. Sie nahmen Deckung hinter starken Bäumen, und K. schoß zuerst auf den Hegemeister, der zwar ebenfalls hinter einen Baum gesprungen war, dort aber nur wenig Deckung fand und so ein gutes Ziel bot. Paul K. hatte aber fehlgeschossen, worauf Sch. mit seiner Anschlagpistole auf den Beamten schoß, der noch nicht dazu gekommen war, von seiner Waffe Gebrauch zu machen. Nach diesem Schuß hatte der Hegemeister einen Schmerzensschrei ausgestoßen und war zusammengebrochen. Die beiden Wilderer hatten dann die Flucht ergriffen, vergaßen aber nicht, den erlegten Rehbock mitzunehmen. Aus Sicherheitsgründen hatten sie sich den ganzen Tag über im Walde verborgen gehalten und waren erst in der Dunkelheit nach Hause gegangen.

Noch am selben Abend und am anderen Tage vergruben sie alle Schußwaffen und sonstiges Verdachtsmaterial auf dem Felde und instruierten ihre Angehörigen genau über die evtl. zu machenden Aussagen. Sie rechneten bestimmt damit, daß sie alsbald in Verdacht geraten würden, weil sie als Wilddiebe bekannt waren. Diese Aussage ist für jeden Polizei- und Forstbeamten besonders interessant und belehrend. Bei solchen Förstermordfällen soll stets so schnell wie möglich bei allen im Verdacht der Wilddieberei stehenden Personen Durchsuchung vorgenommen werden. Nicht nur in der Wohnung soll gesucht, sondern auch im Garten und auf dem Acker nach verdächtigen Grabstellen Umschau gehalten werden. Andere bereits angeführten Fälle lehren, daß bei besonders verdächtigen Personen auch bei Freunden und Verwandten gesucht werden soll. Ein geschickter Beamter verletzt dabei nicht die Vorschriften der Strafprozeßordnung, er sucht in gewandter Weise vom Wohnungsinhaber die Zusicherung zu erhalten, daß die Wohnräume usw. „freiwillig zur Durchsuchung zur Verfügung gestellt werden". Immer wieder aber lehrt auch dieser Fall, daß auf die Aussagen von nächsten Verwandten niemals Wert gelegt werden darf! Die beiden Täter waren den ganzen Tag über nicht zu Hause gewesen, trotzdem versicherten alle Angehörigen, daß sie den Tag über Holz gehackt hätten. Die Erwachsenen wußten, daß sie ihre Aussagen vor Gericht nicht zu beschwören brauchten, die Kinder mußten sich den Drohungen der Eltern fügen. Mag es manchem vom moralischen Standpunkt aus nicht empfehlenswert erscheinen, die Kinder, abgesondert von ihren Eltern mit Hilfe des Lehrers in Kreuzverhör zu nehmen – der Zweck heiligt die Mittel, auch der Ermordete hatte Frau und Kinder, die ihres Ernährers beraubt sind und auf die ungleich mehr Rücksicht genommen werden muß.

Wie skrupellos K. veranlagt war, geht daraus hervor, daß er, als er vorerst nicht in Verdacht geriet und die gefürchtete Haussuchung ausblieb, nach etwa drei Wochen seine Waffen aus dem Versteck wieder herausholte und damit von neuem wilderte. Besonders sicher hatte er sich gefühlt, nachdem in den öffentlichen Ausschreibungen eine gänzlich falsche Personenbeschreibung der beiden Täter gegeben war. Der Ermordete hatte in der begreiflichen Aufregung, in der er sich befand, falsche Beobachtungen gemacht. K. hatte niemals einen feldgrauen Anzug und eine Infanteriemütze getragen. Auch die vermeintlichen Täterspuren rührten nicht von den wirklichen Tätern her, ebenso war die vom Polizeihund verfolgte Spur nicht die richtige gewesen!

Auch diese Feststellungen auf Grund der vorhandenen Geständnisse sind beachtenswert. Nur zu oft klammert sich der mit der Aufklärung derartiger Schwerverbrechen betraute Beamte zu sehr an solche Aussagen und Beobachtungen und läßt andere (sogenannte Neben-) Spuren unbeachtet. Wenn er dann einsehen muß, daß seine Fährte eine falsche war, ist es meist zu spät, eine andere erfolgreich wiederaufzunehmen.

K. und sein Onkel Schw., sowie mehrere andere Wilddiebe, die der Kriminalkommissar im Laufe seiner Ermittlungen als solche erkannt und überführt hatte, wurden am 3. Mai 1921 von der Strafkammer in Sondershausen zu längeren Gefängnisstrafen verurteilt.

Gegen K. und Sch. verhandelte das Schwurgericht in Erfurt am 27. Juni 1921 wegen Totschlags nach § 214 RStGB., weil sie den Forstbeamten getötet hatten, um sich ihrer Festnahme zu entziehen. Sch. wurde zu 12 Jahren, K. zu 14 Jahren Zuchthaus verurteilt. Obwohl Sch. den tödlichen Schuß abgefeuert hatte, wurde er geringer bestraft als sein Komplice, weil das Gericht nach der ganzen Sachlage zu der Überzeugung gekommen war, daß er, obwohl der jüngere, der Verführer gewesen war. Er hatte den ersten Schuß auf den Hegemeister abgefeuert. Wenn er auch gefehlt hatte, hatte er doch durch sein rücksichtsloses Vorgehen den Sch. zu seiner Handlung angespornt und so den Tod des Beamten veranlaßt. Seinen gewalttätigen, jähzornigen Charakter zeigt besonders sein Auftreten vor Gericht. Der Kriminalkommissar hatte sich seinerzeit unter besonders geschickter Maske an K. herangemacht, sein Vertrauen und anschließend sein Geständnis erlangt. Erst kurz vor der Verhandlung hatte er erfahren, daß sein „Vertrauter“ ein Kriminalbeamter gewesen war. Als der Beamte nun seine ihn belastenden Aussagen machte, sprang er in höchster Wut über die Schutzbrüstung der Anklagebank und stürzte sich auf den Kriminalkommissar. Erst mehrere Beamte konnten den gefährlichen Burschen unschädlich machen …

Im Winter 1913/1914 stellten die Forstbeamten in den Königlichen Forsten um Eckartsberga (Thüringen), Oberförsterei Freyburg/Unstrut, an verschiedenen Anzeichen fest, daß Wilderer ihr Unwesen trieben. In den am meisten heimgesuchten Revierteilen versahen der 60jährige Revierförster Karl Ludwig und der Kgl. Förster Freitag den Dienst. Der Förster und die zuständigen Gendarmeriebeamten hatten dem Revierförster wiederholt den Vorschlag gemacht, nächtliche Streifen gemeinsam zu unternehmen. Der sehr diensteifrige Beamte hatte diesen Vorschlag aber zurückgewiesen, unerschrocken unternahm er seine gefährlichen Dienstgänge allein, nur selten nahm er seinen Holzhaumeister Schmidt mit, der unbewaffnet war.

Am Sonntag, dem 8. Februar 1914, fand in Eckartsberga das Vergnügen eines Gesangvereins statt, an dem auch die beiden Forstbeamten teilnahmen. Mit dem Besuch dieses Festes war jedoch von vornherein die Absicht verbunden gewesen, die Wilderer für diese Nacht sicherzumachen. Es war verabredet, daß die Beamten unbemerkt das Fest verlassen und sich ins Revier begeben sollten. Auch heute hatte der Revierförster wieder nur als Begleiter den in einem benachbarten Orte wohnenden Haumeister Schmidt für 22 Uhr nach Eckartsberga bestellt.

Die Chaussee Eckartsberga–Frankroda führt quer durch die staatliche Forst, im Walde gekreuzt durch den „Häseler Weg", der die Ortschaften Niederholzhausen und Klosterhäseler verbindet. Unweit dieser Stelle befanden sich gegen Mitternacht der Revierförster und sein Haumeister. Es war eine mondhelle Winternacht. Schon in der vorhergehenden Nacht waren die beiden unterwegs gewesen und hatten aus weiter Entfernung in der Gegend dieser Wegkreuzung Schlag 24 Uhr einen Schuß fallen hören. Als der Revierförster seine Uhr zog und dem Haumeister zuflüsterte: „Es ist jetzt 24 Uhr, gestern um diese Zeit fiel der Schuß!" fiel in nicht allzuweiter Entfernung wieder ein Schuß, der nur von Wilderern herrühren konnte. Die beiden standen auf dem Gestell 97/99, der Schuß mußte nach ihrer Beobachtung im Distrikt 103 an der Lindenberger Feldgrenze gefallen sein. Im hohen Buchenwald nach dieser Stelle hinbirschend, gelangten sie nach Distrikt 100. Hier betrat der Revierförster, trotz Warnung seines Haumeisters, den durch den Mond taghell erleuchteten Weg. Gleich darauf machte der Haumeister den Beamten darauf aufmerksam, daß sich vor ihnen, hinter einer Buche, etwas bewege. Sofort ging der Revierförster in Anschlag und rief: „Halt, Gewehr weg!" Da krachte ein Schuß, und der Forstbeamte taumelte zurück mit den Worten: „Ich bin getroffen, warte ..." Er wollte noch den Schuß erwidern, war dazu aber nicht mehr imstande. Als der Haumeister den Zusammenbrechenden von hinten unterstützend umfing, fiel ein zweiter Schrotschuß, der ihn in den linken Arm und in die Hand, zugleich auch den bereits schwerverwundeten Revierförster in die Brust traf. Ein dritter Schuß wurde durch überhängende Buchenzweige aufgefangen. Schmidt sah dann, wie zwei Männer im Schatten des Buchenwaldes nach der Frankröder Chaussee zu die Flucht ergriffen. Er konnte die beiden nicht erkennen, sah aber, daß der eine ungefähr 1,68 Meter, der andere größer war. Beide trugen halblange Mäntel und waren mit Gewehren bewaffnet. Der Revierförster starb in den Armen seines Haumeisters, ohne die bereits verlorene Besinnung wiedererlangt zu haben.

Schmidt schleppte sich nach dem ¼ Stunde entfernten Dorfe Frankroda und weckte zunächst einen Gutsbesitzer. Der lehnte es ab, seine Pferde anzuspannen und gab dem Verwundeten den Rat, die Waldarbeiter und den Gendarmeriewachtmeister zu wecken. Nachdem der Haumeister einen Waldarbeiter zum Arzt und einen zum Gendarmeriewachtmeister geschickt hatte, ließ er sich vom Gastwirt verbinden und begab sich dann mit diesem und einem Waldarbeiter wieder an den Tatort. 17 Schritte

Kgl. Revierförster Carl Ludwig, erschossen am 9. Februar 1914.

von der Leiche des Beamten entfernt fand man ein geschossenes Reh, dessen Läufe zusammengebunden waren. Der inzwischen erschienene Gendarmeriewachtmeister sperrte den Tatort ab und ließ die Gerichtskommission von dem Geschehenen in Kenntnis setzen.

Am anderen Morgen fand man hinter der Buche, die den Wilderern als Deckung gedient hatte, zwei abgeschossene Schrotpatronenhülsen mit der Aufschrift: „Schönebeck/Elbe Kal. 16“, daneben das Bild eines Löwen als Fabrikmarke. Man entdeckte im hartgefrorenen Schnee auch die Fußspur des einen Täters, begnügte sich aber damit, diese nur zu messen.

Freiherr von Wilmowsky (Schwiegersohn des bekannten Großindustriellen von Krupp, Essen), der Besitzer großer, an die Staatsforst angrenzender Waldungen, ließ auf eigene Kosten einen Polizeihund aus Weimar holen. Die Suche mußte nach kurzer Zeit als resultatlos abgebrochen werden. Man hatte dem Tiere Witterung an den beiden abgeschossenen Patronenhülsen gegeben. Es ist m. E. gänzlich ausgeschlossen, das solchen abgefeuerten Schrotpatronen noch menschliche Witterung anhaften kann. Die im Lauf zurückschlagenden Pulvergase geben der Hülse auch außen einen mehrere Tage anhaftenden, gut wahrnehmbaren Eigengeruch, der sicherlich den etwa vorher daran befindlichen menschlichen überwiegt oder ganz vernichtet.

Besseren Anhalt für die Nachforschungen gaben die Bekundungen einer weiblichen Hausangestellten, die um diese späten Nachtstunden mit einem jungen Klempner im Walde, „gelustwandelt" hatte. Das Pärchen hatte die Schüsse fallen hören und beobachtet, wie einige Zeit später – es mochte gegen ½1 Uhr sein – zwei Männer in gebückter Haltung und schneller Gangart in einer Entfernung von 15 Schritten aus dem Walde tretend, die taghell erleuchtete Chaussee überquerten. Da die beiden verliebten „Wandervögel" das Wandern kurz vorher eingestellt hatten, berieten sie jetzt in des Waldes tiefstem Dunkel, was weiter zu tun sei. Sie wurden von den beiden Männern nicht bemerkt, wohl aber erkannte das junge Mädchen in einem dieser Männer einen 34 Jahre alten Arbeiter Hermann H. aus Eckartsberga, der neben ihrer Dienstherrschaft wohnte.

Aber noch einen anderen Nachtwandler hatten die beiden Flüchtenden in seiner stillen Andacht gestört, der von Berufs wegen ebenfalls das Dunkel aufgesucht hatte: den spießbewaffneten Nachtwächter von E.! Der wollte in den beiden verdächtigen Männern den Zeitungsausträger M. aus Eckartsberga und dessen Bruder, einen Kellner, erkannt haben. Beide wurden festgenommen, da der Kellner aber sein Alibi zweifelsfrei nachweisen konnte, wurden beide wieder entlassen.

Den Zeitungsausträger M. hatte der Erschossene früher selbst als Wilderer bezeichnet, als man ihm auch den H. als solchen genannt hatte, hatte er das angezweifelt. Da die Gendarmerie aber von den Beobachtungen des Pärchens erfuhr, nahm man H. fest. Dieser H. war früher Stallschweizer auf dem Rittergute Lindenberg gewesen. Er stand schon damals im Verdacht des Wilderns; man hatte einen französischen Karabiner in seinem Besitz gesehen und ihn beim Schlingenstellen beobachtet. Jetzt arbeitete er als Steinschläger auf der durch den Wald führenden Chaussee, hatte also beste Gelegenheit zur Beobachtung des Wildes und Vorbereitungen am Tage zu treffen, wenn er nachts wildern wollte. Bei seiner Vernehmung gab er an, von 21 Uhr bis morgens 6 Uhr im Bett gelegen zu haben. Selbstverständlich bestätigte seine Frau diese Angaben. Der gegen H. bestehende Verdacht genügte nicht, um ihn längere Zeit in Untersuchungshaft zu halten. Er wurde ebenfalls wieder entlassen.

Die Leichenöffnung hatte ergeben, daß Revierförster Ludwig an innerer Verblutung verstorben war. Die beiden Schrotschüsse hatten die linke Lunge, das Herz, die Milz, die linke Niere und den Darm getroffen.

Für die Aufklärung des Förstermordes setzte der Regierungspräsident in Merseburg eine Belohnung von 1500 Mk. aus. Der Gendarmerie-Oberwachtmeister Lehmann, Cölleda, und der Gendarmeriewachtmeister Ebert, Eckartsberga, betrieben ihre Nachforschungen nach den beiden Mördern mit viel Geschick und Energie weiter. Ihr Verdacht ruhte weiter auf H. und M., es gelang ihnen, einen Zeugen zu ermitteln, der beide beim Dreschen in einer Scheune belauscht hatte. Sie hatten dort über die Tat gesprochen, sich gegenseitig Vorwürfe gemacht und damit belastet. Andere Zeugen bekundeten jetzt, daß sie den H. am Abend des 8. Februar in der Wohnung seines Freundes M. gesehen hatten, obwohl H. bei seiner richterlichen Vernehmung angegeben hatte, daß er um diese Zeit schon geschlafen habe. Sein 6jähriger Sohn erzählte den Beamten in kindlicher Naivität, daß der Vater ein „Schießgewehr mit zwei Rohren" habe. Bei seiner Festnahme hatte H. entschieden bestritten, im Besitz einer Schußwaffe zu sein. Zwei weitere Zeugen fanden sich, die die beiden Verdächtigen in der Nacht vor dem Morde auf der Chaussee im Staatswalde, unweit der Mordstelle, gesehen hatten. Beide trugen etwas unter den Mänteln versteckt. Der Hofmeister des Gutes, auf dem H. in Stellung gewesen war, hatte einen Karabiner und zwei Schrotflinten in dessen Besitz gesehen.

Diese Feststellungen veranlaßten die beiden Gendarmeriebeamten, bei H. nochmals eine gründliche Durchsuchung vorzunehmen, zu der die Förster Freitag und Lawrenz zugezogen wurden. An der Hose des H. fand man zwei Rehhaare. Eins wurde von den Forstbeamten als die Spitze eines Rückenhaares, das andere als ein Haar von den Weichteilen erkannt. Man hielt dem Verdächtigen das Ergebnis der letzten Ermittlungen vor, trotzdem verblieb er dabei, weder am 7. noch am 8. Februar im Walde gewesen zu sein. Die Beamten nahmen H. fest. Als er am andern Morgen vernommen wurde, legte er ein Geständnis ab.

Wie in anderen in meinen Büchern angeführten Fällen ist auch hier wieder eine interessante und lehrreiche Feststellung zu machen: Trotzdem die schon einmal wegen Verdachts der Täterschaft Festgenommenen vom Richter entlassen worden waren, setzten die Polizeibeamten ihre Ermittlungen fort. Bei nochmaliger Festnahme erzielten sie dann ein Geständnis. Wie oft aber gelten aus der Untersuchungshaft Entlassene durch diese Entlassung als rehabilitiert. In den meisten Fällen werden dann auch weitere polizeiliche Nachforschungen eingestellt, soweit sie sich gegen die Entlassenen richten!

H. hatte sich in Begleitung seines Freundes M. befunden und ein Reh geschossen. Als M. dem erlegten Tiere die Läufe zusammengebunden hatte, wurden beide von dem Revierförster angerufen. Darauf habe M. dann den Beamten niedergeschossen. H. bestritt, ebenfalls geschossen zu haben. Bei der Flucht hatten beide ihre Gewehre in den Seenabach geworfen und waren über den Bahnhof nach Hause gegangen. H. gab auch zu, zusammen mit M. sehr oft gewildert zu haben.

Der sofort festgenommene 31jährige M. bestritt weiter jede Schuld, trotzdem ihm das Geständnis seines Komplicen vorgehalten wurde. Als ihm sein im Bach gefundenes Gewehr vorgezeigt wurde, wollte er es nicht kennen. Er verharrte auch beim Leugnen, als ihm H. gegenübergestellt wurde und seine Aussage wiederholte. H. ergänzte dabei sein Geständnis noch dahin, daß er am Tatort einmal, aber nur in die Luft geschossen habe, nachdem ihn M. unter schweren Drohungen dazu gezwungen hatte. Auf der Flucht hatte H. dem M. Vorwürfe gemacht, weil er den Revierförster erschossen habe. Darauf hatte M. geantwortet: „Das läßt mich kalt, ich werde mich

Grundstein am Tatort für den Kgl. Revierförster Carl Ludwig.

doch nicht festnehmen lassen und wegen eines Försters meine Familie unglücklich machen!“ Die Frau des M. gestand ein, daß ihr Mann bei seiner Rückkehr aus dem Walde gesagt habe: „Wir werden wohl das letzte Mal draußen gewesen sein!“ Er hatte dann am anderen Tage seine zahlreiche Munition auf dem Felde vergraben. M. war als gewalttätiger Mensch bekannt und vorbestraft. Er hatte wiederholt geäußert, daß er jeden Förster niederschießen werde, der den Versuch mache, ihn beim Wildern festzunehmen. Als ihn der Haumeister einmal unter verdächtigen Umständen im Walde traf und hinauswies, war er wutentbrannt nach Hause gekommen, hatte sein Gewehr geholt und sich im Walde angesetzt, um den Haumeister zu erschießen. Nur zufällig hatte Haumeister Schmidt einen anderen Rückweg gewählt, sonst wäre er diesem rachsüchtigen Burschen zum Opfer gefallen. Der bei der Vernehmung der beiden Wilderer anwesende Staatsanwaltschaftsrat Schweitzer ließ die beiden Wilderer vorsichtshalber sofort in das Landgerichtsgefängnis Naumburg überführen.

Die weiteren Recherchen führten zur Ermittlung weiterer Komplicen, auch des Hehlers, eines Gastwirtes. M. Hatte als Zeitungsausträger Gelegenheit gehabt, die Wohnräume in allen Häusern kennenzulernen und war über Reisen usw. der Einwohner bestens informiert. So hatte er unzählige Einbrüche ausbaldowert und mit Komplicen ausgeführt. Weder die Einbrecher, noch der Hehler, der bereits erwähnte Gastwirt, waren bisher in Verdacht geraten.

Als M. weiter leugnete, bat der Gend.-Oberwachtmeister, ihm eine Unterredung mit M. im Gefängnis zu gestatten. Dabei legte auch M. ein Geständnis ab. Freilich gab er nur zu, der Tatgenosse des H. gewesen zu sein, die Schüsse habe H. abgefeuert, er selbst habe weder auf das Reh, noch auf den Forstbeamten geschossen.

M. wiederholt diese Aussage vor dem Richter am 27. März und erhängte sich dann drei Tage später im Gefängnis.

Das Verfahren wegen Mordes gegen H. wurde eingesellt. Die Strafkammer des Landgerichts Naumburg verurteilte ihn am 18. Juni 1914 wegen gewerbsmäßigen Wilderns zu 1½ Jahren Gefängnis.

Lehrer und Gutsverwalter als Förstermörder.

Im Jahre 1896 wurde der Oberjäger Sommerfeld vom Ostpreußischen Jäger-Batl. Nr. 1 Ortelsburg für das Winterhalbjahr 1896/97 zum Kgl. Prinzl. Forstamt Flatow kommandiert und der Försterei Wonzow zur Dienstleistung überwiesen.

Am 1. Oktober 1896 trat er seinen Dienst an, er hatte den Forstschutz in dem von Wilddieben bedrohten Schutzbezirk hauptsächlich in den frühen Morgenstunden und des Abends zu versehen. Am 3. Oktober begab er sich früh bei beginnendem Büchsenlicht auf einen Reviergang, von dem er nicht zurückkehrte. Da man mit Rücksicht auf die herrschenden unsicheren Zustände sofort damit rechnete, daß ihm ein Unglück zugestoßen sein würde, ordnete das Forstamt schon in den Nachmittagstunden eine Nachsuche an, die nicht zur Auffindung des Vermißten führte. Am 4. Oktober wurde der Wald unter Hinzuziehung aller verfügbaren Forstbeamten und Waldarbeiter systematisch abgesucht. Hierbei wurde der Soldat im nördlichen Teil des Jagens 32, unweit eines Weges, erschossen aufgefunden. Der Tote lag auf dem Rücken, die ärztliche Untersuchung ergab, daß er zwei Postenschüsse von vorn erhalten hatte. Der Tatortbefund ergab, daß Sommerfeld jedenfalls einen Wilderer überrascht hatte, der auf Anruf mit schußfertigem Gewehr die Flucht ergriffen hatte. Der Oberjäger hatte ihn dann offenbar unvorsichtigerweise verfolgt, und dabei den ersten Schuß, als Weitschuß, in die Brust erhalten. Die Schrote hatten ihm einen Finger der linken Hand zerschmettert, hatten aber nur den Waffenrock durchsetzt und waren in die Haut auf der Brust eingedrungen. Immerhin hatte der Anprall genügt, ihn niederzuwerfen und ihn auf kurze Zeit bewußtlos zu machen. Das hatte der Gegner benutzt, heranzukommen, ihm das Gewehr auf die Brust zu setzen und ihn durch einen zweiten Schuß zu töten. Der Einschuß war nur kalibergroß, der Rock war an den Einschußrändern verbrannt. Da das Hemd des Oberjägers unter den Armen stark durchschwitzt war, mußte man annehmen, daß er den Fliehenden im schnellen Lauf eine Strecke weit verfolgt hatte. Als dieser dann überraschend stehengeblieben und in Anschlag gegangen war, mochte auch der Oberjäger sein Gewehr hochgerissen haben, denn man fand vorn in seinem Gewehrriemen drei Schroteinschläge.

Der Veracht, den Oberjäger ermordet zu haben, lenkt sich alsbald auf den in Wonzow tätigen Lehrer T., der die Erlaubnis hatte, die Jagd des Gutsbesitzers Meißner in Wonzow zu beschießen. Diese Erlaubnis hatte T. gründlich ausgenutzt, den Forstbeamten war bekannt, daß er fast jeden Morgen und Abend an den Grenzen der Prinzlichen Forsten ansaß. Zeugen bekundeten, daß er in dem Dorfwirtshaus sich offen der Wilddieberei bekannt und geäußert hatte, daß bei einem etwaigen Zusammenstoß mit prinzlichen Forstbeamten „einer auf dem Platze bleiben werde". Sein Vater, der ebenfalls Lehrer war, feierte um diese Zeit sein 50 jähriges Dienstjubiläum. Die Zeugen wollten gehört haben, daß T. gesagt habe, er müsse zu dieser Feier einen Rehbock haben, ganz gleich, wo er ihn herbekomme.

Mochten nun all diese Zeugenaussagen als Dorfklatsch oder Gehässigkeiten seiner Feinde bewertet werden, seine eigenen Angaben mußten den Lehrer schwer belasten. Auf Befragen, ob er am Morgen des 3. Oktober im Revier gewesen sei, gab T. an, daß er seine Wohnung nicht verlassen habe. Die Gendarmeriebeamten hatten aber bereits einen Zeugen, den Maurer V. aus Monzowk, ermittelt, der den Lehrer in aller Frühe beobachtet hatte, als er mit dem Gewehr ins Revier ging. Einige Zeit später hatte derselbe Zeuge dann aus der Richtung, die T. eingeschlagen hatte, zwei Schüsse fallen hören. Da T. auch nach Vorhalt dieser Aussage bei seiner Angabe verblieb, wurde er festgenommen.

Bei den weiteren Vernehmungen gestand Lehrer T. dann ein, an diesem Morgen angesessen zu haben, er bestritt aber entschieden, geschossen zu haben. Die Gendarmerie- und Forstbeamten fanden aber in einem der Ansitzlöcher, die T. zu benutzen pflegte, und zu dem seine frischen Fußspuren führten, zwei frisch abgeschossene Schrotpatronenhülsen. Nun gab T. an, daß er am Abend vorher am Meißnerschen Mühlenteich zweimal auf Enten geschossen habe, die abgeschossenen Patronenhülsen habe er dann erst am andern Morgen beim Neuladen des Gewehres im Ansitzloch ausgeworfen. Das konnte ihm ebenfalls widerlegt werden. Der Vater der Frau Gutsbesitzer Meißner, der zu Besuch in Wonzow weilte, wollte am Abend des 2. Oktober auf Anstand gehen. Als er am Schulhaus vorüberging, stand Lehrer T. vor der Tür und borgte sich zwei Schrotpatronen, dieselben, die dann abgeschossen im Ansitzloch gefunden wurden! Er hatte in der Nähe des Mühlenteichs bis zur völligen Dunkelheit angesessen, hatte aber weder den Lehrer gesehen, noch einen Schuß fallen hören. Daß er die Schüsse überhört haben konnte, war bei der Kürze der Entfernung seines Ansitzes vom Mühlenteich gänzlich ausgeschlossen. Als er dann auf dem Heimweg wieder an der Schule vorüberging, sah er dort wieder den Lehrer T.

Schwer belastend für den Lehrer war auch der Versuch, eine Zeugin zu beeinflussen, eine falsche Aussage zu machen. Es war bei der Durchsuchung einer Wohnung eine Hose gefunden worden, die er fast immer auf der Jagd trug. Diese Hose war bis zu den Knien voller Schmutz und frischer Ackererde. Die Zeugin hatte bei ihrer ersten Vernehmung bereits ausgesagt, daß sie den Angeschuldigten beobachtet habe, wie er am fraglichen Morgen mit diesen Hosen nach Hause kam. Vor der richterlichen Vernehmung fand T. Gelegenheit, der Frau zuzurufen, sie solle aussagen, daß er nicht diese beschmutzte, sondern die Hose angehabt habe, die er jetzt trage.

Lehrer T. wurde vom Schwurgericht Konitz zu einer Zuchthausstrafe von 12 Jahren verurteilt, er hat diese Strafe auch verbüßt. Da Konitz an Polen gefallen ist, waren die Akten über den Fall T. nicht mehr zur Einsichtnahme zu erhalten. Die vorstehenden Angaben haben mir Beamte gemacht, die diesen aufsehenerregenden Fall miterlebt haben. Ein Gedenkstein an der Mordstelle erinnert an den im Forstdienst gefallenen Oberjäger, ruft auch die Erinnerung zurück an den Streit der Meinungen, der sich im ganzen östlichen Deutschland für und wider die Schuld des jungen Lehrers erhob, der seinem alten Vater noch auf dem Sterbebett schwor, daß er nicht der Täter gewesen sei …

Der Fall Sommerfeld wird gelegentlich noch heute in Förster- und Lehrerkreisen eifrig besprochen, weil der Täter einem Stande angehörte, der besonders auf dem Lande hohe Achtung genießt und beruflich und gesellschaftlich in engster Fühlung mit Försterkreisen steht. In dem nachstehend geschilderten Falle wurde der Angehörige eines anderen Standes des Mordes an einem Forstbeamten überführt, den ebenfalls gemeinsame Interessen mit dem Försterstande verbinden. Während aber im ersten Falle die Jagdleidenschaft als einigermaßen entschuldbarer Grund angeführt werden kann, liegt im anderen Falle gemeiner Raubmord vor, der nur wegen seiner Begleitumstände Interesse für den Jäger hat, für den Polizeibeamten aber manche Lehre enthält:

Der 39 Jahre alte Förster Friedrich Haase hatte auch die Gutsverwaltungsgeschäfte auf dem Gräflich Reventlow'schen Rittergut Emkendorf (Kiel) zu leiten. Ende September 1918 hatte er Pacht- und Holzversteigerungsgelder vereinnahmt, die er im Geldschrank zusammen mit anderen Geldern, im Gutsbüro aufbewahrte. Eingeweihte wußten auch, daß Förster Haase die Geldschrankschlüssel stets bei sich trug. Kurz nach dem Versteigerungstermin kehrte der Beamte von einem Reviergang nicht zurück. Die am anderen Tage angestellten Nachforschungen blieben erfolglos, auch ein von Rendsburg erbetenes Suchkommando konnte den Vermißten nicht finden. Allmählich war der Verdacht aufgetaucht, daß der Förster mit den vereinnahmten Geldern das Weite gesucht habe. Jeder, der diesen gewissenhaften, pflichttreuen Beamten kannte, traute ihm das zwar nicht zu, das Gerücht wollte aber nicht verstummen. Die durch das Verschwinden ihres Mannes in tiefsten Kummer versetzte Försterfrau mußte außerdem noch die heimlich, dann offen ausgesprochenen Verdächtigungen hören. In ihrer Not wandte sich Frau H. telephonisch an einen Freund und Kollegen des Verschwundenen, den Staatsförster Fries, Ostenfeld bei Husum, der z. Z. zum Kriegsdienst eingezogen war und als Offizier eine Kompanie in einer benachbarten Garnison führte. In echter Kameradschaft trat F. sofort für die Ehre seines Kollegen ein und erbat von seinem Kommandeur die Erlaubnis, mit seiner Kompanie den Versuch zu unternehmen, den Verschwundenen zu suchen und den Fall aufzuklären. Die Erlaubnis wurde ihm erteilt, und F. fuhr mit 100 Soldaten nach Emkendorf. Vom Amtsvorsteher erfuhr er, daß die amtliche Öffnung des Geldschrankes ergeben habe, daß alles Geld entnommen sei. Da außer den Geldschrankschlüsseln auch das Kassenbuch fehlt, hatte man die Höhe des Betrags bisher nicht feststellen können.

Die Vernehmung der Personen, die Haase kurz vor seinem Verschwinden gesehen hatten, ergab, daß man ihn bei beginnender Dämmerung beobachtet hatte, wie er eilig, teilweise im Laufschritt, in Begleitung eines zweiten Mannes dem Walde zustrebte. Da der Beamte in der Gegend als Wilddiebsfänger bekannt und daher verhaßt war, lag es nahe, daß er beim Zusammenstoß mit Wilderern sein Leben gelassen hatte und von diesen beseitigt worden war. Immerhin war es auffällig, daß man die Person des Begleiters bisher nicht hatte feststellen können. Es wurde vom Gutspersonal weder jemand vermißt, noch hatte sich jemand gemeldet, daß er den Förster begleitet hatte.

Der Staatsförster Fries sagte sich mit Recht, daß dieser unbekannte Begleiter mit dem Verschwinden des Försters Haase in Verbindung zu bringen sei. Seine Nachforschungen erstreckten sich deshalb in dieser Richtung auch auf Personen, die um diese Zeit in der Umgebung ihren Wohnsitz verlassen hatten. So brachte er in Erfahrung, daß nur der Verwalter des Nachbargutes namens R. vom Generalkommando Altona einberufen worden sei. Auf Befragen erhielt der Beamte die Auskunft, daß dieser R. nicht Offizier, sondern Unteroffizier gewesen sei. Als er Zweifel äußerte, daß ein Unteroffizier vom Generalkommando telegraphisch einberufen sein könne, wurde ihm vom zuständigen Polizeibeamten versichert, daß ein derartiges Telegramm tatsächlich eingelaufen sei. Trotzdem stellte F. sofort in Rendsburg fest, daß dieses ominöse Telegramm weder von einer militärischen, noch von einer zivilen Behörde aufgegeben worden sei. Weitere Nachforschungen ergaben, daß das Telegramm, entgegen den während des Krieges bestehenden, strengen Vorschriften von einem nur wenig deutschsprechenden Russen aufgegeben worden war!

Auch diese interessante Feststellung, die nicht durch einen Polizei- sondern durch einen Forstbeamten gemacht wurde, mahnt den mit der Aufklärung von Schwerverbrechen betrauten Polizeibeamten, ähnlichen auffällig erscheinenden Sachen stets nachzugehen und persönlich Recherchen anzustellen. Schon an anderer Stelle habe ich darauf hingewiesen, daß der Polizeibeamte niemals das Gutachten eines Sachverständigen als Evangelium betrachten soll. Selbst ist der Mann! Gesunder Menschenverstand und praktische Erfahrungen auf möglichst allen Gebieten helfen bei der Aufklärung von Verbrechen sehr oft mehr, als die Kenntnis gelehrter Abhandlungen von Wissenschaftlern und Sachverständigen.

Der Beamte stellte weiter fest, daß dieser 29jährige Gutsverwalter R. die Bekanntschaft des vermißten Försters in auffälliger Weise gesucht und ihn zu Trinkgelagen eingeladen hatte. Hierbei hatte er allerdings eine Abfuhr erlebt, weil Förster Haase dafür nicht zu haben war. Vor seinem Verschwinden hatte R. sich vom Amtsvorsteher „Kleiderkarten" geben lassen, die zu diesen Zeiten zur Anschaffung von Anzügen erforderlich waren. Auch seine beträchtlichen Wirtshausschulden hatte er vorher restlos beglichen. Der Frau Förster H. hatte er sein Beileid ausgedrückt und sie zu trösten versucht.

Kriminalistischer Lehrgang auf der Staatl. Forstschule Steinbusch 1930.

Die mit Hilfe des Militärkommandos vorgenommenen Nachsuchen auf den Feldern und im Walde waren resultatlos verlaufen. Der Kompanieführer brachte aber in Erfahrung, daß der Gutsverwalter R. am Tage vor dem Verschwinden des Försters mit einem polnischen Arbeiter in den Wald gefahren sei, wobei er einen Spaten mitgenommen hatte. Der Arbeiter war bisher nicht über diesen Vorfall befragt worden, weil er die deutsche Sprache nicht beherrschte. Ein polnisch sprechender Soldat erfuhr nun auf Befragen, daß der Gutsverwalter an einer bestimmten Stelle den Wagen verlassen hatte und mit dem Spaten im Walde verschwunden war. Erst nach geraumer Zeit war er zum Wagen zurückgekehrt, seine Stiefel und der Spaten waren mit frischer Erde beschmutzt gewesen.

Der Kompanieführer begab sich mit seinen Soldaten sofort an die von dem Arbeiter bezeichnete Stelle; jeder Soldat mußte sich mit einem starken Knüppel versehen, und dann wurde in ganz kurzen Abständen der Wald in der Richtung durchsucht, die der Gutsverwalter mit dem Spaten eingeschlagen hatte. Jede Stelle sollte sorgfältig untersucht, jede auffällige Beobachtung sofort gemeldet werden. Schon 100 Meter vom Ausgangspunkte der Suche entfernt fand ein Soldat einen frischen Erdklumpen auf dem laubbedeckten Waldboden. Nach sorgfältiger Entfernung des Bodenlaubes fand man eine frischgegrabene Stelle von 2 Meter Länge und 3/4 Meter Breite, die vorsichtig ausgehoben wurde. In einer Tiefe von 1½ Meter stieß man auf die Leiche des Försters Haase!

Die Besichtigung der Leiche ergab, daß eine hinter dem linken Ohr eingedrungene Revolverkugel den Schädel zertrümmert hatte. Unter dem Toten lag das zerbrochene Gewehr, verschiedene Anzeichen sprachen dafür, daß es auf dem Kopf des Sterbenden zerschlagen war.

Wie immer in solchen Fällen meldeten sich nun auch Zeugen, die bisher ihre Beobachtungen verschwiegen hatten. Ein Landsturmmann des benachbarten Bewachungspostens hatte dem Gutsverwalter seinen Dienstrevolver geliehen, den ihm dieser am Tage nach dem Verschwinden des Försters zurückgebracht hatte. Es hatte eine Patrone gefehlt und die Waffe war frisch abgeschossen gewesen. Andere Zeugen hatten mit R. an diesem Tage gezecht, R. hatte sich sehr freigebig gezeigt und sich nach Erhalt der Kleiderkarten neu eingekleidet. Ein weiterer Zeuge hatte den R. an diesem Tage in aller Frühe aus dem Walde kommen sehen. Er hatte eine Harke getragen, an welcher Laub in den Zinken hing.

Weiter Nachforschungen des Staatsförsters Fries ergaben, daß R. den Förster Haase am Tage vor seinem Verschwinden gebeten hatte, mit ihm einen Jagdausflug zu unternehmen, was dieser abgelehnt hatte. Auch ein Gewehr hatte R. dem Förster abkaufen wollen, was H. dem widerlich aufdringlichen Menschen ebenfalls abgeschlagen hatte, weil er befürchtete, daß dieser damit wildern würde. Dieses Gewehr des Försters fehlte aber, ebenso, wie bemerkt, das Kassenbuch und die Schlüssel zum Kassenschrank. Es ergab sich auch, daß sich R. gelegentlich eines Besuchs im Gutsbüro vom Förster Haase den Mechanismus des Kassenschrankes hatte erklären lassen. Entgegen seinem sonstigen vorsichtigen Verhalten hatte H. dem R. auch das Öffnen des Geldschrankes vorgeführt. Der Raubmörder hatte also seinen Plan schon seit langer Zeit vorbereitet und in jeder Richtung durchdacht. Nachdem er sich den Revolver geliehen hatte, hatte er am Tage vor dem Morde das Grab ausgehoben. Er war dann anderen Tages zum Förster Haase mit der Mitteilung gekommen, daß er soeben eine frisch ausgegrabene Ansitzstelle eines Wilddiebs im Walde entdeckt habe, die dieser wahrscheinlich in den späten Nachmittagsstunden einnehmen werde. Bei der bekannten Passion des Försters als Wilddiebsfänger war es vorauszusehen, daß dieser sich sofort dorthin begeben würde. R. mußte ihn natürlich begleiten, denn er mußte ihm ja die Stelle zeigen. Da es bereits zu dämmern begann, waren beide in stärkster Gangart dem Walde zugeeilt, wie Zeugen beobachtet hatten.

An der angeblichen Ansitzstelle angelangt, hatte sich der Förster die Arbeit „des Wilddiebs" angesehen. Er hatte so sein eigenes Grab besichtigt, denn er erhielt von R. dabei den tödlichen Kopfschuß, stürzte kopfüber hinab und wurde dann von R., da er noch Lebenszeichen von sich gab, mit seinem Gewehr vollends erschlagen und dann verscharrt.

Man vergegenwärtige sich: Dieser den gebildeten Ständen angehörende Mörder bereitet seit Wochen alles vor, den pflichttreuen Beamten zu ermorden und zu berauben. Er sitzt am Biertisch mit ihm, verkehrt dienstlich und außerdienstlich mit ihm, und immer nur bewegt ihn dabei der Gedanke, wie er ihn am geeignetsten umbringen und berauben kann. Schließlich gräbt er im voraus das Grab und führt sein Opfer im Laufschritt heran, um es heimtückisch von hinten zu erschießen und zu berauben. Würde ein Hintertreppenroman-Schriftsteller ähnliches erdichten, würde man das als Produkt einer krankhaften Phantasie bezeichnen!

Am anderen Morgen war R. dann mit der Harke hinausgegangen, hatte alles säuberlich geebnet und die Stelle mit Laub bestreut und verblendet. Hätte er nicht die Unvorsichtigkeit begangen, den Arbeiter mit in den Wald zu nehmen und in dessen Gegenwart mit dem Spaten nach der Richtung der Mordstelle zu gehen, wäre kaum der Verdacht auf ihn gefallen. Er säße heute vielleicht in Amt und Würden und würde nicht versäumen, gelegentlich auf den Förster Haase zu schimpfen, der damals nach Unterschlagung der ihm anvertrauten Gelder Stellung und Familie heimlich verlassen hatte. Wie oft mögen derartige Pläne aber geglückt sein, wenn unsachgemäße Bearbeitung des Falles nicht zur Aufklärung führte.

Die nach dem flüchtigen Raubmörder eingeleiteten Nachforschungen führten schließlich zu seiner Festnahme. Da er als Unteroffizier von seiner Truppe nur beurlaubt war, wurde er der Militärgerichtsbarkeit übergeben und vom Kriegsgericht der stellvertretenden 35. Infanterie-Brigade in Flensburg am 13. Juni 1918 wegen Raubmordes zum Tode verurteilt.

Nur durch die inzwischen ausgebrochene Revolution wurde die Vollstreckung des Todesurteils verzögert, und am 3. Februar 1919 fand der zum Tode Verurteilte Gelegenheit, aus dem Landgerichtsgefängnis Flensburg zu entweichen.

Über ein Jahr entzog sich der Flüchtige geschickt seiner Verfolgung, obwohl eine Belohnung von 1000 Mk. auf seine Wiederergreifung ausgesetzt worden war. Da führte ein Zufall zu seiner Festnahme. Zwei Herren aus der Gegend von Emkendorf erkannten in einem gutgekleideten Herrn den flüchtigen Raubmörder in Hamburg. Sie folgten ihm unbemerkt und beobachteten, wie er das „Savoy-Hotel" aufsuchte. Sie setzten unverzüglich die Kriminalpolizei in Kenntnis und diese nahm ihn in einem Zimmer des Hotels fest, das er seit einiger Zeit als „Versicherungs-Oberinspektor Dunker" gemietet hatte. Er wies sich den Beamten gegenüber mit einem ordnungsmäßigen Reise- und Militärpaß, versehen mit Lichtbildern, aus. Seine Angabe, daß er Beamter der „Frankfurter Transportversicherung" sei, wurde durch telegraphische Nachfrage bestätigt. Dunker bestritt energisch, mit dem gesuchten Raumörder R. identisch zu sein, obwohl die beiden Herren und andere, aus Emkendorf herbeigeholten Zeugen R. mit Sicherheit wiedererkannten. Dieser „Dunker" wurde außerdem wegen Betrugs gesucht; er hatte Landwirten auf raffinierte Weise eine große Geldsumme abgenommen. Als „Regierungsassessor und Vertreter des Landrats" hatte er einen Gemeindevorsteher telephonisch angerufen und ihn aufgefordert, den der Gemeinde überwiesenen künstlichen Dünger abholen zu lassen. Die Kaufsumme sei vor der Empfangnahme im Landratsamte abzuführen. Als dann der von der Gemeinde mit der Abholung des Kunstdüngers betraute Landwirt mit seinem Fuhrwerk vor dem Landratsamte vorfuhr, trat der „Herr Regierungsassessor" heraus und nahm den Landwirt mit in das Amtszimmer des Kastelans, wo er ihm das Geld gegen Quittung abnahm, mit der Weisung, nun zum Bahnhof zu fahren und den Kunstdünger in Empfang zu nehmen. Die Quittung wurde vom „Herrn Assessor" ordnungsmäßig unterstempelt, den Stempel dazu holte auf Anweisung der Kastelan herbei.

Es hatte später lange Gesichter gegeben, als der Landwirt vergebens auf dem Bahnhof nach dem Kunstdünger suchte, dann zum Landratsamte zurück fuhr und sich hier herausstellte, daß der Kastelan gutgläubig den Fremden als „Regierungsassessor" anerkannt hatte, als dieser sich mit eingeklemmten Monokel, im herrischen Tone als solcher vorgestellt hatte. Dem biederen Landwirt soll man auch keine Ehrenpforten gebaut haben, als er mit leerem Wagen und leerem Geldbeutel in sein Heimatdorf zurückkehrte!

Die Nachforschungen ergaben, daß der Soldat Dunker, auf dessen Namen der Militärpaß ausgestellt war, im Infanterie-Regiment Nr. 147 gedient und mit diesem Regiment in den Krieg gezogen war. Seit der „Masurenschlacht" 1914 wurde er vermißt. Eines Abends war nun bei der Mutter des vermißten Soldaten ein Unteroffizier in Uniform erschienen und hatte „im Auftrage des Bezirkskommandos Neumünster" alle Legitimationspapiere des Dunker verlangt und erhalten. Als dann der Unteroffizier sich entfernt hatte, hatte die Mutter den R. am Gang erkannt. Dieser war früher ein Spielkamerad des vermißten Dunker gewesen, als beide noch die Schule besuchten. Dieser Vorfall hatte sich unmittelbar nach der Flucht des Raubmörders aus dem Gefängnis abgespielt. R. bestritt auf Vorhalt und bei Gegenüberstellung mit der Frau Dunker, mit diesem Unteroffizier identisch zu sein, er redete die Frau Dunker als „Mutter" an, obwohl diese entschieden in Abrede stellte, daß der ihr gegenübergestellte Mann ihr Sohn sei.

Inzwischen hatte auch ein Gefangener im Gefängnis Altona den angeblichen Dunker als den Unteroffizier R. wiedererkannt. Als die Gefangenen im Gefängnishof ihren täglichen Vormittags-„Ausgang" hatten, erkundigte sich dieser Gefangene, weshalb sich denn Unteroffizier R. hier befände, mit dem er zusammen Soldat gewesen war. Als ihm gesagt wurde, daß dies der „Oberinspektor Dunker" sei, erbot er sich, unter Eid auszusagen, daß dieser Dunker mit dem Unteroffizier R. identisch sei. R. verblieb trotzdem bei seiner Behauptung, Dunker zu heißen.

Weitere Ermittlungen ergaben, daß R. nach seiner Flucht mit den erschwindelten Legitimationspapieren des Dunker als Freiwilliger beim Reichswehr-Infanterie-Regiment Nr. 33 eingetreten war. So war der geflüchtete Raubmörder in Besitz ordnungsmäßiger Militärpapiere und nach seiner Entlassung auf Grund dieser Papiere zu seiner übrigen „echten" Legitimation gelangt. R. hatte sogar öffentliche Vorträge über seine Erlebnisse in der „Masurenschlacht" und in russischer Kriegsgefangenschaft gehalten, obwohl er beides nicht erlebt hatte!

Am 11. Februar 1921 stand dieser vielseitige Schwerverbrecher vor dem Schwurgericht in Kiel. Er verblieb auch hier bei seiner Behauptung, der in der „Masurenschlacht“ vermißte Dunker zu sein, obwohl Frau Dunker dies unter Eid bestritt. Als der Vorsitzende die Frage an ihn richtete, wann seine Mutter geboren sei, blieb er die Antwort schuldig, worauf ihm der Vorsitzende vorhielt, daß er gewiß der einzige im Saal Anwesende sei, der den Geburtstag seiner Mutter nicht wisse. Seine ebenfalls geladenen Eltern E. wollte er nicht kennen. Als diese nun unter Eid bekunden sollten, daß der Angeklagte nicht ihr Sohn, sei, gerieten die alten Leute in einen eigenartigen Gewissenskonflikt und verweigerten ihre Aussage. Bei einer Durchsuchung ihrer Wohnung hatte man bereits das dem ermordeten Förster aus dem Gutsbüro gestohlene Gewehr in den Spiralfedern ihres Sofas gefunden, wo es ihr Sohn ohne ihr Wissen versteckt hatte. Es stellte sich bei dieser Verhandlung auch heraus, daß R. als Unteroffizier im Felde fahnenflüchtig geworden war, trotzdem aber seine Stelle als Gutsverwalter inne gehabt hatte, ohne daß die Polizeibeamten in ihm den fahnenflüchtigen Unteroffizier R. erkannt hatten.

Am zweiten Verhandlungstag gestand der Angeklagte endlich ein, mit dem gesuchten R. identisch zu sein. Zugleich hatte er sich aber eine neue Gemeinheit ersonnen. Er beschuldigte den von ihm ermordeten Forstbeamten, gemeinsam mit ihm gewildert zu haben. Dabei habe er aus Versehen den Beamten erschossen und aus Furcht vor Strafe verscharrt. Staatsförster Fries, dem die Aufdeckung dieses Mordes gelungen war, konnte dem Angeklagten seine Behauptung glatt widerlegen. Der ermordete Förster hatte „freie Büchse“ gehabt. Er konnte also die Jagd uneingeschränkt ausüben und hatte nicht nötig gehabt, unberechtigt zu jagen.

R. wurde wegen Raubmordes abermals zum Tode verurteilt. Die seit der Revolution aufgehobene Militärgerichtsbarkeit hatte diese neue Verhandlung vor dem Zivilgericht notwendig gemacht. R. verlor seinen erfindungsreichen Kopf nicht unter dem Beil des Scharfrichters, er blieb uns erhalten. Seine Todesstrafe wurde in lebenslängliche Zuchthausstrafe umgewandelt.

Wilddieb auf der Jagdkanzel.

Aus dem Hinterhalt erschossen wurde am 27. Dezember 1908 der im Dienst des Grafen Nesselrode stehende Förster Kleinen, Forsthaus Knipprath bei Monheim (Düsseldorf).

Der Forstbeamte befand sich auf einem Reviergang in den zum Rittergut „Haus Bürgel" gehörenden Waldungen, in der Nähe von Baumberg. Im Bestand gehend hörte er vom Waldesrande her die Stimmen mehrerer Männer, die dort frettierten. Im Begriff, dort hin zu birschen, erhielt er plötzlich von einem Wilderer, den er nicht bemerkt hatte, zwei Schrotschüsse in Brust und Bauch, die ihn auf der Stelle töteten.

Als er abends von seinem Reviergang nicht zurückkehrte, wurde anderen Morgens eine Nachsuche eingeleitet, die gegen 10 Uhr zur Auffindung des Erschossenen führte. Die Tatortbesichtigung ergab, daß der Schütze auf einem 3 Meter hohen Hochsitz angesessen und von dort aus den Beamten, der ihn offenbar überhaupt nicht bemerkt hatte, aus einer Entfernung von 13 Schritten erschossen hatte. Durch die in der Schußlinie abgeschossenen Zweige ließ sich Ab- und Anschußstelle unschwer feststellen. Die ärztliche Besichtigung der Leiche ergab, daß 67 Schrote den Förster Kleinen getroffen hatten.

Ein von Düsseldorf herbeigeholter Polizeihund führte die Gerichtskommission vom Tatort nach Baumberg zum Hause eines berüchtigten Wilderers Peter F., der zunächst nicht aufzufinden war.

Weitere Ermittlungen führten zur Festnahme seiner vermutlichen Komplicen, der Fabrikarbeiter Johann K. und Heinrich U. Die ebenfalls ermittelten Frettierer, die mit der Erschießung des Forstbeamten nichts zu tun hatten, bekundeten, daß F. tatsächlich auf dem Hochsitz angesessen und seine beiden bereits festgenommenen Komplicen dabei rechts und links sich versteckt gehalten hatten, um ihn zu decken und vor Überraschungen zu schützen. Der Förster war zunächst vorübergegangen, ohne die drei Wilddiebe zu bemerken. Da war er durch die Stimmen der Frettierer aufmerksam geworden und schnellen Schrittes darauf zugegangen. Er hatte dabei die Richtung auf den Hochsitz zu eingeschlagen. Der ihm zunächst stehende „Posten" hatte darauf dem auf dem Hochsitz befindlichen F. ein Warnungszeichen gegeben, und dieser hatte kurzerhand den herannahenden Beamten erschossen.

Aus dem Hinterhalt erschossener Förster Kleinen.

Der festgenommene U. legte ebenfalls ein Geständnis ab und bestätigte die Angaben der Frettierer. Daraufhin gelang auch am 31. Dezember die Festnahme des Mörders F. Dieser bestritt, den Förster Kleinen erschossen zu haben. Als ihm die Aussagen seines Komplicen bekanntgemacht worden waren, erhängte er sich in der Nacht zum 2. Januar im Gefängnis Düsseldorf-Derendorf.

Die weiteren Ermittlungen ergaben, daß die beiden festgenommenen Wilderer K. und U. zusammen mit F. in der letzten Zeit mit Schußwaffen und Schlingen gewerbsmäßig gewildert hatten. Ersterer wurde zu 2 Jahren, U. zu 5 Monaten und 2 Wochen Gefängnis verurteilt.

Im Kampf mit Wilderern erschossene Gendarmerie- und Polizeibeamte.

Es ist hier bereits über mehrere gefährliche Kämpfe zwischen Polizeibeamten und Wilderern eingehend berichtet worden. Wenn in Jagdschutz- und Jägervereinigungen gelegentlich der im Kampf mit Wilderern gefallenen Forstbeamten und ihrer Hinterbliebenen gedacht wird, möge man sich auch der Polizeibeamten erinnern, die, getreu ihrer Pflicht, ihr Leben im Dienste des Forst- und Jagschutzes gelassen haben.

Im Herbst 1918, kurz vor Kriegsende und Ausbruch der Revolution, wurde in der Nähe von Stolp (Frankfurt/Oder) viel gewildert. Am 24. Oktober, gegen 14½ Uhr, befand sich der Gendarmerie-Wachtmeister Drescher mit seinem Fahrrade auf Patrouille und kehrte am Oderdamm in der Dienstwohnung des ihm befreundeten Dammeisters ein. Gleich darauf erschien dort die Witwe Günther, die an Stelle ihres im Krieg gefallenen Mannes den Dienst des Dammwärters versah, und teilte dem Beamten mit, daß ein Tischler Richard L., der z. Zt. wegen angeblicher Krankheit von einem Ersatztruppenteil beurlaubt war, fortgesetzt in der Nähe des Oderdammes wildere und ihren 14jährigen Jungen dazu verleite, daran teilzunehmen. Der 37 Jahre alte L. hatte dem Knaben sogar ein Gewehr zur Verfügung gestellt, gegen Abend wollten beide wieder auf Rehe birschen. Die geängstigte Frau hatte keine Gewalt mehr über den Jungen, bei dessen Erziehung, wie bei vielen seines Alters in diesen langen Kriegsjahren, der Vater gefehlt hatte. In ihrer Besorgnis um ihr Kind wußte sich die Mutter keinen anderen Rat mehr, als dem Gendarmerie-Wachtmeister ihren Kummer vorzutragen.

Bei der bereits vorgeschrittenen Zeit blieb dem Beamten keine Gelegenheit mehr seinen Karabiner herbeizuholen. Er fuhr, nur mit seinem Dienstrevolver ausgerüstet, nach dem „Lankenbruch", wo die Beiden wildern wollten, nachdem er dem Dammeister versprochen hatte, auf dem Rückweg nochmals vorzusprechen, um über das Ergebnis seiner gefahrvollen Streife zu berichten.

Der Gendarmerie-Wachtmeister ließ sich abends nicht mehr sehen, er war aber auch nach Hause nicht zurückgekehrt, denn am anderen Morgen erschien sein Sohn beim Dammeister und fragte nach dem Verbleib des Vaters. Der Dammeister begab sich sofort zu Frau Günther und befragte den Sohn über die Vorgänge des gestrigen Abends. Der Junge behauptete aber, den L. nicht gesehen zu haben. Nun begab sich der Beamte mit der Frau G. auf die Suche. In der Nähe der Stützkower Schleuse entdeckten sie auf der Wiese unweit eines Weidengebüsches eine große Blutlache, von der eine Schleifspur, die ganz frisch erschien, nach der Oder führte.

Die sofort alarmierte Gendarmerie und Gerichtskommission stellte fest, daß der Gendarmerie-Wachtmeister im Weidengebüsch offenbar längere Zeit gestanden hatte, denn das Gras war dort niedergetreten. Hier hatte er auch einen tödlichen Schuß erhalten, die aufgefundenen Spuren zeigten, daß er vornüber gefallen war. Dann hatte ihn der Mörder zur Oder geschleift und ihn dort vermutlich in einen Kahn gelegt, um die Leiche nach einer Buhne zu fahren und dort zu versenken. Jeder Einheimische kannte die an den Buhnenköpfen auftretenden Strudel, die einen dort versenkten Leichnam sofort hinunterziehen und nach wenigen Tagen vollkommen versanden mußten.

Ein an der Blutlache angesetzter Polizeihund fand in einem nahen Gebüsch das Fahrrad des verschwundenen Beamten, eine Spur des Täters nahm er nicht auf. Der vom Richter vernommen Junge gab nunmehr an, daß der vermutliche Täter L. ihn am Morgen des 24. Oktober in der Nähe des alten Dammwärterhauses herangewinkt und überredet hatte, mit ihm auf Rehe zu birschen. Wenn zwei erlegt werden sollten, würde er ein Reh erhalten. L. schoß danach auf eine Wildgans und Fasanen, fehlte aber jedes Mal. Nachmittags wollte er wiederkommen und ein Gewehr für den Jungen mitbringen. Als dieser dann in den Nachmittagsstunden mit Feldarbeit beschäftigt war, holte ihn L. weg; ein Gewehr hatte er aber dem jungen G. nicht mitgebracht, weil ihm die Munition dazu fehlte. Beide birschten nun am Oberdamm entlang, L. schoß dabei wieder auf Rebhühner. Nachdem sie bis gegen Abend auf Rehe angesessen hatten, gingen sie auf dem Spülsand des Oderufers entlang bis zur Schleuse, wo sich der Junge verabschiedete, um nach Hause zu gehen. Als L. ein Stück weitergegangen war, um in seinen Kahn zu steigen, hörte der junge G. den Ruf „Hände hoch!" und gleich darauf drei Schüsse fallen. Nichts Gutes ahnend lief der Junge zu seiner auf dem Kartoffelfeld arbeitenden Mutter und berichtete ihr über seine Wahrnehmungen. Gleich darauf erschien auch L. mit einer blutenden Schußwunde am Arm und bat Frau G., ihn zu verbinden. Nachdem Frau G. auf Weisung des L. dessen Gewehr auf der Wiese versteckt hatte, stiegen alle Drei in den Kahn des L. und fuhren über den „alten Polder". Dann verband Frau G. dem L. die Wunde und dieser begab sich nach seiner Wohnung. Als der junge G. am anderen Morgen wieder auf dem Felde arbeitete, erschien L. und erzählte ihm, ihn habe jemand in der Dunkelheit in den Arm geschossen, er wisse nicht, wer es gewesen sei. Der Junge teilte ihm mit, daß er niemand gesehen, nur den Ruf und die drei Schüsse gehört habe. L. bat den G., niemand von dem Vorfall zu erzählen, denn die Sache werde wohl vor das Gericht kommen. Dann verschwand er wieder; als er nach Hause kam, wurde er von den Gendarmen festgenommen, die ihn dort schon erwarteten.

Einige Tage nach der Festnahme des L. wurde auch Frau Günther vermißt, die Suche nach ihr blieb erfolglos. Am 6. November wurde sie als Leiche aus dem Kanal gezogen. Es wurde angenommen, daß sie Selbstmord verübt habe, die Erlebnisse der letzten Zeit hatten sie in Schwermut versetzt; erst war der Mann im Felde gefallen, nun wurde ihr von einer Seite der Vorwurf gemacht, daß sie durch ihr Anzeigen den L. ins Unglück gestürzt habe, von anderer Seite, daß sie am Tode des Gendarmerie-Wachtmeisters die Schuld trage.

Der festgenommene Soldat L. hatte auf der Steckseite des linken Oberarms eine frische Einschuß-, aber keine Ausschußwunde. Das Geschoß, das neben dem linken Schulterblattwinkel dicht unter der Haut saß, wurde im Lazarett entfernt. Es war eine Kugel aus dem Revolver des vermißten Gendarmerie-Wachtmeisters. L. gab den Zusammenstoß mit einer „unbekannten Person“ zu. Obwohl er auf dem Transport zum Lazarett dem Gendarmerie-Oberwachtmeister Steinicke gegenüber die Bemerkung fallen ließ: „Warum mußte auch der Wachmeister zuerst auf mich schießen!“, behauptete er nachher, er habe nur einen Anruf gehört, aber niemand gesehen. Sein Gewehr sei ihm dabei vor Schreck losgegangen.

Ein Fischer hatte den L. in der Nacht vom 24. zum 25. Oktober mit dem Kahn auf der Oder getroffen und sich über dessen nächtliche Fahrt gewundert. Offenbar hatte er dabei die Leiche beseitigt. Fortgesetzte Suchen nach dem verschwundenen Beamten blieben erfolglos.

Da der Mörder ein beurlaubter Soldat war, war er der Militärgerichtsbarkeit unterstellt. Die Militärärzte erklärten ihn für „haft- und vernehmungsunfähig“ und überwiesen ihn einer Irrenanstalt. So war jede Möglichkeit genommen, ihn durch eingehende Vernehmungen zum Geständnis zu bringen oder Anhalt dafür zu erlangen, wo er den ermordeten Beamten hingeschafft hatte. Da auch der ermordete Gendarmerie-Wachtmeister nach damaliger Geltung ein militärischer Beamter war, wurde die Untersuchung ausschließlich von Beamten des Militärgerichts geführt.

Am 18. Mai 1919, also fast sieben Monate nach dem Morde, wurde die nur noch an Uniformfetzen kenntliche Leiche bei Raduhn aus der Oder gelandet. Die Füße waren mit den Schnürsenkeln aus den Schuhen des Toten zusammengebunden, der Mörder hatte die Leiche mit den zusammengeschnürten Füßen an seinen Kahn gebunden und unter Wasser hinter dem Kahn hergezogen. Sackleinwandreste, die man an der Leiche befestigt fand, wiesen darauf hin, daß der Tote mit einem mit Steinen gefüllten Sack beschwert worden war. Erst als der Sack vom Wasser aufgelöst und die Steine herausgefallen waren, war die Leiche weiter getrieben und dann ans Land gespült worden. Die Ärzte konnten noch feststellen, daß ein Herzschuß den Gendarmerie-Wachmeister aus großer Nähe getötet hatte, denn außer den Schroten fanden sie auch den Filzpatronenpfropfen im Körper des Toten. Die Taschenuhr war auf 21 Uhr stehengeblieben. Um diese Zeit war die Leiche also ins Wasser gelangt.

Am 26. September 1920 wurde von dem Kriegsgericht gegen den Kanonier L. verhandelt, den die Sachverständigen jetzt für verhandlungsfähig erklärt hatten. Er war wegen Mordes und – in Tateinheit – wegen Angriffs auf einen Vorgesetzten angeklagt. Das Kriegsgericht erkannte auf 10 Jahre Zuchthaus, Entfernung aus dem Heere und Verlust der bürgerlichen Ehrenrechte auf 5 Jahre wegen vorsätzlicher Tötung eines

Menschen, um sich der Festnahme zu entziehen. Er wurde für seine Handlungen für voll verantwortlich erklärt.

Im Berufungstermin vor dem Oberkriegsgericht war er wegen Totschlags angeklagt. Er wurde von dem bekannten Strafrechtsverteidiger Walter Bahn verteidigt, von der Anklage freigesprochen und außer Verfolgung gesetzt, weil neugeladene Sachverständige ihn für geisteskrank und daher für seine Tat als nicht verantwortlich erklärten … Sic!

Im Kampf mit zwei gefährlichen Wilderern wurde am 11. Februar 1900 ein österreichischer Gendarmeriebeamter erschossen.

Der in Diensten des Barons Johann Kometer stehende beeidete Jäger Johann Unterrainer hatte auf einem Reviergang im Moratal frische Spuren von einem Handschlitten entdeckt und war ihnen nachgegangen. Bald fand er auch den im Gebüsch versteckten Schlitten, auf dem zwei Decken lagen. In der Annahme, daß Wilderer den Schlitten versteckt hätten, um erlegtes Wild damit zu Tal zu schaffen, stellte sich der Jäger in der Nähe auf, um die Rückkehr der Eigentümer abzuwarten. Nach einer Weile erschienen auch zwei bekannte, mit Gewehren ausgerüstete Wilderer A. und F. Auf Anruf des Jägers gingen die Wilderer sofort in Anschlag mit den Worten: „Du kannst mit deinem Schuß nur einen treffen, die zweite Kugel gehört dir!“ So standen sich der Jäger und die beiden Wilderer eine Weile mit schußbereiten Büchsen gegenüber, unschlüssig und in höchster Lebensgefahr. Der Jäger tat schließlich das gescheiteste, was er tun konnte: er setzte seine Büchse ab und ging seiner Wege.

Auf dem Nachhausewege stieß er talaufwärts auf eine Gendarmeriepatrouille, bestehend aus den beiden Gendarmerie-Postenführern Josef Haas und Anton Häsele und dem Gendarmen Georg Wiesböck, denen sich der Jäger Peter Prosser angeschlossen hatte. Die Beamten hatten von dem „Jagdzug“ der beiden berüchtigten Wilderer gehört und befanden sich auf der Suche nach ihnen. Kaum hatte Jäger Unterrainer die Patrouille von seinem Zusammentreffen mit A. und F. in Kenntnis gesetzt, tauchten beide schon aus der Richtung auf, aus der der Jäger gekommen war. Auf Zuruf, ihre Gewehre abzulegen, ließen beide ihren Schlitten stehen und flüchteten mit schußfertigen Gewehren in den Wald. Als die Beamten ihnen unter weiteren Zurufen, stehen zu bleiben, folgten, warf sich A. überraschend zu Boden und schoß auf die Verfolger. Auch der Komplice F. sprang nun in Deckung und feuerte auf die Beamten, die das Feuer natürlich erwiderten. Im Verlauf des Feuerkampfes wurden der Gendarmerie-Postenführer Haas und der Wilderer F. schwer verwundet. Sie verstarben auf dem Transport zum Krankenhaus.

Der überlebende Komplice des erschossenen Wilderers, der berüchtigte Josef A. aus Hinterberg, Gemeinde Kirchdorf, wurde von den Beamten überwältigt und dem Bezirksgericht Kitzbühel (Innsbruck) eingeliefert. Er wurde bereits seit längerer Zeit von der Gendarmerie gesucht; mit einem Diebesgenossen hatte er im Januar einen Einbruch verübt und aus der Hütte der Eggenalpe ein bayerisches Werdergewehr mit Munition, ein Häfchen mit 10 Ltr. Enzian, 58 Ltr. Wein, viel Tabak und Zigarren entwendet. Der Zustand der Betten zeigte, daß die beiden Einbrecher längere Zeit in der Hütte gehaust hatten. Sie hatten von dort aus ihre Wildererzüge unternommen und die in der Hütte vorgefundenen Genüsse durch Wildbraten ergänzt. So hatten sie dort oben herrlich in Freuden gelebt. Es wurde dem A. ferner nachgewiesen, daß er zusammen mit dem erschossenen Wolfgang F. in der Zeit vom 8. bis 11. Februar im Moratale einen Hirsch und drei Gemsen gewildert hatte.

Das Landesgericht Innsbruck verurteilte ihn am 16. Juni 1900 wegen Einbruchdiebstahls, gewerbsmäßigen Wilderns und Mordversuchs zu 4½ Jahren schweren Kerkers …

Der Grunewald bei Berlin bietet den Wilddieben der Großstadt mit seinem immer noch guten Damwildbestand ein stets verlockendendes Tätigkeitsfeld. Forst-, Kriminal- und Gendarmeriebeamte bemühen sich Hand in Hand, diesem Unwesen zu steuern und das letzte Hochwild in freier Wildbahn des Grunewalds zu erhalten.

Am 21. April 1920, in den frühen Morgenstunden, befanden sich mehrere Gendarmeriebeamte der 3. Gendarmerie-Brigade dort auf einer Wildererstreife; die wenigen Forstbeamten konnten dem immer mehr zunehmenden Wildererunwesen nicht mehr Herr werden. Gegen 6¾ Uhr stieß der Fußgendarmeriewachtmeister Henze vom Berliner Offizier-Distrikt II, Beritt Zehlendorf, im Jagen 98 auf zwei Wilddiebe, von denen der eine mit einem Gewehr bewaffnet war. Er überraschte beide dabei, wie sie soeben einen Damhirsch erlegt hatten und sich anschickten, ihn aufzubrechen. Auf seinen Anruf: „Gewehr weg, Hände hoch oder ich schieße!“, ergriffen beide die Flucht. Während der unbewaffnete Wilddieb in eine rechts angrenzende Schonung sprang, lief der andere mit schußbereiter Büchse geradeaus in eine Dickung. Auf nochmaligen Zuruf drehte er sich um und ging in Anschlag. Der Beamte kam ihm zuvor und schoß. Der Schuß ging fehl, der Wilddieb hatte einen Versager und setzte seine Flucht fort. Einer nochmaligen Aufforderung: „Stehen oder ich schieße!“, kam er nicht nach. Der zweite Schuß des Gendarmeriewachtmeisters traf den Fliehenden in den Oberschenkel; er ließ zwar sein Gewehr fallen, erreichte aber noch die schützende Dickung. Der Beamte fand ihn 20 Meter weiter, stark blutend, an der Erde liegend. Auf Befragen verweigerte er jede Angabe über seine Personalien, Ausweispapiere besaß er nicht. Nachdem der Gendarmeriewachtmeister den anscheinend Schwerverletzten aus der Dickung herausgebracht und dessen Gewehr, ein umgearbeitetes Militärgewehr mit Zielfernrohr, an sich genommen hatte, versuchte er, ärztliche Hilfe herbeizuholen. Er fuhr zunächst mit seinem Fahrrade nach dem zwei Kilometer entfernten „Kronprinzessin-Weg“, wo er mit seinen Kameraden zusammentrat. Während ein Beamter einen Krankenwagen holen wollte und die anderen die Wege besetzten, die der entkommene Wilddieb vermutlich benutzen würde, begab sich Gend.-Wachtm. H. mit einem Kollegen wieder an die Stelle zurück, wo er den angeschossenen Wilddieb zurückgelassen hatte. Auf dem Wege dorthin bemerkten sie den Gesuchten am Rande einer Schonung, in der er beim Anblick der Beamten sofort wieder verschwand. Um ihm folgen zu können, legten die Beamten ihre Fahrräder am Rande einer Dickung nieder und suchten die Schonung ab. Da bemerkten sie, wie der Wilddieb, der auf „dem Rückwechsel" nach Art alter, gewiegter „Drückeberger" bei der Saujagd seinen Verfolgern durch die Lappen gegangen war, sich auf eines der Fahrräder der Gendarmen schwang und eiligst davonfuhr! Die von dem anderen Beamten aufgenommene Verfolgung blieb erfolglos, es gab damals noch keine „Avusbahn", und auf den sandigen Grunewaldwegen blieb der Gauner Sieger im Radrennen.

Inzwischen waren auch die anderen Gendarmeriebeamten eingetroffen, und man begab sich an die Stelle, wo der verwundete Wilddieb des Abtransportes mit dem Krankenwagen harrte. Doch hier mußten die Beamten eine zweite Überraschung erleben: der „Schwerverletzte" war spurlos verschwunden.

Immerhin fand man in der angrenzenden Dickung noch zwei frischgeschossene Damhirsche und einen Rucksack. In dem angeschossenen Wilddieb erkannten die Forstbeamten nach der ihnen gegebenen Personenbeschreibung den Wilderer Br. aus Berlin-Neukölln.

Karl. Br., ein echter „Rixdorfer", gehört zur treuesten „Kundschaft" meines Wilderdezernats. Drei blaue Bohnen verschiedenen Kalibers trägt er in seiner Schwarte, eine vierte hat ihm die rechte Hand zur Hälfte weggerissen. Ein Jahr nach dem beschriebenen „Unfall" im Grunewald geriet er mit seinem „Spezie" Bö., demselben, der damals mit dem Fahrrade des Gendarmeriewachtmeisters verschwand, in den „Schwarzen Bergen" bei Prötzel (Straußberg) in ein heftiges Sperr- und Trommelfeuer der dortigen Forstbeamten. Als Erinnerung trägt er noch jetzt eine der obenerwähnten blauen Bohnen in einem zu Sitz- und Erziehungszwecken dienenden Körperteil. Ein Jahr später beobachtete ich ihn eines Sonntagsmorgens in demselben Revierteil wieder beim Wildern. Er lief, wieder mit einem umgearbeiteten Militärgewehr mit Fernrohr bewaffnet, bis auf 40 Meter ahnungslos an. Kurz bevor ich ihn anrufen wollte, verschwand er – rein zufällig seine Marschrichtung wechselnd – in einer Schonung. Als ich ihm später bei einer Vernehmung von diesem Vorfall Mitteilung machte, gestand er ein, über hundert Stücken Rot-, Dam- und Schwarzwild in den Prötzeler und Wilkendorfer Forsten innerhalb eines Jahres gewildert und an einen Wildbrethändler verkauft zu haben! Wegen dieser gewerbsmäßigen Wilddieberei und einer anderen Straftat hatte er bereits 3½ Jahre Zuchthaus verbüßt, ohne ein Geständnis abgelegt zu haben. Jetzt war er wieder im Grunewald mit seinem Freunde Bö. beim Erlegen eines Damhirsches abgefaßt worden. Gegen den sehr bekannten Wildbrethändler wurde Anzeige wegen Hehlerei erstattet.

Br. und Bö. gestanden nun auch Einzelheiten über den Vorgang im Grunewald im Jahre 1920 ein. Das Fahrrad des Gendarmeriewachtmeisters hatte sich Bö. umarbeiten lassen. Zur großen Freude der beiden Kumpels hatte sich an dem Rade eine Aktentasche befunden und in dieser eine Flasche Kognak! Nur der Briefkastenonkel, des „Lokalanzeigers für Zappendowu" vermag vielleicht zu deuten, zu welchen Zwecken sich die Kognakflasche in dieser Aktentasche befunden hatte. „Honny soit qui mal y pense!" …

Derartige gewerbsmäßige Wilddiebe treiben ihr Unwesen oft jahrelang, ohne einem Beamten gefährlich geworden zu sein. Meist hat aber nur ein glücklicher Zufall einen Zusammenstoß mit den Beamten vermieden. Der Wilderer, der mit der Schußwaffe fremdes Revier betritt, ist und bleibt immer eine schwere Gefahr für den Jagdbesitzer und jeden Forst- und Polizeibeamten. Wie gering solche gefährlichen Burschen dann fremdes Menschenleben einschätzen, beweist auch der nachstehend beschriebene Fall:

Der Landjäger aus Plattenhardt (Württemberg) teilte am Montag, dem 21. Juli 1913, der Polizeidirektion Stuttgart telephonisch mit, daß am Samstag der Forstanwärter Wilhelm Klingler aus Waldenbuch ermordet worden sei. Der Täter sei bereits bekannt, es sei der 19 Jahre alte Maurer Christian M. aus Plattenhardt, der bei einer Baufirma in Ostheim bei Stuttgart beschäftigt sei. Kriminalkommissar Weizenegger und Kriminaloberwachtmeister Luginsland, Stuttgart, erhielten den Auftrag, den Mörder festzunehmen. Als die Beamten auf der Arbeitsstelle erschienen, war M. bereits verschwunden, nachdem er nur eine Stunde gearbeitet hatte. Einem Mitarbeiter hatte er erzählt, daß sein Freund, der 18jährige Maurer Gottlob R. aus Plattenhardt, in seiner Gegenwart einen Forstwart ermordet habe. Ob er selbst an dem Morde beteiligt gewesen sei, hatte er nicht angegeben. Beim Weggehen habe er aber die Absicht geäußert, zur Polizei zu gehen und sich selbst zu stellen. Tatsächlich erschien M. gegen 20 Uhr auf einer Polizeiwache, ließ sich festnehmen und gestand ein, am 19. Juli zusammen mit R. in der Nähe der Burkhardtsmühle gewildert zu haben. Hierbei seien sie von einem Forstwart überrascht und gestellt worden. Im Laufe eines dann entstandenen Wortwechsels und anschließenden Handgemenges habe dann R. den Beamten mit dem Gewehr erschlagen.

Am anderen Morgen führte M. die Polizeibeamten an den Buchwaldweg in der Nähe der Burkhardtsmühle und bezeichnete dort eine Stelle, wo unter Moos, Gras und Laub versteckt das Gewehr und Messer des R., sowie das Gewehr des ermordeten Forstanwärters Klingler lagen.

Inzwischen hatte sich auch der Täter R. dem Amtsgericht Stuttgart freiwillig gestellt. Die Leiche des ermordeten Forstanwärters, nach der man bisher vergeblich gesucht hatte, wurde nach Angabe des R. in einem 25jährigen, engbepflanzten Tannenbestand, 7 Meter vom Wege, gefunden. Der Tote lag auf dem Rücken, zwischen dem ausgestreckten linken Arm und dem Körper der Rucksack. In der Nähe fand man sehr gut erkennbare Fußabdrücke, die, wie ein Vergleich ergab, unzweifelhaft von R. herrührten. Blutspuren wurden am Fundort der Leiche nicht wahrgenommen, der Tote war also hier hergeschafft worden. R. führte nun die Gerichtskommission an den Tatort, von dem Hergang der Tat gab er folgende Darstellung: Er und sein Freund M. hatten sich verabredet, am 21. Juli nachmittags zu wildern. Sie fühlten sich um diese Zeit vor Überraschungen besonders sicher, weil ihnen bekannt war, daß Holztermin angesetzt war! Mit auseinandergenommenen Gewehren, die sie unter ihren Röcken verborgen trugen, gelangten sie gegen ¾17 Uhr in den Wald, setzten dort ihre Gewehre zusammen und birschten zuerst im Walde, wo M. einen Hasen schoß. Dann birschten sie an den Wiesen entlang, nach der Glashütte zu und wieder zurück. Es war jetzt kurz vor 20 Uhr, als sie überraschend von dem Forstanwärter Klingler angerufen wurden. M. legte auf Zuruf sein Gewehr weg, R. dagegen sprang, als er in einer Entfernung von acht bis zehn Schritt den Forstanwärter mit angeschlagenem Gewehr hinter einem Baum stehen sah, hinter einen Baum in Deckung, ohne sein Gewehr fortzuwerfen. Als er versuchte, hinter einen anderen, stärkeren Baum zu gelangen, schoß Klingler, und R. erhielt einen Teil der Schrotladung in den Arm. Auf einen nochmaligen, drohenden Zuruf des Forstanwärters lehnte R. sein Gewehr an den Baum, trat auf Aufforderung hervor und neben seinen Komplicen M.

Bis jetzt war alles gut gegangen, der junge Forstanwärter hatte beide Wilderer entwaffnet und sie veranlaßt, von den abgelegten Gewehren seitwärts zu treten. Nun beging er aber den immer wiederkehrenden Fehler, mit seinem allerdings schußbereit getragenen Gewehr an die beiden Wilderer heranzutreten. Schon das widersetzliche Benehmen des R. hätte ihn warnen und darauf hinweisen müssen, wessen er sich von diesen beiden gefährlichen Burschen zu gewärtigen hatte. Kaum war er nahe genug herangetreten, schlug ihm der zunächst stehende M. das Gewehr in die Höhe. Da er die Hand am Abzug hatte, entlud sich die Waffe, und da er das Gewehr nach dem ersten Schuß nicht wieder geladen hatte, stand er seinen beiden Gegnern nun mit ungeladener Waffe gegenüber! Schon sprangen die beiden auf ihn zu. In höchster Not drehte der Forstanwärter das Gewehr um, um sich mit dem Kolben zu verteidigen. Doch M. umklammerte ihn von vorn, während R. ihn von hinten packte und zu Boden warf. Während R. mit dem Forstanwärter am Boden rang, holte M. das am Baume lehnende Gewehr des R. herbei und schoß heimtückisch von hinten auf den um sein Leben kämpfenden Beamten. Die spätere ärztliche Feststellung ergab, daß die Kugel über dem linken Schulterblatt eingedrungen und an der rechten Brustseite ausgetreten war. Der Schuß war aus unmittelbarer Nähe abgefeuert.

R. merkte, wie die Kräfte des verwundeten Forstanwärters nachließen. M. hatte das Gewehr nach dem Schuß umgedreht und hieb damit viermal auf den sich aufrichtenden Beamten mit derartiger Wucht ein, daß der Kolben des Gewehres abbrach.

Nun sprang auch R. in die Höhe, ergriff das am Kampfplatz liegende Gewehr des bereits schwerverwundeten Klingler und schlug damit ebenfalls auf diesen ein. Die Hähne des Gewehres drangen dabei in den Kopf des Frostanwärters und der Kolben brach ab. Doch obwohl der durch den Brustdurchschuß und mehrere Schädelbrüche tödlich Verletzte vollkommen kampfunfähig dalag, schlug der bestialische R. noch mit dem abgebrochenen Kolben auf den Sterbenden ein!

Die beiden Mörder ergriffen nun zunächst die Flucht, kehrten dann aber an den Tatort zurück, weil M. sein Messer und R. einen Teil seines zerbrochenen Gewehres vermißte. Das Messer fanden sie nicht, es wurde später von den Beamten der Gerichtskommission am Tatort gefunden.

Der schwerverwundete Forstbeamte lebte noch, er hatte sich im Todeskampf weitergewälzt. Er atmete schwer, das Blut schäumte ihm aus dem Munde. Trotz des furchtbaren Anblicks ergriffen die Mörder ihr Opfer und schleppten es in die Tannendickung. Sie wollten das Auffinden des Toten damit verzögern, weil R. durch den Schrotschuß verwundet war und Zeit gewinnen wollte, seine Wunde ärztlich behandeln zu lassen. Das Gewehr des Forstanwärters nahm R. an sich, er wollte es „als Andenken“ aufbewahren, weil K. damit auf ihn geschossen hatte. Dann gingen die beiden jugendlichen Mörder in das Gasthaus „Zum Posthörnle“ und tranken dort in aller Ruhe Schnaps und Bier, als wäre nichts geschehen! Seinen Eltern erzählte R. den ganzen Vorfall und ließ sich dann verbinden.

Der 19jährige M. war der Sohn eines berüchtigten Wilderers und trotz seiner Jugend wiederholt vorbestraft. Er bestritt, den Schuß auf Klingler abgefeuert zu haben und schob alle Schuld auf seinen Komplicen R. Der vom Untersuchungsrichter vernommene Forstwart Heinz, der unmittelbare Vorgesetzte des Ermordeten, bezeichnete ihn als einen sehr tüchtigen, pflichteifrigen Beamten, der große Körperkräfte besaß und mit beiden Gegnern fertig geworden wäre, wenn er den Schuß von hinten nicht erhalten hätte. Er hatte wiederholt erzählt, daß er von Wilddieben, besonders aber von M. und R schon mehrmals bedroht worden sei.

Vor dem Schwurgericht Stuttgart wurde am 10. November 1913 gegen die beiden Mörder verhandelt. Sie gaben die bereits bekannten Vorgänge im allgemeinen zu, keiner von ihnen wollte aber den Schuß abgefeuert haben. Damit belastete einer den anderen. Sie wurden beide wegen gemeinschaftlich ausgeführten, erschwerten Totschlags und Jagdvergehens verurteilt, und zwar M. zu einer Gesamtzuchthausstrafe von 10 Jahren 7 Monaten. R. zu 12 Jahren und 1 Monat.

Der ungemein rohe und gefühllose R. hatte noch während der Verhandlung den Ermordeten beschimpft und gedroht, daß er noch einen Mord begehen werde, wenn er eine höhere Strafe als M. erhalten werde. Daß er fest entschlossen war, seine Drohungen wahrzumachen, beweisen die weiteren Vorgänge:

In der Nacht vom 4. zum 5. Mai 1918 wurde der Polizeibeamte Georg Bauer in Waldenbuch auf der Dorfstraße erschossen. Der Beamte hatte den Nachtdienst versehen, man fand ihn in den ersten Morgenstunden mitten auf der Dorfstraße in der Nähe der Ortswaage. Der Tote lag auf dem Rücken in einer Blutlache, neben ihm lag seine Dienstmütze und die Kontrolluhr, quer über der Brust sein Seitengewehr, das er gezogen, aber nicht mehr benutzt hatte. Ein Herzschuß hatte ihn fast augenblicklich getötet. Spuren eines Kampfes waren nicht zu sehen, der tödliche Schuß, der, wie Zeugen bekundeten, zwischen ½ und ¾23 Uhr gefallen war, mußte aus großer Nähe abgefeuert worden sein, denn er hatte Stoffasern des Uniformrockes versengt.

Die Bevölkerung geriet durch diesen neuen Beamtenmord in größte Aufregung. Zeugen fanden sich, die einen unbekannten, etwa 25 Jahre alten Mann mit Rucksack auf den Feldern neben der alten Straße Waldenbuch-Schlößlesmühle gesehen hatten, der ihnen unheimlich erschienen war. Landjäger, Förster, Polizeibeamte und viele Bürger nahmen sofort mit Fahrrädern die Verfolgung des Verdächtigen auf. In den Mittagsstunden stießen der Polizeibeamte Alber, der Förster Eisele und der Schult-

Polizeibeamter Georg Bauer, erschossen von dem aus dem Zuchthaus entwichenen Mörder des Forstanwärters Klingler.

heiß Schäfer aus Echterdingen auf den Verdächtigen. Es gelang den drei Männern, den Unbekannten nach heftigem Widerstand zu überwältigen und festzunehmen. Man untersuchte ihn nach Waffen, fand aber nichts. Dann ließ man den Mann, ohne ihn zu fesseln oder anzufassen, zwischen sich hergehen. Kurz vor Waldenbuch zog der Festgenommene plötzlich einen Revolver und versuchte seine Begleiter zu erschießen; es gelang den Beamten aber, den gefährlichen Burschen niederzuschlagen und zu entwaffnen. Eine Warnung für jeden Beamten, bei solchen Festnahmen die Leibesvisitation recht gewissenhaft und gründlich vorzunehmen. Schuß- und Stichwaffen sind nicht nur in den Taschen, sondern auch in den Stiefelschäften zu suchen; sie werden in verborgenen Taschen an sonst nicht üblichen Stellen aufbewahrt, mit Haken aufgehängt oder im Ärmel verborgen geführt.

In dem Festgenommenen erkannte man nun den vor genau einem Jahre aus dem Zuchthaus Ludwigsburg entsprungenen Mörder des Forstanwärters Klingler, den zu 12 Jahren Zuchthaus verurteilten Gottlob R. aus Plattenhardt. Er bestritt, den Polizeibeamten Bauer erschossen zu haben und erklärte den ihn vernehmenden Beamten: „Wenn es einen Herrgott gäbe, so ließe er die Hälfte von der Obrigkeit dreimal lotweise verrecken!“ Herr Gottlob R. führte also seinen schönen Vornamen wirklich zu Unrecht, sein wenig friedlicher Charakter machte es erforderlich, daß man ihn gefesselt und von drei Landjägern begleitet schleunigst wieder hinter feste Mauern brachte, um weiteres Unheil zu verhüten.

Er gab bei seiner Vernehmung zu, nach seiner Flucht aus dem Zuchthaus von Einbrüchen und Wildern gelebt zu haben. War es ein Zufall, daß die Frau des von ihm erschossenen Polizeibeamten Bauer die Schwester der Braut des von ihm ebenfalls ermordeten Forstanwärters Klingler war? Entweder hatte R. seine damalige Drohung wahr gemacht und sich durch diesen neuen Mord noch an den Verwandten des erschossenen Forstbeamten „rächen“ wollen, oder der Polizeibeamte Bauer hatte den verdächtigen Mann, in dem er einen Einbrecher vermutet hatte, auf der Dorfstraße angehalten und nun den ihm von der Gerichtsverhandlung her bekannten ausgebrochenen Mörder R. erkannt und sofort das Seitengewehr gezogen, weil er bei diesem gefährlichen Verbrecher mit einem Angriff oder Widerstand rechnen mußte. So war er dann von diesem sofort niedergeschossen worden. Die Kugel hatte das Herz, Lunge und Wirbelsäule getroffen, als Querschläger hatte sie im Rücken eine sehr große Ausschußwunde hervorgebracht.

R. hatte nach seiner Flucht aus dem Zuchthaus ein Jagdgewehr und Munition durch Einbruch erbeutet. In einem Heustadel, in dem er gehaust hatte, fand man außerdem einen 98er Karabiner, viel Überreste erbeuteten Wildes und ein ganzes Waren- und Munitionslager.

Am 11. Februar 1919 verhandelte das Schwurgericht Stuttgart zum zweiten Male gegen den Mörder R. Er bestritt bis zum 3. Verhandlungstage, den Polizeibeamten Bauer erschossen zu haben. Der Beamte habe sich selbst erschossen, der Mord sei „fingiert“, man habe den Tatort künstlich „hergerichtet“, nur um ihn zu belasten. Gegen die örtlichen Polizei- und Forstbeamten zeigte der Mörder einen unmenschlichen Haß, in ohnmächtiger Wut suchte er ihre Aussagen zu entkräften, bezeichnete sie als unwahr und stieß Drohungen und Beleidigungen gegen diese ihm höchst unbequemen Zeugen aus.

Nachdem die Beweisaufnahme schon geschlossen war, erklärte R., daß er ein Geständnis ablegen wolle. Er mochte wohl erkannt haben, daß seine Sache sehr schlecht stand, nun versuchte er zu retten, was noch zu retten war. Das Gericht trat auf seine Erklärung hin wieder in die Verhandlung ein. Das „Geständnis“, mit dem der Angeklagte seinen Kopf retten wollte, trug von vornherein den Stempel der Unwahrheit. Er gab zwar zu, Bauer erschossen zu haben, der Beamte habe aber zuerst seinen Revolver gezogen und ihn damit bedroht, als er ihn als den gesuchten R. erkannte. Daraufhin habe auch er seinen Revolver gezogen und, angeblich in der Notwehr, gleichzeitig mit dem Polizeibeamten geschossen. Diese Darstellung konnte ihm ohne weiteres widerlegt werden, denn der ermordete Beamte hatte überhaupt keinen Revolver geführt.

Das Schwurgericht verurteilte den Mörder zum Tode. In seinem Revisionsantrag beschuldigte er alle Zeugen des Meineides. Als die Revision verworfen wurde, spielte er den „wilden Mann“, das Irrenhaus dünkte ihm die einzige Rettung vor dem Henkerbeil. Dieser Bursche, der unbedenklich jeden Beamten niederknallte, der sich ihm entgegenstellte, versuchte jetzt in feiger Todesangst jedes Mittel, um seinem wohlverdienten Schicksal zu entgehen.

Er hatte in unnötiger Angst geschwebt. Man begnadigte ihn zu lebenslänglicher Zuchthausstrafe! Das hob den gesunkenen Lebensmut wieder, in einem eingereichten Wiederaufnahmeantrag bestritt er von neuem, den Polizeibeamten ermordet zu haben. Gleichzeitig schwur er allen Beamten, auch der Staatsanwaltschaft, Rache. Die Zuchthausdirektion bezeichnete diesen Menschen als den gefährlichsten Verbrecher, der je im Zuchthause gesessen habe …

Auf Wildererstreife

In den Gräflich von Schulenburg-Lieberose'schen Forsten wurde im Herbst 1909 viel gewildert. Am Sonntag, dem 5. September, gegen 18 Uhr begab sich der in Staakow bei Jamlitz-Lieberose stationierte Gräfliche Förster A. Wesenberg in seinen Belauf Staakow auf Wildererstreife. Als der Förster gegen 19 Uhr das sogenannte „Schäfereigestell" hinunterkam, sah er auf etwa 100 Meter vor sich an der Ecke eines Wildackers, auf einem für die bevorstehende Hirschbrunst eingerichteten Stande einen Mann mit schußbereit gehaltenem Gewehr auf Anstand. Förster Wesenberg sprang sofort vom Gestell in die angrenzende knapp brusthohe Schonung, um den Wilderer von hinten anzubirschen. Es gelang ihm, sich mit schußbereiter Büchse bis auf 20 Schritt an den Wilderer heranzuschleichen, als dieser sich plötzlich umdrehte. Auf den Anruf des Beamten: „Gewehr runter!", legte der Wilderer sofort auf ihn an. Als Förster Wesenberg nun gerade im Begriff war, auf den Wilderer zu schießen, setzte dieser plötzlich sein Gewehr wieder ab und versuchte, seine Waffe halb im Anschlag haltend, im kurzen Bogen um den Förster herum Deckung in der angrenzenden höheren Dickung zu gewinnen. Der Beamte durchschaute diese Absicht sofort, er wußte, daß ihn sein Gegner nach Erreichung der Dickung niederschießen würde. Er rief dem Wilderer nochmals drohend zu: „Stehen! Gewehr weg!" Trotzdem versuchte der Wilddieb mit einem Sprunge die schützende Dickung zu gewinnen. Da warf ihn die Kugel des Försters nieder. Das 8-Millimeter-Teilmantelgeschoß war, wie die spätere Untersuchung ergab, unter dem erhobenen linken Arme in die Achselhöhle eingedrungen, hatte dicht oberhalb des Herzens die Hauptschlagader durchschlagen und war mitten auf der Brust wieder herausgetreten. Der Schuß hatte den sofortigen Tod des Wilderers zur Folge. Der Tote wurde als ein seit langer Zeit in den Gräflichen Forsten beschäftigter Waldarbeiter M. aus Schönhöhe erkannt. Das von ihm mitgeführte Gewehr war eine tadellose Büchsflinte …

Die in deutscher Schrift erscheinende polnische Zeitung „Posener Tageblatt" vom 14. März 1929 berichtete über den blutigen Ausgang einer Wildererstreife wie folgt:

Der Förster Labott, einziger Sohn einer Försterfamilie aus Pommerellen, war schon vor seiner Militärzeit bei der Herrschaft Wierzonka angestellt, und da er sich als ein äußerst gewissenhafter, pflichtgetreuer Forstbeamter erwiesen hatte, wurde er am 1. Oktober, nach absolvierter Militärdienstzeit, erneut für das Revier Wierzonka eingestellt. Wie heute überall, wird auch in Wierzonka gewildert, auch durch Schlingenstellen. So gelang es dem Förster Labott wiederholt, Schlingensteller in flagranti zu ergreifen, die auch ihre Strafe verbüßt haben. In den letzten Tagen fand der Forstbeamte wieder mehrere Schlingen an einer für den starken Rehbestand errichteten Futterstelle. Dort setzte sich Förster L. täglich an, um den Schlingensteller bei der Revision abzufassen. Freitagabend äußerte er sich dem Gutsinspektor gegenüber: „Wenn nicht heute nacht, dann ergreife ich den Schlingensteller morgen, Sonnabendmittag, bestimmt."

Als Förster L. bis Sonntag früh nicht zurückkehrte, fuhr der Gutsinspektor zur Futterremiese und fand dort den Beamten in seinem Blute liegend tot vor. Die sofort benachrichtigte Polizei beschlagnahmte die Leiche und verfolgte Spuren, die nach Dembogora führten. Als der Tat dringend verdächtig erschien der dort ansässige Arbeiter Antowski, der wegen Bedrohung und frechen Betragens dem Förster gegenüber seit Neujahr als Waldarbeiter entlassen worden war. Sein Bruder hat im Sommer 1928 den Knecht des Wirtes Pankiewicz in Dembogora erschlagen.

Eine sofort vorgenommene Haussuchung bei A. förderte 2 Rehdecken und eine Menge Drahtschlingen zutage, die gleicher Art waren, wie sie am Tatort gefunden wurden. Auf Grund dieser Beweismittel wurde A. festgenommen. Bei seiner Vernehmung geriet er sofort in Widersprüche. Er wollte um 14 Uhr bei einem Freunde in Pudewitz gewesen sein; die Ermittlungen ergaben, daß er erst um 18 Uhr dort ankam. Wie weiter ermittelt werden konnte, hatte er bei diesem Freunde in dem 14 Kilometer vom Tatort entfernten P. seine Stiefel mit dessen Stiefel vertauscht. In einem seiner dort untergestellten Stiefel fand man seinen Revolver versteckt, aus dem drei Kugeln frisch abgeschossen waren. Da der ermordete Förster drei Schußwunden im Kopf hat, ist trotz des Leugnens des A. mit Bestimmtheit damit zu rechnen, daß er damit den Beamten erschossen hat.

Die Sektion der Leiche bestätigte, daß Labott mit drei Revolverkugeln getötet worden ist. Bemerkt sei noch, daß das Verbrechen sich in den Mittagsstunden abgespielt haben muß, da der Mörder um 11 Uhr auf dem Wege von Karlowitz nach Wierzonka gesehen worden ist. Da der Förster als großer Draufgänger bekannt war, ist anzunehmen, daß er ihn mit einem im Sack versteckten, aus der Schlinge genommenen Reh überrascht und ihn aufgefordert hat, mit nach Wierzonka zu gehen. Da er den A. persönlich gut kannte, ist er unvorsichtigerweise zu nahe an ihn herangegangen, worauf der Wilddieb ihm das Gewehr weggeschlagen und ihn mit dem vorborgen gehaltenen Revolver aus unmittelbarer Nähe erschossen hat. Das Gewehr des Försters fehlt, ist auch bisher nicht gefunden worden. Den Sack des A., der ein in der Schlinge gefangenes Reh enthielt, fand man in der Nähe des

Tatortes. In den an der Futterstelle aufgesellten zahlreichen Schlingen wurden noch vier Rehe vorgefunden.

Mittlerweile hat A. bei seiner Vernehmung durch die Kriminalpolizei den Mord eingestanden. Er wurde von zwei Kriminalbeamten und mehreren Polizisten gefesselt an den Tatort geführt und dort nach seinem Geständnis noch einmal eingehend vernommen. Das Gewehr will er im Walde versteckt haben, die Stelle will er nicht mehr finden. Hoffentlich erhält der Mörder, der ein junges blühendes Menschenleben auf dem Gewissen hat, seine verdiente Strafe …

Der Bericht des „Posener Tagesblatts" vermerkt noch gerührt, daß neben der Leiche des Försters der „treue Hund" Wache hielt. Ich habe bereits an anderer Stelle darauf hingewiesen, daß das nur dem Laien imponiert. Wenn der Hund seine Treue nicht beweist, solange sein Herr lebt und sich in schwerster Gefahr befindet, ist er eben als Begleithund auf Wildererstreife wertlos und im Kampf mit dem Gegner nur hinderlich. Die nach dem Tode seines Herrn bezeugte „Treue" kann diesem dann nichts mehr nützen.

Der Förstermord Labott zeigt auch wieder, wie gefährlich es ist, auch einem persönlich bekannten Wilderer zu nahe zu kommen. Immer ist die Schußwaffe bereitzuhalten und mit einem Angriff bei der Festnahme und beim Abtransport zu rechnen! …

Einen gefährlichen Zusammenstoß mit drei Wilddieben hatte am 8. Dezember 1920, einem Feiertag, der 51jährige Staatliche Förster Schach, jetzt Forsthaus Buschied bei Kirchberg/Hunsrück, damals Försterei Hochpochten, Oberförsterei Kaisersesch. Bei einem Revierbegange stieß er auf verdächtige frische Fußspuren, die im Schnee gut sichtbar, durch die Förstereien Hochpochten I und II führten. Da dem Förster tags zuvor von seinem Kollegen Geibel, Försterei Ulmen, die Anwesenheit dreier Wilddiebe im Endertbachtal telephonisch gemeldet worden war und die Spuren auf die Försterei Ulmen zu führten, folgte Förster Schach diesen Spuren. Am Ausgang des Talrandweges, gegenüber dem westlichen Teile des fiskalischen Distrikts 60, rechts der Endert an der sogenannten Münchwiese, im Gemeindewald Auderath, stieß der Beamte auf drei Männer, die mit dem Zerlegen eines Rehes beschäftigt waren. Sich näher heranbirschend konnte der Förster beobachten, daß zwei der Männer auf dem Boden knieten und das Reh zerwirkten, während der dritte, mit schußbereitem Gewehr in der Hand, hinter einem der Knieenden stand und Umschau hielt.

Als Förster Schach auf 30 Schritt herangeschlichen war, erblickte ihn der Aufpasser und rief den anderen etwas zu. Jetzt rief der Beamte mit Gewehr im Anschlag: „Hände hoch!" Sofort legte der bewaffnete Wilderer sein Gewehr auf den Förster an. Das nun Folgende spielte sich blitzschnell ab: Der Förster war seinem Gegner zuvorgekommen und hatte in der Notwehr auf ihn geschossen. Im Moment des

Abdrückens war aber der vor diesem knieende Mann in die Höhe gesprungen, um sein an einer hinter ihm stehenden Fichte hängendes Gewehr zu ergreifen. So erhielt nicht der im Anschlag stehende, sondern der emporspringende Mann die Kugel des Beamten von hinten in die Brust. Dadurch, daß der Getroffene gegen den im Anschlag stehenden Mann fiel, wurde dieser am Schießen gehindert; er setzte ab und ergriff die Flucht in der Richtung nach dem Endertbach und Vorpochten zu. Der Förster folgte ihm ein Stück unter mehrmaligen Haltrufen. Plötzlich drehte er sich in einer Entfernung von 120 Meter um und schlug sein Gewehr auf den Verfolger an. Als auch dieser in Anschlag ging, warf sich der Wilderer hin und verschwand dann in der eingeschlagenen Richtung.

Der dritte Wilderer, der gleich auf den ersten Anruf hin die Hände hoch genommen hatte, stand noch immer in dieser Stellung, als der Förster von der Verfolgung zurückkehrte. Ein Angriff von hinten oder eine Flucht schien ihm wohl nicht ratsam angesichts des vor ihm liegenden Schwerverletzten. Der Förster kam jetzt mit schußbereitem Gewehr heran und forderte ihn auf, den Verwundeten in eine bequeme Lage zu bringen. Das tat der Mann auch und erklärte dann auf Befragen, daß der Verwundete sein Bruder sei. Er nannte auf Aufforderung auch seinen Namen, der Beamte konnte aber nur den Vornamen Nikolaus verstehen. Den entflohenen Wilderer wollte er nicht kennen.

Da der Festgenommene als einen Wohnort Ulmen angab, wollte ihn der Förster dort hintransportieren und ließ ihn mit auf dem Kopf zusammengefalteten Händen in dieser Richtung vor sich hergehen. Er war sich dabei natürlich eines hinterlistigen Angriffs seitens des entkommenen Komplicen gewärtig und späte mit schußbereitem Gewehr nach ihm aus. Immer wieder suchte der festgenommene Wilderer seine Marschrichtung zu ändern, um in die Nähe seines geflüchteten Komplicen zu gelangen und den Förster so in eine Falle zu locken. In Ulmen angelangt, verweigerte er weiter die Angabe seines Namens und seiner Wohnung. Da ihn niemand kannte, wurde er in das Arrestlokal gebracht. Hier gab er dann seinen richtigen Namen an, so lange hatte er wohl noch immer damit gerechnet, daß sich ihm Gelegenheit zur Flucht bieten würde.

Der Festgenommene war der 19 Jahre alte Sohn Adam des Ackerers M. in Uersfeld, der Verwundete sein 24jähriger Bruder Peter M. Über den Entflohenen verweigerte er weiter jede Auskunft.

Mit seinen inzwischen benachrichtigten Kollegen Geibel und Steffen, dem Gemeindevorsteher und einige in der Krankenpflege ausgebildeten Einwohnern aus Ulmen begab sich Förster Schach wieder an den Tatort, wo man den Verwundeten noch lebend vorfand, notdürftig verband und mit einem mitgebrachten Wagen nach Auderath schaffte. Er verstarb an demselben Tage.

Am Tatort fand man

1. ein Infanteriegewehr Modell 98, mit 5 scharfen Patronen geladen, dem Festgenommenen gehörig;

2. eine Mehrlade-Armeepistole Kal. 9 mm, mit Patronenmagazin geladen, dem Erschossenen gehörig;
3. einen feststehenden Nicker;
4. ein scharfgeschliffenes Militärseitengewehr, zum Zerwirken des erlegten Wildes benutzt;
5. einen Dolch, der in einer Fichte steckte;
6. ein Armeefernglas, eine Flasche Kognak und ein Militärkochgeschirr mit Löffeln.

Die Wilderer hatten sich also für einen längeren Streifzug ausgerüstet. Die Ermittlungen ergaben, daß sie schon seit längerer Zeit ihr Unwesen getrieben hatten.

Am 30. Mai 1920 kam der Staatliche Förster Geibel morgens gegen 7 Uhr auf einem Reviergange in den Distrikt Weyerbusch bei Ulmen und bemerkte dort aus größerer Entfernung zwei Männer, die er zunächst für Weidefrevler hielt. Gegen 8 Uhr sah er wieder einen dieser Männer aus einer Entfernung von etwa 120 Schritten, der ein Gewehr in der Hand hatte und beim Anblick des Försters in Anschlag ging. Der Beamte tat, als hätte er nichts bemerkt und ging weiter, um sich von hinten heranzubirschen. Kurz darauf fiel ein Schuß, der Förster konnte die Wilderer aber nicht finden.

In der Absicht, die beiden Wilderer zu stellen, unternahmen der Staatsförster Geibel und der Gemeindeförster Krahe am 6. Juni gemeinschaftlich eine Frühpatrouille. Gegen 3 Uhr begaben sie sich in den Weyerbusch. Dort hörten sie alsbald einen Schuß fallen, dem sie nachgingen. Aus einer Entfernung von 80 m beobachteten sie dann einen Mann, der um die Ecke einer Fichtendickung schlich. Nach etwa einer Minute kam um dieselbe Ecke ein Mann mit einem Gewehr, ging in Anschlagstellung und gab einen Schuß ab. Kurze Zeit darauf fiel aus einer Entfernung von 30 m ein Schuß von rechtsseitwärts her, und zwar in der Richtung auf die beiden Förster, denn zu ihren Füßen fiel ein abgeschossener Zweig nieder. Hierauf gab Förster Krahe einen Schuß in Richtung auf die zweite Person ab, die darauf die Flucht ergriff. Alsdann fiel von seiten der Wilderer noch ein Schuß. Die Beamten glaubten damals den nun festgenommenen M. und seinen jetzt erschossenen Bruder erkannt zu haben. Förster Geibel wußte nun auch, daß die Beobachteten identisch waren mit den beiden am 30. Mai beobachteten Wilddieben, die sich in gleicher Weise angriffslustig gezeigt hatten. Die jetzigen Ermittlungen ergaben auch, daß an diesen Wildererzügen der 22 Jahre alte Landwirt Mathias K. aus Hausen teilgenommen hatte.

Am 1. August 1920, bei beginnendem Büchsenlicht, befand sich Förster Geibel wieder auf einem Reviergange. Aus einer Entfernung von 100 m beobachtete er im Endertbachtale mit seinem Glase die beiden Brüder M. Bei guter Sicht erkannte er die beiden diesmal mit aller Bestimmtheit. Adam M. führte ein Militärgewehr, der Bruder Peter eine große Pistole mit Anschlagkolben. Bald darauf fielen auch zwei Schüsse, und der Förster sah, wie die beiden Wilderer ein erlegtes Reh wegschleppten. Der Beamte brachte dann beide zur Anzeige, das Reh wurde in der elterlichen Wohnung beschlagnahmt.

Am 4. Dezember 1920 beobachtete ein Zeuge die Beiden und den genannten K. wieder im Endertbachtal beim Wildern. Drei Tage später konnte Förster Geibel die drei Wilderer wieder aus sehr großer Entfernung beobachten. Er holte sich schleunigst den Förster Krahe zur Unterstützung herbei, die Beamten konnten die drei aber nicht mehr finden. Der Beamte setzte darauf seinen Kollegen Schach von seinen Beobachtungen telephonisch in Kenntnis, der dann anderen Tages den beschriebenen Zusammenstoß mit den drei gefährlichen Burschen hatte, wobei Peter M. erschossen wurde.

Die zweite Ferien-Strafkammer des Landgerichts Koblenz verurteilte in der Sitzung vom 9. August 1921 den Adam M. wegen gewerbsmäßigen Jagdvergehens, Widerstandsleistung und Vergehens gegen das Entwaffnungsgesetz zu 4½ Jahren Gefängnis, den Mathias K. wegen gleicher Delikte zu 5 Jahren Gefängnis ...

Der Staatsförster Fries, Ostenfeld bei Husum, über dessen Tätigkeit bei Aufklärung des Förstermordes Haas hier eingehend berichtet worden ist, hatte im Frühjahr 1913 die Beobachtung gemacht, daß Wilddiebe im Revier tätig waren. Das Rehwild tat sehr scheu, schreckte oft und anhaltend, Grünspecht und Häher, die Späher des Waldes, warnten und schimpften. Dem Förster haben all diese tierischen Schreck- und Warnrufe viel zu sagen. Er hemmt seine Schritte, lauscht und geht ihnen vorsichtig nach. Gelten diese Laute dem Fuchs und dem Schwarzwild, dem Wilderer oder dem Forstfrevler?

Eines Morgens fand sich im tauschweren Grase eine frische Menschenspur, die querfeldeinwärts und dann in eine Fichtendickung hineinführte. Hier schien eine Weiterverfolgung aussichtslos. Wie der Beamte später in Erfahrung brachte, hatte der Wilderer den Förster bei der Verfolgung seiner Spuren beobachtet. Er hätte den Beamten erschossen, hätte dieser ihn in die Dickung hinein verfolgt.

Alle Bemühungen des Försters, des Wilddiebs in dem sehr entfernten, 900 ha großen Revierteil habhaft zu werden, blieben zunächst erfolglos. Schließlich wurde ein Jagdpächter, dessen Revier an die Staatsforst grenzte, von diesem Wilderer mit der Schußwaffe bedroht. Vertrauliche Mitteilungen, die der Förster aus den Kreisen der Landbevölkerung erhielt, verbunden mit eigenen Beobachtungen, über die er sich Notizen gemacht hatte, ergaben, daß dieser Wilddieb ständig des Donnerstags im Revier auftrat. Im Einverständnis mit dem Oberförster hielt sich nun der Beamte in dem bedrohten Revierteil täglich in den frühesten Morgenstunden und den Abendstunden auf, stets seine im Dorfe gelegene Wohnung unter allen Vorsichtsmaßregeln verlassend, um seine Beobachtung durch den Täter oder seine beauftragten Mittelspersonen zu erschweren.

Am 17. Juni war Förster Fries gegen 2 Uhr nachts, mit seinem Fahrrade auf einem Feldwege fahrend, an einer einsamen Stelle im Revier angelangt und hatte sein Rad in einer Dickung untergeschoben. Er birschte nun bei absoluter Windstille in der anbrechenden Tagdämmerung einen wenig benutzten Waldweg entlang, als plötzlich vor ihm, in einer Entfernung von ungefähr 1000 m, die Rehe schreckten. Das Wild stand offenbar auf einer 150 ha großen Brandfläche, die mitten im Revier lag. Diese Fläche war mit dem Dampfpflug umgeworfen und mit 6-7jährigen Fichten bepflanzt. Inmitten befanden sich einige vorgeschichtliche Hünengräber, die in dem beginnenden Anwuchs eine gute Rundschau boten.

Mit eiligen, lautlosen Schritten strebte der Forstbeamte dieser Fläche zu. Der Himmel begann sich bereits im Osten zu röten, man konnte schon einige 100 Meter weit sehen. Kaum hatte der Beamte seinen Beobachtungsposten an den Hünengräbern eingenommen, als sich aus dem gegenüberliegenden Bestande vorsichtig eine Gestalt schob. Ein Wilddieb mit schußfertigem Gewehr, der nun vorsichtig den Weg hinunterspähte! Der Förster hatte sich blitzschnell niedergeworfen, unbemerkt vom Wilderer, der noch 300 m entfernt war. Jetzt schlich er den Waldweg hinunter und der Förster folgte ihm mit schnell, unhörbaren Schritten. Schon war der Forstbeamte auf 120 m herangekommen, als sich der Wilddieb plötzlich umdrehte und den Beamten bemerkte. Dieser riß sein Gewehr hoch mit dem drohenden Zuruf: „Halt, Gewehr wegwerfen!“ Ohne diesen Zuruf zu beachten ergriff der Wilddieb, mit dem Gewehr in der Hand, die Flucht, verfolgt von Förster Fries. Erst ging die wilde Verfolgungsjagd den Weg hinunter, dann quer über die erwähnte Brandfläche. Jetzt strebte der Verfolgte den noch 200 m entfernten Hünengräbern zu. Die Absicht, die er damit verband, war klar: Er wollte dort Deckung nehmen und dann seinen Verfolger, dem sich in dem niederen Anwuchs keine Deckung bot, niederschießen! Weitere Zurufe, stehenzubleiben und das Gewehr wegzuwerfen, waren erfolglos geblieben. Kurz vor Erreichung des Hügels nahm der Fliehende im Laufen sein Gewehr in beide Hände; ein Warnungsschuß mit Schrot vermochte ihn auch jetzt noch nicht anzuhalten. Jetzt war für den Beamten der kritische Augenblick gekommen. Nach nochmaligem Zuruf schoß er auf den Fliehenden in berechtigter Notwehr, und der Wilderer verschwand. Nicht überzeugt, daß er den Verfolgten getroffen hatte, blieb der Förster zunächst aufrecht in der Anpflanzung stehen, so seinem Gegner ein vorzügliches Ziel bietend. Dann wurde ihm klar, welchen Fehler er in der Aufregung damit beging, er suchte in großen Sprüngen Deckung hinter dem nächsten Hünengrab. Von dort sah er das Gesicht des Wilderers, das der Stelle zugewandt war, von der aus der Förster geschossen hatte. Nunmehr rief der Förster hinüber, der Wilderer solle die Hände hochnehmen sich ergeben. Jetzt antwortete der offenbar Verwundete, daß es ihm unmöglich sei, die Hände hochzunehmen, der Förster möge sich das Gewehr holen. Selbstverständlich ging der erfahrene Beamte nicht hinüber, sondern entfernte sich ungesehen, dabei sorgfältig Deckung hinter den Hügeln nehmend. Um Hilfe für den vermutlich Schwerverletzten zu holen, begab sich der Förster nach dem 4 km entfernten Dorfe, weckte zwei bekannte Bauern und ersuchte sie, mit einem Fuhrwerk mitzukommen. Inzwischen holte er von der Bahnstation Verbandzeug. Die Frau des Vorstehers fügte in mitleidiger Besorgnis noch eine Flasche Rotwein bei. An der Brandstelle angelangt, ging der Förster voraus, die schußbereite Waffe in der Hand. In Kiellinie und mit respektvollem Abstand folgten ihm seine Begleiter nach der gefahrdrohenden Stelle zu, wo der Wilderer lag. Nach Zuruf und Drohung, nochmals zu schießen, hob jetzt der Wilderer die Arme in die Höhe, bis der Förster mit seinen Begleitern heran war. Zunächst brachte der Beamte den Drilling des Verwundeten, der noch in Greifnähe lag, beiseite. Der Unbekannte gab an, den Schuß in das Bein erhalten zu haben. Er belegte den Forstbeamten mit den gemeinsten Schimpfworten und stieß auch Drohungen gegen den Jagdpächter aus, der dem Förster von seinem Zusammenstoß mit ihm Meldung gemacht hatte. Er drückte sein Bedauern darüber aus, daß er den Förster damals nicht erschossen habe, als dieser seiner Spur im Grase bis zur Fichtendickung gefolgt war.

Der gemeine Bursche wurde als ein Kellner F. aus dem 80 km entfernten Rendsburg festgestellt. Seine Untersuchung ergab, daß er die Kugel quer durch das Becken erhalten hatte. Das Verbinden begleitete er mit weiteren Schimpfereien. Er wurde dann auf den Wagen geladen und zur Bahnstation gefahren, von wo aus der Förster Oberförsterei, Staatsanwaltschaft und Arzt in Kenntnis setzte. Nachdem der Arzt und später auch der Kreisarzt eingetroffen waren und den Verwundeten untersucht hatten, wurde auf Vorschlag des Försters der D-Zug, der um diese Zeit die kleine Station passierte, angehalten, der Verwundete eingeladen und so auf dem schnellsten Wege nach Flensburg gebracht. Vorher hatte der Wilderer auch die beiden Ärzte noch schwer beleidigt.

In der Klinik in Flensburg wurde F. sofort von der Staatsanwaltschaft vernommen, wobei er angab, daß noch ein Komplice in der Nähe gewesen sei. Der Forstbeamte hatte sich also auch in Gefahr befunden, bei der Verfolgung von hinten erschossen zu werden.

Der schwerverwundete Wilddieb starb bald nach seiner Einlieferung in der Klinik. Die Ermittlungen ergaben, daß er und ein Städt. Vollziehungsbeamter S. Pächter der benachbarten Gutsjagd waren! Da sie ihre Jagd natürlich nach kurzer Zeit vollständig ausgeschossen hatten, verlegten sie ihre aasjägerische Tätigkeit in die benachbarten Staatsforsten. Bei der Nachsuche wurden die versteckten Fahrräder und ein falscher Bart gefunden.

Es trat nun wieder vollkommene Ruhe im Revier ein, nachdem diesen eigenartigen Jagdpächtern das unsaubere Handwerk gelegt worden war. Es zeigt sich aber auch hier wieder, daß bei der Jagdverpachtung sehr oft versäumt wird, Erkundigungen über die moralischen Qualitäten der Bewerber einzuziehen, bevor ihnen der Zuschlag erteilt wird. Wie wäre es wohl dem pflichttreuen Beamten ergangen, wenn er durch einen Schuß seines Gegners verwundet worden wäre! Wie es dem Forstbeamten ergehen kann, der einem derartigen Rohling, wie es F. unzweifelhaft war, in die Hände fällt, zeigt auch der nachstehend beschriebene Fall:

Der im „Wasserwerk Teufelsee“ wohnende 60 Jahre alte Hilfsförster August Ilgner befand sich am 1. Juni 1922 auf einem Reviergange im Grunewald bei Berlin.

Gegen 8 Uhr stieß er im Jagen 114, unweit der alten Teltower Straße, auf drei unbekannte Männer, die zwei gefüllte Säcke trugen und sich offensichtlich bemühten, einer Begegnung mit dem Forstbeamten aus dem Wege zu gehen.

Ilgner stellte die Verdächtigen und forderte sie auf, die Säcke niederzulegen. Das taten die Männer auch, sie weigerten sich aber, die Säcke zu öffnen, die schweißbefleckt waren und offenbar Wildbret enthielten. Nun beging der Hilfsförster die Unvorsichtigkeit, zwischen die drei verdächtigen Männer zu treten, ohne sie aufgefordert zu haben, zurückzutreten und ohne sich gegen einen etwaigen Angriff durch Bereithalten seiner Schußwaffe zu sichern.

Als Ilgner sich bückte, um die Säcke zu öffnen, wurde er von den drei Wilddieben niedergeschlagen. In unmenschlicher Weise wurde er mit Stöcken und seinem eigenen Gewehr durch Kopfschläge furchtbar zugerichtet, so daß er die Besinnung verlor. Durch Fußtritte wurde er am ganzen Körper schwer verletzt. Spaziergänger fanden später den noch immer Bewußtlosen auf und benachrichtigten die Oberförsterei Grunewald, die für schleunigste Überführung in das Krankenhaus Westend Sorge trug. Schließlich mußte ihm ein Bein amputiert werden.

Über 1½ Jahre lag Ilgner an den Folgen des Überfalls darnieder, im Februar 1924 erlöste ihn der Tod von seinen Leiden …

In ähnlicher Weise, wie im Fall Ilgner, hatte der Staatliche Forstassessor von Unruh in der Oberförsterei Hammer einen gefährlichen Zusammenstoß mit einem verdächtigen Menschen. Er hielt in den frühesten Morgenstunden auf einer durch den Forst führenden öffentlichen Straße einen Radfahrer an, der mehrere Pakete an seinem Rade befestigt hatte und auf dem Rücken einen schweren Rucksack trug. Bereitwillig stieg der Unbekannte vom Rad mit den Worten: „Sie müssen mich doch kennen, Herr Assessor, ich bin doch der X. aus Löpten und fahre zur Arbeit!“ Dem Forstassessor war der Mann aber nicht bekannt, er trat mißtrauisch näher und befühlte den Rucksack. Da zog der Unbekannte blitzschnell eine Pistole hervor und feuerte aus unmittelbarer Nähe mehrmals auf den Forstassessor! Der erste Schuß traf den Unterleib, die Kugel blieb im Magen stecken. Die zweite Kugel durchschlug den Oberschenkel, die dritte ging fehl.

Der Forstassessor brach rückwärts taumelnd zusammen; er sah noch, wie der Täter, im Begriff auf sein Rad zu steigen, sich nochmals umsah, um sich zu überzeugen, daß sein Opfer tot sei. Als er dann abfahren wollte, riß der Schwerverletzte noch einmal alle Energie zusammen und schoß dem Kerl eine Ladung Hasenschrot ins Genick. Lautlos brach der Getroffene tot zusammen!

Unter großen Schmerzen schleppte sich der Forstassessor dann nach der 1 km entfernten Oberförsterei. Nach langem Krankenlager, und nachdem ihm die Pistolenkugel aus dem Magen auf operativem Wege entfernt worden war, konnte er wieder hergestellt werden.

Im Rucksack des Toten fand man Fleisch von einem Schwein, das, wie die Ermittlungen ergaben, in der Nacht in Löpten von Einbrechern geschlachtet worden war. Die vorgefundenen Fußspuren zeigten, daß es sich um drei Täter handelte, von denen einer hinter der Haustür „Schmiere gestanden" hatte, offenbar in der Absicht, heraustretende Hausbewohner durch einen Schuß unschädlich zu machen. Man fand ferner bei dem Erschossenen Legitimationspapiere, aus denen zu ersehen war, daß es sich um einen Gastwirt aus Berlin-Neukölln handelte. Eine telephonische Anfrage bei dem zuständigen Polizeirevier bestätigte die Richtigkeit dieser Annahme. Die beiden Komplicen waren ebenfalls Berliner gewesen, die auf anderen Wegen zurückgefahren waren. Man hatte sich gemeinschaftlich billigen Schweinebraten besorgen wollen.

Als die benachrichtigte Frau des schießwütigen Budikers mit einem Fuhrwerk erschien, um die Leiche abzuholen beschimpfte sie die anwesenden Forstbeamten als „Mörder" ihres Mannes. Als die Beamten der Dame sehr nachdrücklich den Standpunkt klar machten, räumte sich schleunigst das Feld. Vielen Leuten ist eben Einbrechen eine Selbstverständlichkeit und das Leben eines pflichttreuen Beamten ein Nichts. Wenn dieser seinem Angreifer mit gleicher Münze dient, ist er ein „Mörder!" ...

Ganz besonders niedrig bewertet wurde das Leben eines Beamten in den Zeiten nach Krieg und Revolution. Wie sein Leben nicht nur auf der einsamen, gefahrvollen Wildererstreife bedroht war, zeigt auch der folgende Fall. Da sich die Akten jetzt in den ehemals deutschen, jetzt polnischen Gerichten befinden, waren Einzelheiten über den traurigen Vorfall nicht zu erlangen. Ich muß mich mit der Darstellung begnügen, die mir Herr Staatsförster A. Nebel, Sobbowitz-Danzig in liebenswürdiger Weise zur Verfügung gestellt hat. Da der Beamte selbst nicht Zeuge des Vorfalls war, lassen sich nur allgemeine Angaben machen:

In den Forsten der Oberförsterei Lippusch, Kreis Berent (Westpr.), traten in der Nachkriegszeit die Wilddiebe bandenmäßig auf. Ein Förster hatte eines Tages bei einer „Neuen" Schweine in einer Dickung festgemacht. Er rief telephonisch alle Förster und Jäger der Umgegend herbei. Als der Förster die Schützen angestellt hatte und eben mit dem letzten Flügel fertig war, näherten sich unbemerkt Wilddiebe, die ihrerseits ebenfalls keine Ahnung von der Anwesenheit der Jäger hatten. Der Schweißfährte eines von ihnen angeschossenen Hirsches folgend, waren sie in den Rücken der Flügelschützen gelangt. Über die 1,20 m hohe Kiefernschonung hinweg sahen sie plötzlich einen der Förster vor sich stehen. Ohne lang zu überlegen schossen sie ihn nieder!

Als der Nachbarschütze sah, daß der Kollege auf der Schneise zusammenbrach, glaubte er, es sei ein Unglück geschehen und eilte hinzu. Die Wilderer, die plötzlich einen zweiten Förster vor sich sahen, glaubten sich verraten und umstellt. Kurzerhand schossen sie auch ihn nieder! Erst als darauf alle Schützen zusammenliefen und merkten, daß Wilddiebe die Meuchelmörder waren, ergriffen diese die Flucht. Es entwickelte sich nun anschließend ein längerer Feuerkampf zwischen den Jägern und der Wilddiebsbande. Es wurde von den Jägern dabei niemand mehr verletzt, aber auch die Wilderer entkamen und wurden nie ermittelt! ...

Der Kgl. Forstaufseher K. Schulze, Försterei Beerenbusch, Oberförsterei Menz, erhielt am 19. Januar 1894 den Auftrag, in dem an der mecklenburgischen Grenze gelegenen Revierteil „Schmelzersland" dem zur Bereisung anwesenden Forstrat Hauschild und einigen Forstbeamten Wild zuzudrücken. Im Begriff, ein Rudel Rotwild zu umgehen, stieß er unweit einer alten verfallenen Köhlerhütte auf vier Wilddiebe, die auf Anruf des Beamten die Flucht ergriffen. Über eine Wiese der nahen Grenze zustrebend, liefen sie plötzlich zu zweien auseinander. Zwei der von dem Beamten verfolgten Wilderer sprangen schließlich in eine angrenzende Schonung, nahmen Deckung und gingen in Anschlag. Der frei ohne Deckung auf der Wiese stehende Forstbeamte ging furchtlos ebenfalls in Anschlag, beobachtete aber, wie beide Wilddiebe nunmehr kriechend sich verdrücken wollten. Sofort nahm der Forstbeamte die Verfolgung wieder auf und erwischte den letzten, unbewaffneten Wilddieb einige Meter vor der Grenze. Von dem bewaffneten Komplicen mit Erschießen bedroht, ergriff Forstaufseher Schulze den Festgenommenen und schob ihn, als Deckung benutzend, auf den in Anschlag stehenden Wilddieb zu. Kurz vor dessen Gewehrmündung stieß er den Festgenommenen beiseite und riß das ihn bedrohende Gewehr mit solcher Gewalt an sich, daß er auch den Wilddieb mit umriß, zugleich aber selbst rücklings zu Boden stürzte. Während nun der Forstbeamte den auf ihm liegenden Wilddieb fest umklammert hielt, trat der Komplice hinzu und entriß den Kämpfenden beide Gewehre. Schon bei Verfolgung der Wilddiebe hatte Forstaufseher Schulze Rufe ausgestoßen, um die anderen Forstbeamten herbeizurufen. Förster Boas hatte diesen Ruf auch gehört und suchte bereits eine Weile seinen jungen Kollegen, als er, vom Geräusch des wütenden Ringens herbeigelockt, gerade in dem Augenblick auftauchte, als der zweite Wilderer eines der Gewehre fertig machte, um den kämpfenden Forstbeamten zu erschießen. Förster Boas schoß sofort mit Schrot Nr. 3 den auf dem Beamten liegenden Wilddieb auf Kopf und Hals, wobei der unten liegende Forstaufseher selbst 17 Schrote durch das linke Handgelenk erhielt! Die Kugel aus der Büchsflinte des Förster Boas warf im nächsten Moment auch den zweiten Wilddieb nieder, der sein Gewehr gerade auf den Förster abfeuern wollte. Die Kugel hatte ihm linken Arm und Brust durchschlagen. Förster Boas wusch und verband seinem Kollegen zunächst die schwere Schußwunde, führte ihn zum Stand der anderen Forstbeamten, erstattete Meldung und sorgte für schleunigste Überführung in das Krankenhaus in Fürstenberg (Meckl.).

Die beiden Wilddiebe fand man am Kampfplatz tot auf, sie als auch die beiden entkommenen Komplicen waren bekannte Wilderer aus dem 35 Kilometer entfernten Neu-Ruppin.

Forstaufseher Schulze erhielt vom „Allg. Deutschen Jagdschutz-Verein" den Ehrenhirschfänger, sein tapferer Lebensretter eine goldene Uhr mit Widmung und einen namhaften Geldbetrag als Ehrengeschenk! …

Der Meckl. Staatsförster R. Davids, Siggelhow bei Parchim, beobachtete am 30. April 1906 einen mit Gewehr bewaffneten Wilddieb und suchte sich an ihn heranzubirschen. Da bemerkte dieser den Forstbeamten und ergriff die Flucht. Der Förster, der dem Fliehenden folgte, war ihm hart auf den Fersen, als dieser plötzlich stehen blieb und in Angriffsstellung ging. Förster Davids, der schon ein Dutzend Wilddiebe in flagranti festgenommen und daher die nötige Erfahrung hatte, schlug dem Mann mit dem Gewehrkolben auf den Kopf, um so seinen Widerstand zu brechen. Durch diesen Schlag nur wenig behindert, packte der Wilddieb das Gewehr des Beamten am Lauf und suchte es ihm zu entreißen. Auch der Förster hatte das Gewehr seines Gegners gefaßt, und es begann ein Hin- und Herziehen, ein Stoßen und Schlagen um die beiden Schußwaffen. Der Beamte war durch den langen Lauf erschöpft, er merkte, daß seine Kräfte abnahmen und war sich bewußt, daß er dadurch in große Lebensgefahr geriet. Da brach das Gewehr des Wilderers im Kolbenhals, ein kräftiger Hieb mit dem erbeuteten Gewehrlauf, und sein Gegner gab den Kampf auf. Zum Glück für den Forstbeamten, denn er war am Ende seiner Kräfte angelangt. Der Abtransport geschah ohne weitere Zwischenfälle.

Ein Vierteljahr später birschte Förster Davids wieder zwei Wilderer an. Plötzlich blieben diese stehen und machten dann kehrt. Der Förster hatte gerade noch Zeit gefunden, unbemerkt hinter einem Wall in Deckung zu gehen. Er ließ beide auf 10 Meter auflaufen und rief sie dann an. Sofort gingen beide Wilderer in Anschlag. Ein Schuß in den Unterleib machte den zunächst stehenden unschädlich, der andere ließ sich darauf ohne weiteren Widerstand festnehmen.

Der Verwundete starb zwei Tage später. Die Schußwaffen waren ein zur Schrotflinte umgearbeitetes Militärgewehr, Modell 71, und eine aus einem Gasrohr gearbeitete „Selbstspannerflinte" mit sinnreich konstruierter Zündvorrichtung, die beim Abzug einen Nagel in die Zündung der Schrotpatrone trieb. Da dieses Schießgewehr keinen Hahn hatte, konnte man es als „Hühnerflinte" bezeichnen …

Aus der Schorfheide.

In der Nachkriegszeit wurde auch in der Schorfheide stark gewildert, berüchtigt als „Wilddiebsnest“ war der Ort Groß-Dölln. Am Verfassungstage 1922 befand sich der Staatsförster Schulz, Groß-Wasserburg bei Wend.-Buchholz, Sohn des am 22. Juli 1892 in Dickdamm, Oberförsterei Colpin, ermordeten Kgl. Försters D. Schulz, in den Abendstunden auf einem Reviergang. Er hatte den Auftrag, einen Zehnender-Rothirsch zu erlegen, der um diese Zeit mit einem Rudel aus einer großen Dickung zu treten und über den „Döllner Damm“ zu wechseln pflegte. Wider Erwarten traten an diesem Abend die Hirsche 200 Meter südlich des üblichen Wechsels aus. Um dem Rudel den Wechsel abzuschneiden, birschte der Förster durch einen 70jährigen Kiefernbestand. Plötzlich bemerkte er hinter den Bäumen zwei Männer, die, am Boden liegend, mit Ferngläsern die sichernden, langsam ziehenden Hirsche beobachteten.

Der Forstbeamte war sich darüber klar, daß er Wilddiebe vor sich hatte. Er nahm sofort Deckung und stellte mit Hilfe seines Zeißglases fest, daß der eine eine große Armeepistole mit Anschlagkolben vor sich liegen hatte. Da beobachtete Förster Schulz, daß ein dritter Wilderer mit schußbereitem Karabiner die Hirsche anbirschte! Schon erhoben sich auch die beiden anderen und folgten ihrem Komplicen, tief geduckt, nur Augen und Ohr für das ziehende Rudel. In halber Jagenbreite folgte ihnen, alle Sinne aufs äußerste gespannt, mit dem schußbereiten Drilling, der Förster. Ihm, dem man den Vater gemeuchelt hatte, war klar, daß es in dem bevorstehenden Kampfe, einer gegen drei, auf Leben und Tod gehen würde! Jetzt gingen die beiden hinter Streuhaufen in Deckung, und ebenso schnell lag der Forstbeamte der Länge nach im Farn. Dann ging er geduckt sprungweise vor. Bis auf 70 Meter war er heran, da erhoben sich die beiden Wilddiebe und schlichen weiter. Deutlich sah der Förster, daß der eine seinen Karabiner dicht am Körper gepreßt trug. Nun drängte die Situation zum Handeln, denn gleich mußten die Verfolgten in schwächeres Holz kommen, das wenig Deckung gegen Sicht und Schußwirkung bot.

Mit dem Drilling im Anschlag rief der Beamte die beiden Wilderer an. Was er vorausgesehen, trat ein: Mit schußbereiten Waffen sprangen beide hinter die mannstarken Kiefern in Deckung. In berechtigter Notwehr schoß der Forstbeamte, und einer der beiden Wilderer stürzte vornüber ins Beerenkraut. Sofort lag auch der Beamte am Boden in Deckung und lud seinen Drilling von neuem, eines Angriffs der beiden Komplicen des Getroffenen gewärtig. Diese zogen es aber vor, die Flucht zu ergreifen.

Mit allen Vorsichtsmaßregeln birschte sich der Forstbeamte an den angeschossenen Wilderer heran und stellte fest, daß es sich um einen älteren Mann, den allen Forstbeamten als gefährlicher Wilddieb bekannten B. aus Groß-Dölln handelte. Die Kugel des Försters war ihm quer durch die Brust gegangen. Als der Beamte nach einer Stunde mit einem Wagen erschien, um den Schwerverletzten zum Arzt zu schaffen, war er schon verstorben. Die beiden Komplicen wurden auf Grund der genauen Personenbeschreibung, die Förster Schulz von ihnen geben konnte, sehr bald ermittelt und von ihm bei der Gegenüberstellung wiedererkannt. Die nach ihren Angaben im Walde versteckten Schußwaffen waren dort nicht aufzufinden. Die wegen Wilderns Vorbestraften erhielten jeder 6 Monate Gefängnis …

Im Winter 1930/31 machten Wilderer aus Groß-Dölln wieder von sich reden. Ein Waldarbeiter beobachtete am 1. Dezember 1930, gegen 8 Uhr, als er seine Arbeit im Revier Kurtschlag beginnen wollte, zwei Wilderer, die unweit einer Futterstelle einen geweihten Hirsch erlegten. Der in Kenntnis gesetzte Hegemeister fand den gewilderten kapitalen Zwölfender gelüftet und verblendet zwischen Wacholderbüschen und rief telephonisch alle erreichbaren Forstbeamten und einen Oberlandjäger heran, nachdem inzwischen zwei weitere Büchsenschüsse in seinem Revier gefallen waren. Die Beamten umstellten im weiten Umkreis die Stelle, wo der Hirsch lag, und drei Forstbeamte und der Oberlandjäger begaben sich in die Nähe des Verstecks, um die Abholer zu erwarten. Da ergriff ein älterer Mann, der offenbar an dem gewilderten Hirsch Wache gehalten hatte, die Flucht, wurde aber sofort von den aufgestellten Forstbeamten festgenommen. Man erkannte in ihm den 65 Jahre alten Fischer Karl M. aus Groß-Dölln und fand in seinem Rucksack einen Hirschbrägen und eine Baumsäge, die frische Spuren von Schweiß und Wildbret aufwies. Trotzdem bestritt M., gewildert zu haben, auch nachdem man in seiner Wohnung Gewehre, Armeepistolen mit Anschlagkolben, mehrere Geweihe und Wilddecken, sowie Briefe gefunden hatte, in denen ein Hehler aus Berlin wieder einen Posten Hirschwildbret bei seinem Lieferanten bestellte. Am anderen Morgen fanden die Förster 1000 Meter von dem ersten entfernt einen zweiten gewilderten Hirsch, dessen kapitales Geweih, wie beim ersten Hirsch, noch nicht abgeschlagen war. Es fehlte also zum Brägen noch der dritte Hirsch. Man fand diesen vier Wochen später verludert, seitwärts in einer 500 Meter entfernten Dickung, daneben lag das abgeschlagene Zehnender-Geweih, im Wildkörper fand man ein 8/88-Teilmantel-Geschoß.

Da diese drei starken geweihten Rothirsche in einem Revier in der Zeit von 1½ Stunden gewildert worden waren, mußte es sich um außerordentlich verwegene Burschen handeln. In den umliegenden Forsten der Staatlichen Oberförstereien Zehdenick, Gr.-Schönebeck, Pechteich, Reiersdorf und Grimnitz hatte man in den letzen 3 Jahren wiederholt Wilddiebe gespürt. Das mit Rot- und Damwild starkbesetzte ehemalige Hofjagdrevier mit seinen schönen Wäldern und Seen, unweit Berlins gelegen, ist eingegattert und zum Naturschutzgebiet erklärt.

Der Vorfall vom 1. Dezember hatte gezeigt, daß der reiche Wildbestand hier ganz besonders gefährdet war.

Einige Tage später wurden ich und ein zweiter Beamter der Landeskriminalpolizei Berlin, der Kriminalsekretär Martini auf Veranlassung des Landwirtschaftsministeriums in die Schorfheide kommandiert, um weitere Aufklärung zu schaffen. Schon nach kurzer Zeit nahmen wir den Viehhändlersohn Georg Schl. aus Groß-Dölln als mutmaßlichen Komplicen des alten M. fest, der, jetzt dreißigjährig, schon mit 18 Jahren wegen Wilderns vom Lehrerseminar entlassen worden war. Bei der mit Landjägerei- und Forstbeamten in der elterlichen Wohnung vorgenommenen Durchsuchung fanden wir 2 Birschbüchsen mit lichtstarken Zielfernrohren, viel Munition, einen elektrischen Scheinwerfer, eine Anzahl kapitaler Rothirschgeweihe, unter denen sich solche mit einem Rosenumfang von 25 bis 27 Zentimeter befanden, und ein Damhirschgeweih, das nach Urteil der Forstbeamten das stärkste in der Schorfheide erbeutete Schauflergeweih darstellte. Die Festgenommenen bestritten jede Schuld und wollten die Trophäen gekauft bzw. geerbt haben. Sie verblieben zunächst in Untersuchungshaft.

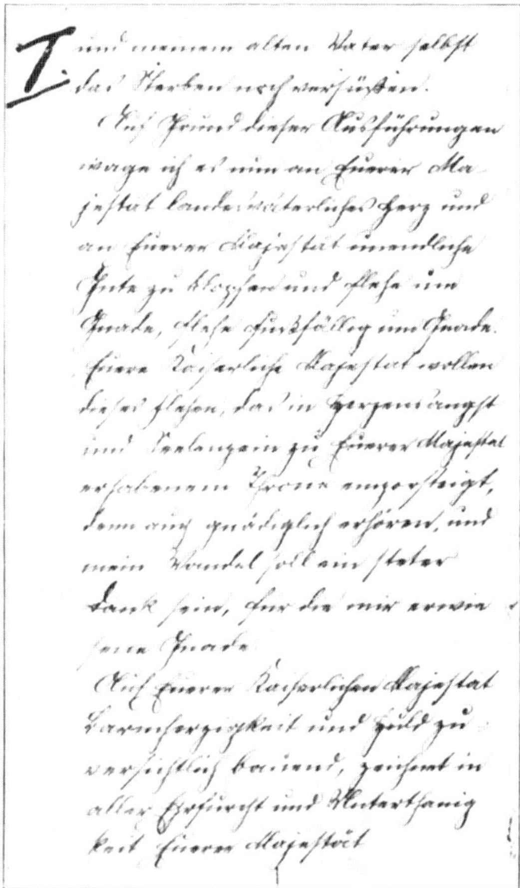

Eigenhändig geschriebenes Gnadengesuch eines zum Tode verurteilten und hingerichteten zweifachen Förstermörders.

Inzwischen überführten wir zwei Arbeiter, L. und B. aus Groß-Dölln, auf ganz besondere Art die Wilddieberei ausgeübt zu haben. In Untersuchungshaft genommen gestanden sie ein, Damhirsche gegen das Gatter getrieben zu haben, wo sich das Wild das Genick gebrochen hatte. Sie hatten in einem scharfen Winkel, den das Gatter bildete, das Drahtgatter hochgehoben und einen Knüppel darunter gestellt. So trat das Damwild erst einige Tage hier aus zum Äsen und wurde schließlich überraschend

II

Wir Wilhelm,
von Gottes Gnaden
König von Preußen etc.

[redacted]

Ablehnung des Gnadengesuchs.

mit Hunden durch die Gatteröffnung gehetzt. Da diese wohl zum langsamen Durchkriechen, nicht aber zum Passieren in der Flucht eingerichtet war, blieben stets Damhirsche mit gebrochenem Genick liegen, die schnell abgenickt und fortgeschafft wurden.

Nachdem wir den bereits erwähnten Hehler R. aus Berlin in das Amtsgerichtsgefängnis Zehdenick eingeliefert hatten, konnten wir einen 23jährigen Tischler Sch. und einen ebenso alten Schmiedegesellen Sch., bcide aus Groß-Dölln, überführen, daß sie bei ihrer richterlichen Vernehmung in der Wilddiebssache einen Meineid geleistet hatten. Sie wurden in Untersuchungshaft genommen und legten dem Untersuchungsrichter, Amtsgerichtsrat Dr. Berndt, Zehdenick, nach längerem Leugnen ein Geständnis ab.

Dann gelang es uns auch, die beiden hartnäckig leugnenden Wilderer Georg Schl. und Karl M. zu überführen. Bei einer überraschenden Zellenrevision fanden wir Kassiber, die über ihr gemeinschaftliches, gewerbsmäßiges Wildern, weitere Mittäter und sämtliche Hehler Aufschluß gaben. Sie legten nun ebenfalls ein Geständnis ab. Bei dem vom Oberstaatsanwalt Hardt vom Landgericht Prenzlau angesetzten Lokaltermin führten sie uns in eine Dikkung, in der unter Moos versteckt ihre Fernrohrbüchsen lagen. Weitere Waffen, Hirschhaken und Geweihe, fanden wir in Verstecken und bei einem Chauffeur H. in Prenzlau, den wir ebenfalls der Mittäterschaft überführen konnten.

Unterschrift des Scharfrichters.

Wir schritten dann zur Festnahme des Inhabers einer der größten Wildhandlungen in Berlin, Z., und überführten ihn nach Zehdenick. Er hatte jahrelang die erlegten Hirsche von Georg Sch. und M. gekauft. Auch einen Privatförster Sch. aus Cappe konnten wir der Mittäterschaft überführen, auch er hatte gewilderte Rehe an Z. geliefert. Anschließend nahmen wir die beiden Inhaber einer großen Wildhandlung in Prenzlau, Gebrüder Sch. wegen gewerbsmäßiger

Hehlerei fest und überführten sie ebenfalls in das Amtsgerichtsgefängnis Zehdenick. Auch sie hatten seit Jahren Hirsche und Rehe von der Wilddiebsbande bezogen, ohne, wie Z. in Berlin, je nach Wildursprungsschein zu fragen und Eintragungen in die Geschäftsbücher vorzunehmen. Sie hatten Hehlerpreise an die Wilderer gezahlt, Hirsche auch zerteilt in Säcken des Nachts in Empfang genommen und einem der Wilderer auf dessen Beschwerde, die Preise wären doch gar zu niedrig, erwidert: „Wir müssen doch für unsere Angst auch etwas haben!"

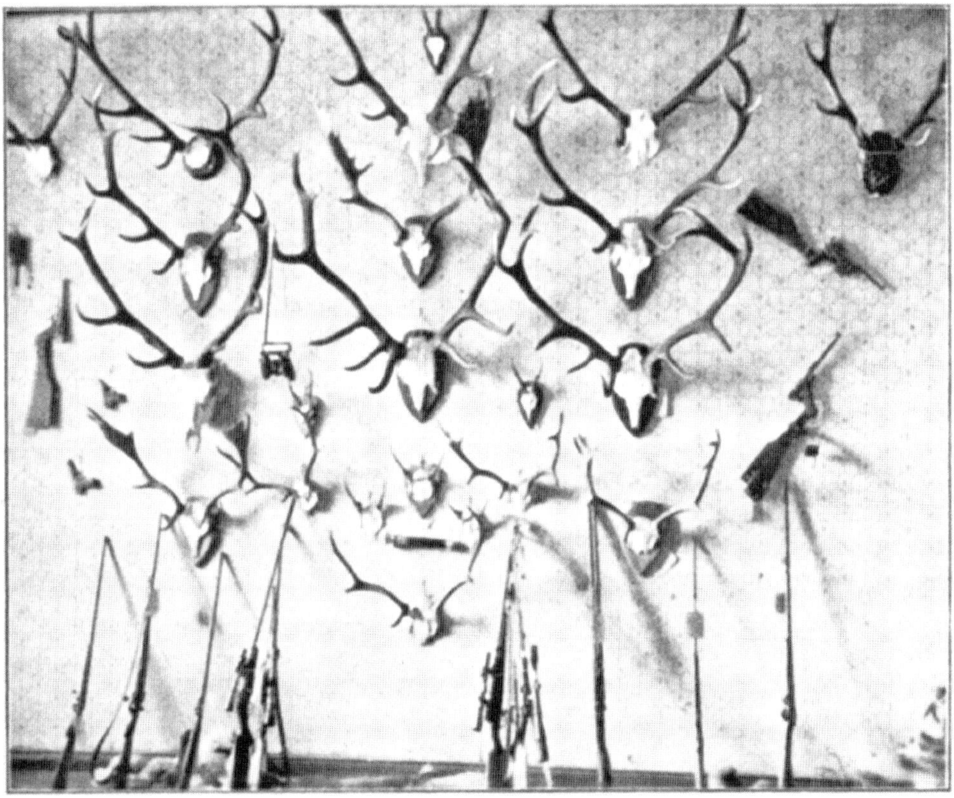

Bei einer Wildererbande beschlagnahmte Schußwaffen und Geweihe (Schorfheide 1931).

Noch einmal setzten wir die Einwohner von Groß-Dölln in Aufregung mit unserer „schwarzen Gefahr", wie man dort unser großes Dienstauto getauft hatte. Zwei Arbeiter, August H. und Friedrich K., nahmen wir wegen Wilddieberei ebenfalls fest und überführten sie nach Zehdenick. Damit waren die letzten Zellen des Amtsgerichtsgefängnisses besetzt; es wurden aber bald Plätze wieder frei, weil die Straftat der beiden verjährt war.

Die Vernehmungen der durchweg geständigen Wilderer durch den Untersuchungsrichter Dr. Berndt ergab, daß sowohl die Chauffeure H. und Sch., Freunde des Georg

Schl., als auch die Chauffeure der Wildhandlung Z. am hellen Tage in die Gatterreviere gefahren waren und dort die Hirsche, fast immer zwei oder drei, aufgeladen hatten. Die Lastkraftwagen der Firma Z. trugen in großen Lettern die Firmenaufschrift, ihre Chauffeure zogen sich stets beim Aufladen noch umständlich ihre weißen Schlächtermäntel über. Da Wilderer und Hehler in guten Vermögensverhältnissen lebten, hatte der Forstfiskus die Möglichkeit, sich, wenn auch nur teilweise, schadlos zu halten am Vermögen der Täter in Höhe des Schadens, der durch Wiederbeschaffung des lebenden Wildes entstanden war.

Nach sechstägiger Verhandlung verurteilte das Schöffengericht Prenzlau die angeklagten Wilddiebe, die jahrelang starke Hirsche in der Schorfheide gewildert hatten, zu Gefängnisstrafen von 1 Monat bis 1 Jahr, das Urteil gegen die drei Inhaber der Berliner und Prenzlauer Wildhandlungen wegen gewerbsmäßiger Hehlerei lautete auf je 1 Jahr Zuchthaus! ...

In der an die Schorfheide grenzenden Försterei Mahlendorf hatten sich am 23. November 1903 die Kollegen des Försters Fritz Kloth eingefunden, um dessen 45. Geburtstag nach altem Jägerbrauch zu feiern. Ein frostklarer Himmel spannte sich über den schneebedeckten stillen Wald. Da erschien gegen ½19 Uhr der Heidewärter Stieting und meldete aufgeregt, daß im Jagen 26 ein Schuß gefallen sei. Fort war alle fröhliche Stimmung, Dienst und Pflicht forderten ihre Rechte. Die Forstbeamten griffen zu ihren Gewehren, und lautlos wurde die bezeichnete Stelle im Revier, eine etwa 12jährige Kieferndickung, umstellt. Nach stundenlangem, geduldigem Warten erschien plötzlich, vorsichtig herausschauend, ein Mann am Dickungsrand, der schließlich auf das vom Mondlicht taghell beleuchtet Gestell trat. Er trug einen unförmig dicken Pelz und auf dem Rücken einen abgetrennten Hirschkopf, den er durch Verschlingen der Arme mit dem Geweih festhielt. Unter dem rechten Arm hatte er das schußfertige Gewehr eingeklemmt. Auf Anruf des Försters Kloth ließ der Wilderer sofort den Hirschkopf fallen und ging in Anschlag. Von einer Postenladung und einer Kugel 9,3x72 getroffen brach er mit einem lauten Schmerzensschrei zusammen, erreichte aber dann die schützende Dickung. Eine Nachsuche schien unter den obwaltenden Umständen gefährlich und aussichtslos. Noch in der Nacht wurde der Graf Arnim-Boitzenburg und die Gendarmerie in Templin von dem Vorfall in Kenntnis gesetzt. Bei einer gemeinsamen Nachsuche wurde an der Anschußstelle der Hirschkopf und viel Schweiß, in der Dickung an zwei Kiefern aufgehängt der starke Hirsch gefunden. Der Wilderer war 4 Kilometer weit zu einem Bauern gelaufen, der sich seiner angenommen hatte. Die Posten hatten den Pelz nicht durchschlagen, die Kugel hatte ihm die linke Seite aufgerissen. Er verstarb an den Folgen der schweren Verletzung im Krankenhaus Prenzlau. Trotz eifrigen Suchens konnte das Gewehr des Wilderers nicht gefunden werden, erst 3 Jahr später entdeckte es Förster Kloth, noch geladen, aber vollkommen unbrauchbar geworden, in einem Wacholderstrauch. Es wurde dem Förster als Andenken an seinen Geburtstags-Wilddiebsfang zugesprochen ...

Die „Fingerspur“ am Tatort.

Daß der Täter Fuß- und Fingerabdruckspuren, Kleidungs- und Ausrüstungsstücke am Tatort zurückläßt und damit den mit den Nachforschungen betrauten Beamten wichtige Anhaltspunkte für die Aufklärung des Verbrechens gibt, ist bekannt und in diesen Büchern an Hand praktischer Fälle wiederholt geschildert worden. Zu den Seltenheiten gehört es aber gewiß, daß er einen Körperteil als wichtiges corpus delicti am Tatort zurückläßt, das dann zu seiner Ermittlung beiträgt.

Am Dienstag, dem 15. Juli 1919, zwischen 20 und 21 Uhr, begab sich der 40 Jahre alte Förster Heusmann aus Renneberg bei Zoppot (Danzig) in sein Revier, um sich am „Langen Grund“ auf Schweine anzusetzen. Da er von diesem Reviergang nicht zurückkehrte, wurde am anderen Morgen unter Hinzuziehung einer Anzahl Beamter und Waldarbeiter eine Nachsuche vorgenommen, die zur Auffindung des erschossenen Forstbeamten führte. Man hatte, wie reichliche Blutspuren bewiesen, den Förster Heusmann an einem Wege erschossen, dann in den Bestand hineingeschleift und ihm den Drilling geraubt.

Die Beamten der sofort alarmierten Kriminalpolizei von Zoppot und Danzig, unterstützt von den Landjägerei- und Forstbeamten, suchten die Umgebung der Fundstelle der Leiche und den mutmaßlichen Tatort systematisch ab. Schroteinschläge in den Bäumen zeigten, daß der Förster zweimal mit den Schrotläufen seines Drillings auf den oder die Angreifer geschossen hatte, die abgeschossenen Schrotläufe seiner Waffe bestätigten diese Annahme. Zur allgemeinen Überraschung fand man an der Stelle, an der die Täter gestanden hatten, einen abgeschossenen Daumen einer menschlichen Hand! Blutspuren führten von hier aus nach dem Orte Schmierau zu.

Auf Grund dieser interessanten und wichtigen Feststellung wurden bei Ärzten und in Krankenhäusern geeignete Recherchen angestellt und alsbald der 22jährige Franz S. festgenommen, der mit Schußverletzungen am rechten Unterarm und an der linken Hand ärztliche Hilfe in Anspruch genommen hatte. Der Festgenommene machte über die Herkunft seiner Verwundungen Angaben, die offenbar unwahr waren. Die weiteren Ermittlungen ergaben, daß er am 15. Juli, gegen 17 Uhr, in Begleitung des Arbeiters Otto K. und des Schlossers Otto R. nach dem Olivaer Forst zugegangen war.

Nachdem auch diese beiden festgenommen waren, gestand K. ein, daß er zur genannten Zeit mit seinen beiden Komplicen gewildert habe. Er selbst hatte einen in einen Sack gewickelten Karabiner, S. ein Infanteriegewehr Modell 98 und R. eine von K. geliehene Parabellumpistole mit sich geführt. K. schoß zunächst zweimal auf ein Eichhörnchen, dann gingen sie auf dem Grenzlauer Weg entlang bis in die Nähe des „Großen Sterns“. Hier gab R. gegen 19 Uhr die Pistole an K. zurück und ging nach Hause. S. und K. gingen weiter nach Taubenwasser zu. Da kam ihnen Förster Heusmann entgegen, der wohl die beiden Karabinerschüsse gehört hatte. S. hatte sein Gewehr jetzt ebenfalls mit Sacktuch umwickelt. Auf die Frage des Beamten: „Was habt Ihr in den Säcken?“ antwortete K. frech: „Das ist unsere Sache!“ Förster Heusmann, der dicht vor den beiden Männern stand und seinen Drilling übergehängt trug, hütete sich wohl, das Öffnen der Säcke gewaltsam zu erzwingen oder das selbst vorzunehmen. Bei der offenbar zur Gewalttätigkcit neigenden Haltung der beiden ihm unbekannten und wenig Vertrauen erweckenden Burschen tat er das, was in solchen Lagen das empfehlenswerteste ist: Er trat scheinbar den Rückzug an, indem er mit kurzer Ermahnung seinen Weg fortsetzte.

Befriedigt darüber, den Forstbeamten so leichten Kaufs „abgewimmelt“ zu haben, wollten auch die beiden Wilddiebe weitergehen, als ihnen der Förster „Halt, Gewehre niederlegen oder ich schieße!“ nachrief. Als sie sich überrascht umdrehten, stand der Beamte 7 bis 8 Schritte von ihnen entfernt mit Gewehr im Anschlag. Hätten die beiden Wilddiebe nur die eingewickelten Gewehre bei sich gehabt, wäre wohl alles glatt gegangen. So aber trug K. seine Armeepistole griffbereit in der Rocktasche, die er blitzschnell mit den Worten hervorzog: „Wenn Sie schießen, schießen wir auch!“ Zu gleicher Zeit hatte auch S. die Umhüllung von seinem Infanteriegewehr gerissen und wollte es in Anschlag bringen. Hierbei hatte wohl der Förster die Gefahr unterschätzt, die ihm durch die auf ihn gerichtete Pistole drohte. Weit gefährlicher schien ihm das Gewehr, denn im selben Augenblick, als S. das Gewehr hochnahm, schoß der Beamte mit Schrot auf ihn, so daß ihm das Gewehr aus der Hand gerissen wurde. Zugleich schoß aber auch K. mit der Armeepistole auf den Förster, der nun den zweiten Schuß auf ihn abfeuerte. Diese beiden Schüsse gingen fehl. Der zweite Pistolenschuß aber traf den Förster tödlich.

Zuerst ergriffen beide nun die Flucht, verhofften aber nach 150 Schritten und überlegten, was sie machen sollten. K. forderte den durch die beiden Schrotschüsse verwundeten S. auf, zurückzugehen und nachzusehen, ob der Förster tot sei. Als S. erklärte, wegen seiner Verwundung nicht weitergehen zu können, lief K. allein zurück, nachdem er dem S. seinen Karabiner übergeben hatte.

Förster Heusmann lebte noch, er atmete schwer, als sein Mörder an ihn herantrat. Ohne eine Spur von Scheu oder Mitleid packte der Rohling den Sterbenden an den Füßen und schleifte ihn in eine Kiefern- und Buchenschonung des Jagens 119, ungefähr 60 m vom „Oberforstmeisterwege“ entfernt. Um sich zu überzeugen, wo seine Schüsse den Förster getroffen hatten, knöpfte K. hier auch noch Uniformrock und Weste des Sterbenden auf und sah, daß das Hemd blutdurchtränkt war. Er wartete dann in aller Ruhe ab, bis Förster Heusmann den letzten Atemzug getan hatte, nahm dann dessen Drilling und das von S. am Tatort zurückgelassene Militärgewehr an sich und ging zurück zu seinem Komplicen. Nachdem er sich überzeugt hatte, daß nur noch der Kugellauf des Drillings des Toten geladen war, versteckte er die drei Gewehre im Walde. Dann verband er dem Verwundeten Hand und Arm und begleitete ihn zum Arzt. Die Armeepistole, mit der er den Forstbeamten erschossen hatte, hatte K. anderen Tages in die See geworfen. Die von ihm versteckten Gewehre wurden im Walde gefunden. Die Untersuchung des von S. geführten Militärgewehres ergab, daß dieser nicht geschossen hatte. Man fand aber Schroteinschläge, die längs des hölzernen Vorderschaftes und Kolbens lange Einrisse verursacht hatten. Es war daraus mit Sicherheit zu erkennen, daß sich das Gewehr in horizontaler Lage, also im Anschlag befunden hatte, als der Förster den Schrotschuß auf den Wilderer abfeuerte. Auch der Karabiner des K. wies Schroteinschläge auf, er war aber zur Zeit des Schusses noch im Sack eingewickelt gewesen, denn die Schrotkörner hatten den Sack durchschlagen und wurden teilweise noch drin vorgefunden. Bemerkenswert war, daß K. rechts ein Glasauge hatte, er hatte also mit dem linken Auge gezielt.

Der verwundete S. legte, nachdem ihm die Aussagen seines Komplicen vorgehalten worden waren, ebenfalls ein Geständnis ab. Er schob alle Schuld auf K., der ihn verführt und mit dem er in letzter Zeit dauernd gewildert habe. Das deckte sich mit den Angaben, die der Forstmeister Schulz der Kriminalpolizei Zoppot machte: Das Forsthaus Renneberg, in dem Hegemeister Faber wohnte, war in letzter Zeit wiederholt beschossen worden. Man wollte offenbar den Forstbeamten damit einschüchtern und ihn davon abhalten, in den Wald zu gehen. Den Waldarbeitern waren Ziegen und Kleinvieh gestohlen.

Nach dem ärztlichen Befund war Förster Heusmann an innerer Verblutung verstorben. Die Pistolenkugel war links zwischen Nabel und Beckenknochen eingedrungen, hatte dann nach rechts zu die großen Gefäße des Beckens und den Darm mehrmals durchschlagen und war im Rücken ausgetreten.

Trotz seiner schweren Verletzung gelang es dem S., am 17. Juli aus dem Gefängnislazarett zu entfliehen. Er wurde jedoch am 3. August wieder festgenommen.

Das Schwurgericht Danzig verurteilte am 3. November 1919 K. wegen erschwerten Totschlags, Jagdvergehens und unbefugten Waffenbesitzes zu 14 Jahren und 3 Monaten Zuchthaus. S. wegen versuchten erschwerten Totschlags, in Tateinheit mit Widerstand, Jagdvergehen und unbefugtem Waffenbesitz zu 6 Jahren und 3 Monaten Zuchthaus.

S. verstarb am 26. Februar 1925 im Zuchthaus, sein Komplice K. wurde vor Ablauf seiner Strafzeit, am 24. November 1919, begnadigt.

Förstermorde im Rheingau.

Am 3. September 1916, einem Sonntag, wurde dem 47 Jahre alten Gemeindeförster Heinrich Orlopp in Hallgarten im Rheingau von einem Bauern aus Hallgarten die Mitteilung gemacht, daß die Sauen seinen Kartoffelacker total verwüstet hätten. Darauf begab sich der Forstbeamte gegen 19 Uhr auf Anstand, wobei er seine Rückkehr für 22 Uhr in Aussicht stellte. Der Förster pflegte pünktlich nach Hause zu kommen, seine Frau geriet daher in große Aufregung, als sie ihn schließlich die ganze Nacht vergeblich erwartete. Morgens 8 Uhr telephonierte Frau O. das Jagdhaus „Moos", die „Hallgarter Zange" und „Kloster Eberbach" an, in der Annahme, daß er vielleicht, entgegen seinen sonstigen Gewohnheiten, sich in Begleitung eines Jagdgastes dorthin begeben habe. Doch nirgends hatte man den Förster gesehen. Nun wurde die Einwohnerschaft von Hallgarten durch „Sturmläuten" alarmiert, und eine Rotte von 20 Männern machte sich auf, den Vermißten zu suchen. Da die Förstersfrau genaue Angaben darüber machen konnte, wo sich der Beamte auf Sauen angesetzt hatte, fanden zwei Winzer nach verhältnismäßig kurzer Zeit den Förster Orlopp erschossen im Distrikt Unner im Mittelheimer Wald, eine halbe Wegstunde von Hallgarten entfernt.

Der Tote lag auf dem Rücken; schon die erste Besichtigung ergab, daß ein durch den Uniformhut von vorn eingedrungener Schrotschuß ihn getötet hatte. Der durchschossene Hut lag rechts neben der Leiche, an der rechten Seite, längs des Körpers, lag auch die Büchsflinte Kal. 11x16 mm des Beamten, deren Kugellauf abgefeuert worden war. Der Hahn befand sich noch in Ruhestellung. Das Laufinnere zeigte, daß der Schuß frisch abgefeuert worden war. Der Schrotlauf war geladen, der Hahn gespannt. Links am Kopf befand sich am Waldboden eine 30 Zentimeter lange und 5 cm breite Blutlache. Spuren eines Kampfes waren nicht vorhanden, es sprach auch nichts dafür, daß die Leiche an den Fundort getragen worden war. Die linke Hand, die die erst angezündete Pfeife krampfhaft umschloß, hielt der Tote in der Rocktasche.

Der Uniformstrohhut des erschossenen Försters wies links vorn 31 Schroteinschläge auf, hinten befanden sich einige Ausschußöffnungen. Der Streukegel der Schrote zeigte, daß der Schuß aus einer Entfernung von 3 bis 5 Schritten abgefeuert worden war. Dreizehn Schrote von 5 mm Durchmesser waren am linken Stirnbeinrücken, dicht an der Haargrenze, einige auf dem behaarten Kopfe eingedrungen und hatten Teile des Gehirns herausgetrieben, die neben der Leiche lagen.

Beim Absuchen der näheren Umgebung des Tatortes fand man in einem unmittelbar am Unnerweg stehenden kleinen Eichengestrüpp einen geschossenen Rehbock, der mit Schroten derselben Art erlegt worden war, mit denen man den Förster erschossen hatte. Schon bei der Suche nach Förster Orlopp hatte man auf dem von Distrikt Unner durch den Mittelheimer Wald führenden Weg eine frisch abgeschossene Lefaucheuxpatrone Kal. 16 mit einer Hirschkopf-Fabrikmarke und ein dazugehöriges Verschlußplättchen mit der Aufschrift 0/ 4½ mm gefunden. Am Mittelheimer Waldrand, oberhalb des Unnerpfades nach dem Suskopf zu, stand der Jagdstock des Erschossenen. Hier hatte er offenbar angesessen, hatte aus einer Kirschbaumhecke einen Schuß fallen hören und war darauf losgegangen, in der Annahme, daß ein Jagdpächter den Schuß dort abgefeuert habe. Nach einer Entfernung von 62 m war er dann an dem bereits erwähnten Eichengestrüpp auf den im Unterholz stehenden Wilddieb gestoßen, der den dort im Wundbett sitzenden Rehbock mit einem Fangschuß erlegte, als der Beamte hinzukam. Vom Förster überrascht, hatte der Wilddieb diesen mit einem zweiten Schuß aus unmittelbarer Nähe niedergeschossen. Der Förster mußte erst im letzten Augenblick erkannt haben, daß er einen Wilddieb vor sich hatte, denn er hatte die angebrannte Tabakspfeife schnell aus dem Munde genommen und in die Tasche gesteckt, um sein Gewehr in Anschlag zu bringen. In diesem Augenblick hatte ihn der tödliche Schuß getroffen, das in der rechten Hand gehaltene Gewehr hatte sich dabei entladen.

Ein Zeuge, der auf dem Wege von „Hallgarter Zange" nach Hallgarten sich befunden hatte, hatte zwischen 20.30 und 20.45 Uhr mehrere Schüsse in kurzen Abständen aus der Richtung des Tatortes fallen hören. Um diese Zeit war also Förster Orlopp ermordet worden.

Die Staatsanwaltschaft Wiesbaden setzte auf Ermittlung des Täters eine Belohnung von 1000 RM. aus. Das Amtsgericht Rüdesheim zog zur Leichenöffnung und Besichtigung des Tatortes auf Anregung des Forstmeisters Dr. Milani, Eltville, den bekannten Gerichtschemiker Professor Dr. Popp, Franfurt a. M., hinzu. Dieser fand am Tatort, im Raum zwischen Busch und Blutlache, sowie östlich davon vier Plättchen, von denen drei Papierfilzplättchen, eins ein schwarzes Verschlußplättchen war. Die mikroskopische und biologische Untersuchung ergab, daß diese Plättchen sämtlich von Schrotpatronen Kal. 16 stammten und frisch abgeschossen waren. Die eingehenden Untersuchungen der Schroteinschläge an den Bäumen gaben wichtige Anhaltspunkte über den Stand des Schützen und des erschossenen, die Materialuntersuchung wertvolle Aufklärung über die Herkunft der Patronen.

Zuerst geriet ein der Wilddieberei verdächtiger Mann aus H. in den Verdacht der Täterschaft. Der erschossene Beamte hatte am 14. August bei ihm eine Durchsuchung vorgenommen und 2 Gewehre und mehrere Schlingen beschlagnahmt. Der Wilddieb konnte jedoch sein Alibi zweifelsfrei nachweisen. Da hörte ein junges Mädchen während der Eisenbahnfahrt von Erbach nach Wiesbaden, wie sich im Nebenabteil

Der von 31 Schroten durchbohrte Uniformstrohhut des erschossenen Försters Orlopp. (Phot. Professor Dr. Popp, Franfurt am Main.)

zwei Männer über den Förstermord unterhielten, den mutmaßlichen Täter beim Namen nannten und vorwurfsvoll hinzusetzten: „Das hätte er nicht tun sollen und den Förster gleich über den Haufen schießen." Die Zeugin machte bei ihrer Rückkehr dem Gendarmerie-Wachtmeister Heiser, Eltville, Mitteilung von dem belauschten Gespräch, und dieser nahm den Verdächtigen, den 27 Jahre alten Schlosser Ludwig K., aus Oberhof (Bayern) gebürtig, in Östrich wohnhaft, fest. Man fand an seinem Halse eine frische Schußwunde, die Kugel aus der Büchsflinte des Försters hatte ihm den Rockkragen durchschlagen und seinen Hals gestreift.

Angesichts dieser wichtigen Feststellung legte K. alsbald ein Geständnis ab, allerdings in einer ihn wenig belastenden, daher auch wenig glaubhaft erscheinenden Form. Er gab zu, am 3. September gegen Abend in der Kirschbaumhecke angesessen und einen auf der Wiese äsenden Rehbock mit Schrot angeschossen zu haben. Mit zerschossenem linken Hinterlauf war das Tier schwerkrank in das erwähnte Eichengestrüpp gezogen. Als K. ihm dort den Fangschuß gab, habe jemand, ohne ihn anzurufen, auf ihn geschossen und ihn am Halse verwundet. Ohne den Schützen gesehen zu haben, habe er darauf sein Gewehr hochgerissen und nach der Richtung zu abgefeuert, aus der der Schuß gefallen war. Erst später habe er dann erfahren, daß er den Förster Orlopp erschossen habe.

Diese Darstellung konnte dem K. ohne weiteres widerlegt werden. Der Erschossene hatte ja die linke Hand mit der Tabakspfeife in der Tasche gehabt. Sein Gewehr hatte sich erst entladen, als er den Kopfschuß erhalten hatte. Zufällig hatte dabei die Kugel den Hals des Wilddiebs gestreift. Leider nur gestreift!

K. war erst 14 Tage vor der Tat aus dem Felde zurückgekehrt. Er war für Kriegsdienstarbeit in der chemischen Fabrik in Östrich reklamiert. Nach Übereinkommen mit der Heeresverwaltung wurde er der bürgerlichen Gerichtsbarkeit zur Aburteilung übergeben.

Am 16. Januar 1917 stand K. vor dem Schwurgericht Wiesbaden unter der Anklage des Totschlags. Nach dem Urteil seines Vorgesetzten und seiner Kollegen war Förster Orlopp ein ruhiger, gewissenhafter Beamter gewesen, der niemals ohne Anruf auf einen Wilderer geschossen hätte. Der Tatortbefund hatte zweifelsfrei ergeben, daß der Täter mit dem Gewehr im Anschlag geschossen hatte, ein Zufallstreffer war ausgeschlossen. Das Gericht verurteilte ihn wegen gewerbsmäßigen Wilderns und Körperverletzung mit tödlichem Ausgang zu 3 Jahren und 2 Monaten Gefängnis.

Wie der Sohn des Ermordeten, Förster K. Orlopp, Erbach (Taunus), in Erfahrung gebracht hat, soll sich K. einige Zeit nach Antritt seiner Strafe für den Kriegsdienst im Schützengraben gemeldet haben. Einige Zeit später sei ihm dann der Rest der Strafe in Gnaden erlassen worden. Es sei auch das Gerücht aufgetaucht, das zwei als gewerbsmäßige Wilddiebe bekannte Brüder aus H. an der Erschießung des Försters beteiligt gewesen seien.

Auf Anregung des Staatlichen Forstsekretärs Ph. Salzig, Eltville, veranstalteten die Forstbetriebsbeamten der Oberförstereigruppe Eltville, Mitglieder des „Allg. Deutschen Jagdschutzvereins", andere Kollegen und Freunde des Försters Orlopp (4. Komp. Jägerbatl. 11, Jahrg. 1887) eine Sammlung, die im Laufe der Jahre, trotz Kriegs- und Inflationszeit, zu einer stattlichen Summe anwuchs, die es ermöglichte, dem in treuer Pflichterfüllung gefallenen Forstbeamten ein Denkmal zu errichten. In der „Kalten Herberge", unweit des Tatortes im Hallgartenwald, erhebt sich inmitten einer wuchtigen Naturgruppe angehäufter Quarzitsteine ein Felsen mit einer Bronzetafel, die folgende Inschrift trägt:

> Dem Andenken des am 3. September 1916 von einem Wilddieb erschossenen Försters Heinrich Orlopp. Gewidmet von seinen Freunden und Berufsgenossen.

Anläßlich der 10jährigen Wiederkehr des Todestages fand die Einweihung in Gegenwart des Oberforstmeisters und seiner Beamten, sowie Vertretern der Gemeinde und vieler Vereine statt. Das eindrucksvolle Denkmal im Walde erinnert nicht nur an einen deutschen Forstbeamten, der wie viele seiner Berufsgenossen hier den Tod durch Wildererhand fand, es legt auch Zeugnis ab von treuer Kameradschaft, wie sie im Försterstande üblich ist.

Im Dachsteingebiet.

Einen sehr gefährlichen Kampf mit 5 verwegenen Wilderern hatten am 12. November 1926 zwei Jäger der Forstverwaltung Hallstadt. Die beiden auf einem Reviergang im Hochgebirge befindlichen Jäger Josef Binder und Alois Kaiser aus Obertraun hörten zwischen 15 und 16 Uhr auf dem Hirschberg, Gemeinde Obertraun, Bez. Gmunden, 7 bis 8 Schüsse fallen. Da nur Wilderer in Frage kommen konnten, stiegen die beiden Jagdschutzbeamten gegen 22 Uhr zur Meisenbergalpe im Hallstätter Dachsteingebiet auf, in der Annahme, daß die Wilderer dort übernachten und am frühen Morgen ihren Wildererzug fortsetzen würden.

Um 6 Uhr früh betraten die beiden Jäger die Meisenbergalphütte, wo sie vier Männer antrafen, die dort übernachtet hatten und im Begriff waren aufzubrechen. Auf die Frage der beiden, mit schußbereiter Waffe eintretenden Jäger, was sie hier zu suchen hätten, antworteten die Unbekannten, daß sie tags zuvor aufgestiegen, von der Nacht überrascht wären und deshalb hier Schutz gesucht hätten. Da bemerkte der hinter Binder stehende Jäger Kaiser im Schein des glimmenden Herdfeuers mehrere an der Hüttenwand hängende Gewehre und machte seinen Kollegen darauf aufmerksam, der die Wilderer nunmehr als festgenommen erklärte.

Angesichts der Übermacht, die ihnen in dem engen Raum der Alphütte leicht gefährlich werden konnte, wäre es in dieser Situation zweifellos ratsam gewesen, sich mit überraschender Schnelligkeit der Schußwaffen zu bemächtigen, damit die Hütte zu verlassen und die Wilderer von einer Deckung aus aufzufordern, herauszutreten. So hätten die entwaffneten Wilderer den Jägern kaum gefährlich werden können.

Wie es so oft in ähnlichen Lagen geschieht, unterschätzten auch hier die beiden Jäger die ihnen drohende Gefahr. Während Kaiser an die Gewehre herantrat, versuchte Binder, statt mit schußbereiter Waffe den Kollegen zu decken, in gänzlich überflüssiger Weise die Namen der überraschten Wilderer festzustellen. Es ist in solchen Situationen kaum anzunehmen, daß die Befragten richtige Angaben machen oder im Besitz von Legitimationen sind. Jede Nachprüfung etwaiger Angaben war hier unmöglich, jede Unaufmerksamkeit mußte die Gefahr eines überraschenden Angriffs dieser gefährlichen Burschen vergrößern.

In diesem Augenblick betrat ein fünfter Mann die Hütte! Im herrschenden Halbdunkel bemerkte er die beiden Jäger noch nicht und öffnete arglos einen Rucksack, aus dem er Proviant oder Wildbret entnahm, das in ein weißes Tuch eingeschlagen war. Erst an der Schweigsamkeit seiner Genossen merkte er, daß etwas nicht in Ordnung war. Aufblickend erkannte er die beiden Jäger, schloß seinen Rucksack und nahm sofort eine angriffsbereite Haltung an. Mit den Worten: „Bagage, geb's ma mei Gewehr her und laßt mi aus!“ sprang er auf den Jäger Kaiser zu und versuchte ihm sein Gewehr zu entreißen. Jetzt sprang Jäger Binder an die Tür, hielt sein Gewehr halb im Anschlag und rief: „Die Gewehre sind beschlagnahmt, niemand geht hinaus!“

Der Angriff ihres Komplicen auf den Jäger Kaiser ermunterte auch die anderen zum Widerstand, sie hängten sich ihre Rucksäcke über und schrieen: „Weg von der Tür, laßt uns hinaus!“ Zugleich fielen sie zu dreien über Kaiser her und versuchten, ihm die Gewehre zu entreißen, während die beiden anderen den Jäger Binder zu Boden warfen. In dem allgemeinen Tumult in der engen, dunklen Alphütte wurden dem Jäger Kaiser die beschlagnahmten Gewehre, auch sein eigenes, entrissen. Dem am Boden liegenden Binder wurde das Stoßmesser, das er in höchster Not gezogen hatte, weggerissen, dann wurde er mit Faustschlägen, Kolbenstößen und Fußtritten übel zugerichtet. Unter Mitnahme der Gewehre der beiden Jäger ergriffen dann die Wilderer die Flucht, ließen aber in der allgemeinen Aufregung eine ihrer Büchsflinten zurück, die man allerdings erst später in der dunklen Hütte fand.

Die beiden entwaffneten Jäger nahmen, unbekümmert um die ihnen drohende Gefahr, sofort die Verfolgung der fliehenden Wilderer auf; Jäger Binder hatte sich mit seinem Hirschfänger, Kaiser nur mit einem Stock bewaffnet. Binder holte den Wilderer ein, der ihm sein Gewehr entrissen hatte. Als er ihn packte, warf dieser das Gewehr des Jägers 4 Meter weit ins Steingeröll, dann setzte er, mit seinem eigenen Gewehr in der Hand, die Flucht fort. Als Jäger Binder sein Gewehr ergriff und mit seinem Kollegen hinter Felsblöcken Deckung suchte, sprangen auch die Wilderer in Deckung und hielten ihre Gewehre in Anschlag. Bei dem sich entwickelnden Feuerkampf schrie einer der Wilderer laut auf, dann setzten sie gemeinsam die Flucht fort.

Die Jäger fanden an der Stelle, an der die Wilderer in Deckung gelegen hatten, Blutspuren; es war also höchstwahrscheinlich einer der geflüchteten Wilderer angeschossen worden. Er hatte seinen Hut und seinen Bergstock zurückgelassen, der die Inschrift: „M. ST. 1926 Rössin“ trug. Hut und Stock legten die Jäger dem für R. zuständigen Gendarmerieposten vor, dessen Verdacht sich sofort auf den Besitzersohn Mathias St. aus R. lenkte. Die Gendarmerie- und Jagdschutzbeamten nahmen bei ihm eine Durchsuchung vor, die resultatlos verlief. Mathias St. bestritt, Eigentümer des Bergstockes zu sein, er konnte auch zweifelsfrei nachweisen, daß er an dem Zusammenstoß nicht beteiligt gewesen sein konnte. Aber er hatte einen Bruder Heinrich, der sich bei der Vernehmung durch die Gendarmeriebeamten sofort in Widersprüche verwickelte und festgenommen wurde.

Anschließend nahm man eine Durchsuchung bei allen der Wilddieberei verdächtigen Personen vor. Und deren gab es nicht wenige in R. So kam man auch zu dem Besitzer Johann E. und fragte den alten Herrn nach seinem braven Sohn Mathias. Vater E. war beim Erscheinen der vielen Beamten in große Unruhe geraten und kratzte sich bei der ihm vorgelegten Frage verlegen den Kopf und den Hinterteil seiner kurzen Lederbüx, die ein „glänzendes Zeugnis" dafür bot, daß sie dem alten Herrn seit 40 Jahren das Schnupftuch ersetzen mußte. Er jammerte: „Ja, dies Malheur, da Hiasl liegt da drinnen!" Er wies dabei auf ein Zimmer, in dem man den krankgeschossenen Hiasl im „Wundbett sitzend" fand. Er hatte einen Schuß im rechten Hinterlauf und gab auf Befragen an, daß er sich beim „Büchseneinschießen" in die Haxe geschossen habe.

Als E. einsehen mußte, daß er mit seiner faulen Ausrede keinen Glauben fand, legte er ein Geständnis ab. Seine Komplicen waren sein Bruder Johannes E., der bereits festgenommene Heinrich St. und die Gebrüder Wilhelm und Heinrich W. aus Ramsauleiten gewesen. Die beiden letzteren Waren die Angreifer und diejenigen gewesen, die den Jägern die Gewehre entrissen hatten.

Die vier Wilderer wurden festgenommen und abtransportiert, den angebleiten Hiasl mußte man vorläufig auf seinem Strohsack liegen lassen. Das Gewehr des Jägers Kaiser fand man in der verfallenen Almhütte der Langkaralm unter einem Brett. Die Gendarmen waren mit dem festgenommenen Wilhelm W. aufgestiegen, damit er ihnen das von ihm dort versteckte Gewehr hervorsuche. Am Guttenberghaus angekommen erklärte der sonst so klettergewandte Wilderer, daß er wegen Herzleidens nicht mehr weitersteigen könne. Man fand dann das Gewehr ohne den „herzkranken" W., der nach seiner Entlassung aus der Untersuchungshaft sofort flüchtig wurde.

Nach der Festnahme des flüchtigen W. und Wiederherstellung des laufkranken E. wurde am 31. Dezember 1902 gegen die 5 Wilderer vor dem Kreisgericht Wels verhandelt. Sie wurden wegen öffentlicher Gewalttätigkeit, versuchten Wilddiebstahls und Übertretung des Waffenpatentes zu je 5 Montan schweren Kerkers verurteilt …

Das mißlungene Alibi.

Von einem ansitzenden Wilddieb erschossen wurde am 22. Juli 1892 der 41jährige Königliche Förster O. Schulz, Forsthaus Dickdamm (Bez. Frankfurt a. d. Oder). Der Amtsvorsteher zu Alt-Markgrafpieske machte dem Amtsgericht Storkow am anderen Morgen die Anzeige, daß der seit einem Reviergange in den Abendstunden vermißte Beamte an den sogenannten Reichenwalder Wiesen tot aufgefunden worden sei.

Die Gerichtskommission begab sich sofort an Ort und Stelle. Der Erschossene lag 31 Schritt vom Grenzhügel Nr. 693 im Graben neben dem zwischen Forst und Wiesen führenden Weg, gegenüber der Ortschaft Fichtenwall, Kreis Beeskow-Storkow. Die Leiche lag auf dem Rücken, der Oberkörper etwas erhöht an der Grabenböschung, die Füße in der Richtung nach dem Grenzhügel. Der Uniformhut war dem Toten über den Kopf gestülpt. Beide Hände waren blutig, ebenso die Kleidung an der Brust und am rechten Oberschenkel.

Am Grabenrand befanden sich an der von der Straße entgegengesetzten Seite mehrere Fichtenkusseln, die einem dort ansitzenden oder in gebückter Stellung stehenden Mensch genügend Deckung boten. Von den Füßen des Toten 2½ Meter entfernt war von einer der Kusseln die Spitze abgeknickt, dahinter war das Gras niedergetreten. woraus zu schließen war, daß hier ein Mensch längere Zeit gestanden hatte. Zwischen dieser Stelle und der Leiche bemerkte man Blutspuren im Grase, man fand dort auch eine halbe aufgerauchte Zigarre, die ebenfalls Blutspuren aufwies. Der am Tatort anwesende Förster Bock fand später an dieser Stelle noch im Grase einen angebrannten Filzpatronenpfropfen, und 1 m von der Schulter des Toten entfernt in den Fichten noch eine Stelle, an der ein Mensch gestanden hatte. Entweder hatten also hier zwei Menschen angestanden, oder einer hatte seinen Standort gewechselt. Vom Rand des Kiefernstangenholzes 30 m entfernt befand sich eine dichte Schonung, 25 Schritt von der Fundstelle der Leiche entfernt führte auf der dem Grenzhügel gegenüberliegenden Seite aus dem Walde heraus ein Fußpfad über die Wiesen nach dem in Fichtenwall liegenden Gehöft des Bauern Z.

Die ärztliche Besichtigung der Leiche ergab, daß der Förster aus kürzester Entfernung einen Schrotschuß in die rechte Achselhöhle erhalten hatte, der bis in den Rücken gedrungen war und die Rippen zertrümmert hatte. In der Brust fand man viel

Schrotkörner und den Filzpatronenpfropfen. Ein zweiter Schrotschuß hatte ein Stück der Nase weggerissen und war neben der Nase in schräger Richtung bis zum linken Hinterkopf vorgedrungen, mehrere Schrotkörner wurden im Kopf vorgefunden. Das Gesicht des Toten war durch den Nahschuß von den Augenbrauen bis zum Kinn geschwärzt, die Barthaare, besonders am Kinn, waren schwarzglänzend gefärbt. Der Ermordete war nicht zum Schuß gekommen, seine neben ihm liegende Büchse war, wie der anwesende Förster Schwarzenstein feststellte, geladen. (Förster Schwarzenstein, der sich um die Aufklärung des Mordes sehr verdient machte, wurde im Januar 1908 am Müggelsee bei Berlin selbst ermordet, wie im 1. Band dieser Bücher geschildert wurde.)

Bei den am Tatort anwesenden Gendarmerie- und Forstbeamten tauchte alsbald der Verdacht auf, daß ein als Wilddieb bekannter 28 Jahre alter Schuhmacher Gustav Ph. als Täter in Frage kommen könne. Dieser wegen Wilddieberei, Forstwiderstandes, Sittlichkeitsverbrechens und Körperverletzung wiederholt mit Gefängnis und Zuchthaus vorbestrafte Schuster wohnte im Gehöft des erwähnten Bauern Z. in Fichtenwall, unweit des Tatortes.

Die Gerichtskommission begab sich alsbald in die Wohnung des verdächtigen Ph. und vernahm ihn und die Familienmitglieder des Hausbesitzers Z. einzeln und in Abwesenheit der anderen. Ph. gab an, daß er den ganzen Tag, bis zur eintretenden Dunkelheit, Getreide gemäht und aufgemandelt habe. Er stellte entrüstet in Abrede, den Förster erschossen zu haben. Er habe für den Beamten und seine Familie die Schuhmacherarbeiten ausgeführt und mit ihm „freundschaftlich" verkehrt.

Die Frau Z. und ihre 13jährige Tochter bestätigten die Angaben des Ph. Gegen Abend habe man zusammen Kaffee getrunken, während dieser Pause habe man zwei Schüsse fallen hören. Nach dem Kaffeetrinken seien Frau Z. und ihre Tochter nochmals aufs Feld gegangen, trotzdem die Dämmerung schon angebrochen war. Ph. sei aber nicht wieder mitgegangen, weil er zu müde war.

Zwei Frauen, die auf einem benachbarten Bauerngute in der Scheune arbeiteten, hörten in der Abenddämmerung einen Schuß fallen und dann einen Schmerzensschrei: „Ach Gott, ach Gott!" Die eine Frau sprang zur Scheune hinaus, sah einen Feuerstrahl und hörte noch einen Schuß fallen. Beide Schüsse waren, wie genau beobachtet worden war, an der Fundstelle der Leiche gefallen. Die beiden Zeuginnen bekamen große Angst und liefen zur Nachbarin Z. um ihr von ihren eigenartigen Beobachtungen zu erzählen. Sie hatten sofort die Vermutung, daß der dort wohnende Ph. mit den beiden Schüssen in Verbindung zu bringen sei. Auf ihre Frage nach Ph. antwortete Frau Z., die mit ihrer Tochter in der Nähe des Hauses auf dem Felde Getreide band: „Er sitzt in der Stube und trinkt Kaffee!"

Ein Arbeiter, der auf dem Felde beschäftigt war, hörte ebenfalls die beiden Schüsse fallen. Er sah nach den Schüssen neben dem Grenzhügel einen mit hellgrauer Joppe bekleideten Mann stehen, der dann in gebückter Haltung durch das Stangenholz nach der Dickung zu lief. Da es schon ziemlich dunkel war, hatte er den Mann nicht erkannt. Die Gendarmen hatten an der Stelle, wo der Unbekannte in die Schonung gesprungen war, eine auffallend kleine Männerfußspur gefunden.

Die beiden Frauen, die die Schüsse und den Schrei gehört hatten, fanden die ganze Nacht keine Ruhe. Schon am anderen Morgen gegen ½5 Uhr begaben sie sich in Begleitung einer dritten Frau an die Stelle, woher sie die Schüsse gehört hatten. Hier fanden sie den erschossenen Förster. Dem Toten war der Hut so fest über das Gesicht gezogen, daß eine der Frauen mit beiden Händen ziehen mußte, um ihn abzuziehen. Erst jetzt erkannte man den Förster Schulz und benachrichtigte den Amtsvorsteher und die Angehörigen.

Der verdächtige Ph. bestritt ferner, im Besitz eines Gewehres zu sein. Der die Untersuchung führende Assessor Schneider stellte aber durch weitere Zeugenvernehmungen fest, daß Ph. und auch sein Schwager H. Jagdgewehre besessen hatten und regelmäßig wildern gegangen waren. Eine Zeugin hatte den H. wiederholt am Tatort auf Anstand sitzen sehen. Da beide Wilddiebe als gewalttätig bekannt waren, hatte niemand gewagt, Anzeige zu erstatten. H. hatte sich in letzter Zeit mit Ph. verfeindet, dieser hatte ihn bei der Teilung der Beute übervorteilt. Die vom Assessor bei H. sofort vorgenommene Durchsuchung war erfolglos, es konnte aber festgestellt werden, daß die beiden Wilddiebe die Gewehre von einem Bauern Hn. sich geliehen hatten. Dort fand man auch eine Büchsflinte. Das Dienstmädchen gab an, daß Hn. mit H. und dessen Frau am Mordtage gegen 19 Uhr nach Berlin gefahren sei: Die beiden kamen also als Täter nicht in Frage.

Der Gendarmerie-Wachtmeister Bornemann hatte inzwischen einen weiteren Zeugen ermittelt, der ganz in der Nähe des Tatortes Gras gemäht hatte. Förster Schulz hatte mit ihm gesprochen, als es schon zu dunkeln begann und war denn den Fußpfad hinunter nach der Stelle gegangen, an der er dann erschossen aufgefunden wurde. Der Zeuge hatte auch die beiden Schüsse, nicht aber den Schmerzensschrei gehört.

Bei Ph. fand man ein frisches Rehgehörn, Rehläufe und abgeschossene Patronen, über deren Herkunft er unglaubwürdige Angaben machte. Er wurde festgenommen, anderen Tages aber wieder aus der Haft entlassen.

Die Gendarmeriebeamten setzten ihre Nachforschungen trotzdem unbeirrt fort. Eine Zeugin, die bei ihrer Vernehmung ausgesagt hatte, daß sie den Ph. in der Stube des Z. habe sitzen sehen, als die Schüsse fielen, nahm jetzt, als sie energisch vernommen wurde, diese Aussage zurück und gestand nun ein, daß sie den Ph. überhaupt nicht gesehen habe. Weiter ermittelten die Beamten, daß im August 1891 beim Büchsenmacher Arndt in Fürstenwalde (Spree) ein etwa 50 Jahre alter Mann eine Büchse verlangt hatte. Der Werkführer Klett hatte ihm mehrere vorgelegt. Als der Käufer, der dann als der Schwager des Ph., der erwähnte H., ermittelt wurde, eine zum Auseinandernehmen eingerichtete Büchse sah, bat er, diese Büchse nicht zu verkaufen; ein ihm bekannter Mann, der demnächst aus dem Zuchthaus entlassen werde, würde die Büchse bestimmt kaufen. H. hatte noch hinzugefügt: „Wenn Sie das Wild hätten, was mit dieser Büchse geschossen worden ist, wären Sie ein reicher Mann!“

Später kam H. mit diesem Mann, der dann die Büchse kaufte. Als man jetzt den Ph. dem Werkführer gegenüberstellte, erkannte dieser ihn als den damaligen Käufer der Büchse wieder. Interessant und sehr lehrreich war, daß diese Büchse dem Wilderer Ph. von einem Förster beim Wildern abgenommen worden war. Die vom Gericht beschlagnahmte Waffe war später öffentlich versteigert worden. Nun hatte sie der Täter wiedergekauft!

Förster Schwarzenstein und Forstaufseher Kandt suchten die Umgebung des Tatortes nochmals sorgfältig ab und fanden 150 Meter davon entfernt, unter Moos versteckt, eine frisch abgeschossene Doppelflinte. Ein Gastwirt erkannte die Waffe als Eigentum eines Musikers wieder, der den schönen Beinamen „der versoffene B…“ führte. Er hatte es ihm 2 Jahre vorher für seine Zechschulden abgenommen, dann aber an den der Tat verdächtigen Ph. verkauft! Der eine Lauf war damals unweit der Mündung ausgerissen gewesen, jetzt wies das Gewehr dort einen Flicken auf.

Angesichts dieses schweren Belastungsmaterials nahmen die Gendarmen den Ph. erneut fest. Er verweigerte zunächst jede Aussage, dann bestritt er weiter, mit der Erschießung des Försters zutun zu haben. Als ihm der Richter nochmals das gesamte Belastungsmaterial vorhielt, versuchte er sich nachts mit einem abgerissenen Stück Bettlaken zu erhängen. Als das Bettlaken riß, gab er weitere Versuche auf.

Nach diesem Selbstmordversuch legte Ph. ein Geständnis ab. Nachdem sein Gewehr unweit des Tatortes aufgefunden worden war und die von ihm benannte Zeugin ihre falsche Aussage zurückgenommen hatte, mochte er einsehen, daß sein Spiel verloren war. Auch die beiden Hauptentlastungszeugen, Frau Z. und ihre 23jährige Tochter, gestanden jetzt ein, daß sie, durch die Drohungen des Ph. eingeschüchtert, fälschlich ausgesagt hatten, daß Ph. in ihrer Stube gesessen habe, als die Schüsse fielen. Tatsächlich hatte sich Ph. auf dem Felde befunden, war ¼ Stunde nach den Schüssen aufgeregt nach Hause gekommen und hatte noch geholfen, Getreidemandeln aufzustellen. Der von dem alten erfahrenen Verbrecher zusammengestellte Alibinachweis war also zunichte geworden. Wie oft geschieht es aber, daß ein aus der Untersuchungshaft Entlassener ohne weiteres außer Verfolgung gesetzt wird. Fast immer gilt diese Entlassung als amtliche Bestätigung erwiesener Unschuld. Der Richter kann, wenn ein Verbrechen vorliegt, nur einen Haftbefehl erlassen und aufrechterhalten, wenn das gesammelte Belastungsmaterial genügt. Der Polizeibeamte, der seine Nachforschungen auch nach dieser Entlassung in derselben Richtung fortsetzt, handelt also durchaus im Sinne des Untersuchungsrichters, wenn er sich bemüht, das Beweismaterial zu vervollständigen.

Als die beiden Gendarmerie-Wachtmeister Bornemann und Schulz den Ph. erneut festnahmen und abtransportierten, sagte letzterer zu Ph. wie beiläufig: „Der Förster hat ja noch zwei Stunden gelebt und mit Ihnen gesprochen!“ Ph. erschrak, wurde blaß und entgegnete, ohne zu bedenken, daß er damit ein indirektes Geständnis ablegte: „Das ist nicht wahr, gesprochen hat er nicht mehr mit mir!“

Ph. hatte, wie er dann eingestand, bei seiner Feldarbeit das Austreten des Wildes beobachtet, zugleich auch gesehen, daß der Förster den ganzen Tag über mit Einfahren seines Getreides beschäftigt gewesen war. So hatte er sich sicher gefühlt, in der Annahme, daß der Förster, ermüdet von der schweren Erntearbeit, die Försterei abends nicht mehr verlassen werde. Nach seiner Darstellung hatte er sich angestellt, mit dem Gesicht nach der Wiese zu. Plötzlich aber er hinter sich ein Geräusch gehört, sich herumgedreht und den Förster Schulz dicht vor sich gesehen. Vor Schreck darüber sei ihm durch unvorsichtige Bewegung das Gewehr losgegangen und beide Schüsse hätten so den Förster getroffen. Er fügte hinzu, der Erschossene habe ihm viel Gutes getan, auch des öfteren Geld geliehen, wenn er in Verlegenheit war. Niemals würde er ihn vorsätzlich erschossen haben.

Der Wilderer fand mit seiner heulerischen Ausrede keinen Glauben. Er war als sehr jähzornig bekannt, es schwebten zur Zeit zwei Strafverfahren gegen ihn. Den Gerichtsvollzieher hatte er mit dem Messer bedroht und ein junges Mädchen hatte er überfallen, gefesselt und sich an ihm vergangen. Dem ermordeten Förster war auch hinterbracht worden, daß Ph. wiederholt beim Wildern beobachtet worden sei. Als er ihn darüber zu Rede gestellt hatte, hatte er geantwortet: „Herr Förster, nehmen Sie sich nur in acht, ich hätte Sie neulich erschießen können, als Sie die Dickung passierten!" Von diesem Vorfall hatte der Erschossene seinem Kollegen Werk Mitteilung gemacht.

Ph. gestand schließlich ein, daß er in der letzten Zeit fast täglich gewildert habe. Seinem Schwager H. hatte er schon in der Nacht nach dem Auffinden des Erschossenen ein Geständnis abgelegt. Der Förster war schon an ihm vorübergegangen, als er zurückkam, bemerkte er den mit dem Gewehr hinter dem Busch stehenden Ph. Da er ihn sofort erkannte und mit einem Angriff nicht rechnete, war er mit umgehängtem Gewehr mit den Worten herangetreten: „Daß Sie das nicht lassen können, Ph., geben Sie das Gewehr her!" Trotzdem der Wilddieb nun in Anschlag gegangen war, war der Beamte näher herangekommen und hatte so die Schüsse aus unmittelbarer Nähe erhalten. Ph. hatte dem Schwager auch eingestanden, daß er das erste Mal auf die Brust gezielt habe, der Förster habe sich aber gedreht und so den Schuß in die Schulter erhalten. Den zweiten Schuß habe er ebenfalls absichtlich ins Gesicht gezielt, als der Beamte, nach dem ersten Schuß zusammengebrochen, vor ihm lag. Er habe ihn deshalb in den Kopf geschossen, „damit er sich nicht weiter quälen solle!"

Bezeichnend für seinen Charakter war auch, daß Ph. nach seiner ersten Entlassung aus der Untersuchungshaft die ganze Nacht über in Neu-Markgrafpieske und Spreenhagen getanzt und gezecht hatte!

Das Schwurgericht Frankfurt (Oder) verurteilte diesen gefährlichen Wilderer am 12. Oktober 1892 wegen gewerbsmäßigen, unberechtigten Jagens und Mordes zum Tode und drei Jahren Gefängnis.

Nachdem sein Gnadengesuch vom Kaiser abgelehnt worden war, wurde er am 10. März 1893 mit dem Handbeil hingerichtet …

Ein Gedenkstein, umgeben von einem teilweise verfallenen Zaun und vertrockneten Fichten bezeichnet die Stelle, wo Förster Schulz ermordet wurde …

Wildschützen in der Steiermark.

Mit Ermahnungen und nach dem Prinzip der Besserungstheorie wollte, wie vorstehend geschildert Förster Schulz, auch der Gräflich Lamberg'sche Revierjäger Matthäus Hechl in Donnersbach (Steiermark) die Wilderer bekämpfen. Er war als sehr pflichteifriger Beamter und dafür bekannt, daß er durch ruhiges Auftreten jeden Widerstand zu überwinden suchte.

Am Samstag, dem 24. Juli 1920, teilte der Vater, Anton Hechl, dem Sohne mit, daß er in Richtung Grünwaldkar einen verdächtigen Schuß habe fallen hören. Der Jäger ging sofort hinaus, Nachschau zu halten, und machte dem Vater bei seiner Rückkehr in der Mittagstunde die Mitteilung, daß er an der Grünwaldkarbrücke verdächtige Fußspuren wahrgenommen habe. Nachdem ein schweres Gewitter niedergegangen war, begab sich der Revierjäger, mit Lebensmitteln versehen, gegen 18 Uhr wieder ins Revier, um an der Brücke Vorpaß zu halten. Seine Rückkehr hatte er erst für den anderen Tag in Aussicht gestellt.

Zunächst fiel es den Angehörigen nicht besonders auf, daß der Jäger Sonntags von seinem Reviergange nicht zurückkehrte, weil er des öfteren über die in Aussicht gestellte Zeit hinaus wegblieb. Als er aber auch bis Montag nicht erschien, meldete der Vater dem Förster Katzensteiner den Abgang seines Sohnes. Während der Beamte diese Meldung an die Forstverwaltung weitergab und um Unterstützung für die vorzunehmende Nachsuche bat, begab sich der 14jährige Sohn des Vermißten allein auf die Suche. (Dieser Sohn, Anton Hechl, wurde zwei Jahre später als Jagdpraktikant in derselben Forstverwaltung ebenfalls ermordet. Siehe „Ein Kampf mit Messern" i. d. Buche.)

Am Dienstag Vormittag fand Anton Hechl an der Grünkarbrücke verdächtige Spuren. Er ging ihnen nach und fand den Vater erschlagen in dem vom Gewitterregen hochangeschwollenen Bach. Die sofort in Kenntnis gesetzten Gendarmeriebeamten benachrichtigten das Bezirksgericht Irdning, und Landgerichtsrat Dr. Wennig erschien mit den Beamten der Gerichtskommission zur Aufnahme des Tatbestandes.

Unweit des Hauses des Besitzers L. in Furrach zweigt von dem zum Steige in die Schrabachalpe führenden Wege ein schmaler Fußsteig ab, der zu der über den Litzlbach führenden Grünwaldkarbrücke hinabführt. Am linken Flußufer führt der Fußweg fast rechtwinkelig an der Berglehne mäßig steil aufwärts. Einige Schritte von der Brücke entfernt grenzt zu beiden Seiten des Weges ein sogenannter Almzaun, der vom Wege bis zum Gebüsch am linken Bachufer reicht. Unmittelbar vor diesem Zaun, an der aufwärts gelegenen Seite des Weges, waren deutlich Fußspuren erkennbar, aus denen zu ersehen war, daß hier jemand längere Zeit gestanden hatte. Zwei Fußeindrücke waren besonders tief, als ob jemand von einem dort stehenden Pfosten des Zaunes hinabgesprungen wäre. Am Pfosten selbst waren Risse von genagelten Schuhen und ein eingetrockneter Blutstropfen sichtbar, neben dem Pfosten lag ein Schuhnagel. Vom Pfosten abwärts zum Bach war das Gras und das niedere Gebüsch stark zertreten, selbst stärkere Äste geknickt, als ob jemand herabgewälzt worden wäre. Am Gesteinsboden und an den Ästen waren Blutstropfen und Gehirnteile wahrnehmbar. Der zerstampfte Tatort zeigte, daß hier furchtbar gekämpft worden war.

Etwa 15 Schritte bachwärts ragten mitten aus dem Bach mit den Fersen nach oben, zwei Füße heraus! Wie von den Jägern und Gendarmen bestätigt wurde, waren es unzweifelhaft die Füße des vermißten Jägers Hechl. Die Leiche lag zwischen Steinen und zwei Balken eingeklemmt.

Nachdem die Leiche aus dem Wasser gezogen worden war, wurde sie von der Gerichtskommission eingehend besichtigt. Der Tote trug einen braunen Lodenrock, grüne Weste, weißes Hemd, kurze lederne Hosen und genagelte Bergschuhe. Am rechten Rockärmel bemerkte man einen 3 Zentimeter breiten Schnitt, der Rock und Futter durchtrennt hatte. Die Taschenuhr war 8 Minuten vor ½18 Uhr stehengeblieben. Im Hirschfängertaschl stak das Weidmesser, in der Revolvertasche der mit 6 Patronen geladene Revolver. In den Taschen fand man den Rehruf und das Notizbuch, das folgende letzte Eintragung aufwies:

> „Jagdschutz am Litzlbach bei Klammleitnerbrück, ein Schuß im Grünwaldkar ½9 Uhr."

Der Kopf des ermordeten Jägers zeigte folgende Verletzungen: An der linken Schläfe eine tiefklaffende Wunde, das Schädelbein zertrümmert, das Gehirn sichtbar. Am Scheitel am Hinterkopf lange Risse.

Noch während der Leichenbesichtigung erschien ein Fischer und meldete, daß er im Litzlbach, 100 Schritte unterhalb der Brücke, den Bergstock des Jägers, und 100 Schritte weiter seinen toten Hund gefunden habe. Die Besichtigung des Tieres ergab, daß es durch einen Messerstich in den Kopf getötet worden war. Ein vorher erhaltener Hieb hatte das rechte Auge weit herausgetrieben.

Die Leichenöffnung ergab, daß der 48 Jahre alte, große und sehr starkgebaute Jäger durch schwere Verletzung der linken Großhirnhälfte den Tod gefunden hatte. Die Schläge waren, offenbar mit Bergstöcken und Gewehrkolben, mit großer Wucht erfolgt. Messerstiche am rechten Unterarm und Handgelenk zeigten, das der Ermordete heftige Gegenwehr geleistet hatte. Der Befund der Lunge ergab, daß Hechl als Leiche ins Wasser geworfen worden war. Später wurde auch das Gewehr des Toten gefunden, der Schaft war abgebrochen, der Lauf verbogen!

Der Gendarmerieposten Donnersbach des Landesgendarmerie-Kommandos für die Steiermark verhaftete am 29. Juli den wegen Wilderns wiederholt vorbestraften 30jährigen Knecht Engelbert M., der (wie in diesem Buche beschrieben) schon 1918 im dringenden Verdacht stand, den Gräfl. Lamberg'schen Jäger Georg Waß ermordet zu haben. Der erschlagene Jäger Hechl hatte ihn einige Zeit vor seiner Ermordung beim Wildern in flagranti ertappt und ihm das Gewehr abgenommen. Seit dieser Zeit hatte der als sehr gewalttätig bekannte Wilderer dem Jäger Rache geschworen.

Ferner nahmen die Gendarmen einen anderen bekannten Wilderer, den Knecht P. fest, den der Förster Katzenstein einige Zeit vorher beim Wildern abgefaßt hatte. Ein damals in seiner Begleitung befindlicher beschäftigungsloser Franz L., der sich bis zum Tage des Mordes in Donnersbach aufgehalten hatte, war plötzlich verschwunden.

Der festgenommene P. gab an, daß er sich von Samstagabend bis Montag bei seiner Geliebten, einer Sennerin auf der Totenkaralpe, aufgehalten habe. Sein Freund Engelbert M. sei die ganze Zeit über bei ihm gewesen. Selbstverständlich nicht um mit ihm von dort aus zu wildern, sondern als „Anstandswauwau", wie es bei einer derartigen dreieckigen Übernachtung in einer keuschen Sennhütte erforderlich ist.

Der nach dem Mord so verdächtig schnell verschwundene 21jährige Knecht Franz L. stellte sich am 3. August freiwillig. Er bestritt, an der Ermordung des Revierjägers beteiligt zu sein und hatte ein recht sentimentales, doch wenig glaubwürdiges Alibi zur Hand. Mit seinem Spezi, dem 20 Jahre alten Knecht Josef St. aus Gamsweg sei er schon am 23. Juli in die Kotthüttenalpe (Mitteregg) gestiegen zum „Enzianbrocken". Nachdem sie dort übernachtet hatten, seien sie auch den ganzen Samstag über dieser friedlichen Beschäftigung nachgegangen und hätten dann am Höchstein in der Viehhütte übernachtet. Immer weiter Blumen pflückend, mit stimmungsvollen Juchzern und Jodlern, seien sie Sonntags aufs Bauerngeigl und am Montag auf die Ranzenkaralpe hinübergewechselt, um dann ermüdet im Joglbauernlehen einzuschlafen.

Die Gendarmeriebeamten, selbst alle Söhne des Steiermärker Hochgebirges, kamen den Angaben dieser beiden „Schlawiner" mit Mißtrauen entgegen; wenn die tagelang dort oben herumstiegen, suchten sie sich nicht nur Enzian für ihren Schnaps. Sie nahmen den Enziansucher L. für alle Fälle fest. Auf dem Transport zum Bezirksgericht gestand L. dann auch dem Ray.-Inspektor Mödritzer, Irdning, ein, daß er mit St. gewildert habe. Bei seiner richterlichen Vernehmung nahm er allerdings sein Geständnis wieder zurück. Die Gendarmen ermittelten aber einen Zeugen, der L. und einen Holzknecht „Johann" gesehen hatte, wie sie, beide mit Gewehren bewaffnet, am 28. Juli in der Dunkelheit zu einer Sennerin kamen, mit der L. ein Liebesverhältnis unterhielt. L. hatte die Decken zweier Gemsen im Rucksack gehabt, die er in der Ranzenkar erlegt hatte. Als am anderen Morgen Gendarmen erschienen, um bei ihren Nachforschungen nach den Mördern des Jägers Hechl die Sennhütten zu revidieren, sprangen beide hinten zum Fenster hinaus, nachdem sie der Sennerin eingeschärft hatten, von ihrer nächtlichen Anwesenheit nichts zu verraten. Bei der Durchsuchung der Sennhütte fanden die Beamten eine spitze Feile, die Blutspuren aufwies.

Zunächst beharrten L. und St. auf ihrem Standpunkt, jede Beteiligung an dem Förstermord in Abrede zu stellen. Eine dauerhafte Untersuchungshaft führt in solchen Fällen meist zum Ziel. Am 15. September gaben beide zu, in den Tagen vor dem Mord jeden Tag gewildert zu haben. Auch nach dem Mord, am Montag, dem 26. Juli, erlegten sie, zusammen mit vier anderen Wilderern, auf der Ranzenkaralm und auf dem „Ursprung“ drei Gemsen.

L. und St. waren Knechte beim Besitzer R. und hatten am Freitag, dem 23. Juli den Auftrag bekommen, Gras zu mähen. Dabei waren beide spurlos verschwunden und erst nach einigen Tagen wieder gelandet. Das war dem Besitzer aber weiter nicht aufgefallen, denn die beiden Spezies machten öfter „blau“, und es hat den Anschein, daß ihr Herr dabei nicht zu kurz kam! In echter Kameradschaft hatten beide stets bei der Geliebten des L. in der Sennhütte übernachtet, jedenfalls bewahrheitete sich auch in dieser Hinsicht das alte Stierer Lied: Auf der Alm da gibs koan Sünd!

Als der Gend.-Ray-Insp. Mödritzer der großzügigen Maid die ihm bekanntgewordene Mitwisserschaft an dem gewerbsmäßigen Wildern der beiden vorhielt und ihr Vorwürfe machte, daß sie die Wilderer zur Flucht aus dem Fenster verholfen habe, fiel sie dem Beamten zitternd um den Hals, so daß er sich nur mit Gewalt befreien konnte! Kathi wußte, wie den Männern am besten beizukommen war, der hartherzige Herr Mödritzer hatte aber für diese bestechende Liebenswürdigkeit kein Verständnis. Im Gegenteil, er nahm eine eingehende Durchsuchung des Liebesnestes vor, steckte seine Spürnase in alle Winkel und fand im Kuhmist das Gewehr des festgenommenen L. vor. Beim Besitzer R. fanden die Beamten noch 9 Rehkronen, 3 Hirschgeweihe und 12 Gamskrucken, die sämtlich Eigentum des L. waren.

Die zuerst festgenommenen Wilderer P. und Engelbert M. wurden aus der Untersuchungshaft wieder entlassen. Der letztere konnte sich allerdings nicht lange der goldenen Freiheit erfreuen. In der Jägermordsache Waß wurde er, wie bereits beschrieben, von den Gendarmen erneut festgenommen, diesmal der Tat überführt, und am 11. Januar 1921 zu 14 Jahren schweren Kerkers verurteilt.

An Stelle der beiden aus der Untersuchungshaft entlassenen Verdächtigen nahmen die Gendarmeriebeamten in Donnersbach am 5. Oktober 1920 den 38 Jahre alten Grundbesitzer Jakob R. aus Furrach fest. Auch die mehrfach erwähnte Sennerin wurde wegen Verdachts der Mitwisserschaft und Begünstigung festgenommen. Der wegen Wilderns vorbestrafte Besitzer R. hatte, wie ein Zeuge bekundete, mit dem ermordeten Jäger kurz vor dessen Tod eine erregte Auseinandersetzung gehabt und dabei Drohungen gegen ihn ausgestoßen. Die durch den Bezirksrichter Dr. Roschker, Leoben, vorgenommenen fortgesetzten Zeugenvernehmungen förderten gegen R. erhebliches Belastungsmaterial zutage. Er war am Mordtage schon früh fortgegangen und erst um 18 Uhr zurückgekehrt, wobei er ein auffallend aufgeregtes Wesen zur Schau trug. Als kurze Zeit später Gendarmen am Hause vorübergingen, hatte er seine Sachen zusammengerafft und sich im Heustadel versteckt. Die unermüdlichen Ermittlungen der sehr tüchtigen Gendarmeriebeamten förderte immer mehr Belastungsmaterial gegen den Besitzer zutage. Ein Finanzwachtmeister hatte 14 Tage nach dem Mord an Jäger Hechl unweit des Tatortes zwei Wilderer beobachtet, die im Abstand von 50 Meter von den Bergen herabkamen. Beide hatten geschwärzte Gesichter und trugen schußbereit ihre Stutzen. Der Beamte glaubte in dem einen den jetzt festgenommenen R. erkannt zu haben.

In der Nacht vom 27. zum 28. Oktober 1920 erhängte sich R. im Gefängnis des Bezirksgerichts Irdning. Die beiden anderen Verdächtigen, St. und L. wurden am 11. Dezember 1920 aus der Haft entlassen.

Scheinbar war damit der Förstermord Hechl gesühnt; R. hatte durch den Freitod seine Schuld gesühnt, den beiden anderen war eine direkte Mitschuld nicht nachzuweisen. Auch für den modernen „Kriminalisten“ der mit der Aufklärung des Falles betraut worden wäre, wäre die Sache damit wohl erledigt gewesen. Ihm ist wirklich praktische kriminalistische Arbeit leider oft unbekannt. Auf der Schulbank groß geworden, vollgepfropft mit vielem Wissen, mit den Lehren moderner Verbrechensbekämpfung und den Schlagworten kriminologischer Terminologie, fehlt ihm oft jede Erfahrung des praktischen Lebens. Der Laie und der kriminalistische Praktiker stellt sich die Nachforschung so vor: Nachdem ein Schwerverbrechen geschehen und nicht alsbald aufgeklärt worden ist, erscheint der Kriminalist in irgendeiner Maske, taucht unbemerkt unter in dem Milieu, in dem der Ermordete gelebt hat oder der vermutliche Täter haust. Dort sucht er das Dunkel aufzuklären, daß das Motiv zur Tat oder die Person des Täters umhüllt. Derartige Aufklärungsarbeit führt auch in den meisten Fällen zum sicheren Erfolg.

Der Gend.-Ray-Insp. Weingarsberger vom Gendarmerieposten Steinach war noch ein Beamter der alten Schule. Er wäre arg in Verlegenheit geraten, hätte man ihn befragt über seine Kenntnisse in der Kriminologie, Soziologie und Psychologie. Um so besser verstand er es, Realienbeweise herbeizuschaffen und auszuwerten. Offene Augen, gesunder Menschenverstand. Erfahrungen auf allen Gebieten des praktischen Lebens und gute Verbindungen in allen Bevölkerungsschichten ersetzten ihm die angeblichen Fortschritte, die uns die neuzeitliche Kriminalwissenschaft gebracht hat.

Am 2. April 1921 nahm Weingartsberger die beiden aus der Untersuchungshaft entlassenen Wilderer von neuem fest. Bei St. fanden die Beamten einen zerlegbaren Stutzen, in der Wohnung des L., der zurzeit im Krankenhaus lag, eine große Anzahl Schlingen. Nachdem der Ray.-Inspektor dem kranken L. das Ergebnis seiner erneuten Nachforschungen vorgehalten hatte, legte dieser endlich ein glaubwürdiges Geständnis ab!

Am Samstag, dem 24. Juli 1920, waren R., St. und L. wildern gegangen, wie sie das in letzter Zeit oft getan hatten. Vormittags schoß L. auf dem Höckstein eine Gemse, dann machte ein schweres Gewitter dem Wildererzug ein Ende. Die drei Wilderer stiegen durchs Grünswaldkar grad ab zur Schrabbachbrücke in Furrach. L. und R. kamen zuerst an die Brücke und warteten hier auf den nachkommenden St. Da trat plötzlich der Revierjäger Hechl, der hinter einer Feuchte (Fichte) versteckt gestanden

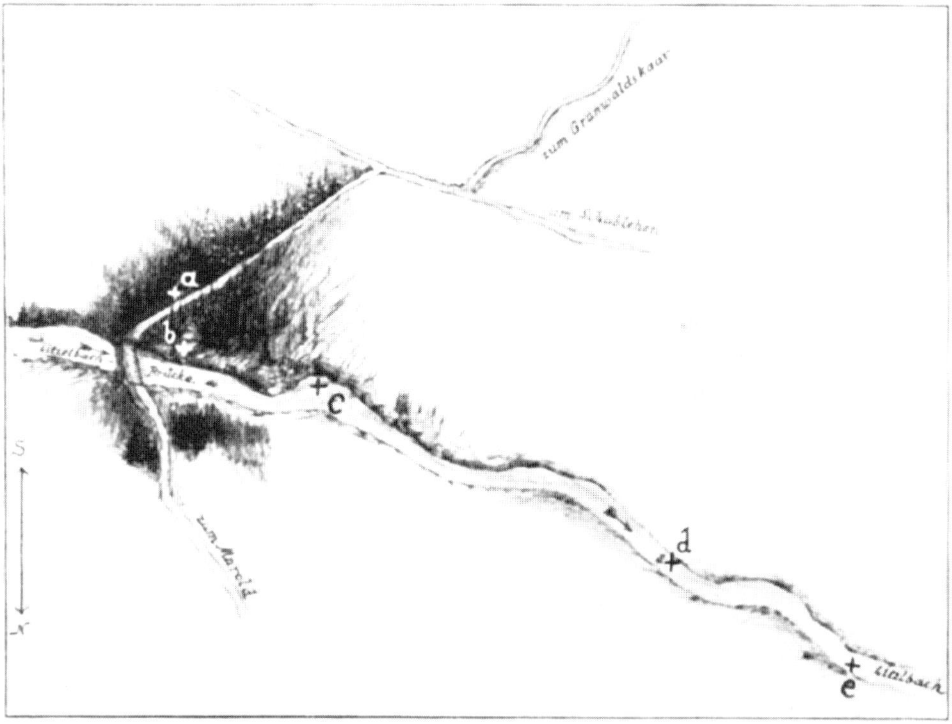

Tatortskizze zum Jägermord Hechl. a) Vorpaßstelle des Jägers Hechl, b) Kampfplatz, c) Fundort der Leiche, d) Fundort des Bergstockes, e) Fundort der Hundeleiche.

hatte, hervor, und versuchte, dem R. das Gewehr zu entreißen. Zugleich faßte er auch L. an den Arm mit den Worten: „Gewehr ablegen!“ Beide versuchten sich loszureißen, worauf Hechl den R. am Halse packte. In diesem Augenblick erschien auch St. und sprang dem Jäger sofort ins Genick. So stürzten der Jäger, R. und St. nieder und kollerten eng umschlungen den Hang hinab. Jetzt ergriff L. den Bergstock des St., an dem vorn eine spitze Feile befestigt war. Mit dieser furchtbaren Waffe stach er dem mit der Übermacht ringenden Jäger feig und hinterlistig ins Gesicht. Mit einem Aufschrei ließ der Beamte seine Gegner los, worauf St. und L. mit ihren Bergstökken, R. mit dem Hirschfänger auf ihn einschlugen. Schließlich zertrümmerte R. dem Jäger Hechl den Schädel mit einem wuchtigen Hieb mit dem Hirschfänger und man warf den Erschlagenen in den hochangeschwollenen Bach, ebenso seinen Hund, der seinem Herrn helfen wollte, aber ebenfalls erschlagen wurde.

Während R. sich nach Hause begab, stiegen die beiden Komplicen zur Kotthütte auf, wo sie dann, wie bemerkt, bei Ankunft der Gendarmen die Flucht durch das Fenster ergriffen, dabei aber die blutige Feile zurückließen.

L., der jetzt an Rheumatismus und Herzklappenentzündung schwer erkrankt war, gestand dem Ray.-Inspektor weiter ein, daß er während der Untersuchungshaft einen regen Kassiberverkehr mit seinem Komplicen St. unterhalten habe. Sie hatten sich des Nachts durch ihre Zellenfenster über die zu machenden Aussagen genau verständigt und mit Hilfe zur Entlassung kommender Mitgefangener ihre Mitwisserin, die Sennerin in der Kotthütte, über den Stand der Untersuchung genau informiert.

Am 8. August 1921 standen die beiden gefährlichen Burschen vor dem Schöffengericht Leoben unter der Anklage des Totschlags. Sie wurden beide nur wegen gefährlicher Körperverletzung bestraft, L. zu 3 Jahren, St. zu 2 Jahren schweren Kerkers. Beide wurden schon nach einem Jahre auf Probe entlassen. Sie „bewährten" sich aber beide schlecht; kurz nach ihrer Entlassung standen sie wieder unter der Anklage des Diebstahls und mußten nun die in Gnaden erlassene erste Strafe mit abbrummen.

Der ermordete Jäger hatte zweifellos unvorsichtig gehandelt. Die drei gefährlichen Wilderer waren ihm persönlich bekannt. Er hätte sich in seinem Versteck gar nicht melden dürfen, eine sofortige Durchsuchung ihrer Wohnungen mit Hilfe von Kollegen und Gendarmen hätte die Gewehre zutage gefördert, eine dann erstattete Anzeige hätte genügt. Nicht einmal seinen schußbereit getragenen Revolver hatte er gezogen. Sein Sohn fiel dann in gleicher Weise den Wilderern zum Opfer, er hatte aus dem Schicksal des Vaters keine Lehren gezogen.

Welche Lehren mußten aber die tüchtigen Gendarmeriebeamten aus dem Fall ziehen, wenn sie nach jahrelanger mühseliger und gefahrvoller Arbeit sehen mußten, daß die beiden Wilderer schon nach einjähriger Strafverbüßung wieder auf die Mitmenschen losgelassen wurden, um sich sofort wieder kriminell zu betätigen! Es wird soviel geklagt über die Zunahme von Verbrechen und das angebliche Versagen der Polizeikräfte. Gelingt es dem Beamten, den Fall aufzuklären, bemühen sich oft Verteidiger und Psychiater, den Täter der gerechten Strafe zu entziehen. Wird dann trotzdem eine „Strafe" verhängt, gibt ihm die „Bewährungsfrist" Gelegenheit, möglichst bald wieder in Tätigkeit zu treten.

Begeistert von diesem Erfolge seiner Tätigkeit stürzt sich der Polizeibeamte dann auf neue Aufgaben und trägt für fürstliches Gehalt seine Haut weiterhin zu Markte! …

Wilderertypen.

Im Herbst 1928 wurde der vielen deutschen Forstbeamten bekannte Wildmeister Heinicke, Dabendorf (Mark), von dem 71jährigen Wilderer Gustav K. mit Erschießen bedroht. Der Beschuldige war mir seit vielen Jahren als einer der berüchtigsten Wilderer der Berliner Umgegend bekannt, sein Name wurde in den Jahren 1909–1913 viel genannt. Den Anlaß gab folgender Fall:

Seit dem 7. Oktober 1909 war der 40 Jahre alte Assistent am Statistischen Amt in Berlin, Franz Behm, spurlos verschwunden. Er war Besitzer eines Landhäuschens in Dabendorf gewesen. Bei ihm wohnte der Brunnenbauer K., der wegen Wilddieberei, Falschmünzerei und anderer Schwerverbrechen mit Zuchthaus vorbestraft war. Trotzdem das Häuschen einsam im Felde lag, war es in der Umgegend allgemein bekannt, daß K. mit der Frau des B. ein Liebesverhältnis unterhielt und die Wohnung gegen den Willen des Ehemannes bezogen hatte. Ehelicher Zwist war an der Tagesordnung, und es erregte allgemein Verdacht, als das Gerücht auftauchte, B. habe unter Mitnahem von 600 bis 700 Mark die Flucht nach Amerika angetreten, nachdem er mehrmals mit dem Revolver auf seine Frau geschossen habe.

Die Nachforschungen ergaben, daß ein 100 Meter entfernt wohnender Bahnwärter am Tage des Verschwindens des B., gegen 20 Uhr, einen Schuß gehört hatte, der auf dem Grundstück des B. gefallen war. Er trat vor seine Tür und sah hinüber zum B.'schen Grundstück. Da fiel dort ein zweiter Schuß und ein zweimaliger Aufschrei: „Mama, Mama!“ ertönte. Gleich darauf wurde die Tür aufgerissen, und im herausflutenden Lampenlicht sah der Bahnwärter eine Gestalt heraustreten, die Tür schließen und in der Dunkelheit verschwinden. Die beiden Schüsse waren bestimmt keine Revolverschüsse, sondern Schüsse aus einer Büchse oder einer Jagdflinte gewesen.

Die beiden 11 und 12 Jahre alten Knaben des Vermißten, die in ihrem in der ersten Etage befindlichen Schlafzimmer sich befunden hatten, bekundeten, daß sie zwei Schüsse und die Rufe ihres Vaters gehört hätten. Später habe die Mutter, auf einer Leiter stehend, ans Fenster geklopft und Einlaß begehrt, etwas später sei auch K. gekommen.

Frau B. gab an, daß ihr Mann sehr eifersüchtig gewesen sei und am 7. Oktober abends nach einem heftigen Auftritt zweimal mit dem Revolver auf sie geschossen habe. Sie habe darauf die Flucht ergriffen, und als sie nach einiger Zeit wieder vorsichtig an das Haus herangetreten sei, sei die Tür verschlossen und ihr Mann verschwunden gewesen. K. sei während dieses Vorfalls nicht im Hause gewesen, er sei von einem Ausgang erst gegen 23.30 Uhr zurückgekehrt. Dieselben Angaben machte K.

Die Gendarmeriebeamten stellten fest, daß K. am anderen Morgen einen Fensterflügel aus dem Schlafzimmer der Frau B. zum Tischler gebracht hatte. Aus dem Wasserschenkel war ein Stück herausgesägt, die Scheibe war zerbrochen gewesen. Nach Angabe des K. sei das Stück Holz morsch gewesen, beim Versuch, es zu reparieren, sei die Scheibe zerbrochen. Dem Tischler war es aufgefallen, daß der nummerierte Fensterflügel mit einem an den, zur Wohnstube gehörigen Fenster vertauscht worden war. Dieses Fenster, das nicht nach der Wetterseite lag, war noch in sehr gutem Zustande, der Wasserschenkel konnte unmöglich morsch gewesen sein.

Am anderen Morgen hatten Nachbarn frische Handwagenspuren gesehen, die vom B.'schen Hause nach den Wiesen zu führten und sonderbarerweise durch Zustreichen mit den Füßen verblendet worden waren.

Am 17. Oktober fand ein Lokaltermin auf dem B.'schen Grundstück statt. Die nunmehr vom Regen verwaschene Wagenspur war kaum noch zu erkennen, man konnte jedoch noch einen Radstand von 54 Zentimetern feststellen, der mit dem des K.'schen Handwagens übereinstimmte. Im Zimmer des K. beschlagnahmte man eine Doppelflinte und einen Lefaucheuxrevolver. Im Innern des B.'schen Wohnzimmers fand man an der Stelle, wo der reparierte Fensterflügel hingehörte, am Fußboden, auf dem Teppich, auf dem Spielkonsol und dem Waschtisch ganz feine Glassplitterchen, draußen vor dem Fenster etwas größere Glassplitter und einen Filzpatronenpfropfen. An der dem Fenster gegenüberliegenden Wand wurden zwei Löcher festgestellt, die frisch verschmiert waren, hinter dem Schrank lagen zwei Schrotkörner.

Auf Grund dieses Belastungsmaterials wurde K. festgenommen. Doch er hatte nicht umsonst 12 Jahre auf der Hochschule des Verbrechers, dem Zuchthaus, seine Erfahrungen gesammelt. Er bestritt unentwegt, Behm ermordet zu haben, und wurde am 31. Dezember 1909 aus der Untersuchungshaft entlassen! Die Tatortspuren waren polizeilicherseits mangelhaft ausgewertet worden.

Auf eine an die Kriminalpolizei Berlin gerichtete erneute Anzeige der Mutter des Vermißten, daß K. in der Dunkelheit erzählt habe, daß er B. erschossen und vergraben habe, wurden auf den Grundstücken der B. und des K. Nachgrabungen vorgenommen, die jedoch ergebnislos waren. Die Verwandten des Vermißten ließen aber keine Ruhe, sie reichten immer wieder von neuem Beschwerde ein, daß in der Sache polizeilich nicht genügend gearbeitet und versäumt worden sei, die als Mittäterin dringend verdächtige Ehefrau B. festzunehmen.

Es wurde schließlich Anklage gegen K. und die Frau B. erhoben. Am 22. Januar 1912 wurden beide vom Schwurgericht Berlin von der Anklage des Mordes freigesprochen.

Im Januar 1913 wurde dann der Berliner Kriminalpolizei anonym angezeigt, daß eine betrunkene Dirne ihrem Zuhälter erzählt habe, daß im Kuppelquartier, in dem sie wohnte, sich auch ein Wilddieb K. aufhalte, der immer Wild herbeischaffe, und der auch den Mann seiner Geliebten ermordet habe.

Der Berliner Kriminalkommissar Lehnerdt holte sich zunächst Frau Behm herbei und hielt ihr zuerst nochmals alle damals bekanntgewordenen, in den Akten festgelegten Belastungsmomente, und dann die neuen Verdachtsgründe in geeigneter Weise vor. Was damals alle Vernehmungen und die Gerichtsverhandlung nicht zuwege gebracht hatten, gelang jetzt diesem gewandten Kriminalisten: Frau Behm gestand ihm – 3½ Jahre nach der Tat – ein, daß K. ihren Ehemann ermordet habe, sie selbst habe den Täter dabei begünstigt und ihn durch falsche Aussagen der Bestrafung entzogen.

Dieser Fall bestätigt also ebenfalls wieder die so oft gemachte Erfahrung, daß der Täter oder Mitwisser erst hartnäckig streitet, dann aber, jahrelang nach der Tat, überraschend schnell ein Geständnis ablegt. Wie oft wird aber die Wiederaufnahme eines Verfahrens abgelehnt, im Hinblick auf die entstehenden Kosten und die angeblich geringe Aussicht auf Erfolg!

Das Geständnis der Frau Behm entsprach allerdings zuerst nicht dem örtlichen Befunde. Sie gab an, daß ihr Mann zweimal mit dem Revolver auf sie geschossen und daß sie darauf die Flucht ergriffen habe. Bei ihrer Rückkehr sei K. im Garten aufgetaucht; er habe sein Gewehr in der Hand gehabt und angegeben, daß er ihrem Manne „eins aufgebrannt habe“. Wohin er die Leiche geschafft habe, habe er nicht erzählt, von dem tödlichen Schuß habe sie nichts gehört, obwohl sie sich nur in geringer Entfernung vom Hause aufgehalten habe.

Dem Kriminalkommissar gelang es schließlich, die Frau Behm zu einem wahrheitsgemäßen Geständnis zu bewegen. Sie hatte seit längerer Zeit ein intimes Verhältnis mit dem alten Wilderer unterhalten, von dem der Ehemann Kenntnis erhalten hatte. Während eines Streites, den sie aus diesem Grunde mit dem Manne am Abend des 7. Oktober 1909 hatte, war plötzlich K. außen an das Fenster getreten und hatte mit seiner Doppelflinte durch die Scheibe hindurch auf B. geschossen. Als dieser mit einem Schmerzensruf zusammengebrochen war, hatte K. noch einmal geschossen und mit diesem zweiten Schrotschuß den B. getötet. Er hatte dann die Leiche nach echter Wildererart ausgeraubt mit den Worten: „Im Jenseits braucht der kein Geld mehr!“ Während er dann die Leiche in eine Schlafdecke hüllte, auf einen Wagen lud und davonfuhr, holte die „junge Witwe“ eine Flasche Kognak und kochte einen anständigen Kaffee, womit sich beide in aller Ruhe stärkten, als K. von der „Beerdigung“ zurückkehrte. Die Sparbüchse des Ermordeten warf K. großmütig auf den Waschtisch, nachdem er einige darin liegende Hundertmarkscheine an sich genommen hatte. Als man beim Lokaltermin nach der Sparbüchse suchte, sie aber nicht fand, obwohl sie noch auf dem Tisch lag, machte er sich nachher über die Beamten lustig. Kurz vor seiner zweiten Festnahme hatte er der Frau B. auf deren dringende

Bitte mitgeteilt, daß er die Leiche beim „Bienenvater", einem in nicht allzu großer Entfernung wohnenden, Bienenzucht treibenden Grundstücksbesitzer, eingegraben habe. Mit zynischem Lächeln hatte er hinzugefügt: „Damit die Bienen Gesellschaft haben!" Auf die weitere Frage der Frau B. nach dem Wohnort des „Bienenvaters" hatte K. eine Stelle am Bahndamm Berlin-Zossen bezeichnet. Kriminalkommissar Lehnerdt ließ hier mit Hilfe von Soldaten des Eisenbahner-Regiments Nachgrabungen vornehmen. Man fand dort einige alte, vermoderte Kleidungsstücke und einen menschlichen Unterkiefer. Wie sich später herausstellte, stammte dieser Kiefer nicht von dem vermißten Behm, offenbar hatte der alte Zuchthäusler K. seiner Geliebten, mit der er noch immer zusammen im Hause des Ermordeten hauste, nicht recht getraut und diese Fundstücke hier vergraben. Ein weiteres Geheimnis blieb, wo er den Unterkiefer her hatte.

K. war seit dem Geständnis der Behm verschwunden, die Polizei fahndete vergeblich nach ihm. Der Kriminalkommissar stellte nun selbst Nachforschungen nach dem „Bienenvater" an und ermittelte ihn in der Nähe der „Ruine Dabendorf". Da es schon spät abends war und die Soldaten nicht zur Stelle waren, ließ der Beamte die Stelle von Gendarmen bis zum anderen Morgen bewachen. Diese Vorsichtmaßregel erwies sich als begründet. Des Nachts erschien K., offenbar in der Absicht, die dort vergrabene Leiche zu beseitigen. Beim Anblick der Gendarmen verschwand er schleunigst.

Bei den erneuten Nachgrabungen wurde die Leiche dann 55 Schritt von der Chaussee Berlin-Zossen und 20 Schritt von dem Grundstück des „Bienenvaters" entfernt, in einer Tiefe von 1,55 Meter vergraben gefunden. Da die Leiche im Grundwasser lag, war sie ziemlich verwest, auch die Schlafdecke und die Kleidung waren vermodert.

Die Suche nach K. blieb zunächst erfolglos, Berliner Zuhälter und Dirnen fühlten sich mit ihm solidarisch und hielten ihn verborgen. Nach langem Suchen und Beobachten seines Anhangs nahm der Kriminal-Kommissar den K. am 18. Januar in einem Lokal, Flottwellstraße 3, fest. Er bestritt, den B. ermordet zu haben.

Als man die Leiche durchröntgte, fand man im Kopf, Hals und in der Brust 27 Schrotkörner vor.

Das Schwurgericht des Landgerichts II Berlin hob das erste Urteil auf und verurteilte den K. nach viertägiger Verhandlung am 15. März 1913 wegen Totschlags zu 15 Jahren Zuchthaus. Frau B. wurde wegen Begünstigung zu 1 Jahr Gefängnis verurteilt.

Nach Verbüßung von 12 Jahren seiner Strafe wurde K. auf Bewährungsfrist entlassen. Er verschaffte sich alsbald eine automatische Pistole, um sich damit zu bewähren. Als er, wie eingangs erwähnt, 1928 den Wildmeister Heinicke, Dabendorf, mit Erschießen bedrohte und dem Forstlehrling die Pistole vorzeigte, um seiner Drohung mehr Nachdruck zu verleihen, erstattete ich auf Veranlassung des „Allg. Deutschen Jagdschutzvereins" Anzeige gegen den bewährten Herrn K. Er wurde wegen unbefugten Waffenbesitzes zu 15 Mark Geldstrafe verdonnert, worauf ihm die Lust für immer verging, nochmals Forstbeamte mit Erschießen zu bedrohen!

Wie im 2. Band d. B. im Artikel „Der alte Hegemeister" beschrieben, wurde am 15. Juli 1921 der 73jährige pensionierte Hegemeister Heinrich Maul in den Fürstl. Ysenburg-Wächtersbach'schen Waldungen bei Wenings (Hessen) von einem Wilddieb erschossen. Wegen dringenden Tatverdachts wurde damals der 20jährige Maurer Karl K. aus D. festgenommen. Er wurde später außer Verfolgung gesetzt, der Mord blieb unaufgeklärt.

K. wurde 5 Jahre später wieder beim Wildern festgenommen und wegen Wilddieberei und Widerstands bei der Festnahme mit 2½ Jahren Gefängnis bestraft. Er hatte dem Jagdaufseher, der ihn überraschte, das Gewehr entrissen. Trotzdem er über den Verbleib dieser Waffe keine Auskunft gab, wurde er vor Ablauf der Strafzeit „wegen guter Führung" aus dem Gefängnis entlassen. Die Erfahrung lehrt, daß derartige gefährliche Burschen es stets vorzüglich verstehen, sich bei Gericht und später beim Gefängnisgeistlichen in ein gutes Licht zu stellen. Dem Gesuche auf vorzeitige Entlassung auf Bewährungsfrist wird dann mit möglichster Beschleunigung entsprochen.

Wie die Forstbeamten in Erfahrung brachten, bemühte sich auch K. alsbald nach seiner Entlassung, sich in seinem Sinne zu bewähren. Er übte sein Wilderergewerbe nach der unfreiwilligen Erholung mit erneuten Kräften aus. Am 23. Juni 1929 teilte ein Lehrer dem Revierförster Sroka, Forsthause Ziegelhütte bei Wächtersbach mit, daß tags zuvor in seinem Revier gewildert worden sei, als der Beamte zu einer Saujagd eingeladen worden war. Da es inzwischen stark geregnet hatte, waren Spuren nicht zu finden.

Der Revierförster verstärkte seine Aufmerksamkeit und befand sich auch am 25. Juni wieder in den frühen Morgenstunden auf einem Reviergange. In dem entlegenen Grenzdistrikt 3 spektakelte ein Eichelhäher in auffallender Weise. Der Förster wußte diese Meldung unseres „fliegenden Wald-Schupo" sofort richtig zu deuten: Irgend etwas ganz Besonderes mußte die Aufmerksamkeit und den Ärger dieses Vogels erregt haben. Er birschte vorsichtig und mit schußbereiter Büchse nach der angezeigten Richtung zu und erblickte nach etwa 100 Gängen im Faulbaumunterholz eines 50jährigen Kiefernstangenortes einen mit einem Gewehr bewaffneten Mann, der einen Rehbock anbirschte. Der Mann war nach Art der „Salon-Tiroler" mit graugrünem Lodenanzug mit grünen Aufschlägen, grünen Wadenstrümpfen und eleganten Halbschuhen bekleidet, außerdem trug er einen Lodenhut mit allerlei Feder- und Münzenschmuck. Sein Gewehr war ein moderner Militärkarabiner.

Als der Förster den Wilddieb anrief, der nur 22 Meter von ihm entfernt sich befand, machte dieser eine halbe Wendung und ging sofort in Anschlag. Durch die Wendung kam er hinter einer Kiefer zu stehen, so daß er den Förster nicht sehen konnte. Dieser rief ihm nochmals drohend zu: „Hinlegen, Gewehr weg!“ Jetzt bemerkte der Wilderer den Beamten und wandte sich mit angeschlagenem Karabiner ihm zu. In der Notwehr gab jetzt der Förster einen Schrotschuß ab und traf seinen Gegner in die linke Brustseite. Dieser warf nun den Karabiner weg und brach zusammen. Als der Beamte herantrat, stöhnte der Verwundete: „Ich muß sterben!“ Auf die Frage des Försters nach seinem Namen erwidert er: „Ich bin Bayer.“

Förster Sroka stellte fest, daß die Verwundung nur eine leichte war; er stellte den angeschossenen Wilddieb „behutsam“ auf die Beine und befahl ihm, vor ihm her nach Weilers zu zu marschieren. Nachdem er den Karabiner durch Herausnahme des Schlosses unschädlich gemacht hatte, folgte der dem Vorangehenden in einer Entfernung von 5 Metern mit schußbereitem Gewehr. Der Wilddieb gab schon unterwegs zu, in der letzten Zeit mehrere Rehböcke geschossen zu haben und fügte hinzu: „Darunter den besten, den Sie hier hatten!“

Da das Bürgermeisteramt verschlossen war, brachte der Förster den Wilddieb in die Gastwirtschaft. Er fand bei ihm einen mit Schweiß und Rehhaaren besudelten Rucksack, ein Stoßmesser und viel Munition und leere Hülsen. Außerdem fand er in der Tasche den Kaufzettel für den schneidigen Tiroler-Anzug, auf dem zur allgemeinen Überraschung der Name des Käufers, nämlich des berüchtigten Wilderers K. vermerkt war.

Nachdem ein Arzt ihn verbunden hatte, gestand K. ein, daß er sein Lager im Walde in der Fürstl. Oberförsterei Birstein habe. Hier fanden die Beamten eine große Menge Munition, Kleidungsstücke, Wäsche und andere Ausrüstungsgegenstände. Nachdem K. vom zuständigen Amtsgerichtsrat vernommen worden war, wurde er in das Landgerichtsgefängnis überführt.

Die Hoffnung, jetzt auch ein Geständnis von ihm zu erlangen, daß er den Hegemeister Maul erschossen habe, ging leider nicht in Erfüllung …

Als am 16. März 1923 ein Lehrer mit seinen Schülern einen Ausflug in den Gemeindewald bei Hainburg (Wien) unternahm, fand einer der Schüler am Braunsberge einen Rehbock in der Drahtschlinge. Der Lehrer ließ den Bock zur Ortspolizei tragen, die den Jagdaufseher Alois Bauer in Hainburg verständigte. Bauer fand anderen Tages an dieser Stelle weitere 14 Drahtschlingen. Dabei beobachtete er aus einer Entfernung von 150 Meter den im Gelände herumstreifenden berüchtigten Wilddieb Matthias Z., der einen Rucksack trug. Auf dem Nachhauseweg stieß der Jagdaufseher wieder auf den Wilddieb; er stellte ihn zur Rede und untersuchte seinen Rucksack. Dabei beschimpfte Z. den Jagdaufseher und stieß Drohungen gegen ihn aus.

Gegen den Jagdaufseher Bauer wurde kurz danach ein Mordversuch verübt. Als er am 23. März, abends 21 Uhr, in seinem hellerleuchteten Zimmer saß, fiel draußen ein Schuß; die Kugel durchschlug das Doppelfenster, prallte gegen die Wand und fiel im Zimmer nieder.

Die Gendarmerie nahm anderen Tages den Wilddieb Z. wegen dringenden Tatverdachts fest. Die Tatortbesichtigung ergab, daß der Schuß vom Bahnkörper der unweit vorübergehenden Strecke Preßburg–Wien abgegeben worden war. Am Fuße des dort stehenden Semaphors wurde im betonierten Bahngraben frische Ackererde gefunden, die von den Füßen des Schützen gefallen war, nachdem dieser quer über die Felder hierher gegangen war. Aus diesem Graben waren dann vom Semaphor aus auf dem 2 Meter hohen Bahndamm, teils im Grase, teils im Erdreich der Böschung Spuren sichtbar, die von einer überhastet flüchtenden Person herrührten. Im Ackerfeld war fast jede dieser Fußspuren ausgerutscht und tief eingedrückt. In gleicher Weise führten diese Spuren dann auf dem Feldweg entlang nach der Kriemhildengasse zu. Die in Auswertung derartiger Tatortspuren gut ausgebildete Gendarmerie nahm von einer besonders deutlich abgedrückten Spur des rechten Fußes des Verdächtigen einen Gipsabdruck. Der Gendarmerie-Ray.-Inspektor J. Pekny entdeckte hier auch dieselben Fußspuren, die in entgegengesetzter Richtung von der Kriemhildengasse im Bogen nach dem Bahndamm führten. Von dieser Spur wurde ein gut sichtbarer Abdruck, der sämtliche Sohlennägel und die Spitzenflecke der Schuhsohlen zeigte, durch Gipsabguß sichergestellt.

Der festgenommene Z. hatte nach eigener Angabe am 23. März dieselben Schuhe getragen, die er bei seiner Festnahme trug. Zwei Sachverständig stellten nach Prüfung dieser Schuhe und der gewonnenen Gipsabdrücke fest, daß diese zweifelsfrei übereinstimmten. Die Schrittlänge betrug bei den Spuren, die zum Bahndamm führten, 80 bis 85 Zentimeter, beim Rückweg aber 130 bis 145 Zentimeter, woraus zu ersehen war, daß der Rückweg fluchtartig im Laufschritt zurückgelegt worden war.

Ein anderer Sachverständiger stellte fest, daß der Schuß nur am Semaphor abgegeben sein konnte; die Entfernung von dort bis zur Wohnung des Jägers betrug 50 Meter. Die Kugel hatte beide Fensterscheiben ohne Hinterlassung von Quersprüngen glatt durchschlagen. Neben dem Fenster fand man zur allgemeinen Überraschung den Einschlag einer zweiten Kugel, obwohl man nur einen Schuß hatte fallen hören. Vielleicht war dieser Schuß vom Geräusch eines fahrenden Zuges übertönt worden.

Der verdächtige Z. war der Typ des unverbesserlichen Wilddiebs. Er war zwanzigmal vorbestraft, mehrmals hatte ihn der Jäger Bauer in flagranti abgefaßt. Auf dessen Veranlassung war auch zuletzt am 23. März, also am Tattage, eine erneute Durchsuchung seiner Wohnung vorgenommen worden. Er bestritt, die Schüsse abgefeuert zu haben. Zur Zeit der Tat wollte er mit seiner Frau in einer Heurigenschenke Wein getrunken haben, was die Frau auf Befragen selbstverständlich bestätigte. Entgegen der Angabe des Ehepaares, daß beide von ½9 Uhr an sich im Lokal aufgehalten hätten, gab der Wirt an, daß Z. allein um ¾21 Uhr, also kurz vor der Tat, ein Viertel Wein „auf Schuld" bestellt habe. Da der Wirt dem ihm bekannten Z. aber ohne Geld nichts gegeben und den bereits eingeschenkten Schoppen zurückgezogen hatte, hatte Z. brummend das Lokal verlassen. Nach ½22 Uhr war er dann in Begleitung der Frau und seines Kindes wiedergekommen und hatte ½ Liter Wein getrunken. Die dazwischenliegende Zeit genügte aber vollkommen, den Weg zum Bahndamm und zurück zu gehen.

Trotzdem Z. weiter leugnete, konnte er durch die Feststellung des Gendarmerie-Revier-Insp. Berger vom Gend.-Posten Hainburg, der seine Berichte in vorzüglicher Weise begründete, vollkommen überführt werden. Das Landgericht Wien verurteilte den berüchtigten Wilderer am 12. Mai 1923 wegen versuchter schwererer Körperverletzung zu 15 Monaten schweren Kerkers, verschärft durch ein hartes Lager monatlich …

Der durch seine außerordentlichen Erfolge auf dem Gebiete des Forst- und Jagdschutzes in ganz Ostpreußen bekannte Preuß. Staatsförster F. Konietzko, Försterei Brandenburgerheide bei Ludwigsort (Ostpr.), hörte am 1. Dezember 1926, gegen 10 Uhr, in den Jagen 159/160 der Oberförsterei Ramuck (Allenstein) einen verdächtigen Schuß fallen. Er war nur mit seiner großen Parabellumpistole mit Schlagkolben ausgerüstet, führte aber seinen scharfen, auf den Mann dressierten Schäferhund mit sich. Er ordnete sofort an, daß 6 Waldarbeiter mit ihren Äxten paarweise in Abständen den genannten Jagen vorgelagerten Waldteil durchdrücken sollten, sich dabei laut unterhaltend und das Auszeichnen kranker Stämme markierend. Dabei beobachtete man, wie zwei mit Gewehren bewaffnete Wilddiebe eiligst dem Jagen 161 zustrebten. Mit einem von den Waldarbeitern geliehenen Fahrrade schnitt Förster Konietzko den beiden den Weg ab und sah, wie sie in Abständen von 5 Metern, mit schußbereiten Gewehren vorsichtig Umschau haltend, eine 6 bis 8jährige Kiefernkultur betraten. Der Beamte war gezwungen, bei seinem Anruf eine freie, keine Deckung bietende Kulturfläche zu betreten. Trotz des Anrufs suchten beide Wilddiebe in großen Sprüngen eine vor ihnen liegende Dickung zu erreichen, unbekümmert um einen Warnungsschuß des Beamten. In dieser für ihn äußerst bedrohlichen Situation schoß der Förster zunächst auf den zuletzt laufenden Wilddieb, der nach dem Schuß nicht mehr zu sehen war; dann feuerte er auf den anderen, der, in gebückter Stellung laufend, nur noch wenige Schritte von der Dickung entfernt war. Der Schuß ging fehl. Der nächste Schuß mußte entscheiden, denn wenn der Wilddieb die Deckung erreicht hatte, war es um den auf freier Fläche stehenden Förster geschehen. Der Beamte hielt kleinwenig vor, und nach dem Schuß war auch der zweite Wilderer verschwunden. Da er sich des Erfolgs seiner Schüsse nicht sicher war, sprang Förster Konietzko zunächst in Deckung, rief einen Waldarbeiter herbei und schickte ihn nach den Oberförstereien Ramuck und Lanskerofen, mit der Bitte um Unterstützung und Anweisungen zu treffen, alle Übergänge über die Allee beobachten zu lassen. Nachdem einige Forstbeamte eingetroffen waren, fand der Hund nach kurzem Suchen den zuletzt Beschossenen, mit Kopfschuß tot auf dem Gesicht liegend. Er war in Strümpfen, die Schnürschuhe waren auf den Rücken geschnallt; 1½ Meter vor der Leiche lag ein geladenes Militärgewehr, Modell 98. Die Entfernung vom Standort des Försters zum Fundort der Leiche betrug 98 Meter.

Förster K. erkannte in dem Toten einen bekannten Wilderer K., den er bereits ein Jahr vorher in flagranti festgenommen hatte, als er einen Zehner-Hirsch gewildert hatte.

Der unerkannt entkommene zweite Wilderer hatte einen auffallend roten Rucksack gehabt. Hilfsförster Dünnbier fand diesen Rucksack in der Nähe der Wohnung des berüchtigten Wilderers Ka. in Grieschienen und in dessen Wohnung ein von demselben Stoff gefertigtes Bettlaken. Eine Durchsuchung der Wohnung des Verdächtigen förderte Belastendes nicht zutage, auch das Bett mit dem verdächtigen Bettlaken barg nichts Bemerkenswertes, als eine erkleckliche Anzahl sehr beweglicher „Tapetenflundern“, die sich sofort mit Herrn Dünnbier befreundeten. Es gelang alsbald, den Ka. als den Komplicen des Erschossenen zu überführen; das Schöffengericht in Allenstein verurteilte ihn zu 2½ Jahren Gefängnis.

Förster Konietzko erhielt vom Regierungspräsidenten in Allenstein, auch bezugnehmend auf andere hervorragende Erfolge bei Bekämpfung des Wildererunwesens, eine besondere Belobigung; der „Allg. Deutsche Jagdschutz-Verein“ überreichte ihm den Ehrenhirschfänger …

Unter falschem Verdacht.

Der Forstmeister Brandmaier in Stainz (Österreich) zeigte der zuständigen Gendarmerie am 29. Juni 1921 an, daß der seit drei Tagen vermißte Gräfl. Merau'sche Revierjäger Blasius Smuck nach tagelanger Nachsuche im „Jockljörglschlag" bei Fallegg, in einem Wassergraben ermordet aufgefunden worden sei. Die sofort in Kenntnis gesetzte Gerichtskommission wurde von den Jägern, die die Leiche gefunden hatten, hoch hinauf in den Bergwald an die Fundstelle geleitet und stellte folgendes fest: Der seit Sonntag, dem 26. Juni, abgängige Revierjäger lag tot, mit Jägerrock und -weste, Knielederhosen, grauen Stutzen und Bergschuhen bekleidet, mit dem Gesicht nach oben im Wasser des Bergbaches. Beide Hände waren zur Faust geballt, im Ellenbogenwinkel des linken Armes lag die Doppelflinte des Toten, an den Schultern waren die Riemen des Rucksackes sichtbar, von denen der rechte zerrissen war.

Nachdem die Leiche aus dem Wasser gehoben war, wurde weiter festgestellt, daß sich an der rechten Schulter zwei Einschüsse befanden. Da Rock- und Hemdkragen verbrannt waren, mußte es sich um Nahschüsse handeln. Die Uhr des Erschossenen war um 4.55 stehen geblieben, in den Läufen der Doppelflinte fand man zwei abgeschossen Patronenhülsen. Da man in den Taschen des Toten eine Anzahl Schrotpatronen Nr. 4 vorfand, war anzunehmen, daß auch die abgeschossenen Patronen mit Schroten Nr. 4 geladen gewesen waren. Die in der Rockbrusttasche befindliche lederne Brieftasche enthielt Briefe und eine 10 Kronennote, das Hemd war blutdurchtränkt, am Halse befanden sich unterhalb der Gurgel Würgemale und Kratzeffekte. Im Wasser lagen, wo Kopf und Rucksack gelegen hatten, eine abgeschossene Patronenhülse und der zerdrückte Hut des Erschossenen.

Revierjäger Smuck wohnte mit seinem Vater und einer Magd im „Jägerfranzl" am Rosenkogl. Er hatte das Forsthaus früh 3 Uhr verlassen und wollte mittags vom Reviergang zurück sein. Die Fundstelle der Leiche lag abseits von Weg und Pfad, mitten im Walde auf einem sehr hohen Abhange, an der Grenze zwischen Trog und Fallegg.

Die Gendarmen ermittelten, daß der „Windischer-Toni", der Holzmeister des Erschossenen, gegen 5 Uhr früh unmittelbar hintereinander zwei Schüsse hatte fallen hören, denen nach 10 Minuten ein dritter Schuß gefolgt war. 228 Schritte unterhalb der Fundstelle der Leiche fanden die Forst- und Gendarmeriebeamten den Teil eines Gewehrriemens, der nicht vom Gewehr des Jägers stammte, aber Blutspuren und vier Eindrücke von Schroten aufwies. Unweit der Fundstelle des Gewehrriementeils befand sich die aus Baumrinde gebaute Unterkunftshütte von Holzknechten, die unter Leitung des Vorarbeiters K. zur Zeit dort Holz schlugen. Die Durchsuchung dieser Hütte förderte nichts Verdächtiges zutage. Sonderbarerweise war die von dem Jäger getragene Seitenwaffe, ein italienisches Bajonett, blutbesudelt. Alle diese Tatortspuren gaben den nachforschenden Beamten also manches Rätsel auf.

Am 30. Juni nahmen die Gendarmen den wegen Wilderns wiederholt vorbestraften 20jährigen Besitzenssohn Franz H. aus Maussegg, genannt „Sparifledlbub", und den erwähnten 34 Jahre alten Vorarbeiter Anton K. aus Trog fest, der den Beamten ebenfalls als gefährlicher Wilderer bekannt war.

Die Leichenöffnung ergab, daß der sehr große und kräftige Jäger einen Kugelschuß von hinten erhalten hatte, der unter dem rechten Schulterblatt eingedrungen war, Lunge und große Blutgefäße zerrissen und 2 Rippen zertrümmert hatte, und in der rechten Schlüsselbeingrube ausgetreten war. Ein zweiter Schuß, ein Schrotschuß, war als Nahschuß, offenbar als Fangschuß, nachträglich auf die Vorderseite des Halses abgefeuert worden, man fand im Körper 5 Schrote verschiedenen Kalibers vor.

Unter den Briefen, die der Erschossene bei sich trug, befand sich einer, den ein Kollege an ihn gerichtet hatte und der folgenden Wortlaut hatte:

> „In der Nacht vom Karsamstag auf Ostersonntag sind ca. 40 Stück Rotwild aus der Steiermark in das Waldensteiner Revier eingewechselt, aber kein Stück zurück. Hast Du vielleicht Ahnung, wo dieses Wild Winterstand hat? Entweder ist es vom Böllerschießen rege geworden oder was wahrscheinlicher ist, die Lumpen haben eine Treibjagd abgehalten am Karsamstag. Ohne Störung wären nicht so viel Stücke über die Grenze gewechselt.
>
> Herzlichen Weidmannsgruß
>
> Der Bauernschreck".

Der Kollege, der diese Beobachtung gemacht hatte, war in Wildererkreisen sehr gefürchtet und wurde von ihnen daher „der Bauernschreck" genannt. Es wurde in dieser Zeit im steierischen und kärntnerischen Voralpengebiet außerordentlich viel gewildert. Jäger Kollmann bekundete, daß ihm der Ermordete erzählt habe, daß er in der letzten Zeit wiederholt Wildererschüsse aus der Richtung habe fallen hören, wo er nun als Leiche gefunden worden war.

Die Gendarmen ermittelten, daß H. und K. am 26. Juni, morgens 5 Uhr, zum Vater des H. gekommen waren und sich dort rasiert hatten. H. hatte sich dann nach Stainz begeben und unterwegs in einem Gasthaus ein „Stämpchen Schnaps" getrunken, wobei er es auffällig eilig gehabt hatte. K. gab an, daß er 4 Uhr früh sein Lager verlassen habe, um seine Mutter, die Keuschlerin Maria W., genannt die

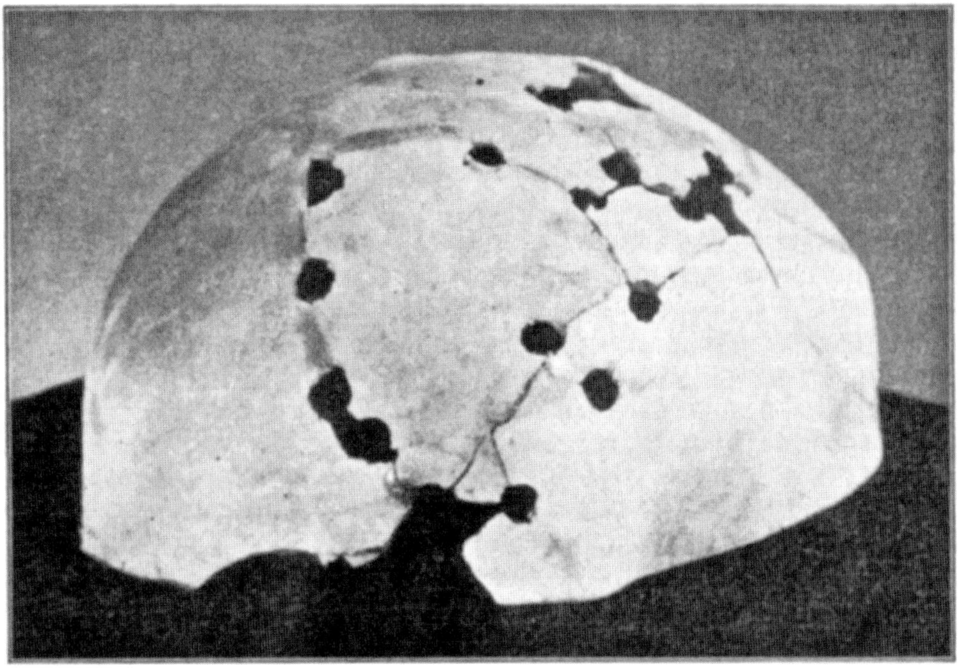

Wirkung eines Schrot-Nahschusses aus 4 m Entfernung auf den menschlichen Schädel. (Phot. Professor Dr. Popp, Frankfurt am Main.)

„Kramerhansl", in F. zu besuchen. Montags wollte er nicht im Holzschlag gewesen sein, weil nach seiner Erfahrung „des Montags doch kein Holzknecht arbeitet".

K. bestritt, im Besitz eines Gewehres zu sein, bei H. wurde bei der „zum Zwecke der Strafgerichtspflege" vorgenommenen Haussuchung eine Büchsflinte gefunden. H. gab an, daß er heuer noch nicht aus dem Gewehr geschossen habe, er habe es allerdings am Dienstag geputzt, weil ihm sein Spezi, der „Grabenhackl", erlaubt hatte, am Peter- und Pauls-Tage in dessen Revier „mal nachzuschauen".

Die beiden Festgenommenen blieben bei ihren wiederholten Vernehmungen dabei, daß sie mit dem Jägermord nichts zu tun hätten. Sie bezeichneten einen ihnen unter dem Namen „Mottivastl" bekannten Wilderer als den mutmaßlichen Täter, vermochten aber Beweise für ihre Behauptung nicht zu erbringen. Trotzdem setzten die Gendarmen ihre Nachforschungen auch in dieser Richtung fort und ermittelten, daß der wegen Wilderns wiederholt bestrafte 46 Jahre alte Besitzer Leander R. aus Sommereben diesen Spitznamen in Wildererkreisen führte. Vertraulich wurde den Beamten mitgeteilt, daß N. nach dem Jägermord „krank" gewesen sei, seine Tochter habe aus der Apotheke in Köslach des öfteren Salben beschafft. Als man zu seiner Festnahme schritt und morgens 5 Uhr mehrere Gendarmen und Jäger zu diesem Zweck in der Wohnung erschienen, leistete „Mottivastl" und seine ganze Familie heftigen Widerstand. Alle Beamten hatten zu tun, dem gefährlichen Wilderer die

Schließketten anzulegen und sich der kampflustigen Familienangehörigen zu erwehren. Bei der Durchsuchung wurde viel Gewehrmunition vorgefunden, das Gewehr wollte N. vor 14 Tagen an seinen Bruder Primus N. verkauft haben. Kleidung und Hemd des Verdächtigen wiesen neue Reparaturflecke auf. Die Salben wollte er gegen Gicht angewandt haben, die Gendarmen hörten aber, wie die Tochter der Mutter nach ihrer einstweiligen Vernehmung heimlich zuflüsterte: „Die wissen viel!"

Schon während des Transportes knickte N. immer mehr zusammen, auf dem Gendarmerieposten angekommen, erklärte er sich bereit, ein Geständnis abzulegen. Er habe morgens 4 Uhr gewildert und dabei, ohne jemand zu sehen oder angerufen zu sein, einen Schuß in den linken Arm erhalten. Als er daraufhin die Flucht ergriff, habe ein zweiter Schuß ihn in den Oberschenkel getroffen und ein Stück seines Gewehrriemens abgerissen. Zunächst sei er zusammengestürzt; als er sich emporraffte, habe er auf 6 Schritt Entfernung den Jäger vor sich gesehen und mit Schrot auf ihn geschossen. Als der Jäger dann kehrt machte, habe er ihn mit einem Kugelschuß von hinten niedergestreckt.

Diese Darstellung des Vorgangs entsprach weder dem Tatbefunde, noch dem Charakter des ermordeten Jägers, der niemals ohne Anruf und Not auf einen Menschen geschossen hätte.

N. war, obwohl als Wilderer bekannt und vorbestraft, Mitpächter der M.'schen Gemeindejagd. Es war bekannt, daß er morgens in der Dunkelheit seine Wohnung verließ und mit dem Gewehr die Wälder durchstreifte. Er behauptete, die Leiche des Jägers nicht angefaßt zu haben; über den Verbleib des Bergstockes des Ermordeten wollte er nichts wissen. Er berief sich bei seinen wiederholten Vernehmungen durch den Bezirksrichter Dr. Plank immer wieder darauf, daß er in der Notwehr gehandelt habe. Diese Ausrede kehrt bekanntlich in solchen Sachen immer wieder, es ist die letzte Zuflucht, die der der Tat überführte Förstermörder sucht.

Das Schwurgericht des Landesstrafgerichts Graz erurteilte den N. am 16. März 1922 wegen Totschlags und versuchten Wilddiebstahls zu 8 Jahren schweren Kerkers, verschärft durch ein hartes Lager vierteljährlich …

Gefährliche Passion und Sachkenntnis.

Der Sekretär des „Allg. Deutschen Jagdschutzvereins", Herr Hauptmann a. D. Thorbecke, Berlin, berichtet über folgenden interessanten und lehrreichen Fall:

Die Forsten der Staatlichen Oberförsterei Altkrakow und der Stadt Schlawe in Pommern wurden in den Jahren 1921/22 stark von Wilderern heimgesucht. Fast täglich wurden verdächtige Schüsse gehört, auch gelegentlich Aufbrüche von Wild gefunden. Aber trotz eifrigen Bemühens der Forstbeamten gelang es nicht, die Wilddiebe abzufassen. Vielmehr nahm das Wildern einen immer größeren Umfang an. Es wurden bewaffnete und maskierte Banden gesehen, die sich gelegentlich der Bevölkerung zeigten, um die Forstbeamten einzuschüchtern. In einem Falle wurde eine Waldarbeiterfrau von der Bande nach der Försterei Renkenhagen geschickt mit dem Auftrag, dem Förster zu sagen, daß die Wilddiebe jetzt dort seien.

Da die Brüder Walter und Ernst K. in Schlawe im Verdacht des Wilderns standen, wurde dort durch die Polizei gelegentlich Haussuchung abgehalten und dabei u. a. wertvolle und neuzeitliche Jagdgewehre sowie Ausrüstungstücke, viele Geweihe und Gehörne gefunden. Nach Verbüßung der hierauf verhängten Strafen machten die beiden Brüder die Wälder bald wieder unsicher. Wieder wurden oft Schüsse gehört, und oftmals radelten die beiden Brüder K. in den späten Abendstunden mit vollbepackten Rucksäcken und Kisten durch Altkrakow in Richtung Jershöft, um ihre Beute vermutlich irgendwo abzusetzen.

Die Oberförsterei Altkrakow ordnete nun Patrouillengänge zu mehreren Beamten an. Sie blieben ohne Erfolg. – Der Städtische Revierförster Scharnweber war damals Sekretär der Oberförsterei Altkrakow und hatte als solcher mit dem Außendienst nichts zu tun. Er unternahm nur gelegentlich Reviergänge, um auf den Rehbock zu birschen. So war er eines Sonntags auf die Frühbirsch gegangen und hörte in der Zeit von 5 bis 5.45 Uhr fünf verdächtige Schüsse fallen, denen er ohne Erfolg nachging. Da ihm der Sonntag für Ergreifung der Wilddiebe am aussichtsreichsten erschien, und er an den anderen Tagen wegen seines Bürodienstes nicht ins Revier konnte, entschloß er sich, am folgenden Sonntag seinen Reviergang zu wiederholen. Bald hörte er wieder einen Schuß fallen, dem er sofort nachging. An der vermeintlichen Stelle angekommen, hörte er in einer Dickung ein mehrmaliges Pfeifen. Kurz darauf kam ein Mann aus der Dickung heraus auf die Kamminer Chaussee und ging bis an ein Wegekreuz, wo er mit dem Glase nach allen Richtungen äugte. Ein Gewehr trug er nicht. – Scharnweber befand sich etwa 20 Schritt von dem Manne entfernt in guter Deckung und wollte den weiteren Verlauf der Dinge abwarten, mußte er doch den Umständen nach annehmen, daß dieser Mann nicht allein war. Nun verließ der Mann die Chaussee und ging ein Gestell in Richtung Wilhelmshorst entlang, wo er genau auf die Wildfährten achtete. Bald konnte ihn Scharnweber nicht mehr sehen. Als der Mann verschwunden war, ging Scharnweber nun zu der Stelle, wo der Mann zuerst aus der Dickung aufgetaucht war, um dort nach dem Gewehr des vermutlichen Wilderers zu suchen. Gleich am Dickungsrande fand er eine Mauserrepetierbüchse mit Zielfernroh, einen Reinigungsstock, Gewehröl, ein Fahrrad und Schuhe. Dies alles nahm Scharnweber an sich und ging in sein altes Versteck zurück.

Unterwegs sah er in weiterer Entfernung einen zweiten Mann die Chaussee überqueren und diesseits im Bestande verschwinden. Dabei hatte Scharnweber den Eindruck, von dem Manne gesehen worden zu sein. Wegen eines vorbeifahrenden Fuhrwerks hatte der Mann jedoch den Förster nicht länger beobachten können; dieser war sogleich seinen Blicken entschwunden. Scharnweber blieb in seinem Versteck sitzen und sah bald drauf den ersten Mann auf demselben Wege, den er vorher eingeschlagen hatte, zurückkommen. Auf 60 bis 70 Schritte mag der Mann an Scharnweber herangekommen sein, als plötzlich hinter Scharnweber Warnungsrufe ertönten, die den Wilderer zur Deckungsnahme veranlaßten. Es blieb einige Zeit lang ruhig, da kam der hinter Scharnweber stehende Mann vorsichtig an ihm vorbei, um sich dem in Deckung befindlichen zu nähern. Dabei sah der Förster, daß der Kerl unter seiner langen Joppe ein Gewehr trug. Bis auf etwa 5 Schritt ließ er den Kerl herankommen, dann rief er ihn mit schußfertigem Gewehr an. Der mehrmaligen Aufforderung, stehenzubleiben, kam er aber nicht nach; er ergriff vielmehr die Flucht und versuchte, die jenseits der Chaussee gelegene Dickung zu erreichen. Bis zum Dickungsrande kam er noch dann warf ihn ein auf 35 Schritt abgegebener Schrotschuß auf die Oberschenkel unter lautem Gebrüll in die Dickung.

Scharnweber holte nun zunächst den zuständigen Förster und einige Waldarbeiter, um die Dickung abzusuchen. Zuerst fand man das Gewehr, eine Kleinkaliberbüchse, und dann den Wilderer selbst, welcher stark fieberte. Sein Prismenglas trug er noch bei sich. Auf Befragen gab er notgedrungen zu, der 17 Jahre alte Ernst K. aus Schlawe zu sein; der andere Wilderer sei ihm unbekannt. – nach Anlage eines Notverbandes – er hatte 28 Schrote Nr. 3 auf den Oberschenkeln – wurde er mit einem Fuhrwerk in das Krankenhaus nach Schlawe gebracht.

Förster Scharnweber vermutete sofort, daß der andere Wilderer der Bruder des Verletzten sei, und bei der Gegenüberstellung vor Gericht erkannte er ihn auch als den von ihm damals beobachteten Wilderer wieder, worauf dieser sein bis dahin hartnäckiges Leugnen aufgab. – Wegen gewerbsmäßigen Wilderns und eines anderen Diebstahls wurden die Brüder mit 1½ bzw. 1 Jahr Gefängnis bestraft und unter Polizeiaufsicht gestellt.

Dank des musterhaft umsichtigen und entschlossenen Verhaltens des Försters Scharnweber – sein Verhalten kann geradezu als ein Schulbeispiel für Umsicht und Entschlossenheit Wilddieben gegenüber bezeichnet werden – war es gelungen, zwei besonders gefährliche Wilddiebe für eine Zeitlang unschädlich zu machen. – Aber die alte Erfahrung, daß abgefeimte Verbrecher nicht zu bessern sind, hatte sich ja bereits dadurch wiederum als richtig erwiesen, daß die beiden K. nach Verbüßung ihrer ersten Strafe ihr dunkles Handwerk wieder aufgenommen hatten. Es sollte abermals nicht anders kommen. Bereits im Gefängnis schmiedeten sie neue Pläne, und in diesem Zusammenhang dürfte ein Kassiber von Interesse sein, den Walter K. am 15. Oktober 1922 aus dem Gefängnis an seinen Bruder Ernst zu schicken versuchte. Der Kassiber wurde abgefangen. Im nachstehenden sei er wörtlich wiedergegeben. Er zeigt, daß die Wilderer nicht nur über erstaunliche Waffenkenntnisse verfügten; er zeigt außerdem noch, daß sie ernstlich besorgt waren, sich die Nachhaltigkeit ihres gewerbsmäßigen Wildererhandwerkes zu sichern. Nicht weidmännische Überlegungen waren für manchen Ratschlag maßgebend, sondern einzig und allein der Gedanke, daß nicht Raubbau, sondern planmäßiger Abschuß einen dauernden Erfolg des Wilderns zu gewährleisten vermag. – Der Brief hatte folgenden Wortlaut:

„Lieber Ernst!

Wenn wir jetzt wieder an das Weidwerk denken wollen, so müssen wir vor allen Dingen daran denken, womit wir jagen wollen. Ich denke es mir folgendermaßen: Wenn ich rauskomme, so lasse ich mir eine Büchse mit Kersten-Brenneke- oder dem richtigen Stabilverschluß bauen, und zwar von der Firma Vierort & Co. oder von Brenneke oder von Wilhelm Piethe. Panje seine Tellbüchse und die Fernrohrbüchse sind auch von Wilhelm Piethe, Pastinack seine Sachen sind zum Teil auch von Piethe. Er lobt ihn sehr und sagt, er ist reell. Nun zur Sache. Folgendermaßen wird die Büchse angefertigt: 1. Gewicht zirka 1 Pfund leichter, als unsere Stabil ist. Sie ist dann handlich und immer noch haltbar genug. Bedenke, wie schwer der Lauf von meinem Drilling gegen den der Stabil war. Außerdem ist die Ladung und das Geschoß leichter. Ladung: 2,8-g-Bl.-P. und 10-g-Geschoß. Auf Hirsche schieße ich Nr. 8, auf Böcke Nr. 7, vielleicht auch 11/12 Teilmantel. Lauflänge genau 55 bis 56 cm. Der Lauf ist dann immer noch reichlich lang. Bedenke, wie der Karabiner schoß! Ich nehme deswegen 55 cm, weil die Mittelstange an meinem Fahrrad 58 cm lang ist, um ihn dann samt dem Schaft bequem in eine hierzu genähte Tasche stecken zu können. In Betracht kommt nur I a Böhler's Antinitstahl, wenn's auch teurer wird. Auf den Lauf kommt eine ganz niedrige Laufschiene, da ohne sie die Montageplatte auf den Lauf, wie bei unserer Tell III, raufgelötet werden müßte. Visierung: schwarze Hornkimme und Elfenbeinkorn, eingeschossen 100 m Fleck. Auf den Lauf wird ein Zeiß-„Zielsechs" aufmontiert und auf 100, 200 und 300 m Fleck eingeschossen. Zum Einschießen wird die Büchse nach Neumannswalde gesandt und dort auf Stabilität (Verschluß) und auf Schußleistung geprüft. Unter Attest „sehr gut" wird sie gar nicht abgenommen. Als Sicherung nehme ich die

Greener. Ferner eine gute Jagdgravierung und ein erstklassiges Stechschloß. Außerdem eine Rückstoßhindererkappe aus Gummi und Hornabzugbügel. Außerdem, damit man besseren Halt hat und eher Ziel findet, eine eingeschnittene Backe wie bei der Scheibenbüchse. Die Backe wird aber nur ganz wenig geschnitzt, und der Schaft möglichst dünn und leicht gehalten, damit Du keinen Schreck kriegst. Wenn die Preise es gestatten, und ich es möglich machen kann, lasse ich mir noch einen Lauf 5,6x35 machen, dann wird dasselbe Zielsechs, das auf dem 8-mm-Lauf ist, auch auf den 5,6-Lauf aufgesetzt. Es ist immer schön, wenn man einen guten Bock, ohne viel zu knallen, auf die Decke legen kann, zumal in Neu-Kr., wo doch hauptsächlich gute Hirsche geschossen werden sollen. Da kann man dann den einem zufällig begegnenden Bock ohne viel Lärm verschwinden lassen und dann auf Hirsche weiterbirschen, was bei 8 mm kaum möglich ist. Ebenso ist 5,6 bei den „Rieselwiesen", sowie in Quäsdow hinter dem Graben sehr gut zu gebrauchen. Da auf diesen Wiesen meistens mehrere gute Böcke zugleich stehen, und man so auf einer Wiese mehrere schießen kann, ohne alles zu verjagen, – denn auf 150 m kommt man sie meistens an –, genügt 5,6, und ist es weiter, so wird eben 8 mm genommen. Bei Quäsdow hinter dem Graben muß man nach Möglichkeit 5,6 nehmen, da die Försterei Wilhelmsruh dicht an der Wiese liegt, und in Neu-Kr. ist es auch besser, wenn wir da noch viele und gute Hirsche holen wollen. Außerdem bekommt man die Böcke vor und hinter dem Bahnhof mit 5,6 genau so gut wie mit 8 mm und vergrämt die Hirsche in Neu-Krakow nicht, und, was die Hauptsache ist, man lockt sich keinen auf den Hals und kann die Böcke dicht bei den Forsthäusern wegholen, ohne daß es gemerkt wird, wo sie bleiben. Bist Du jetzt auch der Meinung? Wenn Du viel eher rauskommst als ich, so kannst Du zu der Stabil ja auch einen 5,6-Lauf machen lassen. Was aber vor allen Dingen gemacht werden muß, ist, daß auf die Stabil ein Zielsechs gesetzt wird; wenn Du willst, kannst Du ja das Helios 4 x auf Rehe vorläufig noch benutzen, aber auf den Feist- und Brunfthirsch muß es ein Zielsechs sein, da tut es ein Helios nicht. Du sollst dann mal die Folgen dieser Neuerung sehen, da werden die Herren Feist- und Brunfthirsche auch bei Dunkelheit zu kriegen sein – (Es folgt ein unverständlicher Satz.) – Ferner muß bis dahin für einen guten Gucker gesorgt werden.

Lieber Bruder! Wenn ich nun meine Büchse so bestelle, wie ich Dir geschrieben habe, so muß ich noch hinzufügen, daß die ganze Länge zusammengesetzt zirka 90 bis 95 cm beträgt. Ich nähe mir eine Tasche aus starkem Glanzleder, die ständig ans Rad geschnallt wird, wenn ich damit ausfahre. In die Tasche kommt ein Futteral für die auseinandergenommene Büchse. Dies Futteral wird mit Gummituch gefüttert, damit es keinen Regen oder Feuchtigkeit im Walde durchläßt. Dies Futteral wird dann mit der zerlegten Büchse in die Tasche gesteckt. So kannst Du dann ganz unauffällig jahrelang fahren, da die Tasche ja ziemlich schmal ist und nicht auffällt. Was meinst Du dazu? Das Zielfernrohr, Prismenglas, Rucksäcke und Messer kommen zusammen in ein Glanzledertuch und werden zusammen als ein kleines Paket verschnürt. Dann muß es klappen, was? Wenn wir uns dann erst wieder ein wenig rühren können, kannst Du Dir ja auch solche Büchse zulegen. „Spießer" bekommt dann die Stabil, wenn er 14 bis 15 Jahre alt ist. Wenn „Mops" wider Erwarten doch noch ein tüchtiger Freischütz werden sollte, kann er sie ja auch kriegen. – Ich schaffe mir in den nächsten Jahren nach und nach an: 1. die beschriebene Büchse. 2. Einen Selbstspannerdrilling von Kersten, Kal. 20x20x5,6x35,5 für 70 mm lange Hülsen, dazu ein Paar Einlegerohre 20x20x8/88. 3. Ein Prismenglas Hensold „Dyalyth" 10x50 und ein Dyalyth 6x50, beide Marinegläser. 4. Zwei gute Jagdmesser. 5. Drei gute Rucksäcke wie meine zu Hause. 6. Etwa 500 Patronen 88/8, 500 Kal. 20 und 500 Kal. 5,6 (Kupfermantelgeschoß). Auf die Büchse und den Drilling nehme ich je ein Zielsechs, kein kleineres Glas, weil ich am Tage ohne Fernrohr schießen will, und bei Nacht ein kleineres nicht zu brauchen ist. Vielleicht lasse ich mir später noch ein ganz kleines Büchschen 5,6 mit 55-cm-Lauf bauen, wo ich dann nur auf Rehe mit gehe, um die Hochwildbüchse zu schonen. Die darf dann aber nur 4 Pfund wiegen und muß ohne Backe sein. Hier käme dann ein „Gnom 4x" in Frage. Ferner lasse ich mir mein Rad fein in Ordnung bringen (neue Räder und Sattel). Wenn Du rauskommst, lasse bitte Aluminiumfelgen rauslegen. – Dann schaffe ich mir an Jagdkleidern an: zwei graugrüne (Militärstoff) Joppenanzüge mit enger Hose zum Tragen von Gamaschen. Dazu einen dicken graugrünen Hut (Mayers Fasson). Aus dem Amerikanermantel lasse ich mir eine Winterjoppe, mit Katzenfell ganz gefüttert, machen, speziell für Nachtansitz. Ferner ein Paar lange Stiefel wie Ernst Mayern seine. Dann zwei Paar ¾ Stiefel bei Regenwetter und zum Arbeiten im Winter. Dann zur Jagd zwei Paar 20 cm hohe Schnürschuhe und ein Paar Segeltuchgamaschen. Ferner ein Paar gute Sonntagsschuhe. Ich will mir absichtlich soviel Kleider und Schuhzeug kaufen, damit ich mein überflüssiges Geld angelegt habe. Die Büchse mit beiden Läufen und einem Zeiß 6 x wird nach Friedenspreis ca. 550 M. kosten. Das wären ca. 30 starke Rehe. Die sind noch zu kriegen. Ich will die Büchse sofort bestellen, wenn ich rauskomme. Das beste wäre, wenn Deine auch gleich mitbestellt würde; dann wird es billiger, und Du hättest gleich das Gewünschte. Das Geld dazu werden wir schon zusammenkriegen! Für die Kleider, Schuhe und Prismengläser muß Stickel sorgen. Ferner mußt Du ein erstklassiges Fahrrad haben, so, wie meins ist; denn Dein alter Kasten taugt doch nichts. Die zu den beiden Büchsen benötigten Rehe holen wir im Winter aus Freetz, Notzkow, Segenthin und Wusterwitz. Diese werden wohl reichen. Außerdem haben wir ja dann das Geld von den Neu-Krakower Hirschen. Ich schlage vor, in Neu-Krakow nächstes Jahr ca. 4 bis 6 jagdbare und stärkere Hirsche zu schießen. Alle folgenden Jahre ca. 2 bis 4 jährlich. Ferner je 2 bis 3 Gelttiere. Gute Böcke so viele, als wir bekommen können, wenn möglich, immer mit 5,6. Hinter dem Graben wäre ich dafür, ebenfalls jeden guten Bock zu schießen, ebenso hinter dem Bahnhof. Ich rechne auf 6 bis 8 Stück jährlich. Vor dem Bahnhof, wo wir auf Hauptböcke birschen, müssen wir sie noch zwei bis drei Jahre schonen, damit wir uns nicht alle dreijährigen Zukunftsböcke wegschießen. Ich wäre dafür, hier nächstes Jahr nur erst zwei oder evtl. auch drei wirklich alte, gute Böcke zu schießen. Die nächsten Jahre kann der Abschuß ja dann noch immer verstärkt werden, wenn genügend gute Böcke wieder vorhanden sind, nicht wahr? Wenn uns Geld fehlt, können wir uns noch eine Anzahl Rehe im Winter von Zitzewitz Dentzers Jagd und aus dem Stolper Kreis holen. Ich beabsichtige, mir durch Reineke oder Pastinak ein Marine-Prismenglas 10x50 schicken zu lassen. 10malige Vergrößerung muß auch bei größter Dunkelheit genügen und Lichtstärke 50 hierzu, dann muß es klappen. Was meinst Du? Das Glas kostete vor dem Kriege schon 240 M. und ist nach Reinekes Aussage etwas Herrliches. Nach Friedenswert 5 Ztr. Rehfleisch, also ca. 15 bis 17 Durchschnittsrehe, das wäre noch aufzutreiben. Außerdem wird es jetzt ja auch das dritte und letzte Mal sein, wo wir geschnappt worden sind. Du kannst Dich bis auf weiteres ja mit Erich Mayern seinem Glas behelfen. Das fangen wir folgendermaßen an: Wir borgen uns das Glas und nehmen Ernst Mayern mit dem Drilling mit. Du gehst mit ihm mit der Stabil und seinem Glas, er mit dem Drilling. Dann machst Du ihm den Vorschlag, wenn Ihr morgens nach Hause fahrt, Ihr wollt die Sachen „zur Sicherheit“ im Walde verstecken. Du beschreibst mir dann vorher, wo Ihr sie hinlegt, und bleibst ständig bei ihm, damit er keinen Verdacht auf Dich kriegt. Ich gehe dann hin und nehme dann alles, auch Deine Sachen, mit weg. Und dann ist Schluß. Du sagst dann: „Donnerwetter, nun is's mit der Jagd vorbei, denn ich habe kein Geld, mir die Sachen neu anzuschaffen. Was mach ich nun bloß?“ Dann glaubt er es sicher, und wir lachen uns ins Fäustchen. Was meinst Du zu dem Trick?

Jetzt zur anderen Sache. Wie ist es mit dem Fahrrad? Hast Du mal mit Stephan darüber gesprochen? Wenn er es nur nicht wiedererkennen möchte! Gut ist an der Sache, daß der Rahmen an der einen Stelle gebrochen und gelötet worden ist. Aber sehr schlimm ist es, wenn der Eigentümer desselben bekannt ist, oder noch womöglich die Nummer auf der Polizei angemeldet ist. Ferner ist das eine Pedal noch dasselbe. Ries sagte, daß das Rad in Neuenhagen gestohlen worden sei. Ist Dir davon etwas bekannt? Wenn es Dir sollte enteignet werden, so fordere wenigstens den Sattel, die Lenkstange, das Vorderrad, das eine Pedal und die Bereifung zurück. Die dazugehörige Lenkstange liegt in den Tannen, wo Scharnweber stand, als er auf Dich schoß. – Folgendermaßen stellst Du den Fahrradkauf dar: Peplinsky ist vor dem Kartoffeldiebstahl zu Dir gekommen und hat gesagt, er brächte das Fahrrad von Ernst Hodel. Ich hätte Dir wohl schon Bescheid geschrieben? Er forderte 1000 M. Da neue Räder damals man erst 2000 M. kosteten, und dies eine alte abgefahrene Karre war, und Hodel mit mir den Preis von 600 M. abgemacht hatte, hast Du ihm auch nur 500 M. gegeben. Peplinsky hat Dir beim Kauf gesagt, das Rad gehörte Ernst Hodel, und er soll es in seinem Auftrage verkaufen und ihm für den Erlös Lebensmittel ins Gefängnis bringen. Darauf hast Du das Rad gekauft. Als Du kurz nach dem Kartoffeldiebstahl mal mit dem Rad nach Jatzingen fahren wolltest, bist

Du beim Herunterfahren des steilen Segenthiner Berges bei Wiesenthal gestürzt, und dabei ist das Mittellager sowie beide Räder entzwei gegangen. Du hast darauf das eine heile Pedal sowie den Rahmen mit nach Hause genommen und, da alles daran entzwei war, ihn zu Maronn getragen. Als ich nach Hause kam, hast Du mich Ende Juni zu ihm geschickt und mir gesagt, ich sollte das heile Pedal holen und mir den kaputten Rahmen von ihm bezahlen lassen. Da das Lager los war, und die ganze Sache Bruch war, lohnte sich ein Fertigmachenlassen für uns nicht mehr, da es zu kostspielig gewesen wäre; daher habe ich ihn an Maronn für 75 M. verkauft. Maronn fragte mich noch, ob Du den Rahmen gefahren hättest, worauf ich mit ja antwortete. Ich habe dann das Pedal mitgebracht und für die 75 M. einen neuen Schlauch. Als Du angeschossen wurdest, lasest Du in der Schlawer Zeitung, daß das Fahrrad von Peplinsky durch Diebstahl erworben sei, und hast deshalb den Ankauf desselben bestritten. Ich habe bis dahin überhaupt nicht gewußt, daß Du ein Rad von ihm gekauft hast. Du hast mir dann erzählt, daß mein Fahrrad von Czubkowsky Dir unterschlagen sei, und das entzweigefahrene nicht meins, sondern das Rad von Peplinsky gewesen ist, weil ich Dich sonst gezwungen hätte, mir mein Fahrrad zu ersetzen, was Czubkowsky Dir gestohlen hat. Nach dem 6. August hast Du mir den wahren Verhalt der Sache erst eingestanden. Dies Rad, was Dir beim Wildern abgenommen ist, hast Du als alt von Maronn im Frühjahr 1920 gekauft. Also hiermit weißt Du jetzt Bescheid. Mit der Jagd wird es schon werden; denn die Büchse geht fein anzubinden."

Soweit der Brief des Walter K. an seinen hoffnungsvollen Bruder Ernst. Überflüssig zu bemerken, daß dem Brief auch noch eine durchaus fachmännische Zeichnung eines Fernrohrabsehens beigefügt war! Jeder Kommentar dürfte sich erübrigen, jedenfalls für den Kundigen, der weiß, daß Wilddiebsgesindel zu jedem anderen Verbrechen jederzeit zu haben ist. Erstaunlich bleiben aber unter allen Umständen die außergewöhnlichen Fachkenntnisse der Wilderer auf waffentechnischem Gebiet. Gewiß ist mancher Jäger nicht so unterrichtet!

Aber das Ende der Geschichte: Der Briefschreiber Walter K. hat trotz mehrfacher und langer Freiheitsstrafen das Wildern nicht lassen können, nicht etwa aus unbezähmbarer Jagdleidenschaft, sondern einfach deshalb, weil er ordentliche Arbeit scheute. Doch schließlich hat ihn das Geschick ereilt: Die Kugel eines Forstbeamten hat diesem tatenreichen Leben ein Ziel gesetzt. –

Über das weitere Schicksal Ernst K., den der Förster Scharnweber zur Strecke gebracht hatte, ist nichts bekannt, ebenso nicht das des von Walter K. genannten hoffnungsvollen Jünglings „Spießer" und des zu weniger Hoffnungen berechtigenden „Mops". Doch, was nicht ist, kann alles noch werden. Alle drei haben eine Wildererschule besucht, wie sie selbst in dieser ehrbaren Zunft nicht jedem geboten wird, und so wollen wir uns nicht wundern, wenn wir sie eines Tages vor den Schranken eines Gerichtes wiedertreffen werden.

Drei Förstermorde bei Willebadessen (Westfalen)

Die nachstehend geschilderten Fälle erregten in den 80'er Jahren in der gesamten Jägerwelt großes Aufsehen. Sie sind wegen ihrer eigenartigen Begleitumstände für den Forst- und Polizeibeamten besonders lehrreich. Da die gerichtlichen Akten nicht mehr vorhanden sind, mußte ich als Unterlage Aufzeichnungen des Herrn Kgl. Oberförsters. a. D: Feiherrn von Wrede, des jetzigen Besitzers der großen Waldungen, in denen sich die Dramen abspielten, und die Mitteilungen von Forstbeamten verwerten, die die tragischen Ereignisse miterlebt haben. Auch die Akten des Landratsamtes, die mir in liebenswürdiger Weise zur Verfügung gestellt wurden, gaben nähere Aufklärung.

Am 31. Mai 1880 wurden die beiden Freiherrl. von Wrede'schen Förster Gies und Steinsträter im Forstdistrikt „Kleiner Hergotte“ in den Waldungen bei Willebadessen von Wilddieben erschossen. Die beiden Forstbeamten hatten in den frühesten Morgenstunden eine gemeinsame Wildererstreife unternommen. Ein Arbeiter, der morgens Besenreiser suchte, hörte im genannten Revierteil, in der Nähe der Karlsschanze auf dem Eggeberge, unweit der Grenze des Kleinenberger Gemeindewaldes, Hilferufe. Als er den Rufen nachging, fand er den schwerverletzten Förster Gies und den erschossenen Förster Steinsträter. Der Beamte konnte dem Arbeiter noch die Mitteilung machen, daß der berüchtigte Wilderer Johann H. aus Willebadessen dreimal auf ihn geschossen habe. Als der Arbeiter davoneilte, um Hilfe zu holen, hatte der Sterbende noch in sein Notizbuch eingetragen: „H. hat mich dreimal geschossen“.

Die alarmierten Gendarmerie- und Forstbeamten fanden Gies nicht mehr am Leben. Jedenfalls war der Wilderer, nachdem er den Beamten niedergeschossen hatte, vom Förster Steinsträter bei seiner Flucht in eine Dickung verfolgt worden. Er hatte ihn dort auflaufen lassen und dann aus ganz kurzer Entfernung ebenfalls erschossen. Man fand den Erschossenen nach den Angaben des Arbeiters. In der Schußwunde fanden die Ärzte den Patronenpfropfen, ein Zeichen, das es sich um einen Nahschuß handelte.

Der von dem ermordeten Förster Gies als Täter bezeichnete H. war bereits früher von diesem beim Wildern abgefaßt worden und hatte erst am 28. April eine einjährige Zuchthausstrafe in Münster verbüßt. Gegen den Erschossenen hatte er nach seiner Entlassung schwere Drohungen ausgestoßen.

Der Komplice des H. war der ebenfalls als gefährlicher Wilderer bekannte August H. aus Kleinenberg. Inwieweit er an der Erschießung der beiden Forstbeamten beteiligt war, war zunächst nicht festzustellen. Die Gesuchten wußten sich allen Nachstellungen seitens der Gendarmeriebeamten geschickt zu entziehen, sie hielten sich in den großen Waldungen bei Willebadessen verborgen. Waldarbeiter trafen den gesuchten H. eines Tages beim Baden im sogenannten Hellegraben, zogen sich aber aus Angst vor dem gefürchteten Wilderer zurück.

Zunächst wurden alle Gendarmen des Kreises und die der Nachbarkreise zusammengezogen, um die Nachforschungen nach den beiden Mördern durch ausgedehnte Streifen energisch durchzuführen. Als diese Maßnahme nicht zum Ziele führte, beantragte der zuständige Landrat die Entsendung eines Jägerkommandos. Das stieß zunächst auf große Schwierigkeiten. Erster Staatsanwalt Müller, Paderborn, Landrat Freiherr von Deynhausen, Büren, und Landrat von Delius, Warburg, weilten längere Zeit in der Nähe des Tatortes, leiteten die Nachforschungen und bemühten sich, die Entsendung des Militärkommandos zu erreichen. Endlich hatte der Antrag alle Instanzen der Bürokratie glücklich passiert, jeder hatte nach den üblichen „Erwägungen" seinen Senf dazugegeben, und nach fast vier Wochen Hin und Her marschierten unter dem Kommando des Premier-Lieutnants von Clavé 6 Oberjäger und 44 Jäger vom 7. Jäger-Batl., Bückeburg, in Willebadessen und Kleinenberg ein. Dieses Kommando wurde auf Antrag der Landräte später auf 120 Mann verstärkt und dem Kommando des Hauptmanns Freiherrn von Bolshausen unterstellt, dem der Sek.-Lieutnant von Knesebeck beigegeben war.

Trotzdem die Jägerkommandos mit weitgehenden Befugnissen die großen Wälder fortgesetzt durchstreiften, fielen weiter überall Wilddiebsschüsse. Es waren weitere Komplicen zu den Gesuchten gestoßen und die Bevölkerung sympathisierte zum großen Teil mit dieser Wildererbande.

Schließlich wurde durch Polizeiverordnung das Betreten der Wälder nur mit Passierschein gestattet. Die Jäger hatten Anweisung, auf jedermann scharf zu schießen, der auf Zuruf nicht sofort mit erhobenen Händen stehen blieb. Die Pächter der angrenzenden Gemeindejagden wurden ersucht, jedes Jagen und Schießen vorläufig einzustellen, um die Kommandos nicht unnütz zu alarmieren. Die für den 3. und 4. Juli angesetzte Prozession und Wallfahrt wurde durch behördliche Verfügung untersagt. Es herrschte regelrechter „Kriegszustand" um Willebadessen!

Ein Schäfer fand einen Zettel, der angeblich von den Mördern an einen Baum geheftet worden war und auf dem angezeigt wurde, daß die Förster Berendes und Rübbekamp demnächst erschossen würden. Dieser Fall zeigt wieder, daß derartige Gewaltmaßregeln in den seltensten Fällen Erfolg zeitigen. Wie im Falle Kleinschmidt wurde auch hier alles Mögliche aufgeboten und nichts erreicht. Ein geschickter Beamter, der es versteht, unbeachtet in der Bevölkerung unterzutauchen und die notwendige Verbindung mit den dem Gesuchten nahestehenden Kreisen aufzunehmen, erreicht mehr, als ein kleines Heer von Soldaten und Gendarmen!

Allmählich kam man auch hier zu dieser Erkenntnis und baute das Kommando ab bis auf 2 Oberjäger und 13 Jäger, die zunächst noch den Rückzug deckten, um dann ebenfalls ohne Hörnerklang zu verschwinden.

Die beiden Mörder hatten inzwischen Zeit und Gelegenheit gefunden, nach Amerika auszuwandern. Sie sollen dort ein wenig rühmliches Ende gefunden haben. August H. soll dort im Irrenhaus gestorben sein, Johann H. starb „standesgemäß" im grünen Wald. Man hängte ihn bei einem ihm zu Ehren veranstalteten Lynchgericht, so daß seiner schwarzen Seele der Wechsel nach oben verlegt wurde, sie mußte sich einen anderen Ausweg suchen.

Fünf Jahre später wurde die Beamtenschaft der Freih. von Wrede'schen Forstverwaltung aufs neue in Erregung versetzt. Am 29.September 1885 wurde der Förster Krahé neben einem von Willebadessen nach Kleinenberg führenden Wege, unweit der ersten Mordstelle im Walde, von einem Arbeiter im schwerverletzten Zustande aufgefunden. Die zu Hilfe eilenden Kollegen fanden Krahé tot vor.

Die Ermittlungen ergaben, daß der Förster, der am 1. November eine Gemeindeförsterstelle im Rheinlande übernehmen wollte, am Nachmittag des 28. September seinen Kollegen Spickermann in Kleineberg besucht hatte, um diesen zu einer Abschiedsfeier einzuladen. Gegen 17 Uhr verabschiedete er sich mit der Bemerkung, daß er noch einen Hasen schießen wolle. Der Kollege hörte dann eine Stunde später aus der Richtung, die Krahé eingeschlagen hatte, zwei Schüsse fallen und glaubte natürlich, daß sie vom Förster auf Hasen abgegeben worden seien.

Krahé hatte einen Schuß mit Hackblei in den Unterleib erhalten. Neben dem Toten lagen sein Jagdstuhl und das geöffnete Gewehr, sowie mehrere abgeschossene Patronenhülsen. Der Schwerverletzte, der mit dieser fürchterlichen Schußwunde von abends 18 Uhr bis morgens gegen 8 Uhr draußen gelegen hatte und nicht imstande gewesen war, sich zu erheben, hatte alle Patronen, die er in einem Patronengürtel getragen hatte, als Signalschüsse verfeuert, ohne daß diese beachtet worden waren. Da ihm die Taschenuhr und der Patronengürtel gestohlen worden waren, war anzunehmen, daß er eine zeitlang bewußtlos gelegen hatte, und daß der Täter ihn beobachtet und während dieser Zeit noch bestohlen hatte.

Für Aufklärung dieses Mordes wurde ein Gesamtbelohnung von 2300 Mk. ausgesetzt. Es konnte festgestellt werden, daß die bekannten Wilddiebe H., B. und Ha. als Täter in Frage kamen. Der B. war schon in der Nacht nach dem Morde geflüchtet, die beiden anderen wurden alsbald festgenommen und Ha. nach Paderborn, H. nach Warburg ins Gefängnis eingeliefert. Er war der Bruder des in Amerika gelynchten H.!

In der Nacht vom12. zum 13. November brach er aus dem Gefängnis in Warburg aus. Wieder trieb sich der gefährliche Wilderer, gemeinsam mit seinem geflüchteten Komplicen B. in den Wäldern herum. Wieder wurde die gesamte Gendarmerie der Umgegend zusammengezogen, auch der Berliner Kriminal-Kommissar Damm nahm an den Nachforschungen teil. Es war den Beamten bekannt, daß die flüchtigen Mörder sich hauptsächlich in den alten Steinbrüchen bei Marxberg, den sogen. Drakenlöchern, aufhielten. Trotzdem gelang ihre Festnahme nicht. Wieder gelang es einem dem berüchtigten H., der schon in er Doppelmordsache im dringenden Verdacht der Mittäterschaft gestanden hatte, nach Amerika zu entkommen. Wie allgemein behauptet wurde, hatte er bei seiner Flucht Priesterkleidung getragen.

Auch der Komplice B. befand sich bereits auf der Fahrt nach Amerika, als er von der englischen Kriminalpolizei in Newcastle festgenommen wurde. Er wurde nach seiner Auslieferung nach zweitägiger Verhandlung in Paderborn zu lebenslänglicher Zuchthausstrafe verurteilt.

Es mag auffällig erscheinen, daß es diesen Verbrechern so leicht gelang, gültige Legitimation zu erhalten, die zur Erlangung der Überfahrtkarten gefordert werden. Im 1. Band d. B. habe ich bereits erwähnt, daß ich 1911 einen Raubmörder bis nach Amerika verfolgte und dort festnahm. Ich hatte seine Spur erst in Rußland gefunden und ihn von dort durch Galizien und ganz Deutschland bis Bremen verfolgt. Hier stellte ich fest, daß er zwei Tage vor meiner Ankunft mit dem Lloyd-Damper „Ziethen" nach Amerika abgefahren war. In russischer Studentenkleidung, mit falschen Legitimationspapieren, hatte man ihm die Schiffskarten ausgehändigt und ihn anstandslos passieren lassen. Nachdem ich festgestellt hatte, daß das nächste Amerika-Schiff von Southampton in England in zwei Tagen, also vier Tage später als der „Ziethen" abfahren, aber mit diesem zugleich in Neuyork ankommen werde, fuhr ich mit telegraphisch erbetener Genehmigung des Landgerichts Beuthen (Oberschlesien) über Holland nach London und von dort nach Southampton, wo ich auf Grund falscher Legitimationspapiere, die ich noch von meiner Rußland-Reise bei mir führte, die Fahrkarte II. Klasse nach Amerika erhielt. Die Legitimation enthielt natürlich keinen Hinweis darauf, daß ich Kriminalbeamter war, und ich selbst hatte mich als solcher nicht legitimiert. Mein Reisegepäck bestand aus einem Pappkarton mit dem Nötigsten, das ich mir in Bremen schnell gekauft hatte; einen besonders vertrauenerweckenden Eindruck konnte ich also nicht gemacht haben. Ich hatte das Gefühl, daß man sich freute, kurz vor der Abfahrt noch einen Passagier II. Klasse erwischt zu haben. Da unser englisches Schiff schneller fuhr, als der deutsche „Ziethen", auch eine kürzere Reiseroute hatte, mußten wir nach neuntägiger Fahrt in Neuyork ankommen, während der deutsche Dampfer 13 Tage zur Überfahrt brauchte. Wir wären wohl auch am selben Tage in Amerika gelandet, wenn nicht ein schweres Unwetter unsere Fahrt verzögert hätte. So lag die Gefahr nahe, daß wir später ankommen könnten und mir der verfolgte Mörder und seine beiden Komplicen, die ich ebenfalls an Bord vermutete, bei der Landung durch die Lappen gehen würden. Ich wandte mich nun an den I. Offizier, machte ihm Mitteilung von meiner Beamteneigenschaft und meinem Auftrag, und bat ihn, die Schiffleitung des „Ziethen" funkentelegraphisch davon in Kenntnis zu setzen, daß dort an Bord drei Raubmörder sich befänden. Von dem wochenlang Verfolgten war mir der Name bekannt, unter welchem er sich eingeschifft hatte; so mußten sich auch die beiden Begleiter feststellen lassen, die ich noch nicht kannte und deretwegen ich dem Ersten nachgefahren war.

Die Funkentelegraphie befand sich damals noch in ihrem ersten Entwicklungsstadium. Es war nur möglich, über die Landstation Halifax mit dem „Ziethen" und dann mit Neuyork in Verbindung zu treten. Es gelang nach einigen vergeblichen Versuchen, und mit einem mir entgegengesandten Regierungsboot gelangte ich 1½ Stunden früher in den Hafen von Neuyork, als der „Ziethen" mit dem gesuchten Mörder. Ich nahm ihn fest, mußte aber bis zur Erledigung der Auslieferungsverhandlungen monatelang in Neuyork verbleiben. Die beiden Komplicen waren nicht an Bord gewesen. Ich konnte den einen nach langem Suchen in Paris, Warschau, Moskau, St. Petersburg und Sibirien, in Krasnojarsk (Sibirien) festnehmen, den dritten fand ich im Gefängnis in Oberschlesien, wo er unter falschem Namen Unterkommen gefunden hatte. Der in Amerika festgenommene Mörder wurde später ausgeliefert, der in Sibirien festgenommene dort gehängt.

So wurden die drei Raubmörder, die in Myslowitz bei einem Bankraub einen Bankbeamten durch vier Schüsse getötet und die Bank ausgeraubt hatten, der verdienten Strafe zugeführt, nachdem ich sie um die halbe Erde verfolgt hatte.

Im Förstermordfalle Krahé gelang die Festnahme des geflüchteten Mörders H. nicht, doch auch ihn ereilte sein Schicksal:

Nach dem Kriege kehrte H. nach 40jähriger Abwesenheit in sein Heimatdorf Kleinenberg zurück. Er hatte sich offenbar genau darüber orientiert, daß die Strafverfolgung wegen Mordes verjährt war. Trotzdem der alte Sünder schon über 70 Jahre alt war, nahm er alsbald sein Wildererhandwerk wieder auf. Dabei wurde er von dem Staatlichen Hegemeister Ruther in Blankenrodewalde, Oberförsterei Hardehausen, in flagranti gefaßt. Auf Anruf ging er sofort in Anschlag; der Hegemeister kam ihm aber zuvor und schoß ihn nieder. Er hatte einen tödlichen Unterleibsschuß erhalten. So starb er in derselben Weise, wie sein Opfer, Förster Krahé, 40 Jahre vorher. Kismet! …

Sein Komplice B. wurde vor einigen Jahren begnadigt. Als ein an Leib und Seele gebrochener Greis kehrte er nach Kleinenberg zurück. Jeden erreichte sein Schicksal, den einen früh, den anderen später. Mein ist die Rache, spricht der Herr! …

Ein verwegener Hochgebirgswilderer.

Dem Gendarmerieposten zu Mitterbach (Österreich) erstattete der in Hagengut wohnhafte Jäger Leo Brandt am 4.8.1919 telephonisch die Anzeige, daß er und der Jäger Franz Lengauer gegen 11 Uhr zwei Wilderer mit geschwärzten Gesichtern angetroffen hätten. Bei diesem Zusammenstoß sei der Kollege Lengauer durch den Schuß eines Wilderers schwer verletzt worden.

Der Jäger führte die drei entsandten Gendarmeriebeamten an den Tatort und gab von dem Vorfall folgende Darstellung: Lengauer hatte sich um 8 Uhr ins Revier begeben und hörte von einem Jägersteige aus im sog. „Kitzloch“ einen Schuß fallen. Er benachrichtigte schleunigst seinen 19jährigen Kollegen Brandt, und beide begaben sich auf den sog. „Kitzriegel“, um hier von einer geeigneten Stelle aus Umschau nach den Wilderern zu halten. Sie bemerkten alsbald auf dem gegenüberliegenden „Kaltenbrandriegel“ zwei Wilderer, die sich nach einiger Zeit, kurz vor 10 Uhr, auf dem Bergrücken entlang nach dem sog. „Schoppersitz“ zu entfernten. Diesen Namen führt eine von Stangen hergestellte Bank, die zwischen vier Lärchenbäumen steht und mit einer Einfriedigung umgeben ist. Nachdem die beiden Wilderer im Walde verschwunden waren, birschten sich die Jäger über einen Kahlschlag und dann auf einem Jägersteig entlang an die Bank heran. Es gelang ihnen, unbemerkt bis auf 9 Meter an die Bank heranzukommen, auf der die beiden Wilderer, die ihre Gesichter geschwärzt hatten, saßen und harmlos die schöne Aussicht genossen. Die Mittagszeit schien ihnen offenbar zum Birschen ungeeignet.

Es wäre wohl ratsam gewesen, die beiden Wilderer überraschend von hinten anzurufen und sie, mit schußfertiger Büchse, aufzufordern, ihre Waffen abzulegen. Die beiden Jäger entschlossen sich aber, mit Bravour vorzugehen und die Wilderer anzugehen. Brandt legte seine Büchsflinte ab und sprang auf den einen Wilderer zu. Im selben Augenblick sprang der andere auf und legte sein Gewehr auf den auf ihn zuspringenden Lengauer an. Im letzten Augeblick konnte dieser die Waffe beiseite schlagen und den Wilderer packen. Inzwischen hatte sich der von Brandt gefaßte Wilderer losgerissen, die als Einfriedigung dienende Stange übersprungen und die Flucht ergriffen. Seine Büchse hatte er dabei ebenfalls in Sicherheit gebracht. In 20 Schritt Entfernung blieb er stehen und ging in Anschlag. Jäger Brandt konnte nicht angeben, ob dann auch ein Schuß gefallen war, denn er hatte inzwischen in dem Komplicen, der mit dem Jäger Lengauer rang, den berüchtigten, als sehr gewalttätig bekannten Wilderer Josef H. erkannt und war seinem Kollegen zu Hilfe geeilt. So entspann sich, dicht am Abgrund, ein wütender Kampf zwischen den drei Männern. Beim Versuch, dem H. das Gewehr zu entreißen, stürzten Brandt und der Wilderer, der dabei sein Gewehr krampfhaft festhielt, die Felswand hinunter. Der weitere Absturz wurde aber durch einen querliegenden Baumstamm gehemmt. Sofort drehte H. sein Gewehr herum und schoß auf den Jäger. Die Kugel zerriß diesem den Rockkragen, fügte ihm aber sonst keine Verletzung zu, nur Gesicht und Hals wurden ihm vom Pulverdampf geschwärzt. Jetzt versuchte Jäger Brandt abermals, dem H. das Gewehr zu entreißen. Dabei überschlugen sich beide und stürzten weiter den Abgrund hinunter. Wieder fanden sie einen Halt, und der Jäger kam in Besitz der Wildererwaffe. Mit einem gewaltigen Sprung in die Tiefe flüchtete nun der Wilderer und verschwand durch den „Schagergraben" in dem angrenzenden Walde.

Eine Weiterverfolgung des Geflüchteten erschien dem Jäger aussichtslos, arg zerschunden kletterte er mühsam die Wand wieder in die Höhe. Zu seiner Überraschung fand er seinen Kollegen oben schwerverletzt auf der Bank. Er hatte eine Kugel in die linke Seite erhalten, die den Schulterknochen vollkommen zertrümmert hatte. Auf seine Frage erhielt er nur die Antwort: „Mich hat's schon, ich kann nicht mehr!" Brandt bemühte sich, seinen Kollegen hinunterzuschaffen, er mußte aber davon Abstand nehmen, weil dieser nicht mehr transportfähig war. Unter Mitnahme des Gewehrs und Rucksacks des Wilderers, in dem sich ein halbes Reh befand, eilte er hinunter, um Polizei und Arzt herbeizuholen. Um schneller laufen zu können, versteckte er unterwegs die Sachen des Wilderers unter einem Windwurf, benachrichtige dann die Angehörigen des Schwerverletzten, Polizei und Arzt, und schaffte mit 5 Waldarbeitern den Jäger unter großen Schwierigkeiten zu Tal. Der aus Mariazell herbeigeholte Arzt legte dem Jäger Verband an, dabei machte dieser dem Gendarmerie-Postenleiter Tauber Angaben über die Vorgänge. Er war der Ansicht, daß er den Schuß von dem zuerst geflüchteten Wilderer erhalten habe, während der Jäger Brandt die Ansicht vertrat, daß dieselbe Kugel, die ihm den Rockkragen zerrissen hatte, den Kollegen getroffen habe, als dieser über den Abhang gebeugt, dem Kampf zusah, der sich unter ihm zwischen Brandt und dem H. abspielte. Der Arzt gab diese Möglichkeit zu, weil der Einschuß viel tiefer saß, als der Ausschuß.

Bei weiteren Nachforschungen fand man in einer verfallenen Holzknechthütte im „Kitzloch" die Decke und den Aufbruch des von den Wilderern erlegten Rehes. Am „Schoppersitz" lagen die Bergstöcke und Wetterkragen der beiden geflüchteten Wilderer. An dem zurückgelassenen Hut, der auffällig mit Spielhahnfeldern geschmückt war, erkannten die Gendarmen mit Bestimmtheit, daß der von ihnen seit längerer Zeit gesuchte H. der zuletzt geflüchtete Wilderer war. Der andere war ihnen zunächst unbekannt, obwohl ihn Jäger Brandt genau beschreiben konnte. Die Gendarmeriebeamten der Posten Mariazell, Annaburg, Türnitz und Lilienfeld, die sofort telephonisch von

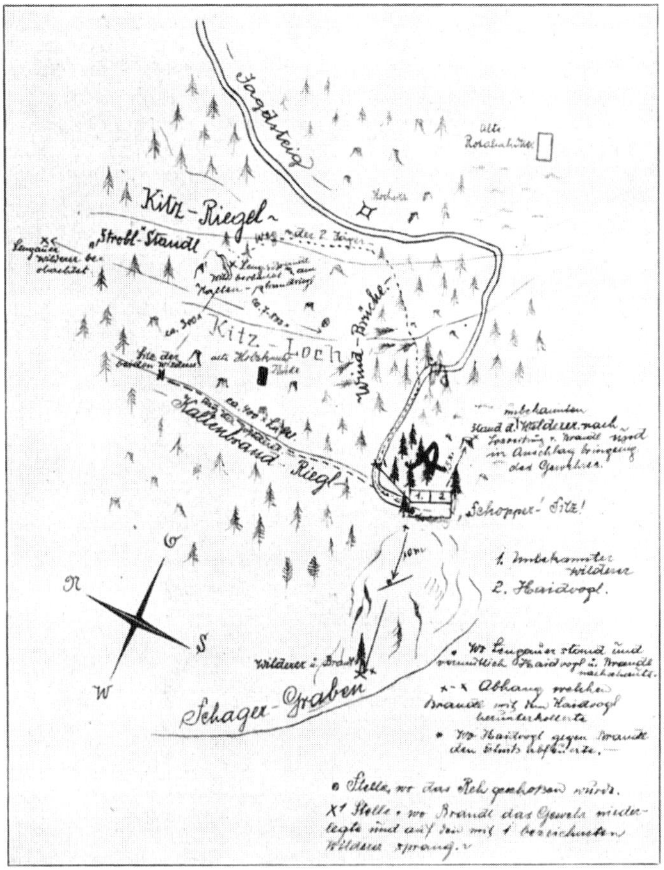

den Vorgängen in Kenntnis gesetzt worden waren, nahmen gemeinsam die Verfolgung der Geflüchteten auf.

Jäger Lengauer verstarb am 5. August an innerer Verblutung. Am 22. August morgens 6½ Uhr beobachtete Jäger Brandt mit seinem Fernglas aus einer Entfernung von 800 bis 1000 Metern den gesuchten Wilderer H. wieder, wie er mit schußbereitem Gewehr auf einem Jägersteig entlang birschte. Er holte schnell alle erreichbaren Jäger und Gendarmen herbei, die Streife verlief aber resultatlos. Am 29. September nahm der Gendarmerie-Patrouillenleiter Ultik den Gesuchten in der Wohnung seiner Ehefrau in St. Pölten fest.

H. bestritt, den Jägermord verübt zu haben und an dem Zusammenstoß beteiligt zu sein. Er gab an, um diese Zeit allein am Brunnstein gewildert und in der Zellerhütte und am Ötscher bei Besitzern übernachtet zu haben. Seinen Lebensunterhalt habe er ausschließlich durch Wildern verdient, seine Frau habe er ab und zu aufgesucht.

Der Gendarmerieposten Frankfels hatte inzwischen ermittelt, daß H. in der Nacht vom 16. zum 17. Juni auf der Weide der Gemeinde St. Gotthard einen 1½ jährigen

Schnittling (Ochsen) erschossen und gestohlen habe. Einen Teil des eingepöckelten Rindfleisches fanden die Gendarmen im Steinbauerhause in St. Gotthard, nachdem H. bei ihrer Annäherung die Flucht ergriffen hatte. Der Gendarmerieposten Taxring fahndete nach ihm, weil er in der Gegend von Höllgraben mehrere Schafe auf der Weide erschossen und fortgeschafft hatte. Ein weidgerechter Jäger war also Herr H. bestimmt nicht.

Bei der Sennerin H. in Mitterbach erschien er Ende Juli auf der Alm am Brunnstein, als diese ihre Kühe melkte. Er stellte sich 50 Meter von ihr entfernt hinter einen Bau, damit sie ihn nicht erkennen sollte, und fragte, ob man den Täter erwischt habe, der den Ochsen erschossen habe, und auf wen man Verdacht habe. Die Sennerin erkannte den H. zuerst nicht, weil er sein Gesicht geschwärzt hatte und zu weit entfernt war. Sie fürchtete sich und ging, ohne Antwort zu geben, in die Hütte. Jetzt kam der unheimliche Besucher in die Hütte und verlangte im herrischen Tone Mittagessen. Zugleich warf er ihr aus seinem Rucksack ein Rehkitz zu. Das Mädchen nahm das gewilderte Kitz nicht an, kochte ihm aber, um ihn loszuwerden, Mittagessen. Als er sich entfernte, ließ er die Hälfte des Rehes zurück und sagte im Gehen, daß er droben am Brunnstein eine Gemse erlegt habe, die er nun holen wolle. Sein Gewehr trug er nach Jägerart offen über die Schulter gehängt. Gegen 17 Uhr fiel dann in der Richtung des „Hühnerkogel" ein Schuß. Drei Tage später kam H. wieder in die Sennhütte und verlangte, daß ihm die Sennerin Milch koche, er käme in einer Stunde wieder. Er erzählte, daß er nach seinem ersten Besuch am „Hühnerkogel" einen „Vierzehnender-Hirsch" erlegt habe, die Hälfte des Wildbrets habe er geselcht, die andere verkauft. Er zeigte der Sennerin seine mit Banknoten gefüllte Brieftasche mit der Bemerkung, das „Windeln" sei das beste Geschäft, bei dem man viel verdienen könne. Dieser „kühne Wilderer" nannte also das Kind beim richtigen Namen: Nicht unbezwingbare Leidenschaft trieb ihn zum Wildern, sonder der Hang zum Nichtstun, Fleischmachen und Geldverdienen!

Nach vierwöchentlicher Untersuchungshaft gestand H. ein, einer der beim Zusammenstoß beteiligten Wilderer zu sein, sein Komplice sei der Holzknecht Alois P. aus Mitterbach gewesen. H. hatte den P., der sich einen falschen Vollbart angeklebt hatte, am 4. August nachts 2 Uhr aus der Wohnung abgeholt, um mit ihm auf der „Rodalm" zu wildern. Sie schossen ein Reh und zerwirkten es in der alten Holzknechthütte. Als sie dann vom „Schoppersitz" aus ein Reh beobachteten, das sich aus 500 Meter Entfernung langsam auf ihren Sitz zu äste, wurden sie plötzlich von den Jägern überrascht. Der Vorgang habe sich im allgemeinen so abgespielt, wie ihn Jäger Brandt geschildert hatte, ob bei dem Ringen aber eine Schuß gefallen sei, wisse er nicht.

Er gestand auch ein, mit einem Wilderer identisch zu sein, mit dem der Jäger Teibenbacher am 17. August einen Zusammenstoß gehabt hatte. Er habe an diesem Tage an der „Hirschmauer" friedlich Erdbeeren gepflückt und dabei – rein zufällig – sein Gewehr übergehängt getragen. Auf den Anruf eines Jägers habe er ganz instinktiv nach dem Gewehr gegriffen und daraufhin sofort einen Streifschuß an der Brust erhalten. Er sei erst ein Stück den Abhang hinuntergerollt und habe dann die Flucht ergriffen, wobei ihm der Jäger noch 5 Schüsse nachgesandt habe, um sein Tempo zu beschleunigen. Bei dieser sehr beschleunigten Gangart habe er Hut, Rucksack und Rock mit 270 Kr. verloren. Sein braves Büchserl habe er aber, samt der teuren Schwarte in Sicherheit gebracht. Mit arg verstauchtem Fuß, verbeult und geschunden, und nur mit der kurzen krachledernen Bux bekleidet, war der olle ehrliche Erdbeerpflücker schließlich bei seiner Geliebten, einer Kriegerwitwe, gelandet, wo er im sicheren Hafen den geschundenen Hinterlauf und die Schußwunde ausheilte. Seine Freundin gab bei ihrer Vernehmung an, das H. wiederholt gedroht hatte: „Lebend bekommen die mich nicht, da müssen sie alle hin sein!“ Er hatte auch während seines unfreiwilligen Aufenthaltes zweimal auf seine Geliebte geschossen, weil er Grund zur Eifersucht zu haben glaubte. Herr H. war also in jeder Hinsicht ein angenehmer Zeitgenosse und so recht ein Vorbild für Romanschreiber, die Wilderer verherrlichen!

Am 30 Januar 1920 standen die beiden Wilderer vor dem Schwurgericht in St. Pölten. Von der Anklage des Mordes wurden beide freigesprochen, weil nicht aufgeklärt werden konnte, wer den tödlichen Schuß auf den Jäger Lengauer abgefeuert hatte. H., der, wie es in der Urteilsbegründung hieß, „ein tolles Wildererleben geführt hatte, obwohl er wirtschaftlich gut gestellt war“, wurde wegen gewerbsmäßigen Wilderns zu zwei Jahren und sechs Monaten schweren Kerkers, verschärft durch ein hartes Lager vierteljährlich, verurteilt …

In einem ähnlichen Falle hatte der Wilddieb auf Anruf sofort auf den Jäger geschossen, aber gefehlt. Als er dann die Flucht ergriff, hatte der Jäger das Tempo in recht drastischer Weise beschleunigt. Er hatte zwei Schrotpatronen, die er anstelle der Schrote mit erbsengroßen Karbidstücken geladen hatte, auf die Kehrseite seines Angreifers abgefeuert.

Mit Indianergeheul, dampfend und zischend wie ein Raketenwagen, war der so bepflasterte Wilderer in einem Tempo verschwunden, das selbst dem Dr. Peltzer Ehre gemacht hätte.

Der Wilddieb hatte in diesem Falle mit der Waffe in der Hand die Flucht nach einer Dickung zu genommen. Der Jäger hatte sich also in Erwartung eines unmittelbar bevorstehenden Angriffs in der Notwehr befunden. Es muß hier darauf hingewiesen werden, daß der Jäger sich strafbar macht, wenn er auf einen Wilderer schießt in der Absicht, ihm aus irgendwelchem Anlaß eine Körperverletzung zuzufügen …

Weidefrevler und Felddiebe.

Der 25 Jahre alte Kgl. Hilfsjäger Albert Pilzecker in Seesken, Oberförsterei Lyck, verließ in der Nacht vom 24. zum 25. Juni 1884 die Försterei, um im Belauf Claßental eine Streife auf Weidefrevler zu unternehmen, die in letzter Zeit wiederholt ihre Pferde und Kühe auf fiskalischen Wiesen geweidet und großen Schaden angerichtet hatten. Schon 3 Wochen vorher hatte er die beiden Söhne Heinrich und Emil des Gastwirts M. aus Sobollen aus diesem Grunde zur Anzeige gebracht.

Als P. von dieser Streife nicht zurückkehrte, ordnete die Oberförsterei Nachsuche an, die am 26. Juni zur Auffindung des ermordeten Forstbeamten führte. Dort wo das Gestell des Jagens 121 auf die Forstwiese mündet, die dem Kgl. Förster Lippert zur Nutzung überlassen worden war, lag die Leiche des Vermißten neben dem Grenzhügel. Der Tote lag auf dem Rücken, mit offenen Augen und schmerzverzerrtem Gesicht; der rechte Ärmel seines Uniformrockes und das Hemd waren in Fetzen zerrissen, dicht oberhalb des Uniformkragens bemerkte man einen tiefen Halsschnitt. Im Umkreis von 6 Metern war der Wiesenboden wie von einem schweren Kampfe zwischen mehreren Personen zerstampft und aufgewühlt. Unter dem Kopfe des Ermordeten sah man eine große Blutlache, der ganze Kampfplatz war blutbespritzt, seitwärts lagen der Stock, der Hut und das geladene Gewehr Pilzeckers.

Von der Fundstelle 150 Meter entfernt fand man zwei Stellen auf der Wiese, wo das Gras abgemäht und fortgeschafft war. Auf dem Gestell bemerkte man frische Pferdespuren; die tiefen Eingriffe und die zurückgeschleuderte Erde ließen darauf schließen, daß die Tiere in schärfster Gangart das Gestell passiert hatten.

Die ärztliche Feststellung ergab, daß der sehr kräftig gebaute junge Forstmann einen 4½ Zentimeter langen Schnitt über das Gesicht erhalten hatte, der das rechte Augenlid durchtrennt hatte. An der rechten vorderen Fläche des Halses befand sich ein 12 Zentimeter langer, weitklaffender, querverlaufender Schnitt, ein dritter, gleichbeschaffener Schnitt ging von der linken Schulter nach dem Kinn zu. Die Schnitte hatten oberhalb des Schildknorpels des Kehlkopfes sämtliche Weichteile des Halses bis zur Wirbelsäule durchtrennt. Vom linken Unterkiefer bis zum Halse verliefen außerdem ein tiefgehender und fünf oberflächliche Schnitte. Vier weitere Schnitte stellte man im Nacken, mehrere andere auf dem Rücken fest. Alle Blutgefäße waren leer, es schien, als ob wilde Bestien, nicht Menschen dem jungen Förster zu Tode gemartert hätten.

Der Verdacht der Gendarmerie- und Forstbeamten fiel sofort auf die Gebrüder M. aus Sobollen, sie wurden am 27. Juni festgenommen. Der 26 Jahre alte „Ökonom" Heinrich M. hatte zwei frische Verletzungen an der Nase, die er mit Pflästerchen beklebt hatte, eine weitere Kratzwunde fand man unter dem linken Ohr. Der Bruder, der 21jährige „Kaufmann" Emil M. hatte frische Kratzwunden an den Händen. Beide trugen bei ihrer Festnahme Sonntagskleidung, die Arbeitskleidung war frisch gewaschen zum Trocknen aufgehängt. Die Klinge des Taschenmessers, das Emil M. bei sich trug, war abgebrochen, die Bruchstelle war frisch.

Oberförster Wrobel und Förster Lippert hatten die Pferdespuren verfolgt, die vom Brachlande des Gastwirts M. nach der Wiese und wieder zurück führten. Die Nachbarn bekundeten, daß die beiden Verdächtigen jede Nacht mit ihren Pferden weggeritten waren, um diese auf fremden Wiesen weiden zu lassen. Des Morgens kamen sie dann mit Säcken voll gestohlener Feldfrüchte und Gras, die sie über die Pferde hängten, zurück. Die Besitzer, die sie zur Rede stellten, hatten sie wiederholt mit Erschießen bedroht.

Das Amtsgericht Marggrabowo erließ Haftbefehl gegen die beiden festgenommenen M., die dann nach Lyck überführt wurden. Auch dort bestritten sie weiter, den Hilfsjäger ermordet zu haben. Die Angehörigen verstanden es in geschickter Weise, das Gerücht zu verbreiten, daß nicht die beiden M., sondern zwei Brüder aus Dombrowo den Hilfsjäger aus Eifersucht überfallen und erstochen hätten. Der Regierungspräsident in Gumbinnen setzte eine Belohnung von 500 Mk. aus, um eine restlose Aufklärung des Falles zu erreichen.

Der Staatsanwalt Krantz vom Landgericht Lyck weilte tagelang in Sobollen und der Umgegend, hörte sämtliche Zeugen persönlich und betrieb die Aufklärung des scheußlichen Mordfalles mit aller Energie. Er ließ die gewaschenen Kleidungsstücke der Gebrüder M. dem Gerichtschemiker Dr. Bischoff, Berlin, zusenden, der Menschenblut nachweisen konnte.

So der Tat fast restlos überführt, erklärte Emil M. am 19. September dem Gefängnisaufseher, daß er sein Geständnis ablegen wolle. Nach Vorhalt desselben gestand auch der Bruder ein, den Jäger ermordet zu haben. Nach ihren Darstellungen hatte sich der Vorgang folgendermaßen abgespielt:

Sie hatten nachts ihre Pferde auf den forstfiskalischen Wiesen weiden lassen. Vier Säcke mit Gras hängten sie dann auf ihre beiden Pferde und führten sie zum Brachland, um dort das Gras auszuschütten. Als sie wieder zurückgeritten und abermals mit gefüllten Säcken zurückkehren wollten, sprang Hilfsjäger Pilzecker hinter dem Grenzhügel vor und hielt die beiden mit vorgehaltenem Gewehr an. Emil ließ sofort sein Pferd laufen und ergriff die Flucht. Der Bruder blieb stehen und bat den Jäger, keine Anzeige zu erstatten, was dieser ablehnte. Er forderte den M. auf, die Säcke abzubinden und sich zu entfernen. Als sich die Brüder im Walde wieder trafen, sagte Emil: „Wir müssen wieder zurück und ihn bitten, daß er uns nicht anzeigt. Wenn er nicht will machen wir ihn stumm!" Sie ritten wieder zurück und ließen die Pferde wieder auf der Wiese weiden. Da kam der Jäger Pilzecker, der wohl mit einer Rückkehr der Burschen gerechnet und sich versteckt hatte, wieder auf sie zu. Nach einem offenbar schon vorbereiteten Plan ging Heinrich M. anscheinend harmlos auf den Jäger zu, der ihn auch an sich herankommen ließ. Da sprang M. plötzlich mit einem Satz auf den Jäger zu und umklammerte ihn von vorn, indem er dem Bruder zurief: „Emil, zu!" Dieser sprang mit dem Messer in der Hand hinzu und stach den Jäger ins Genick. Dann warfen sie ihn zu Boden, und während Heinrich M. ihm die Hände festhielt, bearbeitete der Bruder den Wehrlosen mit dem Messer und schnitt ihm den Hals durch! Pilzecker hatte sich verzweifelt gewehrt und seinen Mördern Kratzwunden zugefügt. Die Beiden legten dann ihre Säcke wieder auf die Pferde und begaben sich nach Hause. Hier vermißte Emil seine Uhrkette, die ihm im Kampf abgerissen worden war. Daraufhin begaben sich die Brüder nochmals an den Tatort und fanden die Kette zu Füßen des Toten.

Das Schwurgericht in Lyck verurteilte beide Mörder am 23. Oktober 1884 zum Tode. Beide verzichteten auf Einlegung von Rechtsmitteln, trotzdem wurden sie, auf ein Gnadengesuch der Eltern hin, zu lebenslänglicher Zuchthausstrafe begnadigt.

Heinrich M. wurde 1892 in die Irrenanstalt Tapiau überführt, wo er 1919 verstarb. Auf fortgesetzte Gnadengesuche hin wurde der Bruder Emil M. bereits am 1.Februar 1916 begnadigt …

Der 26 Jahre alte Forst- und Feldschutzbeamte des Rittergutes Döllnitz bei Halle a. d. Saale, Otto Rosmiskowsky, unternahm gemeinsam mit dem Hofmeister G. am 24. September 1920, nach 21 Uhr, eine Streife über die Felder, auf denen Kartoffeldiebe in der letzten Zeit arg gehaust hatten. Sie stießen auf 4 Felddiebe, die auf Anruf unter Zurücklassung ihrer gefüllten Kartoffelsäcke die Flucht ergriffen.

Nachdem sie die Säcke ins Gut geschafft hatten, begaben sich beide kurz nach 22 Uhr nochmals auf das Feld. Während R. von der nach Dieskau führenden Straße ein mit Wicken bestelltes Feld hinauf ging, begab sich der Hofmeister auf der anderen Seite eines 22 Morgen großen Kartoffelfeldes entlang nach der 220 Meter von der Straße entfernten massiven Feldscheune. Hier angekommen, hörte er von der Richtung her, in der sich der Forstschutzbeamte befand, Hilferufe und einen Schuß. Als er hinzueilte, sah er in der Dunkelheit 4 oder 5 Personen davoneilen. Der Jäger Rosmiskowsky lag erschossen zwischen den Kartoffeln.

Die alsbald benachrichtigte Gendarmerie und Gerichtskommission fand den Toten auf dem Gesicht liegend. Vorn in der Herzgegend war ein Kugeleinschuß, hinten der Ausschuß festzustellen. Im Gesicht fand man blutunterlaufene und durchschlagene Stellen, die auf schwere Mißhandlungen schließen ließen.

Es waren Kartoffeln frisch ausgegraben, einig vorhandene Fuß- und Knieabdrücke wurden gemessen, aber nicht durch Gipsabguß sichergestellt. Da es inzwischen geregnet hatte, waren die Spuren schon teilweise verwischt. Trotzdem war zu erkennen, daß sie in der Richtung nach einer 700 bis 800 Meter entfernten Kantine einer großen Brauerei führten. Auch ein herbeigeholter Polizeihund schlug diese Richtung ein, konnte aber nicht weiter zur Aufklärung des Falles beitragen.

Der Dienstherr des Erschossenen, Rittergutsbesitzer Goedecke, setzte eine Belohnung von 3000 Mark auf Ermittlung der Täter aus, der Regierungspräsident in Merseburg erhöhte die Belohnung auf 5000 Mark.

Im Gewehr des Erschossenen und neben ihm fand man sechs angeschlagene Patronen. Der Jäger hatte also sechs Versager gehabt! Es ist daraus zu schließen, daß entweder seine Büchse nicht in Ordnung war oder die Patronen zu alt und unbrauchbar waren. Bevor man solch gefahrvolle Streife unternimmt, ist stets der Zustand der Waffen nachzuprüfen und für öftere Erneuerung der Munition zu sorgen.

Am 2. Oktober fand ein Arbeiter, 500 Meter südlich vom Tatort, in einem Wasserloch ein Infanteriegewehr, das eine abgeschossene und vier scharfe Patronen enthielt. Der Eigentümer dieser Waffe, die wahrscheinlich bei der Tat benutzt worden war, konnte nicht ermittelt werden. In den Verdacht der Täterschaft geriet zuerst ein Arbeiter H., der den Ermordeten schwer bedroht hatte. Dann gerieten noch zwei andere Personen in Verdacht. Am 12. September 1921 wurde das Verfahren eingestellt.

Herr Rittergutsbesitzer Goedecke bemühte sich trotzdem weiter um die Aufklärung des an seinem Beamten verübten Mordes. Verdächtige Personen wurden überwacht und die Ermittlungen im stillen fortgesetzt. Zehn Jahre später wurden diese Bemühungen von Erfolg gekrönt! Der Bergarbeiter Paul Fr. gestand im Trunke ein, den Forstbeamten erschossen zu haben. Das Schwurgericht Halle a. d. Saale verurteilte den der Tat Geständigen zu einer Zuchthausstrafe von zehn Jahren …

Unaufgeklärter Meuchelmord.

Auf einem Reviergange verschwand am 27. Dezember 1905 der 34 Jahre alte Großherzoglich Toskanische Jäger Johann Reich aus Hintertaugl (Salzburg). Der Jäger Reich, ein äußerst tüchtiger Beamter, betreute seit 6 Jahren das 3000 ha große Jagdrevier St. Kolomann, eins der schwierigsten Hochgebirgsreviere in den Salzburger Alpen. Die von dem Verschwinden des Jägers in Kenntnis gesetzten Gendarmerie- und Forstbeamten rechneten zuerst mit einem in diesem schwierigen Gelände leicht möglichen Absturz, obwohl Jäger Reich als vorsichtiger und erfahrener Bergsteiger bekannt war.

Reich, der mit seiner jungen Frau sehr zurückgezogen lebte, war wegen seines Diensteifers in Wildererkreisen sehr gefürchtet und verhaßt. In anonymen Briefen war er wiederholt schwer bedroht worden. Am 14. Dezember hatte er aufgeregt seinem Vorgesetzten, dem K. u. K. Forstrat gemeldet, daß er in der Storchalpe den Aufbruch eines gewilderten Gemsbockes gefunden habe. Am Trattberg waren wiederholt verdächtige Schüsse gefallen, es war anzunehmen, daß sich der Jäger dorthin begeben hatte. Da gleich nach seinem Verschwinden starker Schneefall einsetzte, blieben die Nachforschungen resultatslos.

Am 27. Dezember 1904, also genau ein Jahr vor dem Verschwinden des Jägers, war in dessen Revier ein als Wilderer bekannter Bursche, Pankraz S., verschwunden. Das Gerücht war aufgetaucht, daß ihn der Jäger bei einem Zusammenstoß erschossen und die Leiche beseitigt habe. Auf Befragen hatte der Jäger seinen Vorgesetzten gegenüber entschieden in Abrede gestellt, den Wilderer erschossen zu haben. Da sich das Gerücht aber hartnäckig erhalten hatte, mußte damit gerechnet werden, daß die Komplicen ein Jahr später Rache geübt hatten.

Die Gendarmerie ermittelte, daß am 26. Dezember, also einen Tag vor dem Verschwinden Reichs, sieben Bauern, die die an Reichs Revier grenzende Gemeindejagd gepachtet hatten, gejagt hatten. Das hatte der Jäger tags zuvor erfahren und sich an die Grenze begeben, weil er damit rechnete, daß sich die Jagd erfahrungsgemäß über die Grenze ziehen würde. Ein Jagdhund dieser Jäger, der Wild über die Grenze verfolgte, wurde in Reich's Revier durch den Hals geschossen. Die Jäger hatten darauf Drohungen gegen den Jäger ausgestoßen. Sie wurden nun von der Gendarmerie festgenommen, vom Richter aber wieder entlassen.

Der erschlagene Forstanwärter Wilhelm Klingler, Plattenhardt (Württemberg).

Ein halbes Jahr später, am 14. Juni 1906 (Frohenleichnamstag), fanden ein Knecht und eine Sennerin die Leiche des vermißten Jägers am Vordertrattberg, in 1600 Meter Höhe. Die Gerichtskommission, unter Führung des Bezirksrichters Dr. Thon, fand die vom K. u. K. Förster Grabner bewachte Leiche an einem verkümmerten, über ein Meter hohen Fichtenstock. Der Verschluß der ungeladenen und nicht gespannten Büchsflinte stand offen; 30 Meter unterhalb der Leiche lag ein zersplitterter, dem Toten nicht gehöriger Bergstock. Im Rucksack fand man den zusammengelegten Wettermantel, in demselben eine abgeplattete Kugel, die, wie die weitere Feststellung ergab, vorn rechts zwischen der 4. und 5. Rippe dem Jäger in die Brust gedrungen, im Rücken ausgetreten und dann im Rucksack steckengeblieben war. Ferner hatte Reich einen Schrotschuß aus naher Entfernung von vorn in die rechte Brust erhalten. Beide Schüsse hatte der Jäger aus dem Hinterhalt erhalten, als er auf einem steilen Felspfad abstieg. Er war dann tot 20 Meter den Felsen hinabgestürzt, wo ein Bäumchen den weiteren Absturz gehemmt hatte. In der Rocktasche des Toten fand man den geladenen Revolver und die Brieftasche mit Geld.

Am 20. Juni wurden 7 der bereits genannten Jäger aus St. Kolomann abermals in Haft genommen. Der Besitzer Rupert N. gestand schließlich ein, mit drei der ebenfalls festgenommenen Besitzer am 26. Dezember in Kaiserlichen und Toskanischen Revier gewildert zu haben. Sie hatten die Gesichter geschwärzt und schossen bei Beendigung ihrer „Birsch“ zehnmal auf eine Felswand; angeblich, um sich im Schießen zu üben, in Wirklichkeit aber, um den Jäger in den Hinterhalt zu locken und zu erschießen.

Die Gendarmen brachten nun in Erfahrung, daß zwei der Festgenommenen, Josef und Rupert G., am Mordtage in unmittelbarer Nähe des Tatortes gejagt hatten. Am Tage vorher hatte Jäger Reich, wie erwähnt, den Hund ihres Vaters angeschossen. Auf der Suche nach dem Hunde waren die beiden Brüder dann wahrscheinlich mit dem Jäger zusammengestoßen und hatten ihn erschossen. Die Verdächtigen, Söhne des „Ramserbauern“, gestanden schließlich dem Gendarmerie-Postenführer Bründl, ein, daß sie ihren Hund in der Nähe des Tatortes gesucht hätten. Sie hätten auch ihre Gewehre dabei im Großherzoglichen Revier mitgeführt und die Gesichter geschwärzt gehabt; mit dem Jäger wären sie aber nicht zusammengestoßen. Dem Untersuchungsrichter Dr. Thon gelang es schließlich, durch ununterbrochene Zeugenvernehmung und Verhöre der Verdächtigen immer mehr Belastungsmaterial herbeizuschaffen. Der Vater hatte am Tage nach dem Morde seine Büchsflinte mit Munition bei seinem Nachbarn, dem fast erblindeten „Stillfeichtenbauern“ im Stroh versteckt, ohne daß dieser eine Ahnung davon hatte! Im Besitz des Sohnes Josef wurde eine teure, erst einige Tage vor dem Morde gekaufte Büchsflinte gefunden, die er aber am Mordtage nicht geführt haben wollte. Die im Rucksack des Ermordeten gefundene tödliche Kugel war ein $14^{4}/_{10}$ Gramm schweres Preßbleigeschoß mit fünf vertikal geriffelten Ringen, mit dem Firmenaufdruck G. R. 715 und dem Kaliber 9,3x72 Millimeter. Die in der Leiche gefundenen Schrote waren Kaliber 4 und hatten ein Gewicht von ½ Gramm. Wie aus der Rechnung des Gewehrlieferanten zu ersehen war, hatte sich Josef G. zehn Kugel- und zehn Schrotpatronen mitschicken lassen, die genau derselben Art waren. Auch die Züge der Büchsflinte paßten zu den am Tatgeschoß sichtbaren Eindrücken.

Vor dem Schwurgericht Salzburg waren beide Brüder am 25. September 1906 des Meuchelmordes angeklagt. Sie wurden wegen Mangels an Beweisen freigesprochen …

Dieser Fall zeigt wieder, wie dringend notwendig es ist, daß zu derartigen Verhandlungen Sachverständige hinzugezogen werden, die auf allen Gebieten der Schießtechnik und des Jagd- und Wildererwesens Bescheid wissen. Nicht ein Sachverständiger, der mit unverständlichen Tabellen und chemischen Formeln langweilt; dessen „Gutachten“ ebenso vom Ankläger, wie zugunsten des Angeklagten ausgewertet werden kann, sondern ein Mann der Praxis, der durch die Begründung seines Gutachtens überzeugend wirkt, dessen Gutachten nur eindeutig gewertet werden kann.

Wilddieberei und Doppelmord bei Staßfurt.

Wie überall in Industrie- und Bergwerksgegenden wurde auch in der Nähe von Staßfurt von je her stark gewildert. Die großen Klee- und Zuckerrübenfelder der „Magdeburger Börde“, der anhaltischen Domänen und der weiter entfernten „Goldenen Aue“ bieten dem Hasenbestand in der dortigen Gegend eine vorzügliche Äsung. Die Hasentreibjagden weisen dort die größten mir bekannten Strecken auf. Der wirtschaftlich nicht gutgestellte Berg-, Hütten- und Steinbrucharbeiter greift dort gern zum Schießprügel, um seiner stets kinderreichen Familie einen Sonntagsbraten zu verschaffen.

In den 80er Jahren machten Wilddiebe in der Staßfurter Feldmark den Feldhütern und Förstern besonders viel zu schaffen. In der Nacht vom 29. Februar zum 1. März 1888 befanden sich die beiden Förster Balke aus Staßfurt und Falley aus Güsten auf einer gemeinsamen Streife in der Feldmark Löderburg. Unterhalb des Schachtes Neu-Staßfurt bemerkten sie in größerer Entfernung zwei Männer, die in der Richtung nach Löderburg zu verschwanden. Kurz danach fiel westlich des alten Kohlenschachtes ein Schuß und wieder sahen sie im Mondenschein die beiden verdächtigen Männer, die über ein mit Roggen besätes Feld nach L. zu gingen. Um ihnen den Weg nach der Kolonie L. abzuschneiden, folgte ihnen Falley auf dem Wirtschaftswege in schneller Gangart, während Balke rechts seitwärts über die Felder ging. Als Förster Falley auf 30 Schritt heran war, rief er die beiden an. Sofort drehten sich die Männer um und gaben drei Schüsse auf den Beamten ab. Dieser brach schwerverwundet zusammen, sandte den Fliehenden aber trotzdem noch einen Kugelschuß nach. Auch Förster Balke schoß zweimal mit Schrot, trotzdem setzten die Wilddiebe ihre Flucht fort.

Förster Falley hatte 19 Schrotkörner in die rechte Hand und vorn in beide Beine erhalten. Zwei Steiger, an denen die Fliehenden vorbeiliefen, verfolgten sie ein Stück, weil sie die Männer für Einbrecher hielten. Sie hatten sie nicht erkannt und konnten nur angeben, daß beide ziemlich groß gewesen waren.

Förster Falley gab an, daß er den einen Wilddieb wahrscheinlich in die Hand getroffen habe. Es gerieten mehrere, wegen Wilderns vorbestrafte Personen aus Staßfurt in Verdacht, sie konnten aber des Mordversuchs nicht überführt werden.

Drei Jahre später erstatteten die Polizei-Sergeanten Zorn und Schmidt in Löderburg die Anzeige, daß unter den Bergleuten das Gerücht verbreitet sei, der Kugelschuß des Försters Falley habe den Gewehrkolben des einen Wilddiebs getroffen. Bei der Haussuchung, die man bei zwei Bergleuten, Vater und Sohn K. vornahm, wurde ein einläufiger Vorderlader gefunden, der am Kolben ein 5 Zentimeter starkes Messingband trug, unter dem man den Kugeleinschlag vermutete. Die K. wollten dieses Gewehr, das schon das Messingband getragen habe, bei einem Büchsenmacher in Bernburg gekauft haben. Ein zweites, doppelläufiges Gewehr wollten sie von einem Bergmann gekauft haben, „weil es ihnen Spaß macht". Beide bestritten, gewildert und auf den Förster geschossen zu haben, sie wollten aber auf dem Schacht „Agathe" gehört haben, daß die beiden „Riesen" (Gebrüder E.) die Wilddiebe gewesen seien. Schließlich gestand der alte K. ein, daß ihm Fritz E. erzählt habe, daß er auf den Förster Falley geschossen habe. Sein Begleiter sei der z. Z. unter der Anklage des Mordes in Halberstadt in Untersuchungshaft sitzende Bergmann Samuel Schr. gewesen, der den Knecht Tangermann in Winningen erschossen hatte. Dieser Schr. hatte einen Hasen im Rucksack getragen, den der Schrotschuß getroffen hatte, während der Kugelschuß in den Gewehrkolben eingeschlagen war. Der Büchsenmacher habe den Kolben repariert und er habe dann das Gewehr verkauft.

Gegen den Komplicen des Schr., den 41 Jahre alten Bergmann E., wurde Haftbefehl erlassen. Er war wegen Wilderns und Körperverletzung wiederholt vorbestraft. Die von dem Gerichts-Assessor Hecht in Staßfurt geführte Untersuchung klärte die Widersprüche in den Aussagen. Der festgenommene K. gestand nun ein, daß er im Herbst 1888 eines Abends in die Athenslebener Flur hinausgegangen sei, um sich einen Hasen zu schießen. Als in der Dunkelheit zwei Männer hinter ihm her kamen, versteckte er sich erst, erkannte dann aber zwei Bergleute: Den jetzt festgenommenen Friedrich E. und den Andreas W. Beide trugen ebenfalls Gewehre, und man setzte sich zu Dreien an. Da tauchte vor ihnen ein Mann mit übergehängtem Gewehr auf, und K. ergriff die Flucht, in der Annahme, daß es ein Jäger sei. Die Komplicen blieben sitzen, und es fielen dann drei Schüsse. Anderen Tages erfuhr K. von dem Bergmann B., daß dessen Vater durch einen Schrotschuß in die rechte Schulter und Brust schwerverletzt worden sei, als er sich einen Hasen habe schießen wollen. Er lag 24 Wochen krank darnieder und erstattete natürlich keine Anzeige. Friedrich E. gestand dem K. dann ein, daß er den B. niedergeschossen habe, in der Annahme, daß es ein Jäger sei. So hatte ein Wilddieb den anderen niedergeknallt! Wie leicht konnte aber in diesem Falle ein Jäger in den Verdacht kommen.

E. bestritt diesen Vorgang, der Komplice W. bestätigte aber die Angaben des K. und fügte hinzu, daß E. ein sehr jähzorniger und gewalttätiger Mensch sei, der wiederholt auch ihn mit Erschießen bedroht habe. E. wies nun nach, daß er am 29. Februar 1888, zur Zeit des Zusammenstoßes der beiden Förster mit den Wilddieben, Nachtschicht gehabt habe. Die Bücher auf Schacht „Agathe" bestätigten das. Der Polizeisergeant Zorn, Löderburg, der die Gepflogenheiten der Bergleute kannte, klärte den scheinbaren Widerspruch aber bald auf. Die Bergleute mußten sich beim Antritt der Schicht um 18 Uhr beim Betriebssteiger melden und fuhren dann ein. Es kam nun vor, daß sich unten im Schacht einige der eingefahrenen Bergleute beim Betriebsaufseher als „krank" meldeten und sofort wieder ausfuhren oder unbemerkt durch den Wetterschacht auf Leitern nach oben stiegen. Diese Bergleute waren dann als zur Nachtschicht tätig in den Büchern eingetragen, befanden sich aber trotzdem nicht im Schacht, sondern gingen wildern.

Diese Ermittlung bestätigt einmal wieder, wie unumgänglich notwendig es ist, daß der recherchierende Polizeibeamte sich nicht mit irgendwelchen Auskünften zufrieden gibt, sondern gewissenhaft alles selbst nachprüft. Wie oft geschieht es, daß der wenig erfahrene Beamte sich mit der ersten besten Auskunft begnügt. Sein dienstlicher Bericht und seine vor Gericht beschworene Aussage dient dann als Entlastung Beschuldigter oder Belastung Unschuldiger. Manches Verbrechen bleibt dadurch unaufgeklärt, leicht kann ein Fehlurteil auf Grund solcher leichtgläubigen Ermittlungen entstehen.

Die weiteren Ermittlungen bezüglich des Schr. erübrigten sich, weil er am 7. Oktober 1892 vom Schwurgericht Halberstadt wegen des an Tangermann, Winningen, verübten Mordes zum Tode verurteilt wurde und anschließend auch ein Geständnis bezüglich des Mordversuchs an dem Förster Falley ablegte. Er und E. waren die beiden Wilddiebe gewesen, die die beiden Förster verfolgt hatten. Die Schüsse hatte E. abgefeuert, Sch. hatte den Schrotschuß erhalten, der aber von seinem dicken Schachtmantel abgehalten worden war.

Am 3. November 1892 standen E. und Schr. vor dem Schwurgericht Magdeburg unter der Anklage des Mordversuchs. Sie wurden nach § 214 StGB. und wegen Jagdvergehens verurteilt; E. zu 12 Jahren, der bereits zum Tode verurteilte Schr. zu 8 Jahren, 3 Monat Zuchthaus …

Ein anderes schweres Verbrechen hatte kurz vorher die Öffentlichkeit im hohen Maße erregt. Ein Wilddieb gleichen Namens, der 42 Jahre alte Arbeiter Gottlieb Schr. aus Förderstedt, erschoß in derselben Gegend, am 3. Juli 1892, zwei Jagdschutzbeamte. Schr. führte in seinen Kreisen den Namen „Mehlsack" (Kürassier). Er hatte als „Halberstädter Kürassier" den bekannten „Todesritt von Mars-la-Tour" mitgeritten und war einer der wenigen Überlebenden.

Schr. war aber auch wegen seines gewalttätigen Charakters bekannt. Als er am 9. August 1885 vom Feldhüter Edling beim Felddiebstahl abgefaßt wurde, führte er ein geladenes Gewehr bei sich, das er sofort auf E. anschlug. Der Schuß versagte und der unbewaffnete Feldhüter ergriff die Flucht. Trotzdem schoß Schr. hinterher, traf den E. aber nicht. Es war nur ein Zufall, daß Schr. nicht schon damals zum Mörder wurde. Am 11. September 1887 faßte ihn Förster Balke beim Wildern ab. Schr. fiel überraschend über den Beamten her, mißhandelte ihn schwer und bedrohte ihn mit Totschlag. Er wurde dafür mit 2 Jahren und 1 Monat Zuchthaus bestraft.

Als er das Zuchthaus verlassen hatte, ging er sofort wieder wildern. Er drohte öffentlich: „Wer mir zu Leibe will und will mir die Flinte abnehmen, den strecke ich nieder. Mir ist alles egal, ins Zuchthaus lasse ich mich nicht wieder sperren!"

Die eigene Mutter hatte ihn wiederholt gewarnt: „Du wirst noch Futter für Krauts!“ (Berliner Scharfrichter.) Die alte Dame sollte Recht behalten …

Am Sonntag, dem 3. Juli 1892, teilte das Amtsgericht Staßfurt der Staatsanwaltschaft Magdeburg telegraphisch mit, daß bei Förderstedt zwei Jagschutzbeamte erschossen aufgefunden worden wären. Der sofort entsandte Staatsanwalt und die Gerichtskommission aus Staßfurt stellten folgendes fest:

Im Getreidefeld, dicht beim Kilometerstein 11,9 der Chaussee Förderstedt-Staßfurt, lagen die Leichen des Försters Sauer und des Feldhüters Wendt, beide aus Staßfurt. Der Fundort war 1,9 Kilometer vom Dorfe Förderstedt entfernt; auf der mit alten Kirschbäumen bestandenen Chaussee, die durch freies, bis zur Eisenbahnstrecke Magdeburg-Staßfurt vollkommen übersichtliches Gelände führt, fand man zwei große Blutlachen. Hier waren die Beamten niedergeschossen und dann durch den Chausseestaub in das Roggenfeld geschleift worden. Im Chausseegraben, rechts von Förderstedt aus, lag der Stock des Wendt, 10 Schritte weiter der Hut Sauers. Vom Kilometerstein zweigt dort in östlicher Richtung ein Feldweg ab, der zum Becker'schen Steinbruch führt. Die Leichen lagen im Winkel, den Chaussee und Feldweg bilden, je 2 Schritt von diesen Straßen entfernt, in der Spitze des hohen Kornfeldes. Förster Sauer lag links, beide Hände über dem Kopf erhoben. In der Joppentasche trug er den geladenen Revolver. Am linken Handgelenk hing noch an einem Faustriemen der starke Gehstock, in der Joppe steckte der Hirschfänger. Rechts neben, teils über ihm, lag der erschossene Wendt, der an der Seite übergeschnallt eine Revolvertasche trug. Der Revolver war geraubt. Beide Leichen waren blutüberströmt, Wendt hatte einen Einschuß an der rechten Schläfe, Sauer an der Vorderseite des Halses.

Als Täter konnte sofort Gottlieb Schr. ermittelt werden, denn bei diesem Doppelmord war ein Tatzeuge zugegen gewesen. Der in der Niemannschen Brauerei beschäftigte Arbeiter Sch. hatte sich morgens 5 Uhr von Förderstedt aus nach der Arbeitsstelle begeben. Als er an die beschriebene Wegkreuzung gelangte, kam vom Steinbruch her der ihm bekannte, mit einem doppelläufigen Vorderladergewehr bewaffnete Schr. Als beide sich begrüßten, stellte Schr. sein Gewehr vor sich hin mit den Worten: „Da kommen sie schon wieder, der Förster und der Wendt!“ Als der Zeuge nach der angedeuteten Richtung blickte, sah er die beiden Beamten herankommen. Er ahnte sofort, daß es zu einem Zusammenstoß zwischen diesen und dem gewalttätigen Schr. kommen würde und ging davon. Er hörte noch den Förster fragen: „Was machen Sie denn hier?“, worauf Schr. antwortete: „Ich passe auf die Kirschen auf!“ Der Zeuge blieb stehen und sah, wie Förster Sauer dem Schr. das Gewehr wegnehmen wollte. Dieser sprang aber zurück mit dem Ruf: „Zurück, drei Schritte vom Leibe!“, wobei er die Hähne seines Gewehres spannte. In unbegreiflicher Unvorsichtigkeit folgten trotzdem beide Beamte, ohne ihre Schußwaffen fertig zu machen, dem langsam zurückweichenden Schr., der sein Gewehr schußbereit auf sie richtete. Als der Förster heransprang, rief Schr. nochmals drohend „Halt!“, dann fiel ein Schuß, und Förster Sauer fiel um, „steif wie ein Baum“. Trotzdem sprang nun auch der Feldhüter auf

Schr. zu. Dieser wich einige Schritte zurück mit dem warnenden Zuruf: „Wendt!“ Dann fiel ein zweiter Schuß, der Wendt ebenfalls tot niederstreckte.

Als der Zeuge entsetzt davonlief und dann nach 30 Schritten stehen bleib, sah er, wie Schr. den toten Förster an den Füßen ins Kornfeld zog. Er rief dabei dem Zeugen warnend zu: „Du hast nichts gesehen!“

Als der Zeuge eilig weiterging, begegnete er dem Förster Balke, ohne ihm von dem entsetzlichen Vorfall etwas zu sagen, obwohl der Beamte nach der Mordstelle zu ging. Er hatte abends vorher mit den beiden Ermordeten verabredet, sich morgens 5 Uhr am „Pomackenweg“, der 400 Meter südlich der Mordstelle von der Chaussee abgeht, zu treffen. Auf dem Wege nach diesem Treffpunkte ging er auf der Chaussee hinter einem Steinwagen her. Da hörte er vor sich in einer Entfernung von etwa 800 Meter zwei Schüsse in kurzen Intervallen fallen. Als er an die Mordstelle kam, sah er und auch der Führer des Fuhrwerks die beiden großen Blutlachen auf der Chaussee. Sie glaubten, daß eine dort verunglückte Kuh abgestochen worden sei und gingen weiter. So kamen sie an die am Kilometerstein 11,0 stehende Bretterbude des Obstpächters Schr., des Bruders des Mörders. Als der vor der Hütte stehende Schr. auf die Frage des Försters, wer geschossen habe, antwortete, er wisse es nicht, ging der Beamte mißtrauisch zurück zur Stelle, wo er die Blutlachen gefunden hatte. Hier entdeckte er zuerst die Schleifspuren und dann zu seinem Entsetzen die Leichen seiner beiden Kollegen.

Die Ärzte fanden im Hals des erschossenen Försters 25, im Kopf des Feldhüters Wendt 13 Schrote Nr. 3. Teile eines Papierpatronenpfropfens fanden sich ebenfalls in der Schußwunde des Försters; die Zeitung, von der das Papier abgerissen worden war, sowie den geraubten Revolver des Feldhüters fand man in Schr.'s Wohnung. Als die Gendarmen Mackenthun und Schmidt den Mörder dort festnahmen, sprach er zu ihnen resigniert: „Mir ist an meinem Leben nichts gelegen, Sie können mir gleich den Kopf abhauen!“ Schr. war Vater von acht Kindern. Als der Untersuchungsrichter ihm ins Gewissen redete, bemerkte er abweisend: „Ich kenne keinen Gott, der ist nicht für die armen Leute da!“

Das Schwurgericht Magdeburg verurteilte ihn am 30. September 1892 wegen Doppelmordes zweimal zum Tode. Trotz der klaren Beweise bestritt Schr., die Beamten ermordet zu haben. Als ihm einige Zeit später der Aufseher bestimmungsgemäß des Abends die Sicherheitsketten anlegen wollte, überfiel er diesen. Er warf ihm Salz, Sand und getrockneten Tabak ins Gesicht und schlug ihn nieder. Auf die Hilferufe des überfallenen Gefängnisbeamten lief ein Kalfakter hinzu, schloß eine andere Zelle auf, in der noch drei Gefangene sich befanden, und die vier Gefangenen eilten dem Gefängnisbeamten zu Hilfe. Trotz heftigster Gegenwehr wurde der Mörder von den fünf Männern überwältigt.

Am 16. Juni1893 wurde er in Magdeburg mit dem Handbeil hingerichtet.

Jagdpächter als gefährlicher Schlingensteller und Förstermörder.

Der Gemeindeförster Frohwein, Bogal (Reg.-Bez. Wiesbaden), wurde am 28. Februar 1919 von auf dem Felde beschäftigten Landwirten beobachtet, wie er gegen ¾8 Uhr von Bogal kommend in den Casdorfer Gemeindewald, Distrikt Schlausberg II sich begab. Etwa 10 Minuten später fielen dort zwei Schüsse in derartig kurzer Folge, daß sie fast wie ein Schuß ertönten. Den Schüssen folgten mehrere eigenartige Schreie, die die Zeugen für das Klagen eines angeschossenen Wildschweines hielten. Nach einer Pause fielen dann in kurzen Intervallen abermals zwei Schüsse und man hörte den Ruf: „Hilfe, lieber Gott, hilf!" Darauf folgte noch ein Schuß, und dann trat Ruhe ein.

Die Landwirte begaben sich nun in den Waldteil, wo sie die verdächtigen Schüsse und Rufe gehört hatten, fanden aber trotz längeren Suchens weder den Förster noch sonst etwas Verdächtiges. Sie schickten aber einen Boten zum Bürgermeister, um ihre eigenartigen Beobachtungen zur Anzeige zu bringen. Sofort alarmierte Einwohner fanden zuerst den blutbefleckten Rucksack und das Gewehr des Försters Frohwein. Als sie einer Schleifspur nachgingen, fanden sie den Beamten erschossen in einer Dickung. Die Leiche war mit Zweigen zugedeckt.

Die Gerichtskommission machte am Fundort der Leiche folgende Feststellung: Angrenzend an einen lichten Bestand junger Eichen befand sich eine sehr dichte Tannendickung, durch die ein schmaler, in der Mitte gebogener, 28 Schritte langer Birschsteig zu einer mit Moos und Heidekraut bewachsenen Schneise führte. Jenseits dieser Schneise befand sich Tannenhochwald. Am Ausgang des frischgehauenen Birschpfades bemerkte man eine in Brusthöhe zwischen zwei jungen Eichen waagerecht festgenagelte, frischgehauene Tannenstange. Am Boden lagen noch mehrere Stangen derselben Art und ein Hammer. In der Nähe entdeckte man eine bereits fertig und fängisch gestellte Marderfalle; unweit davon lag ein Blatt aus einem Modejournal, ein kleines Drillichsäckchen und ein Stück Gescheide, das zu Beködern der Prügelfalle dienen sollte. Aus diesem örtlichen Befunde konnten die anwesenden Jäger und Forstbeamten ohne weiteres den Schluß ziehen, daß Förster Frohwein einen Wilddieb überrascht hatte, der hier mit großer Frechheit eine Marderfalle gebaut hatte, die zweite soeben fertig stellen wollte. Es mußte sich um einen jagdlich erfahrenen und mit großer Dreistigkeit vorgehenden Wilddieb handeln.

20 Schritte von der angenagelten Tannenstange im Eichenwald und fünf Schritte vom Rande der Tannendickung entfernt fand man zwei große Blutlachen, von denen

eine blutige Schleifspur in die Dickung führte. Hier lag der erschossene Förster, der Uniformrock war über Rücken und Schulter hochgezogen. Der Mörder hatte ihn am Rock ziehend drei Schritte weit hineingezogen und mit Zweigen zugedeckt. Die ärztliche Feststellung ergab, daß der Tote Würgemale am Halse und im Gesicht einen Kugelschuß durch den Unterleib (Leiste) und einen zweiten Kugelschuß durch den Hals hatte, der als Fangschuß anzusehen war.

In der angenagelten Stange fand man Schrotschußspuren, eine junge Eiche war von einer Kugel gestreift. An der Stange fand man im Grase eine Rottweiler-Schrotpatronenhülse, in der einen Blutlache eine Messing-Kugelpatronenhülse. Dem Toten war die Geldtasche mit einem größeren Betrag und die Taschenuhr mit Kette geraubt.

Der Verdacht der Täterschaft fiel alsbald auf den 36jährigen Landwirt Georg F., der bei seinem Vater auf dem Hof Molsberg wohnte und mit diesem zusammen die an den Tatort angrenzende Jagd im Anel'er Wald gepachtet hatte. Er war von frühester Jugend als leidenschaftlicher Wilddieb bekannt. In der von ihm gepachteten Jagd hatte man wiederholt Rehschlingen und aus starkem Schiffsdraht hergestellte Schlingen für Wildschweine gefunden. Trotzdem hatte man diesem gefährlichen Aasjäger und seinem Vater die Jagd belassen!

Man fand den Verdächtigen im Bett liegend, der aus St. Goarshausen herbeigeholte Arzt stellte fest, daß er 48 Schrote im Rücken hatte. Es handelte sich, wie deutlich zu sehen war, um zwei Schrotschüsse. Auf Befragen gab er an, daß er auf seiner Jagd auf Anstand gestanden und plötzlich zwei Schrotschüsse von einem unsichtbaren Schützen erhalten habe. Drei unbekannte Männer hätten ihn dann niedergeschlagen, so daß er die Besinnung verlor.

Dieses Märchen glaubte ihm natürlich niemand. Seine Angehörigen, von der ihnen gestellten Frage überrascht, bestätigten, daß der am Tatort gefundene Hammer und das Drillichsäckchen Eigentum der Familie F. waren. Man fand auch das Modejournal in der Wohnung, in dem das am Tatort gefundene Blatt fehlte. Die Abreißstellen paßten genau zusammen.

Trotz dieser erdrückenden Beweise bestritt F., den Förster Frohwein ermordet und beraubt zu haben. Seinen Drilling, den er bis dahin stets geführt hatte, und die dem Ermordeten geraubten Wertsachen hatte er jedenfalls im Walde versteckt. Sie wurden nicht gefunden.

Das Schwurgericht des Landgerichts Wiesbaden verurteilte den F. am 22. Oktober 1920 wegen Totschlags zu 15 Jahren Zuchthaus. Er simulierte Geisteskrankheit und wurde 1921 in die Irrenabteilung des Strafgefängnisses Halle (Saale) zur Beobachtung überführt. Dann brachte man ihn in die Landesheilanstalt Herborn, wo er am 9. Mai 1923 seine Absicht erreichte. Er ergriff die Flucht und wandte sich der Heimat zu. Als dort bekannt wurde, daß der gefährliche Mörder entsprungen sei, bemächtigte sich der Bevölkerung große Aufregung. Mit einem großen Landjägeraufgebot wurde die Gegend durchstreift und das väterliche Gut durchsucht. F., der sich dort versteckt hielt, griff die Beamten tätlich an und wurde im Kampf von den Landjägern erschossen.

Lynchjustiz.

Ein Förstermord, der in seiner Scheußlichkeit alles übertrifft, was in den vorliegenden drei Büchern geschildert worden ist, möge den Schluß bilden.

Das Schwurgericht des Landgerichts Bonn verhandelte am 16., 17. und 18. Oktober 1919 gegen 2 Frauen und 9 Männer wegen Aufruhrs und Landfriedensbruchs. Die Angeklagten wurden zu Gefängnisstrafen von ein bis zwei Jahren verurteilt. Dem Urteil lagen folgende Vorgänge zugrunde:

Der Privatförster Heinrich Heidel traf am 5. April 1919, gegen 20 Uhr, auf einem Reviergang in der Feldmark bei X., (die Ortsnamen sollen verschwiegen werden), den bekannten Wilddieb Heinrich H. Der Förster sah, daß H. unter dem Militärmantel ein Gewehr trug. Unvorsichtigerweise ging Heidel mit dem Gewehr in der Hand an den als gewalttätig bekannten Wilddieb heran und versuchte ihm das Gewehr abzunehmen. Sofort ergriff der Wilddieb das Gewehr des Heidel und wollte es ihm entreißen. Es entspann sich nun ein wütender Kampf, in dessen Verlauf Heidel mehrere Faustschläge ins Gesicht und Fußtritte erhielt, so daß er stark blutete. Schließlich forderte H., der die Oberhand gewonnen hatte, den Förster auf, beide Läufe seines Gewehres, das beide noch immer umklammert hielten, abzufeuern, dann wolle er ihm die Waffe zurückgeben. Um mit dem H. auseinanderzukommen, schoß Heidel die beiden Schrotläufe seines Drillings ab, wobei H. das Gewehr noch festhielt. In der Meinung, daß der Förster nun wehrlos sei, riß der Wilddieb jetzt eine Parabellumpistole aus der Manteltasche und setzte sie ihm auf die Brust mit den Worten: „Jetzt mußt du Aas verrecken und gehst mir nicht von der Stelle!“ Der Förster hatte soviel Geistesgegenwart zurückzuspringen und den Kugellauf seines Drillings auf seinen Gegner abzuschießen. H. fiel zu Boden, legte aber die Armeepistole aufs Neue auf den Förster an. Dieser warf sich nun auf den Wilddieb und entriß ihm die Pistole und das auseinandernehmbare Gewehr. Nun erhob sich der Schwerverwundete und begab sich ins Krankenhaus. Er verstarb dort in der Nacht vom 6. zum 7. April.

Der Tod des bekannten Wilddiebs rief unter der durch die Vorgänge der „Märzunruhen“ gereizten Arbeiterbevölkerung derartige Erregung hervor, daß für den Abend des 7. April eine große Protestversammlung einberufen wurde, in der die Erschießung des H. erörtert werden sollte. Um ihn vor Gewalttätigkeiten zu schützen, hatte die

Polizei den Förster in Schutzhaft genommen. Leider wurde versäumt, für den erforderlichen Schutz zu sorgen.

In der Versammlung wurde beschlossen, einen Demonstrationsumzug zur Wohnung des Bürgermeisters und des Amtsgerichtsrates zu unternehmen, um durchzudrücken, daß der Förster, der doch zweifellos in berechtigter Notwehr gehandelt hatte, in Haft verbleibe und bestraft werde. An dem Umzug nahmen über 1000 Personen, darunter viele Ortsfremde teil. Zuerst zogen sie zur Wohnung des Bürgermeisters. Während noch der Gendarmerie-Wachtmeister Elsner und der Polizeisergeant sich bemühten, die Menge vom Eindringen in die Wohnung abzuhalten, war ein größerer Trupp vor das Gefängnis gezogen, in dem sich der Förster befand. Man handelte offenbar nach einem wohldurchdachten Plan, denn später wurde festgestellt, daß es schon nachmittags in der Bevölkerung allgemein bekannt gewesen war, daß der Förster aus dem Gefängnis herausgeholt und erschlagen werden sollte. Der Bürgermeister, dem Ähnliches zur Kenntnis gekommen war, hatte die beiden Polizeibeamten auch bereits angewiesen, sich in der Nähe des Gefängnisses aufzuhalten. Man hatte also mit dem Zug vor die Bürgermeisterwohnung nur die Beamten dort hinlocken wollen.

Aus dem Trupp von 300 bis 400 Personen, die gegen ½21 Uhr nach dem Gefängnis zogen, wurden laute Rufe gehört, wie: „Wir wollen den Bluthund haben! Wir müssen ihn noch heute Abend heraushaben, wir wollen den Heidel selbst richten, wir hängen ihn am Kirchturm auf!“ Allen voran zog die Mutter des erschossenen Wilddiebs, die übel berüchtigte Witwe H., ihr zur Seite eine andere Megäre, die Witwe B. Beide Weiber schrien und tobten, brüllten und schimpften ununterbrochen in wüster Weise. Die H. schrie fortgesetzt: „Er hat meinen Jungen erschossen, ich muß ihn rächen, Blut will ich sehen!“ So gelangte die durch das Geschrei der beiden Weiber aufs äußerste erregte Menge vor das Gefängnis. Im Nu war der als Einfriedung dienende Lattenzahn zerstört; mit den Holzlatten, an denen die scharfen Nägel hervorragten, bewaffnete man sich. Dann versuchte man das Gefängnistor einzuschlagen. Der Gefängnisaufseher und seine Frau versuchten vom Fenster aus vergeblich, die Menge zu beruhigen. Man stieß schwere Drohungen gegen sie aus, dann erschien der 21jährige Schneiderlehrling P. mit einer Axt, andere mit Spaten und anderem Werkzeug und man schlug die Tür ein. Die brennenden Lampen wurden zertrümmert und die Fensterscheiben eingeschlagen. Der Gefängnisaufseher weigerte sich, die Schlüssel herauszugeben und die Zelle zu bezeichnen, in dem sich der Förster Heidel befand. Als man auf ihn einschlagen wollte, entriß ihm die Frau die Schlüssel und öffnete die Zelle. Wieder feuerte die H. die Menge mit den Worten an: „Schleppt ihn auf den Markt, wir wollen ihn verbrennen!“ Der Förster, der sein furchtbares Ende vor Augen sah, hatte den Schemel in der Hand und versuchte sich zu verteidigen. Doch die eindringende Menge überrannte ihn; mit Äxten, Spaten und den losgerissenen Zaunlatten schlug man den Ärmsten nieder und stach mit dem Messer auf ihn ein. Als er blutüberströmt auf der Pritsche lag, schrie die H.: „Einen Knüppel her, er lebt noch!“ Dann schlug sie zuerst auf den Sterbenden ein, schlang ihm dann ihr Kopftuch um die Füße und zog ihn so hinter sich her die Treppe hinunter auf die Straße! Die Menge, unter der sich auch Schüler und junge Mädchen befanden, zog johlend hinterher. Ein Mann hielt sein blutbeflecktes Messer hoch mit dem Ruf: „Ich habe ihn erstochen, hier seht, mein Messer ist noch blutig!“ Ein anderer hielt dem Sterbenden ein brennendes Streichholz ins Gesicht, um ihm den Bart abzubrennen. Der berüchtigte Wilderer Wilhelm B. trat dann an den bis zur Unkenntlichkeit hergerichteten, im Straßenkot liegenden Förster heran, der noch immer atmete. Auf den Zuruf der hysterischen Frau H.: „Er lebt noch, schlagt ihn tot!“ ließ er sich einen schweren Knüppel geben und schlug gemeinsam mit der H. so lange dem Sterbenden über das Gesicht, bis er tot war:

Feierlich trat dann der Einberufer der Protestversammlung aus der Menge hervor und verkündete kurz und sachlich: „Werte Anwesenden! Ihr habt Eure Rache nun vollbracht, geht jetzt nach Hause!“ Und die werten anwesenden Meuchelmörder und Leichenschänder kamen dem Wunsche ihres Anführers nach …

… Wenn wir Jäger wieder einmal in der Zeitung lesen von grausamer Lynchjustiz, wollen wir daran denken, daß das nicht nur im „wilden Westen“ möglich ist. Es erscheint mir angebracht, das Motto dieser Bücher auch als Schlußsatz zu wiederholen: „Je mehr man Menschen kennen lernt, desto lieber gewinnt man die Tiere!“ …

Lehren, die sich aus den hier geschilderten Mordfällen ergeben:

1. Führe auf Wilddiebsstreife die Mehrladebüchse mit 88er Patronen, im Lauf ein ¾-Mantel-, im Magazin Vollmantelgeschosse. Oder den Drilling mit Vollmantelkugel, Flintenlaufgeschoß und Posten.
2. Trage ständig im Revier, in dem mit einem Zusammenstoß mit Wilddieben zu rechnen ist, das feststehende Stoßmesser und die Faustfeuerwaffe (Pistole oder Revolver). Diese Schußwaffe, deren Patronen des öfteren zu erneuern sind, ist der Sauberkeit halber stets im Lederfutteral oder in der mit Wildleder gefütterten Joppentasche griffbereit zu führen.
3. Die Morgen- und Abendstunden an Sonn- und Festtagen benutzt der Wilddieb mit Vorliebe. Richte danach Deine Reviergänge ein!
4. Birsche in Wilddiebsrevieren mit Vorsicht des Morgens oder Abends an Dikkungsrändern entlang, denn Du kannst mit ansitzenden Wilddieben überraschend zusammenstoßen. Folge nie einem mit schußbereiter Waffe fliehenden Wilderer; er läßt Dich „auflaufen" und schießt Dich aus angenommenem Hinterhalt über den Haufen!
5. Verlasse das Forst- oder Jagdhaus in Wilddiebsrevieren geräuschlos und unsichtbar durch einen Hinterausgang. Rechne stets damit, daß Du beobachtet wirst, auch vom eigenen Dienstpersonal. Laß Dich durch beauftragte männliche oder weibliche Personen nicht aushorchen über Deine Diensteinteilung, instruiere auch Dein Dienstpersonal entsprechend!
6. Hinterlasse keine Fußspuren, setze Dich an; Du siehst und hörst besser, wirst nicht gesehen und hast von vornherein vorbereitete Deckung!
7. Gehst Du einem verdächtigen Schuß nach, bedenke, daß Du Dich in große Gefahr begibst. Augen und Ohren auf, Gewehr und Pistole schußbereit.
8. Überzeuge Dich, bevor Du den überraschten Wilddieb anrufst, ob ein zweiter in der Nähe sich befindet, der ihn deckt. Rufe den Wilddieb stets mit Gewehr im Anschlag an!
9. Siehst Du Dich mehreren Wilderern gegenüber, bleibe passiv! Merke Dir genau ihre Personenbeschreibung und suche ihnen unbemerkt zu folgen. Vorsicht ist nicht mit Feigheit zu verwechseln.

10. Belaste Dich nicht mit dem auf Deine Aufforderung weggeworfenen Wilddiebsgewehr, das Dir leicht entrissen werden kann. Mache es nach Entladung durch Entfernen des Gewehrschlosses oder Auseinandernehmen unschädlich!
11. Dann trete mit schußbereiter Pistole und umgehängtem Gewehr von hinten an den mit hocherhobenen Händen dastehenden Wilddieb heran und durchsuche ihn nach Messer, Faustfeuerwaffe und Munition. Größte Vorsicht einem Wilderer gegenüber, der sich beim Abtransport hinwirft und passiven Widerstand leistet!
12. Lasse beim Abtransport nicht einen Augenblick die Vorsicht außer acht und lasse dich nie mit dem Festgenommenen in ein Gespräch ein! Reize ihn weder mit Worten, noch durch Mißhandlungen. Widerstand und Rachsucht sind die Folgen! …

Die neue Walther-Pistole.

Die Vorzüge der für den Forst- und Polizeibeamten geeignetsten Faustfeuerwaffen, des ausländischen Präzisionsrevolvers und der neuen Sauer-&-Sohn-Pistole habe ich im 1. und 2. Band bereits eingehend geschildert. Inzwischen hat die Waffenfabrik Carl Walther, Zella-Mehlis (Thür.), zwei neue Selbstladepistolen, Kal. 7,65 mm. als „Polizeimodell“ und „Kriminalmodell“ herausgebracht, die sich bei gleicher Konstruktion lediglich im Größenverhältnis und Gewicht unterscheiden. Erstere ist 170/109 mm groß und 650 g schwer und fast 8 Patronen im Magazin, letztere hat eine Größe von 150/100 mm, ist 530 g schwer und führt 7 Patronen im Magazin.

Bei Konstruktion der neuen Walther-Pistole ist man bestrebt gewesen, die bekann ten Vorzüge des Revolvers mit denen unserer automatischen Pistolen zu vereinen. Die Waffe hat einen Außenhahn und kann mit einer Hand gespannt werden, sowohl durch Zurückziehen des Hahnes mit dem Daumen beim ersten Schuß, als auch – wie beim Revolver – durch einfaches Durchziehen des Abzuges, wodurch der Hahn sich hebt und zurückschlagend die Waffe abfeuert. Bei plötzlichen Angriffen, bei Widerstand und anschließenden Überfällen bei der Festnahme, kann das für die Sicherheit des Beamten von entscheidender Bedeutung sein.

Nachdem sich bei der ersten Schlittenbewegung der Pistole im gesicherten Zustand der dadurch gespannte Hahn selbsttätig wieder entspannt, kann die nun geladene Waffe wieder entsichert und in diesem Zustande unbedenklich in der Pistolentasche getragen werden. Der Schlagbolzen ist dabei dauernd entspannt, trotzdem wird jetzt durch einfache Betätigung des Abzugs höchste Feuerbereitschaft hergestellt. In der Dunkelheit und wenn Kälte das Tragen von Handschuhen bedingt, wird das dem Forstbeamten besonders zu statten kommen.

Nach jedem Schuß bleibt der Hahn in Feuerstellung stehen, er kann mit dem Daumen leicht in Ruhestellung zurückgelegt werden, geht aber auch bei Betätigung des seitlichen Sicherungsflügels selbsttätig zurück. Der Hahn hat, wie beim Revolver, eine Sicherheitsraststellung, er kann also bei Stoß und Fall den Schlagbolzen nicht erreichen. Die innere Schlagbolzensicherung ist derartig sinnreich und zuverlässig konstruiert, daß das Sicherheitssperrstück erst im letzten Augenblick durch die Abzugsbetätigung ausgelöst wird, auch bei Entgleiten des Hahnes beim Entspannen kann ein Schuß sich unbeabsichtigt nicht lösen. Tritt Versagen der Patrone ein, kann die Pistole schnell nochmals abgedrückt werden, wodurch sich Fehlzündung in den meisten Fällen beseitigen läßt; durch Schlittenbewegung kann die Versagerpatrone natürlich auch entfernt werden.

Die Magazine werden auch mit Verlängerung geliefert, beim kleinen Modell befindet sich unten am Griffstück eine Öse für die Faustriemen. Beide Vorrichtungen dienen zum sicheren Festhalten der Pistole beim Nahkampf, bei Stoß oder Schlag.

Bei solidem Bau in allen Teilen schließt die Waffe in handlicher, gefälliger Aufmachung alle empfindlichen inneren Teile staubdicht ab, sie ist ohne Hilfsmittel auseinanderzunehmen und leicht zu reinigen. Sachgemäß im Lederfutteral oder in der mit Wildleder gefütterten Joppenseitentasche geführt ist diese, auch vom preuß. Landwirtschaftsministerium empfohlene Faustfeuerwaffe dem Forst- und Jagdschutzbeamten ein zuverlässiger Begleiter.

Namensregister

A
Abehen (Amtsgerichtsrat): Bd.II 101
Adlung (Gendarmeriewachtmeister): Bd.I 217
Adomat (Gendarmeriewachtmeister): Bd.II 59
Affelt, Förster: Bd.I 20
Ahlwardt (Gendarmeriewachtmeister): Bd.II 227
Alber (Polizeibeamter): Bd.III 200
Allnoch, Alois (Revierförster): Bd.II 60
Antowski (Arbeiter): Bd.III 204
Arndt (Büchsenmacher): Bd.III 233
Arndt, Franz (Wilderer): Bd.I 82
Arnim-Boitzenburg, Graf: Bd.III 220
Arnim-Wagenführ, von (Fabrikbesitzer): Bd.III 165
B
Backes (Oberlandjäger): Bd.II 132
Bade (Waldhüter): Bd.II 179
Baier (Hilfsjäger): Bd.II 110
Balke (Förster): Bd.III 280
Bandemer (Förster): Bd.I 67
Banek, Friedrich (Forstadjunkten): Bd.II 110
Barella (Hofbüchsenmacher): Bd.I 206
Bargenda (Oberlandjäger): Bd.III 154
Bartholomae, Julius (Hegemeister): Bd.II 130ff., 208; Bd.III 33
Bastian (Wilddieb): Bd.I 208
Bauer, Adolf (Jagdaufseher): Bd.III 82
Bauer, Alois (Jagdaufseher): Bd.III 248
Bauer, Georg (Polizeibeamter): Bd.III 200f.
Bauer (Hegemeister): Bd.I 106ff.
Bauer (Sicherheitskommisar): Bd.III 52
Baur (Landgerichtsrat): Bd.II 79
Bechthold (Forstaufseher): Bd.I 91
Begerich (Oberstaatsanwalt): Bd.I 189
Behm, Franz: Bd.III 243
Behrla (Gendarmeriewachtmeister): Bd.I 82
Beise (Feldwebel): Bd.I 99
Beisert (Hegemeister): Bd.I 92
Berendes (Förster): Bd.III 264
Berger (Gendarmerie-Oberwachtmeister): Bd.III 155
Berger (Gendarmerie-Revier-Inspektor): Bd.III 250
Berndt, Dr. (Amtsgerichtsrat): Bd.III 218
Bernhard (Förster): Bd.III 163
Bertram (Revierförster): Bd.II 191
Bewersdorf, Richard (Förster): Bd.II 52
Beyer (Jagdaufseher): Bd.III 72
Biewend (Oberlandjäger): Bd.II 183
Binder, Josef (Jäger): Bd.III 149, 228
Birkenauer (Forstmeister): Bd.II 13ff.
Birkenfeld, Alois (Revierförster): Bd.II 238
Birkenfeld, Hugo (Förster): Bd.II 241
Birkle, Johann (Bergmann): Bd.II 56
Birner (Forstmeister): Bd.II 238
Bischoff, Dr. (Gerichtschemiker): Bd.III 274
Bitschnau, Dr. (Staatsanwalt): Bd.III 109
Blaschke (Förster): Bd.II 81
Blaser (Gendarmerievizewachtmeister): Bd.II 121
Blum (Wildwärter): Bd.II 58
Boas (Förster): Bd.III 213
Bock (Förster): Bd.III 231
Bock (Viehhändler): Bd.II 190
Bodden (Förster): Bd.II 109
Bode (Haumeister): Bd.I 58
Bohl (Förster): Bd.I 189ff.; Bd.II 207
Bojung (Forstaufseher): Bd.III 132
Bolshausen, Freiherr von (Hauptmann): Bd.III 264
Bonn (Jagdaufseher): Bd.II 129
Borggreve (Landforstmeister): Bd.I 108
Borkowski (Förster): Bd.I 49
Bornemann (Gendarmerie-Wachtmeister): Bd.III 233
Braatz (Gefreiter): Bd.I 81
Brandmaier (Forstmaier): Bd.III 252
Brandt (Staatsförster): Bd.II 63
Brandt, Fritz (Gefreiter): Bd.I 81
Brandt, Leo (Jäger): Bd.III 268
Braun, Dr. (Anwalt): Bd.I 171
Braun, Wilhelm (Förster): Bd.II 72
Brehm, Michael (Revierjäger): Bd.II 181
Breiter (Postenleiter): Bd.III 98
Brendel (Förster): Bd.I 126ff.
Brosius (Förster): Bd.III 132
Brosius, Heinrich (Kgl. Förster): Bd.II 243
Bründl (Gendarmerie-Postenführer): Bd.III 279
Brüning, Prof. (Gerichtschemiker): Bd.I 179
Brunner, Paul (Förster): Bd.III 66
Buchwalder (Patrouillenleiter): Bd.III 59
Buhrow, Ewald (Forstgehilfe): Bd.I 150
Bumblat (Wilderer): Bd.I 181
Bunde (Wilddieb): Bd.I 82
Burger, Alois (Jagdaufseher): Bd.II 233
Bürk, van (Gendarm): Bd.I 211
Burmeister, Richard (Stadtförster): Bd.II 18ff., 63
C
Carlsburg, von (Gutsbesitzer): Bd.II 57
Christian, Dr. (Landgerichtsrat): Bd.II 62
Ciolka, Felix: Bd.III 137
Clavé, von (Premier-Leutnant): Bd.III 264
Collas, von (Major a.D.): Bd.II 228
Cosna (Förster): Bd.II 92
Coß (Forstmeister): Bd.I 102
Cotek, Peter (Heger): Bd.III 41
Croy, Herzog von: Bd.II 81
Czubkowsky: Bd.III 262
D
Damm (Kriminal-Kommissar): Bd.III 265
Dammel, Peter (Förster): Bd.II 231
Daubeck: Bd.III 7
Davids, R. (Staatsförster): Bd.III 213
Delius, von (Landrat): Bd.III 264
Detherd, Förster: Bd.I 16
Deynhausen, Freiherr von (Landrat): Bd.III 264
Diehls (Amtsgerichtsrat): Bd.I 217
Dilcher (Forstreferendar): Bd.III 137
Drescher (Gendarmerie-Wachtmeister): Bd.III 192
Dobkowicz (Wilderer): Bd.I 113ff.
Dörfler, Dr. (Hofrat): Bd.III 113
Dormann, Benedikt: Bd.II 33
Dosche (Förster): Bd.II 113
Dünnbier (Hilfsförster): Bd.III 251
Duregger, Johann (Jäger): Bd.III 85
Dürr (Forstpraktikant): Bd.III 21
Dymbkowski; Fekix (Förstermörder): Bd.I 62ff.
E
Ebender, Ernst (Mörder): Bd.I 210ff.
Ebender, Heinrich: Bd.I 211
Ebender, Hermann (Mörder): Bd.I 210ff.
Ebender, Wilhelm (Mörder): Bd.I 210ff.
Ebert (Gendarmeriewachtmeister): Bd.III 178
Eckardstein, Baron von: Bd.I 156
Edling (Feldhüter): Bd.III 282
Eggemann, Ernst (Beamter): Bd.II 159
Ehret, Jakob (Wilderer): Bd.III 168
Eichelbaum (Gendarm): Bd.II 246
Eilers, Dr. Konrad (Studienrat): Bd.II 225
Eisele (Förster): Bd.III 200
Ellermann (Jagdaufseher): Bd.III 62
Ellmann, Wilhelm (Jagdaufseher): Bd.II 23
Elm (Förster): Bd.II 121
Engel (Nachtwächter): Bd.II 171
Elsner (Gendarmerie-Wachtmeister): Bd.III 288
Erdmenger (Forstlehrling): Bd.II 28
Erlbacher, Matthias (Revierjäger): Bd.III 58
Erler, Franz (Kgl. Forstaufseher): Bd.III 140
Ernst (Landjäger): Bd.II 67
Eulenburg, Graf zu: Bd.I 122
Euringer (Leibjäger): Bd.II 71
Eustipp (Gendarmeriewachtmeister): Bd.I 50
F
Faber (Hegemeister): Bd.III 223
Falley (Förster): Bd.III 280
Faßbender (Jagdaufseher): Bd.II 81
Faulhaber (Kriminal-Kommissar): Bd.III 173
Fest (Förster): Bd.III 143
Fiebig (Förster): Bd.II 147
Filser, Alois (Forstgehilfe): Bd.II 184
Fischer, Paul (Förster): Bd.II 116
Fischer (Gendarmerieoberwachtmeister): Bd.II 44
Fladl (Jäger): Bd.III 15
Flunger (Gendarmerie-Rev.-Inspektor): Bd.III 98
Flury, Luzi (Wilderer): Bd.III 171
Frankenberger (Oberförster): Bd.II 236
Freitag (Kgl. Förster): Bd.III 175
Fries (Staatsförster): Bd.III 183f., 208
Fritz, Adolf (Förster): Bd.III 116

Frohwein (Gemeindeförster): Bd.III 285
Fruth (Sicherheitskommissar): Bd.II 46
Fuchs, Ignaz (Jäger): Bd.III 116
G
Gangele, Karl (Förster): Bd.III 143
Gehring (Schutzmann): Bd.II 220
Geibel (Förster): Bd.III 205
Geiger, Wilhelm (Jagdaufseher): Bd.II 231
Geiseler (Gendarmeriewachtmeister): Bd.II 171
Georgius (Schäfer): Bd.II 56
Geschwandtner, Pius (Jäger): Bd.III 125
Gerharter, Friedrich (Bauer): Bd.II 146
Gerlach, Revierförster: Bd.I 6
Gies (Förster): Bd.III 263
Gläser, Friedrich (Wilderer): Bd.I 200
Gläser, Robert (Bauernsohn): Bd.I 200
Gläser, Traugott (Bauer): Bd.I 201
Gläser, Wilhelm (Bauernsohn): Bd.I 201
Glaser (Forstmeister): Bd.III 51
Gleissner (Forstaufseher): Bd.I 126
Goedecke (Rittergutsbesitzer): Bd.III 276
Gollhardt, Hilfsförster: Bd.I 18
Göschl (Jäger): Bd.III 20
Götze (Major): Bd.II 231
Graml (Oberförster): Bd.III 156
Grändler (Kriminaloberkommissar): Bd.II 219
Greil (Titulär-Postenführer): Bd.III 75
Greußing, Franz Josef (Bauer): Bd.II 211
Greußing, Kaspar (Bauer): Bd.II 211
Grill, Dr. (Landesgerichtsrat): Bd.III 148
Grimm (Waldwärter): Bd.III 166
Gröbl (Postenleiter): Bd.III 90
Gromadzinski, von (Forstmeister): Bd.III 141
Grunert, Otto (Hilfsförster): Bd.II 56ff.
Grusa, Friedrich (Forstaufseher): Bd.II 58
Grzegorz (Oberlandjäger): Bd.II 9
Guganegg (Jäger): Bd.III 122
Guganigg, Viktor (Jäger): Bd.III 117
Guhrau (Förster): Bd.II 111
Günther: Bd.III 192
H
Haaga (Forstwart): Bd.II 217
Haas (Großindustrieller): Bd.I 171
Haas, Josef (Gendarmerie-Postenführer): Bd.III 195
Haas, Thomas (Jäger): Bd.III 30
Haase, Friedrich (Förster): Bd.III 183
Habersatter (Bauer): Bd.III 8
Hacke (Forstaufseher): Bd.III 138
Hain (Waldwärter): Bd.III 53
Halecker, Hermann (Forstaufseher): Bd.II 190f.
Haltemeyer (Förster): Bd.II 146
Hamann (Forsteleven): Bd.III 136
Hamm (Kriminalsekretär): Bd.III 53
Hammerschmidt (Jagdaufseher): Bd.II 241
Hanhart (Forstmeister): Bd.II 96
Hanisch, Forstgehilfe: Bd.I 22
Hanke (Gutsbesitzer): Bd.I 120
Hannemann (Administrator): Bd.I 93
Hardt (Oberstaatsanwalt): Bd.III 218
Hartmann, August (Gutsförster): Bd.II 228
Hartmann, Johann (Wilderer): Bd.III 168
Hartmann, Julius (Förster): Bd.II 203, 207
Häsele, Anton (Gendarmerie-Postenführer): Bd.III 195
Haßlacher (Kriminalinspektor): Bd.I 169, 186; Bd.II 68
Hauck, Friedrich (Forstwart): Bd.III 44
Hauck, Robert (Forstassistent): Bd.II 121
Haunschildt, Ernst (Wilddieb): Bd.I 204
Hauschild (Forstrat): Bd.III 213
Häußler, Anton (Revierjäger): Bd.III 116
Hechel, Anton (Jagdpraktikant): Bd.III 36
Hechel (Jäger): Bd.III 24
Hechl, Anton: Bd.III 236
Hechl, Matthäus (Revierjäger): Bd.III 236
Hecht (Gerichts-Assessor): Bd.III 281
Heckmann, Albert (Förster): Bd.II 66
Heidel, Heinrich (Privatförster): Bd.III 287
Heidersch (Schuhmacher): Bd.I 206
Heimgärtner, Josef (Jagdaufseher): Bd.III 167
Heinicke (Wildmeister): Bd.III 243
Heinisch (Oberförster): Bd.III 136
Heinz (Forstwart): Bd.III 200
Heisterhagen (Försterfrau):Bd.II 53
Hemmerling (Kgl. Förster): Bd.III 132
Hendel (Bezirksrichter): Bd.III 8
Hendrich (Hofrat): Bd.II 212
Henkel (Hegemeister): Bd.II 93
Hennig (Raubmörder): Bd.II 180
Henrich (Landesforstinspektor): Bd.III 109
Henze (Fußgendarmeriewachtmeister): Bd.III 196
Herbst (Mörder): Bd.I 205
Herold (Kriminalinspektor): Bd.II 77
Herold (Landesgerichtsrat): Bd.II 106
Herten, von (Polizeikommissar): Bd.III 142
Hertrich, Wilhelm (Wilddieb): Bd.I 123
Heusel (Förster): Bd.II 184
Heusmann (Förster): Bd.III 221
Heyne (Kaufmann): Bd.II 231
Hilderscheid (Hilfsjäger): Bd.II 56
Hilling (Förster): Bd.III 132
Hodel, Ernst: Bd.III 261
Hofer (Gendarmerie-Rayon-Inspektor): Bd.III 37
Hoffmann (Gendarm): Bd.II 166
Hofmann (Hilfsförster): Bd.III 159
Hofrat (Sachverständiger): Bd.III 109
Hogrebe (Förster): Bd.II 241
Hohenstein: Bd.I 46
Hohl (Jagdaufseher): Bd.II 23
Holländer, Wilhelm (Jagdpächter): Bd.II 229
Hollatz (Gutsinspektor): Bd.II 224
Hoos (Privatförster): Bd.III 133
Hoppe (Oberregierungsrat): Bd.I 181
Horn (Holzmeister): Bd.III 151
Hosenfeld (Vorarbeiter): Bd.I 211
Hückstädt, Wilhelm (Stationsjäger): Bd.II 134ff.
Hunfeld, Albert (Knecht): Bd.I 119
Hurka (Förster): Bd.III 58
I
Ilgner, August (Hilfsförster): Bd.III 210
Illmann, Gutsförster Paul: Bd.I 18ff.
Isenburg, Alfons Prinz von: Bd.I 4; Bd.II 4
J
Jahr (Rittmeister): Bd.III 135
Jakob (Gendarm): Bd.III 15
Jäncke (Förster): Bd.III 166
Jensen (Oberförster): Bd.I 183f.; Bd.II 80, 164
Jeppe (Hilfsjäger): Bd.II 244
Jerichow, Karl (Forsteleve): Bd.II 51
Jesser, Dr. (Gutachter): Bd.III 45
Jung (Hegemeister): Bd.II 132
K
Kaiser, Alois (Jäger): Bd.III 228
Kaiser (Hegemeister): Bd.I 88
Kahnert, Oskar (Staatl. Forstaufseher): Bd.I 48
Kaimer (Forstgehilfe): Bd.III 142
Kaluza, Leopold (Hilfsförster): Bd.I 122
Kamenz, Karl (Waldwärter): Bd.II 246
Kandt (Forstaufseher): Bd.III 234
Karner, Georg (Jäger): Bd.II 71
Kassube (Förster): Bd.II 222
Katzensteiner (Förster): Bd.III 236
Kehm (Förster): Bd.II 235
Keilhack (Amtsgerichtsrat): Bd.II 175
Kempig, von (Jagdpächter): Bd.II 81
Kerkau, Hermann (Hegemeister): Bd.II 93ff.
Kerschbaumer, Johann (Förster): Bd.III 116
Kiau (Kgl. Förster): Bd.III 62
Kiendl, Georg (Förster): Bd.II 36
Kienzl, Johann (Jäger): Bd.III 33, 35
Kiewitt-Reich: Bd.II 171
Kirchmayr, Franz (Kgl. Hofjagdgehilfe): Bd.II 219
Kirchner, Karl (Gutsförster): Bd.II 187
Klamt, Johann (Revierförster): Bd.I 202; Bd.II 164
Kleeberger (Forstmeister): Bd.II 43
Klein (Kgl. Forstaufseher): Bd.III 138
Kleinen (Förster): Bd.III 190
Kleinschmidt, Franz (Förstermörder): Bd.I 85ff.
Klett (Werkführer): Bd.III 233
Klie, Hermann (Kgl. Forstlehrling): Bd.II 161
Klingler, Wilhelm (Forstanwärter): Bd.III 198, 278
Kloth, Fritz (Förster): Bd.III 220
Kmetitsch, Dr. (Bezirksrichter): Bd.II 33, 117
Knapp, Willy (Forstlehrling): Bd.II 15
Knefz (Jäger): Bd.III 150
Knesebeck, von (Sek.-Lieuntnant): Bd.III 264
Knoch (Jagdaufseher): Bd.III 161
Knocke (Förster): Bd.II 63
Knoll (Gendarmeriewachtmeister): Bd.III 105

Knott (Gendarmeriewachtmeister): Bd.II 220
Koboth (Förster): Bd.II 241
Koch: Bd.II 149
Köhn (Förster): Bd.III 160
Köllensperger, Dr. (Untersuchungsrichter): Bd.III 88
Kollmann (Jäger): Bd.III 253
Kollwitz, Theophil (Zollaufseher): Bd.II 149
Kolzow, Wladimir: Bd.II 147
Kometer, Baron Johann: Bd.III 195
Komm (Kgl. Förster): Bd.II 210
Konietzko, F. (Preuß. Staatsförster): Bd.III 250
Kopistecki, Teophil (Wilderer): Bd.I 126
Kopitz (Forstaufseher): Bd.III 164
Köpke (Hegemeister): Bd.II 171
Korsten, Wilhelm (Förster): Bd.III 139
Kostka (Zeuge): Bd.III 43
Krahe (Förster): Bd.III 207
Krahé (Förster): Bd.III 265
Kranold (Oberforstmeister): Bd.I 92, 128
Krantz (Staatsanwalt): Bd.III 274
Kranz (Forstsekretär): Bd.II 63
Kraubath Gendarmerieposten): Bd.III 58
Kraus, Josef (Rev.-Inspektor): Bd.III 149f.
Krause (Kriminalschutzmann): Bd.II 163
Krause, von (Rittergutsbesitzer): Bd.II 190
Krebs (Förster): Bd.II 181
Kreiselmeiser (Kriminalwachtmeister): Bd.III 134
Kreß (Forstsekretär): Bd.III 143
Kropp, Karl (Förster): Bd.III 163
Krüger (Kgl. Förster): Bd.II 227
Kruse, Hermann (Hilfsjäger): Bd.III 165
Kühnast (Forstaufseher): Bd.II 237
Kühn (Hegemeister): Bd.II 210
Kummer (Ingenieur): Bd.II 212
Küpper, Medizinalrat Dr. (Gerichtschemiker): Bd.I 179
Kurth, Förster: Bd.I 20
Kurzweg, Adolf (Kgl. Förster): Bd.II 225
Kusserow (Oberlandjäger): Bd.III 130
Kwasny (Forstbeamter): Bd.II 70

L

Labott (Förster): Bd.III 203
Labotzki (Haumeister): Bd.I 89
Ladewig (Forstaufseher): Bd.I 82
Lahmann (Kriminaloberwachtmeister): Bd.II 172
Laible, Gustav (Waldhüter): Bd.II177
Lainer (Revierförster): Bd.III 129
Lange (Hilfsjäger): Bd.I 91
Laquai (Kriminaloberwachtmeister): Bd.II 77
Lawrenz (Förster): Bd.III 179
Lechner, Anton (Oberjäger): Bd.III 15
Lehmann (Gastwirt): Bd.II 225
Lehmann (Gendarmerie-Oberwachtmeister): Bd.III 178
Lehnerdt (Kriminalkommissar): Bd.III 245
Lejeune, Emil (Forsthilfsaufseher): Bd.III 160
Lemiercz, Bandenführer: Bd.I 17
Lengauer, Franz (Jäger): Bd.III 268
Leßmann (Forstbeamter): Bd.I 122
Ley, Johann (Waldhüter): Bd.II 179
Liese (Förster): Bd.III 62
Lippert (Kgl. Förster): Bd.III 273
Lissag, Karl (Jäger): Bd.I 154
Löbenberg (Forstaufseher): Bd.III 137
Loebenberg, Staatl. Hegemeister Adolf: Bd.I 20
Loë, Baron von: Bd.II 160
Loorm, Herhard (Förster): Bd.I 208
Lücke (Förster): Bd.II 7
Lücke (Hegemeister): Bd.II 81
Ludwig, Karl (Revierförster): Bd.III 175
Luginsland (Kriminaloberwachtmeister): Bd.III 198
Lukas, Förstermörder: Bd.I 8ff.
Lund (Gutsförster): Bd.I 138ff.

M

Mackenthun (Gendarm): Bd.III 284
Maffei, von (Reichsrat): Bd.III 143
Maier (Amtsrichter): Bd.II 87
Maier (Kriminalinspektor): Bd.II 77
Malitius (Förster): Bd.II 92
Martini (Kriminalsekretär): Bd.I 47, 151; Bd.III 217
Massasimon (Besitzer): Bd.III 34
Materne, Karl (Hilfsjäger): Bd.II 80
Maul, Heinrich (Hegemeister): Bd.III 247, 235
Mayer, Ernst: Bd.III 260
Mayr (Kriminalkommisar): Bd.III 53
Mehring (Gendarmeriewachtmeister): Bd.II 163
Meichsner (Stationskommandant): Bd.III 52
Meier (Tierarzt): Bd.III 143
Meine, Friedrich (Forstaufseher): Bd.II 97
Meißner (Gutsbesitzer): Bd.III 181
Meixner (Gendarmerievizewachtmeister): Bd.III 21
Melchior (Förster): Bd.II 91
Mellin, Richard (Kaufmann): Bd.II 156
Melms, Karl: Bd.II 224
Mentzel (Butterhändler): Bd.I 205
Menzel (Gendarm): Bd.II 166
Menzler, Josef (Bauerngutsbesitzer): Bd.II 125f.
Merkel (Kriminalrat): Bd.III 173
Messer, Wilhelm (Lehrer): Bd.I 37
Meyer (Förster): Bd.I 58
Meyer (Staatsförster): Bd.III 156
Mezger, Direktor Dr.: Bd.I 168, 179; Bd.II 78; Bd.III 106
Miatkowski, von (Kriminalkommissar): Bd.II 163
Michalik (Förster): Bd.III 133
Milani, Dr. (Forstmeister): Bd.III 225
Mödritzer (Ray.-Inspektor): Bd.III 238
Mölter, Arbeiter: Bd.I 20
Mohr (Kgl. Förster): Bd.III 141
Moosbrugger: Bd.III 153
Morant (Forstmeister): Bd.II 28
Morgenroth (Förster): Bd.II 164
Moser (Gendarm): Bd.III 150
Moser, Rupert (Revierjäger): Bd.II 232
Müller (Förster): Bd.II 241
Müller (Förster): Bd.III 138
Müller (Gendarm): Bd.III 15
Müller (Landjäger): Bd.II 221
Müller (Oberförster): Bd.III 161
Müller (Staatsanwalt): Bd.III 264
Müller, Karl (Revierförster): Bd.II 81

N

Nägele, Josef (Bauer): Bd.III 103
Natter (Forstwart): Bd.III 151
Nebel, A. (Staatsförster): Bd.III 212
Nette (Kgl. Förster): Bd.II 163
Neururer (Gendarmerie-Postenleiter): Bd.III 90
Neustifter (Forstaufseher): Bd.II 46
Nielbock (Forstaufseher): Bd.II 169
Nies, Heinrich (Oberförster): Bd.III 94

O

Oberhauser, Alois (Förster): Bd.III 112
Oberhauser, Franz (Staatsförster): Bd.III 110
Obermoser, Johann (Oberjäger): Bd.III 125
Orlopp, Heinrich (Gemeindeförster): Bd.III 224
Osterloff (Förster): Bd.II 222
Otto (Forstreferendar): Bd.II 80
Otto (Hegemeister): Bd.I 215

P

Paar (Gendarmerie-Revierinspektor): Bd.III 59
Pagel (Gutsförster): Bd.II 225
Pampuck (Forstaufseher): Bd.III 137
Pankiewicz (Wirt): Bd.III 204
Paul (Lehrer): Bd.II 171
Pauritsch (Patrouillienleiter): Bd.III 117
Pawlowski (Wilderer): Bd.I 22
Pawlowsky, Theodor (Privatförster): Bd.II 172
Pekny, J. (Gendarmerie-Ray.-Inspektor): Bd.III 249
Peplinsky: Bd.III 261
Perwein (Jäger): Bd.II 72
Petrovits, Valentin (Wilderer): Bd.II 81
Petrow, Johann (Wilderer): Bd.I 187
Pfaff (Oberstaatsanwalt): Bd.II 175
Pfalzgraf (Staatsförster): Bd.III 156
Pfandl, Ruppert: Bd.II 146; Bd.III 7
Pieper, Fritz (Einbrecher): Bd.II 148
Pilzecker, Albert (Kgl. Hilfsjäger): Bd.III 273
Plank, Dr. (Bezirksrichter): Bd.III 255
Plebanek: Bd.II 147
Plepp (Gendarmeriekommissar): Bd.II 224
Pleß, Fürst: Bd.III 125
Plokai, Emmerich (Waldhüter): Bd.II 81
Plusqua (Forstschutzmann): Bd.II 60
Podixa (Oberlandjäger): Bd.II 62
Pohl (Förster): Bd.I 114
Pohler (Gendarm): Bd.III 144

Poop, Friedrich (Waldwärter): Bd.III 48
Poop, Prof. Dr. (Gerichtschemiker): Bd.I 179; Bd.III 225, 254
Poppenberg (Förster): Bd.II 226
Pötsch (Assistenz-Gendarm): Bd.III 20
Prabutzki, von (Hegemeister): Bd.I 101
Preuß (Gendarmerieoberwachtmeister): Bd.II 190
Preußner (Förster): Bd.II 111
Prill (Revierförster): Bd.I 122
Probst (Oberförster): Bd.II 116
Prosser, Peter (Jäger): Bd.III 195

Q

Quadt-Isny, Fürst: Bd.II 216

R

Radauer, Leonhard (Revierjäger): Bd.II 232
Rademacher (Rittergutsbesitzer): Bd.II 157
Raenker (Kriminalassistent): Bd.II 158
Raitmayr, Dr. (Untersuchungsrichter): Bd.III 67
Rath (Feldhüter): Bd.II 159
Rechenberg, Freiherr von (Forstmeister): Bd.III 166
Rega (Forstbeamter): Bd.I 122
Rehefeld (Forstmeister): Bd.II 53
Rehme, Georg (Maschinenmeister): Bd.I 120
Reich, Dr. (Rechtsanwalt): Bd.III 102
Reich, Johann (Jäger): Bd.III 277
Reinhardt (Gendarmeriewachtmeister): Bd.II 81
Reinknechte (Forstaufseher): Bd.II 57
Reißmüller (Landjäger): Bd.II 67
Richter (Polizeikommisar): Bd.I 209
Richthofen, Freiherr von (Premierleutnant): Bd.I 203
Rieder-Tschirnau (Förster): Bd.II 111
Riedl, Maximilian (Kgl. Landgerichtsrat): Bd.III 139
Riegel (Gendarm): Bd.I 213
Rieger, Franz (Jäger): Bd.III 151
Riegerbauer, Heinrich (Rev.-Inspektor): Bd.III 150
Riemelmoser, Hans (Jäger): Bd.III 150
Rietdorf-Biedermann: Bd.II 171
Ritzinger (Gendarm): Bd.III 122
Röder (Gendarmerieoberwachtmeister): Bd.II 43
Roeder (Kriminal-Kommissar): Bd.III 95
Romanus (Förster): Bd.I 210ff.
Roschker, Dr. (Bezirksrichter): Bd.III 239
Rosmiskowsky, Otto (Forstschutzbeamter): Bd.III 275
Rost (Kriminalassistent): Bd.II 158
Roth, Theodor (Forstaufseher): Bd.II 28
Rothe (Forstmeister): Bd.I 98
Rübbekamp (Förster): Bd.III 264
Rückert (Kriminalassistent): Bd.II 117
Rudolph (Förster): Bd.I 33ff.; Bd.II 112
Rudolph (Hegemeister): Bd.III 172
Runge, Daniel Max (Gärtner): Bd.II 65
Ruppert (Forstaufseher): Bd.II 44
Ruther (Hegemeister): Bd.III 267

S

Salewski (Regierungsrat): Bd.I 16
Salomon (Revier-Inspektor): Bd.III 15
Salzig, Ph. (Forstsekretär): Bd.III 227
Sarow (Arbeiter): Bd.I 19
Sauer (Förster): Bd.III 283
Schock, Lorenz (Gendarm): Bd.III 90
Schach (Förster): Bd.III 205
Schackwitz, Medizinalrat Dr. (Gerichtschemiker): Bd.I 179
Schadow (Förster): Bd.III 166
Schäfer (Schultheiß): Bd.III 200
Scharnweber (Städt. Revierförster): Bd.III 256
Schatz (Wilderer): Bd.I 46
Schaub: Bd.II 104
Scheiger, Johann (Jäger): Bd.III 36
Schenk, von (Besitzer): Bd.I 215
Schenk (Gendarm): Bd.I 210
Schennach (Probe-Gendarm): Bd.III 75
Scherf, Gustav (Privatförster): Bd.II 148f.
Scheyer, Gebhard (Förster): Bd.II 211
Scheyer, Gerhard (Aufsichtsjäger): Bd.III 102
Schiefer, Alois (Bauer): Bd.III 91
Schiele (Revierförster): Bd.II 217
Schierstedt (Rittergutsbesitzer von): Bd.I 18
Schilcher (Förster): Bd.II 104ff.
Schinker (Gendarmerieoberwachtmeister): Bd.II 118
Schmidt (Gendarm): Bd.III 284
Schmidt (Holzhaumeister): Bd.III 176
Schmidt (Polizei-Sergeant): Bd.III 280
Schmidt, Dr. Paul (Tierarzt): Bd.II 174
Schmitt, Paul (Forsteleve): Bd.II 51
Schmitz, Ernst (Forstaufseher): Bd.II 7ff.
Schmitz (Kriminalkommisar): Bd.I 209
Schneeberger, Felix (Jagdaufseher): Bd.III 167
Schneider (Assessor): Bd.III 233
Schoiswohl, Karl (Patrouillenleiter): Bd.III 150
Scholiesnig (Forstmeister): Bd.III 16
Schönberger, Otto (Waldwärter): Bd.II 39
Schoner (Förster): Bd.II 80
Schönner (Ministerialrat): Bd.I 16
Schöpke (Oberjäger): Bd.I 98
Schrader: (Feldhüter): Bd.II 91
Schrittwieser, Markus (Forstarbeitersohn): Bd.III 14
Schröder (Mörder): Bd.I 171
Schröder (Revierförster): Bd.II 48
Schulte, Hermann (Staatsförster): Bd.II 208
Schultz (Hegemeister): Bd.I 46
Schutz (Kriminalkommissar): Bd.II 164
Schulz, Martin (Jäger): Bd.II 48
Schulz, O. (Förster): Bd.III 231
Schulz (Gutsförster): Bd.II 187
Schulz (Förster): Bd.I 179
Schulz (Staatsförster): Bd.III 215
Schulze, K. (Kgl. Forstaufseher): Bd.III 212
Schumacher (Förster): Bd.III 163
Schumann, Friedrich (Schlosser): Bd.II 169
Schuwerk, Josef (Jagdaufseher): Bd.II 216
Schwarz (Förster): Bd.III 67
Schwarzenbach, Dr.: Bd.II 180
Schwarzenstein (Förster): Bd.I 152ff.; Bd.III 232
Schweiger (Straßenräuber): Bd.II 221
Schweitzer (Staatsanwaltschaftsrat): Bd.III 180
Sedlacek, Karl (Forstwart): Bd.III 151
Seffen, Karl (Förster): Bd.II 241f.
Selig, Dr. (Privatdozent): Bd.II 213
Sender (Förster): Bd.II 9
Senderrek, Wilhelm (Wilderer): Bd.I 123
Senfft, Franz (Forstmeister): Bd.II 39
Sentert (Forstlehrling): Bd.III 135
Simon, Valentin (Holzknecht): Bd.III 127
Sitte (Förster): Bd.II 215
Smuck, Blasius (Revierjäger): Bd.III 252
Sommerfeld (Oberjäger): Bd.III 181
Sonnenberg (Förster): Bd.II 48
Sonnleitner (Gendarm): Bd.III 122
Spaethe (Kgl. Förster): Bd.III 135
Specht (Staatsförster): Bd.I 12
Spechtmeyer (Förster): Bd.III 145
Spickermann (Förster): Bd.III 265
Spielmann, Franz (Forstaufseher): Bd.II 43
Spitzenberg (Förster): Bd.III 162
Sprenger: Bd.III 106
Sroka (Revierförster): Bd.III 247
Stärke, Georg (Hilfjäger): Bd.II 92
Stegmann, von: Bd.II 47
Steinbeck (Förster): Bd.III 166
Steinberger, Riapei: Bd.III 127
Steiner (Hilfsjäger): Bd.III 146
Steiner (Revierjäger): Bd.II 34
Steinicke (Gendarmerie-Oberwachtmeister): Bd.III 194
Steinsträter (Förster): Bd.III 263
Stephany (Forstgehilfe): Bd.II 55
Sterz (Förster): Bd.I 166ff.
Stieting (Heidewärter): Bd.III 220
Stocker (Oberjäger): Bd.III 146
Stöhr (Gendarmerie-Kommisar): Bd.III 55
Stotz, Friedrich (Forstwart): Bd.II 82ff.
Strempel (Förster): Bd.I 181
Strolz, Edmund (Jagdaufseher): Bd.III 98
Stropp (Oberlandjäger): Bd.II 188
Strzoda (Amtsvorsteher): Bd.II 125
Süßmann (Förster): Bd.III 141

T

Tangermann (Hegemeister): Bd.II 93
Tangermann (Knecht): Bd.III 281
Tannhäuser (Förster): Bd.II 111
Teibenbacher (Jäger): Bd.III 271
Templin (Hilfsjäger): Bd.III 166
Tenberg (Jagdaufseher): Bd.II 23
Tetzlow, Willi (Lehrer): Bd.II 22

Teufel (Revierjäger): Bd.III 75
Thein (Gendarm): Bd.III 144
Thon, Dr. (Untersuchungsrichter): Bd.III 279
Thorbecke (Hauptmann a.D.): Bd.III 256
Tilger (Polizeikommissar): Bd.II 167
Timm (Forstgehilfe): Bd.II 171
Trautzburg (Forstgehilfe): Bd.II 56
Trinker, Johann: Bd.II 146; Bd.III 8
Trojandt (Landjägermeister): Bd.II 175
Troy (Adjunkt): Bd.III 77
Tschernegg (Gendarm): Bd.III 15
Tute (Forstaufseher): Bd.I 82
Tykwer (Kriminaloberinspektor): Bd.I 120; Bd.II 10

U

Ulbrich, Förster: Bd.I 20
Ulrich (Oberlandjäger): Bd.II 99
Ultik (Gendarmerie-Parouillenleiter): Bd.III 270
Ungermann (Förster): Bd.II 210
Unterberger (Jäger): Bd.III 20
Unterrainer, Johann (Jäger): Bd.III 195
Urbanski, Marian „Duda" (Wilderer): Bd.I 186

V

Vauck, Bretislav (Forstadjunkt): Bd.III 41
Veitschegger (Gendarmerie-Ray.-Inspektor): Bd.III 147
Vestner (Polizeiinspektor): Bd.II 25
Vogel (Mörder): Bd.III 163
Vogt (Revierförster): Bd.I 66
Voithenleitner (Wachtmeister): Bd.II 46
Vollack (Kgl. Forstaufseher): Bd.III 135
Vollmeller (Kommandojäger): Bd.I 102
Vouilléme (Förster): Bd.II 55

W

Wagner, Gustav (Grubenarbeiter): Bd.I 209
Walcher, Leonhard (Jäger): Bd.III 116
Walderdorf, Graf: Bd.II 71
Wallner, Leo (Forstwart): Bd.III 14
Walther (Forstaufseher): Bd.II 236
Waltl (Gendarm): Bd.III 11
Wandelt (Forsteleve): Bd.II 112
Waß, Georg (Revierjäger): Bd.III 19, 238
Weber (Gutsverwalter): Bd.II 66
Weber (Förster): Bd.I 29, 86
Weber (Oberlandjäger): Bd.II 176
Wecke, August (Revierförster): Bd.II 110
Wehner (Bauer): Bd.I 211
Weidemann (Förster): Bd.II 109
Weigert, Fritz (Metzger): Bd.II 186
Weigl (Forstwart): Bd.II 71
Weingartsberger (Gendarmerie-Rayon-Inspektor): Bd.III 23, 117, 240
Weiß (Gendarmeriekommandant): Bd.II 43
Weißenborn, Emil (Kaufmann): Bd.II 156
Weizenegger (Kriminalkommissar): Bd.III 198
Weizenegger (Polizeirat): Bd.II 77; Bd.III 45
Welt (Forstbeamter): Bd.I 122
Welte (Amtsgerichtsrat): Bd.II 77
Wendt (Feldhüter): Bd.III 283
Weniger, Robert (Revierförster): Bd.I 199
Wennig, Dr. (Landgerichtsrat): Bd.III 236
Werk (Förster): Bd.III 235
Wesenberg, A. (Förster): Bd.III 203
Westerholt-Gysenberg, Reichsgraf Otto von und zu: Bd.I 118ff.
Weyermayr, Josef (Patrouillenleiter): Bd.III 150
Wichert, Otto: Bd.I 50
Wichert, Albert: Bd.I 50
Wieland, Dr. (Landgerichtsrat): Bd.II 221
Wiesböck, Georg (Gendarm): Bd.III 195
Wiffersheim (Feldhüter): Bd.II 159
Wildberger (Hegemeister): Bd.II 93
Wilde, Dr. (Oberstaatsanwalt): Bd.II 99
Wilhelm (Kriminalkommisar): Bd.II 83, 87
Wilke, Meier: Bd.II 224
Willi, Kaspar (Revierjäger): Bd.III 74
Wilmowsky, Freiherr von: Bd.III 177
Wimmer (Jäger): Bd.III 126
Winzierl, Franz: Bd.III 103
Wissmann, von (Leuntnant): Bd.I 203
Witte (Forstmeister): Bd.I 49
Wittmann (Forstaufseher): Bd.III 144
Wöhper (Jäger): Bd.III 20
Wortmann: Bd.II 9
Wrede, Freiherr von (Kgl. Oberförster a.D.): Bd.III 263
Wrobel (Oberförster): Bd.III 274
Wurmb (Oberförster): Bd.III 65

Z

Zahn, Dr. (Gerichtschemiker): Bd.I 179
Zakrzewski: Bd.II 53
Zeckl, Leopold (Forstadjunkt): Bd.II 245
Zeisenberger, Peter: Bd.II 10
Zimmermann (Amtsgerichtsrat): Bd.III 53
Zinsmeister, Matthias (Waldsarbeiter): Bd.III 111
Zitz, Matthias (Jäger): Bd.III 26
Zorn (Polizei-Sergeant): Bd.III 280
Zweifler, Salomon (Fellhändler): Bd.II 213

Ortsregister

A

Äbtischrode bei Eisleben: Bd.II 56
Aflenz: Bd.III 14
Ahlshausen: Bd.I 217
Allenstein: Bd.I 189; Bd.II 55
Alt-Eggesin (Stettin): Bd.II 227
Alt-Finkenkrug: Bd.II 171
Alt-Landsberg: Bd.I 54
Ammeln: Bd.II 7
Ardetzenberg (Vorarlberg): Bd.III 102
Au bei Gaishorn: Bd.II 33
Aurassen: Bd.I 213

B

Barop: Bd.II 167
Bayreuth: Bd.III 55
Bednarken im Kreise Osterode (Ostpreußen): Bd.I 122
Bendeleben (Thüringen): Bd.II 190
Berlin: Bd.I 83, 206; Bd.II 172, 180; Bd.III 256, 274
Bergheim: Bd.II 159
Besnitz bei Straßburg (Westpreußen): Bd.II 149
Betzdorf (Sieg): Bd.II 208
Beuchlitz: Bd.III 72
Birngnitz: Bd.I 205
Bischofsreut: Bd.II 39
Blumberg: Bd.I 181
Blumberg bei Berlin: Bd.II 81
Bocken: Bd.II 180
Bogal bei Wiesbaden): Bd.III 285
Böhnhof: Bd.I 20
Bosch: Bd.I 214
Braunshausen: Bd.I 211
Bregenz: Bd.II 212
Brilon (Arnsberg): Bd.II 241
Britz: Bd.II 189
Brodsull bei Ruß: Bd.III 164
Buchenau: Bd.I 215
Büren: Bd.III 264
Burlow (Westf.): Bd.II 7
Buttkuhnen: Bd.I 50

C

Camphausen: Bd.II 51, 55
Carlsruhe im Kreis Oppeln: Bd.II 58
Celle: Bd.I 216
Chojno: Bd.III 62
Cölleda: Bd.III 178
Creidlitz: Bd.II 43

D

Dabendorf (Mark): Bd.III 243
Dachsberg: Bd.I 126
Dansbrück: Bd.II 171
Dietersdorf: Bd.II 43
Döberitz: Bd.I 82
Döllnitz bei Halle a.d.Saale: Bd.III 275
Donnersbach (Steiersbach): Bd.III 36, 116f., 236
Dozdorf: Bd.II 66
Dreihäuser bei Wiersewitz: Bd.II 113
Drewin: Bd.II 48
Dülmen (Westfalen): Bd.II 81

E

Eckartsberga: Bd.III 178
Eichstätt: Bd.II 187
Elbingerode: Bd.II 161
Elisenthal: Bd.I 95
Ellmeney: Bd.II 216ff.
Ellwangen: Bd.II 77
Elsgrund bei Wustermark: Bd.I 82
Eltville: Bd.III 225ff.

F

Falkenhagen: Bd.II 171
Feldkirch: Bd.III 102
Feldkirch: Bd.II 211
Ferbitz: Bd.I 82
Fischbach: Bd.II 121
Fischenich bei Köln: Bd.II 81
Fleisbach: Bd.II 130
Flieden: Bd.I 210
Forstau: Bd.III 7
Frankfurt a.d.O.: Bd.II 63
Friedeberg: Bd.I 203
Friedrichsfeld bei Berlin: Bd.III 160
Frischborn: Bd.I 211
Fulda: Bd.I 217
Fürstenwalde (Spree): Bd.III 233

G

Gaisstein: Bd.III 7
Garlitz: Bd.II 176
Gemünda: Bd.II 44
Gettenbach: Bd.III 94
Gifhorn: Bd.I 216
Gnadenwald (Tirol): Bd.III 66
Goldap: Bd.I 50
Gorin bei Buch: Bd.II 110
Grada: Bd.II 130
Gradenbach (Steiermark): Bd.III 146
Gravenhage in Holland: Bd.I 219
Graz: Bd.II 213
Groß-Baum: Bd.II 53
Groß-Jägersdorf bei Norkitten (Ostpreußen): Bd.III 163
Groß-Wasserburg bei Wend.-Buchholz: Bd.III 215
Grumbach: Bd.II 63
Grünewalde bei Jerichow: Bd.II 238
Grünthal: Bd.I 91
Gumbinnen: Bd.I 50
Güsten: Bd.III 280
Gutenfeld: Bd.III 130

H

Halberstadt: Bd.II 163
Hallgarten im Rheingau: Bd.III 224
Hanau: Bd.I 218; Bd.III 95
Hankenberge: Bd.II 93ff.
Hannover: Bd.II 99, 163
Hardehausen: Bd.III 267
Hartenberg: Bd.I 199
Hartigswalde (Westpreußen): Bd.I 22
Hechelheim bei Weimar: Bd.III 155
Hechshausen: Bd.I 213
Hegenlohe: Bd.II 82
Heinrichswalde im Kreis Niederung: Bd.II 80
Hergramsdorf: Bd.II 44
Hermannsburg: Bd.I 11
Hinterheißenegg: Bd.III 30
Hintertaugl (Salzburg): Bd.III 277
Hirzeggerwald: Bd.III 146
Höntrop: Bd.II 166
Hullern: Bd.I 119
Hüls: Bd.II 23

I

Iburg: Bd.II 95
Ilmau: Bd.III 126
Ingweiler: Bd.III 161
Insbruck: Bd.III 88
Irdning: Bd.II 33; Bd.III 19, 238
Isterburg: Bd.I 48
Ittensberg bei Egg (Österreich): Bd.III 74

J

Jena: Bd.I 37
Jörkischken: Bd.I 48

K

Kachern: Bd.I 216
Kamminchen: Bd.II 225
Kassel: Bd.I 211
Kattowitz (Oberschlesien): Bd.II 92
Kemnathen: Bd.II 185
Kempten: Bd.I 216; Bd.II 106
Kerbenhau: Bd.II 159
Kernsdorf: Bd.I 123
Kirchberg (Hunsrück): Bd.III 205
Kleinalmerode: Bd.III 143
Kleineberg: Bd.III 265
Königssteele: Bd.II 166
Königswalde bei Landsberg a.d. Warthe: Bd.I 113
Konitz: Bd.I 86
Krahne bei Brandenburg (Havel) Bd.I 18
Krausenhof (Westpreußen): Bd.I 22
Krefeld: Bd.II 23
Krotoschin (Westpreußen): Bd.I 126
Krubke bei Osterburg: Bd.I 16

L

Lasinke im Kreis Kalisch: Bd.II 65
Laski (Posen): Bd.III 136
Lauterberg (Harz): Bd.III 137
Leipzig: Bd.II 213
Lemm: Bd.II 171
Leoben: Bd.III 239
Leschinen: Bd.III 159
Leschna im Kreis Rosenberg (Oberschlesien): Bd.II 60

Lessach: Bd.III 26
Leuenburg: Bd.I 155
Liezen (Steiermark): Bd.III 149
Löderburg: Bd.III 280
Ludwigsaue: Bd.II 157
Ludwigswinkel: Bd.II 121
Lützgenziatz: Bd.II 215
Lyck: Bd.III 274
M
Magdeburg: Bd.I 171
Markdorf bei Überlingen: Bd.II 156
Masselwitz im Kreis Breslau: Bd.II 92
Mayerhofen bei Innsbruck: Bd.III 85, 90
Merseburg: Bd.II 81
Michelnau: Bd.I 213
Mischelbach (Bayern): Bd.II 184
Mitterbach (Österreich): Bd.III 268
Moers: Bd.II 25
Monheim (Düsseldorf): Bd.III 190
Morgenroht: Bd.II 80
Mrozen: Bd.III 137
N
Nauen: Bd.II 158
Nensing: Bd.III 167
Neukirch im Saargebiet: Bd.II 28
Neu-Wachow: Bd.II 63
Niesig bei Kämmerzell (Kreis Fulda): Bd.I 210
Novy Jicin: Bd.III 43
O
Oberbösa (Thüringen): Bd.III 172
Oberkochen bei Aalen (Würtemberg): Bd.II 72
Oberstoppel bei Hünfeld: Bd.I 215
Obertraun: Bd.III 228
Oberwölz: Bd.III 37
Obroich: Bd.II 23
Odry: Bd.I 88
Olberg bei Aken: Bd.I 66
Oldenburg: Bd.I 120
Oppeln: Bd.II 62
Osnabrück: Bd.II 93, 95
Ostenfeld bei Husum: Bd.III 183, 208
P
Paderborn: Bd.III 264
Peine: Bd.I 61, 209
Perlach bei München: Bd.III 144
Permauern: Bd.II 52
Petersdorf: Bd.I 199
Peterswalde: Bd.I 123
Plattenhardt (Württemberg): Bd.III 198
Plaue bei Arnstadt: Bd.I 216
Plötzensee: Bd.I 83
Polnisch-Bortschen: Bd.II 110
Polnisch-Probnitz: Bd.II 125
Prenzlau: Bd.III 218
Preußisch-Stargard: Bd.I 86
Puttki bei Czersk: Bd.I 85
R
Rabenshorst (Rheinland): Bd.I 208
Rabishau: Bd.I 202
Radmühl: Bd.I 213
Rahnsdorf bei Berlin: Bd.I 152
Rassow: Bd.II 48
Reckahn: Bd.I 20
Recklinghausen: Bd.II 10
Regendorf: Bd.II 71
Rehain im Spreewald): Bd.II 246
Rehhof (Westpreußen): Bd.I 20
Reinstedt: Bd.II 156
Renneberg bei Zoppot (Danzig): Bd.III 221
Rettenbach: Bd.II 36
Rietz bei Brandenburg: Bd.I 19
Rohrsdorf: Bd.II 22
Rössing: Bd.III 146, 153
Rostock: Bd.II 225
Rüthen: Bd.II 241
S
Salm im Kreis Prüm: Bd.II 15
Saltern in Westfalen: Bd.I 119
Scheffau (Salzburg): Bd.III 125
Scheidelwitz bei Brieg: Bd.III 135
Scheidenbach (Vogtland): Bd.III 82
Schersin: Bd.II 190
Schkeuditz bei Halle a.d. Saale: Bd.II 172
Schnecken bei Tilsit: Bd.I 183
Schönau: Bd.II 121
Schorndorf: Bd.II 87
Schotten: Bd.II 91
Schweinebrück b. Landsberg a.d.W.: Bd.I 46
Seesken: Bd.III 273
Selchow bei Mahlow: Bd.I 179; Bd.II 187
Setzlach: Bd.II 43
Sevinghausen: Bd.II 166
Seyda bei Glücksburg: Bd.I 166
Siegenburg: Bd.II 221
Siggelhow bei Parchim: Bd.III 213
Sigmaringen: Bd.II 116
Sinz (Obermosel): Bd.III 132
Sirksfeld bei Cösfeld i.W.: Bd.III 145
Sittard bei Maastricht: Bd.I 218
Sobbowitz (Danzig): Bd.III 212
Söhrewald: Bd.II 63
Solnhausen bei Eichstätt: Bd.III 110
Sonderhausen: Bd.II 190f., 236
Spandau: Bd.II 169
Stainz (Österreich): Bd.III 252
Staltach (Bayern): Bd.III 143
Starkow bei Jamlitz-Lieberose: Bd.III 203
Staßfurt: Bd.III 280ff.
Steinach: Bd.III 240
Steinbach (Bayern): Bd.II 104
St. Anton: Bd.III 98
St. Jakob bei Landeck: Bd.III 98
Stolp (Frankfurt/Oder): Bd.III 192
Stuhm: Bd.I 21
Stuttgart: Bd.I 168
Sulzbach: Bd.II 51
Summt: Bd.I 12
T
Tambach: Bd.I 33ff.; Bd.II 112
Tamsweg (Salzburg): Bd.III 26
Tangerhütte: Bd.III 165
Thorn: Bd.I 86
Tillowitz (Oberschlesien): Bd.I 6ff.
Triebental bei Hohentauern: Bd.III 150
Tuchel: Bd.I 86
Turnau: Bd.III 14
U
Untersteinach: Bd.III 48
Unterstoppel: Bd.I 215
Usingen bei Homburg v.d.H. im Taunus: Bd.II 13
V
Valzeina (Kanton Graubünden): Bd.III 168
W
Walchen (Steiermark): Bd.III 116
Waldenbuch: Bd.III 198
Waldstein (Kärnten): Bd.III 30
Wanzenau: Bd.II 129
Warburg: Bd.III 264
Warmensteinach: Bd.III 52
Wartenburg: Bd.I 125
Wedelsdorf: Bd.II 80
Weicht bei Zweibrücken: Bd.II 124
Weidenberg: Bd.III 51
Weißenberg: Bd.I 21
Weißenburg: Bd.III 113
Wenings (Hessen): Bd.III 247
Wennigsen: Bd.I 58
Werder: Bd.I 20
Westenfeld: Bd.II 166
Wien: Bd.II 212
Willebadessen: Bd.III 263
Winningen: Bd.III 281
Witzenhausen: Bd.III 143
Wonzow: Bd.III 181
Wöpkendorf (Meckl.-Schwerin): Bd.II 224
Wronke: Bd.III 65
Wülfingen bei Konstanz: Bd.II 233
Wüßwergt (Spreewald): Bd.II 225
Z
Zabelsmühle bei Schneidemühl: Bd.I 67
Zabrze: Bd.II 80
Zeckritz bei Torgau: Bd.III 154
Zehdenick: Bd.III 218
Zell: Bd.III 90
Zürich: Bd.III 80